A VINGANÇA DO JUDEU

J. W. ROCHESTER
VERA KRYZHANOVSKAIA

Solicite nosso catálogo completo, com mais de 500 títulos, onde você encontra as melhores opções do bom livro espírita: literatura infantojuvenil, contos, obras biográficas e de autoajuda, mensagens espirituais, romances, estudos doutrinários, obras básicas de Allan Kardec, e mais os esclarecedores cursos e estudos para aplicação no centro espírita – iniciação, mediunidade, reuniões mediúnicas, oratória, desobsessão, fluidos e passes.

E caso não encontre os nossos livros na livraria de sua preferência, solicite o endereço de nosso distribuidor mais próximo de você.

Edição e distribuição

EDITORA EME

Avenida Brigadeiro Faria Lima, 1080 – Vila Fátima
CEP 13369-040 – Capivari-SP
Telefones: (19) 3491-7000 | 3491-5449
Vivo (19) 9 9983-2575 | Claro (19) 9 9317-2800
vendas@editoraeme.com.br – www.editoraeme.com.br

Esse livro foi composto, impresso e costurado
nas oficinas da Gráfica e Editora EME.
Avenida Brigadeiro Faria Lima, 1072/1080 - Vila Fátima - Capivari-SP.

A VINGANÇA DO JUDEU

J. W. ROCHESTER
VERA KRYZHANOVSKAIA

Tradução de Cristina Florez

Capivari-SP
- 2025 -

TÍTULO ORIGINAL (FRANCÊS): *La vengeance du juif* (1890)

A Editora EME mantém o Centro Espírita "Mensagem de Esperança" e patrocina, junto com outras empresas, instituições de atendimento social de Capivari-SP.

6ª reimpressão - agosto/2025 - de 35.001 a 35.500 exemplares

TRADUÇÃO | Cristina Florez
CAPA | André Stenico
DIAGRAMAÇÃO E REVISÃO | Editora EME
REVISÃO DA TRADUÇÃO | Matheus Rodrigues de Camargo

Ficha catalográfica

Rochester, J. W. (espírito)
A vingança do judeu / pelo espírito J. W. Rochester (1647-1680); [psicografado por] Vera Kryzhanovskaia (1861-1924) - 6ª reimp. ago. 2025 - Capivari-SP: Editora EME.
424 p.

1ª ed. outubro 2014
ISBN 978-85-66805-43-7

1. Romance mediúnico. 2. Romance social moderno. 3. Espiritismo. 4. Mediunidade. I. TÍTULO.

CDD 133.9

SUMÁRIO

Primeira Parte

A luta de preconceitos

O MILIONÁRIO

NUM BELO DIA de primavera do ano de 1862, uma elegante carruagem, puxada por dois soberbos cavalos a trote, atravessava as animadas ruas de Budapeste. Diante de uma grande mansão, situada no bairro mais aristocrático da cidade, os vigorosos animais pararam e um lacaio elegantemente uniformizado abriu a portinhola do coche. Um belo rapaz, trajado nos rigores da última moda, saltou com agilidade e, após responder com um leve gesto de cabeça à reverente saudação do porteiro, pôs-se a subir lentamente a vasta escadaria de corrimão dourado, que conduzia aos aposentos do primeiro andar.

- Vosso pai perguntou por vós, senhor - informou um dos criados da casa, enquanto apanhava o chapéu e o sobretudo do recém-chegado. - O patrão encontra-se no escritório, mas pede que o aguardeis em seu gabinete.

Sem nada responder, o jovem atravessou vários salões, mobiliados com luxo excessivo, e por fim entrou no gabinete do pai. Era um amplo cômodo decorado com ainda mais riqueza e gosto duvidoso, o que o distinguia dos demais aposentos: todas as peças do mobiliário eram douradas; espesso tapete cobria o assoalho; preciosas obras de arte, num disparatado conjunto, amontoavam-se, aqui e acolá, sobre mesas e consoles. Os únicos indícios de que se estava no gabinete de um homem de negócios eram a grande mesa de trabalho, carregada de papéis, e o volumoso cofre maciço, à prova de fogo.

Depois de caminhar impaciente de um lado para o outro, por alguns instantes, o rapaz deixou-se cair numa poltrona e, com a cabeça recostada no espaldar, o queixo apontado para cima, o cenho franzido, deixou-se absorver por seus pensamentos.

O velho banqueiro Abraão Maier era aquele tipo de israelita que, saído do nada, havia conseguido amealhar imensa fortuna, não se sabe como. Nascido em um armazém miserável de uma cidadezinha provinciana, tinha começado a vida como mascate. Levando um fardo de objetos miúdos às costas, percorrera o país em todas as direções, sem desprezar o mais modesto vilarejo. Sóbrio, incansável e, além disso, beneficiado por um desses felizes acasos que parecem favorecer o trabalho dos semitas, depressa havia acumulado pequeno capital. Uma especulação bem-sucedida acabou por fazer dele, num piscar de olhos, um homem rico, e o tempo o transformou em um banqueiro milionário.

Embora Abraão se mantivesse israelita de corpo e alma, rígido observador da lei de Moisés, tinha dado a Samuel, seu único filho, uma educação bem liberal. O menino, gerado após o décimo segundo ano de matrimônio e cujo nascimento havia custado a vida da mãe, era seu tesouro, o objeto de toda a sua afeição. Para esse filho o banqueiro trabalhava e acumulava novas riquezas sem cessar, nada negligenciando para o aprimoramento da educação do rapaz.

Contudo, é preciso dizer, em favor do jovem Samuel Maier, que ele soube aproveitar amplamente os meios que o pai colocara à sua disposição: de início, havia estudado sob a orientação dos melhores professores e, na universidade, fora aluno brilhante. Mais tarde viajara, a fim de dar um último verniz à sua educação. Falava seis idiomas, pintava muito bem e era músico habilidoso. Altamente dotado, mas orgulhoso e passional ao extremo, Samuel detestava sua origem judaica, que já lhe havia causado diversos dissabores e que mantinha fechadas para ele as portas das casas verdadeiramente aristocráticas, que tanto almejava frequentar.

Como o pai lhe permitia satisfazer seus gostos, Samuel levava vida de fidalgo. Cultivava os esportes e tinha criado relações entre os antigos companheiros de estudos e a áurea juventude local, que frequentava de boa vontade suas festas e que, vez ou outra, emprestava dinheiro dele.

Não raro, amigos de longa data observavam a Abraão o fato de seu filho jamais pôr os pés na sinagoga, negligenciando abertamente as determinações da lei mosaica e buscando somente a sociedade e os costumes cristãos. Em tais ocasiões, o velho banqueiro se limitava a balançar a cabeça, respondendo com um risinho seco:

– É preciso deixar que ele viva a juventude. Os próprios cristãos se encarregarão de fazê-lo perder o encanto por sua amizade, e, desiludido, ele retornará de coração aberto à religião de seus pais, a qual, apesar das aparências em contrário, pulsa em sua alma. Samuel tem apenas 25 anos. É consciencioso no trabalho e tem instinto para os negócios. Uma vez passadas as extravagâncias da mocidade, estará apto a tornar-se meu digno sucessor.

Um bom tempo tinha passado desde a chegada de Samuel, que, mergulhado em seus pensamentos sombrios, não notou que a majestosa porta do gabinete se abrira e um homem idoso, barbas brancas, magro, o corpo curvado, estava encostado nela, observando-o com olhar inquiridor. Ao finalmente se dar conta da presença do pai, o rapaz levantou-se, passando as mãos pelos cabelos fartos.

- Que maldição ter nascido judeu! - exclamou com a voz sufocada pela cólera e pelo desespero. - Pertencer a essa raça desprezada cujo estigma nenhuma educação ou riqueza conseguem apagar!

- Engana-te, meu filho - observou o pai. - O ouro faz cair por terra os preconceitos mais arraigados. Os orgulhosos cristãos não hesitam em curvar-se diante do judeu menosprezado, sempre que dele pretendem obter um pouco desse metal que não guarda estigma pelo fato de ter passado por nossas mãos. Mas desde quando te veio a estranha ideia de desprezar tua raça e desejar ser cristão? - o banqueiro indagou, após ter fechado cuidadosamente a porta do gabinete. - Será porque essa gente vem muito pouco às nossas reuniões? - ele finalizou com um sorriso malicioso.

- Sim, os cristãos frequentam nossas reuniões, mas apenas aqueles que têm negócios conosco, ou que temem ofender-te porque têm obrigações contigo - revidou Samuel, com amargura. - Apesar de nossa hospitalidade, e da delicadeza e tom de igualdade que demonstram, vibra em suas atitudes uma nota que me faz ferver o sangue. A quantos desses antigos companheiros de estudo e oficiais que se comprimem entre os convidados de nossas festas e jantares tenho emprestado dinheiro, sem jamais pedir de volta um único centavo! Assim que a ocasião se apresenta, no entanto, eles me têm retribuído com brutal rejeição, fazendo-me sentir o abismo que minha origem coloca entre nós.

- São imbecis, ingratos e arrogantes como todos os góis[1] - disse o

1 Entre os judeus, expressão usada para se referir a quem não é hebreu. Vem do ídiche, língua de comunidades judaicas da Europa central e oriental baseada no alemão e em elementos hebraicos.

velho pai, indo acomodar-se em uma poltrona. – Tu mesmo reconheces que essa gente não vem aqui senão por interesse, e ainda assim desejas ser um deles? És injusto, Samuel, para com o Deus de nossos pais! Não te deu Ele tudo para ser feliz e até mesmo invejado? Não és jovem, saudável de corpo e de espírito e imensamente rico? Cuidado para não te tornares ingrato, filho, e excessivamente ligado aos nossos inimigos. Eles te hão de bajular, enquanto de ti necessitarem, mas não hesitarão em te rechaçar como a um cão imundo quando não mais precisarem de ti. Mas já que abordamos esse assunto, gostaria de te fazer uma pergunta: o que se passa contigo, Samuel? Há meses que noto, com tristeza, que estás mudado. Andas pálido, distraído, nervoso, negligente nos negócios. O que te aflige?

– Serás complacente para me ouvir, pai? Sei que minha confidência te parecerá odiosa e, todavia, morrerei se... se...

Samuel deixou-se cair novamente na poltrona onde antes estivera sentado, e passou um lenço pelo rosto em brasa.

– Qualquer que seja a confissão que me tenhas a fazer, acredito ter o direito de conhecer a verdade. Afinal, tens contado invariavelmente com minha indulgência paternal.

– Tens razão, meu pai. Devo-te toda a verdade. Escuta-me com paciência.

"Como é de vosso conhecimento, sete meses atrás eu me encontrava em nossa propriedade de Rudenhof. Conforme meu costume, saí para um passeio matinal pela floresta, que se estende pelas terras do conde M. De súbito, um ruído de galhos que se quebravam e uma voz feminina que gritava por socorro chegaram aos meus ouvidos. Precipitando-me na direção de onde vinham, avistei um cavalo caído e, ao lado, a amazona que o montava. Quando me aproximei, o animal se pôs em pé, preparando-se para retomar a marcha e arrastar consigo a dama, cujo pé se estava preso ao estribo. Alcancei-a de um salto, tomei as rédeas com uma das mãos, enquanto com a outra retirava o pé do estribo. Não era sem tempo, pois o cavalo, assustado, saltou para o lado e arrancou-me as rédeas da mão para fugir em disparada. Inclinei-me para a dama, ainda estirada por terra, e ajudei-a a levantar-se. Era uma jovem que eu nunca tinha visto, mas dona de uma beleza tão admirável que me deixou fascinado. Seu chapéu tombara e duas tranças espessas, de um loiro acinzentado, caíam-lhe em desordem sobre os ombros. De repente, vi que algumas gotas de sangue corriam em sua testa:

"- Vós vos feristes ao cair? - indaguei, assustado.

"Ela ergueu para mim seus grandes olhos, de um azul profundo, sem nada responder. Acreditando que o susto lhe houvesse roubado a fala, compreendi que seria preciso lavar e proteger o ferimento. Não longe de onde estávamos havia uma fonte junto à qual diversas vezes eu repousara. Corri até lá e molhei o lenço na água. Ao regressar, entretanto, encontrei a jovem desfalecida. Umedeci-lhe as têmporas e protegi o ferimento, que na verdade era insignificante, mas não obtive resultado: ela permanecia desacordada, e me vi em uma situação embaraçosa. Ignorava seu nome e o local onde ela morava, contudo, eu não podia nem queria deixá-la ali para buscar socorro, pois a essa altura a jovem dama já exercia sobre mim tal fascínio que me mantinha cativo a seu lado. Num ímpeto, tomei-a no colo e pus-me a caminhar rumo à nossa propriedade. O percurso era longo, sobretudo com o precioso fardo nos braços, cujo transporte exigia todo cuidado. Porém, pai, eu te juro, não teria desejado de modo algum abreviá-lo. Não conseguia tirar os olhos daquela criatura adorável. O contato com seu corpo leve e frágil me embriagava.

"Ao ver-me chegar ofegante, tendo nos braços uma mulher desfalecida, os nossos correram e providenciaram um leito onde acomodá-la. Foi quando meu criado de quarto, que se apressava em trazer um travesseiro, exclamou, tomado de surpresa:

"- Mas essa é a jovem condessa de M., senhor, irmã do conde Rodolfo. Conheço-lhe a camareira e já a tinha visto em ocasiões anteriores.

"Ordenei-lhe então que enviasse um homem a cavalo, imediatamente, para comunicar ao conde que sua irmã se encontrava a salvo em nossa residência."

- Esse conde Rodolfo de M. não é um oficial de cavalaria que com frequência vem te ver, cujo pai é membro da corte? - disse o velho hebreu.

- Sim, meu pai, é ele mesmo.

- Não sabias que ele tinha uma irmã? - Abraão indagou com um sorriso irônico. - Talvez também ignores que o conde Rodolfo e o pai, esses tão nobres fidalgos, estão mergulhados até o pescoço em dívidas. Tenho na carteira mais de uma letra de câmbio de pai e filho. Mas continua tua narrativa.

- Bem, graças aos meus cuidados, Valéria (esse é o nome da condessa) não tardou em abrir os olhos, pondo-se a me agradecer efusivamente por tê-la salvado.

"- Exagerais, condessa - eu disse, rindo. - Meu único mérito é ter chegado a tempo.

"Mas quando ela soube que eu mandara avisar sua família, estendeu-me a mão com tal sorriso que não pude resistir e levei sua mão aos meus lábios. Ela aceitou um refresco e me informou que chegara ao campo fazia pouco tempo. Contou-me também que, após ter concluído sua educação em um internato na Suíça, havia passado um ano na Itália, em companhia de uma parenta. Agora, desejava que nos tornássemos bons vizinhos.

"Era em êxtase que eu ouvia esse seu balbucio, e quando seus olhos azuis, límpidos e sorridentes, encontravam os meus, sentia como se meu coração estivesse a ponto de explodir. Estava enfeitiçado.

"A chegada do conde Rodolfo interrompeu nossa conversa. Ele abraçou a irmã e me agradeceu cordialmente a ajuda e a notícia que enviara, a qual tinha posto fim a uma funesta apreensão: o cavalo de Valéria retornara espumando e com os joelhos ensanguentados. Em seguida pediu que voltassem logo para casa, para tranquilizar o pai, e lhe ofereceu o braço. Eu os acompanhei até a entrada. Despedindo-se, Valéria me disse, com um aperto de mão:

"- Espero ver-vos muitas vezes em nossa casa. Papai e Rodolfo ficarão felizes em poder expressar sua gratidão ao meu salvador. Se não fosse por vós, eu teria quebrado a cabeça contra as pedras e raízes.

"Percebi naquele instante o olhar de surpresa que o conde Rodolfo lançava para a irmã ao ouvir suas palavras, nada dizendo para reforçar o convite que ela acabava de fazer.

"- Aposto, Valéria, que ainda não sabes o nome de teu salvador - ele murmurou, torcendo o bigode. - Permite-me reparar tal esquecimento, apresentando-te o senhor Samuel Maier.

"O conde proferiu aquelas palavras em tom calmo e indiferente e, no entanto, elas tiveram sobre mim e Valéria o efeito de um golpe. A jovem olhou fixamente para o irmão e em seguida para mim. Então, sem dizer nada, entrou na carruagem da família, que se achava estacionada à nossa porta. Rodolfo a seguiu com presteza e, após levar a mão à borda do chapéu, chicoteou os cavalos, colocando o veículo em movimento.

"Quando entrei em casa, tinha o coração pesado. Compreendera a vaga insinuação do conde e pressentira seu resultado. Minha razão e meu orgulho me recomendavam que esquecesse o incidente, mas, pobre de mim, a fatalidade me havia atingido. A lembrança de Valéria roubava-me o sossego. Dia e noite recordava seu rosto encantador, seu sorriso que me fascinava. Dominado por uma força superior à minha vontade, dirigi-me à residência dos M. Lá, fui informado de que os dois senhores se encontravam na cidade e de que a condessa estava indisposta, impossibilitada de receber a quem quer que fosse, o que não a impediu, contudo, de sair para um passeio de carruagem naquela mesma noite. O repúdio era evidente, mas ainda assim arrisquei uma segunda visita, novamente em vão. Só me restava sofrer em silêncio aquela afronta tão pouco merecida por um serviço prestado. Que posso dizer-te, pai? A despeito da revolta que me consumia, encontrava-me de tal modo entregue à minha própria fraqueza, que continuei a buscar cada oportunidade de ver Valéria, em segredo. Eu a vi diversas vezes em seus passeios habituais, outras, no teatro. Rodolfo vinha ocasionalmente à nossa casa com a naturalidade de sempre, mas sem uma única palavra sobre a irmã.

"Ontem à noite, inesperadamente encontrei Valéria em casa do barão de Kirchberg. Ao ver-me, ela enrubesceu e evitou meu olhar, mas decidi que não perderia aquela oportunidade de falar-lhe. Aproveitando um momento em que ela se encontrava só na estufa, aproximei-me:

"– Perdoe-me por importuná-la, condessa – eu disse, inclinando-me –, mas gostaria de saber a razão da mudança de vosso proceder comigo. Após me ter tratado com tanta benevolência, a ponto de me convidar a visitar-vos, por que jamais me recebestes?

"Ela empalideceu, medindo-me com um olhar de orgulhoso desdém:

"– Pedis uma explicação, senhor, que seria melhor evitar – ela revidou num tom frio e ríspido, de que eu julgara incapaz aqueles lábios de rubi. – Sou-vos grata pelo serviço prestado e é por isso que vos perdoo pela liberdade de tom, e pela familiaridade que usastes comigo, a ponto de me fazer acreditar que fôsseis um dos nobres nossos vizinhos. Quando soube da verdade, tive que proceder como me cabia; somos muito seletivos em nosso círculo, senhor Maier. Devo respeitar a suscetibilidade daqueles que frequentam os salões de meu pai; não lhes posso impor que convivam com pessoas das quais os separam *um preconceito de raça.*

"Aquelas palavras deixavam claro que eu era um pária aos olhos daquela donzela a quem adorava, assim como aos olhos daqueles que pertenciam à sua orgulhosa casta; senti como se o sangue me gelasse nas veias, e minha vista tornou-se turva. Sem dúvida ela percebeu o que se passava em meu íntimo, pois mudou subitamente de tom e pousou a mão delicada em meu braço.

"- Estais tão pálido, senhor Maier! - ela murmurou, ansiosa. - Porventura vos sentis mal?

"Recuei, como picado por uma víbora.

"- Admira-me, condessa, que não vos cause ojeriza tocar num homem tão inferior a vós com vossas aristocráticas mãos. Permiti apenas que eu vos apresente meus sentimentos e minhas desculpas por vos ter tirado de sob as patas de seu cavalo, sem me dar conta de que homens de minha raça afrontam os privilegiados a quem prestam serviço. Jamais esquecerei essa lição! Só mais uma pergunta e vos deixarei em paz, livre de minha inconveniente presença - acrescentei, ao ver que ela me dava as costas, furiosa. - Foi vosso irmão quem vos esclareceu a suscetibilidade das pessoas de vossas relações e as desigualdades criadas entre os homens pelos preconceitos de raça?

"- Sim . Rodolfo me fez compreender que me havia portado de modo pouco conveniente.

"- Sabeis, por acaso, em que situação *ele próprio* se encontra em relação a mim?

"Valéria corou e olhou-me com despeito.

"- Meu irmão disse que vos conhecia e que comparece ocasionalmente em vossa residência, devido a negócios que mantém com vosso estabelecimento bancário. O fato é que a sociedade não exige tantos escrúpulos de um homem em suas relações, coisa que muda completamente de figura quando se trata de uma mulher.

"Enquanto ela ainda falava, retirei de minha carteira um bilhete que Rodolfo me enviara havia quinze dias, no qual requisitava grande soma com a finalidade de saldar dívidas de jogo, rogando-me que o tirasse daquela situação crítica e chamando-me de *amigo*.

"- Então, vede por vós mesma, condessa, como vosso irmão tira ampla vantagem do privilégio masculino de poder abrir mão desses escrúpulos, e que os preconceitos de raça do senhor conde desaparecem quando o assunto é dinheiro.

"Enrubescida, Valéria arrancou-me o bilhete das mãos e passou os olhos rapidamente pelo conteúdo. Ao ler as palavras 'vosso dedicado e agradecido amigo', acima da assinatura do irmão, mordeu o lábio inferior e estendeu-me o papel em silêncio; eu afastei sua mão:

"- Guardai o bilhete, condessa. Ele vos dirá, melhor que eu, se mereci tamanho desprezo por ter salvado a vida da irmã e auxiliado o irmão em momento difícil, auxílio esse absolutamente desinteressado, pois o conde Rodolfo não se encontra em condições de restituir-me tão vultosa quantia. Conheço bem os negócios de vosso irmão.

"Sem dar a Valéria tempo de me responder, retirei-me. Segui, então, para nossa casa de campo, pois necessitava de ar e de exercício para me refazer."

Samuel calou-se como se estivesse esgotado, e afastou os negros anéis de cabelo que se lhe colavam à fronte. O velho banqueiro ouvira a longa narrativa do filho em silêncio, enquanto cofiava a barba branca, fixando no rapaz, vez por outra, um olhar em que se misturavam piedade e satisfação íntima.

- Pois então dize o que queres fazer agora. Destruir aqueles canalhas, suponho - perguntou Abraão, após um silêncio.

- Sim, pai, mas não da maneira como imaginas. Por ora desejaria ter em mãos todas as dívidas e letras de câmbio assinadas pelos dois condes de M. Estás disposto a ajudar-me nisso?

- Por que eu não haveria de concordar com um desejo tão justo? Não és meu único herdeiro? Mandarei agora mesmo chamar Levi, e encaminharemos esse assunto segundo tua vontade.

Passados dez minutos, um homem idoso de tipo marcadamente semítico entrou no gabinete do rico banqueiro: era Josué Levi, seu homem de confiança e braço direito.

- Meu caro Levi - disse Abraão, respondendo com um leve aceno de cabeça à saudação humilde e profunda do subordinado -, desejo ter em minhas mãos todas as dívidas e letras de câmbio assinadas pelos condes de M., pai e filho. Converse com os homens de negócio da cidade que possam estar em poder de tais títulos. Tens seis semanas para concluir essa operação. Não te deixarei de recompensar o zelo.

- Gostaria de lembrar-vos, senhor Maier, que esses documentos têm valor muito duvidoso - observou Levi. - Os dois condes são jogadores inveterados e gastam além de seus rendimentos. As propriedades da família estão hipotecadas, e acredito que eles não terão meios de quitar os débitos.

- Isso não altera minha decisão - disse o velho. - Localiza esses papéis, ainda que tenhamos prejuízo. Assim que estiverem em sua posse, entrega--os a Samuel. E tu, meu filho, trata de repousar, que não estás em condições de trabalhar. Por ora, eu o farei por nós dois. Vai, que preciso falar de negócios com Levi.

Cerca de três semanas após os diálogos que acabamos de narrar, encontramos a jovem Valéria e sua melhor amiga, a condessa Antonieta d'Éberstein, reunidas na residência dos M., num aposento encantador, todo revestido de seda azul e decorado com uma profusão das mais raras flores. O contraste entre as duas era total: a pequena e frágil Valéria, cuja pele alva, cabelos louros e gestos graciosos lhe valiam o carinhoso apelido de "Fada", parecia uma criança ao lado da alta e majestosa Antonieta, com suas tranças negras, olhos brilhantes e ar determinado.

Amigas desde a infância e educadas no mesmo internato, as duas moças amavam-se sinceramente e costumavam passar semanas juntas, uma vez que Antonieta era considerada e tratada como sendo da família, na residência dos M.

Distraída e pensativa, Antonieta folheava uma revista ilustrada, lançando de vez em quando um olhar inquiridor para a amiga, que, recostada contra as almofadas de um pequeno divã, parecia sonhar, o olhar distante, perdido no vazio. Embora já fosse quase meio-dia, trajava ainda um penhoar branco e suas mãos pequenas brincavam com as extremidades da faixa que lhe cingia a cintura. Já sem poder se conter, Antonieta pôs de lado a revista e levantou-se:

- Não, isso não pode continuar assim! O que se passa contigo, Valéria? Essa palidez, essa tristeza, essas meditações sem fim, isso tem que ter um motivo. Vamos, abre teu coração. Afinal de contas, juramos nunca ter segredos uma com a outra.

Valéria endireitou-se no divã.

- Como és atrevida! - ela disse, tomando a mão da amiga para que ela se sentasse ao seu lado. - Tens razão: de ti nada posso ocultar. Mas antes que eu te fale, jura guardar segredo de tudo quanto eu te confidenciar, pois aos meus pesares se misturam alguns problemas de Rodolfo.

O rosto de Antonieta enrubesceu à menção do nome do jovem conde, fato que Valéria nem percebeu, mergulhada que estava em seus próprios pensamentos, continuando a falar:

- Sim, vou contar-te tudo. Começarei pelo acidente de que fui vítima no final de setembro, três semanas antes de teu regresso.

- Ah, tua queda do cavalo? Teu irmão me contou sobre esse acidente. Disse que não foi nada grave, nada que te afetasse a saúde.

- Tu te enganas: eu poderia ter morrido! Mas não sabes a quem devo o final feliz de minha perigosa aventura. Nunca te disse o nome desse personagem, para poupar meu pai e meu irmão de um desgosto.

- É mesmo estranho que ninguém tenha mencionado o nome daquele que te prestou tão valioso serviço... - observou Antonieta.

- Deixa que eu te conte a história em detalhe - Valéria sugeriu, depois de ligeira hesitação. - Quando meu cavalo Febo caiu e levou-me com ele, bati minha cabeça contra o solo com tamanha violência, que minha vista ficou turva. Mesmo assim, pude perceber vagamente que, pouco após a queda, o animal se levantara e estava prestes a me arrastar pela mata - meu pé ainda preso ao estribo. Quando o torpor se dissipou, dei-me conta de que estava nos braços de um belo jovem, que procurava acomodar-me à sombra de frondosa árvore. Depois disso, nada mais pude ver, pois desfaleci. Quando recobrei os sentidos, encontrava-me já deitada sobre um divã, tendo à minha direita o mesmo jovem, que se mantinha ajoelhado e me dava essências para aspirar; do lado oposto, vi a figura de uma criada de aspecto respeitável, a prestar-lhe assistência. Notei que meu salvador era homem de beleza incomum. Apenas sua pele, de um moreno pálido, e o perfil de seu rosto pareciam indicar uma origem estrangeira.

"Ele providenciou para que me servissem refrescos, conversou comigo, e eu me deixei levar sem reservas pelo interesse que ele me inspirava, julgando que estava tratando com um igual, por suas maneiras refinadas e pela riqueza do mobiliário. Ao tomar conhecimento de que ele tivera o cuidado de mandar avisar minha família sobre o que se passara e sobre o meu paradeiro, estendi-lhe a mão, que ele beijou com um ardor sem dissimulação, fazendo-me corar. Rodolfo chegou pouco depois. Ao despedir-me de meu salvador, convidei-o a visitar nossa residência. Bem podes imaginar meu embaraço quando meu irmão, lançando-me um daqueles olhares que tu bem conheces, apresentou-me o jovem: era o senhor Samuel Maier."

– O que dizes? Samuel Maier, o filho do judeu milionário? – exclamou Antonieta e, tomada por um acesso de riso, deixou-se cair sobre o divã. – Minha pobre amiga, compreendo teu embaraço; ser conduzida nos braços de um judeu... Cruz credo! Imaginar tua linda cabecinha loira descansando contra o peito de um homem dessa raça é simplesmente odioso.

– Mas isso é pouco, se pensar que um homem de tão bela aparência e de maneiras tão refinadas é um judeu puro sangue, nem sequer batizado... – continuou a jovem, com certa hesitação.

Atônita, Antonieta observou a face rubra e a expressão agitada da amiga:

– Acreditas sinceramente que o batismo tenha o poder de apagar as marcas de uma tal origem? E para quê?... De qualquer modo, ainda não compreendo o porquê dessa tua lamentação...

– Deixa que eu prossiga – pediu Valéria. – Maier apresentou-se duas vezes em nossa residência, uma no campo, outra aqui. Todavia, por ordem de meu pai e de Rodolfo, não foi recebido.

– Bem, espero que não encontres o que censurar nessa determinação de teus familiares, tão sensata – interrompeu a atrevida Antonieta. – Afinal, foste poupada do desprazer de ver em tua casa esse homem que, na certa, exala o desagradável odor característico da raça judia. Por que me olhas com tal espanto? Esse cheiro hereditário é um fato!

– Não, não – Valéria corrigiu, rindo com franqueza. – Esse rapaz não exala mau odor algum. Estava perfumado com discrição, como qualquer um de nós, e seus trajes eram da mais elegante simplicidade.

– Toma cuidado, Valéria, que estás a defender demais esse judeu! Já começo a suspeitar de uma loucura – exclamou Antonieta, demonstrando inquietude.

– Não temas. Mas se não parar de me interromper, não vais conhecer a parte mais importante da história. Há cerca de três semanas encontrei inesperadamente esse Maier em casa do barão Kirchberg. Acreditas que ele questionou a razão de minha mudança de atitude? Mais ainda, exigiu uma explicação do porquê, tendo-o convidado a visitar-nos, eu nunca estar disponível para ele.

– É bem judeu não compreender a razão dessa indisponibilidade...

– Calcula, minha querida, que ele fingia não compreender nossas razões para isso. E o que mais me enfurecia era o embaraço que essa situação me causava, porque mostrar a porta da rua a alguém que nos salvou a vida não deixa de ser uma ingratidão.

- Ah!, mas é um judeu! - interpôs Antonieta.

- Sem dúvida, mas, apesar de tudo, eu me sentia irritada, e o fiz compreender, com certa crueldade, que ele não pertence ao nosso meio. Ele se sentiu ofendido, pois seu rosto tornou-se muito pálido, a ponto de eu imaginar que ele iria desfalecer. Dirigi-lhe algumas palavras de compaixão, mas não és capaz de imaginar a resposta insolente que ele me deu, fazendo-me lembrar da estima que o ouro dos judeus costuma inspirar nos cristãos! Com os olhos inflamados de cólera e desprezo, estendeu-me um bilhete de Rodolfo, no qual meu irmão lhe pedia emprestada alta quantia, chamando-o de amigo. Após acrescentar que nossos negócios encontravam-se à beira da falência, retirou-se sem que eu tivesse tempo de responder.

Valéria levantou-se de um salto e correu até uma pequena peça do mobiliário, de onde retirou um papel:

- Lê, aqui está o bilhete - ela pediu, entregando o papel à amiga. - Não ousei mostrá-lo a Rodolfo, embora saiba que ele ainda não restituiu o dinheiro.

Com a mão trêmula, Antonieta segurou o bilhete, cujo conteúdo percorreu rapidamente com os olhos.

- Como sabes que o dinheiro não foi restituído?

- Não reparaste na maneira como meu irmão termina o bilhete? - Valéria apontou para as linhas finais da mensagem: - "Meu prezado Samuel, deixo-te esta carta como garantia de que minha dívida será quitada com a primeira soma de que eu dispuser. Nessa ocasião, me devolverás esta nota que ora deixo em tuas discretas mãos".

- Bem, antes de qualquer coisa, é preciso saber se Rodolfo não pagou a esse avarento miserável e esqueceu-se de pedir-lhe de volta o bilhete. Os jovens são tão imprudentes, não é mesmo? - comentou Antonieta, que nutria evidente interesse pelos negócios do jovem conde.

- Que grave problema vos inquieta, senhoritas? - perguntou inesperadamente uma voz sonora, e Rodolfo, alegre e sorridente, aproximou-se das duas moças, que de tão absortas sequer notaram a entrada do rapaz.

- Vejamos se me qualifico para deliberar a questão em pauta. Tens as faces coradas, Valéria. E vós... - mas o conde calou-se, ficando também vermelho, e arrancou com violência o bilhete que acabara de perceber na mão de Antonieta.

– Como é que esse papel veio parar em vossas mãos? – ele inquiriu, com voz abafada. – Será que Maier teve a coragem de se apresentar diante de Valéria com suas queixas?

– Não, não, foi por outro motivo que ele me entregou essa carta. Ouve-me – e a jovem discorreu brevemente acerca da conversa que tivera com o banqueiro, por ocasião da recepção em casa do barão de Kirchberg.

Rodolfo a escutou de cabeça baixa, enquanto mordiscava nervosamente o fino bigode loiro.

– De qualquer modo, Valéria, agiste mal tratando esse homem com desprezo tão evidente. É verdade que se trata de um judeu miserável, mas é também um milionário, capaz de nos fazer muito mais mal do que poderias supor ou compreender – o rapaz concluiu, com um suspiro.

– Ele declarou, impassível, que nossos negócios estão indo à bancarrota. Mas dize-me, ao menos lhe restituíste a quantia mencionada no bilhete? – ela indagou, ansiosa.

Rodolfo hesitou.

– Espero fazê-lo em breve.

– Em breve não! É preciso pagar hoje mesmo a esse impertinente, a esse usurário – decretou Antonieta, impulsiva. Tomando a mão do jovem conde nas suas, prosseguiu, efusiva: – Rodolfo, sois meu amigo de infância. Se guardais algum afeto por vossa antiga companheira de brincadeiras, permiti que eu vos livre desse compromisso abominável. Tenho em minha residência dinheiro bastante para fazê-lo agora mesmo. Aceitai, reembolsai Maier, e me restituís quando puderdes. Vamos, dizei que sim, em nome de todos os doces e biscoitos que lealmente repartimos em outros tempos!

O olhar lacrimejante, ainda que travesso de Antonieta, exprimia uma rogativa de tal modo ardente que Rodolfo, vencido, levou aos lábios a delicada mão da jovem.

– E como eu poderia recusar uma oferta feita dessa maneira? Aceito, sim, com toda gratidão, pois sou vosso de corpo e alma.

– Obrigada, obrigada. Compreendo a renúncia que fazeis agora para aceitar minha ajuda – murmurou a jovem, corando. – Até mais tarde, então, amigos. Minha carruagem está lá embaixo. Vou e volto. Acalma-te, Fadinha querida, que tudo há de acabar bem.

Nesse exato momento, o cortinado da porta se abriu e um criado da casa entrou, reverente:

- Senhor conde, Josué Levi, empregado da Casa Bancária Maier & Filho, acaba de chegar para conversar com vosso pai. Foi informado de que Sua Excelência encontrava-se fora, e pede para falar convosco, pois se trata de assunto inadiável.

- Está bem. Conduze esse homem ao meu gabinete e dize-lhe que espere. Tão logo tenha acompanhado a condessa d'Éberstein à carruagem, irei ter com ele.

Uma paixão arrebatadora

Depois de conduzir Antonieta até o veículo que a levaria para casa e de ter trocado com ela um derradeiro olhar de carinho, Rodolfo dirigiu-se apressadamente a seu gabinete. O efeito da incômoda emoção que há pouco experimentara o deixara agitado, emprestando ao seu semblante uma expressão mais fria e arrogante que de costume. Mal respondendo à respeitosa saudação de Josué Levi, o jovem conde atirou sobre a mesa o bilhete que enviara a Samuel Maier, dizendo secamente:

- É evidente que vosso patrão deseja me fazer lembrar o conteúdo desta carta, da qual se desfez de maneira tão imprudente. Pois diga-lhe que não se preocupe, porque hoje mesmo essa soma lhe será integralmente restituída.

Ele sentou-se e apanhou um livro, indicando que a audiência estava terminada. Como o israelita permanecesse imóvel, Rodolfo lhe dirigiu um olhar de espanto:

- Considerai-vos dispensado, senhor Levi... Estou muito ocupado.

- Sinto muito importuná-lo ainda - disse o agente bancário, humildemente. - Asseguro-vos de que transmitirei a meu patrão a informação que me destes a honra de comunicar, todavia, minha vinda aqui tem outra finalidade: fui encarregado pelo senhor Maier de apresentar à Sua Excelência, o conde vosso pai, assim como a vós, diversos títulos em poder da Casa Bancária Maier & Filho, e de vos prevenir que o pagamento deverá ser efetuado em dez dias, sem falta.

Josué Levi abriu então uma grande pasta e expôs aos olhos espantados do jovem conde uma série de promissórias e letras de câmbio emitidas por ele e por seu pai a diferentes pessoas de Budapeste e proximidades. O valor total atingia uma cifra que causou vertigem a Rodolfo; mal podia crer que ele e o pai tivessem gastado tamanha soma. Reunindo toda a energia de que dispunha, disse com voz rouca:

– Por que razão essas dívidas se encontram em vossas mãos?

– Vossas assinaturas têm valor de moeda corrente, senhor conde – respondeu o judeu com solicitude. – Esses papéis nos foram entregues em pagamento e aceitos sem qualquer restrição pela casa, que não duvida de que honrareis vossas obrigações. Peço vossa licença para lembrar-vos ainda, senhor conde, de que a maior parte desses títulos venceu há muito tempo, e que o prazo de dez dias é deferência à Sua Excelência, o conde vosso pai, a fim de proporcionar-lhe mais tempo para as necessárias providências. Tenho a honra de saudar o senhor conde!

– Esperai!

Rodolfo traçou rapidamente algumas linhas, nas quais pedia friamente a Maier que viesse até sua residência para se explicar sobre um mal-entendido.

– Esqueci-me de dizer que o patrão está enfermo – informou Levi, pegando a carta. – É o senhor Maier Filho que conduz todos os negócios agora, e é a ele mesmo que deveis dirigir-vos no que disser respeito a este caso.

E, saudando com obséquio redobrado, o israelita desapareceu atrás da porta.

Uma vez só em seu gabinete, Rodolfo levantou-se, levando as mãos à cabeça. Nem em sonho teriam como pagar tal soma; o não pagamento, por sua vez, representaria a ruína e a desonra dos M. Seu segundo pensamento foi de contar a seu pai.

O velho conde acabara de chegar à casa quando o filho irrompeu em seus aposentos e, com um gesto brusco, ordenou ao criado de quarto que se retirasse.

A perplexidade inicial causada por aquela atitude intempestiva cedeu lugar ao desespero que a verdade dos fatos colocava diante do conde. Em absoluta prostração, o velho fidalgo deixou-se afundar numa poltrona. Era a primeira vez que a maneira descuidada com que se havia entregado a tantos prazeres dispendiosos lhe causava remorso.

Contudo, não havia tempo para arrependimentos e lamúrias estéreis: era urgente encontrar uma maneira de atenuar o golpe que os ameaçava. Lápis e papel na mão, pai e filho fizeram um levantamento de tudo quanto possuíam e concluíram que, ainda que se desfizessem da prataria, das joias da família, da cavalariça, das carruagens e das propriedades menos oneradas, seria impossível levantar a cifra necessária. Além disso, era necessário contar com as evidentes desvantagens de uma venda precipitada. Poderiam quitar a dívida com o judeu se entregassem os bens em leilão, e o velho fidalgo seria bem capaz de fazê-lo. No entanto, o que lhes restaria depois de tal escândalo? A miséria, era certo, e uma vergonha que jamais poderia ser apagada. Para Rodolfo, dar os bens da família em leilão representaria ter que abandonar o posto de oficial. Tentativas junto a agiotas tinham sido infrutíferas. Sombrio desânimo abateu-se sobre os dois homens, sobretudo porque nenhuma resposta foi dada à carta do jovem conde.

Transcorridos dois dias, uma inesperada notícia se espalhou pela cidade: Abraão Maier morreu repentinamente, vítima de uma apoplexia, que o levou a óbito passadas três horas. Quarenta e oito horas após o enterro do velho banqueiro, um bilhete lacônico chegou às mãos de Rodolfo. Nele, o herdeiro da Casa Bancária Maier & Filho informava que estaria recebendo aqueles que tivessem negócios a tratar com ele entre as onze da manhã e as três da tarde. Portanto, se o conde desejasse falar-lhe, poderia encontrá-lo em seu escritório no referido horário.

Indignado com mais uma afronta, o jovem oficial jurou a si mesmo que, se a Divina Providência o livrasse da ruína e da vergonha, haveria de renunciar às suas antigas loucuras e tornar-se um novo homem. Tais resoluções, todavia, em nada ajudavam no momento, e foi com o coração opresso que Rodolfo tomou a decisão de encaminhar-se sem demora ao gabinete de Maier. O prazo para o pagamento da dívida terminaria em três dias e ele desejava poupar o pai de tão penosa entrevista.

Dirigiu-se ao estabelecimento e foi imediatamente conduzido ao gabinete do banqueiro, que o saudou com cerimônia, convidando-o a sentar-se. Um instante de incômodo silêncio se estabeleceu entre os dois rapazes num primeiro momento. Bastava que se olhasse para Samuel para saber que a morte do pai lhe causara profundo sofrimento: estava pálido e emagrecera. Uma ruga profunda marcava-lhe o espaço entre as sobrancelhas, e havia uma expressão de amargura em seu semblante.

– É penoso para mim, senhor Maier – começou Rodolfo, com uma irritação contida –, falar do negócio que me traz aqui, e deixai-me dizer que conheço os motivos que vos fizeram agir como agistes. Pois bem! É vil buscar de todas as maneiras um meio de arruinar uma família por vingança contra uma jovem como minha irmã, e fazê-los pagar, por algumas palavras ofensivas, com a miséria e a desonra.

- Esqueceis - interrompeu friamente o banqueiro - que essas palavras lhe foram inspiradas pelas maliciosas explicações de seu irmão.

- Sim, é verdade, admito que sou o responsável pela ofensa que Valéria vos fez. Porém, senhor Maier, não sou o primeiro nem o último da minha casta a ser submetido aos preconceitos que sua raça há muito tempo se esforça por arraigar. E por tal razão quereis me destruir?

- Não. Depende de vós, conde, que nos arranjemos amigavelmente. Além disso, acredito que até hoje nunca sofrestes, de minha parte, com as qualidades odiosas que imputais à minha raça.

- Oh, se consentis num acordo amigável - disse o jovem conde com entusiasmo -, é de coração que me desculpo de vos ter ofendido, Samuel. Concedei-nos o prazo de um ano para que façamos ajustes na economia doméstica e algumas vendas sem grandes perdas, e vos quitaremos integralmente a dívida.

Um sorriso mordaz surgiu nos lábios do jovem israelita:

- Estais enganado se acreditais que se trata de um caso de desculpas entre nós, senhor conde. Não vos concedo uma única hora de adiamento, e se dentro de três dias vós e vosso pai não me houverem pago, mandarei penhorar todos os vossos bens. Todavia, existe uma terceira alternativa, cuja decisão de aceitar caberá exclusivamente a vós, e então destruirei todos os documentos de vossa dívida e não vos cobrarei mais nada.

- Não estou entendendo - balbuciou Rodolfo, aturdido -, o que quereis exigir de nós?

Num gesto que deixava transparecer nervosismo, Maier empurrou os papéis amontoados diante de si na mesa de trabalho. Um estranho brilho iluminava seu olhar.

- Ouvi com atenção, conde, a minha proposta: concedei-me a mão da condessa Valéria em casamento, e eu me encarregarei pessoalmente de invalidar todas as dívidas que pesam sobre o patrimônio da casa de M.

O rosto antes pálido de Rodolfo enrubesceu fortemente. Empurrando com violência a cadeira em que se sentava, o rapaz colocou-se em pé.

- Enlouquecestes, Maier? Estais a vos divertir com a nossa desgraça?

Valéria, vossa esposa? Esqueceis de que sois um... - o conde deixou a frase inconclusa.

- Um judeu! - completou Samuel em tom vibrante. - Mas deixo de sê-lo, me tornando cristão, pois tenho a intenção de me fazer batizar. Além disso, conhecendo o caráter orgulhoso de vossa irmã, já dei início às negociações necessárias para a compra de um antigo baronato, extinto em sua linhagem, para obter do governo o direito ao uso do título e ao nome das terras. É claro que eu preferiria conquistar Valéria de outra maneira, mas minha origem não me permite fazê-lo. Consequentemente, vejo-me forçado a lançar mão de todos os meios possíveis para ter junto de mim a mulher que me inspirou uma dessas paixões fatais e insensatas, capazes de destruir um homem e conduzi-lo, às vezes, a um crime... O que acabo de vos revelar custou a vida de meu pai, senhor conde. A perspectiva de me ver convertido ao cristianismo desencadeou o derrame cerebral que pôs termo à vida dele. Podeis concluir, portanto, que se tal ocorrência não foi capaz de abalar minha resolução, obstáculo algum me poderá deter. Eis, pois, os fatos. Tendes duas alternativas: conceder-me a mão de vossa irmã em casamento, ou a desonra. Concedo-vos três dias para decidir entre me aceitar como futuro marido da condessa Valéria ou encarar a ruína financeira. Pesai os fatos com frieza e minha proposta não vos parecerá descabida.

Incapaz de julgar friamente semelhante proposta, Rodolfo fitou Samuel com desprezo, enquanto um turbilhão de emoções bramia em seu íntimo:

- Só mesmo um judeu seria calculista a ponto de pesar as vantagens e desvantagens de semelhante arranjo - o jovem conde revidou com voz rouca e trêmula. - Ainda que fôssemos imundos o bastante para aceitar essa negociação vergonhosa, Valéria não se submeteria a isso. Aprendei, se ainda não o sabeis, senhor Maier: o coração de uma mulher se conquista, não se compra!

Sem dar a Samuel tempo de resposta, Rodolfo retirou-se, de modo que não pôde ver o intenso rubor que subira às faces do banqueiro, nem o ar sombrio que seus olhos haviam assumido.

- Conquistar o coração de uma mulher... - Samuel murmurou com amargura - é o que pretendo fazer quando o caminho até ela estiver aberto, seja a que preço for!

O velho conde de M. ficou a ponto de enlouquecer quando o filho lhe comunicou, transtornado, o resultado da entrevista que teve. Desolado e incapaz de articular uma única palavra, o aristocrata deixou-se afundar numa poltrona. Só de pensar na hipótese de conceder a mão de sua filha, sua Valéria, àquele judeu insolente, tudo nele revirava, de desgosto e orgulho ultrajado.

- Ah, essa raça miserável, que há séculos vem se alimentando de sangue cristão! - murmurou, finalmente. - Aquele cão impuro, a despeito de seu verniz de civilizado, está ávido pelo sacrifício de carne humana, como na Idade Média! Jamais terei coragem para dizer à minha filha o que nos ousa propor. Pedir a ela que se submeta a tal arranjo seria o mesmo que condená-la à morte, e aceitar essa união seria uma desonra semelhante à ruína financeira.

- Sou da mesma opinião, meu pai. E também eu seria incapaz de dizer a verdade à minha irmã. Acho que estourar os miolos com um tiro certeiro seria uma saída mais honrosa, e colocaria fim ao nosso dilema.

O velho conde Egon baixou a cabeça, deprimido e fatigado. Oh, quanto amaldiçoava agora os excessos de sua mocidade, as loucuras da maturidade e o mau exemplo que dera ao filho, acabando por arrastá-lo ao caminho da leviandade e do desperdício.

Valéria, o objeto de toda essa agitação, permanecia alheia à tormenta que se armava na cabeça do pai e do irmão. Contudo, o nervosismo e a sombria apreensão que afligiam a seu pai e a Rodolfo não lhe tinham passado despercebidos. Um desespero silencioso e o pressentimento de uma desgraça iminente agitavam sua alma sensível. De natureza lânguida, frágil e impressionável, Valéria entregou-se à prostração em resposta à situação aflitiva que apenas suspeitava. Somente a presença da amiga Antonieta impediu que ela adoecesse, vítima da inquietação. Mas a angústia de Valéria chegou ao ápice quando os dois condes se desculparam e não compareceram, à noite, ao jantar, no mesmo dia da entrevista fatídica.

- Digo-te que algo terrível está para acontecer, algum tenebroso infortúnio ameaça nos atingir - exclamou para a amiga. - Pude ver isso hoje, do terraço de meu quarto, quando Rodolfo desceu da carruagem: seus passos eram trôpegos como os de um homem embriagado, e ele tinha o semblante como eu jamais vira antes. Quando mais tarde me dirigi aos aposentos de meu pai, na esperança de conversar com ele, não fui recebida. E agora meu irmão e papai não compareceram para o jantar... - a jovem levou as mãos à cabeça, exasperada. - Céus, o que estará para acontecer?

Antonieta sentia o coração apertado. Rodolfo lhe era muito mais caro do que ousava admitir, e o perigo que parecia rondar o homem amado roubava-lhe igualmente o sossego. Entretanto, mais enérgica que Valéria, decidiu pôr fim àquela incerteza.

- Acalma-te, Valéria. Escreverei um bilhete a teu irmão, pedindo-lhe que venha falar comigo; para mim ele dirá a verdade.

Tendo traçado algumas apressadas linhas, ela voltou para junto de sua amiga, cuja agitação se havia transformado em visível mal-estar. Antonieta insistiu para que ela se acomodasse num divã e soltou-lhe os cabelos, a fim de dar maior conforto àquela cabeça assombrada por maus presságios; por fim, cobriu-lhe os pés gelados com uma manta. Mal acabava de ocupar-se de Valéria, um criado surgia à porta, para comunicar-lhe que o jovem conde esperava por ela no terraço.

Apoiado contra uma coluna, Rodolfo tinha os braços cruzados, a cabeça baixa e os olhos no chão. Permaneceu assim, imóvel, até que Antonieta tocou levemente seu braço.

- O que está acontecendo? Dize-me, por caridade - a jovem pediu, ansiosa, ao notar a palidez do rosto do rapaz e a maneira como aquele semblante querido se contraía nervosamente.

Tomando-o pelo braço, Antonieta fez com que Rodolfo a acompanhasse até um banco, onde os dois jovens se sentaram lado a lado.

- Sejai franco, meu amigo - a jovem pediu, tomando a mão do moço entre as suas. - Algo que vos afeta dessa maneira não pode ser mantido em segredo eternamente. Confiai em um coração devotado.

- Não mereço vossa amizade, Antonieta - ele murmurou entredentes. - Sou um miserável e tenho grande responsabilidade na desgraça que paira sobre nossa família. Só mesmo um tiro de pistola contra meu próprio peito poderá livrar-me da vergonha que nos ameaça. Contudo, rogo-vos que não abandoneis Valéria, a vítima inocente de toda essa situação, nesse momento em que o infortúnio nos atinge.

- O que acabais de dizer não é digno de um cavalheiro, de um homem decente - a jovem respondeu, após deixar escapar um grito abafado. - Cometestes um erro, é o que dizeis, mas reparamos um erro com um crime? Jurai-me que esquecereis de vez esse pensamento fatal! Ou será necessário que eu vos diga que a bala que transpassasse vosso coração atravessaria também o meu?

O jovem conde estremeceu ao ouvir aquelas palavras, e um lampejo de terna alegria iluminou-lhe o semblante abatido.

– Antonieta, querida minha, não podes imaginar o que sinto neste instante. Quisera dedicar toda minha existência a fazer-te feliz... No entanto, nem mesmo um nome honrado terei mais a oferecer-te. Mas agora que sabes que eu te amo, hei de revelar-te toda a verdade. Não és mais apenas minha companheira de infância, és também a metade de minha alma e tens, portanto, direito à minha total confiança.

Rodolfo trouxe a jovem para junto de si e lhe expôs brevemente, em voz baixa, o cenário dos negócios da família e as peripécias dos últimos dias, que haviam culminado na inacreditável proposta de Samuel.

– Compreendes, Antonieta, que nem eu nem meu pai tivemos coragem de sugerir a Valéria tal sacrifício, que equivaleria a uma pena de morte? Como seria difícil prosseguir vivendo depois de tal desonra!

A jovem ouvia, palpitando de emoção, e empalideceu às últimas palavras do conde.

– Não, não, Rodolfo! Eu te repito: não se pode reparar um erro com um crime. Quem me dera eu já tivesse atingido a maioridade para poder tirar-te dessa situação. Mas não posso pedir a metade da minha fortuna ao meu tutor, apesar de ele ser um homem muito bondoso.

– Acreditas mesmo que eu aceitaria semelhante sacrifício? – interrompeu Rodolfo impetuosamente.

– Não te irrites, meu querido. Tratemos de conversar com calma – Antonieta deslizou a mão pela fronte úmida do rapaz. – Nada neste mundo poderá impedir nossa união, pois nos amamos de verdade. Por outro lado, creio que é nosso dever colocar Valéria a par dessa situação, antes que a ruína recaia sobre esta família. Não te desesperes; sinto que tudo se resolverá. Deus há de ter piedade de nós.

– Meu anjo de bondade! – exclamou o rapaz, apertando-a de encontro ao peito. – Como poderia eu duvidar da misericórdia de Deus, quando permite que minha vida se ligue à tua neste momento de tanta angústia? Vai e expõe a terrível realidade à minha pobre irmã, para que ela própria decida o seu futuro, e o nosso.

Agitada e com o coração cheio de pesar, Antonieta dirigiu-se aos aposentos da amiga. Parando por um momento à porta, contemplou, com tristeza e admiração, Valéria estendida no divã, entre adormecida e desperta.

Estava linda naquela postura de graça e abandono. Seus longos cabelos loiros e soltos, que se estendiam até o tapete, cintilavam à luz de uma lâmpada a gás que pendia do teto, à semelhança de uma cascata dourada a derramar-se. "Como é bela minha amiga", Antonieta disse de si para si, suspirando profundamente. "Não há dúvida de que é capaz de despertar num homem uma paixão insensata! Mas como dizer-lhe que é ela quem deve se sacrificar pela felicidade de todos, aceitando casar-se com esse judeu detestável?"

Aproximando-se da sonolenta condessa de M., a amiga inclinou-se para beijar-lhe a fronte.

- És tu, Antonieta? - indagou Valéria, abrindo os olhos e endireitando-se no divã. - Demoraste tanto! Percebo em teu semblante que Rodolfo te revelou nada de bom...

- Tens razão, minha pobre amiga - confirmou Antonieta, indo sentar-se ao lado da moça, cujas mãos tomou nas suas. - Tenho dolorosas notícias para ti. Estás preparada para ouvir toda a verdade?

- A pior verdade é preferível a essa torturante incerteza, a essa espera por algo que desconheço - respondeu Valéria, munindo-se de toda coragem possível. - Fala! Estou preparada para ouvir tudo e para fazer qualquer sacrifício.

Com toda a delicadeza que sua afeição pela jovem condessa lhe inspirava, a senhorita de Éberstein revelou a terrível verdade, constatando, preocupada, a palidez da amiga e o tremor nervoso que pouco a pouco se foi apoderando dela. Ao saber da condição imposta por Samuel, Valéria deixou escapar um grito, ao mesmo tempo em que saltava do divã, como que impulsionada por poderosa mola.

- Casar-me com Maier? Isso não seria um sacrifício, mas uma tortura eterna! Se fosse o caso de morrer... Mas ter que viver com esse judeu asqueroso e detestável!

Ela se pôs a caminhar pelo espaçoso aposento, ora sufocando soluços, ora apertando as próprias mãos em silenciosa exasperação. Subitamente, deteve-se diante de Antonieta, que chorava em silêncio.

- Escuta - Valéria murmurou, e seus olhos brilhantes espelhavam a febril agitação que reinava em seu mundo interior. - Não me vejo no direito de deixar destruir meu pai e meu irmão. Todavia, todo condenado tem o direito a um derradeiro pedido de misericórdia, e é isso que vou tentar. Irei hoje mesmo rogar a Maier que nos conceda um prazo maior, sem que eu tenha que conceder minha mão, pois é certo que nossa união não lhe poderia trazer felicidade alguma.

Tomada de assombro, Antonieta segurou as mãos da amiga.

- Queres mesmo tentar essa loucura? Mas onde e como poderás encontrar esse homem?

- Já pensei em tudo - interrompeu Valéria com impaciência. - O palacete do banqueiro não fica muito distante de nossa residência, e há nele um enorme jardim, cercado por muros. Numa viela que passa ao lado desses muros há uma pequena porta que dá acesso aos jardins, e que permanece sempre aberta até a meia-noite, em deferência aos visitantes que desejem entrar sem serem notados. Por que tanto espanto, Antonieta? Foi Rodolfo quem me revelou tais detalhes, incapaz de prever que um dia eles me poderiam ser úteis. Pois bem, é por aí que pretendo entrar. Samuel ocupa o andar térreo, e seus aposentos, ao que me parece, comunicam-se com o jardim. Irei procurá-lo e conversarei com ele.

- Estás disposta a arriscar-te a comparecer desacompanhada a uma entrevista com esse homem ensandecido de amor por ti? Será uma enorme imprudência te expores dessa maneira! És bela demais para que ele renuncie a ti, e ver-te servirá tão somente para excitar sua paixão louca.

- Não te esqueças de que ele me deseja por esposa e que sabe que nos encontramos em sua total dependência - Valéria respondeu, com um amargo sorriso nos lábios. - Ele não atentaria contra minha honra. Mas, por via das dúvidas, não estarei desarmada - ela caminhou até a escrivaninha e retirou de uma das gavetas um pequeno revólver com que Rodolfo a presenteara. - Além disso, para que te tranquilizes de vez, irás comigo. Permanecerás junto à pequena porta de que te falei e darás o alarme caso me ouças gritar. Apenas te peço que não tentes me deter, nem me retardes, pois talvez eu consiga! Costuma-se dizer que o pranto da mulher amada é capaz de amolecer até o mais inflexível dos homens. Se ele me ama de fato, há de ceder às minhas lágrimas, ou quem sabe seu orgulho de judeu se satisfará com minha humilhação? Ah, como odeio esse homem pelo rebaixamento que nos impõe!

- Já pensaste que pode haver mais gente naquela casa, e que poderemos ser reconhecidas? - objetou Antonieta, atemorizada ante a exaltação febril da amiga.

- Não, não. Quem ele receberia poucos dias após a morte do pai? Agora, apressemo-nos. Já são nove e meia da noite e a lua começa a se erguer no céu. É o melhor momento! Vem, Antonieta, ajuda-me a arrumar os cabelos. Em seguida, cobriremos a cabeça e o rosto com estes véus negros. Não pretendo trocar de roupa, pois receio aguçar a curiosidade da camareira.

A senhorita de Éberstein não fez mais nenhuma oposição. Com as mãos trêmulas, pôs-se a trançar os cabelos de Valéria. Em seguida, as duas jovens cobriram-se com mantos de seda negra e colocaram mantilhas da mesma cor sobre a cabeça. Então, sem fazer ruído, desceram do terraço para o jardim. Lá embaixo, caminharam até uma portinhola fechada por dentro a ferrolho e que costumava ser usada pelos jardineiros. Ao alcançarem a rua, acenaram para o primeiro coche de aluguel. Assim que o veículo parou, as moças subiram e ordenaram ao cocheiro que as levasse até a ruazinha contígua ao jardim do banqueiro.

As duas não trocaram uma única palavra ao longo do trajeto. O estado moral de Valéria lhe tirava a capacidade de raciocinar. Frágil e exaltada por natureza, mimada e adulada por todos que a cercavam, a jovem condessa não pudera contar com a presença de uma mãe cuja afeição equilibrada tivesse atenuado suas tendências impulsivas, educando-as. Além disso, o vigor da disciplina não era coisa que caracterizasse a parenta idosa que se ocupara de sua educação, após a morte prematura da mãe. Desse modo, Valéria havia crescido sem desenvolver aquele freio íntimo que permite à razão regular os impulsos espontâneos. Igualmente órfã desde a infância, Antonieta por sua vez era uma pessoa de natureza honesta e reta, embora arrojada e amante do perigo, assim como das grandes resoluções. Naquele momento, seu coração batia apressado. Estaria mentindo se negasse que havia dado seu consentimento à amiga, acompanhando-a em uma aventura que na verdade deveria impedir, a todo custo. Mas o irresistível apelo romântico daquela ação arriscada a seduzira, e a esperança de salvar Rodolfo, aliada ao desejo de evitar uma união tão comprometedora, tinha conseguido calar seus derradeiros escrúpulos.

A parada do coche arrancou as duas jovens das reflexões em que se achavam mergulhadas. Uma vez fora do veículo, ordenaram ao cocheiro que esperasse por elas na esquina da rua e se dirigiram a passos rápidos rumo à pequena porta indicada por Rodolfo; encontraram-na aberta, como ele dissera.

– Espera-me aqui neste recanto escuro e roga a Deus que me ajude – Valéria pediu, apertando as mãos de Antonieta.

Sem esperar resposta, pôs-se a caminhar ao longo de uma alameda ladeada por árvores seculares.

Deixando-se guiar pela desesperada resolução que a animava, Valéria buscava orientar-se pelas árvores e veredas do jardim desconhecido, deserto e silencioso, em busca do caminho da casa. Ao atingir ampla clareira, que a luz do luar iluminava, a jovem parou de repente, estremecendo. Ao redor de uma fonte que jorrava sobre uma bacia de mármore, havia um canteiro de flores; pequenos atalhos serpenteavam por entre estátuas e laranjeiras em flor, conduzindo a uma varanda elevada, a qual dava acesso aos aposentos do andar térreo; naquela varanda, igualmente ornada por arbustos raros, via-se uma mesa repleta de livros e documentos, ao lado da qual estava um homem sentado em uma poltrona. Ele, contudo, não trabalhava naquele momento. A luz de uma lâmpada a gás deixava entrever claramente seus cabelos muito negros e anelados, bem como a parte inferior de seu rosto, o queixo apoiado sobre as mãos. Próximo a seus pés, um grande cão de guarda estava estendido sobre uma esteira.

Tendo avistado aquele que viera encontrar, Valéria parou por um instante, imóvel, como se tivesse os pés fincados no chão. Em seguida, apoiou-se vacilante contra o pedestal de uma estátua a seu lado. Em que estaria pensando aquele homem terrível e detestável? A lembrança da perda do pai, ferido de morte pela perspectiva da conversão do filho ao cristianismo, ou um novo plano para destruir e humilhar suas vítimas? Toda a suposta coragem de Valéria se desvaneceu; a ideia de falar a Samuel, de humilhar-se perante ele, atingiu-a como um choque, fazendo-a despertar para a embaraçosa realidade da situação que estava prestes a enfrentar. Tomada pela vergonha e pelo medo, que a faziam tremer, deu meia volta, decidida a ir embora. Mas era tarde demais: a audição apurada do cão de guarda da casa havia registrado o farfalhar da seda de seu manto, roçando o tecido contra o mármore do pedestal a seu lado. O animal ergueu-se, alerta, e disparou em direção ao jardim. Em instantes, rosnava furiosamente, avançando contra uma jovem petrificada de pavor.

Estupefato, Samuel ergueu a cabeça e chamou o animal. Ao notar que este se movimentava ao redor de algo impossível de ser distinguido do terraço onde estava, caminhou em direção ao cão; porém, ao perceber que era uma mulher que ele atacava, correu em sua direção.

- Para trás, Marte! - ordenou, segurando o animal pela coleira.

Com crescente assombro, o rapaz examinou a desconhecida, que permanecia imóvel ao pé da estátua e cujos trajes evidenciavam tratar-se de uma dama da alta sociedade.

- Quem sois? Por que razão viestes se perder aqui? - ele indagou, dando de ombros ao não receber resposta. - Por acaso sois muda, senhora? A quem procurais?

- A vós - Valéria respondeu, dando alguns passos e retirando a mantilha de renda que lhe ocultava os cabelos. Impedida de fugir, viu-se forçada a recuperar a resolução desesperada que a levara até ali.

Ao reconhecer a mulher que lhe roubara o sono, cujos olhos de safira lhe haviam feito esquecer tudo o mais na vida, Samuel recuou, como que atingido por um raio.

- Que fazeis em minha casa numa hora dessas, condessa? Oh... Imagino que não será para me restituir a paz.

- Estais enganado, senhor Maier, pois estou sim em missão de paz. Tudo o que deveis fazer é ter boa vontade para aceitar a proposta que vos trago - Valéria respondeu em voz baixa e trêmula. - Venho pessoalmente suplicar-vos que concedais a meu pai um prazo que lhe permita liquidar sua dívida, e sereis credor de minha gratidão por toda a vida. Vim aqui para vos implorar em favor dele - acrescentou, estendendo as mãos delicadas em posição de prece, na direção dele.

Os olhos do rapaz fitavam, fascinados, aquele semblante adorado, que a emoção tornava ainda mais sedutor. Diante das palavras de Valéria, porém, ele cruzou os braços e franziu o cenho:

- Vejo que vosso pai vos revelou toda a verdade - comentou em tom firme, mas calmo. - Não ignorais, portanto, que tendes nas mãos a salvação da fortuna e da honra de vossa família.

- Mas a que preço? - ela reagiu. - O que exigis é impossível!

O jovem sorriu amargamente.

- O que fazer, condessa? A conquista da felicidade é sempre árdua. Acreditais que é menor o preço que pagarei para conquistar a mulher que tive a insanidade de amar?

- Como pode o sacrifício material comparar-se à venda de uma alma? - Valéria o interrompeu. - Menosprezais o preço da humilhação e do inferno moral de toda uma vida, quando tudo que tereis a fazer será perdoar uma dívida em dinheiro? Oh, peço-vos que me desculpai: ia me esquecendo de que para um homem de vossa raça esse deve ser o maior de todos os sacrifícios, e muito me admira que vosso gosto judeu se tenha desvairado a ponto de amar uma cristã falida - ela acrescentou, com ironia e desconsideração.

Um leve rubor coloriu as faces pálidas de Samuel:

- Tendes, razão, condessa - respondeu, sem perder a calma. - É loucura aspirar à mão de uma mulher que lança tanto desprezo no rosto daquele que a ama. Contudo, não tenho dúvida de que vos equivocais em acreditar que um homem de minha raça não seja capaz de sacrificar muito mais que esse ouro que os cristãos se mostram tão hábeis em dissipar. Abro mão de muito mais que isso, senhorita! A oferenda que depus no altar de meu amor por vós foi a vida de meu pai, que não pôde sobreviver à minha decisão de converter-me ao cristianismo. Ele não pôde suportar a perspectiva de ver seu único filho tornar-se um renegado aos olhos do seu Deus, de sua raça e de sua família. Mas deixai-me acrescentar que nenhum homem é responsável por nascer nesta ou naquela religião. Há muito tempo que adoto os costumes cristãos por gosto e hábito. Além disso, a educação, que é o que de fato diferencia os seres humanos uns dos outros, faz de mim alguém igual a vós. Por isso, não posso entender que cometo algo tão revoltante querendo desposar uma cristã, que não me poderá oferecer mais do que sua própria pessoa, quando por ela eu renuncio à minha religião, e a cuja família restituirei a paz e a fortuna, uma vez que sou seu único credor. É verdade que meu sacrifício é voluntário, senhorita Valéria, mas nem por isso é menor que o vosso. Eu o abraço por amor, o que vos é e será sempre uma garantia para o futuro, pois a senhorita poderia cair em mãos bem piores e menos dignas do que as minhas. Acreditais não haver, entre os cristãos, maus maridos, homens sem fé nem lei?

Diante dessas palavras, que atestavam ser a decisão do banqueiro irrevogável, o nervosismo de Valéria chegou ao auge. Ela tremia, seu coração palpitava e um desespero mesclado à cólera quase lhe roubava a razão:

- Ah, como sois impiedoso! - ela exclamou, levando ambas as mãos à cabeça. - Foi inútil vir até aqui. Vós me falais de coisas que não podem anular o estigma de vossa origem. Hão de dizer para sempre que me casei com um judeu! Será que não sois capaz de compreender que nenhuma riqueza e educação, por maior ou melhor que sejam, serão capazes de eliminar o abismo que existe entre nós? Céus, podeis encontrar outra mulher! Se vosso amor é tão grande quanto apregoais, salvai minha família da desonra sem que para isso eu tenha que me submeter a uma união que me inspira a mais completa e intolerável aversão. Sede generoso, senhor Maier, e passarei a vos considerar um amigo, ainda que a... - e a voz lhe faltou.

- Ainda que a contragosto - completou Samuel, que cambaleara como que atingido por um tiro ao ouvir a admissão impiedosa e imprudente da jovem.

- Não, não. Com reconhecimento! - ela apressou-se a corrigir. - Quero acreditar em vossa grandeza de espírito, e nenhuma humilhação será demasiada para mim se eu puder garantir a salvação dos meus.

Exaltada e abalada pelas múltiplas emoções daquele dia, e sem discernimento para compreender o que fazia, Valéria deixou-se cair de joelhos.

- Vede! É a vossos pés que suplico que me tireis a vida, mas salvai minha família!

Agitado, o rapaz passou a mão trêmula pela face, salpicada de suor. Seu primeiro ímpeto foi o de aproximar-se da condessa e colocá-la em pé, mas conteve-se, e deu um passo atrás:

- Não ouso erguer-vos com minhas mãos impuras, condessa - ele murmurou em voz baixa e repleta de amargura. - Sou forçado a ver uma mulher ajoelhada aos meus pés porque prefere a morte a aceitar o amor que lhe ofereço de todo coração. Mas apesar de todos os ultrajes que me lançastes em face, não renunciarei a vós, porque vos amo como sois: impiedosa e cruel, vítima cega de um maldito preconceito... Eu jamais vos tiraria a vida, pois desejo que vivais para mim!

Valéria ergueu-se bruscamente, num gesto que arrancou a presilha que segurava seu manto, fazendo-o cair no chão, o que ela sequer notou; com olhos em chamas, levantou a mão:

- Que a maldição caia sobre vós e sobre tudo quanto vierdes a fazer na vida, homem sem compaixão! - ela exclamou com voz entrecortada.

Dando meia-volta, pôs-se a caminhar em direção a um dos atalhos que levavam à porta principal da propriedade. Mas não andou nem dez passos quando as forças lhe faltaram; sua cabeça rodava, a vista escureceu e ela caiu por terra, desfalecida.

Maquinalmente Samuel apanhara do chão o manto de Valéria e a seguira; ao vê-la cair sem sentidos, porém, esqueceu-se de tudo, correu, tomou-a nos braços e levou-a até um banco do jardim. Constatando que a jovem demorava para voltar a si, acomodou-a sobre o assento, tendo o cuidado de repousar sua cabeça sobre o manto, enrolado, e correu até seus aposentos, de onde trouxe um cálice de vinho e um frasco de essências, para que a condessa os aspirasse.

Passados alguns minutos, Valéria abriu os olhos, mas seu olhar parado e sua fraqueza evidenciavam que uma completa prostração resultara de sua agitação desesperada. Sem forças para reagir, deixou que Samuel lhe desse um pouco de vinho para beber. Quando o rapaz tentou ajudá-la a levantar-se, porém, a condessa tombou, exaurida. Agitado, o banqueiro correu a mão pelos cabelos.

– Que devo fazer? – murmurou. – Donzela insensata, não imaginastes que alguém poderia ter-vos visto aqui? Teríeis colocado em risco vossa reputação! Vamos, vamos, não tremais dessa forma! Dizei-me como viestes parar aqui! Tendes, lá fora, uma carruagem ou alguém à vossa espera?

– Junto à pequena porta que dá para o jardim está minha amiga Antonieta – Valéria conseguiu dizer num fio de voz, com esforço.

Samuel dirigiu-se sem demora à porta indicada. Abrindo-a, detectou uma silhueta feminina que se ocultava na escuridão.

– Sois a senhorita Antonieta? – ele indagou.

– Sim – ela confirmou. – Por Deus, dizei-me onde está Valéria!

– Com todas essas fortes emoções, ela passou mal. Admira-me, senhorita, que a tenhais apoiado numa iniciativa que pode ser tão mal interpretada. Uma carruagem vos espera?

– Sim, pedimos ao cocheiro que aguardasse por nós na esquina.

– Muito bem. Vinde comigo, senhorita. Serenai vossa amiga e decidi se ela está em condições de voltar para casa.

Samuel retirou do bolso do colete o relógio e conferiu as horas à luz do lampião:

– É importante que nos apressemos: são quase onze horas da noite e alguém poderia dar por vossa falta na residência do conde. Vamos depressa, senhorita.

A despeito de sua inquietação, Antonieta ainda lançou um olhar curioso sobre o jovem israelita, a quem não conhecia senão de nome, e que tinha nas mãos o futuro de seu amado Rodolfo e sua própria felicidade. Samuel Maier lhe causou uma primeira impressão bastante favorável. Belo e elegante, o banqueiro em nada correspondia à imagem do judeu sórdido e repugnante que sua imaginação havia criado. Sentia-se agora um pouco mais tranquila ao acompanhar o bem-educado milionário. No entanto, ao deparar-se com Valéria prostrada sobre o banco, qual enferma, a amiga lançou-se sobre ela, preocupada:

- Fada querida, como te sentes? - indagou, tomando suas mãos. - Vamos, anima-te! Precisamos voltar para casa. Consegues andar?

- Tentarei - murmurou.

Auxiliada pela amiga, ela ergueu-se e ensaiou alguns passos vacilantes. Uma súbita fraqueza, porém, dominou-a, e ela teria caído se Samuel não a houvesse amparado.

- Meu bom Deus! - Antonieta exclamou. - Ah, é fácil deduzir que o sacrifício de minha amiga foi em vão e que permaneceis insensível à desgraça dessa família.

- Não me condeneis antes de haver refletido com cuidado, senhorita - Samuel disse com firmeza. - Procurai imaginar-vos no meu lugar e dizei: se amásseis, seríeis capaz de renunciar à criatura que vos é mais cara que a própria vida?

Na mente de Antonieta resplandeceu a imagem querida de Rodolfo:

- Sinceramente, não...

- Então, tende indulgência para com minha fraqueza, senhorita. Mas agora, apressemo-nos. Levarei a condessa Valéria até o coche e zelarei por vossa segurança até chegarmos ao jardim do conde.

Sem aguardar autorização para fazê-lo, ergueu Valéria, que não oferecia qualquer resistência, nos braços, e dirigiu-se à saída. Aturdida pelos sentimentos mais contraditórios, a senhorita de Éberstein o seguiu; ela o observava entre curiosa e desconfiada. Sua natural retidão de caráter não lhe deixava alternativa senão reconhecer que, por suas maneiras e aparência, Samuel Maier em nada diferia dos rapazes de suas relações sociais. A elegância despojada que o caracterizava em nada lembrava o tipo da raça repugnante e embrutecida que ela havia encontrado nas cidadezinhas próximas às suas terras. A mão branca e bem-cuidada, que se destacava sobre o manto negro de Valéria, não trazia um único anel, contrariando a ideia de ostentação que Antonieta formara em relação aos judeus. "Tenho que admitir que ele não é nem um pouco asqueroso como eu havia suposto", pensou a noiva de Rodolfo. "Quem sabe se tudo não se arranja melhor do que imaginamos?"

- Por obséquio, senhorita, poderíeis pedir ao cocheiro que avance o veículo - pediu Samuel em voz baixa, assim que alcançaram a saída que dava acesso à rua lateral.

Assim que o coche parou, ele apressou-se em acomodar Valéria em seu interior. A jovem parecia nada ver nem ouvir. Samuel ajudou Antonieta a entrar e só então tomou assento no banco da frente e fechou a portinhola.

- Tenho que ajudar a transportar vossa amiga até o jardim do palácio - o rapaz informou, dirigindo-se a Antonieta como que a desculpar-se. - Não tereis força para fazê-lo sozinha.

Minutos mais tarde chegavam à residência do conde; Antonieta foi a primeira a descer e, após dar uma moeda de ouro ao cocheiro, caminhou em direção à casa e abriu uma porta lateral usada pelos criados, constatando que não havia ninguém nos jardins e que o silêncio reinava absoluto.

- Depressa, trazei Valéria! - pediu a Samuel.

Ele retomara seu doce fardo nos braços, e seguiu a jovem até um caramanchão, onde havia um banco.

- Deus seja louvado! - exclamou Antonieta, fazendo o sinal da cruz. - Agora, senhor Maier, aceitai meus agradecimentos e deixai o mais depressa possível esta casa.

Com um longo suspiro e sem uma palavra, o rapaz dirigiu-se imediatamente para a porta por onde entrara. Ao alcançá-la, deteve-se por um instante.

- Senhorita, queira transmitir um recado meu à condessa Valéria, que me parece estar sofrendo muito. Dizei que lhe concedo o prazo de oito dias para refletir e tomar uma decisão definitiva. Dizei-lhe também que faz mal em repelir um homem, que a ama com toda a força de sua alma, em nome de um preconceito indigno do século em que vivemos!

O padre Martinho de Rothey

Quando a pequena porta se fechou atrás dele, Samuel viu-se em plena rua, sem portar sobretudo nem chapéu. O coche de aluguel havia sido dispensado. Nada disso, porém, preocupava o jovem, agitado que estava por tudo quanto acontecera naquela noite. Sem dar importância à impressão que seu traje poderia causar nos transeuntes, pôs-se a caminhar a passos largos rumo a sua residência. Sentindo a necessidade de estar só, o rapaz evitou a rua principal, ainda movimentada e barulhenta, optando por seguir veredas pouco frequentadas e, àquela hora, desertas e silenciosas.

Encontrava-se já próximo de casa quando, em determinada esquina, esbarrou num homem que caminhava lentamente, com as mãos cruzadas às costas, e que ele tentara ultrapassar; tão violento foi o choque, que o chapéu do desconhecido caiu por terra, deixando descoberta uma cabeça tosquiada de padre.

– Perdoai-me, reverendo – disse o banqueiro, inclinando-se para apanhar o chapéu, que entregou ao homem indignado.

Quase que simultaneamente, contudo, ambos emitiram uma exclamação de surpresa.

– Então sois vós, senhor Maier! – murmurou o clérigo. – Pelo que vejo, apreciais os passeios noturnos, e ainda por cima sem chapéu, o que me parece um tanto desleixado para um homem de negócios tão sério e tão... severo! Digo isso porque venho da residência de um homem a quem muita aflição causastes: o conde de M.

– Então estais a par dos negócios que acontecem entre mim e o conde? – Samuel indagou, espantado.

Ele conhecia o padre Martinho de Rothey, muito popular em Budapeste por seus sermões e por ser membro de todas as sociedades de beneficência da grande cidade. Ignorava, contudo, que ele tivesse relações com a família de M.

– Sou confessor do senhor conde e de seus familiares – esclareceu o religioso, antes de encarar Samuel com um olhar de censura. – Embora não me reconheça no direito de vos admoestar, gostaria de lembrar-vos de que vossa religião, assim como a nossa, condena atitudes inclementes para com o próximo. Ademais, o que exigis não se pode realizar.

Ligeiro rubor coloriu as faces do israelita.

– O que vos leva a fazer tal afirmação, reverendo? – ele indagou, no momento em que ambos alcançavam a entrada dos jardins de sua residência. – É meu desejo receber o batismo, e acredito que a ideia de viabilizar minha conversão formal ao cristianismo, e de resgatar minha alma de uma crença que condenais, deveria antes vos alegrar.

O sacerdote balançou a cabeça:

– Vossa intenção é louvável, meu filho, mas creio que, como muitos de vossos correligionários, pretendeis na verdade abraçar o protestantismo, o qual, a meu ver, constitui heresia tanto quanto vossa estrita lei de Moisés.

– Pois estais equivocado, padre. Pretendo tornar-me católico e professar a mesma fé da mulher a quem amo. Portanto, tão logo a jovem condessa de M. consinta em se casar comigo, será a vós que rogarei aceitar-me como aprendiz do catolicismo. Espero que não vos negueis a instruir-me quanto aos dogmas e símbolos de vossa religião e, supondo que me julgueis digno de receber o batismo, que não vos recuseis a ser o intermediário dos donativos que desejo ofertar aos menos favorecidos. Espero também que compreendais, reverendo, que não é a maldade, mas a necessidade, que me força a ser rígido com o conde de M.

Um sorriso benevolente e satisfeito iluminou o semblante do velho padre de Rothey. Ele não era um homem mau, mas um fanático de sua crença. Salvar almas do fogo do inferno e da heresia, além de ampliar o círculo de sua beneficência, era seu objetivo de vida. A ideia de uma conversão tão relevante quanto a do banqueiro milionário, motivo inequívoco de lisonja, aliada à perspectiva das quantias que o zelo daquele riquíssimo neófito colocaria em suas mãos, abafou seus derradeiros escrúpulos.

– O que acabais de dizer, meu jovem amigo, modifica em muito minha opinião. É claro que jamais rejeitarei uma alma que reconheça seus erros e aspire encontrar a salvação no seio da Santa Madre Igreja. Podeis contar comigo! Mas este não é o lugar adequado para tratarmos de assunto tão sério. Procurai-me em minha residência amanhã, após o término da missa, e teremos ocasião de conversar de maneira mais apropriada.

Samuel agradeceu a boa vontade do sacerdote e, após uma troca de saudações, benevolente por parte do ancião e respeitosa por parte do banqueiro, os dois se separaram.

- Ah, Valéria! - murmurou Maier, só em seus aposentos, depois de fechar a porta à chave. - Até onde me há de levar o meu louco amor por ti?

No dia seguinte a essa agitada noite, a manhã já ia avançada quando a jovem condessa de M. despertou de um sono pesado e febril. Um raio de sol se esgueirava por entre as cortinas e iluminava os buquês de miosótis que estampavam o tapete, emprestando uma meia-luz misteriosa àquela alcova virginal, forrada em cetim branco e enfeitada de quinquilharias luxuosas.

Seus olhos cansados fixaram a imagem daqueles objetos tão familiares. Lembrava-se vagamente do mal-estar de que fora acometida na terrível conversa da véspera, mas como teria voltado para casa? Erguendo-se, afastou com mãos nervosas as cortinas da cama. Junto à sua cabeceira, encolhida num divã, Antonieta dormia. Seu rosto pálido demonstrava exaustão. Sobre uma poltrona, Valéria avistou o manto negro e a mantilha que havia usado na noite anterior. Com um longo suspiro, ela deixou-se cair novamente sobre o leito.

- Pobre Antonieta! - ela murmurou. - Partilha minhas dores qual uma irmã. Mas, também, que terrível destino é o meu.

Lágrimas ardentes rolaram por suas faces. Em vão se havia humilhado, pois o braço pesado da ruína ameaçava cair sobre os que lhe eram mais caros. Podia antever, em cores vivas, o escândalo da penhora pública dos bens da família, uma desonra que custaria os postos oficiais que seu pai e seu irmão ocupavam. Quase podia escutar os mexericos dos conhecidos a entreter-se em comentários maldosos, e os olhares curiosos e zombeteiros das amigas que lhe invejavam a beleza e o sucesso em sociedade. Todavia, haveriam de rir-se e cochichar menos se ela se casasse com um judeu? Com que ares e olhares iriam receber a senhora Maier? Um suor frio lhe umedecia a fronte. "Que devo fazer, meu Deus?", Valéria indagava, tomada de aflição.

Seu pensamento dirigiu-se então a Samuel, e ela o comparou, sem entender por quê, a um general idoso, avarento e arrogante que havia algum tempo quisera desposá-la, mas que, com certeza, jamais quitaria as dívidas de sua família. Ao lado daquele velho corrupto, pretensioso e egoísta, Maier, jovem, belo e vigoroso, surgia inesperadamente com grande vantagem. Se ao menos sua origem não lhe inspirasse tanta repulsa! "Ajudai-me, senhor Jesus! Iluminai-me!", ela rogou de mãos postas, os olhos úmidos presos ao crucifixo que pendia da parede, sobre seu leito.

As súplicas foram interrompidas pelo espreguiçar de Antonieta, que despertava. Após se haver certificado de que a amiga se sentia melhor, a senhorita de Éberstein chamou uma criada e pediu que lhes servisse o desjejum ali mesmo.

Só depois de ter convencido Valéria a sair do leito e de vê-la acomodar-se na espreguiçadeira foi que Antonieta dispôs-se a contar os detalhes da noite anterior; revelou as últimas palavras de Samuel, que havia concedido a ela o prazo de oito dias para recuperar as forças e então tomar uma decisão de caráter definitivo.

– Trata de acalmar-te, poupa tuas forças e reza – aconselhou a amiga, cuidadosa. – Quem sabe em oito dias Deus nos aponte uma solução?

– Não devemos acalentar ilusões que não se possam realizar – Valéria falou baixinho, com tristeza. – Mas estás certa. Devo rezar. Somente a religião me pode esclarecer e oferecer amparo nesta hora. Irei amanhã mesmo me confessar ao padre de Rothey.

Ela não imaginava que veria seu confessor bem antes do que planejava: eram quase três horas da tarde quando lhe anunciaram que o sacerdote desejava vê-la. Feliz diante de tão bem-vinda coincidência, Valéria ordenou que o padre Martinho fosse imediatamente levado até lá. Como ela poderia supor que seu orientador espiritual já se tornara defensor do pretendente menosprezado?

O religioso passara uma manhã particularmente agradável; de volta à casa paroquial, após a missa, lá encontrara Samuel Maier, com quem tivera uma conversa por mais de duas horas. A inteligência, as boas maneiras e as opiniões bem fundamentadas do jovem israelita haviam causado a melhor das impressões no velho padre. Quando, por fim, ao despedir-se, o banqueiro manifestou o desejo de contribuir em anonimato com uma obra beneficente que o padre mencionara, deixando-lhe um envelope que continha 30.000 florins, o venerável ancião finalmente decidiu que tudo faria para salvar aquela alma, cuja conversão seria útil à Igreja e aos pobres.

À entrada do clérigo, Valéria fez menção de levantar-se. O padre Martinho, porém, apressou-se em recomendar que permanecesse sentada, e acomodou-se numa poltrona ao lado dela:

- Ficai onde estais, minha querida menina - ele aconselhou, com bondade. - Que palidez e fadiga vejo em vosso rosto! Para ser franco, vim falar com vosso pai, que saiu, mas ao saber de vossa indisposição decidi que deveria vê-la. Constato agora que não me enganei, pois alguma coisa em vosso semblante me diz que algo vos aflige. Gostaríeis de abrir o vosso coração? Falai-me com sinceridade, minha filha, e pedirei ao bom Deus que me inspire para que eu seja capaz de vos restituir a paz.

Habituada desde a infância a revelar ao padre tudo quanto lhe ia na alma pura e inocente, Valéria contou-lhe toda a verdade, decidindo, contudo, que melhor seria omitir a insensata aventura da véspera.

- Oh, padre... - a jovem calou-se, o rosto lavado pelas lágrimas. - Dizei-me o que fazer. Acredito que é meu dever salvar meu pai e Rodolfo. Por outro lado, temo perder minha alma ao casar-me com um herege, pois embora ele esteja decidido a abandonar sua fé reprovável, ignoro a religião que esse homem detestável pretende abraçar.

Padre Martinho pousou a mão sobre a cabeça inclinada da jovem.

- Tirai esse desespero de vosso coração, minha filha - ele aconselhou com doçura, abençoando Valéria. - O que poderia agradar mais ao Pai Eterno do que o sacrifício da vida e da felicidade de uma filha pelo bem-estar e a salvação de seu pai? E não é tudo! Deixai que vos diga que grande será vossa recompensa no céu por ter salvado das trevas e do inferno uma pobre alma perdida.

A moça ergueu a cabeça, pondo-se a fitar os olhos do ancião.

- Conheço pouco o senhor Samuel Maier - disse o sacerdote -, mas posso afirmar que ele tem muitas qualidades. Pratica a caridade sem ostentação, e creio que lhe bastará conhecer as verdades de nossa santa religião para que se torne um membro valioso e útil à Igreja e à sociedade. Deixai que vos diga, minha filha, para vos tranquilizar por completo, que o senhor Maier foi procurar-me assim que soube que sou vosso confessor. O amor que esse homem sente pela senhorita o levou a pedir-me que o instrua nas verdades de nossa crença. Ele declarou que desejaria ser batizado por minhas mãos, e tudo o mais que aquele bom rapaz me disse é digno de aprovação.

O padre assumiu ares da mais solene seriedade, antes de prosseguir:

- Não nos cabe julgar os desígnios do Senhor, que vos escolheu como instrumento da salvação de mais do que uma alma, uma vez que essa dura lição servirá para afastar de vez vosso irmão do perigoso caminho dos vícios mundanos - o sacerdote sorriu. - Cabeça erguida, minha doce menina, pois não há vergonha alguma no que estais prestes a fazer. Pelo contrário, estareis praticando um sublime ato de abnegação, cuja recompensa residirá no sentimento do dever santamente cumprido, que habitará em vosso coração.

Valéria baixou a cabeça e uma torrente de lágrimas jorrou de seus olhos.

- Então, que se faça a vontade de Deus - ela disse baixinho. - Dai-me vossa bênção, padre, e rogai ao Pai Eterno que me dê forças para cumprir dignamente esse sacrifício.

- O poder do Senhor se manifesta através dos fracos - declarou o sacerdote, colocando-se em pé e pousando a mão sobre a cabeça que a jovem baixara. - Agora irei ter com vosso pai, para conversar sobre esse assunto urgente.

Quando ficou só, Valéria deixou-se cair sobre as almofadas, os olhos fechados. Uma tranquilidade relativa seguia à tempestade que a agitara. Sua consciência, ao menos, estava em paz, já que seu venerável confessor, em quem acreditava cegamente, havia-lhe assegurado que sua atitude era duplamente digna de mérito, pois preservaria a honra de seu pai e salvaria a alma do jovem israelita. O terrível fantasma da ruína e da miséria estaria também afastado para sempre, o que garantiria ao velho conde de M. uma vida tranquila, e a Rodolfo, um futuro promissor. Tinha agora o coração livre do peso daquelas terríveis ameaças. Entretanto, que tipo de vida esperaria por ela? Qual seria sua posição perante esse noivo, esse cônjuge, em quem sempre pensara com aversão e desprezo?

Uma nova batalha, estranha e incompreensível para a jovem, acabava de ser deflagrada em seu coração. Aquele sacrifício parecia superior às suas forças, porém, jamais poderia renunciar a ele. Revivia agora em seu íntimo o episódio da véspera e dava-se conta de que, ainda que a humilhação sofrida a enchesse de cólera e desgosto, uma irresistível simpatia a atraía para aquele homem de olhar devotado, cuja paixão tenaz exercia irresistível fascínio sobre ela.

A entrada de Antonieta em seus aposentos veio interromper aquela singular luta íntima. As duas jovens lançaram-se uma nos braços da outra.

- Está tudo decidido - anunciou Valéria, em prantos. - O bom padre Martinho me fez compreender meu dever. Vou casar-me com Samuel Maier.

- Se é assim, deixa que te revele algo que eu decidira guardar para mim, com receio de influenciar tua decisão com meus motivos egoístas. A verdade é que o bem de Rodolfo garante também minha felicidade. Em seu desespero, teu irmão não se pôde conter e declarou que me amava; tu certamente já adivinhara há muito tempo meus sentimentos com relação a ele, e estamos noivos.

Um leve rubor coloriu as faces pálidas de Valéria:

- Mas isso é maravilhoso! Meu sacrifício acaba de me proporcionar uma alegria inesperada, diminuindo em mim a amargura. A tranquilidade de papai, tua felicidade e a de Rodolfo não valem minha vida em pedaços?...

Um doloroso pesar se refletiu no semblante de Antonieta.

- Minha querida Valéria, por que rejeitas a possibilidade de um futuro feliz? Por que Samuel Maier, tornando-se cristão e teu marido, seria fonte apenas de infelicidade para ti?

- O que dizes? Como poderei viver na intimidade desse homem por quem sinto aversão? Submeter-me à sua ternura, a seus beijos e, ainda assim, ser feliz?

Valéria estremeceu, cobrindo o rosto com as mãos.

- Tu exageras, minha fada, e com isso aumentas teu fardo - disse Antonieta, balançando a cabeça com desaprovação. - Vi o senhor Maier ontem e admito que fiz uma ideia absolutamente errada dele. É um homem muito belo, seus traços em nada lembram o tipo repulsivo da raça semítica. Suas maneiras são impecáveis, seu vocabulário irretocável. Uma vez batizado, ele deixará de ser judeu para tornar-se um homem como os demais.

Os comentários da amiga conseguiram enfim apaziguar o coração de Valéria; após o jantar, servido nos aposentos que as duas jovens ocupavam, uma decisão entusiasmada viera substituir o antigo desespero.

Um rumor de passos, acompanhado pelo tinir de esporas, sobressaltou a jovem condessa de M., pondo fim à conversa descontraída entre ela e a amiga.

- Finalmente aí vem papai e Rodolfo - Valéria murmurou, emocionada, correndo em direção ao pai, que, pálido e abatido, erguia-se no limiar da porta.

O velho conde era um homem de cerca de cinquenta anos, dono de uma beleza aristocrática perfeitamente conservada. O charme típico de sua classe social e o ar despreocupado de grande senhor, despreocupação essa que o levara a esbanjar somas exorbitantes sem pensar nas consequências, lhe atraíram muitos amigos em meio à aristocracia. Valéria e Rodolfo adoravam aquele pai indulgente e afetuoso, chegando mesmo a venerar-lhe os defeitos. Nem mesmo a terrível situação gerada por seus gostos extravagantes e irresponsáveis, à qual se somava o mau exemplo que o filho acabara por seguir, tinha abalado o amor que os unia. Nenhum pensamento de censura se levantara contra o genitor querido.

Vendo a emoção que tomara conta de seu futuro sogro, Antonieta aproximou-se de Rodolfo e, tomando-lhe discretamente o braço, conduziu-o a um aposento contíguo.

- Tudo vai dar certo, papai! Não fique triste - pediu Valéria, puxando o conde pela mão, para que ele se sentasse no divã ao seu lado.

Incapaz de articular uma única palavra, ele apertava a filha contra o peito.

- Minha criança adorada! - ele conseguiu dizer, por fim. - Poderás um dia perdoar este pai indigno, que, deixando de lado seus deveres e a preocupação com o futuro dos próprios filhos, acabou por arrastá-los a uma situação tão extrema?

Valéria ergueu-se e, num gesto amoroso, acariciou com suas pequenas mãos a face paterna e seus cabelos grisalhos, mas ainda fartos e anelados. Uma expressão de ingênua admiração e de orgulho filial se refletia em seus belos olhos azuis.

- Que eu teria a vos perdoar? Sois o melhor e o mais dedicado dos pais! Que culpa tendes se Deus vos fez altamente dotado e, por isso, não podeis viver à maneira mesquinha de um burguês obscuro qualquer? Não, não, jamais errastes em coisa alguma. É o destino que nos dirige a todos e, além disso, é da vontade de Deus que eu me torne instrumento da salvação de uma alma perdida.

Num gesto emocionado, o conde tomou a filha nos braços, enquanto lágrimas de amargura lhe rolavam pelas faces.

- Tua generosidade me pune mais duramente do que palavras de recriminação conseguiriam fazê-lo, minha filha. Terei o direito de exigir de ti tão terrível sacrifício?

- Deveis fazê-lo, meu pai, e acreditai que é de boa vontade que faço esse sacrifício, uma vez que ele garantirá vossa paz e o futuro de Rodolfo - Valéria sorriu, depois de beijar-lhe as mãos. - Sei que Deus me há de ajudar, e tudo será muito melhor do que podemos prever. Só vos peço uma coisa, pai querido: que retomeis vosso habitual bom humor.

- Toda essa situação pode parecer fácil para ti agora minha menina, mas o que será de ti quando chegar o momento de agir e quando tiveres de suportar a convivência com aquele homem? Devo prevenir-te de que o suplício começará em breve - ele anunciou. - Padre Martinho foi me ver e pediu que permitisse trazer Samuel Maier para jantar em nossa casa depois de amanhã, a fim de se fazer um noivado secreto. Essa aliança só será declarada depois que ele tiver sido batizado, o que deverá ocorrer dentro de quatro ou cinco meses, de acordo com padre Martinho.

- Hei de ser forte, meu pai - assegurou Valéria. - De qualquer modo, é bom que não se adie o inevitável!

Aquele perigoso entusiasmo, que tão facilmente se apoderava da jovem, transparecia agora em seu olhar. Em tais momentos, não havia obstáculo ou dificuldade grande demais para ela.

Enquanto o conde Egon e a filha se entregavam a desabafos pungentes e expressões de afeto, uma conversa não menos séria acontecia entre Rodolfo e Antonieta. A sós com a noiva em seu gabinete, o jovem enlaçou-lhe a cintura e beijou seus lábios com paixão.

- Minha noiva... Em breve, minha adorada esposa! - sussurrou, enquanto fitava os olhos escuros da condessa de Éberstein. - Estamos enfim a salvo! Mas o que teria sido de mim sem teu apoio ante essa terrível provação que nos ameaçava? Vamos, dize novamente que me amas...

Antonieta apoiou por um instante a fronte contra o peito do rapaz. De súbito, porém, afastou-se ligeiramente dele e fitou-lhe os olhos brilhantes.

- Amo-te mil vezes mais que minha própria vida, Rodolfo. Todavia, quero que me faças uma promessa antes que eu decida ligar definitivamente minha vida à tua. Acreditas que podes fazê-lo com sinceridade?

- Sim, sem dúvida alguma. Então não tens o direito de exigir o que quiseres de mim?

– Pois bem! Então jura-me, pela tua própria honra e pelo nosso amor, que nunca mais nesta vida tornarás a tocar numa carta de baralho, que jamais te hás de aproximar daquela mesa verde sobre a qual estavas acostumado a lançar ao acaso a dignidade e a vida desta família. O terrível sacrifício que nossa amada Valéria está prestes a realizar por erros alheios não poderá ser em vão, e a grandeza de nosso nome não mais deverá depender de um jogo de azar. Eu não conseguiria conviver com a ameaça constante de ver-te tragado por um abismo que tu mesmo terias cavado sob teus pés. Muito bem, o passado agora está apagado e esquecido, mas peço-te que jures, por teu amor à mulher que desejas ter como esposa, te manter sempre digno dessa confiança que nos uniu, e que jamais assinarás uma letra de câmbio sem meu conhecimento. Assim, com calma e alegria daremos início a uma vida nova. Tenho força e amor para te ajudar a apreciar uma vida reta, livre de prazeres vis e perniciosos.

Rodolfo a tudo ouvia surpreso, o rosto rubro até a raiz dos cabelos. Por um momento, chegara mesmo a sentir-se magoado. Entretanto, a convicção que vibrava na voz querida de Antonieta e a afeição honesta daquela mulher virtuosa, que resplandecia em seus olhos úmidos, acabaram por tocá-lo. Sua própria consciência lhe dizia que ela tinha razão e que uma vida tranquila e reta era preferível ao inferno em que se debatera naqueles últimos tempos. O amor pela irmã e o remorso pelas consequências dos erros cometidos acabaram por reforçar a argumentação da noiva.

Pela derradeira vez, o gênio tentador fez surgir na lembrança do jovem oficial as inebriantes emoções dos salões de jogos, as frívolas alegrias que ele deveria abandonar de vez. Um esforço sincero de vontade, contudo, conseguiu que aquele quadro de fascinação se dissipasse em seu espírito. Então seu olhar, resplandecendo com essa nobre resolução, mergulhou com franqueza nos olhos de Antonieta, que acompanhara ansiosamente a expressão fisionômica de seu noivo. Ele ergueu a mão num gesto solene:

– Minha amada, eu te prometo que jamais tornarei a tocar numa carta de baralho, que nunca ocultarei de ti um só de meus atos, e que sempre procederei como fiz neste momento de desespero e humilhação que nos uniu para sempre. Tudo quanto nos disser respeito será partilhado por ti e por mim. O amor que me tens tornará fácil dar início a uma nova vida a teu lado. Se porventura eu vacilar, a lembrança deste momento e o nome de minha irmã bastarão para me trazer de volta ao caminho da razão.

Antonieta atirou-se nos braços de Rodolfo:

- Acredito em ti, meu amor, e com imensa felicidade deposito meu futuro em tuas mãos.

Quando, um pouco mais tarde, os noivos retornaram aos aposentos de Valéria, encontraram a jovem repousando nos braços paternos.

- Papai, Deus nos concede uma grande alegria nestes dias de desventura - anunciou Rodolfo. - Vede, trago-vos aqui minha noiva, uma filha e uma amiga para vós, e uma irmã para nossa pobre Valéria.

Aquela declaração fez com que um lampejo de felicidade iluminasse o rosto pálido e tristonho do conde.

- Minha querida Antonieta, és mil vezes bem-vinda em nossa família, e te acolho como se fosses de fato minha filha - disse, depositando-lhe um beijo na fronte. - Sê feliz e torna-te o anjo da guarda de Rodolfo, para que ele jamais tenha que se lamentar de desastrosas loucuras como as minhas.

- Ele prometeu tudo isso, e sei que manterá sua palavra - declarou Antonieta, beijando a mão do futuro sogro. - Uma vida nova começa para vós e para vossos filhos, papai - ela prosseguiu, encorajadora. - Estais convidado a passá-la para sempre em nossa companhia. Nós vos haveremos de entreter, cobrir-vos de carinhos e amar com tamanha intensidade, que jamais conhecerás o vazio e o tédio.

- Compreendo-te, querida - respondeu o conde, sorrindo. - Tens razão, pois consagrarei o resto de meus dias a vós, meus filhos amados. Deus me deu uma dolorosa lição, forçando-me a aceitar que minha filha sacrificasse o seu futuro.

- Pai querido, fazeis parecerem maiores tuas faltas e meus méritos. Como poderei lastimar uma decisão que já começa a dar bons frutos? - retrucou Valéria, enquanto abraçava Antonieta. - Saber que minha melhor amiga se torna agora minha irmã é um imenso consolo para meu coração, e espero que tudo acabe melhor do que imaginamos agora.

Na manhã do dia marcado para o noivado secreto de Valéria, o conde Egon dirigiu-se à casa do barão Maurício de Hoyeu, tutor de Antonieta, a fim de pedir formalmente a mão da jovem para seu filho Rodolfo. Sendo o conde e o barão velhos amigos e companheiros dos tempos de escola, bastaram algumas palavras para que o compromisso fosse formalizado. Mais tarde, entretanto, um comentário do barão acerca dos passatempos dispendiosos do pretendente à mão de sua afilhada entristeceu o pai do rapaz.

- Não te preocupes, Maurício. Meu filho e eu estamos curados de todo tipo de insensatez - ele assegurou. - A ti, meu velho e fiel amigo, padrinho de Valéria, devo revelar toda a verdade.

Sem nada ocultar, o embaraçado conde narrou os acontecimentos que marcavam aqueles dias e que culminaram na decisão de Valéria de sacrificar-se em nome da paz e da honra da família:

- A hedionda negociação deve se consumar esta noite. O padre Martinho de Rothey irá trazer Maier para jantar em nossa residência - disse, balançando a cabeça. - Pensar que a mão de minha inocente filha será entregue a esse judeu miserável e repugnante, que ela será obrigada a mergulhar, por meus pecados, nesse lodo de usura, passando a conviver com essa gente saída sabe-se lá de onde, faz com que tudo se revolte dentro de mim. Pergunto-me se não serei duplamente covarde em continuar vivendo para assistir a tal horror... Rogo-te, Maurício, que venhas jantar conosco. És o padrinho de Valéria, e tua presença será um bálsamo para mim e para minha filha.

Enquanto ouvia o discurso do conde, o rosto habitualmente jovial e benevolente do barão de Hoyeu ia assumindo um ar cada vez mais grave.

- Essa é sem dúvida uma história triste, meu amigo! A despeito de teres dissipado tua fortuna de maneira quase imperdoável, acredito que este não seja momento de recriminações. Eu te livraria dessa situação se tivesse condições de fazê-lo, sinceramente. Reconheço que é difícil para um homem de tua idade e posição ser forçado a fazer seja lá o que for... Contudo, para ser franco, exceto por esse aspecto, não consigo compreender por que encarar o casamento de Valéria com Maier como uma desgraça tão grande. Conheço o rapaz, com quem tive ocasião de me encontrar diversas vezes em casa de meu sobrinho, uma vez que são amigos dos tempos de universidade. Trata-se de um jovem encantador, um perfeito cavalheiro! Nada há nele que faça lembrar essa raça embrutecida e desagradável que nos habituamos a desprezar. Não há dúvida de que os meios que ele empregou não são os mais convenientes, mas precisamos levar em conta sua posição tão pouco favorável. Um homem jovem e perdidamente apaixonado é capaz de tudo para conseguir a mulher que deseja, ainda mais em se tratando de uma mulher como Valéria. Jesus!, tua filha é uma verdadeira pérola... E ainda com um ridículo preconceito o impedindo de se aproximar dela como pretendente.

- Ridículo? - repetiu o conde, atônito. - Uma condessa de M. e esse filho de um avarento?

- Não fique zangado, homem, e admita que o que mais te revolta nessa história toda é o fato de Maier ser judeu. Pois bem, depois de batizado ele deixará de sê-lo! Além disso, tu sabes que eu pessoalmente não dou valor algum a todos esses disparates ultrapassados das velhas religiões, que, fundadas sobre uma teoria corrompida da criação do Universo, cheia de ignorância e lendas absurdas, deveriam dar lugar a uma fé única, liberal e filosófica.

- Sei que és ateu, Maurício, e lamento por ti - disse o conde.

- Não, não, meu caro! Aí é que te enganas! Eu creio na existência de um Ser Supremo, criador do Universo. Acredito também que esse Pai criou todos os Seus filhos iguais, e que decerto reprova as lutas mesquinhas que se travam sob o comando de homens cujo egoísmo ambicioso os leva a se denominarem ministros de Deus. Mas basta desse assunto! Conheço tuas convicções católicas e as respeito. Todavia, deixa-te ao menos convencer, querido amigo, de que um homem jovem, espiritualizado e rico o bastante para comprar um principado, coisa que não se pode desprezar nos dias de hoje, não há de causar fatalmente a infelicidade de minha afilhada pelo simples fato de ser judeu e não ter antepassados que empunharam bandeiras nas Cruzadas. Maier e Valéria podem perfeitamente virem a se amar e ser felizes.

- Por hora, pelo menos, minha filha não sente senão desprezo e aversão - comentou o conde com um suspiro, enquanto se levantava da poltrona, dando por terminada a conversa. - Até mais tarde, meu caro Maurício. Durante o jantar, poderás julgar por ti mesmo se tuas esperanças têm chance de se concretizar.

O NOIVO JUDEU

– ANDA, FADA, anima-te! – encorajou Antonieta, já vestida para o jantar de noivado da amiga. Ela estava sentada num tamborete ao lado do divã onde Valéria permanecia recostada, o rosto pálido, olhos postos no nada; com um suspiro, ela se levantou:

– Estás certa! É preciso que eu me enfeite para celebrar dignamente minha ventura. Pede a Marta que traga meu vestido negro e um véu da mesma cor... É justo que eu traje luto no dia em que meu nome, minha posição e minha alegria serão sepultados.

A amiga balançou a cabeça com reprovação:

– Não podes pensar seriamente em receber Samuel Maier com tão ofensivo sarcasmo. Já pensaste que diante de tal afronta ele poderia rejeitar teu sacrifício? O que aconteceria, então?

– Não acredito que Maier seja suscetível a esse ponto. Afinal, eu lhe disse com todas as letras o quanto ele me inspira aversão e... ele não se ofendeu. Mas não é minha intenção colocar em risco tua felicidade e a de Rodolfo por uma futilidade. Tu decides então a roupa que devo usar.

– Já que me concedes essa liberdade, escolho este lindo vestido branco, rendado, que há pouco mandaste vir de Paris. O branco também é sinal de luto, embora não tão lúgubre nem tão óbvio.

Valéria permaneceu impassível enquanto se deixava vestir. Quando a camareira, auxiliada por Antonieta, terminou de arrumá-la, não se pôde conter e comentou, respeitosa, que a jovem condessa jamais parecera tão arrebatadoramente bela. Aquele traje simples e vaporoso parecia ter sido feito para realçar-lhe a beleza suave e perfeita. Antonieta quis adornar seus cabelos e a cintura com flores frescas, mas Valéria afastou as mãos da amiga.

- Os espinhos apenas, sem as rosas, seriam compatíveis com tão alegre noivado - ela disse com ironia corrosiva. - Melhor ainda: se pensarmos no que combinaria mesmo com a preferência da amável raça a que pertence meu futuro, que tal alhos?

- Cala-te! Como podes usar de tanto sarcasmo? Onde estão teu bom coração e a tua coragem?

Valéria manteve-se em silêncio e, minutos mais tarde, passava para o gabinete contíguo ao grande salão do palácio, em companhia da melhor amiga. Deixando-se cair numa poltrona próxima à janela, pôs-se a despetalar nervosamente as flores de um bonito ramalhete que adornava a jardineira. Antonieta a observava com tristeza e compaixão; ouvindo um rumor de passos que vinham do salão, caminhou até lá e encontrou o velho conde, que, sombrio como as nuvens que antecedem uma tempestade, caminhava agitado, o cenho franzido.

- Acalmai-vos, querido pai - disse, enlaçando ternamente seu braço. - É preciso tolerar o que não se pode evitar. Será importante recebermos o senhor Maier com boa vontade, ainda que só na aparência, para amenizar a situação de Valéria. Devemos tratá-lo da mesma maneira que tratamos as pessoas de nossas relações. Nossas boas maneiras hão de influenciar as dele e estimulá-lo a portar-se com elegância. Ah, graças a Deus aí vem Rodolfo e tio Maurício! Eis que chegam antes do padre Martinho.

O semblante do jovem conde estava tão carregado quanto o do pai. Com um gesto nervoso ele remexia nos botões da farda, quando não retorcia seu bigode.

- Procura disfarçar um pouco tua cólera e aversão, Rodolfo - Antonieta pediu, enquanto seu tutor e o futuro sogro se cumprimentavam. - Se tu e teu pai continuarem com esse ar carrancudo, a situação será insuportável para todos.

- Se ao menos eu pudesse estrangular esse maldito canalha judeu, logo me acalmaria - disse num sussurro, cerrando os punhos com raiva.

- Onde está Valéria? - indagou o barão Maurício, interrompendo a conversa do jovem casal.

Sem uma palavra, Antonieta apontou para a porta do gabinete. O homem caminhou até lá e, parando à porta, meneou a cabeça com reprovação. Dentro, junto à janela, Valéria permanecia pálida, com o olhar fixo; o tapete e seu vestido branco já estavam salpicados de pétalas de rosas, cravos e lírios, e mesmo assim ela continuava a estraçalhar as flores e folhas que suas pequenas mãos encontravam.

- Ora, ora, minha querida afilhada! O que estás fazendo aí sozinha, e por que maltratas esse desventurado ramalhete? - indagou o barão num tom jovial.

Valéria ergueu os olhos maquinalmente e, ao avistar o padrinho, procurou sorrir e levantou-se. Subitamente, porém, a jovem deteve-se, sobressaltada, e o braço que estendia na direção do barão tombou inerte: o ruído de uma carruagem que parava à porta de entrada fez-se ouvir naquele instante.

- O padre Martinho e Samuel acabam de chegar - anunciou Antonieta, que correra até a janela para espiar.

- Pontual como um perfeito aristocrata - comentou Rodolfo com ironia, depois de consultar o relógio de bolso. - Faltam exatamente cinco minutos para as seis da tarde.

Passados alguns instantes, o padre de Rothey e o banqueiro adentraram no salão. O conde e seu filho apressaram-se em cumprimentar Maier com a devida gentileza, embora uma fria reserva ficasse evidente no toque fugidio de suas mãos ao contato com Samuel. Somente o barão Maurício dirigiu ao recém-chegado um sorriso cordial e a mão estendida com naturalidade.

- Que prazer rever-vos, meu jovem amigo. Permiti que eu vos apresente meus cumprimentos e votos de um futuro feliz - e então ele baixou a voz, com discrição: - O amor e a paciência já amenizaram muitos preconceitos. Faça minha afilhada feliz e o dia de hoje será perdoado e esquecido.

- Agradeço-vos os votos, senhor barão. Sou-vos duplamente grato neste dia em que a felicidade e a amargura se mesclam em meu coração. Onde está...? - Samuel se interrompeu, e seu olhar inquieto mirou ao redor

- Minha afilhada encontra-se no gabinete. Acompanhai-me.

O padre Martinho, que igualmente dera pela ausência da noiva, encaminhou-se para o cômodo a um sinal do conde. Ao avistar Valéria de pé ao lado de Antonieta, o rosto tão alvo quanto o traje que vestia e um quê de desespero em seu semblante, o padre dirigiu-se a ela decidido, com um ar de reprovação no cenho franzido:

- Então essa é a fé, a alegre submissão que me havias levado a crer que eu encontraria? Cabeça erguida, minha filha! Não vos esqueçais de que conto convosco como minha aliada na abençoada tarefa de trazer para o seio da Igreja uma alma que já começa a assimilar as verdades eternas. Em breve, o batismo se encarregará de apagar dela toda mancha e iniquidade, da mesma forma que nos purificou do pecado original quando éramos crianças pequenas.

O religioso calou-se ao ver que Samuel se aproximava, acompanhado pelo barão Maurício. Com um movimento de cabeça, o ancião pediu ao banqueiro que se aproximasse e, tendo tomado na sua a mão de Valéria, depositou-a sobre a do rapaz.

- Minha filha, aceitai com confiança o esposo que o Senhor vos destinou - acrescentou, à guisa de bênção. - Que o Todo-Poderoso possa derramar graças sobre este compromisso, e conceder-me em breve a alegria de consagrá-la.

Deixando-se influenciar pelas palavras do padre, ou talvez pelo desejo silencioso de Samuel, Valéria ergueu lentamente os olhos e fitou o noivo. Ao fazê-lo, reconheceu no olhar do rapaz tal combinação de amor e amargura que, atônita, confusa e enrubescida, convidou-o em voz baixa a sentar-se.

O barão Maurício aproximou-se e abraçou a afilhada; em seguida, tomou assento junto aos noivos, dando início a uma conversa de cunho geral. Rodolfo e Antonieta juntaram-se a eles. Quanto ao padre Martinho, cuidou de fazer companhia ao velho conde, que permanecera no grande salão.

O anúncio de que o jantar estava servido trouxe alívio geral. O barão foi o primeiro a levantar-se, seguido por Rodolfo e Antonieta. Por um instante, os jovens noivos ficaram a sós. Vencido pela emoção, Samuel, que havia oferecido cavalheirescamente o braço a Valéria, tomou-lhe a mão e beijou-a com ardor.

- Valéria, perdoai-me esse momento difícil - ele disse numa voz abafada. - Confiai em mim e consagrarei toda minha vida a vos dar provas de meu amor e a vos fazer feliz.

A jovem deixou escapar um suspiro de pesar.

- Esperemos, senhor, que o futuro venha compensar o sofrimento que hoje me impondes. Vosso amor persistente e cruel acabou por derrubar todas as resistências, e quero crer que isso será para nossa felicidade. Rogarei ao bom Deus que tudo conduza para o melhor.

- Agradeço-vos pela boa vontade e prometo-vos que esta será a primeira e a última vez em que terei sido cruel para convosco, Valéria. Nossa união fará de mim vosso escravo... - Samuel inclinou-se e seu olhar ardente mergulhou nos olhos de safira da jovem condessa. - Mas perder-vos poderia fazer de mim um homem feroz, um criminoso.

O tempo que se seguiu a esse triste e estranho noivado transcorreu lentamente. Para Maier, era evidente que sua presença representava um fardo à família do conde. Diante de aversão tão mal dissimulada, qualquer outro homem teria renunciado ao casamento e dado maior peso ao orgulho ferido do que ao amor que trazia na alma. Entretanto, com a persistência própria à raça de que viera, o banqueiro permaneceu inabalável. Com delicadeza inata, herança de uma existência anterior em que experimentara condição bem diversa da atual, o jovem procurava fazer-se notar o mínimo possível, recusando qualquer convite que o pudesse reter na residência dos M. por muito tempo ou que fizesse supor o mistério, que deveria permanecer oculto até o momento adequado. Somente, a cada dois ou três dias, Samuel passava uma hora durante a tarde junto à futura esposa; com sua conversa interessante e espiritualizada, buscava ser agradável a Valéria.

Pouco a pouco, ela foi-se deixando domar. Diante da respeitosa deferência do rapaz, que jamais reclamava um beijo ou qualquer outro privilégio comum aos noivos, não falando jamais de sua paixão, que, vez por outra, transparecia em seus grandes olhos negros, a jovem foi adquirindo calma e espontaneidade, passando a conversar livremente com ele. Certo dia, em que o banqueiro encontrou a noiva ao piano quando entrava no grande salão do palácio, ela pediu-lhe que tocasse algo, e o rapaz satisfez-lhe o desejo de bom grado. Tomando por inspiração a ária que Valéria acabava de interpretar, Samuel desenvolveu o tema, dando a conhecer o grande pianista que era. O primeiro sorriso verdadeiramente franco e bondoso da jovem condessa foi sua recompensa. A desenvoltura e gosto apurado de Samuel acabaram por impressionar de maneira favorável a todos que partilhavam o segredo daquele noivado. Rodolfo perdeu seu ar desinteressado, e o velho conde teceu o primeiro comentário positivo:

- Ele tem mais talento do que se poderia supor!

O padre Martinho não se cansava de tecer elogios ao zelo e às boas qualidades de seu aprendiz. Quanto a Antonieta, ligeiramente imbuída das ideias de seu tutor, acabou por desenvolver sincera simpatia por Maier. Ao constatar, por fim, que Valéria se tornava menos tensa e que passara a consultar, impaciente, o relógio quando o momento da visita do noivo se aproximava, corando no instante em que o via chegar, a fiel amiga animou-se, passando a nutrir as melhores esperanças de que as previsões do barão Maurício pudessem se concretizar.

Como o mês de maio chegasse ao fim, o conde e família decidiram ir para o campo, onde estariam menos expostos ao risco de serem importunados por estranhos. Sendo Samuel o vizinho mais próximo, Valéria sentiu-se no dever de convidá-lo a fazer-lhes visitas mais longas e frequentes. Feliz e agradecido com aquela gentileza, o rapaz prometeu aproveitar sua permissão.

O período que se seguiu foi alegre e animado. Os preparativos para o casamento de Rodolfo e Antonieta, que se realizaria no início de julho, seguiam a todo vapor, e o enxoval de Valéria, cujas núpcias teriam lugar a 25 de setembro, também estava sendo providenciado. Padre Martinho, preocupado com o bem-estar de seu novo discípulo, desejava realizar o casamento de Samuel e Valéria tão logo o rapaz fosse batizado. Antonieta, a futura condessa de M., e o barão Maurício haviam aceitado ser padrinhos do novo cristão.

Numa bela tarde da segunda quinzena de junho, as duas jovens noivas, acomodadas num caramanchão, ocupavam-se em bordar uma toalha de altar para a igreja dos missionários, quando tiveram seu trabalho interrompido pela chegada de Samuel. Após uma calorosa troca de saudações, o rapaz tirou do bolso um belo livro de capa de veludo azul com bordas douradas, que colocou diante de Valéria com um sorriso encantador. Antonieta inclinou-se em direção à amiga, interessada em ler o título da obra, e expandiu-se numa gostosa risada:

– Que brincadeira é essa? – ela quis saber, bem-humorada. – Um calendário revestido de veludo e ouro? Quanta honra para algo de valor tão passageiro!

– Não adivinhais por que eu o trouxe até aqui?

– Não! – as jovens responderam em uníssono.

– Muito bem, senhoritas, desejo pedir-vos a gentileza de escolherem, neste calendário, um nome cristão que melhor agrade à minha futura esposa e à minha madrinha de batismo, para substituir o detestável nome de Samuel, que tanto desagrada à senhorita Valéria.

- Jamais vos disse isso - a jovem replicou, corando. - Mas confesso que há outros nomes bonitos...

Dito isso, as duas amigas puseram-se a buscar um nome belo e apropriado à personalidade do jovem banqueiro. Não conseguiram chegar a um acordo. Num dado momento, Valéria fechou o livro e decidiu que ela mesma haveria de fazer a escolha, não naquele instante, porém mais tarde, num momento de descontração em que se encontrasse sozinha.

- Vejam! Lá vem papai com o semblante bastante animado. Aposto que nos traz alguma novidade.

- Filhas queridas - começou ele, dirigindo ao futuro genro uma saudação mais cordial que de costume. - Venho vos contar que nossos planos para o casamento de Rodolfo foram alterados. Acabo de receber uma carta enviada pela princesa de O., tia de Antonieta. Ela nos informa de que sua enfermidade e as dores que sente nas pernas a impedem de vir para as bodas. Porém, essa perspectiva de não assistir ao casamento da sobrinha causa-lhe tal frustração, que ela nos roga para irmos todos à sua propriedade celebrar lá o casamento e passar algumas semanas - o conde voltou-se para a futura nora e estendeu-lhe um envelope. - E aqui está uma segunda carta para ti, querida.

- O que decidiste, pai? - indagou Valéria, observando de relance o semblante entristecido de Samuel.

- Bem, os termos do convite não admitem recusa, coisa que, de resto, não teria uma justificativa plausível. Tive o prazer de conhecer a princesa antes que ficasse viúva. Era uma mulher encantadora e, levando em conta que é tua parenta próxima, Antonieta, muito me alegrará renovar os antigos laços de amizade. Portanto, responderei que aceitamos o convite e que partiremos daqui em dois ou três de julho - o conde sorriu, satisfeito. - Até mais, então, meus queridos. Deixo-vos à vontade para retomarem vossa conversação.

Assim que o pai se afastou, aproveitando que Antonieta lia a carta da princesa sua tia, Valéria inclinou-se na direção de Samuel, que, melancólico e pensativo, se apoiara à mesa.

- Parece que não gostastes nem um pouco do novo plano de papai - ela comentou a meia voz.

- Uma separação de várias semanas, e vosso comparecimento a festas das quais minha condição infeliz e desgraçada me impede de participar não poderiam me agradar de maneira alguma - ele suspirou. - Quem é a princesa de O.?

- É irmã do falecido pai de Antonieta, viúva há muitos anos. Ela tem a saúde precária e vive reclusa em suas propriedades da Estíria. Jamais a vi, mas fala-se muito bem dela.

- Pois então espero que não vos negueis a uma compensação por meu imprevisto desapontamento - murmurou o banqueiro, após breve instante de silêncio. - Convido-vos e a todos os vossos familiares a passarem um dia em minha casa de campo, onde tive a felicidade de vos encontrar pela primeira vez.

- Eu vos prometo - disse Valéria vivamente -, passaremos um dia inteiro em vossa residência antes de partir.

Ela obteve facilmente a permissão do pai, agora mais alegre e disposto do que antes, e ficou decidido que na véspera da partida, estando os preparativos para a viagem finalizados, o barão Maurício e o conde Egon atenderiam ao convite de Samuel, comparecendo à sua residência em companhia dos filhos.

O dia da visita raiou magnífico. Fazia muito calor e não havia nuvens no céu azul.

Antonieta percebeu que Valéria se enfeitara com particular esmero para o passeio, o que fez surgir um sorriso malicioso nos lábios da perspicaz amiga. A jovem escolhera trajar o mesmo vestido branco que havia usado em seu jantar de noivado, e que, desde então, permanecera abandonado a um canto de seus aposentos. Um bonito chapéu de palha branco, enfeitado com botões de rosas, completava a toalete.

Ao meio-dia, todos se puseram a caminho, indo os homens a cavalo e as moças num coche pequeno e elegante, que Rodolfo dera de presente à noiva. Era Antonieta quem conduzia agora o veículo.

Rudenhof, residência de verão de Samuel Maier, era um pequeno castelo de estilo renascentista. Ladeado por pequenas torres e ornado com varandas esculpidas, a propriedade era cercada por vastos jardins. A casa senhorial tinha a marca da higiene e do bom gosto.

- Vê que bela construção, Valéria - observou Antonieta, sorrindo, enquanto atravessavam a avenida sombreada de carvalhos, que conduzia ao castelo. - Creio que aí hás de viver magnificamente, e que conde algum te poderia oferecer coisa melhor.

A condessa de M. nada respondeu. Seus olhos não se ocupavam em contemplar a beleza da residência, nem dos jardins que a circundavam, presos que estavam à silhueta esbelta e elegante do jovem proprietário do lugar. Em pé, sobre o último lance da escadaria, Samuel aguardava para recepcionar os convidados. Valéria não tinha coragem de confessar nem a si mesma, mas a perspectiva de seu casamento com o banqueiro há muito deixara de ser um sacrifício para ela. A companhia do rapaz se tornara um prazer pelo qual ela esperava com impaciência, e não mais renunciaria a seu noivo, ainda que outro pretendente tão rico quanto ele aparecesse.

Samuel desdobrou-se para proporcionar a seus visitantes a mais cordial hospitalidade. Após um excelente café da manhã, convidou a todos para um agradável passeio pelos arredores de sua imensa propriedade. A seguir, levou-os para uma visita detalhada aos aposentos do castelo, que incluía um curioso museu, com quadros e antiguidades que o jovem banqueiro adquirira em suas viagens. A tarde foi destinada a um passeio de barco pelo lago de Rudenhof, famoso pela beleza pitoresca de seus arredores.

Após requintado jantar, o conde de M. e o barão Maurício retiraram-se para a grande varanda, a fim de saborearem um café e fumarem seus charutos de fabricação especial, abandonando-se a uma prazerosa digestão. Enquanto isso, os jovens se reuniram num salão contíguo. Valéria, que notara de imediato o majestoso piano de cauda e as estantes de partituras, pediu a Samuel que tocasse algo. Com a gentileza habitual, o jovem apressou-se em realizar o desejo da noiva. Jamais sua interpretação fora tão admirável, apaixonada e expressiva, ao mesmo tempo em que estranha e caprichosa, num momento enérgica e triunfante, no seguinte de uma tristeza infinita, cuja melodia parecia refletir os sentimentos do artista.

– Bravo! Bravo! – fizeram-se ouvir as interjeições vindas não só no salão, mas também da varanda, tão logo o derradeiro acorde parou de soar.

Somente Valéria, que, recostada ao piano ouvira a excelente interpretação com emoção sempre crescente, permaneceu em silêncio, sem tecer elogios.

– Não, não – murmurou ela, ao ver que o noivo preparava-se para deixar o belo instrumento. – Gostaria de escutar-vos mais um pouco. Poderíeis cantar algo, por favor?

Samuel tornou a sentar-se, o olhar ardente mergulhado no azul profundo dos olhos da noiva. Entoou, então, com voz cristalina e melodiosa, o trecho do personagem Edgardo da ópera *Lúcia di Lammermoor*, que narrava o momento em que o noivo abandonado lança todo seu desespero e censura sobre aquela que o traíra.

Valéria sentia o coração apertar-se em seu peito. Aqueles acordes penetrantes, ao mesmo tempo vibrantes de paixão e amargamente tristes, caíam sobre ela como um doloroso fardo, afetando-lhe os nervos e fazendo-a tremer. Era como se as acusações feitas na canção se dirigissem a ela.

– Cantais como um grande artista, mas por que escolhestes interpretar essa peça? –quis saber, assim que ele terminou.

Samuel tomou-lhe a mão e levou-a aos lábios:

– Perdoai-me – disse ele, inclinando-se para a noiva, ao perceber que ela tremia. – Estais pálida! Nem eu mesmo poderia dizer o que me levou a escolher essa ária. Mas prometo reparar meu erro agora mesmo: vós mesma escolhereis o que quereis ouvir.

Depois de receber novos elogios, Samuel sugeriu que saíssem todos para um segundo passeio no lago, mas a ideia não pareceu empolgar aos dois senhores mais velhos.

– Diletos amigos – disse o barão Maurício –, por mais sedutora que seja a proposta, sinto-me inclinado a optar pelo repouso contemplativo nesta adorável varanda, após o calor do dia e a indolência consequente do jantar que partilhamos. Tenho certeza de que falo também por meu amigo Egon. Proponho-vos, pois, senhoritas, que empreendais o passeio no belíssimo lago sob a proteção de vossos futuros maridos. Podereis mesmo imaginar que vagais sobre o mar da vida, coisa que para enamorados como vós será não só poético, mas muito conveniente.

– Sois sempre engenhoso para justificardes vossa indolência, tio Maurício – comentou Antonieta, bem-humorada. – Esqueceis apenas de que, para completar a ilusão de um passeio sobre o "mar da vida", precisaremos de uma tempestade que venha agitar as águas!

– Nunca se sabe – comentou Valéria. – Talvez os céus nos concedam mesmo um temporal a fim de testar nossa coragem. O calor está sufocante e tenho a impressão de que nuvens carregadas despontam no horizonte.

– Que loucura, querida amiga! O céu está límpido e não há o menor indício de tempestade. E agora apressemo-nos em desfrutar o frescor do lago, que a esta hora deve estar bastante convidativo.

Dito isso, a impetuosa jovem apanhou o chapéu e a sombrinha e, enlaçando o braço de Rodolfo, pôs-se a descer apressadamente os degraus da varanda. Samuel, de braços dados com Valéria, guiou os hóspedes pelas alamedas ensombrecidas que conduziam ao grande lago.

Ao chegarem, encontraram uma dezena de embarcações de diferentes tipos e tamanhos; uma grande barca havia sido decorada com flores e tapetes especialmente para o passeio noturno. Rodolfo olhou contrafeito para os dois remadores que os aguardavam junto à embarcação:

- Permiti que vos diga que esse arranjo poderia ter sido melhor planejado, meu caro Samuel. A ideia de ter conosco esses dois indivíduos não me agrada muito e, uma vez que meu pai e o barão tiveram o bom-senso de não nos acompanhar, sugiro-vos que tomemos aqueles dois barcos pequenos, ali adiante, que parecem ter sido construídos sob medida para dois passageiros, e que conduzamos cada um de nós sua própria dama.

A verdade é que Rodolfo tinha pouco interesse na conversa um tanto afetada da irmã e do futuro cunhado, e desejava estar a sós com Antonieta.

- Aceito de bom grado vossa proposta, Rodolfo, desde que sua irmã também esteja de acordo.

A moça aprovou a sugestão. Permanecia sob a forte impressão da interpretação musical do noivo, os sons graves e penetrantes de sua voz ressoando ainda em sua mente. Aquela oportunidade de uma conversa a sós com Samuel a encantava.

Os dois casais rapidamente tomaram assento, cada qual em um pequeno barco; empunhando remos, os rapazes combinaram estar de volta naquele mesmo lugar no prazo de duas horas.

Rodolfo seguiu pela margem esquerda do lago, enquanto Samuel dirigiu-se para o meio, onde se avistava uma pequena ilha sombreada de árvores. As águas plácidas faziam lembrar um espelho polido, e nem a mais leve aragem agitava sua superfície. Samuel contemplava a noiva, fascinado; com seu vestido branco e diáfano e os longos cabelos loiros soltos, ela mais parecia uma deusa do lago, vinda à tona para mirar-se naquelas águas límpidas e transparentes.

O coração dele batia apressado. Tinha a convicção de que a antiga aversão de Valéria dera lugar a um sentimento do qual ela própria não se dava conta; em seus olhos não havia mais revolta. Ainda assim, Samuel almejava ouvir dos próprios lábios da amada uma palavra de encorajamento.

Colocando os remos de lado por um momento, inclinou-se para a jovem, que parecia mergulhada em silenciosa meditação:

- Permiti que eu vos agradeça pela visita de hoje, senhorita Valéria. É uma imensa felicidade para mim receber sob meu teto aquela que em breve ali reinará como rainha e senhora absoluta.

- Foi com grande satisfação que vim à vossa casa - a jovem assegurou, hesitando antes de prosseguir. - Mas não pude deixar de perceber o quanto a ideia de nossa separação vos afligiu.

- Agradeço-vos essas palavras, e também por ter aceitado vir comigo a este passeio. É a primeira vez que temos a oportunidade de ficar totalmente a sós, longe de outras pessoas, com seus mesquinhos preconceitos, e não posso resistir ao ímpeto de vos fazer uma pergunta: dizei-me, senhorita, se posso ter a esperança de que aquele seu sentimento de aversão, que me fazia viver um inferno, um dia não mais existirá. Às vezes a dor que experimento me faz pensar em pôr um ponto final ao nosso compromisso, restituindo vossa liberdade. Mas outras vezes essa mesma dor me leva a querer unir-me a vós por laços indissolúveis! A perspectiva de vos perder desperta em mim um turbilhão de sentimentos intensos, terríveis...

O rosto da condessa ficou muito vermelho; desejava dizer algo, mas um invencível embaraço lhe apertava a garganta; ainda assim, os muitos sentimentos que trazia em seu íntimo expressavam-se com tal intensidade em seus olhos, que um suspiro de alívio e contentamento escapou dos lábios de Samuel:

- Não tenho a intenção de forçar uma confissão, senhorita, e nem tenho direito a isso, uma vez que ainda não fui batizado. Todavia, assim que o batismo tiver arrancado de mim o último obstáculo que nos separa, gostaria que me disségeis se sereis capaz de sentir por mim apenas uma parte do amor que me inspirais.

O ruído abafado de um trovão veio interromper a conversa dos jovens noivos. Ambos voltaram os olhos para o céu, onde nuvens escuras, surgidas só Deus saberia dizer de onde, avançavam com vertiginosa rapidez. Um vento fresco começou a soprar, formando pequenas ondas e balançando a embarcação.

- Vem aí uma tempestade - disse Samuel, retomando os remos. - Precisamos alcançar aquela ilhota o mais depressa possível. Estamos muito distantes da margem.

Ele pôs-se a remar energicamente em direção à ilhota, que já estava à vista. Mas a tempestade se adiantou, e a escuridão aumentava a cada instante. Relâmpagos rasgavam o negro firmamento e os ventos sopravam com violência, sacudindo o barco de tal maneira que ficava difícil fazê-lo avançar. Conseguindo a muito custo equilibrar-se, Valéria temia cair na água.

- Ajoelhai sobre o fundo do barco, senhorita - Samuel instruiu, incapaz de ajudá-la, pois tinha as mãos ocupadas em remar. - Agarrai em mim depressa e permanecei imóvel, ou iremos naufragar.

A jovem obedeceu sem discutir. Pálida e calada, acompanhava os esforços do noivo na luta contra as intempéries. Passados alguns minutos, finalmente atingiram a ilha. Nova dificuldade, entretanto, os ameaçava, pois as águas agitadas pelo vento furioso, que iam quebrar-se de encontro à margem, refluíam, empurrando a leve embarcação e impedindo que os dois ocupantes saltassem em terra firme.

Diante do perigo iminente, Samuel ergueu Valéria nos braços e pulou com rapidez e força em direção à terra, enquanto ela deixava escapar um grito de pavor; foi bem-sucedido.

- Não temais. Estamos a salvo agora -tranquilizou-a, pousando-a no chão com delicadeza, antes de enxugar a fronte molhada de suor.

- Mas e o barco? Como voltaremos? Vede! - ela exclamou, apontando para a embarcação que, levada pela correnteza qual casca de noz sobre a crista das ondas, desaparecia em meio à bruma.

- Não vos preocupeis, não ficaremos abandonados nesta ilha deserta. Assim que cessar a tempestade seremos resgatados, sem sombra de dúvida.

Um forte clarão riscou o céu carregado e fez estremecer aquele pedaço de terra, e o ribombar dos trovões que o seguiram encobriu a voz de Samuel. Grossas gotas de chuva começaram a cair.

- Vinde comigo. Conheço um lugar onde vos podereis abrigar - disse, enquanto puxava a condessa, que agarrava-se a ele trêmula.

Em poucos instantes chegavam a um amontoado de rochas cinzentas, uma das quais se projetava horizontalmente para frente formando pequena gruta, em cujo fundo se achava um banco recoberto de musgo. Nem bem Valéria ali se abrigara, uma chuva torrencial desabou.

- Por que permaneceis aí fora? Vais ficar encharcado! - observou Valéria, fazendo sinal para que ele se sentasse ao seu lado.

– Há pouco espaço e ficaríeis desconfortável.

A voz do rapaz foi novamente encoberta pelo ruído da tempestade. Raios e trovões sucediam-se quase ininterruptamente. Torrentes de chuva caíam sobre as rochas, produzindo um barulho atordoante, e a força do movimento das águas aumentava. Todo esse conjunto de eventos naturais se fundia num caos grandioso e assustador.

Samuel, que por fim fora sentar-se ao lado da noiva, enlaçara-lhe automaticamente a cintura, enquanto ela recostava a cabeça contra seu ombro, em busca de proteção. Assim permaneceram imóveis, em silêncio. Valéria abandonara de vez a antiga aversão e o tolo preconceito, e experimentava uma desconhecida sensação de calma e felicidade.

Os jovens não saberiam dizer por quanto tempo permaneceram assim, recostados um ao outro. Finalmente a tormenta passou, e o ruído dos trovões perdeu-se na distância. As nuvens carregadas se dissiparam, deixando entrever o luar prateado que agora iluminava a superfície pacificada do lago.

– Bom Deus! A lua já vai alta! Que horas serão? O que terá acontecido a Rodolfo e Antonieta? – indagou Valéria, levantando-se.

– São dez horas – Samuel informou, depois de consultar seu relógio de bolso. – Logo mais seremos resgatados; tenho certeza de que já procuram por nós. Quanto a vosso irmão e Antonieta, não vos inquieteis. Seguiram pela margem do lago e não correram perigo algum – o rapaz contemplou o lindo rosto da condessa. – Estais lívida, Valéria! Foi o medo que passastes?

– Nada temo quando estou sob vossa proteção – a jovem respondeu, os olhos úmidos postos no noivo. – Acabastes de provar que tendes força bastante para livrar dos tormentos aquela que o destino vos confiou. Agora sim, Samuel, estou preparada para responder à pergunta que me fizestes quando estávamos no barquinho: não há dúvida de que desejo vosso batismo, uma vez que dele surgirá uma nova vida para vós. Mas desde já eu vos amo. Ganhastes meu coração aos poucos, apagando todo vestígio de aversão e preconceito. A aventura que acabamos de viver serviu para aclarar ainda mais meus sentimentos, e é de livre e espontânea vontade que me entrego a vós.

Trêmulo de felicidade, o banqueiro apertou Valéria de encontro ao peito e pela primeira vez a beijou.

– Este momento apaga todas as dores e todo desprezo que tenho suportado - murmurou. - Somente hoje nosso noivado acontece de fato, Valéria, e espero que não vos recuseis a atender um pedido meu.

- É certo que não! Se depender de mim...

- Há muito tempo que trago comigo nossos anéis de noivado, aos quais atribuo um poder mágico. Gostaria que passássemos a usá-los a partir deste momento tão feliz para nós. Depois do meu batismo, o padre Martinho poderá benzê-los. Quanto a mim, ficarei mais tranquilo sabendo que o estareis usando. Amanhã partireis e ficaremos sem nos ver por três semanas, o que para mim é uma eternidade! Um mau pressentimento me persegue e me faz temer que essa viagem seja fatal, que não nos veremos mais.

- Eu vos dou minha mão, Samuel, porque esse é meu desejo, porque é o que meu coração pede que eu faça. É com alegria que levarei vosso anel, símbolo do compromisso que assumimos.

O jovem apanhou imediatamente a carteira, de onde retirou dois anéis embrulhados em papel de seda. Segurando o menor deles, levou-o aos lábios para, em seguida, colocá-lo no dedo da noiva.

- Com este anel, símbolo da eternidade, ficareis eternamente unida a mim - Samuel disse com voz embargada, uma expressão sombria nos olhos. - Vós o fazeis por livre escolha. Que a desgraça desabe sobre vós se um dia me trair ou violar vosso juramento.

- Por que motivo me ofendeis com tais suspeitas? Pois agora exijo que façais o mesmo juramento.

- Para garantir minha felicidade? - Samuel sorriu com ironia. - Não temais, Valéria. O meu amor só acabará com minha morte.

- E por que desconfiais do meu? Por que estais agressivo hoje?! Primeiro me obrigais a ouvir um discurso bem pouco lisonjeiro para uma noiva, e agora duvidais da minha palavra?

- Tendes razão. Sou um louco, um ingrato, e estais certa em me censurar, minha Valéria! Há dois dias ando nervoso e inquieto, atormentado por pressentimentos sombrios, devido a um sonho que tive. Foi muito estranho, e me causou forte impressão.

- Contai-me vosso sonho. Não deveis ter segredos comigo.

Samuel tomou Valéria nos braços e apertou-a contra seu peito.

- Escutai, pois, minha rainha e senhora - ele começou. - Na última quarta-feira, depois de haver regressado de vossa residência em excelente estado de humor, deitei-me e adormeci, contemplando vosso retrato e fazendo planos para o futuro. Em sonho, vi nós dois juntos num campo de flores multicoloridas. Seguíamos caminhando felizes em direção a uma igreja que se avistava à distância. Chegando diante do imponente edifício de pedra, cuja porta estava amplamente aberta, beijei vossa mão e pedi que aguardasse por mim ali mesmo onde estávamos, pois ia me fazer batizar. Vós assentistes com um leve movimento de cabeça, enquanto eu fitava enamorado vossos lindos olhos azuis. Ao aproximar-me da pia batismal, no centro da igreja, constatei com espanto que ela não continha água. Ao lado dela, em vez do sacerdote, estava um jovem oficial de grande beleza. Era loiro, como vós, e seus olhos negros fitavam-me com desprezo. Vagarosamente, então, ele pôs-se a despejar uma cascata de moedas na pia sagrada.

"– Batizai-vos com isso – ele disse com sarcasmo, indicando-me a chuva dourada.

"Perturbado e sem compreender o que se passava, corri para fora da igreja, pedir-vos uma explicação. Tudo, porém, havia mudado. Diante de mim estendia-se uma avenida cheia de gente. Sem saber como, eu ocupava de repente uma biga dourada, em pé ao lado do mesmo oficial que vira na igreja. Agora, entretanto, ele trajava uma toga e trazia na cabeça uma coroa de louros, à semelhança dos heróis romanos. Eu usava traje parecido e erguia uma grande espada, enquanto bradava 'Morte aos cristãos!'. Houve um violento tumulto, durante o qual matei muitos homens, mulheres e crianças. Entre aquelas pobres criaturas, encontrei-vos. De joelhos, com os cabelos soltos e o olhar fatigado, erguíeis as mãos para mim, que seguravam um crucifixo. 'Morre!', gritei, inebriado pelo ódio e pelo sangue, enquanto erguia a espada"...

Samuel calou-se e respirou fundo, antes de prosseguir:

– Naquele mesmo instante, o jovem oficial saltou junto de vós e vos ajudou a levantar, ao mesmo tempo em que me repelia com tal força que caí de costas sobre o solo poeirento. Quando me levantei, atordoado, estava no jardim desta minha casa de campo, junto ao lago. Sentia-me mal. Tinha ao lado direito do peito uma chaga que ardia como fogo. Era vós ali diante de mim, Valéria, vestida de noiva, e eu sabia que não vos casaríeis comigo, mas com o oficial loiro. A angústia estava estampada em vosso rosto quando me falastes. Eu, porém, não compreendia o que me dizíeis.

Um ódio descontrolado apoderava-se de mim, e uma voz sarcástica cantava, não sei onde, o trecho da ópera *Lúcia di Lammermoor* que cantei hoje ao piano. A chaga em meu peito doía a ponto de me fazer perder a razão. Agarrando-me a vós, precipitei-me convosco no lago. Naquele exato instante ouvi a voz de teu irmão que gritava "Traidor! Assassino!".

O rapaz calou-se por um momento e passou a mão pela fronte úmida:

- Despertei sobressaltado e tinha o corpo coberto por um suor frio. A impressão que o sonho deixara em mim era de tal modo viva, que as palavras de Rodolfo pareciam ecoar ainda em meus ouvidos. Cheguei até a levar a mão ao lugar em que, no sonho, tinha a chaga em meu peito, pois sentia uma dor violenta ali. Aos poucos fui saindo daquele estado de torpor e me dando conta de que eu tivera um sonho. Porém, não consegui mais conciliar o sono.

Valéria ouvira a narração do noivo entre curiosa e impressionada.

- Foi só um pesadelo - ela comentou após breve silêncio. - Não devemos ser supersticiosos. Deus vela por nós.

Naquele momento, ouviram vozes que vinham do lago, chamando por eles, e um barco surgiu na distância.

- Alguém se aproxima para nos resgatar - Samuel disse, estremecendo. - Despeço-me de vós agora, pois amanhã, sob o olhar de vosso pai, voltaremos a ser dois estranhos.

- Não! - reagiu Valéria. - É preciso que nos encontremos mais uma vez antes que eu parta. Amanhã, entre as onze horas e o meio-dia, esperarei por vós no bosque de Flora, junto à pequena porta que dá saída para o campo. Ali poderemos nos despedir em paz, sem sermos incomodados.

Radiante e agradecido, Samuel abraçou Valéria, apertando-a com força junto ao peito. Minutos depois, Rodolfo chegava numa embarcação, onde os noivos entraram para voltar para casa.

Já retornando, junto à escadaria da residência do banqueiro, o conde Egon, o barão Maurício e Antonieta aguardavam ansiosos.

- Fiquem tranquilos - bradou Rodolfo alegremente, ao avistá-los. - Trago os náufragos sãos e salvos.

Ao chegar à escadaria, Valéria atirou-se nos braços do pai:

- Se estou viva, é graças à coragem e à presença de espírito de Samuel - ela disse, exaltada.

Em seu alívio, o velho conde não atentou para o tom entusiasmado das palavras da filha, nem para o tratamento agora íntimo com que se referia ao noivo, que, segundo se acreditava, ela tolerava a muito custo. A Rodolfo, contudo, aquilo não passou despercebido, e o jovem torcia o bigode fitando a irmã com desconfiança.

No dia seguinte, Valéria acordou cedo. Alegre e repleta de uma nova sensação de bem-estar, a jovem espreguiçou-se em meio ao conforto de macias almofadas de seda.

Há tempos não se sentia tão inteiramente feliz. O futuro lhe sorria e não lhe causava mais medo. Um leve rubor coloriu sua tez muito clara, ao contemplar o anel que o noivo colocara em seu dedo na véspera. Como poderia um preconceito tão tolo ter feito nascer em seu coração, no passado, um sentimento de aversão a um homem tão belo, talentoso e gentil quanto Samuel? Lembrava agora o doloroso encontro que tivera com ele nos jardins da propriedade do banqueiro na cidade, quando rogara que lhe restituísse a liberdade. Felizmente ele se recusara, o que lhe permitia agora experimentar tão imensa felicidade. Outros instantes mágicos seriam agora vividos no bosque de Flora, onde passearia a sós com o noivo por alamedas sombreadas, ouvindo-lhe a voz grave e harmoniosa, cuja expressão sonora e apaixonada fazia vibrar seu coração. Imaginava as palavras que ele lhe murmuraria ao ouvido, como aquelas que ouvira na véspera. Ah, quão inconveniente era a viagem agora tão próxima! Como seriam intermináveis aquelas três semanas sem Samuel! Graças a Deus, teriam o encontro daquela manhã. Tinham tanto a dizer um ao outro!

Afastou com gesto rápido as cobertas e tocou o sininho, chamando a camareira. Arrumou-se com um cuidado todo especial naquela manhã. Colocou um vestido de seda azul celeste e um xale de rendas, que davam realce à sua tez alva. Por fim, adornou os cabelos, arrumados em duas longas tranças, com uma fita da mesma cor do vestido. Depois de certificar-se diante do espelho de sua aparência naquele traje sem maiores sofisticações, apanhou a delicada sombrinha e saiu correndo em direção ao lugar designado para o encontro.

Eram apenas dez e meia da manhã quando a moça chegou ao pequeno bosque. Consultou o relógio, impaciente, e pôs-se a passear pelo aprazível recanto; num impulso, correu até a porta por onde Samuel deveria entrar. Suaves colinas cobertas de trigais estendiam-se para além da estreita passagem, a perder de vista.

À direita via-se a estrada que conduzia a Rudenhof, propriedade do jovem banqueiro. Mais adiante, serpenteava um caminho irregular, erodido pelas chuvas e pelas carroças que transportavam pesados feixes de trigo ano após ano.

Valéria caminhou pela vereda ondulada, colhendo pequenas flores aqui e ali. Ao aproximar-se de frondosa árvore cujos ramos lançavam uma sombra fresca sobre o atalho, ela se sentou e pôs-se a trançar uma grinalda com as florzinhas que colhera. Do local onde se encontrava, era-lhe possível divisar o portão de entrada do bosque, bem como o caminho que levava à casa do noivo, e ainda manter-se oculta pela sombra da árvore e pelas touceiras de trigo. Terminava de tecer a grinalda quando, ao olhar para a estrada, avistou um cavaleiro que se aproximava a galope. Em instantes, ele saltou sobre o solo com desenvoltura e prendeu o cavalo a um pequeno muro de pedra.

- Samuel! - ela chamou, ao ver que ele caminhava em direção à pequena porta de entrada do bosque.

O rapaz voltou-se surpreso, mas, não tendo avistado ninguém, tentou abrir a passagem. Ao ouvir novamente a mesma voz feminina que chamava seu nome, tornou a voltar-se e pôs-se a caminhar guiado por aquele adorável chamado; enxergou Valéria sentada, sorrindo para ele, com uma grinalda de flores sobre os joelhos, e seu coração encheu-se de alegria.

- Como estais linda, minha querida! - exclamou, indo sentar-se ao lado da noiva e beijando-a. - Ah, como estou feliz por encontrar-vos aqui à minha espera! Temi que tivésseis mudado de ideia e que vosso orgulho vos levasse a reprovar o que se passou entre nós na noite passada.

- Que ideia fazeis de mim? - indagou Valéria, corando. - Que orgulho nos pode separar, agora que tudo entre nós está tão claro quanto o brilho desse Sol que nos aquece? Minha única tristeza é saber que teremos de ficar distantes por três semanas... Se já estivésseis batizado, poderíamos partir juntos.

A felicidade transparecia luminosa nos olhos de Samuel.

- Muito em breve serei vosso de corpo e alma, minha querida, e nada mais nos poderá separar - o rapaz lembrou, procurando animá-la. - Mas se quiserdes fazer-me ainda mais jubiloso, tratai-me por *tu* quando estivermos a sós. Essa palavra, vinda de vossos lábios, será para mim como um copo de água fresca em meio ao deserto escaldante.

– Estais muito exigente e nada tímido desde ontem. Se eu não estivesse para partir logo mais, diria que não. Hoje, todavia, nada *te* posso negar – acrescentou Valéria, surpresa.

– Ah, como te sou grato! Teu coração foi capaz de perceber o quanto necessito de consolo. Terei pela frente três semanas para viver atormentado pelo ciúme. A ideia de que estarás em meio a outra sociedade, cercada de rapazes nobres e que não ficarão imunes aos teus encantos, rouba-me a paz. És tão bela e sedutora, que ver-te é amar-te. Os jovens aristocratas não terão como saber que és noiva de outro, pois ninguém ousará mencionar meu nome...

A fisionomia de Samuel revelava tristeza, um profundo pesar transparecia-lhe na voz e uma estranha chama ardia em seus olhos.

– Não sejas ciumento. Tu sabes que eu te amo! Quem poderia substituir-te em meu coração?!

Percebendo que o noivo permanecia triste e pensativo, tocou-lhe de leve a face com a mão pequenina. Samuel suspirou, melancólico.

– Minha querida, tenho experimentado mais que tu a violência cruel dos preconceitos do mundo. Tu mesma, enquanto ignoravas minha origem, tratava-me com gentileza; uma palavra de Rodolfo, contudo, bastou para anular teus sentimentos de simpatia.

– Por que me torturas neste momento em que imaginei que seríamos completamente felizes? Vejo que ainda te ressentes das palavras infelizes que o orgulho me inspirou no passado. Mas não podes te basear no que passou para suspeitar que sou capaz de infidelidade! Além disso, malvado, tu esqueces que tens nas mãos a honra de minha família? Jamais teria aprendido a amar-te se tu não me tivesses declarado guerra e me forçado, por todos os meios, a submeter-me à tua lei! E, contudo, tua prisioneira transformou-se em tua aliada.

– Não me faças lembrar isso, Valéria – pediu o rapaz, respirando com esforço. – É terrível ver-se forçado a usar a força para unir-se à mulher a quem se ama com paixão e por quem se é detestado e menosprezado. Nunca poderei esquecer o insulto que me lançaste no rosto, dizendo que minha origem causava-te uma aversão que batismo algum poderia apagar. Fico louco, temendo que esses preconceitos, somados ao teu orgulho inato, levem-te a fraquejar e a te envergonhar da escolha que fizeste. De início, a sociedade não saberá que, quando tudo começou, quiseste sacrificar tua vida para salvar a honra de tua família. Pergunto a mim mesmo se, ainda assim, permanecerás forte e fiel quando te rodearem de mimos, ou quando algum aristocrata soberbo puser aos teus pés um amor e um nome dignos de ti... Se jurares que me permanecerás fiel a despeito das tentações e que não te envergonharás da minha origem, então poderei esforçar-me para manter a calma e sufocar esse sentimento infernal a que damos o nome de ciúme.

- Meu bom Deus, que juramento exiges de mim, Samuel? - perguntou Valéria, envergonhada e aturdida.

- Vês esse astro luminoso, que brilha sobre todos os homens sem distinção de raça ou credo? - indagou o jovem israelita, erguendo os olhos para o astro-rei, cujos raios cintilavam sobre a relva. - Um só Deus o criou: o nosso Deus, o vosso Deus! No entanto, a humanidade gananciosa, dominada pelo orgulho e pela inveja, tem perturbado a harmonia do Universo com seu ódio fratricida. É a esse Deus único que invoco neste momento solene, Valéria, para que seja testemunha do teu juramento. Se me vieres a trair, meu desejo é de que, todas as vezes que vires esse astro grandioso que nos sustenta a vida, um remorso infinito se apodere de tua alma, como uma condenação por tua deslealdade.

Valéria a tudo ouvira com o rosto pálido e os lábios trêmulos.

- És cruel por me torturares desse modo, Samuel! - ela disse, por fim. - Ainda assim, juro que te serei fiel e que jamais me envergonharei do amor que tenho por ti. Se vier a quebrar a promessa que ora te faço, nunca mais hei de querer ver o sol.

Ela caiu num choro convulsivo, entrecortado por soluços sentidos. Ao ver naquele estado a mulher a quem tanto amava, Samuel lançou-se aos seus pés, pálido. Tomando-lhe as mãos, cobriu-as de beijos, arrependido, e pediu à noiva que o perdoasse, censurando-se por se haver deixado arrastar por pressentimentos funestos, a ponto de magoar a pessoa que lhe era mais cara.

- Queres que eu não acompanhe os meus nessa viagem? - indagou, num arroubo de irrefletida coragem. - Posso alegar que estou doente e que, portanto, não poderei comparecer às núpcias de Rodolfo e Antonieta, se isso te trouxer tranquilidade.

- Não, não, meu amor! Agora insisto para que vás, sim, a essas núpcias e esqueças meu louco ciúme. Mas há algo que quero que leves contigo, como prova de teu sincero perdão à minha insensatez.

Samuel tirou do bolso uma pequena carteira de couro vermelho, que passou às mãos da noiva.

- Do que se trata? O que há nessa carteira?

- Isto que te entrego é a prova de que desejo de todo coração que estejas alegre, livre de qualquer lembrança dolorosa em relação a teu pai e a teu irmão. Deixo em tuas mãos todos os títulos das dívidas de tua família. Desde que me entregaste o teu coração, não preciso mais desses papéis.

- Toma-os de volta, Samuel, eu te suplico - pediu Valéria, aflita. - Entrega-os um dia nas mãos de meu pai, conforme ficou combinado.

- O amor não tem necessidade de cadeias visíveis. Além disso, desgosta-me terrivelmente a ideia de ainda te sentires vítima de um sacrifício. Juraste-me ser fiel e acredito em ti tanto quanto em mim mesmo. De que servem então esses papéis? Foi a ti que eu sempre quis, Valéria, e jamais à ruína dos teus. Terei mais calma e me sentirei mais forte quando só o que me ligar a ti for meu amor, e quando não tiver outra garantia senão tua honestidade para comigo.

Sem ter mais como argumentar, vencida e desconcertada pela fé cega e pela infinita ternura que transparecia nos olhos do noivo, ali ajoelhado aos pés dela, Valéria enlaçou-lhe o pescoço.

- Aceito este objeto que colocas sob minha guarda, Samuel. Mas não destruirei os documentos que ele contém. Hei de conservá-los por toda minha vida, como lembrança deste momento em que tu tens a nobreza de responder às nossas ofensas e desprezo com a mais generosa confiança.

- A que ofensas te referes? Está tudo esquecido e apagado, em nome deste momento de felicidade inexprimível.

Samuel tomou Valéria nos braços e apertou-a contra si, enquanto beijava-lhe os cabelos perfumados.

Por um momento, os dois jovens permaneceram em silêncio. Acreditavam ter atingido a felicidade perfeita, essa miragem do coração humano, o qual acredita que a alegria verdadeira está no que é visível aos olhos, o que não é mais do que sombra passageira.

Percebendo que a noiva tremia, em consequência da intensa emoção que experimentava, Samuel buscou dominar-se e tornou a se sentar ao lado dela.

- Que tal combinarmos nosso reencontro aqui, neste mesmo lugar, após teu regresso da viagem? - ele propôs alegremente. - Como eu poderia imaginar que este caminho tortuoso me inspiraria tamanha veneração? De agora em diante, visitarei nosso refúgio secreto todas as vezes que vier a Rudenhof. Dá-me como recordação essa grinalda de flores que te fica tão bem - mas ele fez um gesto com a mão, como a indicar que havia mudado repentinamente de ideia: - Pensando bem, é melhor que não a tires ainda de teus cabelos.

Presto, Samuel apanhou um pequeno caderno que trouxera consigo e um lápis.

- Não te movas - ele pediu a Valéria, e começou a rabiscar a página em branco.

Minutos mais tarde o banqueiro mostrou à noiva um esboço desenhado com perfeição.

- Com base neste rascunho, farei teu retrato a óleo. Tendo teu rosto adorável diante dos meus olhos, o tempo parecerá correr mais depressa.

- Excelente ideia! - Valéria aprovou, entusiasmada. - O esboço que traçaste se parece tanto comigo! És sem dúvida o mais gentil dos noivos com que uma moça poderia sonhar - ela tocou o rosto do rapaz com a mão. - Mas devemos nos separar por hora. Antonieta e minha camareira decerto já me procuram por toda parte. Mal terei tempo de fazer minha toalete de viagem. Quanto a ti, vai ao encontro de meu pai e espera para nos acompanhar à estação. Quero ter os olhos em ti até o último instante.

- Farei como me dizes. Montarei meu cavalo e chegarei muito respeitosamente ao palácio, pela avenida, senhora minha - o rapaz riu, enquanto fazia uma reverência exagerada para a noiva.

- Agora adeus, Samuel. Mandarei que te entreguem minha grinalda mais tarde.

De volta à sua residência, em seu quarto, a camareira de Valéria veio comunicar-lhe que Antonieta já finalizara seus preparativos para a viagem e procurava por ela no jardim.

- Estava colhendo flores e acabei me atrasando um pouco. Depressa, Marta, dá-me o vestido de viagem e depois deixa-me sozinha. Preciso escrever uma carta urgente!

Valéria colocou a carteira de couro vermelho em sua maleta de viagem e vestiu-se com rapidez. Quando ficou a sós, correu até o quarto de Rodolfo e apanhou um camafeu de marfim, no qual a imagem dela havia sido entalhada; a peça, feita na Itália, encontrava-se sobre a escrivaninha do irmão. De volta ao seu quarto, colocou o camafeu e a grinalda de flores em uma caixinha. Antes de fechá-la, depositou também uma cruz de ouro, presa a uma fina corrente, e o bilhete que escrevera:

"Recebi este crucifixo no dia de minha primeira comunhão. Será tua cruz de batismo. Escreve para o endereço de Rodolfo e envia-me teu retrato. Haverei de mandar-te resposta pelo mesmo intermediário."

Valéria tocou a campainha.

– Esta caixinha deve ser entregue ao senhor Maier esta tarde – disse a Marta. – É o valor correspondente a uma aposta que perdi. Cuida para que ela seja enviada a Rudenhof logo após nossa partida.

Ela colocou no bolso a chave da caixinha, que entregaria a Samuel, e em seguida correu para o salão, onde era esperada com impaciência.

Durante o almoço, o mordomo aproximou-se da mesa para anunciar que um dos criados do senhor Maier acabava de chegar com um pacote. Samuel, que também participava da refeição, pediu ao serviçal que levasse o pequeno volume para o salão contíguo.

Terminada a refeição, após a saída dos empregados, o banqueiro deixou a mesa e foi buscar o pacote, de onde retirou dois estojos de joias.

– Até agora não me havia sido permitido oferecer um mimo a cada uma de vós – o rapaz disse, um pouco embaraçado, aproximando-se de Valéria e Antonieta.

– Como não? – protestou esta última. – E os confeitos e flores que nos destes em caixinhas e jarras, que mais pareciam objetos de arte?

– Flores e doces qualquer um pode dar. Peço-vos, senhorita Antonieta, que aceiteis esta pequena lembrança, na condição de minha futura parenta e madrinha, por ocasião de vosso casamento. Tendes sempre demonstrado tamanha simpatia e amizade para comigo, que uma recusa de vossa parte muito me entristeceria. Quanto a vós, senhorita Valéria, peço que não recuseis o primeiro presente que vosso noivo ousa vos oferecer.

Antonieta abriu seu estojo, curiosa, onde encontrou um esplêndido colar de rubis em estilo antigo. Encantada, estendeu a mão ao futuro afilhado de batismo.

– Aceito com muito gosto, senhor Maier. É lindo!

Quando chegou o momento de Valéria verificar o que havia ganhado, a curiosidade e a excitação não foram menores.

- Uma grinalda de diamantes em formato de margaridas! - ela disse, mas tentando disfarçar a emoção.

A escolha das pedras e o trabalho artístico eram tão admiráveis que a jovem, não podendo resistir, experimentou imediatamente o valioso adorno. O olhar apaixonado de Samuel era prova de que a joia realçava-lhe sobremaneira a beleza.

Enquanto os dois trocavam um discreto olhar de cumplicidade, um dos criados da casa veio comunicar que as carruagens estavam prontas para a viagem, interrompendo assim aquele breve momento de magia. Antonieta apressou-se em acomodar seu presente e o da amiga nos estojos de veludo, enquanto Rodolfo, o pai e o barão Maurício saíam para os derradeiros preparativos, antes de seguirem todos para a estação de trem. Por um momento apenas, o casal de noivos ficou a sós.

- Toma esta chave. Ela abre a caixinha que irão entregar-te esta tarde.

- Adeus, minha querida. Volta logo, e não me esqueças - Samuel murmurou com dolorosa emoção.

- Nunca te esquecerei. Serás meu primeiro pensamento pela manhã e o último à noite - a jovem respondeu, antes de atirar-se nos braços dele.

Antonieta entrava no salão. Ao ver o beijo apaixonado que Maier e Valéria trocavam, recuou, espantada.

Dez minutos mais tarde, todos já se haviam acomodado nas carruagens. Chegaram à estação no tempo exato de embarcarem. Uma última despedida formal teve lugar, então, com Samuel de pé na plataforma. Em instantes o trem se punha em movimento.

Com a cabeça baixa e o coração agitado, o banqueiro subiu em sua carruagem e tomou o caminho de Rudenhof. Tudo lhe parecia vazio e sem encanto. Passou o resto do dia na varanda de seu quarto, recostado numa poltrona e perdido em seus pensamentos. A vida voltou a ter um pouco de cor quando lhe entregaram a caixinha de Valéria, à tarde. Samuel leu e releu o bilhete da noiva, beijou com respeito a cruz de ouro e, colocando diante de si o camafeu com a imagem da jovem condessa, perdeu-se na contemplação daquele lindo rosto. Deixando de lado receios e ciúme, pôs-se a pensar e sonhou com um longo futuro de alegrias.

Pobre Samuel! Não poderia supor que o sonho pouco duraria e que o penoso despertar lançaria sombras sobre um longo período de sua existência.

Novo sacrifício pela honra da família

Quando o trem que conduzia o conde de M. e sua família deixou a estação, fez-se de início silêncio no vagão. Valéria se havia deixado cair sobre umas almofadas, e permanecia de olhos fechados. Estava triste; separar-se do noivo era uma experiência mais dolorosa do que poderia deixar transparecer.

O velho conde tinha-se deixado absorver pela leitura de um jornal; Antonieta e Rodolfo, cuja tranquilidade nada conseguia perturbar, logo iniciaram uma conversa, que acabou por arrancar Valéria àquele estado de indiferença; falavam da princesa de O. e de seu único filho, Raul.

- Estou curiosa para rever meu primo - comentava Antonieta, no momento em que Valéria começara a prestar atenção ao diálogo. - Já se vão oito anos que não o vejo. Quando passei algumas semanas em casa de tia Odila, há quatro anos, ele estava na França. Mas tu o viste no regimento, não é, Rodolfo? Como estava? Dava a impressão de que se tornaria um belo homem!

- E ele cumpriu a expectativa. Teu primo seria excelente modelo de um Apolo ou de um Adonis. Só que é um pouco franzino e parece ter saúde frágil. Ele serviu no regimento apenas por alguns meses, enquanto tu estavas na Itália com minha irmã. Pouco depois, concederam-lhe uma licença por motivo de saúde, mas a licença está em vias de expirar. De qualquer modo, teu primo soube ganhar a estima de seus camaradas. É um rapaz amável, e ingênuo como uma criança, apesar de já ter vinte e um anos. Não bebe, não joga e é avesso à vida em sociedade. A despeito de sua natureza introvertida, as mulheres vivem correndo atrás dele. Não há dúvida de que fará muitas conquistas, quando se der conta do poder de sedução de sua aparência e de sua posição social. Confesso que estou aliviado por não tê-lo tido como rival...

– És modesto, meu querido. Um rapazola como Raul jamais poderia fazer frente a ti. Mas fico feliz em saber que ele se tornou um homem correto e cortês. É o único tesouro da mãe, minha pobre tia, que quase enlouqueceu com a morte do marido. Depois que ficou viúva, abandonou tudo e enclausurou-se em suas terras da Estíria, a despeito de sua beleza, juventude e da imensa fortuna, dedicando-se inteiramente ao filho. Tem verdadeira adoração por ele.

Aquela conversa deixou Valéria entediada. "Um garoto mimado e insípido. Jamais chegaria aos pés de Samuel, tão belo, tão vigoroso, tão talentoso", pensou, tornando a fechar os olhos.

Passadas algumas horas, o conde de M. e família chegavam à estação de destino, onde deveriam descansar um pouco antes de seguir em carruagem até o castelo da princesa. Contudo, mal haviam alcançado a plataforma de desembarque, Rodolfo pôs-se a rir, apontando um oficial que acabara de passar perto deles, procurando-os entre a multidão.

– Estamos aqui, príncipe – chamou, batendo-lhe no ombro.

O rapaz voltou-se e, alegre, saudou os recém-chegados com cordialidade. O príncipe Raul de O. era mesmo um cavalheiro muito atraente. Alto e esbelto, conservava ainda a graça própria da adolescência. Fartos cabelos castanho-claros emolduravam-lhe o rosto de perfil clássico, e sua tez muito clara era lisa como a de um menino. Os grandes olhos negros, realçados por sobrancelhas da mesma cor, conferiam-lhe encanto único.

Preparava-se para saudar as jovens damas, quando um brilho de apaixonada admiração surgiu-lhe no olhar ao avistar a linda Valéria pela primeira vez. A condessa desviou o olhar, enrubescida. Depois de ter abraçado os dois condes de M. e o barão Maurício, Raul conduziu os recém-chegados até o local onde as carruagens os aguardavam, e puseram-se todos a caminho.

A lua já cintilava no céu quando se aproximaram do castelo. Era uma construção feudal edificada num planalto cercado de montanhas cobertas de árvores, numa localização de tal modo pitoresca, que Valéria não conseguiu conter uma exclamação de deslumbramento.

A princesa Odila de O. recebeu seus convidados com alegria tão espontânea e franca, que todo o rigor da etiqueta foi depressa esquecido.

Ela agradeceu calorosamente ao conde Egon e ao barão Maurício por terem consentido em seu desejo de celebrar no seu castelo o casamento de Antonieta e Rodolfo, cujas frontes beijou com maternal afeição.

- Fazei minha sobrinha feliz - ela pediu ao jovem conde. - E sede todos mil vezes bem-vindos a minha casa - a senhora Odila prosseguiu, dirigindo-se aos recém-chegados.

Tomada por uma natural simpatia, a princesa abraçou Valéria repetidas vezes. Ao perceber, contudo, o evidente fascínio com que os olhos de seu filho fitavam a jovem condessa de M., e as muitas atenções com que ele a cercava, a mãe do príncipe decidiu também observar a moça com mais atenção. Depois do chá servido após a ceia, da qual os recém-chegados participaram com grande alegria, todos se dirigiram para o grande salão, dividindo-se em grupos. A princesa conversava com o velho conde acerca de detalhes do casamento de sua sobrinha com Rodolfo.

- Como é bela vossa filha, senhor Egon - ela comentou a certa altura, com espontânea admiração. - Não me lembro de ter visto rosto tão angelical. Nem mesmo um santo seria capaz de resistir àqueles olhos de safira!

Para espanto da princesa, o semblante do velho aristocrata encheu-se de desalento ao fitar a filha, e um longo suspiro lhe escapou dos lábios.

Já era noite alta quando as duas noivas se recolheram ao aposento que deveriam ocupar até o dia das núpcias de Antonieta. A agitação daquelas últimas horas lhes havia roubado o sono, e elas prosseguiram conversando, mesmo depois de terem se deitado.

- Que pensas de minha tia e de Raul? - Antonieta indagou, afastando as cortinas do leito para ver melhor a amiga.

- A princesa é muito amável e me inspira afeição - Valéria respondeu com sinceridade. - Há nela muita bondade, e uma melancolia facilmente detectável em seu semblante. A dificuldade com que caminha me enche de compaixão. Quanto ao teu primo, não posso dizer que me agrade. A despeito da inegável beleza e das maneiras impecáveis, há algo que me desagrada em seu olhar, muito sonhador mas sem vida; pude detectar certa expressão de soberba e rigidez em seus lábios.

- Céus, Valéria, o que estás a dizer? É verdade que Raul ainda não teve oportunidade para demonstrar energia e determinação. Desde a infância ele tem sido idolatrado e acarinhado, tendo cada um de seus desejos satisfeito sem jamais ter conhecido a frustração - Antonieta entrelaçou as mãos, pensativa –, mas vê-se que ele é um bom rapaz, simples e confiante. Ainda não viveu as chamadas loucuras da mocidade, como se costuma dizer, o que constitui inegável mérito para um príncipe de vinte e um anos, belo qual Adônis e rico como foi Creso. Sabes que ele herdou recentemente mais de um milhão de uma velha parenta, a baronesa de Raven? Se percebeste nele algum sinal de orgulho, creio que é mais do que natural.

Valéria permanecera calada enquanto a amiga discorria acerca das qualidades do primo.

– Creio que é meu dever prevenir meu irmão, amanhã mesmo, quanto ao fato de que estás fascinada por Raul, a ponto de não parar de cantar suas virtudes e atrativos – disse, após um momento de silêncio, afetando gravidade e apontando o dedo para a amiga. – Pensando melhor, é bem possível que acabes te tornando a nova princesa de O., ao invés de tornar-se condessa de M.

Antonieta rolou nos travesseiros num louco acesso de riso.

– Não há perigo – ela conseguiu responder finalmente. – Para mim, não existe no mundo homem mais belo que Rodolfo, com sua galhardia intrépida e militar, com sua tez perfeita e sedosa, e aqueles olhos azuis deslumbrantes. O gentil Raul, com seu ar sonhador e seu bigode incipiente, jamais o substituiria – ela encarou a amiga. – Tu é que deves ter cuidado com a aproximação dessa criatura tão bela. Raul parece estar fascinado por ti e bem poderia tornar-se um pretendente mais conveniente que Maier; apesar de suas exaltadas qualidades, Maier jamais deixará de ser um judeu batizado...

Os olhos de Valéria brilharam de indignação, e seu rosto tornou-se muito pálido.

– Se me amas, Antonieta, nunca mais fales assim comigo, nem gracejes a respeito desse assunto – ela pediu em tom grave. – Já está muito tarde. Boa noite!

Valéria deitou-se e fechou os olhos, o que permitiu a Antonieta, sossegadamente, sondar a relação entre aquele comportamento imprevisto e o beijo de despedida que surpreendera pela manhã.

O casamento de Antonieta estava marcado para o quinto dia a contar da chegada ao castelo da princesa Odila. Haviam combinado que, com exceção de algumas visitas indispensáveis, aquele período seria vivido na intimidade familiar. As festas teriam início com um baile oferecido pela princesa no dia das núpcias, ao qual se seguiria uma série de reuniões, cavalgadas e excursões organizadas quer pelo príncipe Raul, quer pelos aristocratas residentes nas proximidades.

O tempo transcorreu em absoluta tranquilidade. A senhora de O. demonstrava predileção cada vez mais evidente por Valéria, a quem cercava de mimos e atenções, procurando de tal maneira aproximá-la de seu filho, que era quase impossível não notar suas intenções. Essa situação gerava certa apreensão em Antonieta, assim como enchia o conde de M. de pesar e raiva.

Na véspera das bodas, todos se achavam reunidos no terraço do castelo, quando a fisionomia radiante de Raul, que ajudava Valéria a compor um ramalhete de flores silvestres, fez a princesa sorrir satisfeita:

- Há quinze anos que não deixo este castelo, meus amigos, mas estou decidida a passar este inverno em Budapeste. Primeiramente, porque quero ficar mais perto de meu querido filho, que volta para o regimento, e depois, quem sabe Raul também encontre uma noiva, e eu teria a grata alegria de festejar mais um casamento.

- Não serão vossos projetos um tanto prematuros? - indagou Antonieta. - Raul atingirá a maioridade daqui a três meses e parece-me jovem demais para casar-se.

O rosto do jovem príncipe tornou-se muito rubro e ele encarou a prima com olhos brilhantes e lábios trêmulos.

- Por que dizes que sou demasiado jovem para o matrimônio, minha cara Antonieta? - ele interpelou. - Rodolfo é apenas quatro anos mais velho do que eu, e julgais que ele é digno de se casar convosco. Pois afirmo que estais enganada. Acredito que mamãe tem razão, como sempre, e que é indispensável que eu me case.

A indignação exagerada do rapaz causou surpresa.

- Acalmai-vos, primo, pois eu nada disse para que vos exalteis dessa forma. Vendo, porém, que reagis qual leão irritado, retiro o que disse e reconheço-vos maduro para o casamento - a moça sorriu: - Quem diria que esse anjinho tem ouvidos tão apurados? Imaginei que ele nada enxergasse, nem ouvisse...

- ... nada além de Valéria - completou a princesa de O., fixando o olhar de silenciosa veneração no rosto entusiasmado do filho.

O dia das núpcias finalmente chegou. Desde a manhã, alegre agitação reinou no castelo. Criados corriam de um lado para outro atarefados, ornamentando cada canto com grinaldas, bandeiras e lampiões. Iluminação especial e fogos de artifício eram arranjados nos jardins, enquanto um imenso laranjal, próximo aos salões de recepção, transformava-se num mágico jardim de inverno, com alamedas atapetadas de areia e aconchegantes caramanchões, entre minibosques de laranjeiras.

Enquanto isso, a calma reinava nos aposentos ocupados por Antonieta e Valéria. A noiva decidira que passaria as horas que antecediam as núpcias em silêncio e solidão. A condessa de M. dispensara as camareiras, a fim de ajudar a amiga a preparar-se para o grande momento. Calçara-lhe os pequenos pés, penteara-lhe os cabelos negros e, por fim, entregara-lhe o roupão que deveria ser substituído, depois, pelo esplêndido vestido de cetim rendado que já se encontrava estendido sobre um dos divãs.

As duas amigas mantinham-se em silêncio. Enquanto Antonieta refletia acerca do sério passo que estava prestes a dar, sentimentos diversos agitavam o coração de Valéria. No dia anterior, o irmão lhe havia entregado um medalhão com o retrato de Samuel e uma carta, na qual o banqueiro contava-lhe tudo o que tinha feito e pensado desde sua partida. Além disso, informava que o padre Martinho fora chamado a Roma, para onde embarcara apressadamente, para lá permanecer por três ou quatro semanas. Nem por isso o sacerdote deixara de incumbir seu discípulo de certas ocupações e havia garantido que essa viagem não implicaria adiar o batismo.

- Dá-me um momento de tua atenção, Antonieta, pois quero pedir-te uns conselhos - disse Valéria, indo apanhar um pequeno cofre incrustado de pedras preciosas, que colocou diante da amiga, ao lado de quem tomou assento. - Antes de qualquer coisa, quero que dês uma olhada nisso.

Abrindo o cofrezinho, a jovem condessa mostrou à futura cunhada vários cordões de pérola admiráveis, terminados por um fecho de safira, que se estendiam sobre o fundo de veludo negro.

- A princesa Odila pediu-me que fosse aos seus aposentos, esta manhã, e após me abraçar, dizendo que me estimava como se eu fosse da família, quase uma filha, entregou-me este presente verdadeiramente digno da realeza.

- É maravilhoso! A etiqueta exige que uses este colar hoje mesmo - ela disse, encarando a amiga. - Mas estás intranquila, Valéria. Este presente te leva a pensar que a princesa aprova o amor que Raul te demonstra de maneira tão óbvia?

- Ah, então também tens observado que esse tolo rapaz demonstra mais interesse por mim do que seria conveniente? Tenho procurado evitá-lo tanto quanto possível, mas não posso ser indelicada com o filho da princesa, que é tão boa para mim. Raul não faz nem diz nada que seja claro e, no entanto, segue-me com esse olhar por toda parte, o que me deixa bastante incomodada. Sinto-me oprimida perto dele e preferiria ir embora daqui hoje mesmo. A grande amizade da princesa por papai me parece suspeita, além do tratamento paternal que ele dispensa ao príncipe. Deus meu, qual vai ser a consequência disso tudo? E se Raul me pedir em casamento? Aconselha-me, por favor, Antonieta.

- Procura acalmar-te e não altera teu modo de proceder - recomendou a amiga, abraçando Valéria. - Não há dúvida de que Raul está encantado por ti, e não há motivos para que ele procure disfarçar esse interesse, uma vez que ignora nossas relações com Samuel Maier e teu noivado com ele. Mas penso que meu primo não te pedirá em casamento agora. Ele esperará até o inverno, quando for a Budapeste com a mãe. Até lá, a notícia de tuas núpcias com o banqueiro acabarão com suas ilusões em relação a ti. Na pior das hipóteses, pode-se revelar toda a verdade à minha tia, que tem bastante ascendência sobre o filho para fazê-lo esquecer um arrebatamento da mocidade. Além disso, duvido que Rodolfo e teu pai deixem as coisas ir tão longe. Eles sabem que deves te casar com Maier e que a honra da família está atada a essa união. Agora, fada querida, toca a campainha e chama tua camareira. São quase cinco horas e a cerimônia está marcada para as sete. As damas de honra logo estarão aqui.

Mal Valéria terminara a toalete, ouviu-se um alegre som de risos. Em instantes, a porta do aposento que ela e a futura cunhada ocupavam se abriu e um enxame de moças rodeou a noiva.

A bênção nupcial foi dada com pompa na capela do castelo. Assim que a cerimônia terminou, Rodolfo e Antonieta, agora a nova condessa de M., receberam os cumprimentos dos convidados para em seguida abrir o baile, ao som de uma valsa executada por grande orquestra, sob os aplausos e vivas de todos os presentes. As danças se sucederam sem intervalo; o entusiasmo da multidão que enchia os salões aumentava à medida que o champanhe subia à cabeça.

Outra valsa acabava quando Valéria entrou no jardim de inverno, fantasticamente iluminado por lâmpadas a gás entre as folhagens, levada pelo braço do príncipe Raul. Ambos estavam animados pela dança e o rapaz conduziu a jovem condessa até um pequeno bosque afastado, onde fez com que ela se sentasse num banco de veludo verde que lembrava a aparência de musgo, acomodando-se ao lado dela.

O rapaz contemplava Valéria com evidente fascínio, enquanto ela abanava o rosto enrubescido pelo movimento da dança. De repente, ele caiu de joelhos, tomando as mãos da moça:

- Meu anjo adorado - murmurou -, eu vos amo mais do que à minha própria vida. Casai-vos comigo e permiti que eu morra aos vossos pés.

- O que é isso, príncipe? Levantai-vos, pelo amor de Deus! E se alguém nos visse? - a condessa protestou. - O que pedis é impossível!

- Impossível? - o rapaz repetiu, incrédulo. - Não me levantarei daqui enquanto não me disser se me rejeitais porque vos sou antipático, ou porque duvidais dos meus sentimentos.

- Vamos, Raul. Levantai-vos e sentai-vos ao meu lado - Valéria suplicou com lágrimas nos olhos.

O príncipe obedeceu maquinalmente, retomando o lugar no banco. Havia em seu semblante tal expressão de ansiedade e desapontamento, que Valéria sentiu o coração opresso.

- Nenhuma das razões que supondes dita minha resposta. Ninguém é mais digno de amor e simpatia do que vós. Além disso, como poderia eu duvidar da sinceridade de vossos sentimentos? Vosso coração é incapaz de dissimulações e leviandades. Se me houvésseis dirigido a mesma proposta há três meses, eu a teria aceito. Agora, porém, devo recusá-la porque já estou comprometida.

Raul empalideceu.

- Então cheguei tarde? A quem amais? Onde está vosso pretendente? E por que vosso pai e vosso irmão nada me disseram sobre tal compromisso? - o rapaz inclinou-se na direção de Valéria, como se buscasse ler em seus olhos a resposta às suas perguntas.

Ela, porém, permanecia em silêncio. Era compreensível que nenhuma palavra houvesse sido dita acerca do escandaloso ajuste, que a forçava a se casar com um judeu batizado. Era também doloroso demais para ela confessar ao príncipe de O. que, com a entrega de sua mão, saldava-se enorme dívida contraída em mesas de jogo por seu pai e seu irmão. Como dizer àquele rapazinho que preferia um homem obscuro, pertencente a uma raça desprezada, a ele, que era um príncipe? Como aquele altivo aristocrata iria encará-la? Ele talvez fosse capaz de reconhecer a necessidade que a compelia, mas jamais poderia desculpá-la ou compreender amor tão disparatado quanto aquele.

Violenta batalha se travava em sua alma frágil e titubeante. Todos os preconceitos de sua educação e classe social cresciam dentro dela à semelhança de terríveis gigantes. Sentia vergonha de si mesma e do amor que trazia no peito, e por nada no mundo revelaria a Raul aquilo que ocultara a Antonieta por temer o olhar espantado que a melhor amiga lançaria sobre ela. Longe do olhar ardente de Samuel e da atração que o jovem exercia sobre ela, um orgulho crescente e um impiedoso embaraço acabaram por subjugar qualquer outro sentimento. Habituara-se a ser olhada como a doce e generosa vítima, que abraçara uma união sacrificial por amor à família, com a finalidade de salvaguardar-lhe a honra. Agora sua boca recusava-se a dizer: "Amo aquele homem que é generoso e leal, apesar de judeu". Seria difícil descrever a luta íntima que se travara na alma de Valéria, muito embora não houvesse durado mais que alguns segundos. O orgulho saíra vencedor.

- O nome de meu pretendente não importa. O homem com quem vou me casar vos é desconhecido e não frequenta nossa sociedade. Basta que saibais que a necessidade me impõe tal situação. A honra de minha família e a palavra que empenhei me ligam a ele de maneira indissolúvel. Portanto, se me amais de fato, Raul, não me atormenteis mais e esquecei esse sonho efêmero. O que está feito não pode ser remediado.

Valéria levantou-se e saiu, quase a correr, deixando o príncipe num desespero inominável.

O rapaz era um filho mimado; tudo na vida, até aquele momento, sorrira para ele. Cada um de seus desejos e caprichos haviam sido satisfeitos, e a dureza daquela primeira frustração lhe pareceu excessiva. Cobrindo o rosto com as mãos, recostou-se contra o banco. Copiosas lágrimas rolaram como pérolas por entre seus dedos. Em seu desespero, sequer ouvira o ruído de passos e o som da conversação que se travava entre duas pessoas que se aproximavam, caminhando lentamente pelo pequeno bosque. Felizmente para Raul, uma dessas pessoas era sua mãe, que, fatigada pelo tumulto da festa, deixava-se conduzir pelo braço do conde de M., na esperança de repousar por um momento longe da festividade ruidosa.

Ao dar-se conta do desespero do rapaz, ali em prantos, o conde parou, estupefato. A princesa, com o rosto lívido de espanto, aproximou-se do filho.

– O que aconteceu, meu filho adorado? Estás doente? – ela indagou, ansiosa, tomando-lhe as mãos.

Raul levantou-se num rompante, contendo as lágrimas a muito custo.

– Com quem obrigais vossa filha a se casar, para salvar o vosso nome? – indagou, aproximando-se do conde; a voz do príncipe soava trêmula, em decorrência da paixão e do desespero que lhe agitavam o íntimo. – Que necessidade absurda é essa que une Valéria em caráter irrevogável a um homem cujo nome ela se recusa a dizer?

– Que se passa contigo? – perguntou a princesa, atônita. – Estás delirando?

Um olhar para o semblante lívido e desfigurado do conde Egon bastou para que a senhora de O. entendesse de que seu filho acabava de tocar numa ferida.

– Caríssimo amigo – murmurou o conde, depois de respirar fundo, tentando recuperar o equilíbrio das emoções –, eu poderia levar a mal a maneira como me pedis conta de meus atos. Vosso estado de espírito, todavia, desculpa a dureza de vossas palavras. Mas devo confirmar que Valéria é, há dois meses, noiva do banqueiro Maier. Tal compromisso me inspira repulsa, mas não pode ser quebrado, por motivo de força maior.

Raul deixou escapar uma interjeição de desgosto e, soltando-se da mãe, que tentava detê-lo, afastou-se em direção ao castelo.

– Como pudestes calar a respeito de assunto de tamanha importância, meu amigo? – perguntou a princesa, caindo sem forças sobre o banco antes ocupado pelo filho. – Precisamos solucionar esse dilema com urgência.

– Ah, minha cara senhora, se existisse um remédio para esse mal, eu sem dúvida o teria empregado antes de me ver coagido a permitir o casamento de uma condessa de M. com um judeu batizado. Devo apresentar-vos uma explicação, é bem verdade, mas creio que o momento não se preste a discussão de assunto tão complicado.

– Estais coberto de razão, meu amigo. Amanhã, após o desjejum, conversaremos a esse respeito. Agora, contudo, é urgente que saibamos o que faz meu pobre Raul. No estado de espírito em que se encontra, ele é bem capaz de cometer uma insanidade.

Apesar da debilidade de suas pernas, agravada pela ansiedade e pelo pesar que lhe iam na alma, a princesa deixou-se conduzir de volta aos salões pelo braço do conde Egon. Em vão cruzaram os amplos espaços, as galerias e os terraços, pois não encontraram Raul ali.

Diante do evidente nervosismo que roubava as forças da companheira, agora prestes a desfalecer, o conde obrigou-a a sentar-se.

- Procurai manter a calma, minha boa amiga, e não temais. Os amores da mocidade têm a violência dos vulcões, mas são efêmeros como as tempestades de verão. Falarei com Rodolfo e ele se encarregará de localizar depressa vosso filho desesperado, que a esta altura deve estar chorando e devaneando em meio a esses bosques. Não tenho dúvida de que logo mais Raul estará de volta aos salões cheios de convidados.

Localizaram Rodolfo e o informaram acerca do ocorrido.

- Vai, meu filho - pediu-lhe o pai. - Procura esse rapaz enlouquecido e traze-o de volta à razão. Convence-o a voltar aos salões, pois a pobre senhora de O. morre de inquietação. Imagina o escândalo se ele não aparecesse na ceia!

O recém-casado partiu sem demora em busca do primo da esposa. Buscou-o por todos os cantos sem conseguir encontrá-lo. Percorreu os jardins iluminados, agora desertos, sem sucesso. Tomado por vaga inquietação, caminhou decidido em direção ao lago, que ficava para além de grande parque arborizado. Algumas gôndolas estavam amarradas a uma ilhota artificial e Rodolfo constatou que uma delas havia sido desatada. Podia-se avistá-la agora na outra extremidade do lago, ao pé de uma escada que levava a um grande pavilhão. Alguém havia conduzido a pequena embarcação até lá e só podia ser Raul.

Resoluto, Rodolfo saltou para dentro de uma das gôndolas, desatou-a e, depois de remar por alguns minutos, chegou ao local onde se encontrava a embarcação vazia; saltou na plataforma junto ao lago e caminhou pelo pequeno jardim que a circundava. Mais adiante, avistou pequena gruta de pedras, ao fundo da qual uma ninfa de mármore erguia em uma das mãos uma lâmpada acesa, cuja chama se refletia nas águas de uma fonte artificial que caíam em cascata no lago. Apertando os olhos, Rodolfo vislumbrou um vulto escuro estendido na relva a alguns passos da água, iluminado parcamente por um fio de luz. Seguindo até lá, reconheceu Raul, que, com a cabeça entre as mãos, parecia nada ver ou ouvir.

- O que é isso, primo? - Rodolfo disse, sacudindo o rapaz atordoado e forçando-o a colocar-se em pé. - Trata de recobrar o juízo e age como homem! Que sentido tem ficar aqui estirado sobre relva úmida, arriscando-te a contrair uma enfermidade? Os convidados percebem tua ausência, sem saber o que pensar... Vamos, acalma-te, meu pobre rapaz - insistiu Rodolfo, por fim compadecido diante da fisionomia alterada do príncipe. - Tu deves aprender a aceitar o inevitável, como qualquer ser humano. Sê forte e pensa em tua mãe. O acaso, que tão grandes milagres realiza, ainda te trará a felicidade.

As palavras do jovem conde pareceram surtir efeito, pois Raul ajeitou o traje que vestia e passou a mão pelos cabelos em desalinho, de maneira a dar-lhes melhor aparência.

- Tens razão, Rodolfo. De que me servirá deixar que todos tomem conhecimento de minha derrota? - ele murmurou, afinal, afetando calma. - Podemos ir.

Em silêncio, os dois rapazes retomaram o caminho de volta ao castelo. Passando pela sala onde refrescos e bebidas eram servidos, o príncipe apanhou uma taça de champanhe gelado, que sorveu de um só gole, para em seguida pedir que lhe servissem outra.

- Que fazes? - interveio Rodolfo, retirando a taça das mãos de Raul. - Não deves tomar essa bebida gelada, suado como estás.

Dando as costas ao esposo da prima, o príncipe de O. dirigiu-se ao salão de baile, onde seu aguardado comparecimento restituiu a calma à princesa Odila.

Tomado por febril agitação, Raul, que agora se mostrava alegre e espirituoso como nunca, passou a tomar parte das danças com grande entusiasmo. A fim de amenizar o fogo interior que o consumia, pôs-se a engolir pedaços de gelo, que misturava a novas taças de champanhe gelado. Não se aproximou mais de Valéria e foi sentar-se do lado oposto ao que ela ocupava durante a ceia.

"Raul é admiravelmente belo", Valéria pensou em silêncio, comparando o príncipe a Samuel. "Falta-lhe, contudo, aquele fogo que desperta a atração e fascina, a expressão da energia viril e do caráter que embelezam o homem", ela pensava. "Permanecerei leal a meu noivo, pouco importando o desprezo de aristocratas arrogantes. Samuel é quem me há de fazer feliz!"

Na manhã seguinte, Rodolfo entrava em seu quarto de vestir quando ali encontrou o velho camareiro de Raul. O homem estava pálido e parecia aflito.

- Senhor conde, perdoai-me por importunar-vos em momento tão pouco oportuno, mas creio que sua alteza, o príncipe, ficou doente. Ele estava muito agitado quando se recolheu a seus aposentos. Ordenou-me que deixasse abertas todas as janelas do quarto e bebeu uma garrafa de água gelada em alguns minutos. Temendo que aquela extravagância pudesse causar-lhe indisposição, permaneci acordado ao longo da madrugada. O príncipe parecia não encontrar posição confortável no leito. Pela manhã, disse-me estar sentindo muito frio. Fortes tremores sacudiam-lhe o corpo, e tratei de cobri-lo depressa. Sua alteza tem febre e ainda há pouco pareceu não me reconhecer. Pode estar me enganando, mas suplico-vos, senhor conde, que venhais ao quarto de sua alteza avaliar se minhas suspeitas têm fundamento e decidir se a princesa deve ou não ser avisada.

Rodolfo vestiu-se depressa, preocupado, e correu até os aposentos de Raul. O príncipe estava estendido sobre travesseiros em desordem. Tinha o rosto vermelho, os olhos entreabertos que nada pareciam fixar, e sua respiração era ofegante e irregular.

Rodolfo levou a mão à fronte do príncipe e tomou-lhe o pulso.

- Depressa, José, manda alguns homens a cavalo buscarem médicos - ele ordenou ao criado, levantando-se depressa. - Diga-lhes que façam tudo o mais rápido possível e que não poupem os animais. Creio que a vida de sua alteza corre perigo. Vou falar com minha esposa e pedir-lhe que transmita a notícia à princesa. Estarei de volta em alguns minutos.

- Bom Deus, que desgraça nos aguardará? - murmurou o velho camareiro erguendo as mãos para o céu.

Deixando o quarto do príncipe tão rápido quanto suas pernas o permitiam, José, que servia aquela casa desde os tempos em que o pai de Raul era vivo, tratou de dar as ordens necessárias, conforme Rodolfo instruíra.

Antonieta se vestia quando o marido entrou em seus aposentos particulares, e imediatamente se levantou, embaraçada e rubra. Não demorou para que ela percebesse a preocupação em seu semblante.

- Que tens, meu querido? O que aconteceu?

- O que de pior poderia ter acontecido. Teu primo está gravemente enfermo. É evidente que ele se resfriou ontem. Isso, aliado ao choque emocional que sofreu, acabou por acarretar uma inflamação, uma febre. Raul arde como brasa e parece não reconhecer ninguém. Já mandei buscar os melhores médicos das proximidades. Quanto a ti, minha esposa, peço-te que previnas tua tia e procures transmitir-lhe calma e coragem.

A notícia da enfermidade do jovem príncipe espalhou-se depressa pelo castelo. Com a chegada dos médicos, veio a confirmação de que seu estado era grave.

Partia o coração, também, ver o estado da princesa Odila. A possibilidade de perder seu único e adorado filho quase lhe roubava a razão. Tinha o rosto muito pálido e seus olhos úmidos não viam outra coisa que não o rosto alterado de Raul. Sentada numa poltrona ao lado do leito do filho, a senhora de O. permanecia abatida, alheia ao que se passava ao redor. A única vez que falou foi para pedir que mandassem vir o doutor Válter, venerável ancião que há muito não exercia mais a medicina, mas que, além de amigo de longa data da família, tinha a irrestrita confiança daquela mãe.

Rodolfo e Antonieta também permaneciam ao lado do leito do enfermo, em dedicação integral. O estado de saúde do príncipe piorava visivelmente. Delirante, não parava de falar em Valéria e no desconhecido com quem ela iria casar-se, rival detestado que ele dizia querer afastar da jovem condessa a todo custo.

O doutor Válter veio à residência dos O. com a presteza possível, atendendo à solicitação da aflita princesa, providenciando-se sua instalação no castelo. O conhecimento que o velho profissional tinha da natureza de Raul foi vital naquela hora difícil: sob efeito da medicação por ele receitada a febre começou a ceder, até que, transcorrido o sexto dia da administração do medicamento, a temperatura do príncipe voltou definitivamente ao normal. Intensa prostração e fraqueza, contudo, o abateram. Acreditando que o pior houvesse passado, todos respiraram aliviados. Todavia, dois dias transcorreram sem que esse novo quadro tivesse qualquer melhora.

- Creio que é meu dever prevenir-vos, cara princesa, de que o estado atual de vosso filho é talvez mais grave que a febre e o delírio. Essa apatia, essa diminuição gradativa da energia vital devem ser consequência de alguma comoção moral. Caso não consigamos logo uma reação do organismo do príncipe, temo que venhamos a esperar o pior.

Desesperada, à beira da insanidade, a senhora de O. narrou ao médico os pormenores da infeliz história de amor de seu filho. Confessou ter ela própria estimulado em Raul aquele afeto que se intensificava, sem imaginar que pudesse existir qualquer impedimento à união do príncipe com a jovem que ele amava.

- Acreditais que, se Valéria aparecesse à cabeceira de meu filho para dizer-lhe que aceita seu pedido de casamento, ele poderia reagir positivamente, a ponto de se recuperar, doutor? - a princesa quis saber, esperançosa.

- Nada posso assegurar. Contudo, estando vosso filho tão apaixonado por essa moça, creio que nenhuma medicação poderia ser mais poderosa do que renovar a esperança da realização de seu sonho de amor.

- Pois então providenciarei para que Valéria coloque hoje mesmo uma aliança no dedo de Raul. Não há obstáculo que me detenha quando o que está em jogo é a vida de meu adorado filho!

A princesa levantou-se, determinada, e dirigiu-se a seu gabinete. Ordenou a um de seus criados que dissesse ao conde Egon para ir encontrá-la imediatamente, pois tinha um assunto urgente a tratar.

Assim que ele chegou, a senhora de O. tomou-o pela mão e fez com que se sentasse no divã a seu lado. Em seguida, pôs o conde a par da conversa que acabara de ter com seu médico de confiança.

- Muito bem, meu amigo, agora que não somos mais estranhos um para o outro, creio que é hora de revelar-me o motivo que vos constrangeu a aceitar casamento tão desigual para Valéria. Vamos, abri o coração sem reservas, e juntos buscaremos uma maneira de livrar vossa filha de tão disparatado compromisso.

- Cara princesa, eu não poderia imaginar para minha filha um esposo melhor do que Raul. O que estou prestes a confessar-vos é de tal modo penoso para mim, que mais fácil seria disparar um tiro de pistola contra meu próprio peito; mas o vejo como uma expiação que Deus me impõe por minhas loucuras e leviandades, além do sacrifício em si de ser forçado a aceitar tão miserável casamento para minha filha.

- Estais me dizendo que devemos sacrificar, por um punhado de ouro, vós, o futuro de Valéria, e eu, a vida de meu filho? - exaltou-se a princesa, assim que o conde terminou seu relato. - Não, conde, eu vos afirmo que devemos pôr de lado toda a mesquinhez mundana neste momento tão solene! Um pai e uma mãe desesperada não podem, nem devem, ter em vista outra coisa senão o bem de seus filhos. Mandarei vir hoje mesmo meu procurador e resolvereis com ele a questão dessa dívida. Esse usurário insolente deve ser pago o mais breve possível e o nome dele deve ser esquecido! O mais estará resolvido entre nós de maneira a não vos impor qualquer obrigação, num ajuste simples entre pessoas de nossa condição.

Emocionado, o conde levou aos lábios a mão da princesa Odila.

– Eu estaria sendo ingrato para convosco e para com a Divina Providência se não aceitasse com humildade vossa proposta. Devemos mandar vir meu filho e a esposa. Sugiro que conversemos com eles e depois mandemos vir Valéria. A enfermeira poderá velar junto ao leito de vosso filho neste meio tempo.

Rodolfo e Antonieta chegaram ao gabinete um tanto surpresos com o chamado repentino. O conde Egon e a princesa apressaram-se em comunicar-lhes, com grande animação, o que acabava de ser decidido. Os olhos de Rodolfo brilharam de satisfação num primeiro momento, ao ouvir as notícias; mas, depois de uma troca de olhares com a esposa, concluiu que seria melhor manter-se calado, e mordiscou o bigode.

– Querida tia Odila e querido pai – começou Antonieta, cujo rosto bonito mostrava-se muito corado –, creio que vossa decisão não se pode concretizar. A palavra do senhor já foi empenhada a Samuel Maier, que é noivo de Valéria há dois meses e se prepara para se tornar cristão. Seria uma traição indigna proceder com esse rapaz como pretendeis fazer.

– Traição? – o velho conde indagou, saltando do divã, vermelho de cólera e indignação. – Como ousas chamar de traição a mais legítima defesa contra um bandido, que com um punhal apontado contra nossa garganta não nos diz "A bolsa ou a vida!", mas "*A honra* ou a vida!". Já te esqueceste das condições que nos foram impostas no maldito dia em que aquele cão imundo apresentou-se em nossa casa, cheio de insolência, na condição de noivo de minha filha? Esqueceste o estado moral em que Valéria ficou, e seu desespero silencioso? Não há dúvida de que a alegre notícia de nossa mudança de situação será libertador para ela. Entristece-me, querida, que ainda estejas tão pouco ciente do nome que ora carregas, e por isso inventas esses obstáculos. E agora vai, comunica a Valéria que sua futura sogra a espera, e então decidiremos juntos o momento mais favorável para que a presença dela junto a Raul e suas palavras de encorajamento possam fazer reagir nosso querido enfermo.

– Engana-te, meu pai, se acreditas que Valéria ficará feliz com o rompimento de seu noivado, e que há de considerar isso um alívio - retorquiu Antonieta, tomada de emoção, sem se levantar da cadeira. - Tenho razões para crer que ela ama Samuel Maier e que antes de nossa vinda para esta casa houve entre eles um entendimento final. Acredito que ela se há de recusar à violação da palavra dada ao noivo. Para evitar que digam que ela foi influenciada por mim, recuso-me a ir falar com ela. Que outra pessoa vá chamá-la e que vós possais julgar o caso por vós mesmos. Permitam-me dizer, por fim, que não acredito ser esse o melhor meio de restituir a saúde a Raul, cuja vida está nas mãos de Deus.

- Não posso crer no que dizes, Antonieta - retrucou a princesa de O., atônita e agitada. - Acreditas sinceramente que Valéria poderia preferir esse judeu usurário a meu filho?

- Procurai acalmar-vos, minha cara senhora - interveio o conde Egon. - Ainda que minha nora estivesse certa, coisa de que muito duvido, minha filha estaria apenas sendo vítima de uma dessas fantasias românticas que germinam no cérebro ocioso das adolescentes. Acreditando-se irremediavelmente ligada a Maier, que reconheço ser um homem belo e atraente, o coração generoso de Valéria levou-a a buscar os aspectos favoráveis em seu sacrifício. Ademais, a mulher é sempre fraca quando se sente amada e, convenhamos, a paixão ardente e tenaz desse homem deve ter cegado e vencido o coração de minha filha. Entretanto, estou certo de que bastará que ela saiba que esse sacrifício não será mais necessário e que um homem da estirpe de Raul, belo de corpo e alma, está prestes a se tornar seu esposo, para que volte à razão. E, agora, Rodolfo, ordena a um dos criados que vá chamar tua irmã. A resposta dela colocará um ponto final aos nossos debates.

Valéria permanecia em seus aposentos, imersa em sombrias preocupações. Desde que Raul adoecera, entendeu que deveria isolar-se dos demais. A ideia de ter causado, ainda que involuntariamente, o desespero da princesa oprimia-lhe o coração. Decerto seria a única a não ser chamada à cabeceira de Raul. O que aconteceria se ele viesse a falecer?

De qualquer modo, a perspectiva de salvar a vida do rapaz, aceitando seu pedido de casamento, não lhe passava pela cabeça. Somente Samuel ocupava seus pensamentos e seu coração.

O chamado de seu pai para que comparecesse ao gabinete da princesa veio arrancá-la de seus devaneios. Porém, ao deparar-se com aquele verdadeiro conselho de família, levou instintivamente a mão ao peito e apertou a medalha que continha o retrato de Samuel, como se aquele objeto de seu amado lhe desse forças para resistir em face do triste pressentimento, que lhe causava angústia e ansiedade.

- Valéria! - a princesa Odila fez sinal para que tomasse assento a seu lado e apertou-a contra o peito, numa atitude desesperada. - Tendes em vossas mãos a vida de meu filho.

- Eu? - indagou a jovem, confusa, os olhos úmidos. - Que dizeis, senhora? Fui a causadora involuntária da enfermidade do príncipe, o que muito me entristece. Todavia, sou impotente para fazer algo por esse pobre rapaz, a quem estimo como a um irmão.

- Estás enganada! Podes fazer muito por Raul. Ouve, filha: uma transação digna salva, agora, tanto nossa honra quanto nosso patrimônio, e estaremos livres das obrigações que pesavam sobre nós. O banqueiro Maier será pago dentro de poucos dias, e tu ficarás livre do sacrifício a que te submetias por amor filial. A partir deste momento, considera-te descomprometida. Ainda esta noite te hás de tornar noiva de nosso belo e gentil Raul, a quem as boas-novas devolverão a saúde.

Valéria ergueu-se bruscamente. Seu corpo todo tremia nervosamente.

- Não, meu pai! - ela respondeu, exaltada. - O que dizeis não é possível. Ninguém mais será meu marido, senão Samuel Maier. Jurei fidelidade a ele e manterei meu juramento, a despeito de sua origem e dos preconceitos do mundo.

Antonieta, que se mantivera calada, dirigiu ao sogro um olhar significativo, como que a reafirmar que não se havia enganado no que dissera minutos antes. A atitude da nora, somada à inesperada firmeza da filha, que, de braços cruzados, parecia disposta a lutar contra tudo e todos, excitou sobremaneira a natureza irritável do conde.

- Estás louca? - ele gritou, agarrando com violência o braço de Valéria.

A princesa interveio prontamente, afastando-o.

- Deixai, a violência não convence ninguém. Quanto a ti, Valéria, peço-te que mantenhas a calma, pobre menina. O que acabas de dizer não faz sentido! Admiro tua dedicação filial, se bem que não tenhas maturidade para compreender tudo que teu sacrifício implicará. Agora, porém, que sabes que ele se torna inútil (pois nosso acordo com vosso pai é definitivo, casando-te ou não com Maier), ainda assim desejas te sacrificar? Já avaliaste o escândalo que tal escolha suscitaria junto à sociedade, e que nem mesmo a abnegação de uma filha seria capaz de abafar? Muitas portas estariam fechadas para a mulher do judeu, que pode até mesmo ser um homem honrado. No entanto, dizem que foi à custa de incontáveis infâmias que o pai dele acumulou a fortuna da qual é o herdeiro. Não te enganes, minha criança, tira da cabeça esse sonho doentio, pois ele nasceu de uns poucos momentos de melancolia e exaltação, habilmente explorados por um homem astuto e determinado, que deseja abrir caminho a qualquer custo no fechado círculo da aristocracia, círculo que se nega a recebê-lo. Dizes que ele se pretende fazer batizar: pois bem, afirmo que somente tua inexperiência em relação à vida te pode levar a crer na sinceridade dessa conversão. Incontáveis e tristes exemplos comprovam que um judeu jamais renuncia de coração à religião de seus pais. Em seu íntimo, Samuel Maier permanecerá fiel a seus irmãos hebreus, com quem te verás forçada a conviver e cujas maneiras e desígnios te chocarão dia após dia.

"Já pensaste no que te reservará a vida conjugal? Como podereis viver com essa gente, apartada de nós por um preconceito que essa raça nada faz para anular ou diminuir? Quando o sonho de amor que imaginas tiver passado, o que sem dúvida acontecerá em poucos meses, então perceberás que a vida real te roubou todos os direitos. O que te restará? Estarás separada da sociedade em que nasceste e para a qual foste educada. Então, o marido pelo qual tudo terás sacrificado despirá por fim, na intimidade do lar, o verniz que o faz aparentemente igual a ti. Não te esqueças de que ele é um homem saído da imunda e detestável família judaica, instruído pelo pai em todo tipo de trapaça, sempre com vistas ao ganho material, sem importar a que preço. Essas fortunas dos judeus, minha filha, são produto do suor, da desgraça, da ruína e não raro da morte de cristãos. Esse banqueiro, que apesar da pouca idade dirige os negócios com pulso de ferro, não terá tempo para viver o papel de marido amoroso. Envaidecido pela glória de se haver casado com uma condessa de M., mas decepcionado por não conseguir se tornar membro da alta sociedade, Samuel Maier depressa se tornará um homem indiferente. Digno sucessor do pai, ele engendrará hábeis ciladas, em cujas teias cairão as vítimas de sua ganância.

"Não abanes a cabeça, minha menina: tu mesma és prova viva de que falo a verdade. Esse admirador passional não monopolizou friamente todas as dívidas de tua família? Teu pai me colocou a par dos fatos. Assim que se tornou senhor da situação, não ergueu o tal Samuel o pulso inclemente, dispondo de ti qual de um penhor? Podes afirmar, de consciência limpa, que respondeste "sim" com alegria, na primeira vez que soube que ele te exigia por esposa? Não ficaste desesperada? O teu orgulho não despertou tua revolta? Podes jurar que tua alma não estremeceu de desgosto ao pensar que pertenceria de corpo e alma a esse judeu?"

Rodolfo a tudo ouvira com emoção sempre crescente. Todos os embaraços que tivera que suportar eram agora revividos: a insolente carta de Samuel, convocando-o para uma entrevista de acerto em que ele, o altivo conde de M., depois de haver atravessado os corredores que levavam ao gabinete de Samuel Maier sob os olhares curiosos de seus empregados, ouvira dele a arrogante proposta de sua irmã pagar pela honra da família com seu casamento. Ainda na noite anterior Antonieta lhe havia contado a visita noturna da irmã à mansão do banqueiro. Tudo aquilo fazia com que sua indignação crescesse a ponto de explodir.

- Não te envergonhas, minha irmã? - ele interpelou, com os punhos cerrados. - A que te apegas em tua cegueira? Já esqueceste a noite em que imploraste a Maier que nos desse um novo prazo para o pagamento da dívida, e o miserável permaneceu irredutível, não te deixando alternativa senão te casares com ele ou a desonra?

- A que noite te referes, Rodolfo? - o conde Egon quis saber, estupefato.

- Isso não vem ao caso, papai - Antonieta interrompeu, lançando um olhar de reprovação para o marido. - Rodolfo está alterado e diz coisas sem sentido.

Valéria não respondeu nada. Exausta, apoiou-se contra um console e cobriu o rosto transtornado com as mãos. As palavras da princesa haviam tecido entre ela e Samuel um véu muito negro, cuja sombra agora se projetava sobre sua alma confusa e aturdida. A lembrança do tempo em que preferira a morte a casar-se com o banqueiro a encheu de desgosto. Ainda podia ver a si mesma, a condessa de M., ajoelhada aos pés de Samuel, cujo coração de pedra permanecera irredutível diante de suas súplicas. "Ele te ama", soprou-lhe uma voz interior; "Tudo nesse homem é mera determinação ambiciosa", murmurou uma segunda.

E se o futuro que a princesa lhe havia pintado em cores tão vivas fosse o verdadeiro? E se o seu amor por aquele homem belo e cheio de presença de espírito não passasse de um sonho do qual viesse a acordar tarde demais, para se descobrir desprezada e excluída da sociedade, que lhe apontaria o dedo devido à sua aliança bizarra, escarnecendo dela por uma escolha insana e inadequada?

Agora que a princesa havia tornado seu sacrifício desnecessário, solucionando aquelas questões pecuniárias, seu casamento com Samuel só se realizaria por sua livre escolha. Era hora de decidir e arcar com as consequências de sua decisão.

Embora estremecesse em face daquelas reflexões, a imagem de seu ex-noivo surgia triunfante diante dos olhos de seu espírito. Ele! Ele tinha confiado nela cegamente, entregando-lhe todos os documentos que atestavam a dívida de seu pai e irmão, e ela lhe havia jurado fidelidade sob os raios brilhantes do sol.

- Não, mil vezes não! - Valéria exclamou, agitada. - Samuel não é imundo nem ladrão como seus confrades. Para ele, o amor e minha palavra são os únicos laços que nos unem! Por isso ele entregou os papéis que dão prova da dívida de nossa família em minhas mãos, para que eu os destruísse. Peço-vos que exijais de mim outro sacrifício qualquer, e estarei pronta a me submeter. Porém, jamais demandeis de mim tão indigna traição, a quebra de meu juramento, que faria de mim a pior das mulheres.

- Ele te entregou os documentos? - indagaram todos ao mesmo tempo.

Valéria, contudo, deu-lhes as costas e deixou o gabinete.

- Esse canalha é mais ardiloso do que eu supunha - murmurou o conde Egon. - Agiu como agiu por perceber o caráter generoso e impulsivo de minha filha. Mas tenho certeza de que vosso discurso, minha cara princesa, foi muito eficiente, pois conseguiu minar os escrúpulos infantis de Valéria. Irei conversar com ela e tomarei posse dos documentos, que encaminharei ao vosso procurador. Em seguida, espero poder conduzir a noiva para junto do leito de Raul.

- Deus vos guie e vos inspire, meu amigo - a princesa respondeu, com um suspiro. - E que Ele ilumine Valéria. Volto agora para junto de meu filho.

- Céus, meu pai, o que pretendes fazer? - Antonieta indagou, incapaz de conter-se por mais tempo, tão logo a princesa se afastou.

- Estás errada! - Rodolfo bradou, antes que o conde tivesse tempo de responder. - Não é uma questão de violência. Meu pai está certo em empregar todas as formas de persuasão para demover minha irmã dessa teimosia. Não faz sentido desprezar um partido como o príncipe Raul para casar-se com esse judeu asqueroso. Confesso que passei noites em claro, pensando no escândalo que fatalmente nos atingiria caso Valéria se casasse com Maier. Pensar no assombro da sociedade, na reprovação, nas zombarias, nas conjecturas inconvenientes em torno dos motivos que levaram a condessa de M. a submeter-se a tão incompatível união me faz estremecer. A ruína de nossas finanças virá a público e a desonra de ter vendido Valéria a um homem obscuro, que jamais pertenceu à nossa classe social, cairá sobre nosso nome. Quanto mais penso que todo esse desgosto poderá ser evitado se ela se casar com Raul, transformando-se em objeto de inveja de todas as mulheres, e que teu primo bem depressa conseguirá suplantar esse Romeu israelita, mais me convenço de que minha irmã deve ser desiludida de seu sonho ridículo, custe o que custar. Rogo-te, Antonieta, que nos ajudes com toda a influência que tens sobre ela.

- Não, meu caro! Não posso fazer isso - respondeu a jovem esposa com gravidade. - Em primeiro lugar, porque me causa aversão a ideia de tratar com tanta maldade e desprezo um homem que admitimos em nossa intimidade como futuro parente e que, em parte, resgata seus erros ao entregar a Valéria os documentos que atestam as dívidas desta família, antes do casamento, confiando tão somente em nossa palavra.

"Em segundo lugar, porque estou convicta de que o acordo que unirá minha amiga a Raul não nos trará felicidade, como acontece com tudo o que é feito com desonestidade. Penso, isso sim, que esse arranjo poderá nos trazer grandes dissabores futuros. Valéria ama Samuel Maier, e por pior que busqueis torná-lo, ela não o esquecerá, pois esse homem é dono dessa calma enérgica, dessa paixão ardente e arrebatadora que fascina uma mulher. Ele não é um judeu comum: é dono de uma natureza poderosa, de um espírito profundo, que *conquistou* Valéria vivamente. Valéria ama e respeita Maier, e não será Raul quem a fará esquecê-lo. Apesar de sua inegável beleza, meu primo é jovem demais, mimado pela adulação da mãe e de todos os que o rodeiam, e está habituado a ser amado; ele não será capaz de avaliar com clareza a situação e ter paciência para conquistar pouco a pouco o coração de Valéria. Num primeiro momento, ficará completamente satisfeito, mas com o tempo compreenderá que a esposa não é tudo o que ele esperava, o que resultará em uma união infeliz. Ainda que Raul jamais descubra que não é ele que vive no coração de Valéria, mas sim o noivo que arrancaram dela, que felicidade poderá haver nesse casamento? Procedei como quiseres, só não concordo em participar disso e me recuso a influenciar Valéria."

- És livre, minha cara - disse o conde Egon, que, recostado numa poltrona, escutara com descontentamento crescente o que a nora havia dito. - Depois do discurso entusiasta que acabas de fazer, devo suspeitar que a poderosa natureza do senhor Maier conquistou não apenas minha filha, mas também a ti, e que corres o risco de representar um papel na escandalosa crônica de Budapeste. Só não te esqueças de que será também o nome e a reputação de teu marido que as más línguas hão de arruinar. Sempre te considerei mais prudente que Valéria, e penso que agora que estás casada deverias compreender melhor as coisas. Para meu grande espanto, alimentas loucuras de menina, ideias românticas de interna de colégio, a ponto de te julgares no papel da heroína que tenta salvar a amiga de um amor infeliz.

- Não tens qualquer razão para me acusar como acabas de fazer, papai - Antonieta respondeu serena, o tom grave. - Acredito que vos preocupais demasiadamente com os mexericos mundanos. Como eu amo meu marido há muito, compreendo como deve ser difícil ter de arrancar do coração a imagem do homem amado. Por mais tolo que esse sentimento possa parecer aos homens, que se dizem *tão ajuizados*, é algo tão forte que, se arrancado pela raiz com violência, é capaz de deixar tal vácuo na alma, que coisa alguma conseguirá preencher. Não tenho dúvida de que, se tivessem tentado me separar de Rodolfo, eu defenderia meu amor até a morte e não me consideraria louca por fazê-lo!

Com a felicidade e o reconhecimento estampados no rosto, Rodolfo tomou a mão da esposa e a beijou. Observando o gesto do filho, o pai riu:

- Digamos que eu tenha sido muito impulsivo, porém, minha cara, devo dizer que enquanto teu amor é daqueles que o mundo e os parentes estimulam, com Valéria acontece o oposto. Estou convencido de que os sentimentos de minha filha não são mais que uma ilusão doentia e passageira. Acredito que só a igualdade de origem e posição social podem fazer durar a felicidade. Por isso penso que é meu dever fazer o possível para salvá-la de um ato de desastrosa inconsequência.

Agitada e fora de si, Valéria se havia retirado para seu quarto. A cabeça rodava e o coração parecia pesar-lhe no peito. Sem forças, deixou-se cair no divã, aos prantos. Tendo dado alguma vazão à sua dor, pôs-se a avaliar a situação. Sentia-se como que rodeada por sombras e nuvens carregadas. Todavia, era preciso que tivesse forças para lutar, conforme prometera a Samuel. Tinha de provar-lhe que jamais se envergonharia dele e que, para ela, o amor que os unia haveria de compensar a opinião errada e o desprezo da sociedade. Entretanto, não poderia ignorar que a luta contra seus próprios parentes seria árdua! A jovem tirou o medalhão que trazia pendurado ao pescoço e, com um suspiro, pôs-se a contemplar o retrato do noivo: os olhos grandes e sombrios do rapaz pareciam fitá-la com censura, dizendo-lhe que não se esquecesse do juramento que lhe havia feito. Sem perceber, Valéria pôs-se a comparar os dois homens entre os quais seria forçada a escolher. O rosto doce e belo de Raul, seu olhar meigo e sonhador tornavam-se pálidos e esmaecidos diante da fronte enérgica de Samuel, de seus olhos, onde ardia uma chama viva, e de sua boca grave, que parecia repetir que nenhuma luta o faria recuar.

- Fica tranquilo, meu querido, pois eu te permanecerei fiel - murmurou a moça, levando aos lábios o retrato do noivo. - O amor de Raul é chama fugaz, uma primeira afeição que se extinguirá como os fogos de artifício. Ele me há de esquecer depressa, enquanto que teu coração seria ferido de morte se me perdesse, eu bem sei.

Uma leve pancada à porta fez Valéria estremecer.

- Entrai - ela ordenou, enquanto escondia o medalhão; ao ver o pai, ergueu-se, agitada.

- Pode ficar sentada, minha filha - pediu o conde, indo sentar-se ao lado de Valéria. - Peço-te que procures manter a calma. Deus é testemunha da dor que me causam tuas lágrimas e, no entanto, o dever paterno me obriga a falar-te seriamente mais uma vez, antes que rejeites em caráter definitivo tua felicidade futura em troca da ventura passageira com que sonha tua alma juvenil. Conversemos, filha querida. Procura entender que nada te quero impor, mas antes esclarecer, com minha experiência de vida, o que teu coração iludido não percebe, antes que seja tarde demais. Não és mais criança; és agora uma mulher de juízo e estou certo de que me hás de compreender. Somos criados para viver num mundo em que a vida real e ativa nos obriga a submeter nossos sentimentos ao crivo da razão, e não num mundo de ilusões pueris. A posição que ocupamos e a sociedade a que pertencemos pelo nascimento nos impõem deveres que não podemos desprezar impunemente. É nossa obrigação transmitir aos nossos descendentes o nome honrado e o brasão sem mácula que nos foi legado por nossos antepassados. Uma moça de tua condição não pode dar ouvidos ao próprio coração como o faz uma burguesa qualquer. Uma escolha insensata de tua parte despertará a atenção das pessoas, e caso a verdade sobre nossa falência financeira venha a público, apontarão dedos inclementes para teu pai e teu irmão.

"Não me interrompas, Valéria, sei que desejas dizer-me que foi para poupar a mim e a Rodolfo que te sacrificaste de início, e estás certa quanto a isso. Estou sendo julgado perante minha própria consciência. Pai culpado, perdulário insensato, dissipador dos bens da família, permiti que o futuro de meus filhos fosse posto em jogo, e não seria decerto para salvar *minha própria* vida que eu teria aceitado a insolente imposição do judeu, concordando com que te tornasses noiva dele por um momento sequer... Mas tratava-se também de Rodolfo. Vendo-me forçado a decidir entre vós dois, foi a ti que sacrifiquei, minha pobre filha. Teu irmão, jovem e apaixonado, não viu nisso senão a salvação da honra de nosso nome. Contudo, pergunta aos cabelos brancos de teu pai o quanto lhe custaram esses dois últimos meses. A presença de Maier sob nosso teto, cada sorriso, cada palavra familiar que ele te dirigia tinha o efeito de uma punhalada em meu coração. Minha consciência bradava: "Tu és culpado! Vendeste tua filha!'. O fato é que tenho buscado secretamente uma saída para essa situação, pois eu não poderia sobreviver ao dia do teu casamento com o judeu!"

Um grito abafado escapou dos lábios de Valéria.

- O que dizes, pai?

- Digo-te a verdade. Por acaso acreditaste que eu teria condições para suportar o escândalo de tua união com o judeu? Podes imaginar a maldosa curiosidade das pessoas, a zombeteira ironia dos que pertencem à nossa classe social, o riso sarcástico dos que sempre me invejaram? Não, nunca! Melhor seria a morte. Tens ideia do turbilhão de sentimentos que me agita ao constatar que tu repeles a sorte, a qual nos oferece uma saída honrosa por meio de um casamento com Raul, porque preferes te unir a um homem que jamais te poderia fazer feliz e cuja aliança representa a perda da dignidade? Reflete bem, filha querida, e aceita as súplicas de teu pai, poupando-o de um sofrimento que lhe envenenará os últimos dias.

O conde calou-se, mas duas lágrimas caíam de seu rosto, e a

desesperada ternura em sua voz fora tocante e acabara por minar a resistência de Valéria. Desde pequena, sempre tivera verdadeira adoração pelo pai. Agora, contemplava-lhe os cabelos embranquecidos e as rugas que lhe marcavam a fronte, há poucos meses lisa e despreocupada. Uma angústia dominou a alma da jovem. Se era verdade que sua recusa em se casar com Raul acabaria por levar seu querido pai ao suicídio, da mesma maneira que a decisão de Samuel em converter-se ao cristianismo havia matado Abraão Maier, que felicidade poderia haver para ela e para seu noivo, quando estariam celebrando sua união sobre o túmulo de seus genitores?

– Não, papai, não! Vive para mim e sê feliz! Rogo a Deus que leve em conta a gravidade deste momento e perdoe minha traição. Renuncio a Samuel, pai, e aceito casar-me com Raul.

O velho conde apertou a filha contra o peito, dominado por genuína emoção.

– Deus te abençoe, minha querida – murmurou.

Os dois permaneceram abraçados em silêncio por longos minutos. O pai acariciava amorosamente os cabelos loiros de Valéria.

– Devo deixar-te agora. Não me queres entregar os documentos que guardas contigo?

A jovem ergueu-se sem uma palavra e abriu mecanicamente uma caixinha, como se estivesse sonâmbula. Então, retirou da carteira de couro vermelho os papéis selados que Samuel lhe havia entregado e passou-os às mãos de seu pai. Tão logo o conde saiu, Valéria deixou-se cair numa poltrona, a cabeça entre as mãos, incapaz sequer de chorar. Um só pensamento ocupava-lhe a mente aturdida: "Acabou!". Tudo nela se fundiu num sofrimento amargo, numa sensação de dilaceramento de seu coração, onde não cabia qualquer esperança.

Tão absorta estava em sua desolação, que não percebeu a porta se abrir devagar e Antonieta se aproximar. Ao notar o estado de prostração em que a jovem se encontrava, e o mortal desespero que lhe contraía as feições, lágrimas de cólera brotaram dos olhos da recém-chegada.

– Egoísmo cruel e cego, que frutos ainda hás de gerar? – murmurou com amargor, ajoelhando-se junto de Valéria e abraçando-a. – Minha pobre irmã, chora em meus braços. Eu te compreendo e sei que nossa afeição sobrevive a tudo.

Antes alheia, Valéria estremeceu ao ouvir a voz da amiga devotada, em cujos olhos brilhavam a solidariedade e o carinho. Apoiando a cabeça contra seu ombro, Valéria sentiu-se menos só e chorou um choro sentido, um alívio para seu coração oprimido.

Consciente de que aquelas eram lágrimas necessárias e salutares, Antonieta deixou que a amiga chorasse até que seu pranto se extinguisse. Somente quando se certificou de que a expressão daquela dor se havia acalmado foi que tornou a falar, com meiga autoridade:

- Deita-te. Estás exausta e necessitas de repouso.

Valéria se deixou acomodar no divã sem resistir. Bebeu algumas gotas do líquido calmante que a amiga lhe oferecia e permitiu que lhe soltasse os cabelos e cobrisse os pés com uma colcha. Não tardou para que fechasse os olhos, pois suas forças se haviam esvaído e entregava-se agora a um sono agitado.

Após fechar as cortinas e recomendar silêncio aos criados, Antonieta sentou-se à sua cabeceira, imersa em penosas reflexões. O sofrimento de Valéria partia-lhe o coração. A retidão inata de Antonieta revoltava-se diante do novo sacrifício que exigiam da pobre jovem, depois de a haverem praticamente forçado a amar Samuel Maier. Com igual inquietude pensava no rapaz, a quem se arrancava repentinamente um precioso bem adquirido. Como haveria de suportar a perda da mulher a quem tanto amava e a destruição do futuro feliz e calmo com que sonhara?

Por mais de duas horas Antonieta velou o sono da amiga, cuja respiração se tornara mais calma e profunda e cujo semblante, antes tenso, readquirira a habitual expressão suave e despreocupada. Vendo-a mais tranquila, levantou-se e caminhou na ponta dos pés em direção à porta do quarto, indo reencontrar o marido na sala contígua ao dormitório de Raul.

- Como está minha irmã? - Rodolfo indagou, cuidadoso. - Meu pai disse que ela cedeu a suas súplicas.

- É verdade. E eu me pergunto quais serão as consequências disso. Só Deus pode sabê-lo. Eu prevejo um futuro de lágrimas!...

E Antonieta contou ao marido o estado em que encontrara Valéria:

- Tua irmã agora dorme, mas estará preparada para o novo sacrifício? O que quer que disseres, penso que procedemos mal em relação a Samuel, e lamento.

Rodolfo cofiou nervosamente o bigode loiro:

- Que o diabo carregue toda essa história. Começo a crer que teria sido melhor se tivéssemos celebrado nosso casamento em outro lugar. Sem dúvida, eu também sinto por Maier, que no fundo é um bom rapaz. Por outro lado, não se pode sacrificar a vida de Raul, e nunca imaginei que minha irmã se apaixonaria por Samuel.

A entrada do médico interrompeu a conversa dos recém-casados.

- Então, doutor, qual é vossa opinião sobre o estado atual de meu primo? - Antonieta indagou.

- Não observei qualquer melhora no estado de saúde do príncipe nessas últimas horas, senhora condessa. A apatia se mantém e a debilidade aumenta. Todavia, a princesa Odila acaba de me informar que a senhorita Valéria concorda em se tornar noiva de seu filho, e devo confessar que aí reside minha última esperança. Talvez a presença daquela que tanto ama seja capaz de suscitar nele uma reação salutar, que lhe estimule a circulação sanguínea. A alegria é precioso remédio, e a juventude é possuidora de fabulosos poderes! Mas não podemos retardar a aplicação desse derradeiro e indispensável remédio. Neste momento o príncipe dorme, mas logo despertará. Rogo-vos, senhora condessa, que previnas vossa cunhada quanto à urgência de sua presença à cabeceira do noivo. É preciso que ele a veja ao abrir os olhos.

- Transmitirei vosso prognóstico a Valéria. Mas, doutor, não achais que seria melhor minha tia não assistir a esse encontro?

- Não, certamente! Seu desespero e lágrimas descontroladas poderiam influenciar negativamente - respondeu o médico, consultando o relógio. - Já me encarreguei de dizer à princesa que as únicas pessoas que deverão estar presentes são a senhorita Valéria, o conde Rodolfo, a senhora e eu. Mas, por favor, não percamos tempo, senhora, pois ele não demora a despertar.

Valéria já havia acordado quando Antonieta entrou em seu aposento. Aparentando calma, ela estendeu a mão à cunhada, com um sorriso triste nos lábios.

- Minha querida, já estás forte o bastante para comparecer à cabeceira de Raul? - disse Antonieta, abraçando-a. - O pobre rapaz ignora teus pesares e está tão mal, que a derradeira esperança do médico repousa em ti. Concede a meu primo a alegria de te ver e de ouvir de teus lábios que aceitas ser sua esposa. Ele te ama tanto, que essa alegria talvez o restitua à vida.

Valéria baixou a cabeça:

- Por que não? Essa visita é resultado da decisão que tomei para salvar a honra de minha família, mais uma vez, e de uma nova maneira. Se fui capaz de trair Samuel de forma tão vil, por que não terei forças para mentir a Raul, declarando que é de livre escolha que me torno sua esposa? O próprio médico afirma que essa mentira poderá salvar a vida de teu primo...

Valéria ergueu-se com um suspiro e deixou que Antonieta lhe ajeitasse a roupa e os cabelos, numa atitude de desânimo e fadiga. Quando as duas se preparavam para deixar o aposento, Valéria deteve-se, estremecendo:

- Espera um instante. Preciso tirar o anel que Samuel me deu - ela disse, antes de retirar a joia do dedo, e beijou-a, para então fechá-la dentro do medalhão que trazia ao pescoço. - Agora meu dedo está pronto para receber o anel do príncipe.

Uma semiobscuridade reinava no quarto do enfermo. As cortinas de um fino tecido de cor suave estavam fechadas, enquanto uma única lâmpada, protegida por pequeno abajur de seda, iluminava tenuamente o amplo aposento e o leito acortinado onde Raul jazia de olhos fechados. Uma enfermeira que, de cabeça baixa, deslizava os dedos pelas contas de um antigo rosário, sentava-se à cabeceira do príncipe, enquanto Rodolfo e o médico conversavam em voz baixa junto a uma mesa. Assim que Antonieta e Valéria chegaram, o jovem conde aproximou-se da irmã e apertou-lhe a mão com força, para em seguida conduzi-la até o leito. A um sinal de Rodolfo, a religiosa ergueu-se e deixou o local.

Valéria parou assustada ao constatar a terrível mudança que se havia operado na aparência do príncipe naqueles poucos dias em que não o vira. Raul agora mais parecia uma bela estátua de alabastro, com seus cabelos loiros espalhados sobre o travesseiro a lhe circundarem o rosto emagrecido, à semelhança de uma auréola. Havia em sua boca bem feita uma expressão de sofrimento, e suas mãos alvas, de dedos longos, descansavam geladas e úmidas sobre a coberta.

Um sentimento de sincero pesar e afetuosa compaixão brotou no coração juvenil e bondoso de Valéria. Deixando de lado seu próprio sofrimento, sentou-se à beira do leito, inclinando-se ansiosa na direção daquele que seria seu marido, caso escapasse da morte. Rodolfo permaneceu de pé ao lado da irmã e esperaram, ambos, que o enfermo despertasse. Antonieta e o médico retiraram-se para a outra extremidade do aposento. Dez minutos se passaram sem qualquer alteração. O príncipe permanecia imóvel, e se de tempos em tempos uma respiração quase imperceptível não se fizesse notar, dir-se-ia que a chama da vida havia abandonado aquele corpo exaurido. Uma crescente ansiedade apoderava-se de Valéria, fazendo seu coração bater apressado. Aquela vida que se extinguia sem forças, por não suportar a perda de seu primeiro amor, inspirava o seu pesar. Raul não era culpado por suas aflições de mulher desiludida; ignorava que ela era forçada a sacrificar-se para tentar mantê-lo vivo.

Subitamente, o príncipe se moveu. Abrindo os olhos, fitou com expressão de desinteresse e tédio os rostos que o cercavam. Ao avistar o belo e doce semblante de Valéria, que se inclinava em sua direção, inquieta, novo brilho surgiu em seu olhar, e um sorriso franco se desenhou em seus lábios.

- Vós aqui, Valéria! É a primeira vez que vindes visitar-me...

A debilidade impediu-o de prosseguir falando.

- Minha irmã vem trazer uma notícia que deverá restituir-te depressa a saúde, meu caro primo - Rodolfo apressou-se a dizer, com afeto, ao perceber que a emoção tomava conta de Valéria. - Os obstáculos que a impediam de unir-se a ti não mais existem. Aqui está tua noiva, Raul, que vem colocar sua mão na tua.

Um tremor nervoso agitou o corpo do enfermo. Seus olhos dilatados pela moléstia fitaram a jovem num indefinível misto de amor, receio e incredulidade.

- É verdade que me amais? - ele quis saber, ansioso.

- É verdade, Raul, desejo ser vossa esposa. Dizei-me: esta notícia vos traz alegria? - ela respondeu em voz baixa.

Um brilho de felicidade e paixão surgiu nos olhos do príncipe.

- Se estou feliz!... Apenas, não ouso acreditar nessa ventura tão súbita.

Pretendendo prolongar a agradável emoção do enfermo, conforme instruções recebidas do médico e da mãe, Rodolfo tirou do bolso dois anéis, que haviam sido usados pela princesa e por seu falecido esposo no dia de suas núpcias.

- Eis o que te convencerá de que tua felicidade é real e não um sonho - disse Rodolfo, entregando um dos anéis a Valéria.

A jovem inclinou-se ainda mais na direção do noivo. Lágrimas banhavam seu rosto delicado. Ela colocou um dos anéis no dedo de Raul, e o outro no seu, o mesmo que até há pouco portava a aliança de Samuel.

- Trata de viver, para aqueles que te amam - Valéria acrescentou com voz trêmula.

Um forte rubor coloriu o pálido rosto do enfermo, que apertou a pequena mão da jovem condessa contra os lábios, enquanto esforçava-se para levantar-se.

- Procura poupar tuas forças - disse Rodolfo com firmeza, ajeitando os travesseiros que sustinham a cabeça do príncipe.

- Será que a alegria também se esgota?... Valéria, não me recusais o beijo dos noivos, e então haverei de viver ou de morrer tranquilo, seja qual for a vontade de Deus. Serei completamente feliz.

Sem hesitar, Valéria tocou com os lábios a boca do noivo. Quão diferente era aquele beijo calmo e fraterno dos que havia trocado com Samuel desde a noite da tempestade em Rudenhof!

Raul não sabia de nada; vencido por aquele excesso de euforia e por sua fraqueza, tornou a tombar sobre os travesseiros, quase sem sentidos. A jovem assustou-se.

- Está tudo bem! É só um pouco de fraqueza - Raul assegurou, tornando a abrir os olhos e exibindo um sorriso radiante. - Mas ficai, não me deixeis só.

A jovem então permaneceu sentada, tendo a mão do príncipe entre as suas, mas logo os olhos do rapaz se fecharam e uma respiração calma e regular mostrou que ele dormia.

Advertido por Rodolfo, o doutor Válter aproximou-se silenciosamente do leito do enfermo. A palidez cadavérica daquele rosto jovem havia sido substituída por leve tonalidade rosada, enquanto uma transpiração abundante umedecia-lhe a fronte e as mãos. O pulso se reanimara, e o sono sereno e profundo era prenúncio de benéfica reação.

- O príncipe está salvo, condessa - informou o velho médico, suspirando aliviado. - Ele viverá! Tudo de que necessita agora é sono e repouso - e cobriu Raul com uma colcha.

Valéria soltou suavemente a mão do príncipe, levantou-se e, com passo vacilante, deixou o recinto para ir à sala contígua. Ali encontrou a princesa, que aguardava por ela com o rosto banhado em lágrimas de júbilo, estendendo-lhe mãos agradecidas.

As muitas emoções daquele dia se abatiam sobre Valéria, e a visão daquela alegria que se levantava sobre a ruína de sua própria felicidade inundou com insuportável angústia o coração da jovem, que, após forte vertigem, tombou desfalecida.

O fim do sonho de Samuel

ENQUANTO TODOS ESSES acontecimentos se desenrolavam no castelo da princesa de O., Samuel, alheio à tempestade que se formava sobre sua cabeça, prosseguia vivendo num mundo de doces emoções e radiosa esperança. Na tentativa de fazer com que o tempo longe de Valéria passasse mais depressa, ocupava-se em preparar os aposentos destinados à futura esposa, escolhendo pessoalmente cada tecido, cada vaso, cada móvel; nada lhe parecia precioso o bastante para aquela que habitaria aquele ninho de sedas e rendas.

Tanta excitação levara o banqueiro a negligenciar suas ocupações no escritório, uma vez que toda manhã o rapaz se dedicava a trabalhar no retrato da noiva. O rosto fascinante e delicado da jovem condessa já lhe sorria da tela, e seus olhos azuis e límpidos rivalizavam com as flores trançadas em coroa sobre seus cabelos loiros. Em grande parte, não era mais que um esboço, mas o amor guiara e inspirara o pincel de Samuel. A cabeça de Valéria destacava-se no quadro como se fosse viva e parecia mesmo sorrir para o futuro esposo. Quando terminado, ficaria na parede diante de sua mesa de trabalho, para que cada vez que ele erguesse os olhos pudesse deleitar-se na contemplação daquelas feições queridas.

Certa manhã, quinze ou dezesseis dias após a partida do conde de M. e família, Samuel estava em seu ateliê. Antes de começar seu trabalho artístico, o rapaz leu pela centésima vez a carta que Valéria lhe enviara em resposta à sua, na qual agradecia o envio do retrato e falava de seu amor e da impaciência com que esperava revê-lo.

Imerso em seus sonhos com o futuro, o jovem pintava com devoção quando foi arrancado de seus pensamentos por um criado que lhe comunicava a chegada de diversas pessoas que desejavam lhe falar.

– Quem está aí? – indagou, pondo de lado a paleta e o pincel, irritado. – Eu não tinha proibido que me incomodassem?

O criado disse vários nomes.

– Eles insistiram tanto que não ousei dispensá-los – justificou o criado, como a desculpar-se.

– Está bem – disse Samuel num tom breve. – Conduze esses senhores à sala azul.

Ao entrar na sala minutos mais tarde, Samuel franziu o cenho, tomado por extremo aborrecimento: ali se achavam reunidos, além do rabino-chefe de Budapeste e de seus confrades, alguns amigos do velho Abraão Maier, conhecidos por seu rigor religioso, além de dois parentes distantes, cujos casacões pretos e gorros de pele compunham o traje do judeu típico comumente encontrado nas cidades provincianas da Rússia e da Áustria.

– Desejais ver-me, senhores? Em que vos posso ser útil? – indagou Samuel, respondendo com indiferença à saudação dos compatriotas e pedindo-lhes que se sentassem.

– Parece que não somos hóspedes bem-vindos nesta casa – observou o rabino com certa ironia. – Mas isso pouco importa. O motivo que nos traz aqui é grave demais para que nos deixemos enxotar. Viemos até esta casa para perguntar-te, Samuel Maier, se o que dizem por aí é verdade: que te deixaste arrastar numa louca paixão por uma mulher cristã, que estás prestes a sujar a memória de teu pai, renegar a fé de Israel e te tornar cristão para casar com essa Dalila? Responde, isso é mesmo verdade?

Um clarão ameaçador brilhou nos olhos de Samuel. Aproximou-se de um pequeno móvel, abriu-o e retirou um evangelho, um crucifixo e alguns livros de teologia.

– Tudo que acabais de dizer é verdade – declarou Samuel com voz vibrante, colocando os objetos sobre a mesa. – Quero ser batizado e é nesta mesma sala, junto àquela janela, que tenho trabalhado com o padre que me instrui nos dogmas da fé cristã. Este crucifixo e este evangelho atestam o que vos afirmo. Mas eu me pergunto no que isso vos diz respeito. Sou um homem independente, um livre pensador, e há muito não piso na sinagoga. Meu pai apegava-se a vós e sujeitava-se cegamente a práticas ultrapassadas, a maioria das quais não tem mais lugar no século em que vivemos; eu, tendo sido educado de maneira diferente e imbuído de outro pensamento, já não posso segui-las. Estou sempre pronto a ajudar e apoiar meus irmãos israelitas, contudo, tenho direito a uma vida pessoal livre e não admito a intromissão de quem quer que seja.

Um murmúrio de reprovação elevou-se do grupo de judeus, mas, com um gesto, o rabino impôs silêncio. Dando um passo em direção a Samuel, disse energicamente:

- Tu te iludes, jovem insensato. Não temos só o direito mas o dever de te chamar à razão, de abrir teus olhos cegos, antes que a cólera de Jeová caia sobre ti, como aconteceu aos rebeldes de Korá, no deserto. Ousas chamar de ultrapassadas e impróprias para esta época as leis trazidas pelo grande profeta de nosso povo? Esquece-te de que é graças a essas mesmas leis que conseguimos subsistir entre povos inimigos, que nos rodeiam há tantos séculos? Teu pai foi terrivelmente punido por haver desprezado nossos conselhos e por te haver permitido negligenciar as prescrições da lei de Moisés. O velho Abraão Maier te cercou de criados cristãos, que te desprezam e cospem em ti pelas costas. A fraqueza culposa de teu pai agora produz seus frutos. Cego por uma paixão sacrílega, pretendes te casar com uma filha de nossos inimigos, sacrificando a fé de teus pais por essa mulher!

O velho israelita estava completamente vermelho, e suas feições angulosas transpiravam um fanatismo sombrio e exaltado:

- Esqueces-te, infeliz, de que és um filho de Israel, filho de um povo infeliz e perseguido? Não percebes que aos olhos desses góis sois menos que um cão miserável? Foram eles que queimaram e perseguiram nossos pais, encurralando-os em suas cidades, como se fôssemos feras violentas. Essa gente hoje nos tolera com ódio no coração e aguarda o momento certo de nos destruir mais uma vez. Eles te hão de repelir sempre que a oportunidade se apresentar. Acreditas mesmo que essa família orgulhosa te há de acolher como um igual, apenas porque te vais batizar? Pois te enganas! Essa gente se curva para receber teu ouro porque isso vai poupá-los de um escândalo público, mas eles te odeiam e desprezam na alma. Serás para eles eternamente um estranho, cuja origem sempre lhes há de inspirar aversão, mesmo a essa mulher em nome da qual pretendes renegar o Deus de teus pais e de teus irmãos.

"Torna a ti, Maier, e renuncia a esse projeto que só te poderá trazer infelicidade. Sei que despendeste muito dinheiro; atendendo às minhas ordens, Josué Levy me pôs a par da cifra; mas caso temas que esse negócio te traga grande perda financeira, teus irmãos já reuniram a soma necessária para cobrir as dívidas do conde de M.

O rabino tirou do bolso uma carteira abarrotada de papel-moeda e a colocou sobre a mesa.

- Aqui está, meu filho: aceita esse dinheiro, regulariza essa negociação com tranquilidade e esquece esse infeliz episódio de tua vida. Um dia, no futuro, ao te lembrares dele, terás decerto vergonha de ti mesmo!

Pálido, mas decidido, Samuel se recostara a um móvel e, de braços cruzados, ouvira o discurso veemente do rabino. À vista do dinheiro arrecadado, um rubor febril lhe subiu ao rosto.

- Vossas palavras são inúteis - o banqueiro declarou, após pesado instante de silêncio. - Minha decisão é irrevogável. Por favor, guardai essa carteira. Agradeço a meus irmãos suas boas intenções, mas não posso aceitar. Sou o único responsável pelas obrigações que me cabem. No entanto, gostaria de dizer-vos que estais certo em muito do que acabais de dizer: os israelitas são odiados e desprezados onde quer que se estabeleçam. Por quê? Porque merecem! Porque se deixam governar pela cobiça, pela astúcia e pela usura, o que os torna detestáveis. Porque deixam um rastro de ganância e ruína por onde passam. Por que os israelitas representam papel preponderante em toda parte onde se descobre algum negócio tenebroso, alguma operação desleal, algum tráfico vergonhoso? Podem então espantar-se por inspirarem ódio e aversão? Não é nosso povo culpado, se permanece em sua maioria obscuro, ganancioso, voraz e mentiroso, a ponto de ser encarado como uma lepra em todos os países em que habita? A vós, rabinos, chefes que governam essa multidão, cabe a maior responsabilidade. Vós vos protegeis sob o nome de Moisés. Mas não foi ele quem fundou a cabala, essa associação dos fortes à custa dos fracos? Não foi ele quem, a pretexto do bem geral, mas sempre para servir às intrigas dos poderosos, sangrou até a última gota sua gente miserável, sobrecarregando-a com impostos secretos em proveito do tesouro do Cahal? Não foi ele quem, no interesse do próprio domínio, incutiu no povo israelita esse ódio a tudo que não é hebreu, cavando assim um abismo entre nós e os demais povos? Gritais contra a intolerância da Igreja de Roma? Pois bem, não impondes vós mesmos uma escravidão ainda mais rígida àqueles que participam de vossas crenças? Não os perseguis até na intimidade? Não os submeteis à vossa autoridade com todas as armas, mesmo com aquelas que jamais deveriam ser utilizadas, para que vos permaneçam fiéis? Quero que saibam que vós não me forçareis a fazer coisa alguma! Não renunciarei à mulher que amo, e adotarei a religião de Jesus, o maior e o mais sublime filho que nasceu do nosso povo, e a quem vossos antecessores, os rabinos e grandes sacerdotes do templo, condenaram por ter ousado dizer à face do mundo: "O espírito vivifica, a letra mata".

Pouco a pouco Samuel se fora entusiasmando. Seus olhos brilhavam como chamas e todo seu ser transpirava inflexível energia e ardente convicção. Diante de seu duro discurso, os visitantes se haviam levantado, tomados de cólera e assombro:

- Envergonha-te, renegado! Como ousas insultar um homem venerável? - gritavam eles, indo reunir-se em torno do rabino-chefe, que tudo ouvira mudo de espanto e indignação.

- Recobra o juízo, Samuel Maier - advertiu, enquanto um brilho venenoso jorrava de seus olhos sobre o destemido rapaz. - Não provoques a vingança dos irmãos a quem ultrajas. Julgas-te rico e invulnerável. Pois saibas que maiores que ti caíram quando a mão vingadora de Jeová caiu sobre eles. E agora, filho rebelde, recebe este escrito de teu pai moribundo, junto ao qual velei até a hora derradeira. Ele me encarregou de entregá-lo a ti num momento decisivo - prosseguiu o homem, que retirava do bolso um papel dobrado. - Ele próprio, curvado sob o peso de uma justa punição, e já com a mão enrijecida pelo derrame que o fulminou, traçou as linhas que estais prestes a ler. Creio ser esta ocasião grave o bastante para que compreendas este último apelo à razão.

Com mãos trêmulas, Samuel desdobrou o papel. Seus olhos percorreram as linhas escritas em hebraico, com uma escrita tremida, porém inconfundível, e assinada por seu pai:

"Meu filho, tudo fiz para que pudesses ser feliz. Em lembrança de meu amor e de meus cuidados, além dos milhões que te deixo, faço-te um pedido: renuncia à condessa de M., e então receberás minha bênção. Porém, se desprezares o pedido que teu pai te dirige do além-túmulo e abraçares a religião dos que nos perseguem, eu te amaldiçoo: que Jeová reduza a cinzas tudo o que tuas mãos tocarem!"

O banqueiro tornou-se lívido; a violenta luta íntima que lhe agitava a alma refletia-se na expressão de seu rosto. Mas a lembrança de Valéria abafou qualquer outro sentimento; renunciar a ela... *nunca*; antes à vida. Com um gesto brusco, rasgou o papel e lançou os pedaços sobre a mesa.

– Eu me tornarei cristão. Tomo sobre mim as maldições de meu pai e as vossas. Esta é minha resposta definitiva.

Manifestações de ira e horror espalharam-se pela sala, mas três pancadas na porta provocaram um silêncio instantâneo.

– Entra – ordenou Samuel com irritação.

Um criado apareceu no recinto com expressão tímida e embaraçada. Trazia um cartão de visita sobre uma bandeja de prata.

– Peço-vos que me perdoe por vos importunar, senhor – desculpou-se. – Está aqui um enviado do conde Egon de M., que deseja falar-vos com urgência. Há mais de quinze minutos que ele vos aguarda em vosso gabinete.

– Fizeste bem em me avisar – respondeu a meia voz, enquanto lia o nome *Carlos Herbert* escrito no cartão.

Retirando-se apressadamente sem dirigir um olhar aos visitantes, que parecia haver esquecido, dirigiu-se a seu gabinete. Um homem de meia-idade e aspecto respeitável, com uma pasta de couro sob o braço, levantou-se ao vê-lo entrar.

– Não vos levanteis, senhor Herbert – disse Samuel, indo também se sentar à sua mesa de trabalho. – Dizei-me com que mensagem me honra o conde de M.? Trazeis uma carta para mim?

– Não, senhor Maier – respondeu o emissário, depois de lançar um olhar perscrutador para o rosto ansioso do banqueiro. – Sua excelência me encarregou de um recado verbal e da liquidação de uma pendência financeira.

Herbert abriu sua pasta, de onde retirou um maço de notas bancárias e letras de câmbio bastante familiares a Samuel, todas rasgadas ao meio.

– O que significa isso? – o rapaz indagou, com o olhar faiscando.

– Rogo-vos a gentileza de conferir a exatidão do montante desses papéis, senhor Maier. Verificareis que o conde de M. nada mais deve à Casa Bancária Maier & Filho – respondeu com calma o homem de negócios. – Além disso, fui encarregado de vos participar que o acordo privado entre vós e Sua Excelência está definitivamente rompido; a senhorita de M. prepara-se para desposar o príncipe de O.

Samuel não respondeu nada. Foi como se uma nuvem de chumbo

tivesse desabado sobre ele. Um único pensamento ocupava-lhe o cérebro. Sequer notou o olhar compassivo que o senhor Herbert lhe dirigia, pálido. Não escutou suas palavras de despedida, nem se deu conta de que o emissário deixara o gabinete. Naquele instante o mundo exterior deixara de existir para o banqueiro. Em sua alma, porém, o torpor inicial começava a dissipar-se, dando lugar a dolorosos pensamentos. Tudo estava terminado. Não havia mais futuro, nem sonhos de felicidade. A mulher a quem idolatrava o traíra para tornar-se princesa. Os papéis que entregara a Valéria, ao acreditar que sua alma e a dela estavam unidas para sempre, eram devolvidos por um estranho, sem uma palavra. O dinheiro fora restituído, e isso deveria ser o suficiente para ele. Afinal, o que um judeu poderia almejar mais do que o ouro?... Um amargo acesso de riso escapou-lhe dos lábios empalidecidos. Os israelitas, que ainda estavam reunidos em sua casa, haviam dito a verdade: "Eles te escorraçarão como um réptil quando não precisarem mais de ti". E ela, a traidora que o trocara por um título de nobreza, talvez beijasse agora o futuro marido ou sorrisse ouvindo as palavras que o príncipe lhe sussurrava ao ouvido.

O coração de Samuel foi tomado por um infernal sentimento de angústia, enquanto uma dor aguda no peito quase o impedia de respirar. Seu olhar escureceu, errando a esmo, até fitar uma pistola colocada sobre a escrivaninha. Ele estremeceu: não seria a morte preferível à vida árida e torturante que se estendia diante dele?

Ele se levantou bruscamente e pegou a arma, fazendo cair pelo assoalho, sem perceber, as cédulas trazidas por Herbert. Um instante depois, um disparo pôs em sobressalto toda a casa; o primeiro a entrar no gabinete foi o rabino, seguido de seus companheiros; eles viram Samuel estendido sobre o tapete, sobre um mar de sangue, a pistola ainda contraída em sua mão.

– Jeová o julgou! – disse o velho com uma satisfação fanática.

O emissário do conde de M. dirigia-se a passos lentos à porta principal da casa; descia pensativo os derradeiros degraus da escada quando o ruído surdo de um disparo o fez estremecer.

Instantes depois um criado desceu a escada, apressado.

– O que se passa, João? Aonde vais com tanta pressa? – indagou o porteiro, segurando-o pelo braço. – O que aconteceu? Tive a impressão de ouvir um disparo.

- Deixa-me ir. Preciso trazer um médico sem demora. Nosso patrão acaba de estourar os miolos! - disse o criado, lançando-se à rua.

- Pobre rapaz, murmurou Herbert, que acabava de presenciar o triste diálogo. "Parece que não conseguiu digerir a pílula amarga que lhe entreguei", pensou, enquanto entrava no coche. "Para o nosso príncipe, sem dúvida, isso é o melhor que poderia ter acontecido. Morta a víbora, morto o veneno! Era um belo homem, devo admitir. Bem, o melhor que tenho a fazer é levar a notícia ao castelo. Se me apressar, ainda embarco no último trem."

Algum tempo mais tarde, Herbert tomava assento no vagão onde viajaria até o castelo da princesa. O último apito soara e os passageiros atrasados apressavam-se a buscar seus lugares. O vagão escolhido pelo emissário do conde estava repleto. Logo uma animada conversação se estabeleceu entre os viajantes.

- Soubeste da última? O banqueiro milionário, dono da Casa Bancária Maier & Filho, se suicidou - começou um homem gordo, carregado de sacos e embrulhos.

- Não se fala de outra coisa na cidade - comentou uma velha senhora, que se sentava ao lado de Herbert. - Ninguém sabe dizer ao certo o que aconteceu. De início, pensou-se que ele havia falido; meu genro foi correndo ao banco reclamar uma gorda quantia que ali depositara. Pagaram-lhe integralmente, e um empregado lhe disse que Maier ainda respirava ao ser encontrado, e que os médicos não o deixam. Tem um ferimento mortal na costela.

- Dai-me licença de vos dizer, senhora - interrompeu um terceiro passageiro -, que ouvi de fonte fidedigna que os negócios da Casa Maier nunca foram tão prósperos, mas a verdade é que ele morre de uma bala alojada no cérebro, por causa de uma misteriosa discussão que teve com seus companheiros. O rabino-chefe de Budapeste e muitos outros judeus tinham armado uma cena horrível na residência do jovem Maier, que, segundo dizem, pretendia se tornar cristão e recebia instrução religiosa de um padre. Após o escândalo que o rabino e seu grupo fizeram em sua casa, o rapaz foi até seu gabinete e lá se matou.

Herbert a tudo ouvia em silêncio, sem participar da conversa. Homem de confiança da família de O. de longa data, conhecia em detalhes a versão verdadeira dos fatos, além de estar a par dos esponsais do jovem príncipe

Raul. Um suspiro de comiseração lhe escapou do peito ao lembrar-se do belo rapaz, morto tão prematuramente.

Na manhã que se seguiu àquele dia agitado, Rodolfo e Antonieta encontravam-se a sós no terraço vizinho aos aposentos da princesa de O. Tinham acabado de almoçar, e o conde Egon se recolhera aos seus aposentos para o repouso vespertino. Valéria, que tinha passado a manhã inteira ao lado do noivo, também retornara ao quarto que ocupava no castelo. Quanto à senhora Odila, voltara para junto do filho, que se recuperava a olhos vistos.

Rodolfo e Antonieta planejavam entusiasmados a viagem que fariam a Nápoles tão logo Raul recuperasse a plena saúde, quando foram interrompidos pela imprevista chegada do emissário Herbert.

- Já de volta, senhor Herbert? - indagou Rodolfo, estendendo a mão ao recém-chegado.

- Sim, senhor conde. Na verdade, vim o mais rápido que pude. Sabendo que vosso pai repousaria, aproveitei para vir transmitir-vos a notícia que trago sem testemunhas desnecessárias.

- De que se trata? Vosso rosto grave não prenuncia nada de bom. Espero que esse louco do Maier não tenha feito outro escândalo ridículo. Que disse ele?

- O banqueiro nada respondeu - Herbert encolheu os ombros -, acho que não foi capaz, mas nada mais pode fazer, pois está morto: cinco minutos depois de eu sair de seu gabinete, ele estourou os miolos.

Rodolfo ergueu-se de um salto, enquanto Antonieta cobria o rosto com as mãos.

- Samuel, morto? - repetiu o jovem conde, passando a mão pela fronte úmida. - Tendes certeza do que dizeis? Não se trata de um boato?

- Infelizmente não - assegurou o emissário. - Eu mesmo ouvi o disparo de pistola. A notícia se espalhou por toda a cidade, e no trem não se falava em outra coisa.

- Que desfecho terrível! - murmurou Rodolfo. - Pobre Samuel! Senhor Herbert, peço-vos que guardeis segredo desse triste acontecimento, que não deve chegar aos ouvidos de minha irmã em hipótese alguma. E quando ela finalmente vier a saber, é preciso ocultar que foi pelo suicídio que ele morreu.

Ao ouvir um repentino grito da esposa, Rodolfo voltou-se. Pálido, viu Valéria sobre os primeiros degraus da escada que dava para o jardim. A jovem tinha as mãos apertadas contra o peito e seu rosto era tão alvo quanto o vestido de musselina branca que trajava; uma expressão de indizível horror e aflição estampava-se em seu semblante; viera pegar um livro que tinha esquecido e acabara ouvindo as últimas palavras do irmão.

- Samuel está morto... e fui eu, eu, quem lhe deu o golpe fatal - ela balbuciou, os lábios lívidos e trêmulos.

Rodolfo correu em direção à irmã, que teria rolado os degraus se ele não a tivesse segurado, já sem sentidos.

Valéria foi levada depressa para seu quarto e acomodada no leito, onde Antonieta e a camareira tentaram sem sucesso reanimá-la. Rodolfo apressou-se em informar o pai e a princesa Odila. Ficou decidido que o fato deveria permanecer oculto a Raul.

Doutor Válter chegava de sua casa de campo, onde tinha ido passar alguns dias, e foi encaminhado sem demora ao quarto de Valéria. Ela permanecia estirada, com aparência de morta, enquanto Antonieta, de joelhos, a fronte gotejada de um suor frio, esfregava com essências as têmporas e as mãos inertes da amiga.

Depois de balançar a cabeça, desolado, o doutor Válter apressou-se em cuidar da enferma. Seus esforços não tardaram a surtir efeito, pois a jovem depressa recobrou os sentidos e abriu os olhos. Seu olhar alucinado e o tremor nervoso que lhe sacudia o corpo fizeram temer nova desgraça.

- Credes que alguma enfermidade possa sobrevir, como consequência dessa forte emoção? - perguntou o conde Egon, aflito.

- Não. Acredito que a crise nervosa passe sem deixar maiores comprometimentos. Administrarei um calmante à vossa filha, com leve medicamento narcótico. Algumas horas de sono serão fundamentais. É importante que ao despertar ela possa dar vazão a seu desespero sem constrangimentos. A senhorita Valéria precisa de repouso absoluto. As únicas pessoas que devem se aproximar dela nesse momento difícil são a senhora Antonieta e a camareira. Quando se esgotarem suas lágrimas, a condessa deverá voltar à calma e à razão. Para que minha prescrição tenha efeito, é imprescindível que o príncipe Raul fique afastado. Tenho uma ideia que tornará isso possível: proponho levar vosso filho passar duas semanas em minha residência, cara princesa Odila. Posso garantir que será tratado como se estivesse em sua própria casa.

- Oh, meu velho amigo, eu não poderia ficar mais agradecida com sua proposta - disse a senhora de O., segurando a mão do médico -, mas não creio que Raul vá querer deixar sua noiva.

- Cabe-me então criar uma justificativa forte o bastante para convencê-lo a partir, princesa. Peço-vos que mandeis arrumar o necessário para esse período em minha casa. Agora, preciso preparar o remédio para a senhorita Valéria, e em seguida irei para junto do príncipe.

O médico encontrou Raul sentado numa poltrona, amparado por almofadas macias e com os pés envoltos em um cobertor. Após tê-lo examinado e tomado o pulso, meneou a cabeça.

- A febre ainda persiste - comentou com descontentamento. - Devo dizer-vos que os cuidados excessivos de vossa mãe (vede como estais quase enfaixado!) e vossa agitação pela presença de vossa noiva acabaram por retardar o restabelecimento. Se pretendeis de fato readquirir força e saúde, meu jovem, deveis passar uma dezena de dias em minha casa de campo. Lá sereis tratado de forma sensata, e também eu estarei mais à vontade para cuidar de vós, pois na minha idade essas idas e vindas são muito desgastantes. Além disso, tenho a intenção de submeter-vos a um tratamento para o qual tudo quanto é necessário está em minha residência. Já empreguei esse tratamento com um de meus filhos. Se consentirdes, partimos em uma ou duas horas.

- Bom Deus, doutor! Reconheço que tendes razão... Mas como poderei separar-me de Valéria?

- Ora, ora, meu príncipe, uma separação de oito ou dez dias, além de não ser nada longa, será muito útil a vós e à vossa noiva. A condessa já se encontrava nervosa e esgotada; acreditais, por acaso, que todos esses dias de insônia e temores mortais que a senhorita Valéria experimentou convosco não foram extenuantes para sua natureza frágil? Vossa noiva precisa de repouso absoluto. Ademais, credes causar boa impressão à senhorita Valéria pálido como estás, mais parecendo um espectro de enormes olheiras? Podeis acreditar, meu jovem amigo, o amor e a saúde serão beneficiados com essa breve separação.

Um forte rubor subiu às faces de Raul.

- Estais certo. Feio como estou não poderei agradar minha noiva. Será melhor que eu me ausente. Quero ao menos despedir-me dela.

- Coisas de namorados! Há quantos minutos não vês a condessa?

Enfim, não é minha intenção vos contrariar. Porém, como a senhorita Valéria estava com dor de cabeça, administrei-lhe ainda há pouco um calmante e dei ordens para que ninguém a despertasse. Mas a vós eu autorizo beijar a mão da adormecida.

Raul se vestiu e dirigiu-se ao quarto da noiva. Amparado por Rodolfo e pelo conde de M., o príncipe caminhou com passos vacilantes até o leito onde Valéria dormia um sono pesado e febril. A meia-luz do quarto e o rubor que ardia em suas faces impediram que o rapaz suspeitasse que algo não ia bem. Raul beijou a pequena mão da noiva com suavidade, depois se deixou conduzir obedientemente e ser acomodado na carruagem.

- Esses dias de ausência darão à senhorita Valéria o tempo necessário para recuperar-se - o médico murmurou ao despedir-se da princesa de O.

Quando Valéria despertou e tornou a lembrar-se, um desespero terrível apoderou-se dela. Entre soluços, exigiu que a levassem a Budapeste para dar o último adeus ao corpo de Samuel; chamava a si mesma de assassina; ora desejava morrer com o antigo noivo, ora pedia novos detalhes do ocorrido; o nome do jovem banqueiro não saía de seus lábios, dia e noite; recusava-se a comer e a beber, a ponto de Antonieta temer pela lucidez e pela saúde da amiga.

Conforme o médico previra, o sofrimento intenso levou Valéria ao esgotamento, e um estado de prostração sucedeu ao desespero. Mais tarde, uma calma relativa estabeleceu-se. Atendendo às súplicas persistentes de Antonieta, a jovem passou a aceitar algum alimento e a consumir sucos. A tranquilidade e o silêncio de que desfrutavam juntas repercutiu positivamente sobre os nervos exauridos de Valéria. Quando o fim de semana chegou, seu doloroso desespero dera lugar a uma melancolia profunda, porém calma.

Aproveitando a boa disposição da amiga, Antonieta aproximou-se dela certa manhã, indo sentar-se junto à rede onde Valéria devaneava silenciosamente, as faces pálidas granuladas com algumas lágrimas.

- Escuta-me, fada querida - disse a cunhada, apertando-lhe a mão. - Desejo falar-te de um plano: ontem à tarde a princesa voltou de sua visita a Raul, que por sinal passa muito bem. Na esperança de que ele se restabeleça inteiramente, o doutor Válter o manda a Biarritz, tomar banhos de mar. Tal circunstância te dispensará de teus deveres de noiva pelo prazo de seis semanas; venho propor-te que nos acompanhes a Nápoles. Papai e a princesa irão à França, e seremos apenas Rodolfo, tu e eu na natureza calma, livres de todo e qualquer aborrecimento. Estarás livre para render teu tributo de pesar a Samuel e adquirir novas forças para o cumprimento de teus deveres com Raul quando chegar o momento. Ele ignora tuas aflições, e merece teu amor.

Valéria agarrou-se com febril ardor àquele projeto. A possibilidade de desfrutar algumas semanas de liberdade para pensar em seu amor que partira sem ser forçada a disfarçar seus sentimentos pareceu restituir-lhe as forças. Ela retomou o interesse pela vida e tudo fez para que partissem em viagem o mais breve possível. Por fim, declarou-se pronta para ir à casa do doutor surpreender o noivo e despedir-se dele.

Foi recebida por Raul com alegria tão terna e profunda, que não teve coragem nem desejou tratá-lo com frieza. Valéria retribuiu seu beijo de boas-vindas com o afeto de uma irmã, e se alegrou sinceramente com os visíveis progressos de sua convalescença.

O jovem príncipe, por sua vez, ficou muito preocupado com a palidez e com a expressão de desânimo da noiva. Doutor Válter tratou de tranquilizá-lo, informando que ela iria a Nápoles em companhia do irmão e da cunhada enquanto ele estivesse em Biarritz. Assegurou-lhe que em seis semanas Valéria estaria de volta, viçosa como a mais bela das rosas. Ficou decidido que todos se reencontrariam nos últimos dias de agosto, em Budapeste, e que a 16 de setembro o jovem casal se uniria em matrimônio.

Tendo esses pormenores sido acertados satisfatoriamente para o príncipe, ele ofereceu o braço à noiva, a quem propôs um passeio. Valéria aceitou com um sorriso, e os dois se afastaram rumo ao jardim, conversando.

Essa era a primeira vez que os jovens ficavam a sós após o baile do casamento. Raul aparentava preocupação e caminhava lentamente. O diálogo entre os noivos foi entremeado por incômodos momentos de silêncio. Valéria atribuiu o fato à fadiga do convalescente, e sugeriu que fossem sentar-se num caramanchão próximo, a fim de descansarem um pouco.

O banco que ocuparam era cercado por lindos canteiros de rosas. A condessa apanhou algumas flores e compôs dois pequenos ramalhetes, um dos quais entregou a Raul, que apertou contra os lábios a pequena mão da jovem.

– Antes de nos separarmos, minha querida, gostaria de fazer-te uma pergunta. Na primeira vez em que me declarei a ti, disseste que nada poderia existir entre nós porque estavas comprometida. Minha mãe me contou depois que aceitaras te tornar noiva de um homem de condição muito inferior por conta de uma premente necessidade financeira de tua família, o que tornou possível o rompimento do compromisso. Mas eu queria ouvir de tua própria boca se ainda não amas teu antigo noivo. É compreensível que o amor aconteça independente de hierarquia social e da fortuna, pois o coração não vê esse tipo de coisa. Se o amas, Valéria, peço-te que sejas franca comigo, pois apesar do amor apaixonado que tenho por ti, estarei pronto a restituir-te a liberdade, sem rancor algum, pois é mais fácil renunciar a uma mulher do que desposá-la pertencendo seu coração a outro. É meu desejo e minha esperança conquistar com o tempo tua alma, mas isso só será possível se essa alma estiver livre.

A condessa ouvira aquelas palavras com o coração apertado. Com um sentimento que não saberia definir, fixou o olhar límpido e sincero de Raul, que a observava com ternura e ansiedade. Que poderia fazer? Confessar que amava a um homem que já não vivia mais e despertar em sua alma jovem, pura e tão impressionável sentimentos inquietantes, atirando-o a um inferno moral idêntico ao que ela própria havia experimentado? Não! Em paz com sua consciência, sabia que a lembrança querida que vivia apenas em sua memória era inofensiva para aquele que estava vivo diante dela.

- Não te preocupes - declarou em voz baixa, mas firme, estendendo as mãos para o noivo. - Não tens um rival. O homem com quem eu me comprometera passou em minha vida como um sonho escuro e inquietante. Tudo está acabado agora; és o único a quem desejo pertencer.

Com radiante alegria, o príncipe trouxe Valéria para junto de si; ela recostou a cabeça em seu peito e fechou os olhos. "É melhor assim", ela pensou, enquanto o jovem apoiava os lábios em sua cabeça. "Como poderia viver se causasse um segundo suicídio? Raul não tem culpa de minha covardia com Samuel; tentarei não ser covarde em relação a ele."

Dois dias antes dessa visita, Rodolfo tinha ido a Budapeste, onde deveria permanecer por dois ou três dias. Assim, foi com surpresa que Antonieta o encontrou ao retornar da casa de campo do doutor Válter. Em sua alegria, não percebeu a preocupação estampada no rosto do marido; alegando estar exausto e precisando de repouso urgente, ele a fez acompanhá-lo ao quarto nem bem terminaram o chá.

- Bom Deus, Rodolfo, nunca te vi com tanta vontade de dormir - a esposa comentou, rindo. - Não são nem dez e meia da noite e só falas em ir se deitar? Bem, eu ainda pretendo ler um pouco.

- Ao contrário, querida, eu nunca estive tanto tempo sem dormir - exclamou. - Queria apenas ficar a sós contigo. Trago uma notícia da cidade que nos vai dar o que fazer. Samuel Maier não morreu!

- Que dizes, Rodolfo? Herbert se permitiria uma mentira dessas?

- Não, o banqueiro realmente tentou o suicídio, mas a verdade é que a bala se desviou em seu relógio de bolso; o ferimento, embora grave, não é mortal. Os médicos garantem que ele ficará bem... Então, querida, o que me dizes? Achas que devemos contar a verdade à minha irmã?

- Deus nos livre! Isso despertaria novos conflitos... Valéria acaba de ter uma conversa com Raul que torna indispensável ela acreditar que Samuel está morto, até que se case e se habitue à sua nova realidade. Partiremos a Nápoles depois de amanhã, e quando voltarmos, o que deverá ser retardado tanto quanto possível, o tempo terá passado e as pessoas em Budapeste já se terão desinteressado da triste história do banqueiro, deixando de comentá-la. Logo depois do casamento, eles partirão em viagem. Quando regressarem, eu mesma me encarregarei de contar a verdade a Valéria.

- Tens razão - disse Rodolfo, já tranquilizado. - Será melhor assim. Quem sabe até lá o príncipe, esse homem belo e sedutor, não terá conquistado seu coração a ponto de fazê-la esquecer de vez o judeu?

* * *

Era uma bela manhã ensolarada do mês de setembro, e quase dois meses se haviam passado da conversação que acabamos de narrar. Os dias estavam tão radiantes quanto os de julho e atraíam verdadeira multidão ao grande passeio público da cidade de Budapeste. A pé, a cavalo ou de carruagem, todos circulavam.

No interior de elegante coche de viagem, para o qual se voltavam os olhares curiosos de muitos passantes, iam dois rapazes; um deles era baixo, gordo e moreno, de traços semíticos bastante pronunciados; seus olhos perscrutadores e astutos examinavam a multidão com interesse; uma vez ou outra fitava, disfarçadamente, o rosto pálido e magro do companheiro, que, calado e apático, aparentava recuperar-se de uma grave enfermidade.

Samuel Maier, pois era o próprio, havia sobrevivido ao terrível ferimento que se infligira num momento de desespero insensato. Sua natureza jovem e vigorosa o livrara da morte física. A alma, porém, sangrava como no primeiro instante. Seu orgulho tornara-se ainda mais acentuado e estendia-se agora, qual véu espesso, sobre o passado do qual se envergonhava. Ainda que moralmente abatido, não se permitiria dar àqueles que o haviam tão cruelmente desprezado o prazer de perceberem seu desespero íntimo. Para tanto, retomara, ainda que aparentemente, a calma habitual.

Entre os israelitas que haviam acompanhado o rabino e encontrado o rapaz estendido sobre o assoalho de seu gabinete, achava-se um antigo companheiro de seu pai, de nome Leib Silberstein. Era um corretor da bolsa que, sob o pretexto de ter sido velho amigo de Abraão Maier, apressara-se a cercar o ferido de cuidados, ocupando-se do jovem, tão isolado, com dedicação e desvelo.

Tendo-se inteirado da verdade, Silberstein, dono de patrimônio modesto e chefe de uma família numerosa, havia arquitetado um projeto que lhe seria bastante vantajoso: casar sua filha mais velha com o jovem desprezado pela condessa M. Com paciência tenaz, Silberstein tinha estudado Samuel e habilmente instigou as paixões que fervilhavam em seu coração dilacerado. Pouco a pouco, esforçara-se por convencê-lo de que a maneira mais digna e eficaz de responder ao ultraje sofrido da antiga noiva, agora prestes a casar-se com o príncipe de O., seria ele próprio se casar. Até que por fim o homem ofereceu-lhe a mão da filha, e Samuel, cego em seu desespero silencioso e ávido para provar a Valéria que ela deixara de existir para ele, acabou por aceitar a proposta, sem jamais ter visto aquela que tomava por esposa.

Cinco dias mais tarde, o banqueiro tornava-se noivo de Rute Silberstein. O jovem sentado ao lado de Samuel no elegante coche pelas ruas de Budapeste era Aarão, seu futuro cunhado. Astuto e sagaz, não via no louco amor de Maier um empecilho ao casamento com sua irmã; acima de tudo, esperava lucrar muito com aquela união.

Quando o coche atingiu determinado cruzamento, o tráfego era de tal modo intenso, que todos se viam forçados a estacionar em fila, podendo permanecer ali por tempo indefinido. O veículo de Samuel foi igualmente obrigado a parar, e ao seu lado estacionou uma carruagem puxada por imponentes cavalos de cor acinzentada; em seu interior seguiam uma senhora de meia-idade e um jovem oficial, que lhe chamou a atenção pela rara beleza. Artista talentoso que era, Samuel pôde observar aquela admirável figura, que mais parecia o modelo vivo de uma escultura da Antiguidade.

Raul, pois era ele mesmo, havia progredido de maneira impressionante durante sua recuperação e consequente cura. Sua expressão antes ligeiramente infantil, que lhe dava a aparência de um adolescente, dera lugar a uma dignidade viril. Além disso, a tranquilidade de uma ventura certa emprestava uma calma radiante a seus grandes olhos, ainda que um tanto arrogantes.

- Quem será esse belo jovem? - indagou Samuel, voltando-se para o futuro cunhado. - Nunca o tinha visto antes.

- Eu sei quem é ele - respondeu Aarão, baixando os olhos. - Tenho certeza de que não será muito agradável para ti conhecer-lhe o nome, portanto é melhor que seja eu mesmo a dizer-te: esse oficial é o príncipe de O. Veio do exterior faz pouco tempo, e sua noiva, a condessa Valéria de M., chegou à cidade há oito dias. O casamento será amanhã.

Samuel permaneceu em silêncio. Era como se uma chama amarga e devoradora lhe incendiasse o coração, e o ciúme cravou-lhe na alma as garras cortantes, causando-lhe uma dor quase física. Até então tentara iludir a si mesmo, buscando a todo custo uma desculpa que pudesse justificar a quebra do juramento da mulher que adorava. Tinha se convencido de que Valéria dera sua mão ao príncipe por imposição dos parentes e arrastada pelo preconceito e pelo orgulho. Agora, porém, que via o seu rival, compreendia a razão por que ela o traíra. Aquele homem de extraordinária beleza era mesmo capaz de despertar a paixão de uma mulher, fazendo-a sacrificar tudo. Não havia mais motivo para duvidar de que fora esquecido, e de que o próprio coração de Valéria fizera a nova escolha, e não uma determinação da família. Dentro de vinte e quatro horas ela pertenceria ao belo príncipe, cujo olhar altivo e sereno era prova de sua insolente felicidade. O inferno acabara de se instalar na alma de Samuel. Todavia, ele fizera grandes progressos na arte da dissimulação no decorrer dessas últimas longas semanas, e uma palidez mais acentuada era a única evidência das terríveis emoções que lhe agitavam a alma dorida.

- Acredito que é hora de voltar - decidiu repentinamente. - Estou cansado e gostaria de repousar.

- O que dizes? Então não sabes que te esperam em nossa casa? - Aarão fez lembrar o banqueiro. - Procura distrair-te, que não é o momento de buscar a solidão. Acabaste de ver a beata estátua, insignificante e incapaz de paixão, pela qual foste trocado de maneira tão vil. Acredita em mim e arranca do coração essa mulher cruel, que te sacrificou em nome de um preconceito estúpido. Despreza todo tipo de união com nossos inimigos e encontrarás a felicidade.

Samuel nada respondeu. Cerca de dez minutos mais tarde, seu coche estacionava diante de uma casa de bela aparência. Um sorriso pálido se desenhou nos lábios do rapaz.

- Já que insistes para que eu suba, vou satisfazer-te a vontade. Mas já sabes que ficarei apenas por um momento.

- Está bem, está bem - respondeu o futuro cunhado, enquanto saltava do veículo com agilidade, para em seguida ajudar o banqueiro a descer. - Ficarás apenas o tempo que quiseres.

Quando os dois rapazes entraram na sala da casa dos Silberstein, uma jovem sentada junto a uma janela enfeitada por flores correu-lhes ao encontro: era Rute, noiva de Samuel, uma jovem de dezessete anos, tão bela quanto Valéria, a seu modo, pois fazia um total contraste com ela: alta e esbelta, tez bem morena, cabelos fartos e muito negros, olhos brilhantes e cheios de vida, o tipo perfeito da beleza oriental, voluptuosa e apaixonada. Ela não sabia do romance de Samuel (tinham lhe contado que a tentativa de suicídio ocorrera num momento de febre delirante); o banqueiro, belo e de modo aristocrático, atraiu a atenção da moça nas poucas visitas que fez a seus pais, apesar de nada ter feito para despertar ilusões nela.

O pedido de casamento do milionário foi uma surpresa que a encheu de alegria. Com a impetuosidade própria de seu temperamento, deixara-se levar pelo sentimento que o banqueiro despertara nela, impacientando-se ante seu comportamento frio e reservado.

Bastava olhar para a noiva de Samuel para saber que ela se havia enfeitado especialmente para recebê-lo: trajava um vestido de seda em tom vermelho-escuro, que realçava seu talhe elegante, e prendera uma flor de granada aos cabelos negros, pequeno detalhe que valorizava ainda mais sua beleza exuberante. Cheia de expectativa, aproximou-se do banqueiro e estendeu-lhe a mão morena, que ele levou aos lábios com ensaiada polidez, fingindo não perceber o olhar ardente e apaixonado que ela endereçava ao seu rosto pálido e impassível.

No momento em que Aarão se afastou a pretexto de ir chamar os pais, Samuel falou à noiva acerca de coisas banais e folheou um álbum sobre a mesa.

Palidez e rubor alternavam-se no rosto de Rute, que indagava a si mesma por que seu noivo não aproveitava aqueles instantes de conversação íntima para, enfim, lhe dirigir algumas palavras de amor, nem demonstrar a afeição que o levara a pedir sua mão. Mas nada parecido aconteceu, e não tardou para que sua mãe chegasse, colocando um ponto final ao seu momento a sós. Rubor ainda mais acentuado coloriu as faces da noiva judia quando o banqueiro tocou-lhe pela segunda vez a ponta dos dedos trêmulos com seu bigode muito negro, antes de deixar a residência com uma fria saudação.

Incapaz de compreender a indiferença do futuro marido, intimamente ressentida em seu amor, Rute trancou-se em seu quarto e chorou de raiva, sentindo nascer em si um ciúme silencioso para o qual não encontrava objeto.

Samuel respirou aliviado ao deixar a residência da noiva e ordenou ao cocheiro que seguisse para sua casa de campo, onde poderia ficar mais isolado que na cidade. Sentia uma imperiosa necessidade de estar só. Um verdadeiro inferno parecia arder em seu coração, e pela primeira vez se lamentava por ter-se deixado levar pelo insidioso convencimento de Silberstein, a ponto de pedir a mão de sua filha em casamento. Só agora percebia que aquele gesto roubaria o pouco sossego que lhe restava; em breve ele seria observado dentro de sua própria casa, e seria forçado a fingir... Os sentimentos de Rute não lhe havia passado despercebidos, mas não despertavam nele senão cólera e repulsa. A chama nos olhos negros da jovem judia não teve o poder de subjugar-lhe a alma como os de Valéria, azuis como safiras, que pareciam refletir a pureza do céu mas acabaram por traí-lo.

A essa mera lembrança se apagou a imagem de Rute, ao passo que, com uma pungente luminosidade, a imagem sedutora de Raul e a perspectiva do dia seguinte passaram a assombrar a mente torturada de Samuel. Um ciúme selvagem pressionava seu coração, enchendo sua alma de amargura e revolta contra o destino, que ao aristocrata concedera beleza, fortuna, nobreza e o coração da mulher amada, enquanto que, a ele, despojara de tudo.

Samuel perambulou a noite inteira pelos jardins e aposentos desertos, atormentado por pensamentos e imagens de sua imaginação superexcitada. Só quando o sol começou a despontar no horizonte, aquele mesmo sol que dali a algumas horas iluminaria a cerimônia de casamento de Valéria, foi que o esgotamento fechou suas pálpebras para algumas horas de um sono agitado.

No quarto de Valéria, no palacete do conde M., a habitual arrumação havia sido quebrada pela presença de um grande baú de pau-rosa, magnificamente entalhado com aros de prata, forrado em cetim branco. Dentro vieram o enxoval e outros objetos que Raul enviara. Ela e Antonieta evidentemente já haviam examinado seu conteúdo, agora espalhado pela mobília: rendas colecionadas por mais de uma geração de mulheres da família do príncipe, cofres para joias, objetos preciosos, enfim, mil coisinhas que faziam o encanto das mulheres e que o príncipe havia reunido em grande quantidade para enfeitar seu ídolo.

Aquela a quem todos esses mimos eram destinados não estava agora no quarto. Sentada diante do espelho de seu toucador, deixava que Marta cuidasse de seu penteado para a cerimônia. Sua pele luminosa recobrara o viço; a palidez, a fraqueza e o desesperado desânimo haviam desaparecido. Somente um observador atento seria capaz de detectar em seus olhos azuis a melancolia silenciosa, pouco comum a uma jovem prestes a unir-se a um homem belo e amoroso.

Perdida em vagas quimeras, deixava os cabelos entregues aos cuidados da camareira numa atitude de completa indiferença. Somente a chegada de Antonieta foi capaz de arrancá-la de seus devaneios.

– Já te estás penteando? Mas são só quatro horas, minha querida!

– Sei que a cerimônia está marcada para as oito, mas minha toalete vai ser demorada, e o tempo que restar eu pretendo passar orando e refletindo, em sossego. E como eu quis que fosses a única a me ajudar, pedi que as damas de honra só viessem me buscar no momento de ir para o salão. Quando meu penteado estiver pronto, tu me poderás vestir.

Antonieta concordou e foi sentar-se junto ao toucador. Entusiasmada, falou acerca do rico conteúdo do baú que o príncipe enviara e cantou-lhe os muitos encantos.

Assim que o penteado ficou pronto, Antonieta pôs-se a vesti-la, ajudada apenas pelas duas camareiras de Valéria, Marta e Elisa.

– Este tecido bordado em prata é esplêndido – Antonieta comentou em italiano, enquanto ajustava as dobras e a cauda do luxuoso traje. - Mas o primeiro vestido de noiva me agradava mais, por causa das rendas magníficas que pertenceram à tua mãe.

- Cada um deles é adequado a seu destino - disse Valéria com um suspiro. - O primeiro era leve e vaporoso, como meus alegres sentimentos de então. Este é esplendoroso e pesado, como minha nova situação.

Depois de ter ajeitado o véu de seda e a grinalda de flores de laranjeira, Antonieta abraçou a amiga repetidas vezes.

- Agora vou deixar-te sozinha, minha querida - disse a cunhada com os olhos úmidos de emoção. - Pede a Deus que te ajude a esquecer completamente o passado e que te faça tão feliz quanto te fez bela e digna de ser amada.

Sozinha em seus aposentos, Valéria aproximou-se de um pequeno oratório e ajoelhou-se diante do grande crucifixo de marfim. Uma linda guirlanda de rosas brancas e flores de laranjeira, que a própria jovem havia confeccionado naquela manhã, e que ela encaixara como adorno na parte superior da cruz, perfumava agora aquele recanto de meditação com um aroma floral. A moça se entregou alguns minutos a uma prece fervorosa; em seguida, levantou-se, apanhou a grinalda de flores, erguendo a cortina de cetim que ocultava o oratório, e lançou um olhar ao redor do amplo aposento. Marta, que ainda se encontrava ali em discreto silêncio, ocupava-se em organizar alguns objetos espalhados pelo quarto. Com voz hesitante, Valéria chamou a criada, que se aproximou prontamente.

Marta era uma bela jovem de vinte e cinco anos, viçosa e jovial, se bem que um tanto simplória. A moça servia a condessa desde que esta deixara o internato, e parecia ser muito ligada a ela; porém, não lhe faltava a curiosidade própria dos criados, e ela era muito mais bem informada acerca dos negócios íntimos de sua patroa do que o noivo Raul.

- Escuta, Marta, posso confiar em ti? Prometes cumprir com discrição um recado de que quero te encarregar, que não posso confiar a mais ninguém?

- Oh, minha boa senhora! Como podeis duvidar de mim? Farei tudo quanto me ordenares, e minha boca permanecerá sempre fechada, como um túmulo.

- Eis do que se trata. Tu te lembras do jovem banqueiro Maier, que muitas vezes veio a esta casa antes de nossa partida para o casamento de meu irmão, não? Tive muita amizade por aquele rapaz infeliz, que se suicidou. Pois bem, quero que vás ao cemitério israelita e deposites esta grinalda no túmulo do senhor Maier, quando eu estiver na igreja. Podes fazer isso por mim?

Com lágrimas nos olhos, Valéria passou às mãos da camareira a grinalda que adornara o crucifixo de marfim. Para seu espanto, contudo, percebeu que o semblante da jovem criada se contraíra, como a expressar sentimentos conflitantes.

- Oh! - exclamou ela - Por vós, minha ama, eu daria minha própria vida para provar minha dedicação, mas isso que pedis... Se soubésseis... se eu ousasse... Jesus Cristo! Mãe Santíssima, ajudai-me!

- O que se passa contigo, Marta? - a condessa indagou, ao ver que a moça agia como se houvesse perdido o juízo. - Estás doente?

- Não, não estou doente, senhorita, mas não posso mais permanecer calada - a camareira lançou-se, trêmula, aos pés da patroa. - Devo dizer-vos algo que vos confortará e vos restituirá a felicidade. O senhor Maier não morreu!

- Que dizes? - Valéria apoiou-se contra o oratório, para não cair de costas. - Tu deliras, ou dizes a verdade?

- É a mais pura verdade, senhorita. O ferimento que o banqueiro fez a si mesmo em seu peito era grave, mas não foi fatal. Ele está restabelecido, e até... - Marta calou-se, antes de mencionar o recente noivado de Samuel, o que haveria de perturbar e despertar o ciúme de Valéria. - Senhorita, perdoai-me, mas sei que o senhor Maier vos deveria desposar e vos amava mais do que à própria vida. Estevão, um dos criados do banqueiro, é meu noivo e tudo me revelou. Ele estava entre as pessoas que cuidaram do patrão enquanto ele delirava. Digo-vos tudo isso na intenção de tranquilizar-vos, senhorita, assegurando-vos que vosso antigo noivo vive.

Tomada por extrema emoção, que quase a impedia de respirar, Valéria inclinou-se para a camareira:

- Estevão te disse de que maneira o senhor Maier tem enfrentado os recentes acontecimentos? - ela perguntou, finalmente.

- Ah, senhorita, Estevão me disse que é de dar dó ver um homem tão desesperado. O pobre rapaz jamais há de esquecer que perdeu seu grande amor. Como um condenado, anda pra lá e pra cá dia e noite, e mal toca as refeições que lhe servem. Às vezes parece tão sombrio e aflito, que se teme que ele volte a atentar contra a própria vida. Por essa razão, meu noivo e outro criado o vigiam às escondidas! Não vos preocupeis, senhorita, pois eles o observam continuamente. Estevão é como se fosse os próprios olhos do patrão - a criada aproximou-se da ama e falou-lhe baixinho: - Hoje, depois do almoço, meu noivo veio me ver por um breve instante e contou-me que o senhor Maier decidiu ir para sua casa de campo. Em seu jardim há um grande lago. Estevão apressou-se a voltar para lá, para não perder o patrão de vista. O pobre rapaz enfrenta nova crise de infelicidade e mais parece um espectro, segundo contou o criado responsável pela casa.

- Está bem, Marta. Já basta - murmurou Valéria, deixando-se cair numa poltrona, num estado de alma difícil de descrever. - Agora deixa-me, por favor.

Ela nem sequer percebeu que a camareira saíra. Um só pensamento gritava-lhe na alma: "Samuel está vivo!". O que antes era uma sombra tomava forma e cor. Seu antigo noivo agora vagava pela vida qual alma penada, ferido em seu amor e acreditando que ela fosse uma traidora egoísta. Quem sabe ele estivesse mesmo pensando em tentar se matar uma segunda vez, agora com mais precisão, pondo termo àquela existência que ela havia envenenado e destruído? Quem sabe ele soubesse que naquela tarde ela se casava, estando prestes a jurar eterno amor e fidelidade ao príncipe, enquanto ele era arrastado pelo desespero...

Valéria levantou-se, segurando a cabeça entre as mãos. Seu rosto ardia, o coração parecia fazer-se em pedaços e o corpo tremia. Como poderia permitir que Samuel voltasse a tentar se matar sem nada fazer para impedi-lo, sem arriscar-se a dizer-lhe que não era tão culpada quanto ele supunha, e sem ter chance de rogar-lhe que não atentasse contra a própria vida?

A superexcitação cega, tão própria do caráter de Valéria, que em momentos de forte emoção a privava da razão, arrastando-a às mais insensatas atitudes, foi se apoderando de sua alma num crescendo. Tudo estava esquecido: o noivo, o casamento dali a duas horas, os riscos que enfrentaria. Um único e obsessivo pensamento a dirigia: tornar a se encontrar com Samuel, pedir que a perdoasse e fazer o possível para convencê-lo a prosseguir vivendo.

Trêmula, porém decidida, ela se levantou, olhando ansiosamente ao seu redor, foi até o guarda-roupa e apanhou um grande manto encapuzado e um espesso véu, cobriu-se e ocultou o rosto. Em seguida, pegou uma bolsa e desceu para o jardim, levando no braço a cauda de seu traje nupcial. Ninguém reparou, uma vez que os criados estavam ocupados com os preparativos da festa; sem dificuldade, chegou a um portão secundário, que dava para uma rua estreita; chamou uma carruagem e disse ao cocheiro o endereço da casa de campo de Samuel, depositando-lhe duas moedas de ouro na mão calejada.

– Uma moeda para ir, uma para voltar, se prometeres conduzir-me em dez minutos e esperar até que eu retorne.

Valéria conhecia bem a casa; ordenou ao cocheiro que não estacionasse na entrada principal, mas um pouco adiante, junto a uma porta de bronze que dava nos jardins. Seus pés pequeninos, calçados de cetim, pareciam deslizar sobre o solo. Ao final da primeira alameda de árvores, avistou a superfície espelhada do lago, que cintilava em meio à vegetação. Um pouco mais adiante era possível ver o telhado e a pequena torre.

Caminhava perscrutando com olhar ansioso os bosques desertos. De repente estancou, estremecendo. E se Samuel estivesse no interior do prédio? Ali ela não ousaria entrar. Ao aproximar-se do lago, deteve-se novamente, trêmula, e ocultou-se à sombra de densa folhagem. A alguns passos, saindo de uma aleia lateral, vinha um homem imerso em pensamentos, os braços cruzados.

Logo reconheceu o antigo noivo, o rosto pálido, magro, transformado. No semblante, que a máscara da impassibilidade não cobria agora, podia ver confirmadas as palavras de Marta: um inferno de paixões tumultuadas, todas as torturas que o amor e o ciúme despertam na alma humana.

Junto ao grande lago, à sombra de antigo castanheiro, havia um banco. Exausto, o rapaz deixou-se cair ali, deitando a cabeça para trás, como se buscasse uma posição para conseguir respirar. Cobriu o rosto, em que a dor estava estampada, com as mãos, e permaneceu imóvel. Sem poder mais conter-se, Valéria pôs-se a caminhar na direção dele. Samuel não notou sua aproximação. De pé, junto ao banco, a condessa estendeu o braço e tocou o ombro de seu antigo noivo, enquanto murmurava seu nome com emoção.

Ele ergueu-se e contemplou a mulher diante dele, de rosto coberto por um escuro véu. Quem poderia ser? A voz que dissera seu nome parecia ter um timbre familiar. Não, aquilo só podia ser fantasia de seu coração atormentado. Afinal, naquele momento certamente Valéria se preparava para seu casamento. Talvez fosse Rute, pensou. Contudo, a mão alva, translúcida e de dedos afilados que sustinha o manto não se poderia confundir com a mão morena e robusta da moça judia.

- Quem sois e o que fazeis aqui? - Samuel indagou bruscamente, procurando repelir as insensatas suposições que lhe dançavam na mente.

Não obtendo resposta e sem paciência para perguntar novamente, querendo apenas *saber*, o rapaz levou a mão ao fecho que prendia o manto e, sem pensar na indiscrição, arrancou-o de um só golpe dos ombros da desconhecida. Samuel recuou, deixando escapar um grito rouco da garganta: era Valéria, mais bela do que nunca em um magnífico traje nupcial, a cabeça cingida por uma espécie de auréola que o longo véu de renda desenhava.

- Ah, meu querido! Se soubesses o quanto sofri por te acreditar morto - ela disse, estendendo para ele as mãos postas como em prece, enquanto lágrimas rolavam por suas faces muito alvas. - Apenas hoje soube que estavas vivo. Perdoa-me...

Respirando com dificuldade, a mente em verdadeiro turbilhão, o jovem devorava com os olhos aquela aparição inacreditável. A ideia de que a criatura a quem amava e que lhe havia sido roubada estava (e tão belamente ornada!) prestes a unir-se a outro homem fazia seu peito convulsionar; sua vista escureceu como se passasse uma nuvem.

- Como podeis falar em perdão, condessa? - ele conseguiu dizer com voz abafada, assim que recuperou certo equilíbrio. - Afrontastes-me com a mais vil traição, um perjúrio que me dilacerou a alma, e ainda vos julgais merecedora do meu perdão? Nada mais existe entre nós, e fostes vós quem o quisestes, para vos tornares hoje princesa de O. Certamente, tudo nesse belo exemplar de aristocrata vos satisfaz, alimenta vosso orgulho... Pois que seja como desejais, sede feliz com o príncipe! E então, o que viestes fazer aqui? Satisfazer vossa curiosidade mórbida? Certificar-vos de que meu sofrimento não tem fim? Eu, o presunçoso que ousou erguer a mão para colher uma estrela... Viestes escarnecer de minha antiga audácia, ou quem sabe pretendeis ferir meu coração doente com a visão de vossa beleza infiel, aparência enganadora que oculta uma alma vil e corrompida? Não vos bastou saber que quase consegui pôr fim à minha vida? Pois bem, agora que já me vistes, voltai ao vosso festim e aos braços de vosso eleito. Contai a ele que vossa vítima está completamente infeliz.

- Samuel, Samuel - protestou Valéria, interrompendo-o. - O desespero te rouba o discernimento. És cruel e injusto ao me dirigires palavras tão duras. Não podes acreditar de verdade que eu seja frívola e perversa a ponto de vir até aqui para divertir-me à custa de teus sofrimentos, dos quais sou a causa. Antes de me julgar, escuta o que tenho a te dizer. Se soubesses o quanto tenho sofrido, não me repelirias dessa forma! Foi para implorar-te que me perdoes que eu fugi.

A voz suplicante da mulher adorada, suas lágrimas e a dor evidente em seus olhos de safira, cujo poder sobre ele permanecia absoluto, acabaram por tocar o coração do banqueiro, que ficou mais calmo.

– Fala, então! – ele pediu, correndo a mão pelos cabelos que se colavam à sua fronte úmida. – Convence-me de que não vieste até aqui para te divertir.

Com esforço, Valéria narrou-lhe tudo o que havia acontecido desde o momento em que se haviam separado: a enfermidade de Raul, as súplicas do conde Egon e a notícia de sua morte, que a deixara desenganada e lhe esgotara as lágrimas.

– Fui torpe e desleal com o homem com quem devo me casar – finalizou a condessa, enquanto lágrimas rolavam em suas faces. – É a ti, Samuel, que eu amo, embora não possa mais pertencer-te. Vim implorar teu perdão e a promessa de que não mais atentarás contra tua vida. Oh, não permitas que caia sobre mim uma responsabilidade tão pesada, que está me tirando a razão.

O desespero de Samuel se diluía à medida que a escutava, e uma insensata euforia vinha tomar-lhe o lugar. Ele se alimentava de cada som que Valéria articulava. Era a ele que ela amava, *ele*, e não ao príncipe, belo como um semideus. Diante de tal convicção, qualquer outro sentimento se dissipara, restituindo-lhe a felicidade. Agora era uma questão de mantê-la a qualquer preço!

– Valéria, minha vida, meu anjo adorado! – ele exclamou, apertando-a de encontro ao seu peito arquejante.

Cobrindo o rosto da jovem com beijos ardentes, o rapaz parecia querer sufocá-la naquele terno abraço, que punha fim a todos os tormentos que sofrera até ali.

Valéria também se sentia vencida. Tudo o mais havia perdido a importância, o passado e o futuro. Nem mesmo se lembrava de que estava vestida para jurar fidelidade a outro homem. Tudo que importava era entregar-se àquele sentimento de pura felicidade. Samuel a amava, concedia-lhe o perdão e nada mais existia, salvo aquele momento.

O que a jovem condessa ignorava era que, dez minutos após sua saída do palácio de M., Antonieta havia retornado a seus aposentos com um recado do conde Egon. Não a encontrando no quarto, nem no pequeno oratório, nem nos recintos próximos, a amiga se afligira. Chamando a camareira, pergunta-lhe onde se encontrava sua ama. Muito pálida, Marta se afligiu, e o óbvio sinal de consciência pesada despertou um triste pressentimento em seu espírito perspicaz. Com uma severidade que lhe era incomum, ordenou à criada que confessasse por que tamanha perturbação diante de uma simples pergunta. Trêmula e incapaz de conter as lágrimas, a camareira acabou por reproduzir a conversa com a ama, jurando, porém, ignorar o paradeiro da jovem. Sem dizer mais nada, Antonieta levou a criada até o grande guarda-roupa de Valéria, onde constataram que o manto de capuz e o véu negro haviam desaparecido.

– Criatura tola e insensata! – bradou, pálida de contrariedade. – Compreendes agora o resultado de tua tagarelice? Onde Valéria poderá ter ido?

– À casa do senhor Maier, senhora. Eu disse à condessa que o banqueiro estava lá – respondeu, receosa.

– Está bem, está bem. Fica aqui, criatura, e vigia para que ninguém entre neste quarto até que eu volte – decretou Antonieta.

Mais morta que viva, ela se lançou aos aposentos do marido, que se surpreendeu ao vê-la entrar como um furacão, e sem ainda estar vestida para a cerimônia. No entanto, quando soube o que acabava de se passar, pensou no terrível escândalo, no ultraje não merecido por Raul e pela princesa.

– Preciso encontrar aquela louca furiosa! – disse, vestindo apressadamente o sobretudo. – Irei à casa de Maier e trarei minha irmã de volta, viva ou morta!

– Deixa-me ir contigo – suplicou Antonieta. – Eu conseguirei trazê-la à razão.

– Está bem, mas tens dois minutos para te vestires. Temos uma hora até a chegada das damas de honra. É mais do que o tempo necessário. Veste uma capa e vem logo encontrar-me na viela ao lado do palácio. Vou depressa chamar uma carruagem.

Quinze minutos mais tarde, o casal descia à porta do jardim da casa de campo de Samuel Maier. A poucos metros estava outro coche de aluguel.

- Quem trouxeste até aqui? - Rodolfo indagou, atirando uma moeda ao cocheiro.

- Uma dama coberta dos pés à cabeça por um manto, senhor. Ela tinha o rosto coberto por um véu. Pude ver que usava um vestido de cetim branco por baixo do manto. Ordenou-me que a esperasse aqui.

Rodolfo respirou aliviado, e após ter dito aos cocheiros dos dois veículos que o aguardassem, entrou com Antonieta no jardim, onde se viu impedido de continuar por ignorar a direção que deveria seguir.

Não tinham dado mais de dez passos quando foram abordados por um rapaz que apareceu de trás da folhagem e se dirigiu até ele.

- Procurais pela condessa Valéria, senhor conde?

- Sim, onde está ela?

- Ali, junto ao lago. Sei porque temos vigiado o senhor Maier noite e dia, sem que ele veja. O patrão encontra-se num estranho estado de espírito desde a tentativa de suicídio. Sou Estevão, criado desta casa. Outro está postado ali, mais adiante.

- Pois então conduze-nos até lá o mais rápido possível - pediu o conde, antes de voltar-se para a esposa. - Agora minha irmã está à mercê de lacaios - sussurrou, encolerizado. - Essa brincadeira ultrapassou todos os limites! Que afronta!

Enquanto isso se passava, Samuel tivera tempo para recuperar-se da embriaguez inicial por ter novamente nos braços o tesouro que julgara perdido para sempre. Sentia-se cheio de energia. Queria viver e defender a todo custo o bem que reconquistava. Erguendo o rosto que Valéria mantinha apoiado contra seu peito, mergulhou seu olhar fascinante nos olhos úmidos da condessa.

- Minha amada, tu me amas e ficarás comigo, não é? - indagou com voz suave e carinhosa, cujo poder ele já havia testado. - Estás livre ainda e a felicidade está em nossas mãos, Valéria. Deixemos a cidade, meu anjo adorado, e vamos viver onde bem quiseres. Raul nada significa para teu coração, não será um sacrifício abandoná-lo. Sabes que eu não suportaria que te tornasses esposa de outro depois de te haver reconquistado - Samuel ergueu os olhos ao ouvir rumor de passos. - Já procuram por ti...

Essas palavras a trouxeram de volta à realidade. Como se recuperasse a razão, pensou no quanto a família a censuraria por seu ato imprudente. Compreendeu também que seu comportamento era um ultraje para Raul, que lhe rogara dizer a verdade.

- Tu me pedes o impossível, Samuel - ela disse, de repente, afastando-se. - Tenta entender. A essa altura, os convidados já se reúnem em nosso palácio e na igreja. Não tenho direito nem razão para abandonar meu noivo e fugir uma hora antes do casamento. Esquece-me, por favor! Pelo menos tivemos a chance de nos entender, pude me justificar contigo e receber teu perdão. Sou feliz agora que nenhuma sombra se interpõe entre nossas almas. Tu me amas e juraste viver.

- Eu jurei viver, mas *para ti*, Valéria - retrucou Samuel, os olhos sombrios e ansiosos. - Acreditas que eu renunciaria a ti depois desse momento de ventura, só por causa dos mexericos dessa gente que nada compreende e que ignora a razão de nossas ações? Mais uma vez tu és fraca e covarde! Tens o coração cheio de amor por mim, e estás disposta a trair o príncipe que acredita em ti, perjurando diante do altar? Como isso se concilia com tua religião? Criança vacilante e insensata! Ousarás oferecer teus lábios abrasados pelos meus beijos a esse homem? Não, acabou, tu me pertences!

Samuel enlaçou Valéria pela cintura e apertou-a contra seu peito.

- Deixa-me! Não posso... - exclamou enquanto o afastava, torcendo as mãos. - Tenho que partir, não posso comprometer a honra de Raul. Ele não merece isso.

- O verdadeiro amor não discute nem dá ouvidos a intrigas - afirmou o banqueiro com voz sôfrega e olhos faiscantes, tomado por uma ira que agora eclodia. - Só sabes dizer Raul, Raul! Afinal, se tu o amas, por que vieste me procurar em minha casa? A menos que me queiras como amante, por vergonha de me ter como marido.

Valéria recuou, enrubescida.

- O que ousas dizer? Com que direito me ofendes dessa forma? Adeus, Samuel, trata de voltar à lucidez... Vou embora!

A condessa não chegara a dar dois passos, quando a mão de ferro do banqueiro a reteve pelo braço, impedindo-a de sair do lugar.

- Enganas-te, pois não hás de partir! Tu me amas e ficarás comigo. Até amanhã és minha prisioneira - Samuel decidiu, com voz alterada.

Sua resistência imprevista e o medo de perdê-la, a despeito de tudo, roubaram-lhe o discernimento e qualquer domínio sobre si mesmo.

- Vem - repetia, tentando arrastá-la.

Valéria recuou, apavorada. Agora, temia aquele homem enlouquecido pelo ódio e por uma paixão avassaladora. Sua fisionomia desesperada, cujos olhos pareciam lançar chamas, pouco lembrava o semblante discreto e amoroso do Samuel que ela tinha conhecido. Compreendia tarde demais a imperdoável imprudência que cometera.

- Deixa-me! - ela tornou a pedir, debatendo-se.

O véu da jovem condessa, que se havia prendido à corrente do relógio de Maier, acabou por ficar em tiras durante essa luta. Apesar da resistência de Valéria, o rapaz tomou-a no colo, decidido a levá-la para sua casa.

Nesse momento, Rodolfo e Antonieta apareceram no final da alameda que terminava no lago. Vendo que a irmã se debatia no colo do banqueiro, que evidentemente a arrastava a contragosto, o jovem oficial deu um grito de cólera e tirou uma pistola de seu bolso. A voz de Rodolfo chegou aos ouvidos de Samuel; vendo que o conde se aproximava para impedir sua retirada rumo à casa, parou, enfurecido; sabia que agora tudo estava perdido; a condessa conseguiu deslizar para o chão, mas foi mais uma vez agarrada pelo banqueiro, que recuou alguns passos, na direção do lago.

- Já que não podes viver comigo, hás de morrer comigo - Maier exclamou, precipitando-se com Valéria no lago.

- Traidor! Assassino! - Rodolfo gritou, lançando fora o sobretudo e atirando-se atrás dele.

Os dois criados de Samuel, que haviam se aproximado, também se atiraram no lago, assim que viram Samuel e sua vítima reaparecerem na superfície.

O pesado vestido de Valéria, compacto demais para se embeber tão rápido, inicialmente inflou qual um balão; por um momento ela permaneceu boiando, mas logo começou a afundar. Rodolfo era excelente mergulhador e depressa conseguiu alcançar a irmã e retirá-la do lago. Os dois criados de Samuel ocuparam-se dele, que, com o choque da água fria contra o corpo superexcitado, acabara por perder os sentidos. Rodolfo acomodou Valéria sobre o banco, e Antonieta, trêmula em consequência dos tumultuados acontecimentos, enxugou-lhe o rosto e prestou-lhe os primeiros socorros.

- Esse canalha miserável! - Rodolfo murmurou entredentes, enquanto tornava a vestir o sobretudo por cima da camisa encharcada e lançava um olhar de desprezo e cólera na direção de Samuel, que os criados tentavam reanimar.

Rodolfo levantou a irmã, envolveu-a no manto negro e se dirigiu para a saída.

- Não precisamos mais de ti, amigo - disse o conde ao cocheiro que trouxera Valéria, depois de havê-la acomodado no segundo coche. - Eis a moeda prometida. Trata de esquecer o que se passou aqui. E tu, meu velho - dirigiu-se ao condutor do outro veículo -, encontra uma maneira de nos deixar em casa em dez minutos, nem que para isso tenhas que esfolar teus animais. A recomendação que dei ao outro cocheiro vale também para ti: esqueça tudo quanto viste e ouviste.

De volta, depois de haver colocado a irmã no leito, fechando a porta aos olhares indiscretos, o jovem conde e Antonieta suspiraram aliviados; ninguém os vira nem nos jardins, nem nas escadas e, para a alegria de ambos, Valéria finalmente abria os olhos.

- Ufa! A pior parte de nossa tarefa foi concluída - desabafou o conde. - Mas como se há de vestir essa louca? Seu traje está estragado, e daqui a vinte minutos vão começar a se reunir.

- Não te preocupes com isso - Antonieta tranquilizou-o, já tendo retomado o sangue frio. - Vou colocá-la naquele vestido que veio de Paris para o casamento com Maier. Quanto a ti, meu amor, vai trocar de roupa antes que te resfries; depois, trata de fazer as honras da casa e recebe os convidados; em uma hora a noiva estará pronta e entrará no salão.

Antonieta encarregou-se de fazer com que as coisas funcionassem, chamando as camareiras Marta e Elisa para ajudá-la. Ninguém mais deveria entrar ali. Juntas, as três despiram Valéria e friccionaram-lhe o corpo enregelado com panos de flanela e em seguida lhe deram uma taça de vinho. Enquanto as camareiras desempacotavam os papelões contendo a segunda toalete de noiva, Antonieta se aproximou de sua amiga, que, quieta e com o olhar fixo, se deixava conduzir, e lhe ofereceu o vinho:

- Bebe, Valéria - disse ela em tom grave e com olhar severo -, e trata de manter a calma. Puseste em risco tua honra e a de Raul numa imprudência estarrecedora. Recupera tuas forças e nos ajuda a manter oculto esse incidente escandaloso. Deves aparecer diante de teu noivo e dos convidados sem levantar suspeita.

Valéria se endireitou, pegou o copo e esvaziou-o.

– Estou forte e pronta para me vestir – garantiu, enquanto um rubor febril subia-lhe às faces.

Ela se levantou e ajudou as camareiras a vesti-la. Seus cabelos molhados foram passados a ferro quente entre dois panos, para serem trançados em seguida, pois não havia tempo para um novo penteado. O restante da toalete foi rapidamente concluído e, antes que se passasse uma hora, a noiva entrava no salão pelo braço do pai. Estava mais linda do que nunca e o rubor de suas faces foi atribuído à emoção. Ao ver a irmã já instalada na carruagem que a levaria à igreja, Rodolfo suspirou aliviado, indo acomodar-se ao lado de Antonieta em outro veículo.

– Não me esquecerei deste dia tão cedo. Graças a Deus tudo saiu bem.

– Foram horas terríveis mesmo. Como viste, eu não estava errada quando previ que nossa desonestidade acabaria por produzir maus frutos. Pobre Samuel! Enlouqueceu com o desespero.

– Um canalha enraivecido é o que ele é! – resmungou o conde, torcendo o bigode. – Maldição! Quem iria prever essa paixão no coração de um judeu?

Quando Raul ofereceu a mão a Valéria para conduzi-la ao altar, o febril rubor das faces da jovem havia dado lugar a uma acentuada palidez. Toda a verdade das palavras de Samuel apresentava-se agora ao seu espírito com aterradora nitidez: com o coração repleto dele, de cujos braços acabara de ser arrancada, iria jurar falsamente amor e fidelidade a outro.

– O que há contigo, minha amada? – indagou o príncipe, inclinando-se para ela, inquieto e temeroso. – Estás lívida!

O tom amoroso da voz de Raul e seu olhar terno e ansioso ajudaram Valéria a tornar a si.

– Não é nada – ela respondeu com um leve sorriso. – Apenas uma dor de cabeça de nervosismo, desde manhã. Mas não te preocupes, Raul. Há de passar.

Reunindo a energia que lhe restava, Valéria ajoelhou-se diante do altar. De seu coração ferido partiu uma prece sentida ao Criador, pedindo-Lhe forças para o cumprimento de seus deveres, para não perjurar em momento tão solene.

Finda a cerimônia, todos se dirigiram ao palácio do conde de M. Antes da ceia, os recém-casados ausentaram-se momentaneamente, a fim de trocar de roupa; partiriam para a Espanha em lua de mel às seis da manhã.

Cerca de vinte minutos mais tarde, Valéria, a nova princesa de O., voltava ao salão do palácio para receber os cumprimentos dos convidados, sempre amparada pelo braço do marido. Aparentava estar alegre. Amável, respondia com sorrisos ao olhar radiante de Raul. Somente Antonieta foi capaz de perceber o brilho febril e doentio dos olhos da amiga, e a maneira como ela por vezes estremecia.

- Minha querida, tuas mãos queimam e estás trêmula - observou num momento em que ficaram a sós. - Receio que aquelas águas geladas te fizeram apanhar um resfriado. Terás forças para suportar a viagem?

- Não te aflijas - respondeu Valéria, esforçando-se para dominar o mal-estar que dela se apoderava.

A agitação provocada pelo breve adeus ao conde Egon e a Rodolfo ajudou a manter o ânimo da jovem esposa por mais algum tempo. Quando por fim ficou a sós com o marido na carruagem, suas forças se esvaíram. A cabeça rodava, enquanto calafrios sacudiam-lhe o corpo.

Plenamente feliz por ver-se, enfim, livre de terceiros, Raul trouxe Valéria para junto de si e e a beijou; porém, ao sentir que ela tremia, perguntou assustado:

- Meu Deus! Estás mesmo doente?

- Não. Sinto apenas um pouco de fraqueza - a jovem princesa apoiou a cabeça no ombro do esposo.

O trajeto entre o palácio do conde de M. e o do príncipe não era longo; cerca de meia hora mais tarde a carruagem estacionou, e um criado impecavelmente vestido veio abrir a porta do veículo. Raul saltou para ele mesmo ajudar a jovem esposa a descer, porém, mal Valéria apoiou o pé no estribo, seus olhos se fecharam e ela desfaleceu. Se ele não a tivesse tomado nos braços, seu corpo se projetaria sobre a calçada. Apavorado, o príncipe mandou que chamassem um médico com urgência e carregou-a até seus aposentos, onde a colocou no leito.

Auxiliado por Marta e Elisa (que já se haviam transferido para o palácio de O.), Raul apressou-se em prestar os primeiros cuidados à esposa, que ainda não recobrara os sentidos. Com mãos trêmulas, o príncipe fez com que ela aspirasse essências para depois friccionar-lhe os pés gelados. Em sua aflição, o jovem decidiu enviar um criado ao palácio de M. para colocar Antonieta a par do ocorrido.

Pouco mais tarde, ela e Rodolfo chegavam junto ao leito de Valéria pálidos e inquietos, quase ao mesmo tempo que o médico. Este declarou que a moléstia na verdade era um resfriado agravado por algum abalo nervoso, e que naquele momento não poderia fazer nenhuma projeção.

Raul desesperou-se, e Rodolfo procurou tranquilizá-lo; sugeriu que se retirassem do quarto, sob o pretexto de deixar Antonieta mais à vontade para executar as ordens do médico. Na verdade o conde temia que Valéria, que agora tornava a abrir os olhos com expressão assustada e febril, deixasse escapar palavras indiscretas em um possível delírio, dando a conhecer ao príncipe a verdadeira causa daquela súbita enfermidade.

Todavia, tudo correu melhor do que se esperava. O remédio prescrito provocou salutar efeito sobre o organismo de Valéria, induzindo um sono profundo e suor abundante. Quando, quase ao final da manhã do dia seguinte, a princesa despertou, encontrava-se em pleno uso da razão, embora abatida pelo cansaço.

Ao avistar Raul, que velara seu sono ao lado de Antonieta e agora se inclinava para ela, ansioso, um vivo rubor cobriu suas faces pálidas; sentiu-se envergonhada e culpada diante do coração honesto e confiante daquele homem que a amava com um sentimento puro e dedicado. Impulsionada pelo remorso, Valéria enlaçou o pescoço do marido.

– Meu bom e querido Raul – ela murmurou, trazendo-o para junto de si. – Perdoa-me pelo susto que te fiz passar. Mas já estou quase bem, agora.

O médico, igualmente satisfeito com o estado da paciente, declarou-a fora de perigo e sugeriu um período de quinze dias de repouso e tranquilidade, para que ela se restabelecesse completamente. Proibiu, todavia, que empreendesse a planejada viagem de núpcias com o marido. Valéria ficou satisfeita com a decisão do médico, pois naquele momento não tinha o menor desejo de viajar; mas buscaria sinceramente reparar a ofensa moral a Raul, esforçando-se para repelir a todo custo a lembrança de Samuel, e a imagem dele. Sua alma e seu corpo realmente precisavam de sossego.

Valéria mostrava-se terna e amorosa com o esposo, que cuidava dela com desvelo, buscando descobrir o menor dos desejos em seus olhos. Ela se recuperava rapidamente. Apenas a palidez de seu rosto fazia lembrar o terrível incidente que precedera suas núpcias.

Antonieta e Rodolfo não cabiam em si de alegria por tudo ter terminado bem. Visitavam a jovem princesa com frequência, e contaram ao conde Egon as peripécias que precederam o casamento da filha. O assombro e a ira do aristocrata foram imensos. A louca paixão de Samuel, que o levara a tentar afogar Valéria, encheu o coração do fidalgo de um ódio cego contra o banqueiro. Mas em nenhum momento lhe passou pela cabeça repreender a insensatez sem precedentes da filha.

– Aquele canalha judeu seria capaz de tudo – disse ele, zangando-se com o barão Maurício, que ousara imputar culpa a Valéria, alegando que qualquer homem apaixonado teria procedido como Samuel naquela situação.

Certa noite, após o jantar, duas semanas depois do casamento, Rodolfo e Antonieta decidiram passar um dia na residência de um amigo que residia fora da cidade. O tempo estava magnífico e oportuno para um agradável passeio.

Para chegar a essa casa de campo, era necessário passar por um subúrbio distante, através de diversas ruas afastadas, habitualmente desertas. Para surpresa do casal, entretanto, algum fato de raro interesse atraíra para fora de casa toda população do bairro, em sua maioria pessoas de aparência tipicamente semítica, de vestes rotas e ensebadas. Essa curiosa e barulhenta multidão reunia-se ao redor de um grande edifício ladrilhado, de janelas gradeadas, diante do qual estacionava uma fileira de elegantes carruagens. A rua estava de tal modo congestionada, que o veículo do conde foi obrigado a parar.

Admirados, os jovens esposos quiseram descobrir o que se passava.

– O que significa esse aglomerado de judeus? – Rodolfo indagou ao cruzar um guarda. – Acreditas que ficaremos retidos aqui por muito tempo?

– Senhor conde, celebra-se um grande casamento na sinagoga – respondeu, reconhecendo o jovem conde, que era muito conhecido em Budapeste. – O milionário banqueiro Maier desposa hoje a senhorita Silberstein, filha do corretor de valores, e como nesta ocasião eles distribuem grandes esmolas, as pessoas vieram em bando. Mas não vos preocupeis, vou abrir caminho para vossa carruagem. Além disso, a cerimônia já terminou e os noivos se retiram.

Mudos de assombro, Rodolfo e Antonieta olharam para a escadaria do edifício, onde se podia avistar um homem de casaca e gravata branca, tendo a seu lado uma jovem vestida em cetim branco, coberta por um longo véu de renda; viram os dois tomarem assento numa carruagem puxada por esplêndidos cavalos brancos. Um caminho estreito foi sendo aberto entre a multidão, e não demorou para as duas carruagens, andando lentamente, ficarem lado a lado.

Era de fato Samuel Maier, cujo rosto sombrio e rígido mostrava-se pálido qual uma máscara de cera. Ao avistar Rodolfo, uma expressão de ódio mortal surgiu nos olhos do banqueiro; este foi o único sinal de reconhecimento trocado. Cada veículo desapareceu em direção oposta.

– É Samuel mesmo e ele se casou – murmurou Antonieta, desconcertada. – Inacreditável.

– Pois eu penso que é fabuloso! – exclamou Rodolfo, soltando-se sobre as almofadas, num acesso de riso. – Aí está uma solução que, espero, venha a desencantar minha irmã de uma vez por todas. Incrível a rapidez com que Samuel esqueceu Valéria! Prático como todo homem judeu, ele depressa encontrou uma bela consoladora, tão morena quanto a nossa é loira e louca. Hahahá... Esse desfecho é definitivamente impagável.

– Julgas pela aparência – comentou Antonieta, balançando a cabeça. – Para mim, o casamento precipitado de Maier foi outro ato inspirado pelo desespero, e prova mais do que nunca o quanto ele pensa em Valéria. Há um abismo de sofrimento moral no semblante desse rapaz, que não teve um único olhar para sua bela esposa.

– De minha parte, nada vi em Maier senão ódio. Vós, mulheres, encontrais sempre uma maneira de poetizar, até mesmo sobre um judeu avarento que, com a insolência de sua raça, quer se infiltrar em toda parte.

– Samuel não é um avarento. Eu me nego a partilhar do desprezo que tu e teu pai nutris por ele – respondeu Antonieta com desaprovação. – O meio que ele empregou para obter a mão de Valéria não foi nada nobre, é verdade, mas ele compensou sua falta inicial entregando os papéis da dívida nas mãos da tua irmã, assim que se soube amado por ela. Não te esqueças de que tu e ela deram vossa palavra a Samuel, e que por orgulho de raça cometemos um grave erro contra esse homem a quem, sem qualquer justificativa, impusemos sofrimentos morais cuja extensão não podemos medir. De qualquer maneira, devo avisar Valéria o mais rápido possível desse acontecimento, para evitar que ela descubra na presença de Raul e desperte suspeitas com uma reação imprópria.

– Sim, sim. Amanhã mesmo deves contar tudo a ela. Raul estará a serviço e Valéria terá tempo para recobrar a calma. A notícia de que Otelo se casou depois de ter tentado afogar sua Desdêmona talvez seja suficiente para fazê-la recobrar o juízo. De mais a mais, não consigo entender como uma mulher que tem por marido um homem de beleza incomparável, um cavalheiro até a raiz dos cabelos, pode ficar chorando por esse judeu mal lavado. Está certo quem diz que o coração da mulher é um poço de inconsequências!

- És mesmo incorrigível, Rodolfo. Um judeu do nível de Samuel Maier se torna um homem formoso e espiritual, digno de ser amado. Além disso, o coração não leva em conta a origem ou o exterior das pessoas para se deixar conquistar. Tu mesmo seria menos belo que Raul, em termos clássicos, mas por nada neste mundo eu te trocaria. Quero-te assim como és. Pensas que eu não te amaria mesmo se fosses judeu?

- Céus, Antonieta! O que dizes? Agradeço a Deus por não ter que experimentar a força do teu amor a tal ponto. Tenho que me dar por vencido diante de teus argumentos.

- No que fazes muito bem - a jovem esposa respondeu com bom humor. - Essa força íntima que chamamos de amor zomba dos preconceitos e do orgulho. Quase lamento não ter nascido judia, para te castigar...

A carruagem parou, pondo fim à conversa.

Na manhã seguinte, ao chegar ao palácio do príncipe, Antonieta cruzou com Raul, que descia as escadas em seu uniforme militar.

- Que bom teres vindo tão cedo! - ele saudou cordialmente a prima, agora também sua concunhada. - Peço-te que entretenhas minha pobre fada, que o serviço me obriga a deixar só esta manhã.

- Como está Valéria?

- Está muito bem. Teve um sono tranquilo esta noite. Está tão disposta, que concordou em ir à ópera na segunda, assistir à Patti[2] na estreia da *Lúcia di Lammermoor*. Espero que tu e teu marido nos acompanhem.

- Sem dúvida; será um prazer. E agora deves te apressar ou serás preso pelo teu superior! - e, após um aperto de mão, os dois se separaram.

Valéria se encontrava em sua saleta particular, verdadeiro refúgio de delícias, forrado de cetim branco bordado em prata e adornado pelas mais raras flores. Recostada contra as almofadas do divã, folheava um álbum de retratos de celebridades do mundo artístico, que Raul lhe dera de presente

---

2 Adelina Patti, cantora lírica famosa no século XIX, aclamada nas principais capitais europeias.

naquela manhã. Ao avistar Antonieta, um sorriso alegre iluminou seu rosto ainda abatido e, estendendo a mão, convidou-a a se sentar ao seu lado.

– Obrigada por vir partilhar minha solidão. Olha que curioso o álbum que Raul me deu. Queres folheá-lo comigo ou preferes conversar? Posso ver em teus olhos que tens algo de interessante para me contar.

Antonieta levantou-se e, após se certificar de que o aposento contíguo estava vazio, voltou a sentar-se junto de Valéria.

– Estás certa, tenho algo a te contar. Mas como não é uma notícia agradável, julguei prudente aproveitar a ausência de teu marido. Espero que tenhas tempo para te recompor antes que ele volte.

– Não te compreendo – disse Valéria, trêmula, o olhar ansioso. – O que queres dizer? Será algo relacionado a... Samuel? Por piedade, não me aflijas. Não podes imaginar o quanto sofro pensando nele. Aconteceu alguma coisa? Ele está doente?

– Não, não, tranquiliza-te, minha pobre Valéria. Ele está bem, e o que ele fez te há de libertar de todo o remorso que ainda possas sentir: Maier se casou!

Valéria se pôs de pé com uma força e uma vivacidade que lhe pareciam impossíveis um momento antes.

– Casou-se? Samuel se casou? Ele ousou fazer isso? – os olhos da jovem faiscavam e suas faces tornaram-se muito vermelhas.

Tornou a sentar-se em sua poltrona, apoiando a cabeça contra as almofadas; estava a ponto de sufocar de cólera e ciúme.

Sem parecer dar atenção à reação de Valéria, Antonieta narrou em detalhes tudo que testemunhara na véspera; sabia que cada palavra era como um punhal indo e voltando no coração machucado da amiga, mas era necessário curá-la, e acreditou ser possível apressar sua cura forçando-a a beber gota a gota daquele cálice de amargura.

– Há algo mais que deves saber e que ignorávamos, algo cujo conhecimento te teria poupado a humilhante conduta no dia de tuas núpcias e a enfermidade que se seguiu. Voltando para casa ontem à noite encontrei Marta, que me esperava com o bilhete que me tinhas enviado. Ainda preocupada por ter visto o casamento de Maier, interroguei a moça, cujo noivo é criado de confiança na casa do banqueiro. Queria saber quem era a jovem que Samuel desposara. Marta contou-me que, após a tentativa de suicídio, Silberstein, o corretor da bolsa, e seu filho cuidaram da saúde de Maier; no período de convalescença, ele se tornou noivo de Rute, filha de Silberstein. O casamento havia sido tratado oito dias antes de a camareira revelar-te que o banqueiro estava vivo. Na agitação, ela se esqueceu de contar esse detalhe.

Valéria deixou escapar um grito.

- E, eu, insensata, quanto me censurei por meu comportamento, quando na verdade esse traidor já me esquecera! E ele ainda ousou me criticar, exigindo explicações, e sujou meus lábios com seus beijos, quando já estava comprometido com outra!

Ela se levantou e percorreu o gabinete numa febril agitação, até parar bruscamente diante de Antonieta.

- Por acaso a tal judia por quem ele me trocou é bonita?

- É admiravelmente bela - assegurou Antonieta, com cruel franqueza. - Na certa Samuel se deu conta da loucura em que estava, e decidiu escolher para esposa essa encantadora filha de sua raça. Acredito que essa união de dois iguais acabará por fazê-lo feliz. Quanto a ti, Valéria, trata de riscar de teu coração essa página do passado! Esse homem sombrio e apaixonado surgiu em teu caminho como um mau presságio e custou-te tantos sofrimentos e tantas lágrimas, que Deus teve compaixão de ti. Agora que Maier tomou juízo e se casou, podes esquecê-lo sem remorsos, para entregar teu coração inteiro a Raul - Antonieta levantou-se e apontou para um grande retrato do príncipe, pendurado na parede: - Olha, Valéria, este homem tão sedutor e tão nobre pertence a ti. Ele te ama com paixão; incontáveis mulheres invejam tua felicidade. Precisas cair em ti e lembrar o orgulho próprio da tradicional família da qual descendes. És a princesa de O.! Ocupa o lugar que te é devido. Por mais amável que Samuel possa ser, não há como preferi-lo a Raul.

Valéria a tudo ouvira com as faces vermelhas. Lágrimas de ciúme e cólera rolavam de seus olhos azuis. Enxugando-as bruscamente, lançou-se nos braços da cunhada.

- Tens razão, Antonieta! Eu quero e devo esquecer esse filho insolente da fortuna, que só entrou em minha vida para envenená-la. Hei de resgatar a afronta que fiz a meu marido, entregando a ele minha alma inteira. Raul é tão bom e generoso, que a tarefa será fácil.

- Agora sim, pensas e falas bem - comentou Antonieta, beijando a fronte da amiga. - Procura acalmar-te. Teu marido me disse que irás à ópera na segunda-feira e convidou a mim e a Rodolfo para acompanhar--vos. Com a estreia da Patti, o teatro estará lotado e os olhares de muitos estarão sobre ti. Eu ficaria radiante se reaparecesses em público com todo o esplendor de tua beleza. É bom que ainda seja terça, tens cinco dias para estar plenamente refeita. Que traje desejas usar?

- Compreendo que queres que eu me embeleze, para mostrar a todos que estou feliz - Valéria comentou, enquanto conduzia a amiga até seu amplo guarda-roupa. - Que tal eu usar esse vestido de veludo azul-safira, rendado, do meu enxoval? Lembras-te de que ficaste tão entusiasmada quando o viste, que encomendaste outro igual em tom rubi? Deverias usá--lo na noite da ópera. Ficarás encantadora!

- Ótima ideia! Esses vestidos são magníficos e a cor azul-safira dará realce a tua tez alva e translúcida e aos teus cabelos loiros. Que joias pensas usar?

- As pérolas que minha sogra me deu e os broches de safira... - a princesa estremeceu de repente. - Ah, meu Deus, sabes se mandaram devolver os presentes que Samuel nos deu no dia de nossa partida para tuas núpcias?

Antonieta mordeu o lábio inferior.

- Não faço ideia, nem sequer sei onde está a joia com que Maier me presenteou. Lembro-me de tê-la guardado em tua caixinha, mas depois de tantas confusões, não voltei a pensar no assunto.

- Se tu as guardaste na caixinha, ainda devem estar lá. Vamos ver isso agora mesmo - propôs Valéria, pedindo à cunhada que a acompanhasse até seu dormitório.

Em um dos cantos do quarto havia um grande móvel de ébano em forma de baú, ricamente entalhado e suspenso sobre quatro pés curtos e maciços, firmes sobre o assoalho. A jovem princesa fez funcionar o mecanismo complicado que abria o móvel, que aparentava ser uma peça sem qualquer abertura. Uma espécie de porta deslizou sobre encaixes invisíveis, fazendo entrever diversas prateleiras repletas de estojos e porta-joias. A parte inferior do armário era ocupada por um cofre que trazia na tampa o brasão dos condes de M. esculpido em relevo. Com algum esforço, as duas o ergueram e colocaram sobre a mesa. O cofre continha muitas preciosidades. Após um instante de busca, Antonieta retirou dois estojos, que abriu enquanto Valéria tornava a fechar o cofre.

- Não se pode negar que são joias magníficas - observou, admirando os diamantes da guirlanda, que brilhavam à luz dos raios de sol da ampla janela. - Mas também ficarão muito bem nos cabelos negros e no pescoço moreno da bela senhora Maier.

- Tens razão - concordou Valéria com lábios trêmulos. - É de admirar que o banqueiro não tenha exigido a devolução de objetos de tão alto valor.

Era evidente que, a despeito da resolução que tomara, lembrar que Samuel agora tinha uma esposa transpassava seu coração com uma dor aguda.

- O que é isso! Ele não é tão judeu assim. Mas passemos ao gabinete de Raul, vou escrever algumas palavras para Maier.

Antonieta se sentou à escrivaninha e traçou estas linhas:

"Senhor, as muitas emoções desses últimos tempos me fizeram esquecer de vos restituir as duas joias que seguem com este bilhete. Uma delas me havia sido remetida em nome da princesa Valéria de O., antes de seu casamento. Cumpro agora esse dever junto a vós, pedindo-vos que desculpeis o atraso e minha negligência.

A. de M."

- Acho que assim está bem - acrescentou, depois de ler o bilhete em voz alta. - Agora vamos guardá-las nos estojos; quando chegar em casa, tomarei providências para que o pacote chegue o mais breve possível a seu destinatário.

Naquela mesma tarde, Samuel encontrava-se só em seu gabinete, para onde se havia retirado a pretexto de um trabalho urgente. A verdade era que queria ficar só; nem sequer olhara para os papéis que se acumulavam sobre sua mesa de trabalho.

A chegada de um criado veio arrancá-lo de suas reflexões. O homem carregava uma bandeja de prata sobre a qual estavam um envelope e um pequeno pacote. O banqueiro apanhou com indiferença o bilhete perfumado, cuja leitura o fez corar. Com um gesto brusco, ordenou ao criado que se retirasse, enquanto fitava o pacote sobre a extremidade da mesa.

- Como puderam aquelas duas orgulhosas demorar tanto tempo para restituir essas joias ao judeu? - murmurou Samuel com amargura. "Não há dúvida de que Valéria foi informada sobre meu casamento, e essa devolução é a resposta que me envia. Quem sabe agora ela se empenhe em me odiar e passe a amar o príncipe? É bem provável que isso aconteça. Afinal, as mulheres julgam ter o monopólio da traição e não sabem perdoar quando são pagas na mesma moeda", pensava. Com um sorriso sarcástico, apanhou o pacote, sem abri-lo, guardou-o numa gaveta de sua escrivaninha.

Samuel e sua mulher

NO DIA DO espetáculo, Valéria preparou-se com especial esmero. Em pé, diante de amplo e luxuoso espelho, examinava cada detalhe de sua toalete, à qual Marta e Elisa davam os últimos retoques. Desejava parecer bela e camuflar, ao menos exteriormente, os vestígios de sua infeliz fraqueza.

Os mais variados sentimentos tinham agitado seu coração ao longo daquela última semana. A cólera e o ciúme deram lugar a uma desesperança que, por sua vez, começou a ser substituída por uma ternura apaixonada pelo marido. Chegara mesmo a se convencer de que o príncipe superava Samuel, não apenas na beleza, mas também nas qualidades do coração e naquela sofisticada distinção tão própria das classes altas. O amor puro e devotado de Raul haveria de apagar de vez as marcas deixadas pelo erro que ela cometera ao deixar-se levar pelo coração. A condição de esposa do príncipe, e não do banqueiro israelita, é que a levaria a ser invejada pelas belas e altivas damas, que provavelmente não tolerariam um judeu batizado em seus salões.

Pensamentos dessa natureza ocupavam a mente de Valéria enquanto contemplava no espelho sua imagem sedutora, permitindo que as camareiras lhe adornassem o pescoço com colares de pérolas e, por fim, fixassem raminhos de rosas claras em seus cabelos e cintura.

Naquele momento, a porta do quarto de vestir se abriu e Raul entrou com um magnífico buquê de flores. Com olhos brilhando de apaixonada admiração, aproximou-se da esposa, que o beijou com ternura, impulsionada pelos íntimos sentimentos que descrevemos. Em seguida, enrubescendo, deixou que ele lhe vestisse a capa e a mantilha de renda.

A abertura da ópera acabava de ser executada quando o casal entrou no camarote, onde já se encontravam Rodolfo e a esposa. Uma atmosfera mágica envolvia o teatro lotado. Os mais belos e distintos homens e mulheres de Budapeste ali se encontravam. Ainda assim a chegada de Valéria causou grande sensação. Centenas de olhares curiosos ou admirados fixaram sua fisionomia suave e radiosa. O levantar das cortinas desviou momentaneamente a atenção dos presentes.

Patti acabava de entrar em cena, e os acentos de sua voz mágica já absorviam a plateia quando o ruído de um abrir de portas no camarote contíguo se fez ouvir no camarote do príncipe. Um casal chegava ao local, vazio até aquele momento, acomodando-se com discrição. Ao avistar os recém-chegados, Rodolfo mordeu o lábio inferior e, aproximando-se da esposa, cochichou-lhe algumas palavras ao ouvido. Antonieta sobressaltou-se, mas não moveu a cabeça. Após alguns instantes, abaixou-se, fingindo apanhar um objeto do chão, e tocou de leve uma das mãos de Valéria.

– Trata de te manter calma – ela recomendou baixinho. – Maier e a esposa acabam de entrar no camarote ao lado.

Absorvida pela interpretação da grande artista, a jovem princesa não se dera conta da entrada dos vizinhos. Ao ouvir a advertência da amiga, contudo, sentiu-se atordoada, como se o coração ameaçasse parar de bater, mas, juntando toda sua energia, ela aos poucos controlou o rubor indiscreto que lhe subia ao rosto, para que nada traísse suas emoções. Apanhou os binóculos e fingiu acompanhar com interesse a representação da cantora.

Antonieta, menos fingida, não pôde resistir à curiosidade e passou a acompanhar com discrição tudo que se passava no camarote ao lado. No início seu olhar crítico fixou-se em Rute e em seus trajes; a jovem judia vestia-se com bom gosto irrepreensível; o vestido de cetim, de um dourado fosco, todo recoberto com renda preta, realçava-lhe a tez morena, enquanto estrelas de rubis e diamantes cintilavam em seus cabelos negros, valorizando sua beleza oriental.

Samuel, simples e elegante como de costume, trazia no rosto uma palidez doentia. A impassibilidade de seu semblante não denunciava qualquer interesse pelos ocupantes do camarote vizinho. Apoiado contra o parapeito, o banqueiro parecia estar absorvido pela encenação. Não dirigia nenhum olhar, nenhuma palavra à jovem esposa. Rute, por sua vez, parecia dominar a muito custo uma febril agitação. Antonieta observou-a abrir e fechar o leque de renda diversas vezes, fazendo barulho, enquanto suas narinas e lábios tremiam nervosamente; o brilho de seus olhos negros se fixava qual chama devoradora no rosto impassível do marido, alheio à sua presença. Antonieta também constatou que, apesar de sua falsa indiferença, o banqueiro diversas vezes fixara seu olhar nos cabelos loiros e no perfil arrebatador de Valéria, e a cada vez seus olhos ficavam mais sombrios.

A jovem princesa também perdera o interesse pelo espetáculo, seus pensamentos estavam distantes. A curiosidade de ver a esposa de Samuel roubava-lhe a paz, mas um vago receio de enfrentar o olhar do banqueiro impedia que ela se voltasse para o camarote ao lado. Não podendo mais se conter, ela lançou um olhar furtivo ao camarote vizinho: o banqueiro acompanhava a cena. Aproveitando esse momento, Valéria fixou avidamente a jovem judia, e seu coração se contraiu de cólera e ciúme: essa bela criatura, toda ardor e paixão, certamente cativaria o coração de um homem, ainda que este a houvesse desposado sem amor. A ideia de que Samuel ousara escolher mulher tão bela para ser sua esposa fez o sangue de Valéria ferver. Profundamente ofendida, voltou-se e seu olhar recaiu sobre Raul, que discutia uma questão de serviço com Rodolfo, pois as cortinas do palco já se haviam baixado.

Com interesse renovado, contemplou a figura esbelta e elegante do marido, cujo porte era ainda mais valorizado pelo elegante uniforme que trajava e cujo rosto, de beleza clássica, era verdadeiramente encantador. "Sim, Raul também é belo, ele é príncipe", pensou. "É o perfeito modelo do cavalheiro. Ele é tão superior a esse... judeu! Merece dez vezes mais amor!"

Acabava de despertar na alma de Valéria, com toda força, a astuta crueldade de um coração feminino inspirado pelo ciúme, e lhe soprava que Samuel não podia tê-la esquecido, que ela ainda tinha o poder de fazê-lo sofrer e lhe pagar por sua escolha audaciosa. Movida por esse novo sentimento, ela colocou sua delicada mão sobre o braço do príncipe e, com uma indefinível expressão de afetuosa intimidade na voz, chamou-o em voz alto o suficiente para ser ouvida pelo traidor:

- Raul!

- O que desejas, minha querida? - indagou o príncipe, gentil, voltando-se para a esposa.

- Não queres dar uma volta pelos corredores? Está tão quente aqui!

- Ótima ideia! Estou às suas ordens - respondeu o marido, levantando-se de imediato.

A ternura expressa na inflexão da voz de Valéria e seu olhar amoroso o enchiam de alegria. Dirigiram-se ambos para o fundo do camarote, onde Raul colocou o pequeno manto de cetim sobre os ombros da esposa, aproveitando a ocasião para beijar-lhe os cabelos loiros.

À saída do camarote, os olhos de Samuel e de Valéria se encontraram. Ela estava tão hiperexcitada que sequer piscou, enquanto Samuel permanecia frio e impassível. Apenas uma palidez mais acentuada e um ligeiro vinco entre as sobrancelhas atestaram à jovem princesa que ela conseguira atingi-lo como pretendia. Intimamente satisfeita, enlaçou o braço do marido e afastou-se, caminhando ao seu lado.

Quando o segundo ato da ópera terminou, o príncipe ofereceu às damas uma formosa caixa com doces finos. Valéria exprimia uma alegria ostensiva, não parava de rir e conversar, comportando-se de maneira provocante com Raul. Recebia com graça os elogios de todos que se aproximavam para cumprimentá-la. Por fim, sua atitude vivaz e falante se tornou de tal modo efusiva, que Antonieta não reconhecia mais a amiga, se bem que desconfiasse do motivo daquela animação.

Raul, que jamais suspeitaria estar sendo usado pela esposa como ornamento precioso, e como arma para ferir outro homem, mantinha-se sobriamente alegre. Feliz e reconhecido, contemplava Valéria com adoração, cercando-a de mil pequenos cuidados, inspirados pelo amor de um coração sincero.

Tudo caminhou bem até o terceiro ato. Ao término da cena em que Edgardo, o principal personagem masculino da ópera, repele a noiva traidora, arrancando-lhe do dedo o anel de noivado, um terrível mal-estar apertou o coração da princesa. Com dolorosa emoção, recordou o dia que passara em Rudenhof, propriedade de Samuel, e pareceu-lhe ouvir não a voz do tenor mas a de seu antigo noivo, que, com inflexões de desespero e cólera, reprovava sua traição.

Sem conseguir se conter, Valéria fitou Samuel, que também a observava. O que viu no olhar frio daquele homem sombrio foi desprezo, ironia e censura. Trêmula, baixou os olhos e buscou instintivamente a mão do marido. Junto a Raul estavam a calma e o repouso; em Samuel, o abismo e o sofrimento.

Findo o espetáculo, a jovem encaminhou-se para a saída conduzida pelo braço do esposo. A multidão era enorme, e num abrir e fechar de olhos o casal acabou se distanciando de Rodolfo e Antonieta. Pararam no saguão de entrada, esperando a carruagem. Num dado momento, em que o príncipe se voltara para conversar com um velho magnata que o cumprimentava, Valéria ouviu uma voz bem conhecida murmurar com ironia:

- A indiferença, quando é verdadeira, dispensa as artimanhas, assim como o amor verdadeiro não precisa de demonstrações públicas, que só enganam um... tolo.

A jovem ficou imóvel. Surpresa e ira se mesclavam em sua alma, a ponto de roubar-lhe a respiração. Com que insolência aquele homem ousava insinuar que ela estivera representando uma comédia? Com o propósito de mascarar o amor que ainda sentia por ele? Aquele impertinente tinha a audácia de lhe falar daquele modo e de chamar seu bom e generoso marido de tolo! Se pudesse destruir Samuel naquele mesmo instante, ela não teria hesitado; mil planos de vingança se batiam em sua cabeça, agitando-lhe seu interior de tal maneira que, ao chegar em casa, deixou-se cair sobre uma poltrona aos prantos.

Espantado e assustado, Raul de início não entendeu nada do repentino desespero da esposa. Depois pensou que talvez o calor, o burburinho do teatro e a interpretação arrebatadora da Patti tivessem repercutido de forma agressiva sobre os nervos ainda debilitados de Valéria. O príncipe maldisse a si mesmo pela ideia de levá-la à Ópera e, indo sentar-se ao lado dela, cobriu-a de carícias na esperança de tranquilizá-la. Embaraçada, a jovem enxugou as lágrimas.

- Tens razão, meu querido - ela murmurou, enlaçando o pescoço do marido. - Meus nervos ainda estão sensíveis, mas isso vai passar. Quero ficar completamente curada, para não te tornar a afligir, porque te amo demais. Oh, Raul, tu não sabes o quanto te amo!

- Não duvido disso, meu anjo adorado. Sou o homem mais feliz sobre a Terra.

* * *

Encostados cada um no seu canto da carruagem, Samuel e sua mulher tinham rodado até sua morada. Nenhuma palavra foi pronunciada ao longo do trajeto. Ao chegarem, após uma fria saudação, cada qual seguiu para seu próprio aposento.

Finalmente só, o banqueiro deu vazão ao ciúme e à paixão que o devoravam. A presença de Valéria e a ternura que ela demonstrara pelo esposo haviam aguilhoado seus sentimentos. Com a fronte úmida e a respiração opressa, pôs-se a caminhar de um lado para outro, esquecido da existência da pobre Rute, que, com a cabeça afundada nos travesseiros, chorava amargamente.

Samuel se casara contra a vontade, para cumprir uma obrigação que assumira irrefletidamente. De início, realmente tivera a intenção de se tornar amigo da esposa, a quem pretendia tratar com indulgência. Desse modo, os primeiros dias de seu casamento haviam transcorrido com tranquilidade, embora ele se sentisse entediado e constrangido, enquanto Rute experimentava a tristeza e o desencanto. A hostilidade declarada e a total aversão que agora reinavam entre os jovens cônjuges era fruto de uma cena penosa ocorrida na véspera e que acabara por cavar um abismo entre eles.

Para entender essas circunstâncias, será indispensável que voltemos um pouco e retomemos a narração a partir do momento em que o banqueiro reabrira os olhos, depois de seu mergulho no lago.

Aquele episódio causara em Samuel uma extrema fraqueza que se prolongara por oito dias. Além disso, algo profundo e nefasto atingira-lhe a alma.

Quando pequeno, o banqueiro fora educado por uma cristã, filha de um comerciante arruinado. Tanto em consideração pelas antigas relações que tivera com o pai dela, como para se dar uma certa importância, Abraão Maier a convidara para administrar sua casa e para cuidar de seu filho. Ela se dedicara a Samuel, um gracioso menino cheio de espírito e sentimento, desde os dois anos de idade. Respeitando as convicções religiosas de seu pupilo, ela soubera incutir nele uma fé no Criador do Universo e uma piedade livre de qualquer preconceito dogmático.

Mais tarde, a morte da preceptora e as influências recebidas desde então haviam enfraquecido pouco a pouco essas primeiras impressões do espírito. Na universidade, os brilhantes sofismas científicos da escola materialista tinham seduzido o rapaz. A repulsa silenciosa que o povo do qual descendia lhe inspirava acabou por acentuar ainda mais essa tendência. Ao sair da universidade, Samuel era quase um incrédulo, um negador de tudo. Seu amor por Valéria, porém, o impelira de volta à crença da infância. Sob a influência da paixão que lhe abrandava e dominava o ser, havia repelido o frio materialismo, que nada oferece ao coração. Desejava crer e orar, igualando-se à mulher a quem adorava. De boa vontade reabilitara sua fé em Deus e estudara os princípios da fé católica. A brusca e definitiva destruição de sua oportunidade de ser feliz e de suas esperanças de futuro fez com que uma noite funda se instalasse em sua alma.

Com isso, as ideias ateístas e materialistas voltaram a dominar sua mente. Com a mesma paixão que colocava em tudo que fazia, Samuel convencera-se de que a crença em uma Divina Providência justa e misericordiosa era absurda e ridícula e de que o homem nada mais era do que um aglomerado de matéria reunida pelo acaso e dissolvida por uma lei cega.

Quando essa nova transformação se operava na alma do rapaz, Silberstein e o filho passaram a visitá-lo assiduamente. Ambos temiam a possibilidade de Rute perder aquele riquíssimo marido. Não lhe fizeram perguntas nem o censuraram em relação à segunda tentativa de suicídio, no lago; porém, quando se apresentou a oportunidade, o corretor insinuou que, uma vez oficialmente noivo de sua filha, Samuel deveria apressar o casamento, para não comprometer a reputação da jovem. O banqueiro nada respondeu de imediato, mas no dia seguinte enviou ao futuro sogro um bilhete no qual fixava uma data para as núpcias.

Durante uma terrível noite de insônia, em que lutara com todas as forças para superar a lembrança de Valéria, o rapaz acabara chegando à conclusão de que uma completa mudança em sua vida lhe haveria de ser benéfica. Sua casa precisava da presença de uma mulher. Rute era a pessoa ideal para ser sua esposa. Ela recebera boa educação, tinha excelentes maneiras e, criada em ambiente quase pobre, o luxo de que passaria a desfrutar haveria de compensar a falta de amor. A ardente paixão que a jovem judia parecia sentir por ele não chegara a inquietá-lo; aqueles sonhos romanescos logo iriam desaparecer.

O casamento aconteceu, trazendo rápido desencanto para ambos os lados. Rute, amando o marido apaixonadamente, sentia-se ofendida e confusa com sua fria indiferença. Não podia compreender a reserva do homem que a escolhera para esposa, nem seu óbvio desejo de manter-se longe dela e de evitar sua presença. Quando pela primeira vez a jovem se arriscou a acariciá-lo e dizer-lhe algumas palavras de amor, o olhar espantado e sombrio com que Samuel a mediu deu-lhe um frio por dentro. Repelida, calara-se por fim, contudo não por muito tempo. Sua natureza ardente não lhe permitia sofrer passivamente. Rute pôs-se a torturar a si mesma, buscando a chave para aquele enigma.

Samuel, por sua vez, passou a lamentar amargamente o fato de ter-se deixado levar pelos hábeis estratagemas de Silberstein. Sentia sua liberdade tolhida. O olhar arrebatado de Rute o importunava, e aquela paixão não dissimulada só lhe inspirava repulsa. Involuntariamente ele comparava a beleza voluptuosa e tentadora da moça judia e seus sentimentos violentos à delicada e doce Valéria, à sua beleza suave e seu olhar límpido.

Aquela comparação acabou por convencê-lo de que sua incurável paixão havia sobrevivido a tudo. Embora desprezasse a si mesmo por essa fraqueza, Samuel abriu mão de lutar contra ela, buscando consolo nas recordações de seu breve período de felicidade. Assim pensando, mandou fechar os três aposentos que preparara especialmente para Valéria, antes de seu casamento com Rute, e que permaneciam intocados. O banqueiro instalou seu gabinete na sala contígua. Qual fiel sentinela, ali permanecia a maior parte do tempo, deixando-se absorver na contemplação do retrato da antiga noiva, que ele mesmo pintara. Só a si mesmo confessava que bastaria um único sorriso, uma única palavra terna daquela jovem encantadora para colocá-lo mais uma vez a seus pés.

Essa era a situação quando, quatro dias após seu casamento com Rute, recebeu uma carta do padre Martinho; este contava que ficara gravemente enfermo em Roma, sendo forçado a permanecer naquela cidade muito mais tempo que o previsto. De volta a Budapeste havia uma semana, fora com profundo pesar que tomara conhecimento dos fatos ocorridos em sua ausência. Dizia-se ansioso para conversar com o antigo discípulo e pedia-lhe que fixasse dia e hora para se reverem e conversarem, se ele não visse inconveniente em sua visita.

Samuel apressou-se em responder que teria imenso prazer em receber sua reverência no dia seguinte pela manhã, e que também ele desejava muito conversar com o padre.

O velho religioso chegou à hora combinada e foi recebido pelo anfitrião no mesmo cômodo onde costumavam estudar a fé cristã. Era o mesmo local da terrível cena com o rabino-chefe de Budapeste. Bastante emocionados, os dois homens apertaram-se cordialmente as mãos.

– Fico muito feliz em vos rever, reverendo – disse Samuel, oferecendo uma poltrona ao respeitável visitante. – Sou muito grato por esta visita, que espero não seja a última, embora vosso motivo secreto para vir a esta casa, ou seja, vossa esperança de conduzir-me ao cristianismo, não se possa mais transformar em realidade - acrescentou, com um sorriso melancólico.

- Como podeis estar tão certo disso? - indagou o padre, admirado. - É bem verdade que fostes o melhor discípulo que jamais tive, e estáveis de tal maneira no caminho da graça, que não posso acreditar que uma mulher possa vos afastar definitivamente do caminho da salvação.

- Haveis de convir que é difícil acreditar que uma religião com tão pouco poder sobre seus adeptos, mesmo sobre aqueles que se dizem os mais fervorosos, a ponto de ser incapaz de inspirar-lhes sequer o respeito pela palavra dada, seja a única a levar à salvação da alma. Não é leviano dizer-se adepto de uma fé que ensina a humildade, a caridade e o amor aos semelhantes, e deixar-se mover sempre por insolente orgulho, fé vacilante e desprezo ao próximo? No entanto, padre, ficai seguro de que não é apenas a fé católica que rejeito. Renego da mesma forma qualquer outra crença, a começar pela de meus pais. A traição da condessa de M. acabou por me reconduzir a ideias mais sensatas. Durante muito tempo, religiões baseadas em lendas obscuras e cheias de erros acabaram por nos legar a ignorância e a fé ingênua de nossos antepassados. Respeito vossas convicções, reverendo, mas me vejo forçado a ceder à evidência confirmada todos os dias por descobertas fantásticas da ciência. Creio firmemente que não há nem Deus, nem Providência, nem céu, nem inferno, nem punição, nem recompensa. Jesus e Moisés foram filósofos idealistas que tiveram sua época.

"Na realidade, o que existe é somente a matéria, regida por leis imutáveis. Um aglomerado de átomos nos criou ao acaso e a morte nos dissolve na matéria primitiva que serviu à nossa composição. O que chamais alma, isso que pensa e age em nós, é algo puramente físico, e o pensamento é uma secreção do cérebro, da mesma forma que as lágrimas são uma secreção da glândula lacrimal."

- Chega, chega! - exclamou o padre Martinho, que ouvira as declarações de Maier com crescente agitação. - Quereis convencer-me de que a abnegação e o amor não seriam mais que secreções e, portanto, resultado de uma função orgânica, da mesma maneira que a digestão se dá pelo estômago? É absurdo!

- De forma alguma, padre. Esse amor fatal que me consome é uma prova do que vos digo. Se tal sentimento fosse proveniente da alma, os muitos insultos que sofri e minha força de vontade o teriam destruído.

Sou incapaz de vencê-lo, porque sou vítima de uma enfermidade orgânica, cujas origens a ciência ainda não foi capaz de desvendar, mas que somente a renovação dos átomos que compõem meu corpo poderá afastar, pouco a pouco.

O velho padre levantou os braços com horror.

– Pare com esses absurdos, senhor! Esse tema é perigoso e me repugna. Ao longo de toda minha vida acreditei em Deus, e não será nos dias de minha velhice que hei de negá-Lo diante de ideias de natureza trivial e simplista. Ah, esses estudiosos e sua maldita ciência que torna os homens criminosos, fazendo minguar toda boa inspiração e levando os seres humanos a desprezar a Justiça Celeste, até que ela os atinja. Isso comprova que a ciência provém do diabo, de cuja existência me previno de duvidar, vendo que estais possuído por ele – e persignou-se, ao ver que Samuel ria de suas últimas afirmações. – Mas falemos de outra coisa, meu jovem amigo. Permiti que eu vos parabenize por teres obtido o título de barão. Como? Isso não vos alegra? Pois bem, mas vossos filhos hão de se beneficiar. A propósito, meu filho, permiti que eu vos faça uma pergunta que, espero, não julgueis indiscreta. Por que contraístes matrimônio e vos unistes a uma mulher a quem devereis demonstrar uma afeição que não é sincera, uma vez que ainda amais Valéria?

Samuel apoiou os cotovelos sobre a mesa.

– Tendes razão, padre Martinho – ele disse após um momento de silêncio. – Esse casamento é uma loucura que lamento amargamente. Ah, se estivésseis em Budapeste depois de minha tentativa de suicídio, não tenho dúvidas de que vossa caridade vos teria conduzido à minha cabeceira, e isso não teria acontecido. Eu estava só, abandonado, e num momento de fraqueza me deixei levar pelo hábil poder de persuasão de dois ardilosos. Enfim, o que está feito, está feito, e devo suportar a meu lado essa mulher a quem nunca poderei amar... meu coração está morto... Rute viverá em minha casa e há de gerar numerosos filhos, que multiplicarão meus milhões. Dessa maneira, nem eu nem ela teremos vivido inutilmente.

O ruído da queda de algo pesado junto à porta do gabinete levou Samuel e o padre a interromperem a conversa.

– Que terá sido isso? Acho que nos espionam – disse Samuel, levantando-se, vermelho até os cabelos.

De um saltou, chegou até a porta e abriu a maçaneta; ao ver Rute estendida, inconsciente, ele estancou, espantado; depois, voltando-se para o padre, que o seguira, ele disse com ironia:

- Não é um dos criados que nos observa, é minha mulher; com certeza ela ouviu minhas palavras, e lamento muito que isso tenha acontecido. Mas quem sabe essa explicação involuntária não a esclareça sobre a conduta que melhor lhe convém.

O velho padre ajustou os óculos e examinou com curiosidade o rosto lívido da moça.

- É muito bela vossa esposa, e aconselho-vos a não usardes de crueldade para com ela. A pobrezinha não tem culpa das intrigas dos parentes, nem da traição de Valéria - o religioso apoiou a mão no ombro do banqueiro. - Vossas palavras devem tê-la magoado dolorosamente, tanto que desmaiou. Deveríeis levá-la até o quarto dela; iria prevenir o falatório e a curiosidade dos criados, que não devem saber de vossas discussões.

Sem uma única palavra, Samuel inclinou-se e tomou Rute nos braços, levando-a ao dormitório que ela ocupava. Ao voltar a seu gabinete, encontrou o padre Martinho em pé junto a uma das janelas do amplo cômodo, a tamborilar com os dedos contra a vidraça.

- E então? Ela voltou a si? - interpelou, voltando-se.

- Ainda não, mas a camareira está com ela e lhe presta socorro. Mas sentai-vos, padre, e retomemos nosso diálogo. Esse infeliz incidente me interrompeu no momento em que vos faria um pedido.

- Eu sou todo ouvidos, meu filho.

- Acabo de vos confessar que não sou judeu nem cristão, que não creio em Deus nem no diabo, e que não moveria um dedo para agradar a um ou a outro. Todavia, compadeço-me das infelizes criaturas que o acaso do nascimento condena à miséria. Aceitai receber minha doação de uma quantia mensal, destinada aos pobres, aos aleijados e aos órfãos, que conhece em tão grande número. Caso o dinheiro de um israelita ateu vos cause repulsa, podereis lavá-lo com água benta - conclui com um quê de malícia.

O sacerdote meneou a cabeça.

- As palavras que vos são inspiradas pelo espírito do mal me causam arrepio. No entanto, vossas obras provam que Deus ainda não vos abandonou por completo, e eu seria culpado se rejeitasse vossa oferta, que há de secar as lágrimas de muitos infelizes. Aceitarei, meu caro amigo, o dinheiro que passar às minhas mãos, e não haverá necessidade de lavá-lo em água benta, pois vossa ação mesma remove o mal que a tal dinheiro possa estar ligado. Agora preciso ir. Mas antes, permiti vos dizer que sinto muito ter perdido alguém que seria, sem dúvida alguma, um cristão exemplar, e uma alegria para os dias de minha velhice.

Samuel baixou a cabeça, estranhamente comovido; aquele velho padre inspirava sua simpatia. Pensou no passado e seu coração se amornou.

- Pois bem, padre Rothey, eis minha proposta: continuai a visitar-me regularmente, com o propósito de tentar me converter. Afinal, dizem que com paciência tudo se consegue. Por outro lado, não convém que eu me deixe vencer de imediato, pois acabarei perdendo o privilégio de vos ver.

Padre Martinho sorriu.

- Façamos o seguinte. Virei até aqui todos os meses buscar vosso donativo, mas quero que me prometais, meu querido Samuel, que se o diabo vos abandonar e sentirdes necessidade de orar e de vos tornar cristão, será a mim que haveis de chamar para vos batizar. Uma voz íntima me sopra que isso acontecerá.

- Certo, certo! Eu vos prometo - respondeu Samuel, que agora ria. Após um cordial aperto de mão, os dois homens se separaram.

Assim que ficou só, Samuel dirigiu-se a seu gabinete e apanhou um livro da estante. Contudo, em vez de ler, pôs-se a refletir em sua conversa com o padre de Rothey e pensou nas explicações que inevitavelmente teria que dar à mulher. Um ruído insistente na porta, enfim, desviou sua atenção.

- Quem está aí? - disse, aborrecido por ser incomodado.

- Sou eu! Abra! - respondeu a voz de Rute.

A jovem estava pálida como uma morta. Apenas seus olhos ardiam, faiscando, e encaravam o marido com ódio. Samuel a media com um olhar glacial.

- Vejo que estás restabelecida - comentou friamente, indicando-lhe uma cadeira e indo ele sentar-se à sua escrivaninha. - Espero que a experiência desta tarde tenha servido para curar-te destes hábitos plebeus. Escutar atrás da porta só é perdoável aos criados.

Rute permaneceu em pé e, apoiando-se levemente na escrivaninha, disse com uma voz rouca e entrecortada pela intensa emoção:

- A experiência de fato foi útil, pois me mostrou que sob teu teto sou merecedora de menos respeito do que qualquer um dos criados a que te referes. Eu não fazia ideia das manobras de meu pai e de Aarão. Como uma louca eu te amei, ignorando que minha presença te causava repulsa, e o quanto desdenhas tua própria raça, muito embora tenhas sido rejeitado com desdém por uma cristã. Agora, porém, que estou ciente de tudo, não ficarei mais aqui. A partir de agora estás livre do fardo que represento para ti, já que me toleras com esforço. Volto para a casa de meu pai. Podes dizer a todos que me enxotaste, acusa-me dos crimes que quiseres e eu me direi culpada. Tudo o que mais quero é ficar livre da tua pessoa e não ter mais que pôr os olhos em ti. Deixa-me partir!

Samuel corou de repente, o assombro fechou sua boca. Pois então a esposa tinha a ousadia de lhe fazer uma cena, de censurar-lhe as palavras e de ameaçá-lo com um escândalo! Assim que a jovem se calou, sufocada pela emoção, ele cruzou os braços e olhou-a nos olhos:

- Então é assim? Pretendes partir acusada por crimes? Nada mais que isso? - indagou, irônico.

- Exatamente! - exclamou fora de si, enquanto apertava a cabeça entre as mãos. - Ouvi com esses ouvidos que a terra há de comer que me rebaixas à categoria dos animais, que esperas que eu te sirva para a reprodução de uma prole que o próprio pai há de odiar! Não ouses me desafiar, Samuel, ou te acusarei diante de meu pai e do rabino. Veremos se serás capaz de repetir diante deles as confidências que fizeste ao padre católico.

O banqueiro empalideceu de raiva. Ele se levantou e deu um passo em direção à esposa. Uma dureza fria e impiedosa faiscava em seus olhos e vibrava em sua voz quando ele disse, inclinando-se para ela:

- Terminaste? Pois agora me escuta e obedece minhas ordens, eu te aconselho. Não irás a parte alguma, ouve bem, porque eu te proíbo de deixar esta casa. Pouco me importa o que disseres ao teu pai, e o rabino não te há de escutar, porque teme que eu me faça batizar. Acredito que nada tens com as intrigas de teus parentes, mas quanto a teres acreditado que eu te amava, isso é uma mentira! Bem percebeste que sempre fui reservado e frio até o limite da polidez. Portanto, aconselho-te a pensar bem antes de ir à sinagoga, pois eu não toleraria um escândalo que viesse a excitar a maledicência de toda a cidade! Te esqueces de que eu é que tenho o direito de repudiar-te, e não tu a mim? Não somos dois judeus taberneiros de uma aldeia qualquer da província, cuja vida conjugal não interessa a ninguém: és a esposa do milionário Maier, barão de Válden, e continuarás sendo, essa é a minha vontade! Achaste que te ofendi ao falar em meus herdeiros?

Devo então te lembrar de que a lei mosaica vê a maternidade como o principal objetivo da mulher...

- Não quero ter filhos de ti! - retrucou Rute, tremendo com todo o corpo. - Seriam insuportáveis para mim!

Parecendo não ter ouvido, Samuel continuou a falar:

- Ouve bem: depende de ti que tenhamos uma vida suportável. Se não pretendes ouvir coisas desagradáveis, não escutes mais por trás das portas. Que tenha sido esta a primeira e a última vez que ousas pedir contas de minhas palavras! E agora retorna aos teus aposentos, porque preciso trabalhar. Basta de cenas por hoje!

- E pelo resto da vida, eu bem sei! - murmurou surdamente a jovem.

Quando a porta se fechou, o banqueiro tornou a sentar-se, apoiando os cotovelos sobre a mesa: o que acabara de acontecer era mais um desgosto para ele. Acreditara que a esposa fosse menos inteligente e mais tímida do que agora demonstrava, que ela se satisfaria com as coisas materiais que ele fartamente providenciava, e de repente ela se revoltava, acusava, ameaçava. Em seu cego egoísmo, não levara em conta que a mulher também tinha direitos em relação a ele. Ainda há um instante a tratara com uma brutalidade cruel que jamais teria usado com Valéria, a despeito das afrontas que esta lhe fizera.

"Ah, essa maldita mulher ainda me dará o que fazer", foi o resultado de suas reflexões. Mas ele se enganava. Rute parecia ter traçado uma linha de conduta da qual nunca se desviava: ela guardava um silêncio tão obstinado que sequer lhe respondia. Quando, no mesmo dia, Samuel declarou que no dia seguinte iriam juntos à ópera, ela limitou-se a inclinar a cabeça.

O passar do tempo não trouxe qualquer alteração ao comportamento da jovem, que permanecia calada e distante, evitava a presença do marido e se conformava em silêncio com as ordens que ele dava nas questões domésticas. Caso o banqueiro a convidasse a acompanhá-lo a uma festa ou espetáculo, Rute apresentava-se sempre pontualmente pronta, porém muda como uma marionete.

A princípio, aquela postura causou admiração e surpresa a Samuel. Todavia, ele depressa se acostumou àquela maneira de viver. Não tinha vontade de conversar com a esposa e sua presença não mais o importunava. O rapaz retornou pouco a pouco aos seus hábitos de solteiro, passando a visitar sozinho as casas de conhecidos e indo ao clube todas as noites, limitando-se a levar Rute consigo quando a presença da esposa era imprescindível.

Um período de quase dois meses se desenrolou desse modo, até o dia em que o banqueiro foi convidado pelo barão Richard de Kirchberg a comparecer ao grande baile que daria para celebrar suas bodas de prata, convite que Samuel aceitou com prazer.

A residência do barão, um aristocrata de velha estirpe e imensamente rico, ocupava um lugar à parte na alta sociedade de Budapeste. Para que se possa explicar aquilo que se denominava as excentricidades do velho senhor, convém que algumas informações sobre o passado de sua família se façam conhecer.

O pai do barão de Kirchberg fora um cavaleiro brilhante, e um grande perdulário, que, após algumas temporadas num regimento da aristocracia em Viena, esbanjara quase inteiramente seu imenso patrimônio. Foi necessário que ele deixasse o serviço militar e abandonasse o convívio da sociedade. Tal acontecimento estava praticamente esquecido, quando um fato novo tornou a movimentar as más línguas de Budapeste: o barão de Kirchberg se casava com uma judia, filha de obscuro comerciante que vivia modestamente no bairro israelita, mas que tinha o suficiente para dar ao marido da filha um dote superior a um milhão.

Essa ocorrência provocou a ira da família do barão, que predisse todas as desgraças para sua vida conjugal. A verdade é que todos se enganaram, pois aquela união foi das mais felizes. A jovem baronesa, mulher de espírito e juízo, soube cativar simpatias e, o mais difícil, conseguiu conservar as boas graças do marido. Em vez de dar as costas aos antigos irmãos de raça, ela os protegera, abrindo as portas de sua casa àqueles entre eles dignos de frequentá-los por sua educação. O único filho do casal, Richard, fora educado num espírito amplamente liberal. Inteligente e culto, não admitia qualquer tipo de preconceito de casta ou religião. Ele próprio estava casado com uma aristocrata havia vinte e cinco anos, e abençoara tanto a primeira filha, que se casou com um magnata, quanto a segunda, que se uniu a um jovem arquiteto de origem mais plebeia.

O elegante palácio do barão, portanto, estava sempre aberto às pessoas distintas, a despeito de sua origem. Assim sendo, Samuel Maier era recebido de braços abertos.

Tendo em vista a magnificência das festas oferecidas pelo barão de

Kirchberg e sua notória hospitalidade, a alta aristocracia a elas comparecia em massa, a despeito do obrigatório contato que teriam com membros de uma classe da sociedade a quem olhavam de cima.

Como a esposa do barão era parente dos M., o velho conde Egon e seus filhos frequentavam sua residência. O príncipe Raul, porém, visitava aquela casa a contragosto; fora educado pela princesa dentro dos princípios do exclusivismo aristocrático, e mostrava-se ainda mais suscetível que a mãe nesse quesito. Detestava toda reunião que incluísse indivíduos de classes sociais diversas e tinha ojeriza inata por judeus. A despeito disso, aceitara o convite para o baile de bodas de prata do barão, para não ferir ostensivamente uma parente da esposa em tão solene ocasião.

No dia do grande baile, uma multidão de homens e mulheres elegantemente vestidos enchia os imensos salões, onde se encontravam, além da fina flor da nobreza, jovens muito ricos e influentes, militares de elevada patente e dignitários com o peito constelado de condecorações. Mas entre eles circulavam artistas, jornalistas e outras pessoas comuns, assim como rostos típicos de milionários judeus e suas mulheres carregadas de joias.

Valéria e o marido chegaram à festa bem tarde. À entrada do belo casal, todos os olhos se voltaram. Talvez nunca antes a resplandecente beleza da jovem princesa de O. e de seu magnífico traje houvessem causado tanta sensação, nem excitado tanto a inveja das damas. Ela estava com um vestido de cetim branco de cauda longa, inteiramente recoberto de rendas finas, cujo corpete era contornado por um cordão de diamantes. Uma corrente das mesmas pedras cingia-lhe a cintura delgada, indo prender-se a um leque de luxo. Um largo colar ornava-lhe o pescoço, e em seus cabelos loiros cintilava pequena grinalda principesca. A fim de dar maior realce ao seu penteado, o cabeleireiro deixara que algumas mechas espessas de cabelo, em cuidadosos anéis, lhe pendessem do coque até abaixo da cintura. Uma única rosa, presa a seu ombro direito, quebrava a nívea alvura de sua aparência.

– A fada das neves! Ondina[3]! – vozes murmuravam à sua passagem, e olhares de profunda admiração fixavam-lhe o rosto.

Radiante, com um sorriso de satisfeito orgulho nos lábios, Raul conduzia a esposa a um assento, mas num piscar de olhos Valéria viu-se

3 *Ondina*: ninfa das águas e das ondas, na mitologia nórdica.

cercada de cavalheiros, arrastada pelo movimento frenético do baile. Mais tarde, sentindo-se fatigada, retirou-se para o aposento reservado às damas. Depois de ter descansado por alguns minutos e de ter pequenos ajustes feitos a seu vestido, ela voltou ao grande salão. Numa das salas vazias que o precediam (os convidados dançavam naquele momento), ela avistou o barão Richard de Kirchberg conversando com um homem em trajes civis.

O anfitrião logo notou sua presença:

- Como se explica que a rainha do baile não esteja dançando, e fuja de seus admiradores? Permiti, minha princesa - ele continuou, sem notar a alteração no rosto de Valéria, que acabava de reconhecer Samuel -, que eu vos apresente meu amigo, o barão de Válden, um excelente bailarino que a sorte veio favorecer, pois lhe reservou a oportunidade de se aproximar da rainha da festa. Não quereis conceder-lhe esta valsa, a meu pedido?

A jovem princesa de O. respondeu com ligeira inclinação de cabeça à grave reverência do banqueiro. Como poderia recusar-se a dançar com um conviva apresentado pelo dono da casa? Mas seu coração batia apressado e um suor frio umedecia-lhe a fronte. Ela viu chegar Raul, que a procurava:

- Ah, estás aqui! Não danças? - indagou, aproximando-se dela.

- A princesa acaba de conceder a honra de uma valsa ao cavalheiro. Creio que ainda não fostes apresentados: este é o barão de Válden, este é o príncipe de O.

Os dois homens cumprimentaram-se cerimoniosamente e, em seguida, o banqueiro, cuja vista atenta percebera o embaraço de Valéria, conduziu-a até o salão de baile. Enlaçando-a pela cintura, conduziu-a numa valsa impetuosa.

O rapaz procurava aparentar calma. Valéria, porém, podia sentir-lhe o tumultuado bater do coração. Como em um sonho, a jovem se deixava levar no rodopio da dança, sem nunca erguer os olhos para o cavalheiro que a conduzia, muito embora pudesse sentir o olhar ardente que ele cravava em seu rosto.

Tendo feito a volta no salão, o banqueiro parou. Encontravam-se à entrada de uma estufa, cujo frescor e a suave meia-luz eram um convite ao repouso. Oferecendo o braço à dama, Samuel conduziu-a até lá. A agitação da jovem princesa era extrema. Palidez e rubor alternavam-se em seu rosto; tinha a mão apoiada sobre o braço do banqueiro e tremia qual folha ao vento. Para Valéria, tal emoção representava uma fraqueza vergonhosa e imperdoável diante daquele homem tão senhor de si e cujo semblante nada refletia senão respeitosa e fria polidez.

Naquele momento, passava um criado com larga bandeja de refrescos. Na tentativa de demonstrar autocontrole, a princesa chamou-o e apanhou um copo de limonada gelada; estava prestes a levá-lo aos lábios, quando Samuel segurou-lhe a mão.

- Ah, senhora, o que diria o príncipe se vos visse, tão aquecida com a dança, tomar essa bebida gelada? - murmurou, retirando-lhe da mão o copo, que recolocou sobre a bandeja.

- Como ousais? - protestou Valéria, após um instante de espanto e cólera. - Sois um insolente!

O banqueiro fitou-a com sarcasmo.

- Sou um homem sem ressentimentos, senhora princesa. Só estou procurando evitar que contraias uma enfermidade desnecessária. Não desejo que adoeçais, nem que essa valsa vos faça mal, apesar de tê-la dançado com um judeu. Agora, alteza, vou imediatamente providenciar que vos tragam uma xícara de chá.

Após respeitosa reverência, Samuel afastou-se.

Num esforço para ocultar a emoção que sentia, Valéria refugiou-se no recanto mais escuro da estufa, sentando-se num banco de veludo, decorado com flores. Como ele ousava afrontá-la, tratá-la com ironia? Não a amava mais? Mas então por que aquela preocupação com sua saúde? Algumas lágrimas rolaram em seu rosto; tudo nela se revoltava de uma maneira que não poderia exprimir.

- Aqui está - ouviu uma voz bem conhecida dizer.

Era Samuel que se aproximava, tendo atrás de si um criado com uma xícara de chá sobre a bandeja; o olhar atento do banqueiro logo a descobrira em seu retiro.

A jovem passou apressadamente o lenço pelo rosto úmido e levantou-se. Suas feições encantadoras haviam assumido uma expressão cruel e desdenhosa. Erguendo com altivez a cabeça coroada de diamantes, Valéria passou pelo banqueiro sem dirigir-lhe um olhar.

Quando o criado, espantado, saiu, Samuel sentou-se no banco que a princesa acabara de ocupar. Logo avistou no chão o lenço que ela deixara cair ao levantar-se. Apanhando-o, sentiu que o fino tecido com bordas de renda estava completamente úmido.

– Ah, Valéria! Ainda me amas... Nosso reencontro custou-te estas lágrimas – murmurou, antes de apertar o lenço contra os lábios.

Em seguida, guardou-o junto ao peito. Recostando-se contra o encosto do banco, sonhou com o passado.

Enquanto tal cena se desenrolava, Raul, que fora atacado por forte dor de cabeça nervosa e não dançava, havia se afastado do barão de Kirchberg. Buscando um pouco de tranquilidade, fora sentar-se num espaço localizado no largo vão de uma escada, onde confortável poltrona convidava ao repouso. Um espesso cortinado separava-o de pequena sala contígua. Fazia poucos minutos que estava ali quando ouviu um rumor de passos no cômodo ao lado.

– Que tal nos sentarmos aqui para tomar nosso chá e descansarmos um pouco, Henrique? – propunha uma voz masculina.

– Excelente ideia! Mas deixa que eu retome o assunto que havia iniciado – ouviu outra voz de homem dizer. – Creio teres notado, Carlos, que a princesa de O. dançou uma valsa com o banqueiro Maier, barão de Válden, que há pouco chegou ao baile. É incrível como esses judeus têm verdadeira obsessão por se cobrirem de títulos de nobreza, não é mesmo? Eu me pergunto quem teria ousado apresentá-lo à bela Valéria. Já é lamentável que Kirchberg se permita a excentricidade de convidar essa gente a participar de suas festas, mas empurrar esse judeu para fazer par com dama de tão alta hierarquia, é ser mais do que impertinente, se queres saber o que penso.

– Escuta – disse com um riso de escárnio o interlocutor de nome Carlos. – Tenho uma história picante para vos contar. Não é segredo que as finanças dos M. iam de mal a pior e que sua falência era iminente, quando Maier se apaixonou, não sei como, pela condessa Valéria. Prevendo que não seria aceito pelos parentes da jovem, tratou de adquirir todas as dívidas dos condes de M., pai e filho, e, amparado nos títulos dessa dívida, ousou pedir a mão da condessa em casamento. Supõe-se que o pedido tenha sido aceito, visto que o banqueiro por algum tempo frequentou assiduamente o palácio dos M. Sabe-se que eles também foram visitá-lo em sua propriedade de Rudenhof. Conta-se ainda que ele recebia um padre e que iria se batizar, mas surgiu o príncipe de O. e tudo mudou: o judeu foi pago e posto pra fora.

– Mas de quem ouvistes todos esses detalhes? Afinal, oficialmente nunca se deixou transparecer nada a respeito desse noivado.

- Não é de admirar, meu caro! Havia nisso motivo para orgulho? Pois saiba que minhas informações vêm de fonte fidedigna. Meu pai conheceu um dos corretores que vendeu letras de câmbio do conde Egon de M. a Josué Levi, o primeiro agente da Casa Bancária Maier & Filho. Esse Levi procurou notas promissórias e títulos assinados pelos dois condes por toda parte, a pedido do banqueiro. Além disso, a esposa desse funcionário é dona de uma loja de modas, e uma de suas empregadas trabalha há muito tempo para minha mãe e irmãs. A moça é muito curiosa e indiscreta, e sabe de tudo o que acontece pela sobrinha da senhora Levi, com quem tem amizade. Foi por intermédio dela que ficamos sabendo das visitas de Samuel Maier aos M., de sua intenção de fazer-se batizar e de sua posterior tentativa de suicídio, que coincidiu com o noivado da condessa de M. com o príncipe de O. A verdade é que me divertiu ver a bela princesa dançando com o noivo dispensado. Ela parecia muito agitada! Quem sabe? Talvez ela tenha gostado. Não está se saindo mal, esse judeu!

- Que história! Mas escuta: a música acaba de recomeçar. Já é tempo de reencontrar nossas damas.

Raul ouviu aquele diálogo com um interesse e ódio crescentes. Ao perceber que os dois mexeriqueiros se afastavam, deu uma olhadela por entre as dobras da cortina: um dos interlocutores era oficial da Infantaria e o outro um rapaz desconhecido, à paisana. Transtornado, o príncipe tornou a sentar-se: uma amarga desconfiança lhe invadia o coração.

Então o banqueiro judeu Samuel Maier era o homem a quem Valéria havia sido prometida! Não havia como negar-lhe a beleza, a elegância e as maneiras impecáveis, que em nada refletiam sua origem. E se Valéria tivesse mesmo gostado de dançar com ele? Com uma suspeita corrosiva, o príncipe examinou circunstâncias até então incompreensíveis desde seu noivado: a estranha melancolia da moça, a súbita viagem a Nápoles, os nervos sempre abalados, a enfermidade no dia das núpcias. O sangue lhe subiu à cabeça: teria sido enganado, e preterido por um... judeu?!

Por outro lado, lembrou a bondade de Valéria, a afeição que ela lhe demonstrava, seu olhar puro e límpido, e descartou qualquer possibilidade de traição. A cólera do príncipe voltou-se então contra Maier e Kirchberg. Contra o primeiro por se haver introduzido numa sociedade acima dele, e contra o segundo por ousar aproximar sua esposa de semelhante indivíduo.

- Eis o resultado de transgredir a tradição - resmungou Raul entredentes, pondo-se em pé. - Se eu me tivesse negado a trazer Valéria a uma festa onde se corre o risco de esbarrar com a gentalha, todos esses venenosos mexericos teriam sido evitados.

Fervendo de raiva por dentro, o príncipe saiu à procura do anfitrião; pediria que fosse mais escrupuloso na escolha dos convidados que apresentasse à esposa. Ao encontrá-lo, pediu que se retirassem para um local onde tivessem privacidade para conversar; para ficarem à vontade, o barão conduziu-o até a estufa.

- O que acontece, príncipe? Pareceis aborrecido - o barão indagou, intrigado com o motivo da misteriosa conferência.

- Meu caro barão, acabo de tomar conhecimento da identidade do cavalheiro que me apresentastes ainda há pouco como barão de Válden. Ouvi, também, quando conhecidos meus exprimiam justa surpresa por tê-lo visto dançando com minha esposa. Respeito vossas opiniões, mas não posso nem quero renunciar àquelas em que fui criado. Posso resignar-me a partilhar o ambiente com judeus, mas suplico-vos que poupeis a princesa de ter qualquer contato com eles. Tenho verdadeira ojeriza por esses usurários, que só adquirem títulos de nobreza para depreciá-los!

Uma expressão de embaraço e descontentamento surgiu no semblante de Kirchberg, mas ele não teve tempo de responder, pois uma figura inesperada surgiu da sombra: era o banqueiro, que, pálido até os lábios, parou diante de Raul.

- Não sou um usurário, príncipe - disse com voz entrecortada. - Vais me dar satisfação desse insulto; deixo-vos a escolha das armas[4].

Raul mediu Samuel de alto a baixo com uma expressão difícil de definir. Aparentava ter recuperado a calma, e seu belo rosto revelava arrogante desdém. Seus olhos habitualmente meigos assumiam um ar de desmedida rigidez e orgulho.

- Lamento não poder satisfazê-lo, senhor Maier - disse num tom frio, bem pausadamente -, mas não me bato senão com meus iguais, ou seja, aristocratas de nascimento. O que eu declarei de resto não vos pode

---

4 Samuel o desafia para um duelo, prática ainda comum entre homens da nobreza europeia do período (século XIX); o duelo era um confronto entre dois combatentes (com espada ou arma de fogo) até a morte de um deles, para lavar a honra do ofendido, que é quem escolheria as armas.

ofender, pois de fato sois um judeu, e sobre esse povo a opinião é geral. Conheci um homem de sua raça que, tendo se apaixonado por uma jovem nobre, especulou sobre a ruína de seus familiares, comprou suas dívidas e intimou a infeliz a optar entre o casamento ou a desonra dos seus. Um tal procedimento é ainda pior que a usura, aos olhos de qualquer fidalgo verdadeiro!

Medindo Samuel com um último olhar de frio desprezo, o príncipe virou-se e saiu. No rosto do jovem banqueiro, a lividez dera lugar a um ardente rubor; ele cambaleou, como que atingido por uma bofetada.

- Vamos, meu amigo, não vos deixeis abater! - aconselhou o barão de Kirchberg, apertando-lhe a mão. - Exigirei que esse jovem louco se retrate, e arranjarei esse caso, eu vos prometo. Não posso tolerar se insulte um dos meus convidados sob o meu teto.

- Também lamento que ataque tão torpe me tenha atingido em vossa casa tão hospitaleira - respondeu Samuel, buscando se dominar. - Mas eu vos peço, barão, que esqueçais esse desagradável incidente. Vossos conhecidos haveriam de dar razão ao príncipe. O escândalo que acabamos de presenciar já basta, e agora sou eu que não me rebaixaria a bater-me com ele. Peço-vos apenas que me permitais retirar. Compreendeis que não me será possível continuar mais tempo nesta festa.

Furioso e comovido, Kirchberg acompanhou o banqueiro até o vestíbulo, prometendo a si mesmo que passaria a visitá-lo com mais frequência para dar prova da sincera estima que lhe inspirava o jovem israelita.

A VINGANÇA DO JUDEU

DESCREVER O ESTADO de espírito em que Samuel se encontrava ao voltar para casa seria impossível. Em seu coração atormentado misturavam-se ódio, desespero, orgulho ultrajado e sede de vingança. Como um tigre ferido, rolou na cama toda a noite, e já era dia quando um sono pesado e febril veio dar trégua a seus nervos superexcitados.

Alguns dias mais tarde, Samuel já aparentava alguma tranquilidade. Contudo, um ódio selvagem contra o príncipe de O. criara raízes em seu coração. Era um rancor cego, que por vezes se estendia a Valéria. Estava disposto a sacrificar a própria vida para vingar-se do maldito que lhe havia arrebatado a mulher amada, que o chamara de usurário e o tratara com tal desprezo, negando-se depois a dar satisfação de seus insultos. A ideia de vingar-se do príncipe se tornara uma obsessão que corroía sua alma dia e noite, com um vigor que crescia na mesma medida da dificuldade de torná-la possível.

Caminhava de um lado para outro em seu gabinete por horas, torturando sua própria cabeça em busca de uma maneira de atingir o coração daquele homem aparentemente invulnerável, uma vez que vivia sob a tríplice couraça que representavam sua origem nobre, sua fortuna sólida e imensa, e a vida irrepreensível que levara até então.

Samuel tornou-se magro e abatido sob o peso desse pensamento que lhe minava as energias. Por vezes, rendia-se à ideia de que seria impossível conseguir sua vingança, para mais tarde recobrar a tenacidade e voltar a procurar um meio de alcançar seu intento.

Com tal disposição de espírito, é fácil compreender que a notícia de que Rute em breve seria mãe tenha sido recebida com frieza pelo banqueiro. Porém, o acontecimento promoveu certa aproximação entre ele e a esposa; Samuel acreditava ter o dever de dirigir algumas palavras de atenção à pobre jovem, cujo coração adoecido desejava uma reconciliação. Aquela mudança inesperada fez com que Rute quebrasse o voto de silêncio e relações menos tensas se estabelecessem.

Uma ocorrência inesperada, contudo, encarregou-se de reavivar no banqueiro o desejo de vingança, norteando-lhe a direção a seguir.

Certa manhã, conforme havia prometido, o padre Martinho veio visitar o antigo discípulo,e perguntou, ao cumprimentá-lo:

- Acaso estais doente, barão de Válden? Acabo de cruzar com o médico, que deixava vossa residência.

- Não, é minha mulher que está indisposta; ela tem tido uma gestação difícil.

- Ora, então vais ser pai? Permiti que eu vos felicite, meu jovem amigo, e esperemos que esse feliz acontecimento apague os derradeiros vestígios de um passado triste. A princesa Valéria também aguarda o nascimento de um filho.

- Para quando? - perguntou o banqueiro, mascarando sua emoção com uma pergunta indiferente.

- Para o fim de junho.

Samuel estremeceu; uma ideia infernal, soprada por algum espírito das trevas, acabava de brotar em seu cérebro.

Esperou com impaciência que o clérigo se retirasse e se trancou em seu gabinete para pensar à vontade em seu novo projeto. Rute, assim como Valéria, também daria à luz nos últimos dias de junho. Se ele conseguisse trocar essas duas crianças (sobretudo se fossem dois meninos), teria nas mãos uma arma que, com o tempo, iria ferir de morte o homem a quem odiava com todas as forças de sua alma.

Se tudo acontecesse como ele planejava, o altivo príncipe de O., que só aceitava relacionar-se com aristocratas como ele próprio, haveria de acariciar e educar como seu legítimo sucessor uma criança cuja origem desprezava, enquanto seu real herdeiro se tornaria um judeu.

Em seu delírio, decidiu que iria incutir naquela criatura, desde a tenra infância, uma aversão a tudo que fosse cristão. Não faria desse menino outro Samuel, mas um judeu sórdido e fanático, um verdadeiro usurário. Então, quando o momento propício chegasse, deixaria vir à tona a verdade, escarnecendo da vergonha, da raiva impotente do príncipe. Quanto a si, um tiro de pistola se encarregaria de libertá-lo da justiça humana. Desta vez não erraria a mira e haveria de morrer em júbilo, na certeza de que sua morte seria uma dupla vingança contra seu inimigo.

Samuel inebriava-se com esse projeto, e a mera perspectiva de que o acaso pudesse destruir seus planos, dando a Rute e Valéria filhos de sexo diverso ou fazendo com que houvesse um espaço de tempo grande demais entre o nascimento dos dois bebês, deixavam-no transtornado.

O tempo daquela espera inevitável foi utilizado pelo rapaz para amadurecer seu plano e combinar todas as possibilidades em detalhes. Em seu cego desejo de vingança, o banqueiro sequer cogitou como aquela ideia era odiosa, jogando criminosamente com o próprio filho.

Um incidente inesperado, ocorrido na primavera, intensificou ainda mais o ódio de Samuel pelo príncipe, dando renovada força à sua louca resolução.

Certo dia, Josué Levi, o leal agente da Casa Bancária Maier & Filho, veio procurá-lo aos prantos. Pedia que lhe concedesse alguns dias de licença para enterrar seu segundo filho, de nove anos de idade.

- De que morreu a criança? - indagou, com sincero interesse.

- Afogou-se, numa terrível infelicidade. Ah, esses malditos góis! - bradou Levi, erguendo os braços ao céu.

- Mas o que têm os góis a ver com a morte de teu filho?

- Um deles poderia ter salvado meu menino e não o fez porque era um judeu que morria. Que Jeová fira e destrua esse príncipe de O., esse tigre sem coração!

- Senta-te, Levi - pediu Samuel, com assombro e curiosidade. - Conta-me com calma o que aconteceu.

- Ontem o menino tinha ido visitar uma parenta que mora do outro lado do rio - começou Levi, enxugando as lágrimas. - Era um local bem distante, próximo à Ilha Margarida. Por volta das sete da noite, minha esposa Noêmia e meu filho regressavam num pequeno barco. Ao se aproximarem da margem, avistaram diversas senhoras e dois oficiais que aguardavam que a embarcação atracasse para serem transportados até Ofen. Um desses oficiais era o príncipe de O., e o outro, um velho coronel croata que não conhecemos. O barco estava prestes a atracar quando meu pequeno Baruck, que era muito travesso, decidiu saltar para o ancoradouro. Mas ele calculou mal e caiu na água. Vendo a criança se afogar, o príncipe livrou-se depressa do casaco, e minha esposa, que gritava desesperada, ganhou um pouco de esperança; foi quando o príncipe parou, após ouvi-la: "Palavra de honra!, mas acho que é uma judia!" "Hahahá... Sem dúvida, e me admiro que vos arrisqueis num banho frio para salvar um verme", disse o croata. O príncipe ficou branco; lançou um olhar rancoroso, abotoou a farda e afastou-se. Minutos mais tarde, um barqueiro resgatou meu Baruck, mas já estava morto.

Depois de fazer todo o possível para acalmar o pobre pai, Samuel despediu-se dele. Tudo fervia e se revoltava em seu íntimo.

- Miserável! - murmurou entredentes. - Então deixas um ser humano afogar-se porque pertence ao povo que persegues com ódio irracional? Pois não perdes por esperar. Quem sabe tua Nêmesis[5] não se aproxima!

Naquela mesma noite, o banqueiro dizia ao seu criado de quarto, que o ajudava a se trocar:

- Tu sabes do profundo interesse que eu senti outrora pela princesa de O., não é mesmo, Estevão? Não posso ser de todo indiferente ao que diz respeito a ela, e gostaria de ficar sabendo quando ela parir, e como está seu estado de saúde. Tens relações no palácio de O., não é? Pois bem, estou disposto a recompensar-te generosamente se me puseres a par do que ali se passa, e se me procurares de imediato quando a princesa der à luz.

- Isso será muito fácil, senhor barão. Minha noiva, Marta, é a primeira camareira da princesa. Podeis estar certo de que terei todo o empenho em servi-lo - respondeu o criado; uma empolgação gananciosa iluminou-lhe a face escanhoada.

* * *

Era uma magnífica tarde dos últimos dias de junho, e Samuel Maier estava sozinho no terraço que dava para os jardins de sua residência. Ligeiramente recostado contra uma cadeira de junco, tinha o olhar distraído posto no chafariz da fonte, cujos jatos d'água, em borrifos à luz do sol poente, ganhavam lindas cintilações douradas. A beleza calma da natureza, todavia, não exercia qualquer influência sobre a alma inquieta do banqueiro, cujas feições refletiam uma irritação silenciosa, uma inquietude quase febril.

Rute lhe havia dado um filho havia dois dias; até aquele momento,

---

5 Deusa grega que representava o combate à desmesura, ou à injustiça, ao desregramento, como é o caso do orgulho e do desprezo do príncipe.

porém, nenhuma notícia recebera do parto de Valéria. O pavor de que ela trouxesse ao mundo uma menina, que reduzia a cinzas seu plano de vingança, roubava-lhe o sossego.

Uma tosse discreta, que soou atrás de Samuel, veio arrancar-lhe de seus pensamentos. Ele se voltou e avistou Estevão.

- O que desejas?

O criado aproximou-se com ar de mistério.

- Senhor barão -saudou -, acabo de ser informado de que a princesa de O. deu à luz um filho na noite passada. Marta, minha noiva, não me pôde prevenir mais cedo, porque a patroa está muito indisposta e a casa dos O. está em rebuliço.

Samuel levantou-se de um salto e em seu rosto, pálido num primeiro momento, surgia agora um rubor acentuado. Um brilho de satisfação selvagem surgira-lhe nos olhos.

- Vem comigo, Estevão - ele ordenou. - Preciso falar-te.

Os dois homens dirigiram-se ao gabinete do banqueiro. Após fechar cuidadosamente a porta, assim como a da sala contígua, o jovem israelita encarou o criado:

- Que tal te tornares rico, independente e poderes desposar de imediato tua noiva? - o patrão indagou à queima-roupa. - Em outras palavras, gostarias de receber uma fortuna em troca de um serviço que tu e Marta me podem prestar?

- Mas é claro que sim, senhor barão - a fisionomia astuta de Estevão iluminou-se. - Faremos tudo quanto exigirdes; sabemos o quanto sois generoso. Exceto matar...

- Imbecil, acreditas que eu haveria de pedir que matasses alguém? Claro que não. Trata-se apenas de fazer uma troca. Quero que me tragam o filho da princesa Valéria. Meu filho deverá ser levado para o palácio de O. e colocado no berço do pequeno príncipe.

Uma expressão de assombro aturdido se pintou no rosto de Estevão.

- Não compreendo... por que quereis separar-vos de vosso filho... - balbuciou.

- Minhas razões não te dizem respeito. Basta saber que quero trocar os dois meninos, e que se conseguires persuadir tua noiva a te auxiliar, sereis ricos.

- Rogo-vos que perdoeis meu tolo comentário, senhor barão - disse

Estevão, que retomara o sangue-frio. – Creio que Marta será suficientemente racional para não jogar fora sua própria felicidade. Irei agora mesmo procurá-la e combinar os meios de arranjar a coisa.

– Vai, e volta o mais depressa possível; a troca tem que ser feita esta noite.

Só, em seu gabinete, Samuel pôs-se a caminhar ansioso pelo aposento. Cada minuto daquela torturante espera parecia durar um século. Cerca de uma hora e meia havia transcorrido quando o empregado reapareceu. Tinha o semblante animado e seus olhos sorrateiros brilhavam de satisfação.

– Está tudo arranjado, senhor barão – disse, enquanto enxugava a fronte. – Mas não foi fácil! De início, a tola da Marta não queria ouvir nada, mas consegui persuadi-la e ela aceitou. Além disso, o momento é bastante propício, pois o príncipe e a condessa Antonieta, que velaram à cabeceira da princesa toda a noite passada e ao longo do dia de hoje, acabam de se retirar para dormir algumas horas. O menino e a ama estão em um dos aposentos contíguos, mas essa mulher não será obstáculo. Marta só não sabe ainda como afastar a parteira, que vigia a princesa como um guarda-costas, e a todo momento entra também no cômodo do menino.

Samuel, que a tudo ouvira silenciosamente, caminhou até um armário, abriu e retirou um frasco com líquido incolor.

– Entrega isto a Marta. Diz-lhe que coloque cinco gotas no leite ou no chá da parteira, e também no da ama. Será o bastante para que elas durmam pelo menos três horas. Agora trata de apressar-te. Aguardarás até que a coisa toda se faça, e então virás avisar-me o mais rápido possível. Naturalmente, tu irás num fiacre, mas o cocheiro não poderá suspeitar de onde vens nem para onde vais.

– Foi assim que eu já fiz; o senhor barão podeis contar com minha prudência.

– Espera! – o banqueiro chamou quando o criado já estava perto da porta. – Ainda não me disseste onde nem de que maneira se fará a troca.

– Será muito fácil. Os aposentos da princesa ficam no primeiro andar do palácio. As janelas do dormitório e do gabinete contíguo abrem para o jardim. Do quarto de vestir desce uma escadinha em espiral para um pequeno terraço, com um caramanchão. Marta já me abriu a pequena porta do muro, que costuma ser usada pelos jardineiros. Entrarei por lá, para passar ao terraço; Marta ficará espreitando do alto da escada; assim que eu lhe fizer o sinal, trará o pequeno príncipe.

- Está bem. Agora vai, apressa-te.

Assim que Estevão se foi, Samuel fechou a porta e em seguida retirou do armário ainda aberto um segundo frasco, igual ao que entregara ao criado. Depois de colocá-lo no bolso do colete, fechou o armário e dirigiu-se para o dormitório de Rute.

Num cômodo que antecedia o quarto, encontrou a enfermeira, mulher corpulenta de ar bonachão que, em pé diante de uma jarra de café e uma cesta de pães, acabava de encher uma xícara e preparava-se para provar a bebida fumegante. Ao dar-se conta da presença do senhor, ela baixou os olhos, ligeiramente constrangida, e depositou a xícara sobre a mesa.

- A senhora baronesa e o pequeno dormem - disse, como a desculpar-se. - Para evitar barulho e estar disponível, venho tomar o café aqui.

- Bebei à vontade, minha senhora. Precisais de força para velar - Samuel disse em tom benevolente. - Venho atrás de uma pequena carteira que esqueci esta manhã sobre o toucador. Mas como minha esposa descansa, prefiro não entrar no dormitório. Teríeis a bondade de ir apanhar o objeto e trazê-lo até aqui para mim? É uma carteira de couro vermelho, com cantoneiras de prata.

A mulher foi depressa ao quarto de Rute. Mal ela cruzou a porta, fechando-a atrás de si, o banqueiro abriu o pequeno frasco e derramou, apressado, algumas gotas do sonífero na xícara de café.

- Perdoai, senhor barão - desculpou-se a enfermeira, retornando um pouco confusa. - Não consegui encontrar vossa carteira.

- Nesse caso é preciso que eu mesmo vá procurá-la; tem documentos indispensáveis - respondeu Samuel, antes de entrar, pé ante pé, no dormitório levemente iluminado por uma lamparina.

À medida que seus olhos se habituavam à obscuridade do aposento, dirigiu-se cauteloso até o leito da esposa, ao pé do qual se encontrava o berço do bebê, circundado por um cortinado de seda. Rute dormia. Estava pálida e visivelmente esgotada. Sobre a mesa de cabeceira via-se uma xícara de chá cujo líquido estava pela metade. Apanhou-a e adicionou algumas gotas do narcótico à bebida. Mal terminara de pingar, a esposa despertou e fixou nele seus grandes olhos negros, com espanto. Samuel procurou aparentar calma e inclinou-se para ela.

- Como te sentes, Rute? Estavas tão fraca esta manhã, que fiquei aflito.

- Oh, Samuel! - a moça exclamou, e um lampejo de júbilo iluminou o rosto da jovem judia. - Se me falasses assim de coração, haverias de restituir-me a saúde - ela segurou e beijou a mão do marido. - Se apenas tentasses me amar, eu haveria de consagrar toda minha vida a te fazer feliz!

Na meia-luz que envolvia o recinto, Rute não pôde perceber como era forçado o sorriso que se desenhara nos lábios do banqueiro. Ele, contudo, inclinou-se e beijou-a.

- Procura tranquilizar-te - pediu com doçura, sentando-se à beira do leito. - Estás muito agitada. Não queres que eu te dê de beber?

A um sinal afirmativo, Samuel levantou-a e, levando-lhe a xícara aos lábios, fez com que sorvesse alguns goles do chá.

- Agora dorme - aconselhou, passando a mão pela fronte da esposa num gesto de carinho.

- Obrigada - Rute murmurou com um sorriso de gratidão. - Agora já me sinto muito melhor - acrescentou, antes de fechar os olhos.

Deixando o quarto da esposa, o banqueiro tornou a passar pela enfermeira, que acabava de esvaziar uma segunda xícara.

- Por algumas horas estarei livre da vigilância dessa mulher - disse Samuel de si para si com satisfação.

De volta a seu gabinete, passou a consultar o relógio com crescente impaciência, até o retorno de Estevão.

- Depressa, senhor. Deveis trazer vosso filho; tudo está preparado, não há um instante a perder. Vede! - o criado exclamou, tirando de sob a túnica que usava um pequeno embrulho, que depositou sobre a mesa de trabalho do patrão. - Marta mandou uma camisa, uma touca e cueiros com o brasão do príncipe de O. É preciso que vistamos seu menino com essas peças. Agora devo me apressar, pois receio que a condessa Antonieta entre nos aposentos do principezinho a qualquer momento.

- Eu irei contigo até o palácio e juntos faremos a troca dos bebês - Samuel decidiu. - Prepara-me um manto, enquanto vou buscar o pequeno.

A caminho do quarto da esposa, verificou que a enfermeira já dormia pesadamente, recostada a uma cadeira. Encontrou Rute num sono igualmente profundo. Tendo o cuidado de fechar a porta à chave, inclinou-se sobre o berço do filho e tomou-o nos braços com cuidado.

De volta a seu gabinete, e auxiliado por Estevão, Samuel vestiu a inocente criatura com as roupinhas trazidas pelo criado e envolveu-a, depois, numa coberta leve. Tendo escondido o pequeno sob o manto que agora vestia, o jovem israelita saiu com o criado e, instantes mais tarde, ambos atravessavam a porta secreta do jardim.

Na primeira esquina tomaram um fiacre e minutos mais tarde entravam sem qualquer dificuldade nos jardins do príncipe de O. A noite era escura, sem luar. Samuel e o criado atravessaram as alamedas desertas do palácio com muita cautela. Ao chegar ao terraço, ambos se detiveram, e Estevão tossiu discretamente; alguns instantes se passaram até que passos leves e cuidadosos se fizeram ouvir nos degraus da escada em espiral: era Marta que se aproximava, pálida e trêmula, trazendo nos braços o bebê de Valéria. A troca dos pequenos ocorreu em completo silêncio. Logo a camareira tornava a desaparecer qual sombra escada acima. Enquanto isso, o banqueiro e o criado retomavam a toda pressa a porta de saída.

De volta a seu gabinete, o banqueiro preparou-se para vestir o pequeno ser com as roupas de seu filho, mas quando levantou a manta olhou pela primeira vez para o filho da mulher que o traíra com seu detestado rival, um estranho sentimento, misto de ciúme, desespero e ódio apertaram seu coração, que estivera frio enquanto ele se separava de seu próprio filho. Não havia nenhum traço de Valéria no rosto do pequeno, que agora despertava e chorava baixinho; ao ouvir esse som, sua raiva vingativa fundiu-se num sentimento pungente, misto de amor e compaixão; ele procurou acalmar a criança, que depressa tornou a adormecer.

- Espera por mim aqui - Samuel disse a Estevão. - Devo dar-te a recompensa prometida.

Rute e a enfermeira ainda dormiam quando o banqueiro entrou no dormitório da esposa. Um instante mais tarde, o príncipe deserdado repousava no berço de onde deveria acordar como um judeu milionário.

De volta aos seus aposentos, o banqueiro arrancou duas folhas de um talão de cheques, nas quais traçou algumas linhas e entregou a Estevão.

- Um desses cheques é teu, e o outro é de Marta. A soma indicada vos será paga quando apresentardes esses documentos ao banco do Estado, em Viena. Mas devo prevenir-te de que esse enriquecimento repentino poderá levantar suspeitas, e que agiríeis mais prudentemente se deixásseis o país.

O criado deu uma olhada nos papéis e empalideceu, espantado com o valor daquela soma.

– Oh, senhor barão! Sois generoso como um rei – balbuciou, tentando segurar a mão do banqueiro para beijá-la. – Quanto a deixarmos o país, já tínhamos decidido isso. Que prazer poderíamos ter vivendo como ricos num lugar onde sempre nos conheceram como servos? Marta tem um tio que vive na América, e é para lá que iremos assim que nos casarmos.

Enfim só, Samuel se jogou em sua cama, agitado pelos sentimentos mais diversos. O primeiro passo de seu plano fora dado, e o futuro haveria de reservar um triunfo ainda maior. Aquele aristocrata insolente, que não reconhecia direitos humanos senão para os seus pares, haveria de afagar e criar uma criança da raça que ele tanto desprezava, e a quem daria o altivo nome dos príncipes de O. Quanto ao seu legítimo herdeiro, descendente de tão antiga e ilustre aristocracia, haveria de tornar-se um judeu usurário, um fanático, inimigo de tudo que fosse cristão, um ser incapaz de ocupar o papel que um dia deveria ser seu.

– Se o diabo existe, não há dúvidas de que ele é meu aliado neste plano – Samuel murmurou com uma satisfação rancorosa. – Mesmo esses dois, meus únicos cúmplices, cuja presença me seria tão incômoda, deixam a Europa por muito tempo!

Devemos agora avançar um pequeno intervalo, para lançar um olhar retrospectivo sobre os acontecimentos ocorridos nesse período a essas duas casas.

Após o restabelecimento de Rute, o banqueiro vira-se forçado, mesmo a contragosto, a permanecer no papel a que fora levado pelo acaso no momento em que, justamente quando ele pingava o narcótico, a jovem abriu os olhos. Ele então se mostrava afetuoso e indulgente, mas não tardou para Rute perceber que Samuel não se sentia à vontade com as expansões espontâneas de seus sentimentos, e que a bondade amistosa do marido apenas disfarçava uma completa indiferença. Ao dar-se conta da verdade, ela se desesperou e chorou. Suas lágrimas, contudo, serviam apenas para afastar o marido do lar, e Rute acabou por fechar-se em si, buscando refúgio e consolo no filho, a quem adorava.

No entanto, o caráter da jovem judia era muito ardente, muito violento para se submeter passivamente. Magoada em seus sentimentos, pouco a pouco deixou seu amor se desviar para um ciúme sombrio e desconfiado. Rute vigiava as pequenas saídas de Samuel e seu coração se enchia de raiva e suspeita toda vez que ele se ausentava por tempo além do habitual.

Acreditava que o banqueiro passasse as tardes em companhia de alguma rival, enquanto ela própria permanecia relegada a um abandono ultrajante, não lhe restando mais do que exercer o papel de dona de casa.

A união de Raul e Valéria também estava longe de ser feliz. As palavras maldosas que o príncipe ouvira na noite do memorável baile na residência do barão de Kirchberg acabaram por lançar uma camada de gelo sobre seu coração ingênuo e apaixonado. Concluíra que algumas extravagâncias no comportamento da esposa eram resultado do amor escondido por esse judeu pálido e de olhos faiscantes, e a esse pensamento tudo fervia dentro dele.

Raul era um jovem generoso, bom e amável por natureza; contudo, a excessiva adulação da mãe, além da bajulação e das reverências de todos que se aproximavam do belo e rico fidalgo acabaram por desenvolver nele graves defeitos de caráter. Acostumara-se a ter todos os seus desejos realizados, a encarar a admiração que lhe dirigiam como algo que lhe era de direito e a preferência que concedia a alguém como uma graça excepcional.

É bem verdade que sua prepotência e suas exigências ficavam camufladas sob o maneirismo refinado, ao qual sua bondade inata emprestava um charme. Todavia, o receio de que o coração da mulher a quem adorava não lhe pertencesse por inteiro e de que ela pudesse, ainda que por um instante, igualá-lo àquele usurário arrivista, acabou por promover uma verdadeira revolução em seu coração. Todo o orgulho de raça e o exclusivismo aristocrata que a educação lhe havia incutido desenvolveram-se nele com uma brusca inflexibilidade.

É certo que a princesa Odila era muito exclusivista, não gostava de reuniões em que se imiscuíssem indivíduos de outra classe e as reprovava. Mas Raul ia ainda mais longe: recusava-se abertamente a frequentar ambientes onde corresse o risco de ombrear com novos ricos.

Sua principal aversão recaiu sobre os judeus, representados para ele na pessoa de Samuel Maier, o insolente que ousara estender a mão a Valéria. Com férrea disposição, o príncipe dedicou-se a perseguir os israelitas onde quer que os encontrasse, e demitiu sem clemência aqueles que trabalhavam em suas propriedades. Foi a esse mesmo sentimento que o jovem obedeceu ao deixar perecer o pequeno Baruck, filho de Josué Levi, ele que não deixaria um cão se afogar...

Desde aquela ocorrência, contudo, o remorso de sua má conduta o perseguia sem descanso. O príncipe de O. passou a viver descontente consigo mesmo e com o mundo, o que não passava despercebido à sua esposa.

Aquela situação fazia Valéria sofrer; ela tinha a intuição de que algum fato do passado chegara aos ouvidos do marido, levando-o a afastar-se. A admirável beleza da jovem, todavia, continuava a exercer forte impressão sobre Raul, o que muitas vezes o levava a demonstrar-lhe seu amor com força renovada. O nascimento do primogênito operou uma mudança favorável no príncipe. Tendo-se tornado pai aos vinte e dois anos, o rapaz inebriou-se de júbilo e orgulho no momento em que Antonieta depositou-lhe nos braços, pela primeira vez, o filho que herdaria seu nome. Raul voltou a cercar a esposa de amor e atenção. Toda a antiga paixão parecia ter renascido nele, levando a crer que a paz voltaria a reinar em caráter definitivo no palácio de O.

Um incidente casual veio subverter aquela situação favorável, reacendendo suas suspeitas. Cerca de dois meses após o nascimento do filho, o príncipe se aproximou de Valéria para lhe fazer uma pergunta casual, no momento em que ela cuidava da toalete; conversavam despreocupados quando Raul apanhou sobre a mesa um medalhão que a esposa invariavelmente trazia ao pescoço, e que continha seu retrato; abrindo-o, pôs-se a contemplar a própria imagem, mas ao erguer os olhos para Valéria teve a impressão de que alguma inquietação a agitara.

– Me devolve o medalhão, Raul? Quero colocá-lo – disse, estendendo-lhe a mão vivamente; mas as suspeitas adormecidas de Raul já tinham despertado com violência.

Ele recuou e disse, examinando minuciosamente a joia:

– Eu o devolverei em uma hora.

– Que bobagem! Trago sempre comigo esse medalhão, estou acostumada e não quero me separar dele.

– A despeito de suas razões, vou ficar com ele; encomendei outro retrato meu em miniatura, e quero colocá-lo aqui – respondeu, fixando o semblante exaltado de Valéria com um olhar sombrio e desconfiado.

Uma vermelhidão ardente inundou subitamente o rosto da jovem; avançando para o marido, agarrou a corrente de ouro do medalhão e tentou arrancá-la de suas mãos.

– O retrato que me deste quando éramos noivos é sagrado para mim! – ela exclamou com voz alterada. – Proíbo-te de tocar nele!

- É sagrado para ti! - Raul repetiu com um riso amargo e sardônico. - Então quero certificar-me de que teu receio de perder esse tesouro é o único motivo de te perturbares tanto ao me ver tocá-lo. Quem sabe não descubro que esse medalhão guarda algo ainda mais caro para ti do que meu retrato? Se minha suspeita for injusta, estou pronto a te pedir perdão de joelhos.

A chegada de uma criada interrompeu a discussão.

- Alteza, acaba de chegar ao palácio um ordenança com um documento urgente - disse ela com reverência. Sem olhar novamente para sua mulher, Raul retirou-se, levando consigo o medalhão.

Pálida e atordoada, Valéria deixou-se afundar numa poltrona. Vergonha e medo quase a impediam de respirar. De fato, quando de sua viagem a Nápoles, acreditando que Samuel estivesse morto, ela pediu a um ourives que colocasse o retrato do banqueiro sob o do príncipe, sem o conhecimento de Antonieta. Desejava conservar como lembrança as feições do homem que havia tirado a própria vida por sua causa.

A despeito de todos os acontecimentos sobrevindos mais tarde, Valéria havia conservado o retrato consigo. Agora, contudo, arrependia-se amargamente por ter cometido essa imprudência, cujas consequências poderiam ser fatais. Com receio de que Raul pudesse encontrar a lembrança de Maier, julgando-a uma mulher desonrada, ela se levantou com uma energia febril, correu até seu quarto de vestir e, pela escada em espiral, desceu até o jardim.

No andar térreo, que também se comunicava com o jardim por uma sacada, ficava o gabinete do príncipe. Todas as janelas do cômodo estavam abertas. Valéria cuidou de certificar-se de que o marido não se encontrava lá. No aposento contíguo, uma espécie de sala de recepção, era possível ouvir com clareza a voz do príncipe, que falava ao ordenança.

A jovem saltou sobre a sacada e, olhando através da porta externa do gabinete, avistou o medalhão comprometedor sobre a mesa de trabalho. Em questão de segundos entrou no recinto, apanhou a joia e desapareceu, como uma sombra.

A seguir, tomou o caminho do terraço. Ao passar junto a uma grande fonte de pedregulhos incrustados, onde a estátua de Tritão assentada sobre um amontoado de rochas deixava sair um esguicho d'água de sua concha, a princesa atirou o medalhão, que desapareceu em meio às pedras. "Aqui ninguém o procurará", pensou aliviada, antes de caminhar furtivamente de volta a seus aposentos.

A raiva de Raul não teve limites ao constatar o inexplicável desaparecimento do medalhão. Embora não tivesse conseguido nenhuma prova da culpa da esposa, esse misterioso incidente deixou no coração do príncipe um sentimento quase de ódio contra ele. Um frio distanciamento se estabeleceu nas relações do casal. Indiferente à mulher em quem não confiava mais, Raul passou a buscar fora de casa distrações que lhe eram facilmente oferecidas. Sua beleza, sua riqueza faziam com que fosse cercado de atenção onde quer que fosse; as mulheres o adoravam, cortejando a todo momento, e não tardou para que se comentasse à boca pequena que o príncipe de O. estava colhendo êxitos estonteantes.

Rodolfo e Antonieta, cuja união era das mais felizes, observavam com amarga tristeza a vida cada vez mais dissoluta do esposo de Valéria. A cunhada visitava com frequência a jovem princesa, que suportava o abandono do marido com silenciosa resignação, dedicando-se exclusivamente ao filho, a quem amava com paixão; afeição que também era partilhada por Raul, que se orgulhava de seu herdeiro.

Tal era a situação no momento em que retomaremos nossa narrativa.

O BAILE DE MÁSCARAS E SUAS CONSEQUÊNCIAS

ERA INÍCIO DE janeiro e Rute estava sentada junto à janela de seu toucador, entretendo-se com o filho, que brincava em seus joelhos. Uma claridade viva refletia-se da lareira, indo iluminar em tonalidades acobreadas os móveis forrados de cetim dourado, os incontáveis enfeites que adornavam mesas e aparadores e a imagem adorável da jovem mãe e seu filho.

O brilho dos olhos de Rute evidenciavam o orgulho e o amor maternal. Ela contemplava encantada o pequeno Samuel, que ria aquele riso espontâneo e límpido, típico da primeira idade, enquanto tentava agarrar com a mãozinha uma mecha dos cabelos cacheados da mãe. Esse orgulho materno era completamente justificado na beleza do menino, que mais parecia um querubim de tez clara e translúcida, longos cachos loiros-prateados e olhos negros e aveludados.

A chegada de um cãozinho veio desviar a atenção do menino, que quis deixar o colo materno, para ir brincar sobre o tapete. Sem tirar os olhos do filho, a jovem senhora entregou-se a pensamentos evidentemente sombrios e amargos, pois seu semblante se obscurecia mais e mais. Levantando-se, ela se pôs a caminhar agitada pelo aposento. Se por um lado a atmosfera fria que a cercava resfriara seu amor apaixonado, por outro o ciúme crescia em sua alma com todo vigor que caracterizava sua natureza, pois se acreditava traída.

As frequentes saídas de Samuel e as incontáveis noites que ele passava fora do lar geravam suspeitas, levando a esposa a desconfiar (equivocadamente) que o marido mantivesse uma relação clandestina.

Na verdade, o banqueiro não se ocupava com nada desse tipo. Desde o memorável baile do barão de Kirchberg, e dos acontecimentos que se seguiram, Samuel se tornara calmo, taciturno, e desconfiado em relação ao belo sexo. Deixara de buscar as reuniões da aristocracia (fazia mais de dois anos que ele não vira mais Valéria) e consagrava-se inteiramente aos negócios, tão prósperos agora quanto na gestão do velho Abraão. Ainda assim, não se sentia bem em seu íntimo; sendo seu relacionamento com a esposa falso e compulsório, preferia passar as noites no clube, no teatro ou em qualquer outro lugar que não em sua própria casa. Naquele dia mesmo dissera a Rute que iria jantar fora e não voltaria cedo, fato que acabara por despertar nela uma verdadeira tempestade de suspeitas e de ciúme rancoroso.

Subitamente a jovem tomou uma decisão e, tocando a campainha para chamar a ama, ordenou que levasse o filho.

– Essa situação não pode continuar – disse a si mesma, assim que ficou só. "É evidente que ele me trai. Mas com quem? Certamente não é com a altiva princesa de O., que o desdenhou, como Aarão me contou. Se ao menos eu conseguisse entrar no gabinete dele, talvez encontrasse algum indício. Ele estará fora pelo resto do dia, procurarei uma chave que abra a porta daquela sala. Se Samuel não tivesse nada a esconder, não manteria esse cômodo trancado com tanto cuidado", pensou.

Munida de um grande molho de chaves, Rute caminhou apressada até o quarto de Samuel e de lá desceu para seu gabinete. Seus esforços iniciais foram em vão, mas, com persistência, acabou por encontrar uma chave que pareceu adaptar-se à fechadura, que cedeu, e a porta se abriu. Fechando-a cuidadosamente atrás de si, Rute percorreu com olhar ávido esse santuário de seu marido, no qual raramente havia penetrado. À primeira vista, nada encontrou de suspeito. Próximo à janela estava a mesa de trabalho de Samuel, feita em ébano e artisticamente entalhada. Sobre o bonito móvel pôde ver o tinteiro em prata maciça com que ela o presenteara um ano antes. Erguendo os pesos que prendiam documentos diversos, examinou cada folha solta, e até mesmo papéis sem importância que o marido jogara no cesto sob a mesa, mas nada encontrou que pudesse justificar a desconfiança.

Não era possível abrir as gavetas, trancadas por meio de segredo que ela desconhecia. Frustrada, mas cada vez mais agitada, Rute pôs-se a investigar o conteúdo de diferentes caixinhas. Por fim, seus olhos fixaram uma pequena peça em laca, cujas portas estavam destrancadas e que continha uma infinidade de bilhetes abertos, cartões de visita, envelopes, notas e outros papéis. No meio disso tudo, a jovem encontrou um envelope cor de rosa com bordas douradas, que não trazia o nome do remetente.

Seus olhos cintilaram; tomou o envelope e pôs-se a examiná-lo. No alto do selo intacto via-se a imagem do cupido, tendo em uma mão um coração e na outra uma flecha, com a qual se preparava para furá-lo. Com o rosto em chamas, Rute retirou do envelope um bilhete igualmente cor de rosa e perfumado e leu as linhas seguintes, escritas em caligrafia feminina:

"Meu adorado, recebi teu bilhete e não deixarei de comparecer esta noite ao baile de máscaras da Ópera. Prende uma rosa escarlate ao teu traje, para eu não me enganar caso encontre mais de um Mefisto no baile. Estarei vestindo dominó preto e um raminho de rosas-chá estará preso ao meu ombro por um laço cor de cereja. Esperarei por ti à direita, perto do quinto camarote, como me pediste. Gemma"

- Ah! - exclamou Rute, prestes a desabar sobre a poltrona. - Então é essa miserável atriz italiana a minha rival! O nome é Gemma, bem conheço. Então é entre suas inquilinas que o senhor barão escolhe as amantes? Muito prático! Desta vez, porém, meu bom Samuel, poderás fechar a conta sem o gerente.

Tremendo de hiperexcitação nervosa, Rute fechou o móvel e preparou-se para deixar o gabinete. Ao tentar trancar a porta, constatou com impaciência que a chave não fechava.

- Ora, ele pensará que se esqueceu de trancá-la - murmurou, e foi quase correndo rumo a seus aposentos.

Após uns quinze minutos de pensamentos muito tumultuados, a esposa de Samuel pareceu tomar uma decisão: "Já sei o que fazer! Por hoje, *signora* Gemma, não ireis ao encontro. Providenciarei para que este gentil bilhete chegue às mãos de vosso velho marido! Sendo o *signore* Giacommo ciumento como um turco, segundo dizem, tomará as medidas para vos preparar em casa uma conversa nada agradável. Enquanto isso, *eu* me encarregarei de representar vosso papel no baile. Ah, traidor, finalmente te hei de surpreender em flagrante! Lançarei um olhar por trás de tua máscara de impassível frieza, e ouvirei como soam tuas palavras de amor!

Com as faces em brasa, a jovem esposa sentou-se à sua escrivaninha e escreveu, disfarçando a própria caligrafia: "Se quereis manter vossa mulher, deveis proibi-la de ir esta noite ao baile da Ópera. O bilhete incluso vos dará prova de que é um amigo quem vos envia este conselho". Depois de pôr tudo no envelope e endereçar ao *signore* Giacommo Torelli, a jovem correu até seu dormitório e apanhou um bonito broche ornado de turquesas sobre o toucador. Em seguida, tocou a campainha, chamando a camareira.

- Lisete, estás disposta a servir-me com lealdade, jurando silêncio eterno a respeito de tudo quanto eu te ordenar esta noite? Garanto que não te arrependerás.

O rostinho alegre e esperto da criada iluminou-se com empolgação, uma vez que seus olhos sagazes já haviam divisado a bonita joia na mão da patroa.

- Ah, senhora baronesa, como poderíeis duvidar de meu zelo em vos servir? Minha boca é um túmulo!

- Bem, toma esta joia por tua boa vontade e ouve o que tenho a dizer-te: em primeiro lugar, deves fazer com que esta carta chegue às mãos do *signore* Giacommo Torelli. Serás capaz de fazê-lo com discrição?

- Nada mais fácil! O camareiro e outro criado desse cavalheiro são meus amigos.

- Muito bem. Em seguida, quero que procures um traje de dominó preto bem elegante, e uma máscara; tu vigiarás para que a pequena porta do jardim, por onde vou sair, permaneça aberta a noite toda, para eu ter caminho livre quando voltar. Se fizeres tudo conforme te peço, receberás amanhã uma segunda recompensa.

Rute esperou com grande impaciência que a noite chegasse. Em sua mente já antecipava o prazer de presenciar a decepção do marido ao descobrir que estivera cortejando a própria esposa. Seu amor próprio ferido vibrava na esperança de finalmente poder humilhar aquele cuja indiferença a ofendia dia após dia.

Pobre Rute! Se soubesse que o marido, ao regressar de uma tarefa matinal, já havia encontrado o bilhete que a camareira descuidada deixara cair em meio aos degraus da escadaria, e que aquela mensagem jamais chegaria ao destinatário; se tivesse visto o riso zombador e indiferente de Samuel, que depois de ler o papel o lançou na lixeira... decerto teria renunciado a seu arriscado projeto, cujas consequências poderiam ser as mais graves.

Porém, nada podendo prever, a jovem preparou-se com esmero para o baile; pretendia parecer linda ao tirar a máscara. Contemplando ainda uma última vez a própria imagem no espelho, convenceu-se de que estava admiravelmente bela em seu vestido de cetim negro, recoberto com rendas de Chantilly, e com cordões de pérola a enfeitar o pescoço e os cabelos negros. Vestiu o dominó e baixou-lhe o capuz sobre o rosto mascarado. Para finalizar a toalete, a camareira prendeu ao ombro da ama o ramalhete de rosas com o laço cereja. Rute cobriu-se com um manto de pele e caminhou rumo ao jardim, fazendo-se acompanhar pela criada.

A alameda que conduzia à pequena porta lateral mantinha-se bem cuidada mesmo durante o inverno, e de dia os jardineiros passavam por ali a caminho das estufas, por isso as duas mulheres chegaram à viela da pequena porta sem dificuldade. Adiante, na esquina, um fiacre aguardava. Lisete ajudou Rute a subir no veículo que, minutos mais tarde, estacionava diante da fachada iluminada da Ópera. Era meia-noite. Carruagens chegavam sem parar para o desembarque dos convivas do grande baile.

Com o coração palpitando, Rute fez sua entrada no salão inundado de luz. Era a primeira vez que se achava em meio a semelhante aglomeração, com o agravante de que se encontrava só. O burburinho contínuo da multidão elegante e animada que se acotovelava ao redor da jovem, os risos e gracejos vindos de todos os lados, muitos dos quais dirigidos a ela, causaram-lhe súbita vertigem. Munindo-se de toda energia de que dispunha, Rute abriu caminho na direção indicada no bilhete de Gemma, indo encostar-se a uma coluna.

Pouco teve que esperar, pois logo avistou a figura alta e esbelta de um Mefisto que atravessava a multidão, aproximando-se dela. Trajava a vestimenta tradicional em veludo vermelho com manto e capuz, tendo uma espécie de máscara de couro, com pequenos orifícios, que se ajustava perfeitamente ao contorno do rosto masculino, cobrindo-o completamente. Na cintura, onde uma guarnição, sofisticado trabalho de ourivesaria, ostentava a espada do rei dos infernos, balançava uma rosa escarlate.

Agitada, Rute acreditou ser o marido. É verdade que a vestimenta colante que realçava as formas admiráveis do rapaz lhe alterava um tanto o aspecto exterior, fazendo com que parecesse maior, mas a mão delgada de dedos longos, delineados pela luva branca, era bem a de Samuel, assim como os grandes olhos negros que brilhavam através dos orifícios da máscara. O Mefisto passou junto dela, tocando-lhe de leve a mão, na qual deixou um papel e, sem se voltar para ela, desapareceu em meio à multidão. Rute procurou um lugar mais reservado, abriu o bilhete e leu, admirada, as poucas linhas escritas apressadamente a lápis: "Rodolfo suspeitou de nosso encontro e nos vigia. É preciso que nos afastemos. Vai esperar-me sob a grande escadaria da Ópera. Irei encontrar-te logo mais."

"Sem dúvida se trata de outro amante, de quem o senhor Maier receia o ciúme", pensou Rute, amassando o papel e caminhando em direção à saída.

Não chegara ao meio da escada quando o Mefisto a alcançou.

– Gemma – ele murmurou, oferecendo-lhe o braço.

Aceitando em silêncio, ela se deixou vestir com seu manto e seguiu o companheiro até uma carruagem, um pouco à frente da porta de entrada. Depois de tê-la ajudado a subir, sentou-se ao seu lado e, pondo a cabeça pela portinhola, deu uma ordem ao cocheiro; Rute sobressaltou-se: o timbre lhe pareceu estranho. Pensou, porém, que aquele seria um estratagema do marido para disfarçar a voz, por cautela.

– Gemma, minha querida – ela ouviu o Mefisto murmurar, inesperadamente, trazendo-a para junto de si.

Uma desagradável sensação, misto de despeito e mal-estar, invadiu a jovem. Quão diferente era esse Samuel daquele que ela conhecia! Mas não houve tempo para reflexões, pois a carruagem, que seguia a galope, logo estacionou diante de um banco de pedra, em frente de ampla residência cuja fachada era abundantemente iluminada.

O Mefisto desceu e antes que tivesse tempo de tocar a campainha, a porta da casa se abriu, deixando entrever uma escada atapetada e adornada de flores. Um criado de gravata branca depressa correu ajudá-la a descer.

Depois de dar ordens a esse mesmo serviçal à meia-voz, Mefisto ofereceu o braço à jovem e a conduziu a um pequeno aposento, composto de sala e escritório, ambos mobiliados com o mais alto luxo.

Enquanto os dois jovens se livravam dos mantos que lhes serviam de disfarce, o criado aproximou-se, trazendo-lhes uma bandeja de pratos frios, além de frutas, pães e vinhos, e então se retirou com discrição.

"O momento da descoberta se aproxima", pensou Rute, indo sentar-se e pondo-se a observar o Mefisto, que, diante do espelho, se desfazia do cinto e da espada, para em seguida retirar a máscara de couro que lhe cobria a face. Aos olhos assombrados da jovem surgiu um rosto totalmente desconhecido, emoldurado por uma ramificação de cabelos loiros e cacheados.

Com um grito abafado, ela se levantou. O homem que suspeitara ser seu marido era um completo estranho com quem se havia aventurado numa casa reservada a encontros clandestinos. Ante aquela exclamação, o príncipe de O. (pois era ele) se voltou admirado.

- Estás muito sensível hoje, minha bela Gemma! Por que gritas? Será que te causo medo? - ele indagou, rindo.

- Senhor, eu vos suplico, deixai-me partir - implorou Rute, fora de si. - Fui vítima de um abominável engano. Equivoquei-me e vos tomei por outro.

Com crescente admiração, o príncipe encarou o rosto ainda mascarado da jovem.

- Eis um equívoco que me agrada - disse ele entre risonho e colérico. - Não avaliais o que exigis de mim, senhora. Vós me acompanhastes voluntariamente, respondestes ao nome de Gemma e trazeis o sinal convencionado: logo, é impossível ser um engano. Vamos, minha bela, deixai de lado os gracejos e vamos comer.

Tomando as mãos da jovem, Raul passou a despir-lhe as luvas.

- Senhor, eu vos rogo, sede generoso e deixai-me ir - Rute suplicou, procurando afastar-se. - Eu vos juro que não sou a *signora* Torelli, e que acreditei estar seguindo a outro que não vós.

- Neste caso, senhora, eu seria um tolo em não tirar proveito da boa sorte que o acaso me trouxe - argumentou o príncipe, galante. - Não tenho dúvida de que sois mais bela do que Gemma Torelli. Sou um homem discreto e posso conformar-me em vos amar sem vos conhecer. Mas uma coisa é certa: esta porta não se abrirá antes de terminarmos a ceia.

- Estais sendo cruel, senhor! - murmurou Rute com voz sufocada. - Mas até cearei convosco se prometerdes que não tentareis ver meu rosto, e nem me detereis depois.

- Agradeço-vos por esta primeira concessão, minha bela desconhecida. Sentemo-nos, pois. Como devo chamar-vos?

- Chamai-me Gemma, já que foi esse o infeliz nome que nos reuniu aqui.

Empenhando-se em servir a acompanhante com cavalheirismo e

atraindo-a pouco a pouco com uma dessas conversas agradáveis e espirituosas em que era mestre, Raul observava a companheira de refeição, cada vez mais intrigado. O preço altíssimo das pérolas que ornamentavam seu pescoço e seus cabelos eram prova de que se encontrava na presença de uma mulher rica. Suas maneiras e linguagem apontavam alguém da alta sociedade. Tudo quanto era possível depreender-se daquela figura feminina denotava juventude e beleza. Quem seria ela?

Rute, por sua vez, a despeito da penosa emoção inicial, deixara-se cativar pelo charme da conversa. Os galanteios cavalheirescos, os elogios delicados e aqueles olhos ardentes e sedutores que buscavam os seus com avidez eram novidade para aquela jovem solitária e desdenhada, que não se sentia mais tolerada na casa de seu marido. Ela observava o belo rapaz sentado junto a si com uma condescendência sempre crescente, comparando involuntariamente o taciturno Samuel àquele cavalheiro encantador, cujas palavras e gestos eram, cada um deles, uma homenagem à sua beleza semioculta. Suas respostas foram se tornando mais animadas e o brilho de seus olhos mais espontâneo e intenso. Enquanto isso, a curiosidade e a impaciência de Raul chegavam ao ápice. Não podendo mais conter-se, num gesto de ousadia ele levantou-lhe a máscara.

Uma onda de sangue inundou o rosto de Rute.

- O que fizeste é indigno! - exclamou Rute, seus olhos cintilando com intensidade.

Maravilhado e fascinado pela beleza exuberante e atraente da jovem judia, Raul ficou mudo por alguns instantes. Em seguida, pondo-se de joelhos, tomou-lhe a mão, que apertou contra os lábios.

- Aos vossos pés imploro perdão, senhora. Não posso, contudo, lamentar minha temeridade, pois é a ela que devo o privilégio de poder contemplar vossa beleza divina. Vê-se bem que sois de origem italiana como Gemma, aquela que junto a vós não passa de uma pálida sombra. Sois a encarnação da Armida sonhada por Tasso[6]!

Naquele momento, o príncipe tinha esquecido completamente a

---

6 Torquato Tasso (1544-1595), poeta italiano autor de *Jerusalém libertada*, em que aparece Armida, uma sarracena (como eram chamados de modo genérico alguns povos do Oriente Médio) que, por sua beleza e magia, cativa o guerreiro Rinaldo, paralisando a primeira cruzada cristã.

meiga e loira Valéria. Todos os seus sentidos se achavam subjugados pela beldade soberana e voluptuosa que tinha diante de si, cuja tímida agitação a tornava ainda mais fascinante. Ele próprio não compreendia o porquê do tom doce e carinhoso em sua voz, nem da expressão de súplica que se desenhava em seus olhos ao insistir para que a bela desconhecida lhe concedesse uma hora mais, depois de cobrir as mãos dela de beijos.

- Eu vos perdoo, senhor, e ficarei mais um pouco em vossa companhia. Mas erguei-vos, por favor, e jurai que não buscareis conhecer minha identidade - pediu Rute, caindo exausta sobre a cadeira.

Uma estranha disposição de espírito a agitava. Sob o olhar de apaixonada admiração do príncipe, sua vaidade feminina e a consciência do poder que sua beleza lhe conferia foram violentamente despertadas. Percebia agora que era capaz de inspirar amor e que seus favores constituíam privilégio. Aquele homem tão belo e amável, que mendigava de joelhos a felicidade de passar mais uma hora a seu lado, era prova viva disso.

Uma onda de orgulhosa satisfação invadiu seu cérebro, inebriando-a. Sua inexperiência de vida, que persistia pela solidão a que Samuel a condenara, a deixava cega para aquilo que esse aparente triunfo na verdade tinha de precário e humilhante.

Um sentimento maldoso de desforra contra o marido, misto de ódio e mágoa, foi se formando em seu coração. Enquanto o príncipe lhe sussurrava palavras de amor aos ouvidos, diante da vista espiritual de Rute desfilavam, como num caleidoscópio, seus três anos de vida conjugal, aquela existência monótona e vazia de afeto, junto a um homem melancólico e indiferente, que a evitava e que desprezava seu amor.

Lágrimas quentes saltaram de seus olhos e rolaram por suas faces agora pálidas.

- Meu bom Deus! Por que chorais, senhora? - indagou Raul, fitando com admiração o rosto emocionado da jovem. - Vamos, sede sincera. Dizei-me o motivo que vos levou a esse baile e vos arrastou a um engano, que, como vejo, vos causa tanto sofrimento.

- Sim, a fatalidade me trouxe até aqui. Entretanto, senhor, confio na vossa palavra. Não procureis jamais conhecer minha identidade, porque sou casada e, embora meu marido ame outra, o que faz com que me sinta infeliz e abandonada, procuro meu consolo apenas em meu filho.

Uma nuvem de sombra subitamente obscureceu o rosto do príncipe e franziu seu cenho.

– Tão bela e abandonada – murmurou ele com pesar. – Sabei, senhora, que foi uma ironia da sorte que nos reuniu neste lugar. Também amei com todas as forças de minha alma e fui traído, e preterido por um... miserável! – seu punho se crispou. – Estamos abandonados, os dois, e nossos corações solitários se hão de consolar e sustentar mutuamente. Permita que eu vos confesse o meu amor. Nunca, nunca tentarei saber quem sois. Porém, como prova de minha sinceridade, não vos ocultarei meu nome: sou Raul, o príncipe de O. Amai-me um pouco, e esqueçamos nessa afeição as chagas abertas em nossos corações!

Rute a tudo ouvira de cabeça baixa. Aquela voz carinhosa e aquele magnetismo no olhar agiam em seu organismo à semelhança de um narcótico. Seu marido, seu filho, sua família, tudo empalidecia diante do imenso desejo de experimentar a ventura de ser amada. Queria esquecer tudo e deixar-se envolver numa atmosfera de paixão que desconhecia, mas que a atraía como o abismo atrai o imprudente que para ele se inclina.

Conhecer a identidade do príncipe causara-lhe um sobressalto, e mil novos pensamentos passaram em sua mente. A sorte era, de fato, muito mais irônica do que Raul poderia supor, pois colocava-lhe aos pés o marido da rival, da loira infiel que lhe arrebatara o coração de Samuel. O destino trazia-lhe às mãos uma refinada vingança, e seria uma tola se não aproveitasse a oportunidade.

Assim, quando o príncipe a tomou nos braços, Rute não ofereceu resistência e aceitou, em silêncio, o beijo apaixonado que ele lhe depositou nos lábios.

Quando, uma hora mais tarde, separou-se de Raul, foi com a promessa de enviar notícias para um endereço secreto que ele lhe recomendara. Ela sentia-se como que embriagada no momento em que deixou o príncipe colocá-la na carruagem que a levaria de volta para casa, onde decerto ninguém dera por sua falta.

No dia seguinte, ao despertar, havia recuperado a razão, e os acontecimentos da noite anterior apresentavam-se à sua memória como um sonho fantástico. Em seu coração, um sentimento estranho, misto de vergonha, pesar e satisfação orgulhosa.

Oh, como era sedutor e perigoso o marido de Valéria! Seria possível que aquela mulher preferisse Samuel ao belo príncipe? Aquilo não importava. Traição era traição! E Rute jurou a si mesma que não tornaria a ver Raul e que fugiria dele, não lhe concedendo novos encontros.

Quando chamou a camareira, já passava do meio-dia. A criada informou-lhe que o patrão almoçara sozinho e descera para seu gabinete, informando que só voltaria à noite, quando traria algumas pessoas para o jantar.

Com a cabeça pesada, Rute levantou-se e pediu à criada que lhe trouxesse seu filho. À vista do pequeno, porém, a mãe quase deixou escapar um grito: era a imagem viva do príncipe que lhe estendia os bracinhos! Por que estranho acaso possuiria o filho de Samuel as mesmas feições de seu rival? E que terrível tentação para ela ver a todo instante aqueles olhos negros e límpidos, os cabelos loiros-prateados e o sorriso irresistível, a imagem do homem que prometera apagar da lembrança! Com o coração opresso, ela apertou o menino contra o peito.

O dia passou em dolorosa agitação. À noite, tornando a ver Samuel indiferente e reservado como de costume, seu coração bateu mais dolorosamente que nunca. As boas resoluções que tomara, entretanto, permaneceram firmes e, ao final da noite, após se haver entregado a uma prece fervorosa, Rute recolheu-se ao leito ainda mais determinada a manter-se distante da tentação e fiel aos deveres de esposa e mãe.

Dois dias se haviam passado desde o baile de máscaras quando Samuel, que acabava de folhear rapidamente o jornal após o almoço, dirigiu-se à esposa:

- Minha cara, recebi notícias de Paris que me obrigam a seguir para essa cidade em caráter de urgência. Partirei no trem das dezesseis horas. Tenha a bondade de providenciar para que minhas malas sejam preparadas e o jantar seja servido às quinze horas.

- E quando voltas? - a esposa indagou.

- É difícil dizer com certeza. O mais provável é que retorne em seis semanas. Mas é possível que eu fique retido em Paris por dois meses ou mais.

Rute empalideceu. Por quanto tempo ficaria sozinha, entregue ao tédio e a pensamentos tentadores?

- Samuel - ela arriscou, tímida e insegura -, leva-me contigo. Há muito que desejo visitar Paris, e aqui fica tão vazio, tão solitário sem ti...

- Que ideia boba! - o banqueiro retrucou, fitando-a num misto de admiração e contrariedade. - Não estou indo a Paris a passeio, mas para tratar de negócios urgentes, que absorverão todo meu tempo. Não poderei me envolver com família, criados e tudo o mais. Não cogitas deixar o pequeno aqui sob a responsabilidade da ama? Além disso, esqueces que uma casa como a nossa não pode passar sem vigilância. Quanto às despesas, não te preocupes, pois já dei instruções a Levi, que colocará à tua disposição a quantia de que necessitares.

Após o jantar, Samuel abraçou amorosamente o filho, ao qual parecia devotar grande amor, deu um beijo frio sobre a fronte de Rute e partiu.

Com o menino ao lado, a jovem esposa aproximou-se da janela, de onde viu o marido tomar a carruagem sem olhar para trás. No momento seguinte, o elegante veículo contornava a esquina da rua para desaparecer depressa.

Rute chamou a ama, entregou-lhe o filho e fechou-se em seus aposentos. Num misto de ódio, mágoa e orgulho ferido a dominar-lhe a alma, ela chorou.

– Ah, Samuel, para ti sou apenas uma criada mais elegante que as demais. Não sou mais que uma peça de mobiliário em teu palácio, não tens qualquer necessidade de meu afeto. Eu quis manter-me honesta, mas tu mesmo me impeles brutalmente a procurar fora o amor que me recusas! Pois será com o homem que arrebatou de ti aquela a quem amas que eu te trairei.

Com o rosto em chama, a jovem sentou-se à mesa e escreveu com mão trêmula: "Se desejardes rever Gemma, podereis encontrá-la amanhã, às onze horas, no rinque de patinação."

Depois de haver endereçado o bilhete conforme o príncipe de O. lhe indicara, Rute chamou a camareira Lisete e pediu que a acompanhasse à casa de uma pobre senhora a quem por vezes socorria. Dez minutos mais tarde, as duas saíam a pé. Rute aproveitou para lançar o bilhete numa caixa postal sem ser observada.

No dia seguinte, compareceu ao lugar combinado. Àquela hora matinal, havia poucos patinadores na pista. Num primeiro olhar, sem dificuldade reconheceu entre eles o príncipe, que se apressou a saudá-la com olhar apaixonado e radiante.

– Feiticeira! – murmurou ele, deslizando à sua volta. – Como agradecer-te por teres vindo? Mas não podemos conversar diante de tantos olhares curiosos. Eu preparei um bilhete em que exponho um plano para nos encontrarmos sem testemunha. Agora, Gemma querida, deixai cair vossa luva e, ao erguê-la, eu introduzirei minha carta. Se o permitires, estarei amanhã aos vossos pés.

De volta à casa, Rute retirou com impaciência o bilhete da luva e pôs-se a ler o que segue:

"Minha adorada, para nosso bem comum, mas sobretudo para que vossa identidade seja preservada, o que de minha parte prometo sempre respeitar, será necessário que nossos encontros sejam mantidos no mais absoluto sigilo.

"Para tanto, vos proponho aceitar o plano seguinte: possuo no subúrbio uma casa habitada por apenas dois homens que me são inteiramente leais e que serão mudos como um túmulo. Depois de amanhã, um deles, Nicolau Netosu, irá vos esperar com uma carruagem na esquina da rua do Domo, onde há uma saída da grande loja Economia Racional. Deveis chegar pelo outro lado da loja, deixar vossa companhia ali e, através desse grande bazar, ganhar a rua indicada. Reconhecereis Nicolau pelo uniforme preto e um penacho azul no chapéu. Quando vos aproximardes, ele dirá: "Signora Gemma", ao que deveis responder: "Rosa púrpura". Depois disso, podereis subir sem medo no coche. Bem depressa estarás junto daquele que só aspira pelo momento de poder estar novamente a vossos pés."

Rute teve o cuidado de queimar a perigosa carta, decidida a seguir todas as instruções que o príncipe lhe transmitira. No dia combinado, pediu ao cocheiro que a levasse até a loja, onde ela costumava mesmo comprar, atravessou-a por dentro e saiu na rua indicada. Ninguém lhe prestou especial atenção. Cautelosa, escolhera um traje preto bem simples e envolvera a cabeça num véu espesso. Instantes mais tarde, Rute subia na carruagem fechada que a conduziu a toda velocidade.

Um estranho sentimento, misto de remorso e esperança apaixonada, agitava o coração de Rute. Seus olhos curiosos e inquietos observavam o caminho pelo qual o veículo seguia. Deixando para trás as ruas movimentadas, a carruagem chegou a uma área afastada, tomou a avenida margeada de árvores e, dobrando uma esquina, entrou numa via ainda mais deserta. Após percorrer um muro alto, atrás do qual se podia avistar as árvores desfolhadas de um jardim e a estreita fachada de uma residência pequena e antiga, com venezianas fechadas, o veículo atravessou um grande portão, indo estacionar num amplo pátio calçado, ao final do qual já se encontrava uma segunda carruagem.

O condutor de Rute saltou do assento e abriu a portinhola. No mesmo instante, a porta da casa se abriu e um homem de meia-idade, de aspecto respeitável e elegante, aproximou-se dela e lhe ofereceu a mão para ajudá-la a descer, conduzindo-a por uma escada estreita, embora atapetada e ornada de flores.

Raul veio ao encontro da jovem; tinha no semblante a mais radiante das expressões. Ajudou-a a tirar o véu e disse, beijando-lhe a mão:

– Obrigado por ter vindo. Mas estás gelada, minha pequena. Antes de qualquer coisa, será necessário que vos reconforteis um pouco. O desjejum está pronto, Gilberto?

– Vou servi-lo imediatamente, alteza – respondeu o criado, retirando-se.

Curiosa e admirada, Rute examinou a encantadora sala em que o príncipe acabava de introduzi-la. A tapeçaria de cetim, os móveis e quadros daquele local lembravam o gosto elegante e sensual da regência. De um lado, a sala abria para um refeitório; do outro, para um toucador e dormitório. Desses últimos cômodos era possível entrever apenas certa peça de mobiliário, coberta por uma toalha de rendas e encimada por grande espelho, suspenso por dois cupidos. Todas as janelas estavam fechadas e cobertas por grossas cortinas. Candelabros carregados de velas espalhavam luz por toda parte.

O aviso de que o chocolate estava servido veio interromper a conversa dos amantes; nem Raul nem sua companheira perceberam o estranho e ardente fulgor que emanara dos olhos castanhos de Gilberto ao contemplar a jovem mulher.

– Confias na discrição desses dois homens, Raul? – ela perguntou, enquanto tomava lugar à mesa.

– Como confio em mim – assegurou o príncipe, indicando-lhe as guloseimas sobre a mesa. – Gilberto Netosu e seu irmão Nicolau são pessoas bem-educadas. Reveses da vida os levaram a perder a pequena fortuna que possuíam, que eu os ajudo a reconstruir. Eles me são cegamente devotados.

A esse primeiro encontro seguiram-se outros, sempre cercados da mesma prudência e cada vez mais desejados pelos amantes. O príncipe estava fascinado por sua bela desconhecida, e Rute, inebriada, passara a viver somente daquele amor, que lhe permitia dar vazão à sua natureza vigorosa e apaixonada, aspecto que fora obrigada a sufocar na fria atmosfera de sua vida conjugal.

Quase dois meses se passaram com Samuel ausente; em sua escassa correspondência ele dizia não prever a data de seu regresso ao lar. A esposa, que não pensava mais nele senão com cólera e aversão, fazia votos de que a viagem se prolongasse indefinidamente. A ideia do retorno do marido causava-lhe temor, uma vez que restringiria sua liberdade. Viver agora sem Raul e longe da atmosfera calorosa de seu amor lhe parecia pior que a morte. Pobre Rute! Não sabia que uma tempestade bem mais ameaçadora do que a volta do banqueiro se armava sobre sua cabeça, e que um inimigo já lhe conhecia o segredo.

Certo dia, ao subir na carruagem que Nicolau Netosu conduzia, a jovem deixou cair na rua sua bolsa de mão. Ela o avisou, pedindo-lhe que a apanhasse do chão. Quando o rapaz se curvava, um homem que passava envolto num pesado e escuro sobretudo detivera-se e espiara dentro do veículo, sem que a ocupante e o condutor percebessem. Era Josué Levi, o encarregado dos negócios de Samuel.

- Eis uma dama cuja voz e porte muito se assemelham aos da esposa do patrão - ele dissera consigo, coçando a cabeça. - Bem, será preciso que eu a vigie. Tenho a impressão de que a senhora Maier tem saído com muita frequência ultimamente.

A partir daquele dia, uma vigilância invisível, porém implacável, passara a registrar cada passo da esposa de Samuel. Levi a seguia com a astúcia e a paciente persistência que caracteriza o israelita. Não tardou a constatar que, deixando ostensivamente a carruagem à porta de alguma passagem, ou loja com duas saídas, ela subia num veículo desconhecido e deixava-se conduzir até uma casa isolada e misteriosa, dentro da qual permanecia de uma a duas horas.

Um evento casual veio trazer ainda mais elementos à investigação de Levi, avivando-lhe a desconfiança e a tenacidade. Certa manhã, tendo-se dirigido a um teatro onde compraria ingressos para a esposa e a filha, ele se deparou com grande número de pessoas que se aglomerava próximo à bilheteria. Colocando-se junto à parede, o homem aguardava que um espaço se abrisse entre a multidão para que, penetrando por ele, pudesse adquirir os bilhetes com maior facilidade. Ao fazê-lo, avistou, a alguns passos de distância, o rapaz do veículo que conduzia a esposa do patrão em suas misteriosas visitas; ele conversava em voz baixa com um oficial de costas para Levi. Intrigado, o israelita aproximou-se e ouviu as palavras: "Diga a Gemma...", mas sua admiração tornou-se assombro ao reconhecer no oficial o príncipe de O., a quem odiava mortalmente desde o afogamento de seu filho Baruck, cuja responsabilidade atribuía ao aristocrata.

Incitado pelo desejo de vingança e pelo objetivo de despertar a cólera de Samuel contra o maldito gói, Levi redobrou o empenho. Não tardou para que tivesse em mãos todos os fios que teciam aquela trama. Aguardava com febril impaciência o retorno do banqueiro. Mais um mês se passou sem que ele voltasse, e o vingativo senhor começou a temer que o interesse do príncipe de O. por Rute pudesse se extinguir, arruinando sua chance de vingança por falta de evidências. A notícia, espalhada pela camareira Lisete entre os criados, de que a esposa do patrão estava grávida, fez com que Levi decidisse seguir para Paris sem demora.

Samuel ocupava um magnífico apartamento em um dos principais hotéis da capital francesa, onde costumava receber seleto grupo de financistas e homens de letras, sempre retardando a hora do seu regresso. Naquele ambiente novo, alheio ao penoso constrangimento que sentia em seu íntimo, ele respirava mais livremente.

Por estranho que pudesse parecer, o único motivo que o fazia, por vezes, aspirar pelo retorno era o desejo de rever o pequeno Samuel, em cujas veias não corria uma única gota de seu sangue e cujas feições eram a constante lembrança de seu detestado rival. A despeito de tudo, o rapaz amava o menino. Mas a tal sentimento se mesclavam mágoa e ciúme, e muito lhe desagradava presenciar as carícias com que a esposa cumulava a criança.

Certa tarde, enquanto fumava um charuto e lia junto à ampla janela, o jovem israelita foi interrompido pelo camareiro: o criado vinha comunicar-lhe a chegada de Josué Levi, que, vindo de Budapeste, desejava falar-lhe sem demora. Surpreso e inquieto, o banqueiro pediu que fizesse entrar o recém-chegado imediatamente.

- O que faz aqui, homem? Aconteceu alguma coisa com o menino? Algum desastre nos negócios? - Samuel indagou, enquanto indicava uma cadeira ao agente de sua casa bancária.

- Não, senhor barão. Tudo vai bem. Mas minha fidelidade e meu dever para com um chefe como vós me impeliram a vir até aqui para dizer que... para vos informar um fato que... - ele parou, indeciso, não sabendo por que fio começar seu relato.

- Por que tanta hesitação? - indagou Maier com impaciência. - Vamos, Levi, acalma-te e dize-me do que se trata.

- Trata-se de uma traição de que sois vítima, e minha consciência não me permite calar por mais tempo.

- Quem me traiu? Pesaste bem a gravidade de tua acusação? - disse o banqueiro, empalidecendo.

- Tenho provas de tudo que afirmo, caso contrário não teria vindo até aqui. Vossa esposa vos trai, senhor Maier! Ela tem uma ligação clandestina com o príncipe de O., a quem visita em segredo numa casa isolada na periferia da cidade, e ainda por cima está grávida!

Samuel levantou-se, o rosto lívido.

- Isso ultrapassa todos os limites - murmurou entredentes. - As provas! Levi, as provas! Vamos, dizei-me tudo. Aquele miserável ousa pôr os pés em meu palácio?

- Não. Tudo se passa em segredo e tenho motivos para supor que o príncipe ignora a identidade da amante. Deixai-me contar-vos tudo desde o princípio - pediu o agente, e expôs tudo que havia descoberto de maneira sucinta. - Agora, senhor Maier, a vós compete surpreender os traidores em flagrante. Sei onde fica a casa dos encontros e vos conduzirei até lá. Mas é importante que todos ignorem que regressais a Budapeste. Todo cuidado é pouco! Os irmãos Netosu, tal é o nome dos homens que cuidam do Parque dos Cervos[7] do príncipe, são dois canalhas difíceis de abordar. Mas eu forcei o cocheiro a dar com a língua nos dentes e fiquei sabendo que vossa esposa passa por uma italiana de nome Gemma.

Com os cotovelos apoiados sobre a mesa e a cabeça entre as mãos, Samuel ouvira a narrativa em silêncio. Com um supremo esforço o rapaz se recompôs. Assim que Levi concluiu, Samuel levantou-se, com o autodomínio habitual. Apenas a acentuada palidez de seu rosto dava prova da tempestade que bramia em seu íntimo.

- Agradeço-te por me ser leal e não deixarei de demonstrar-te minha gratidão. Estarei pronto para partir no próximo trem a Budapeste. Virás comigo e me conduzirás até a misteriosa casa, quando tiver certeza de que

7 Em Versalhes, casa onde madame Pompadour mantinha jovens mulheres que serviam à concupiscência do rei Luís XV.

o momento é propício. Minha mulher de nada suspeitará, pois na última carta que lhe enviei fixava meu retorno para 10 de junho, e estamos ainda em 18 de maio; claro, desde que eu não me mostre prematuramente. Bem, não pretendo te reter mais. Compra as passagens e aluga uma carruagem. Irei encontrar-te na estação.

Assim que o agente se retirou, o banqueiro chamou seu camareiro e pediu-lhe que arrumasse alguns objetos indispensáveis na maleta de mão, pois partiria sozinho dentro de poucas horas. Ordenou também que permanecesse em Paris a fim de pagar as contas, organizar as roupas e, então, ir encontrá-lo em vinte e quatro horas. Instruiu-o para que se dirigisse com todas as bagagens à sua casa de campo, e que de lá não saísse até segunda ordem.

Era noite quando Samuel chegou a Budapeste, onde se hospedou num hotel modesto, afastado do prédio onde residia. Enfim só, ele se estendeu sobre a cama e passou a devanear, como fizera sem parar desde que deixara Paris; mas seus pensamentos ficavam cada vez mais envenenados, cada vez mais hostis e terríveis contra Rute. Não tinha ciúme da esposa, que ele sabia um dia tê-lo amado com paixão; tampouco lhe importava que ela o tivesse esquecido em apenas quatro meses e meio. O que não podia aceitar era que ela ousasse traí-lo com seu inimigo mortal, a quem tanto odiava. Pensar nisso fazia com que o sangue fervesse em suas veias, tirando-lhe o sono e o sossego. Não ter ciúme de Rute não significava que estivesse disposto a acolher sob seu teto o bastardo daquele que um dia o chamara de usurário, negando-se a duelar com ele após tê-lo insultado gratuitamente. Um sentimento cada vez mais penetrante preenchia sua alma, inspirando-lhe resoluções ferozes e implacáveis.

Eram quase duas horas da tarde do dia seguinte quando Levi veio comunicar ao patrão que a esposa acabara de entrar no misterioso veículo. Tomando sem demora um coche de aluguel, Samuel seguiu rumo a seu palácio da cidade, um prédio tão vasto que algumas partes também funcionavam como hotel. Indiferente ao espanto do porteiro, o banqueiro ordenou a um criado que mandasse atrelar imediatamente uma de suas carruagens e dirigiu-se aos aposentos da esposa. A seu chamado, Lisete apresentou-se assustada; ele fechou a porta a chave e segurou a camareira pelo braço.

– Trata de confessar agora mesmo tudo quanto sabes sobre os casos de tua patroa - ele ordenou com um olhar que fez a criada tremer. - Recompensarei tua cooperação, mas também não hesitarei em punir qualquer reticência de tua parte.

Pálida e aterrorizada, Lisete fez o relato completo da história, desde a carta enviada ao senhor Giacommo Torelli até a ida de Rute ao baile de máscaras; confessou que a patroa saía com frequência, sem dizer-lhe onde passava esses períodos de tempo cada vez mais longos; por fim, revelou que ela também recebia cartas, que queimava cuidadosamente.

- Está bem - disse Samuel, que ouvira a moça em silêncio e com atenção. - Agora vai e manda que venham até aqui a ama e o menino.

Depois de abraçar o pequeno com ternura, o qual dava gritos de alegria por rever o pai, o banqueiro ordenou à ama e à camareira que reunissem tudo o que fosse indispensável a seu filho e seguissem imediatamente para sua casa de campo. Em seguida, foi até o gabinete e escreveu uma carta. Finalmente, acompanhado por Levi, deixou o palácio, tomou um fiacre e rumou para o local do encontro.

Quando o veículo estacionou, o banqueiro examinou com olhar sombrio a edificação maltratada e silenciosa. Em seguida, deu ordens a Levi, que deixou o veículo, indo bater com força e por repetidas vezes à porta principal, trancada por dentro.

Depois de bastante tempo, uma janelinha gradeada se abriu e o rosto astuto de Nicolau Netosu apareceu.

- Quem sois? Como ousais fazer tal estardalhaço à minha porta? - o homem interpelou.

- Eis uma importante carta que vos peço passar sem demora às mãos do príncipe de O.

- Sua alteza não se encontra aqui e não há sentido algum em vosso pedido - fez Nicolau, desconfiado.

- Pois então assumis toda a responsabilidade de privardes vosso patrão de um comunicado grave.

Aquela afirmação firme do judeu pareceu demover o rapaz, que entreabriu a porta para pegar a carta, tornando a fechá-la depressa.

Rute e o príncipe estavam no quarto, alheios ao que se passava. Felizes e descuidados, trocavam juras de amor. Com a cabeça apoiada no ombro do amante, a jovem contemplava-o com paixão, absorvendo com avidez cada uma de suas palavras. Raul falava com meiguice e fazia-lhe galanteios, pois, embora consideravelmente abrandada, sua fantasia ainda estava longe de extinguir-se.

Uma pancada na porta do aposento sobressaltou os amantes. Com o rosto pálido, o agitado Gilberto falou pelo vão da porta.

- Perdão, alteza, mas algo de inexplicável acontece. Um desconhecido mandou vos entregar esta carta, que afirma ser de extrema gravidade.

Raul apanhou o papel, corado até a raiz dos cabelos.

- Quem poderia saber que me encontro aqui? - perguntou, irritado, enquanto rasgava o envelope.

O rubor do rosto do rapaz deu lugar a súbita palidez, e seus olhos arregalados leram as seguintes linhas:

"Senhor príncipe, eu vos julgava coerente em vossa aversão a tudo que é judeu e usurário, e tão escrupuloso na escolha de vossas amantes quanto na de vossos adversários. Mas acabo de convencer-me de que desprezais um judeu no terreno da honra, mas não desdenhais ser amante de sua esposa, nem tampouco vos causa repulsa abrigar sob o nome que desprezais vossa bastarda descendência. Espero que acheis justo que eu reclame contra essa partilha, e que considereis este encontro como o último.

Samuel Maier"

- Meu Deus, Raul, que notícia é essa que acabas de receber? - indagou, observando com crescente inquietação a estranha prostração de Raul.

Para sua grande surpresa, o rapaz virou-se bruscamente, os olhos faiscando; uma expressão de indizível ódio, desprezo e desgosto desfigurava seu semblante.

- Confessa! És, sim ou não, mulher do judeu Samuel Maier? - o príncipe indagou com a voz embargada e rouca de emoção.

- Sim. Mas quem te disse isso? Raul, tu me assustas! - Rute exclamou, tentando segurar suas mãos, mas o rapaz a repeliu com violência.

- Traidora! Mentirosa! Tu me fizeste acreditar que eras italiana! Pois saiba, criatura detestável, que eu sufoco de desgosto só de pensar que me manchei ao contato com tua raça abjeta, que tanto odeio! Ah, destino infernal, que me fizestes amar uma judia, a mulher do maldito que roubou minha felicidade!

Rute ouvira aquela explosão de raiva mais morta do que viva; nada em suas relações com o príncipe a havia preparado para aquilo. Ajoelhando-se, estendeu para ele as mãos postas.

- Raul, Raul, não me condenes pelo louco amor que fizeste nascer em mim, ao qual fui impelida pelo destino. Era meu marido que eu buscava naquele baile de máscaras; descobrindo meu engano, roguei-te que me deixasses partir. Sempre desprezada e desdenhada por Samuel, acabei por ligar-me a ti. Tive medo de perder teu amor, que é minha vida, e por isso não te revelei a verdade. Mas serei culpada por ter nascido judia? É por esse crime que mereço ser expulsa sem uma única palavra de adeus?

Rute nada mais pôde dizer, pois caiu num choro convulsivo, entrecortado de soluços. Como que chamado à razão, o príncipe passou a mão pela testa úmida.

- Tens razão, pobre mulher! - murmurou com vergonha e pesar, antes de aproximar-se da jovem, que ajudou a levantar-se. - Tanto quanto tu eu sou culpado, mas, ao colocar-te em meu caminho, Deus me puniu por meu ódio cego contra tua raça e por minha vida frívola de devassidão. Não nos veremos mais. Mas saiba que, se a vingança de teu marido te levar à necessidade de apoio material, encontrarás em mim um amigo, que garantirá tanto teu futuro quanto o de teu filho. Agora, adeus!

Ele apertou sua mão e saiu. Aniquilada, Rute deixou-se cair numa poltrona. Porém, após alguns minutos de prostração, ela se levantou e, tremendo, apanhou o chapéu e o manto de seda de sobre uma cadeira e saiu com passos vacilantes.

Sombrio e silencioso, Raul entrara em seu veículo. Ao transpor o portão da casa, avistou Samuel Maier, que caminhava a passos largos em sua direção. Com um gesto brusco, o príncipe ordenou ao cocheiro que parasse, saltou, o rosto abatido, e dirigiu-se até o banqueiro, que, agora imóvel, o encarava.

O nervosismo do príncipe era tal, que seus lábios trêmulos eram incapazes de articular uma frase. Reunindo toda sua força, disse em voz baixa, rouca, mas compreensível:

- Senhor Maier, estou pronto a vos permitir a satisfação. Deixo a vós a escolha das armas, e aguardarei vossas testemunhas.

- Senhor príncipe - respondeu em tom de amarga ironia, fixando as feições alteradas de seu rival com ódio e desprezo perfurantes. - Vosso aspecto e o esforço que vosso orgulho exige de vós para que me dirija a palavra provam que já estou vingado. Vosso amor por uma judia já é motivo de satisfação, e hoje *sou eu quem* se recusa a bater-me convosco. Não pretendo – acrescentou, inclinando-se subitamente em direção a Raul – envolvê-lo num escândalo público, cujas cruéis consequências acabariam por recair sobre vossa inocente esposa, de quem sois tão pouco digno.

Samuel deu as costas ao príncipe e, fazendo-se acompanhar de sua carruagem, caminhou em direção a Rute, que surgia à soleira da porta principal; com um sinal, intimou a esposa a entrar no veículo, indo sentar-se a seu lado.

Nenhuma palavra foi dita ao longo do trajeto de volta ao palácio, embora algo em seu semblante e em seu olhar fizesse o coração de Rute gelar de terror. A jovem deixou-se guiar maquinalmente pelo banqueiro até seus aposentos, como se estivesse embriagada. Somente quando Samuel retirou-se, trancando a porta com duas voltas de chave, ela tombou pesadamente sobre uma poltrona, cobrindo o rosto com as mãos.

A verdade, em sua nudez cruel, apresentava-se ao seu espírito, mostrando-lhe que o inebriante sonho que vivera ao longo de quatro meses nos braços de Raul havia chegado ao fim, e rude era o despertar. O que haveria de decidir a respeito dela o marido, cuja honra ela havia manchado, ofendendo-o duplamente ao entregar-se ao rival, a quem ele odiava por lhe haver arrancado sua noiva?

Ela compreendeu que Samuel não acolheria sob seu teto o filho do príncipe e que não lhe emprestaria seu nome. O que seria dela se o marido decidisse repudiá-la com escândalo? Como seria recebida no lar paterno a mulher desonrada, que desrespeitara as leis do povo judeu entregando-se a um cristão? Angustiada, a jovem pensou no pai, israelita rígido e fanático, inimigo jurado dos góis.

Terror e desespero oprimiam-lhe o coração como num torno. Quanto maldizia agora o ciúme fatal que a impelira a vasculhar o gabinete de Samuel à procura de provas de infidelidade! Quanto amaldiçoava o irônico destino que a fizera encontrar o bilhete nefasto que a arrastaria ao caminho da vergonha e da desgraça!

Uma sensação de mal-estar físico, aliada a uma sede ardente, acabou por arrancar Rute daquelas desoladoras reflexões. Lançando um olhar fatigado e surpreso à sua volta, constatou que a noite caíra. Já se iam horas desde que fora trancada no quarto, e Samuel não voltara. Levantando-se, atravessou o dormitório, indo bater à porta do quarto de vestir, também trancada. Ninguém respondeu ao seu apelo. Tudo ao redor estava silencioso e deserto. Não ousava tocar a campainha. A obscuridade do ambiente e a solidão enchiam-na de medo e o ar parecia faltar-lhe. Correndo em direção à porta de uma pequena sacada que dava para o jardim, abriu as venezianas. O ar puro e o aroma dos lilases floridos invadiram o aposento, proporcionando-lhe algum alívio. Apanhou fósforos sobre uma mesinha e acendeu as lamparinas e as velas. De um pequeno armário entalhado, retirou uma garrafa de vinho e um cálice e bebeu avidamente.

A sensação de reconforto permitiu que Rute experimentasse um instante de tranquilidade, que o desassossego logo tornou a substituir, atormentando-lhe a alma. O que significava, afinal, aquele encarceramento? Ah, se pudesse ao menos ter o filho, tudo lhe seria suportável! O menino, retrato vivo do homem que a despeito de tudo idolatrava, haveria de dar-lhe força e coragem.

Um objeto lançado através das venezianas abertas da sacada veio cair aos pés da jovem, interrompendo seu caminhar febril. Abaixando-se, ela ergueu do assoalho um seixo envolvido numa folha de papel; cada vez mais espantada, desamassou o papel e leu:

"Senhora, encontro-me sob a sacada. Se necessitar de auxílio contra decisões muito duras de vosso marido, estarei pronto a vos servir.

Gilberto Netosu"

Com uma exclamação de júbilo, Rute se lançou à sacada:

- Estais aí, senhor Gilberto? - murmurou.

- Sim, cara senhora, e ao vosso dispor. Dizei-me somente, caso necessário, como poderei chegar até vós - pediu a voz vinda de um caramanchão.

- Ainda desconheço as decisões de Samuel; ele me trancou. Quanto a vir até aqui, seria difícil; o quarto de vestir também está fechado. Mas à direita, na entrada da ala ocupada por locatários, costuma ficar uma escadinha, vós poderíeis...

Um ruído na fechadura do quarto ao lado lhe cortou a fala. Trêmula, tornou a entrar no dormitório e, tomada por uma súbita fraqueza, sentou-se junto à mesa.

Para explicar o imprevisto aliado oferecendo seus préstimos a Rute, é necessário que digamos algumas palavras acerca de Gilberto Netosu.

Indivíduo astuto, ousado e inescrupuloso, ávido por ouro e prazeres, perdera em especulações arriscadas as economias que ele e Nicolau, o irmão mais jovem, à época com dez anos, haviam herdado da família.

Reduzido a viver de expedientes, Gilberto tinha experimentado todo tipo de ocupação desonesta, até encontrar o príncipe de O., a quem explorava; a casa do subúrbio (um *buen retiro*[8] de sua invenção), bem como as visitantes que ali compareciam, lhe garantia sólidos rendimentos.

Fazia tempo que Gilberto conhecia a verdade sobre a suposta Gemma. Mas, ciente da aversão de Raul pelos judeus, não quis desgostá-lo com essa desilusão. Em compensação, tratara de colher as mais detalhadas informações sobre o banqueiro Maier e a esposa. Conversara com um criado que fora expulso da casa e conseguira um minucioso plano topográfico do palácio, além de informações precisas sobre os hábitos da família. Aquilo talvez lhe pudesse ser útil um dia.

O inesperado escândalo daquela manhã o surpreendera um pouco desprevenido. Mas Netosu era homem de grandes resoluções e, depois de conferenciar com o irmão, decidira entrar em contato com a esposa infiel, convencê-la a fugir, para escapar à vingança do marido, e então roubar-lhe os diamantes que, bem o sabia, valiam uma fortuna.

Com esse plano em mente, Gilberto e Nicolau penetraram no jardim do palácio. Todavia, a espera da noite cair para encontrar Rute sem ser vistos implicara perda de tempo precioso, e as negociações começaram muito tarde. Quando a jovem entrou precipitadamente, Gilberto suspeitou que ela ouvira o marido chegar. Sem perder tempo, ordenou ao irmão Nicolau que permanecesse onde estava, escondido atrás da folhagem, enquanto ele próprio subiu com a agilidade de um gato até o alto de uma árvore diante da sacada. Ali, oculto em meio aos galhos, Gilberto se encontrava estrategicamente posicionado, capaz de ver e ouvir tudo o que se passava.

Encontrando o quarto de vestir da esposa deserto, o banqueiro se dirigiu com passos firmes até o dormitório. Ele estava pálido como um espectro, trazia profundas olheiras ao redor dos grandes olhos sombrios e seus lábios contraídos davam-lhe expressão de severa rigidez.

– Venho para ouvir de tua boca o motivo por que te tornaste amante do

---

8 "Bom retiro", referência ao Palácio Buen Retiro, um grande castelo de veraneio da monarquia espanhola, construída no século XVI.

príncipe de O. - disse com voz surda, parando a poucos passos da mulher.

- Oh, Samuel, tem piedade de mim! - Rute suplicou, levantando-se e tentando segurar-lhe a mão. - Não me faças recordar o passado, mas dize-me uma palavra de perdão.

- Eu te peço, nada de drama! - ele se afastou, num gesto de contrariedade. - Vim conversar sobre o assunto e não assistir a uma encenação. Conte os pormenores de tua vergonhosa ligação, mulher sem honra.

Ante o gesto e as palavras frias e duras, um vivo rubor subiu às faces antes pálidas de Rute. Alguma coisa em seu íntimo se revoltava contra aquele homem que a julgava impiedosamente, sem nunca tê-la amado.

- Que seja - ela respondeu, os olhos inflamados. - Direi a verdade, mas antes de tudo sobre ti, o encorajador e a causa da minha degradação. Por que te casaste comigo, se amavas outra mulher? Quando descobri, oito dias após nosso casamento, que estava em tua casa para cumprir o papel de reprodutora, qual um animal, pedi que me deixasses partir, restituindo-me a liberdade. Mas tu rejeitaste meu pedido, retendo-me ao teu lado e pagando com abandono e desprezo o amor apaixonado que eu te devotava, e repelindo-me com aspereza toda vez que eu ousava me aproximar. Estando sempre só e condenada a uma vida embotada, um ciúme insensato se instalou em meu coração.

"Tuas contínuas ausências de casa levaram-me a supor que havias te envolvido com outra mulher. Eu era torturada pela desconfiança! Vasculhei teu gabinete à procura de provas de uma relação clandestina, e o acaso fatal levou-me a encontrar o bilhete que, hoje sei, Gemma Torelli havia perdido. Acreditando que poderia surpreender-te, fui ao baile de máscaras da Ópera. A semelhança de porte e os olhos negros do Mefisto induziram-me ao engano. Esperando enfim desmascarar-te, segui-o à sala reservada de um restaurante.

"Ao descobrir que me equivocara, supliquei ao príncipe que me deixasse partir e regressar inocente ao teu palácio, sem jamais revelar meu nome. Sendo ele um homem honrado, contentou-se com minha promessa de que lhe escreveria caso me sentisse infeliz. Jurei a mim mesma que jamais o faria, pois desejava manter-me honesta. Foi então que tu anunciaste tua partida para Paris. Pedi que me levasses contigo, receando os meses que passaria em solidão e os pensamentos tentadores que me haveriam de rondar. Repeliste meu pedido com rispidez e crueldade, tomando-o quase por um insulto! Tua esposa nunca foi mais que objeto supérfluo em tua vida. Não te passou pela cabeça que essa desafortunada criatura com quem te casaste pudesse desejar ser algo mais que simples serviçal em tua casa? Nunca te deste conta de que essa mulher tinha um coração onde havia sentimentos que tu despertaste, sem jamais pensar em retribuí-los? Não sabias que tinhas deveres para com ela e que, se não podias lhe dar amor, poderia ao menos conceder-lhe sua amizade?

"Arrastada pelo despeito, pelo orgulho ferido, decidi rever o príncipe; seu amor me lisonjeou e inebriou, e a todos aqueles sentimentos que eu trazia no coração, sem saber o que fazer, eu dei vazão me ligando a ele. Estou perdida e desonrada, eu sei, mas eu teria caído tão baixo se o homem que jurou a Deus me amar e proteger me tivesse de fato guiado e amparado, em vez de me abandonar e desprezar? Nada mais tenho a dizer-te. Deixo por conta de tua consciência decidir se tu tens o direito de ser um juiz severo."

Sufocada pela comoção, Rute calou-se, caindo sobre uma poltrona. Samuel ouvira em silêncio o discurso da esposa, com o rosto cada vez mais pálido. Cada uma das acusações que ela lhe dirigira tinham tido o efeito de uma punhalada; uma voz interior lhe soprava: "Isso tudo é verdade!". Mas como ela ousara vingar-se escolhendo para amante o homem que ele odiava mortalmente?

A raiva do rapaz era de tal modo intensa, que lhe roubava o discernimento, sufocando nele qualquer vestígio de justiça e compaixão.

– Admiro tua engenhosa tática feminina, que vira o cano da arma e faz do culpado o acusador. Sem dúvida, para te inocentar devo ser *eu* o culpado; fui eu quem te impeliu à queda, eu quem te inspirou a buscar um amante e a me dar um filho bastardo. Infelizmente, não posso me reconhecer tão culpado assim. Eu te dei tudo, exceto meu amor; e quantas mulheres passam a vida sem encontrá-lo! Quantas esposas há que buscam e descobrem em seus deveres de mãe e dona de casa uma finalidade para suas existências? Tinhas um filho e poderias ter outros. A educação dele, em meio à tranquilidade e à riqueza, poderiam ter substituído teus sonhos românticos. Mas basta de passado, é do futuro que venho falar-te. És culpada de cometer adultério com um cristão, estás grávida desse homem e Levi é testemunha de que te surpreendi no local do crime.

"Eu poderia repudiar-te e enviar-te de volta a teu pai, o que seria um terrível escândalo para ti e para mim. Pois bem, não estou disposto a me transformar em objeto de chacota de toda cidade. A vergonha não deve deixar as paredes deste aposento. Hei de oferecer-te um meio mais honrado de te livrar desse embaraço, e haverás de aceitá-lo, se ainda restar em ti algum pudor e dignidade."

Samuel voltou ao quarto de vestir da esposa, apanhou uma folha de papel, tinta e uma pena. Voltando ao dormitório, encheu de vinho o cálice em que ela havia bebido e derramou um pó branco na bebida, de um pequeno envelope que ele retirara da carteira, tornando a depositar o cálice sobre a mesa.

Aterrorizada, numa angústia indescritível, Rute observava cada movimento do marido.

- Apanha a pena e escreve o que vou te ditar - ele ordenou.

- Não posso - murmurou a jovem esposa, dando um passo para trás. - Não compreendo...

- Escreve, estou mandando - Samuel tornou a dizer, os lábios trêmulos, enquanto segurava o braço da mulher com força desproporcional.

Obedecendo maquinalmente ao marido, como que fascinada, Rute traçou o seguinte bilhete, ditado por ele:

"São muitas as razões pelas quais não desejo mais viver. Que Deus e meus familiares possam perdoar minha decisão e a ninguém acusar pela minha morte, porque morro voluntariamente.

Rute Maier"

- E agora, senhora, bebei este líquido com a mesma coragem que empregaste para me trair e desonrar - ordenou Samuel friamente, após ter relido o bilhete, que guardou no bolso do paletó.

O banqueiro aproximou o cálice dos lábios da esposa, que o fitava muda e aniquilada. Com um grito rouco, Rute levantou-se, levando as mãos à cabeça.

- Não é possível que queiras matar-me! Pretendes me assustar, é isso. Por mais criminosa que eu seja, tu não tens esse direito!

Caindo de joelhos, ela agarrou-se à roupa do marido.

- Samuel, Samuel, tem humanidade em teu coração! Repudia-me! Expulsa-me de tua casa! Deixarei a cidade, nunca mais me hás de ver, e jamais reclamarei de ti o que quer que seja. Só me deixa a vida!

– Ora! Tu me deixarás para ir pedir ajuda e sustento ao príncipe – replicou Samuel com voz abafada...

Por instantes, sua tormenta interior pareceu estar prestes a romper a barreira impassível que o banqueiro se havia imposto; ele sacudiu a esposa, que continuava ajoelhada, e a arrastou até a mesa.

– Bebe, criatura tão covarde quanto degenerada! Não compreendes que não sairás viva deste quarto, e que o bastardo há de morrer contigo?

– Não, não! Eu não quero morrer! Tenho medo da morte! – gemeu a jovem, debatendo-se e recuando até a porta, com os braços estendidos para frente.

– Tu és um modelo de heroísmo, assim como foste um modelo de virtude – Samuel disse com sarcasmo corrosivo. – Mas desta vez terás que ser corajosa a despeito de ti mesma. Tudo que precisas é de um pouco de reflexão... te dou meia hora para encomendar a alma a Deus.

O banqueiro sentou-se e tirou o relógio do colete, colocando-o sobre a mesa. Rute nada respondeu. Podia ler no olhar ardente do marido uma condenação irrevogável. Exausta e aterrorizada, encarava com olhos esgazeados aquele cálice que continha a morte. Tal desfecho causava-lhe pavor, e tudo em seu jovem organismo se revoltava contra a possibilidade da destruição precoce, fazendo um suor frio brotar-lhe na fronte.

Palpitando de assombro, Gilberto Netosu acompanhara do alto da árvore cada movimento daquela tenebrosa cena. A resolução estampada no rosto lívido de Maier não deixava dúvidas quanto ao infeliz desenlace final, que reduziria a nada seus planos tão lucrativos.

– Esse desgraçado canalha judeu! –murmurou entredentes. – Se eu não pensar em alguma solução, ele vai assassinar a mulherzinha, e adeus meus diamantes! O que fazer? É uma questão de minutos.

Gilberto passou alguns instantes absorvido em seus pensamentos. Em seguida, desceu da árvore e desapareceu nas sombras, esgueirando-se pela parede externa da casa.

Para que o leitor possa compreender o audacioso plano do aventureiro, é preciso dizer algumas palavras sobre a disposição dos cômodos do prédio.

Na vasta residência do banqueiro, a metade dianteira do andar térreo e do primeiro andar eram ocupadas pelo proprietário. A outra metade, de trás, assim como o segundo e o terceiro andares, servidos cada qual por entradas independentes, eram ocupados por inquilinos - exceção feita a um grande aposento do primeiro andar, que se abria sobre o patamar da escada traseira.

O velho Abraão Maier, quando vivo, costumava ocupar o primeiro andar do palácio. Destinara o andar térreo ao filho, cujos hábitos eram muito diversos dos seus, e que tinha uma vida doméstica à parte.

Na época em que planejava seu casamento com Valéria, Samuel mandou ampliar e adaptar sua residência de solteiro às novas necessidades, uma vez que preferia aquela parte da enorme construção aos aposentos excessivamente luxuosos do andar superior. Quando mais tarde o destino pusera fim a tais projetos, atribuindo ao jovem banqueiro outra noiva, uma terceira remodelação foi feita.

O andar anteriormente habitado pelo velho Abraão fora, então, preparado para servir Rute e Samuel. Aí se encontravam os dormitórios, os quartos de vestir e os salões de recepção. No pavimento térreo, o jovem banqueiro estabeleceu seu gabinete particular, guardando (como um fiel sentinela) três aposentos, vetados a olhares indiscretos, nos quais conservava todas as recordações de seu desventurado amor: o mobiliário e os mimos outrora destinados à mulher que adorava. Havia, ao lado do gabinete, um pequeno salão de leitura, que se ligava ao dormitório do milionário por uma escada em espiral. O restante do amplo pavimento era ocupado pela biblioteca, por um salão destinado a abrigar coleções de estampas e ornatos chineses, e por uma estufa de plantas, que abria tanto para o terraço quanto para o ateliê do jovem israelita e para outros cômodos. O gabinete particular era o aposento predileto de Samuel, sobretudo no verão.

O aventureiro Gilberto Netosu estava muito bem informado acerca de todos esses detalhes. Por essa razão, buscava com olhos ávidos qualquer janela iluminada enquanto caminhava pé ante pé ao longo da parede externa da enorme construção; adiante, só uma réstia de luz se projetava sobre a folhagem, filtrada pelas cortinas, porém, um pouco além viu uma torrente de claridade passando através de uma janela aberta.

Com muita prudência, Gilberto elevou o corpo até o peitoril da janela e olhou para o interior do cômodo: era a pequena sala contígua ao gabinete de Samuel, cuja porta estava fechada. Não tinha ninguém ali, e um candelabro de cinco velas, sobre pequena mesa, iluminava o chapéu e as luvas do banqueiro, assim como um monte de papéis e jornais diversos.

Com a agilidade de um gato, e sem o menor ruído, Gilberto saltou dentro da casa e, apanhando o candelabro, ateou fogo aos papéis, à toalha que cobria a mesa e às cortinas. Em seguida, colocando o candelabro deitado sobre o assoalho, de um só pulo voltou ao jardim.

Indo reunir-se ao irmão, que o aguardara todo o tempo atrás de uma folhagem, Gilberto rapidamente lhe falou, baixo:

- Vem ajudar-me a colocar uma escada escondida aqui perto, contra a sacada. Tu a seguras enquanto eu desço a judia com seus tesouros.

Cinco minutos mais tarde, o gatuno havia retornado ao seu posto de observação no alto da árvore, constatando que nada se passara em sua ausência. Rute, sentada de lado sobre a poltrona, parecia nada ver nem ouvir; Samuel, pálido, o cenho franzido, uma resolução inabalável no rosto, apoiava-se à mesa e acompanhava o movimento dos ponteiros do relógio.

Mais alguns minutos se passaram em silêncio, até que um rumor abafado repercutiu no interior da residência. Gritos longínquos se fizeram ouvir e um cheiro de queimado e fumaça se espalhou pelo aposento. Samuel ergueu a cabeça com espanto; quase simultaneamente, um tumulto se produziu no edifício, com diversas vozes gritando:

- Fogo! Fogo! O gabinete do barão está em chamas!

O jovem levantou-se de um salto, como eletrizado. Fogo em seu gabinete? Mas ao lado se achavam o retrato de Valéria e todos os tesouros de suas recordações, sem contar papéis e documentos da maior importância, trancados nas gavetas de sua mesa de trabalho.

Deixando tudo o mais de lado, Samuel precipitou-se para fora do aposento; um instante depois, Gilberto surgia na sacada e, correndo até Rute, sempre imóvel, sacudiu-a rudemente pelos ombros.

- Tornai a vós, senhora, se quereis salvar a própria vida. Não há um instante a perder! Depressa, juntai vossos diamantes e tudo quanto tiverdes de precioso. Vou fechar a porta do corredor.

Como se despertasse de um pesadelo, a jovem levantou-se e respirou mais livremente; num gesto instintivo, apanhou o cálice sobre a mesa e lançou fora o conteúdo; em seguida, correndo até a escrivaninha, retirou da gaveta os talões de cheque e a chave de seu cofre, que guardava num compartimento secreto. Gilberto, que acompanhava cada um de seus movimentos, retirou a fronha de um dos travesseiros e, nesse saco improvisado, enfiou os guarda-joias, estojos e caixas, leques ornados de diamantes e outras joias miúdas. O aventureiro cobriu os ombros de Rute com um manto que ela usara pela manhã e, por fim, suspendeu-a sobre o peitoril e colocou-a na escada.

- Descei, senhora, que eu vos seguirei em um instante.

Ele voltou até o quarto de vestir e retirou de cima da escrivaninha um pequeno lampião de porcelana, que atirou em direção à outra extremidade do aposento. O tapete espesso que cobria o assoalho abafou o ruído do objeto que se quebrava; o óleo, todavia, inflamou-se, espalhando-se à semelhança de fio incandescente.

Um minuto mais tarde, Gilberto reuniu-se a seus companheiros, e os três se dirigiram apressados à porta de saída do jardim. Foram forçados a passar por alamedas afastadas, pois toda a casa estava em rebuliço, e os jardins já se enchiam de pessoas que, pálidas e sobressaltadas, não sabiam que rumo tomar; num instante ouviram a voz sonora do banqueiro, que punha ordem ao tumulto dando instruções aos empregados.

Atordoada, Rute apressou o passo, e logo ela e os irmãos alcançavam a viela além do portão. Na esquina, um veículo esperava por eles.

Quinze minutos depois, os três já se achavam abrigados na pequena casa do príncipe de O. Com que sentimentos Rute retornava àquele paraíso de seus amores com Raul, em que cada objeto guardava recordações, nem tentaremos descrever!

Um novo pensamento, porém, de que algo pudesse acontecer a seu filho, veio aumentar suas torturas morais. Vira o incêndio inundar o jardim com fortes clarões acobreados. Caso o pequeno perecesse nas chamas, para que ela teria salvo a própria vida? Um gemido abafado escapou de seus lábios e ela caiu sobre o divã, enterrando a cabeça nas almofadas.

Gilberto não permitiu que ela tivesse tempo de se entregar ao desespero.

- Lamento, senhora, mas não posso deixá-la ter o repouso de que tanto necessitais - ele murmurou, tocando de leve o ombro da jovem. - O perigo que vos ameaça, assim como a nós, é de tal modo iminente, que não temos um instante a perder. É preciso que deixeis Budapeste no trem da meia-noite. São vinte e três horas. Vou preparar uma refeição rápida, é importante que vos alimenteis antes de partir. Cuidarei de acomodar vossos diamantes e alguns objetos indispensáveis na pequena mala que aqui está. Partireis a Paris em companhia de meu irmão Nicolau e lá vos irei encontrar. Seguirei amanhã, pois há providências que ainda preciso tomar em nosso interesse comum.

Exausta e incapaz de pensar e agir, Rute submeteu-se calada a todas as determinações de Gilberto. Uma hora depois, o trem a levava rumo a um futuro desconhecido e de tal modo sombrio que, se fosse capaz de prevê-lo, talvez tivesse preferido o veneno que o marido lhe destinara.

Os raios de um novo alvorecer vieram iluminar em todo seu horror a terrível desolação reinante no interior e no exterior do edifício do banqueiro. O telhado destruído, as paredes chamuscadas e as janelas quebradas eram os sinais do estrago causado pelo incêndio.

As alamedas entre árvores estavam agora atravancadas de móveis e objetos diversos, além de obstruídas por curiosos que se reuniam ao redor dos diversos grupos de infelizes que, desfigurados, contemplavam seus pertences em destroços.

O elemento destruidor ateado por Gilberto Netosu em dois lugares diferentes tivera consequências terríveis. Fora necessário que se reunissem os esforços de todos os batalhões de bombeiros da cidade para localizar os focos de incêndio e dominá-los.

Por um acaso feliz e quase incompreensível, os aposentos que outrora haviam sido destinados a Valéria tinham permanecido intactos. Por outro lado, o fogo alcançara os andares ocupados por inquilinos, causando graves prejuízos.

Três vítimas fatais logo foram identificadas: um menino caíra ao tentar descer por uma janela, um dos criados de Samuel tinha sido mortalmente ferido por uma escada que despencara, e nos aposentos do primeiro andar foi encontrado um cadáver feminino carbonizado e irreconhecível, que imediatamente se supôs ser de Rute.

Todavia, o rumor público, que sempre aumenta os acontecimentos, não se contentava com essas vítimas fatais e, desde a aurora, os mais arbitrários boatos se haviam espalhado pela cidade.

Samuel trabalhara tanto quanto os bombeiros; fora visto atuando corajosamente nos lugares mais arriscados e, sem pensar em si, empregara todos os esforços para salvar seus locatários.

Quando, finalmente, o fogo foi controlado e o perigo cessou, dando lugar a uma relativa calma, o comissário de polícia o convidou a fazer uma vistoria pela casa devastada. Seria necessário verificar estragos para lavrar o auto de sinistro. A passos lentos, pois a cada momento era necessário fazer anotações, os dois homens atravessaram os aposentos que no dia anterior eram tão calmos e suntuosos. Naquele sombrio ambiente, as paredes nuas e enegrecidas, em grande parte tombadas e cobertas de água e fuligem, e o chão salpicado por destroços esparsos, fragmentos de vasos, de estátuas, assumiam aspecto de ruínas disformes. No dormitório de Rute, mais atingido que o resto da casa, Samuel avistou o cofre de joias que, preso ao assoalho e à prova de fogo, havia resistido às chamas. Com surpresa, constatou que a chave (que ele sabia ficar numa gaveta secreta da escrivaninha) estava na fechadura. Num movimento brusco, abriu o pequeno móvel e constatou, empalidecendo, a confirmação de sua suspeita: todas as caixas tinham desaparecido; Rute fugira levando suas joias consigo. Seus cúmplices, quem quer que fossem, tinham incendiado a casa para encobrir sua fuga.

- Tendes algum roubo a declarar, senhor barão? - indagou o comissário. - A coisa é bem provável, pois estou cada vez mais convicto de que o incêndio foi provocado por mãos criminosas.

- Não, não - respondeu o banqueiro com voz rouca. - Somente minha mulher poderia ter aberto este cofre. Provavelmente, o tempo que perdeu querendo salvar as joias acarretou sua morte. Pessoalmente, não tenho nenhuma suspeita sobre as causas do incêndio. Estou sufocado por essa desgraça que nos atingiu, não consigo pensar em outra coisa. Por isso eu vos peço, senhor comissário, que continueis sozinho vosso trabalho, ou que vos façais acompanhar por Levi. Preciso urgentemente de algumas horas de repouso.

- Hum... Pobre rapaz - disse o comissário consigo, ao ver o banqueiro se afastar. - Começo a crer que um drama familiar se esconde sob esses escombros.

Tendo dado as ordens a Levi, Samuel entrou em sua carruagem e se fez conduzir à casa de campo. Realmente estava no limite de suas forças; a cabeça vazia, o coração pesado, tombou nas almofadas do veículo.

Entrando nos jardins da residência, avistou o filho, que brincava no terraço, montado num cavalo de pau. Ao ver o pai, o menino pôs de lado o brinquedo e correu ao seu encontro com toda a velocidade de suas pernas. Um sorriso radiante iluminava seu semblante infantil, e seus cabelos loiros esvoaçavam ao sabor do vento como uma auréola dourada. Invadido por um estranho sentimento, misto de amor e mágoa pungente, Samuel tomou o pequeno nos braços e apertou-o junto ao peito.

- Como estás sujo e amarrotado, papai! - o garoto exclamou, alisando os cabelos do banqueiro, na tentativa de penteá-los. - Tuas mãos estão pretas e arranhadas! Está doendo?

O menino encostou a face rosada contra o rosto pálido do banqueiro.

- Meu bom Deus, senhor barão! O que aconteceu? - interpelou a aia, que se aproximava, olhando consternada as vestes desgrenhadas e o estranho aspecto do patrão.

- Houve um incêndio na casa, Bárbara. Espero que a partir de hoje cuideis com ainda mais carinho dessa criança, porque sua mãe morreu nas chamas - o jovem israelita respondeu em voz baixa. - E tu, meu pequeno, vai brincar; papai tem que descansar um pouco.

Após tomar banho, Samuel foi deitar-se. Seu cansaço era tanto que depressa dormiu, por horas, um sono pesado. Ao despertar, sentia-se fisicamente recuperado. A terrível excitação nervosa que se abatera sobre ele desde que tinha deixado Paris, enfim, dava lugar a um raciocínio mais calmo. Como saindo de um pesadelo, passou a mão pela fronte, pensativo. A impiedosa condenação de Rute e o terrível ínterim em que fora salva agora se apresentavam à sua mente sob nova luz.

Tomado por repentina agitação íntima, Samuel levantou-se e passou a seu gabinete. A primeira coisa que avistou foi uma valise aberta. Seu criado particular, recém-chegado de Paris, retirava dela diversos objetos, organizando-os sobre a mesa de trabalho do patrão. A visão de dois estojos e de um guarda-joias destinados a Rute aumentaram a impressão desagradável que o oprimia; não, ele não tinha sido demasiadamente severo; a adúltera, a ladra, a incendiária só merecia a morte. Aquela guinada em seus pensamentos repercutiu-lhe em sua voz, quando disse bruscamente:

- Leva daqui essas caixas e esse cartão cheio de bobagens, e cuida para que eu não os torne a ver.

Surpreso, o criado fez como lhe ordenava o patrão e, percebendo-lhe o mau humor, por cautela retirou-se.

Samuel sentou-se à mesa de trabalho e pôs-se a examinar e organizar seus papéis e documentos.

Por último, abriu um pacote de livros e os folheou. Um deles era um volume grosso, de encadernação verde: *O Livro dos Espíritos*, de Allan Kardec.

- Ah, eis aqui o livro do singular sectário de quem tanto o senhor Valdes tem me falado - murmurou. - Não sabia que ele já tinha me mandado. Bem, hoje um pouco de distração iria me fazer bem.

Após ter folheado atentamente a obra, uma expressão de ironia amarga e de desdém surgiu em seus lábios.

- Imortalidade da alma! Perfeição, o objetivo final da existência! Reencarnação (lede "metempsicose")! Comunicação entre vivos e mortos! - murmurou com sarcasmo. - Nada mais que lendas da antiguidade, temperadas ao sabor dos dias atuais... Hahahá... A realidade destrói delírios como esse. Se meu falecido pai viesse escrever com sua mão que tudo isso é verdade, então eu me convenceria. Mas chega dessas utopias!

Afastando o livro, tocou uma sineta:

- Chama Bárbara e diz que traga o pequeno - ordenou ao criado.

Segunda parte

O homem propõe, Deus dispõe

TRIBUNAL DE FAMÍLIA

RAUL VOLTOU PARA casa num péssimo estado de ânimo. Vergonha, humilhação, revolta contra si mesmo e contra as consequências da ligação imprudente em que se comprometera mesclavam-se em sua alma aturdida, à semelhança de um caldeirão fervente. Foi preciso um grande esforço para comparecer ao jantar. Finda a refeição, recolheu-se a seus aposentos, alegando estar indisposto e proibindo que o incomodassem sob qualquer pretexto.

O repouso noturno lhe trouxe calma suficiente para que, no dia seguinte, comparecesse ao almoço mais equilibrado e num estado de humor favorável. A manhã estava esplêndida, e Valéria ordenara que a refeição fosse servida numa grande varanda enfeitada com flores, à sombra das árvores seculares que se elevavam do jardim.

Enquanto folheava um jornal, Raul observava sorrateiramente a esposa que, distraída e pensativa, mordiscava um biscoito. Embora estivesse mais bela do que nunca, uma profunda melancolia e uma desalentada resignação lançavam sobre seu semblante encantador uma sombra que não podia passar despercebida.

"Em que estará pensando? Certamente não em mim, pois sequer notou minha agitação na noite passada, e não percebe que a observo neste instante", pensou com despeito e amargor, e amassou impacientemente o jornal que tinha nas mãos. A chegada da aia, que trazia o principezinho, veio pôr fim àquele colóquio silencioso entre os jovens cônjuges.

– Bom dia, meu filho! – exclamou Raul, atraindo para si o menino e colocando-o sobre os joelhos, antes que tivesse tempo de correr para os braços da mãe. – Podeis retirar-vos agora, Henriqueta. Eu levo Amadeu mais tarde.

Valéria se mostrou mais animada. Contemplava com ternura o filho, que com uma seriedade infantil molhava um biscoito na xícara do pai e o repartia fraternalmente com o grande cachorro do príncipe.

O pequeno Amadeu era belíssimo, embora sua aparência física em nada fizesse lembrar os pais. Tinha a tez de um moreno pálido e fartos cabelos encaracolados de um tom negro azulado, que lhe emolduravam a fronte larga e cheia. Os grandes olhos negros, sombrios e reluzentes, nada tinham do encanto e da suavidade aveludada do olhar de Raul.

O príncipe observava o menino quando um pensamento infernal o fez estremecer: então não vira ele próprio, um dia antes, aqueles mesmos traços em outro rosto? Não eram aquela fronte e aqueles olhos iguais aos de Samuel Maier? A boca pequena, os lábios rubros e cheios, o nariz ligeiramente aquilino e as narinas móveis não recordavam os de Gemma, sua amante judia?

Raul sentiu o coração apertar-se no peito. O que significava tão estranha semelhança? O sorriso sarcástico do judeu ao recusar-se a duelar com ele, e sua preocupação com o bem-estar de Valéria não teriam uma causa secreta mais verossímil do que a mera generosidade? Teria o destino feito com que ele e o judeu acabassem por abrigar, um e outro, os filhos bastardos de suas esposas sob seus tetos?

Uma nuvem negra escureceu a vista do príncipe e toda sua raiva, apenas adormecida, despertou, subindo-lhe à cabeça. Com um gesto violento, Raul repeliu o pequeno Amadeu que, caindo, pôs-se a chorar. Valéria correu na direção do menino e, erguendo-o, tomou-o nos braços.

– Perdeste o juízo, Raul, para tratar assim o menino? – ela procurou aquietar Amadeu, cobrindo-o de carícias.

Toda a irritação penosamente dissimulada pelo fidalgo veio à tona.

– Me dá repulsa – ele disse duramente – dar carinho a um garoto que é *meu filho*, mas não tem nem os meus nem os teus traços, e sim os do judeu Maier! Deves estar mais bem informada que eu quanto às razões desse insolente acaso, que dá motivo a suposições bem sinistras.

A jovem permaneceu como que petrificada por alguns instantes. Tinha o rosto tão alvo quanto o penhoar branco que vestia, e seus olhos azuis adquiriram a tonalidade acinzentada do aço.

– Provas! – ela disse com voz embargada. – Que provas tu tens para me fazer tão absurdo insulto?

Ver essa reação tão emotiva fez ressurgir a bondade natural e generosa de Raul, que se arrependeu da afronta que proferira, talvez sem razão.

- Perdoa-me, minha querida - ele murmurou, aproximando-se da princesa. - Minhas...

O príncipe não pôde terminar a frase, porque a voz de Antonieta fez-se ouvir no recinto contíguo. Em instantes, a alegre jovem entrava na varanda ao lado do filho mais velho, acompanhados ambos pela aia do menino.

- Bom dia, Antonieta! - disse Raul, cumprimentando-a, enquanto Valéria permanecia imóvel, lutando para conter as lágrimas. - O que te traz aqui tão cedo?

A condessa logo percebeu que algo de desagradável acabava de se passar. Todavia, agiu como se nada tivesse notado.

- Permite-me roubar-te a esposa por meia hora, Raul. Preciso pedir-lhe um conselho - Antonieta voltou-se para a aia: - E tu, senhorita, peço-te que tomes conta de meu filho e do pequeno Amadeu e os leves ao jardim, onde poderão brincar mais à vontade.

Valéria e a amiga estavam deixando a varanda quando um criado se aproximou do príncipe e lhe apresentou algumas cartas.

- Alteza, encontra-se no palácio um desconhecido que vos roga alguns minutos de atenção. Ele afirma tratar-se de assunto de gravidade.

- Quem é esse estranho, e o que pode querer de mim? - perguntou, impaciente.

- Ele diz chamar-se Gilberto, alteza - declarou o serviçal. - Acredito que seja um dos desafortunados atingidos pelo incêndio da noite passada, que vem mendigar o socorro de vossa reconhecida generosidade.

Um furtivo rubor coloriu as faces do príncipe, ao ouvir o nome de Gilberto.

- Leva o homem até meu gabinete, irei encontrá-lo num instante. Mas a que incêndio te referes?

- Na noite passada, o fogo atingiu o palácio do rico banqueiro Maier, barão de Válden. Dizem que foi um incêndio espantoso, quase todo o prédio foi destruído, e o proprietário e sua esposa pereceram entre as chamas.

Estupefato, o príncipe despediu o empregado bruscamente. Um grito de Antonieta, todavia, desviou-lhe o curso dos pensamentos. Correndo para o toucador da esposa, Raul encontrou-a prostrada sem sentidos numa poltrona.

– Com certeza foi a notícia da morte de Samuel Maier que afetou Valéria de maneira tão fulminante – disse Raul, rubro até a fronte. – Diz a ela, Antonieta, assim que tornar a si, que esse desmaio após ouvir a notícia do acidente que atingiu esse digno banqueiro, seu antigo noivo, é *uma das provas* que ela me pedia há pouco.

A condessa, que tentava reanimar a amiga, levantou-se bruscamente:

– Raul, tuas palavras me dão, finalmente, a oportunidade que eu esperava há muito tempo de falar-te com o coração aberto. Há muito que não te reconheço mais. Tu, que foste sempre tão bom e generoso, és cruel com Valéria. A cena desta manhã bem poderia ser a causa desse desmaio, não concorda? Vamos, dize-me com franqueza o que te irrita com relação àquela a quem tanto amaste?

– Como desejaria que tivesses razão – suspirou Raul, mordendo o lábio inferior e tentando conter as lágrimas que lhe saltavam dos olhos. – Valéria não é igual a ti, que amas teu marido e por isso te mantiveste calma diante da notícia da morte do banqueiro. Afinal, essa informação deveria ter impressionado tua amiga na mesma medida em que impressionou a ti. Hás de convir, minha cara, que qualquer marido teria razões para desconfiar ao reconhecer nas feições do filho as mesmas do homem que teve um papel misterioso na vida da esposa, e cuja notícia da morte a faz desfalecer.

– A que abismo te arrasta o ciúme! – exclamou a cunhada com severidade. – Podes seriamente supor que esta criatura piedosa e honrada fosse capaz de tão ignóbil traição contigo? Deverias envergonhar-te! Quando entrei no terraço esta manhã, Valéria já estava alterada. Se queres saber, penso que ela teve razão suficiente para perder os sentidos se houver dito a ela o que me acabas de dizer.

A firme convicção na voz e no olhar de Antonieta exerceram efeito calmante sobre a alma machucada de Raul. Sem nada responder, ele beijou a mão da concunhada e retirou-se.

– Pobre mulher! – murmurou a amiga, indo ajoelhar-se ao lado da jovem, enquanto friccionava-lhe a fronte com essências. – Que infeliz acaso levou Raul a perceber essa fatal semelhança, que Valéria nega com raiva, mas que já conseguiu colocar tanta perturbação no espírito de Rodolfo?

A conversa que Raul teve com Gilberto Netosu trouxe-lhe ainda mais contrariedade. Tomar conhecimento da crueldade que Samuel tivera com a esposa o encheu de horror e assombro. Informado do resgate da jovem, o príncipe passou às mãos do aventureiro uma soma considerável, recomendando-lhe que cuidasse de Rute e do filho e se dirigisse a ele sempre que necessário.

Raul permaneceu ainda por algum tempo em seu gabinete depois da saída de Gilberto. Sentia-se só, triste e desgraçado; tinha necessidade urgente de desabafar e de confiar suas dores a um coração dedicado. Assim pensando, dirigiu-se à casa de sua mãe, aquela amiga sincera em cuja afeição incondicional e absoluto devotamento podia confiar.

A princesa Odila habitava um pequeno palácio cercado de jardins em um subúrbio próximo. O ar pouco salutar e pesado da cidade lhe era nocivo, uma vez que sua saúde se deteriorara bastante nos últimos quatro anos. Tendo perdido o movimento das pernas, uma enfermidade crônica, caracterizada por enfraquecimento mórbido, minava-lhe a resistência.

Um pouco mais animada pela beleza daquela manhã, a mãe de Raul pedira que uma poltrona fosse levada até o pequeno bosque forrado de lilases, para que ali pudesse passar alguns momentos. Naquele lugar tão aprazível ela poderia aspirar aromas balsâmicos enquanto sua velha e fiel dama de companhia lia para ela.

A chegada do príncipe veio interromper a leitura. Apesar da alegria que a visão de Raul sempre causava à senhora de O., seu olhar maternal imediatamente notou que o jovem estava bastante agitado e perturbado.

– Vai descansar minha boa amiga, enquanto converso com meu filho – disse a princesa Odila gentilmente à criada. – Já leste o suficiente por hoje.

A criada ergueu-se prontamente, e assim que sua silhueta alta e magra desapareceu ao fim da grande alameda arborizada, a mãe de Raul tomou nas suas as mãos do filho e o trouxe para junto de si.

– Acomoda-te sobre este tamborete a meus pés, Raul. Conversemos de coração aberto, como costumávamos fazer outrora, quando eras mais novo e vinhas falar de tuas alegrias e pesares à tua única confidente.

O príncipe fez como a mãe lhe pedia, beijando-lhe amorosamente as mãos alvas e emagrecidas.

– Sim, venho buscar-te para abrir meu coração e confessar-te meus pesares, mas também meus erros, pois mudei muito desde meu casamento. Não sou mais o bom rapaz, inocente, que tu educaste! Tenho agido de maneira vil, mas isso só tem me trazido infelicidade.

Com voz hesitante, Raul apoiou a cabeça sobre os joelhos da senhora de O., que afagou num doce gesto os cabelos sedosos do filho. Em seguida, depositou na fronte cansada do rapaz um beijo terno e delicado.

- Há muito tempo que não vejo alegria em teus olhos - ela comentou, após um longo suspiro. - O que vejo é uma sombra que te oprime. Abre teu coração, querido, pois nada há de que te possas envergonhar perante mim. Tua confiança é minha última fonte de alegria neste mundo, mas eu receio ter me enganado ao tentar fazer-te feliz a todo custo. Ao poupar de toda frustração a criança que foste, acredito não ter deixado amadurecer o homem.

- Ora, mamãe, não te deves censurar por coisa alguma! - Raul declarou, enfático. - Estou certo de que tudo quanto fizeste foi visando tão somente o meu bem. Mas agora conta-me tudo: soubeste antes de meu casamento com Valéria que ela não me amava e que seu coração já pertencia a outro? Tenho que saber toda a verdade, e preciso que me aconselhes, para eu poder dar um pouco de ordem ao caos dos meus sentimentos, que me rouba o sono.

- Ah, meu filho! Com que pesar percebo agora o quanto a criatura humana é cega, limitada e presunçosa, acreditando poder moldar os acontecimentos de acordo com seus desejos egoístas. Quando ficaste enfermo, antes de teu noivado com Valéria, o medo de te perder privou-me da razão e do discernimento. Quando o médico declarou que somente uma forte alegria teria o poder de produzir em teu organismo uma reação positiva, quis levar à tua cabeceira a noiva que havias escolhido, e consegui. O conde Egon me confessou que suas finanças estavam à beira da falência e que um jovem judeu, enamorado de Valéria, havia comprado todas as suas dívidas e exigia a mão da filha para salvar a honra da família. Bem, uma grande soma de dinheiro, comparada ao valor de tua vida, pareceu-me coisa irrisória. Para mim, o fato de que toda mulher te haveria de amar era uma certeza. Por isso resolvi quitar os débitos da família de Valéria. Mas permita que eu te conte tudo em detalhes, meu filho.

De forma breve, mas sem nada omitir, ela revelou ao filho todas as peripécias que precederam seu casamento. A mãe narrou ao príncipe a aventura de Valéria no dia das núpcias. Contou-lhe que Rodolfo chegara à propriedade de Samuel Maier, onde estava a irmã, no momento exato de evitar que ela se afogasse no lago. A senhora de O. acrescentou por fim que, tendo estranhado o aspecto da noiva e seu repentino mal-estar, havia interrogado Antonieta na ocasião e esta lhe confessara toda a verdade.

- Ah, mamãe! - exclamou o príncipe, cujo sangue subira à cabeça. - Se eu soubesse que Valéria saíra dos braços do amante para o altar, eu teria repelido sua mão, não teria recuado diante do escândalo que ela temeu, apesar de ter coragem suficiente para trair minha confiança e roubar minha honra.

- Não te exaltes assim, meu filho! Tua esposa cometeu uma imprudência, levada por seu caráter exaltado. Ela quis desculpar-se com o homem que havia abandonado e que julgava ter morrido por ela. Ela jamais cairia tão baixo por uma paixão qualquer. Tenho certeza de que tua esposa seria incapaz de aviltar-se a ponto de ter tido um amante.

- Estás enganada se acreditas nisso, mãe - declarou Raul, em cujos olhos brilhavam lágrimas de cólera. - Para ter corrido desacompanhada em vestes nupciais à casa de um noivo a quem renunciara, era preciso que Valéria tivesse muita intimidade com ele. Não a surpreendi em flagrante delito, mas estou convencido de que minha dignidade foi manchada, pois existe uma prova palpável do seu adultério. Mas escuta tu, agora, e me entenderás.

Febrilmente agitado, o rapaz fez à sua ansiosa interlocutora o relato de sua vida conjugal, e depois dos muitos amores clandestinos que tivera, até a fatal aventura em que o destino lhe atirou nos braços a mulher do banqueiro Maier. Em seguida, narrou seu último encontro com Samuel, em que o israelita se recusara a bater-se com ele pela tranquilidade de Valéria, a quem desejava poupar. Então Raul contou à princesa a cena daquela manhã. Disse-lhe que aquela tinha sido a primeira vez que se dera conta da extraordinária semelhança entre o pequeno Amadeu e o milionário judeu, constatação que o atingira como um raio. O desmaio da esposa ao saber da morte do antigo noivo tinha sido a gota d'água, "porque ninguém perde os sentidos por ouvir falar da morte de alguém a quem apenas amou, sem ter se unido a ele, e a quem não vê há anos". Por fim, relatou brevemente a conversa com Gilberto Netosu e as providências que tomara no sentido de garantir, na medida do possível, o bem-estar de Rute e de seu filho.

- Como podes ver, minha mãe, o judeu repeliu de sua casa a esposa adúltera - acrescentou o rapaz entredentes. - Além disso, acreditou ter o direito de matá-la, para destruir também o filho ilegítimo. E *eu*, posso tranquilamente me calar e legar meu nome e o brasão sem mácula de nossa família ao bastardo do judeu? Não deve haver igualmente uma punição para essa miserável traidora?

- Mais uma vez exageras, meu filho - a princesa observou, deslizando os dedos muito finos pelo rosto inflamado de Raul. - Uma convicção íntima me diz que tua esposa é inocente. É possível que a natureza delicada e impressionável de Valéria, cujos pensamentos se voltavam com frequência para o antigo noivo, tenha acabado por dar ao pequeno Amadeu uma semelhança casual com o banqueiro.

A mãe tocou de leve o queixo do príncipe, forçando-o a encará-la, antes de dar continuidade à sua fala:

- Acreditas que é justo acusar e condenar tua mulher com base em tão vaga desconfiança? Após meses de ausência, o senhor Maier teve provas da infidelidade da esposa. Se tivesses em mão semelhantes evidências contra Valéria, eu seria a primeira a aconselhar que te separasses dela. Mas não é esse o caso; abandona essas suspeitas e não rejeites a encantadora criaturinha que, apesar da aparência, é teu filho. Amadeu te ama mais do que à própria mãe. Mal ouve o rumor de teus passos, seu rostinho infantil se alegra. Somente a força do sangue pode impelir tão instintivamente um filho para o pai.

- Ah, como eu desejaria que fosse verdade o que dizes, mamãe. Mas que seja! Seguirei teus conselhos e permanecerei calado. De qualquer modo, minha felicidade está destruída. Uma barreira intransponível se ergueu entre mim e minha esposa. Ela está sempre triste e pensativa. Sei quem é o objeto de suas meditações... Mantenho-me distante e busco o amor fora do matrimônio. Sinto-me melhor em qualquer outro lugar do que em minha própria casa...

- Não, não, meu filho, promete-me renunciar a essas loucas aventuras que gangrenam o coração e aniquilam o corpo. Busca reconciliar-te com Valéria, reconduzi-la para junto de ti e encontrar a paz em uma vida honesta e calma. O dever cumprido, se não o amor satisfeito, há de garantir-te a motivação para viver. Vem visitar-me com mais frequência, querido. Ver-te e estar contigo são minhas derradeiras alegrias e pressinto que delas não poderei desfrutar por muito tempo. Teu pai me chama e sinto minhas energias se esvaírem pouco a pouco. Sei que meus dias estão contados.

- Não fale em separação, mamãe - o príncipe pediu, fora de si. - O que será de mim, inteiramente só, abandonado, sem poder ter a certeza do amor de ninguém? Não, tu não podes morrer, não posso suportar perder tudo ao mesmo tempo.

Perturbada com a exasperação do filho, a senhora de O. empalideceu e buscou recostar-se às almofadas que forravam a poltrona.

- Tu te sentes mal? - Raul indagou, inclinando-se trêmulo para a mãe.

- Não, meu filho. Foi teu excesso de pesar à perspectiva de nos separarmos que me causou essa forte comoção. Se viver ou morrer dependesse de mim, acreditas que eu te deixaria? Mas devemos nos submeter às leis do Criador, cuja bondade, espero, há de me conceder ainda alguns meses de vida nesta Terra. E deixa que eu te diga ainda, meu querido, que a morte não é uma separação eterna. A alma torna a viver em uma vida nova, e o amor que me liga a ti sobreviverá a este corpo, que em breve não mais existirá. Eu continuarei a te ver e a estar junto de ti, e é possível que o percebas e sintas minha presença.

O príncipe agora ouvia as palavras da mãe com atenção. Sentando-se novamente sobre o tamborete, tornou a pousar a cabeça sobre o colo materno.

- Em teu desejo de consolar-me, queres me fazer esperar pelo impossível - murmurou, amargurado. - Jamais nenhum dos que partiram regressou do mundo desconhecido para dizer uma palavra de afeição ou dar um conselho aos que vivem.

- Pois eu afirmo que o que te acabo de dizer é minha firme convicção - declarou a princesa, erguendo o corpo com súbita energia em direção ao filho, uma solene expressão de gravidade a iluminar-lhe o semblante. - Creio que é chegado o momento de narrar-te um fato que me deu prova de que nossos entes queridos que partiram desta Terra permanecem junto de nós e podem até mesmo, por vezes, comunicar-se conosco.

A senhora de O. concentrou-se por um instante; em seguida, retomou sua narração com voz vibrante:

- Sabes o quanto amei teu pai, cuja morte quase me fez enlouquecer. Absorta em meu desespero, permanecia insensível a qualquer consolo e indiferente aos meus deveres. Fechada em minha dor egoísta, até mesmo a ti eu negligenciei, passando dias inteiros junto a um pequeno oratório forrado de negro; prostrada numa poltrona, contemplava o retrato de corpo inteiro de teu pai que hoje se encontra em meu toucador.

"Certa noite, sentada diante do retrato, sentia-me mais só e infeliz que de costume. Lágrimas sufocavam-me e, em desespero, cobri o rosto com as mãos. Só uma lâmpada suspensa do teto iluminava o oratório. Um estalo baixinho, porém muito distinto, causou-me um sobressalto, fazendo-me erguer a cabeça. Foi então que vi uma nuvem esbranquiçada e cintilante, que parecia ganhar forma, estendendo-se diante do retrato. Em instantes, aquele vapor dissipou-se e vi teu pai, que, descendo do quadro, avançava em minha direção. Fiquei petrificada, incapaz de me mover. Mas eu não podia duvidar do que meus olhos testemunhavam. Meu querido Amadeu estava vivo, ali, diante de mim! Ele se movia e seus belos olhos, cheios de vida, fitavam-me com amor e tristeza. Teu pai, então, estendeu-me a mão e curvou-se! 'Querida Odila', disse-me ele, 'a morte é a passagem para uma vida nova. O corpo é destruído, mas o amor é imaterial e sobrevive com a alma. Embora teus olhos não possam me ver, estou junto de ti e sofro ao ver tuas lágrimas e teu desespero extremo. Deixei-te Raul. Dedica-te ao menino e com ele renascerás, senão em felicidade, ao menos em calma, para que possas cumprir teus deveres'.

"Palpitando de felicidade, sorvi cada som daquela voz amada, da qual estivera privada por longos meses. Subitamente, a aparição desvaneceu-se e pareceu extinguir-se no quadro. Como louca, lancei um grito alucinado e precipitei-me na direção em que estivera teu pai, a fim de retê-lo. Minhas mãos, porém, tocaram somente a tela. Atordoada e acreditando ter perdido a razão, arrastei-me até o genuflexório, onde caí de joelhos. Quais não foram meus sentimentos, então, ao avistar um papel ao pé do crucifixo! Nele, as exatas palavras que ouvira de teu pai estavam escritas com a caligrafia dele e assinadas com seu nome. Eu não pude duvidar de que a Misericórdia Divina havia levantado para mim a pedra sepulcral, pois eu vi e ouvi um dos vivos que nossos olhos e ouvidos grosseiros não percebem. Agradeci a Deus com reverência. Não contei a ninguém esse acontecimento. Temia que dúvidas ou risos incrédulos viessem a degradar esse grave e sagrado mistério. E agora, filho querido, deixa-me mostrar-te esse escrito, que há quase vinte anos trago pendurado ao meu pescoço."

A princesa tirou do peito um medalhão, preso a uma corrente de ouro. Abrindo-o, retirou dele um papel dobrado e amarelecido pelo tempo, no qual as palavras a que se havia referido estavam escritas a lápis.

Tomado de profunda emoção, Raul contemplou o escrito para, em seguida, beijar com ternura a mão da senhora de O.

- Creio em ti, minha mãe, e procurarei tirar dessa convicção um alívio para as amarguras que me esperam. Me esforçarei também, já que tu o desejas, por acreditar na inocência de Valéria e me reconciliar com ela. Perdoarei a maneira como ela afrontou meu amor ao jurar em falso diante do altar.

O príncipe voltou para casa com os mais sinceros pensamentos de reconciliação, mas uma vez feito o mal, é bem difícil repará-lo. Assim que voltara a si, o primeiro pensamento de Valéria tinha sido abandonar o marido, e só as súplicas de Antonieta para que ela poupasse a família de semelhante escândalo conseguiram persuadi-la a renunciar a essa ideia. Por outro lado, mortalmente ferida em seu amor próprio, a jovem princesa passou a demonstrar uma fria reserva em relação ao marido e a evitar a presença do filho. Introspectiva, parecia mal notar o mundo exterior. Apenas à sogra Valéria continuava a dedicar uma ternura filial e constante, cercando-a de carinho e atenção. Contudo, não foram poucas as vezes em que a mãe de Raul perguntou a si mesma, enquanto contemplava o rosto pálido da nora, se aquelas feições puras e aqueles olhos límpidos, que emanavam candura, poderiam encobrir uma alma vil e hipócrita.

Repelido em suas primeiras tentativas de reconciliação, o príncipe contentava-se em observar a esposa. Por vezes, a magnificente beleza de Valéria retomava o antigo poder que tinha sobre ele. Nesses momentos, Raul amaldiçoava suas suspeitas. A presença do pequeno Amadeu, todavia, reacendia nele uma desconfiança mesclada de cólera. Além disso, a recente frieza da esposa em relação ao pequeno parecia ser evidência de vergonha e consciência pesada. A única coisa capaz de abrandar os sentimentos do rapaz era a perspectiva da perda próxima da mãe, junto à qual ele passava dias inteiros, cumulando-a de cuidados na esperança de prolongar seus dias.

Cruel apreensão quanto ao futuro atormentava a enferma. Que seria do filho sem seu apoio, caso as coisas entre ele e a esposa não viessem a melhorar? O que aconteceria ao pequeno Amadeu, se o coração do jovem pai fosse irremediavelmente tomado por indiferença e rejeição? A que extremos poderia o caráter impressionável e passional do príncipe arrastá-lo quando ela não estivesse mais ali para guiá-lo e acalmá-lo?

Na esperança de prevenir tão lamentáveis acontecimentos, a senhora de O. esforçava-se por promover a reconciliação do jovem casal. Retinha junto de si a nora e o netinho, aos quais demonstrava ternura ainda maior que antes. Com aquela afeição ostensiva e sincera, a mãe de Raul buscava livrar o pequeno Amadeu de um futuro desamparo. Ela tentava tudo, com o intuito de fazer crescer a afeição de seu filho pelo menino, pois sabia que o que era importante para ela era sagrado para o príncipe.

Assim se passou o verão. As forças da senhora de O., todavia, declinavam de tal modo, que seria impossível negar que seu fim estava próximo.

Numa bela manhã de agosto, Raul passeava triste e preocupado pelo jardim, aguardando a carruagem para ir à casa de sua mãe. Ele se sentou num banco próximo ao pequeno lago artificial, aquele mesmo que tinha ao centro a estátua de um Tritão instalado sobre rochas, lançando um jato d'água de sua concha. O príncipe olhava distraidamente para a fonte quando teve sua atenção atraída para um objeto brilhante, que o sol fazia cintilar como ouro entre os pedregulhos. Intrigado, levantou-se e tentou alcançá-lo com uma haste de junco. Como não conseguia, chamou o jardineiro que, sem pensar duas vezes, saltou no tanque, indo remexer no lugar designado.

– É uma corrente de ouro, alteza! – exclamou o criado, surpreso. – Há algo preso a um vão da rocha. E, deslizando os dedos pela abertura, o criado retirou um medalhão preso à correntinha.

Ao tomar a joia nas mãos, Raul reconheceu o medalhão de Valéria, misteriosamente desaparecido havia um bom tempo. Por que estaria ali o objeto que ele acreditara ter sido furtado por um dos criados, a quem demitira por ser o único que tinha acesso a seu gabinete particular?

Satisfeito com o achado imprevisto, o príncipe dirigiu-se a seus aposentos e trancou a porta à chave. Se o medalhão nada contivesse de suspeito, voltaria a confiar na inocência da esposa. Estaria disposto também a fazer de tudo para reparar as injustiças que cometera contra Valéria e a reconciliar-se com ela. Reconheceria que um estranho acaso dera a seu filho as feições do judeu a quem odiava. Sentado diante da mesa de trabalho, Raul fitava um grande retrato de Amadeu, pintado pouco tempo antes. Nenhum traço do belo rosto do menino lembrava os seus, mas aquilo pouco importava, ele pensou.

Com febril impaciência, pôs-se a examinar o medalhão, enegrecido pela ação do tempo. Seu retrato desbotado ficou visível assim que ele comprimiu a mola interior da peça. A seguir, ele apertou de todos os modos o fundo da preciosa joia, que lhe pareceu excessivamente espessa. Ainda assim, nada encontrou. Aquele medalhão parecia ter sido soldado. Com redobrada desconfiança, o príncipe apanhou um canivete e bateu com violência contra o verso da peça. O brusco movimento acabou por acionar uma desconhecida mola oculta. Com um estalo seco, o fundo do medalhão se abriu, deixando entrever uma mecha de cabelos negros de um lado e, de outro, um segundo retrato. Um grito que mais parecia um gemido escapou de seu peito: acabava de reconhecer naquela imagem as feições enérgicas e os grandes olhos sombrios de Samuel Maier!

Não havia mais como duvidar: fora traído e desonrado pela esposa. Uma rápida comparação entre o retrato do banqueiro e o de Amadeu destruiu qualquer ilusão. Traço a traço aqueles rostos eram idênticos. O pequeno a quem chamava de filho era o bastardo do milionário israelita, e ele estava impossibilitado de renegá-lo ou de retirar-lhe o nome roubado.

Um turbilhão de emoções se elevou na alma do príncipe, que por um instante acreditou que perderia a razão. Em sua louca sede de vingança, pensou em levar o caso aos tribunais, servindo-se daquela criminosa semelhança fisionômica para pleitear o direito de repudiar a esposa e a criança.

Repetidas pancadas à porta do gabinete o arrancaram de suas reflexões.

- O que desejam? - ele indagou com rispidez.

- Um enviado da princesa vossa mãe acaba de chegar. Ela se sente muito mal e pede que vossa alteza vá sem demora a sua residência.

Com a mão trêmula, Raul introduziu o medalhão no bolso do casaco. Em seguida, cambaleando como que embriagado, dirigiu-se até a carruagem, pedindo pressa ao cocheiro.

A princesa Odila encontrava-se extremamente debilitada, quando teve uma vaga inquietação e o desejo de ver o filho. Não obstante o esgotamento físico, seu espírito permanecia sereno e lúcido. Assim, foi capaz de perceber de imediato que algo de grave acabara de acontecer. Apesar dos esforços do príncipe para demonstrar autocontrole, não lhe fora possível ocultar à mãe que uma batalha ainda mais grave do que as anteriores se travava em seu íntimo. A ansiedade fez com que a senhora recobrasse por um momento as forças. Com um gesto, ordenou às criadas que a deixassem a sós com o filho.

- Meu querido - ela murmurou, segurando a mão de Raul -, posso ver em teu semblante que acabas de sofrer forte comoção. Revela-me tudo que oprime teu coração, enquanto ainda te posso ouvir e aconselhar.

A essas palavras da mãe, a fictícia calma do príncipe desapareceu e, comprimindo o rosto contra a borda do leito, o rapaz irrompeu num pranto convulsivo. Depois de dar vazão por alguns instantes àquele intenso desespero, Raul levantou-se com esforço. Com voz entrecortada e lábios trêmulos, narrou à mãe a história do medalhão delator, que passou em seguida às suas mãos.

Com a visão embaçada pelas lágrimas, a princesa contemplou a prova definitiva da traição de Valéria.

- O que pretendes fazer agora? - ela murmurou, após um instante de silêncio.

- Se eu quiser conservar algum respeito por mim mesmo, só o que me resta é levar o caso aos tribunais - Raul respondeu com amargor. - Mandarei notificar essa mulher desleal; com esse medalhão e a insolente semelhança de Amadeu, vou arrancar de Valéria o direito de usar meu nome, vou ter o divórcio!

- Meu filho, se tu me amas, se tu não queres envenenar meus últimos instantes de vida, não farás um tal escândalo - disse com grande agitação, como que eletrizada. - Minha alma não teria repouso no além-túmulo vendo essa lama recair sobre nosso nome sem mancha. Além disso, queres desonrar o velho conde de M., Antonieta e o marido? Concordo que não podes mais viver com Valéria. Contudo, peço-te que te separes dela com discrição, sem difamá-la diante da opinião pública e poupando o desventurado menino, que é inocente de todo mal. Raul, meu querido, compreendo teu sofrimento. Mas suplico-te que entregues a Deus o julgamento desse caso. Perdoa, como fez nosso Salvador aos seus algozes, e a misericórdia divina te há de conceder a calma e o esquecimento.

O rosto pálido e transparente da enferma estava ligeiramente corado; seus grandes olhos, num estranho fulgor, mergulharam nos do príncipe, como que a rogar-lhe que procedesse como ela pedia. Retirando do peito a corrente de ouro, da qual pendiam uma cruz e um medalhão com o misterioso escrito do marido, ela disse num tom terno, mas já bem debilitada:

- Promete a tua mãe no leito de morte, sobre esta cruz, que jamais farás esse escândalo!

Emocionado e vencido pelo olhar amoroso da mãe e pela doce inflexão de sua voz, o príncipe deixou-se cair de joelhos. Então, beijou respeitosamente a cruz e as mãos geladas que a seguravam.

- O que exiges de mim é difícil, mas jamais me negaria a atender o teu derradeiro pedido - Raul murmurou. - Por amor a ti, juro sobre esta cruz e pela sagrada memória de meu pai que hei de carregar em silêncio minha própria vergonha. Jamais me divorciarei de Valéria e tampouco renegarei seu filho.

Um brilho de sobre-humana alegria iluminou o semblante da princesa.

- Deus te abençoe por teu amor filial e por tua obediência, tanto quanto eu te abençoo. Apesar de tudo, uma voz íntima me diz que as coisas se haverão de esclarecer, e que tornarás a encontrar a felicidade. Agora... - tomada por súbito desfalecimento, a senhora de O. recostou-se contra os travesseiros.

Um grito do príncipe fez com que a velha dama de companhia e a camareira corressem aos aposentos da princesa. Junto com elas veio o confessor, que a mãe de Raul já mandara vir. Depois de contemplar a enferma com gravidade, o padre ajoelhou-se e pôs-se a recitar em voz alta as preces dos agonizantes.

Junto ao leito, abatido e com a cabeça afundada contra as cobertas, Raul parecia nada ver nem ouvir. Ao sentir que alguém lhe tocava o ombro, saiu finalmente de seu torpor.

- Erguei-vos, meu filho. Vossa mãe está, enfim, liberta das misérias desta terra. Sua alma virtuosa acaba de conquistar a paz eterna no seio do Senhor.

Àquelas palavras do padre, o príncipe levantou-se. Estava tão pálido quanto a morta, mas seus olhos não tinham uma lágrima. Inclinando-se em direção ao rosto daquela que o havia amado incondicionalmente, Raul contemplou a cruz que ainda brilhava entre os dedos enrijecidos do cadáver. Com delicadeza, retirou o objeto e, abrindo o fecho da corrente, colocou-o ao redor do próprio pescoço.

- Tu me lembrarás de meu juramento - ele murmurou, antes de depositar um piedoso beijo nos lábios da mãe.

Com uma calma que lhe era incomum, o príncipe tomou todas as providências necessárias àquele momento. As pessoas que o cercavam sabiam de sua adoração pela mãe e esperavam uma explosão de dor de sua parte.

Por isso, a aparente tranquilidade, o rosto lívido, impassível e os olhos secos de Raul foram causa de espanto e apreensão para todos. A ninguém passou despercebido que o rapaz não dirigiu uma única palavra à esposa ao longo da cerimônia fúnebre.

Desde o falecimento da princesa Odila, Raul não mais pusera os pés em sua própria residência. Permanecera todo o tempo ao lado do caixão da mãe, não se afastando dali por um único instante, enquanto amigos e curiosos davam seu último adeus à senhora de O. Somente após o sepultamento, tendo deixado o mausoléu da família, é que o príncipe aproximou-se de Antonieta; solicitou que pedisse ao conde Egon de M., a Rodolfo e a Valéria para comparecerem em seu gabinete no dia seguinte, à uma hora da tarde, para tratarem de um grave assunto. Ele estaria lá para recebê-los, mas ainda queria passar o restante daquele dia e a noite nos aposentos de sua falecida mãe.

Valéria e a cunhada foram as primeiras a chegar para a reunião, no local e hora designados. A jovem princesa trazia a fisionomia alterada, sofrida. Seu traje de luto realçava ainda mais sua palidez.

- Pressinto alguma desgraça - ela disse, com uma expressão de fadiga. - Raul está estranho, tão mudado!

Antonieta não respondeu nada, mas apertou-a contra seu peito com a afeição de uma irmã. Ela também tinha o coração apertado, mas temia dar forma a seus pressentimentos. A chegada de Rodolfo acompanhado pelo conde Egon de M. veio interromper seus pensamentos. Ela observou, preocupada, a palidez do marido, que se recostara em silêncio à janela, dirigindo a Valéria um olhar de sombria desconfiança. Só o velho conde conservava a calma habitual, e disse, sentando-se:

- Não sei que bicho mordeu Raul. O comportamento estranho e o aspecto trágico desse rapaz são um mistério para mim. Sei que o desespero é natural, pois o príncipe tinha adoração pela mãe. No entanto, abandonar a casa, a mulher e o filho é um exagero que não consigo entender. Da mesma forma, não entendo o motivo da reunião solene para a qual fomos convocados.

- Logo vamos saber do que se trata, papai, pois a carruagem de Raul acaba de estacionar diante da entrada - informou Rodolfo, que olhava através da janela.

Em instantes, o príncipe entrava em seu gabinete. Estava de tal modo pálido e desfigurado, que todos ficaram compadecidos.

- Busca tranquilizar-te, meu caro rapaz - disse o conde Egon, enquanto apertava a mão do genro amistosamente. - Somos impotentes diante das leis da natureza. Mas agora, dize por que motivo nos reuniste aqui.

O príncipe recostou-se à mesa de trabalho.

- Pedi que viésseis para ser juízes da afronta que Valéria cometeu contra mim. Coloco-a perante o tribunal de sua família, uma vez que um juramento que fiz à minha falecida mãe me impede de repudiar publicamente a mulher adúltera que manchou meu nome honrado ao colocar sob meu teto o filho bastardo de um judeu!

Um grito abafado escapou dos lábios de Valéria, enquanto Rodolfo recuava, o rosto lívido, e o velho conde de M. erguia-se encolerizado.

- Isso é uma calúnia! Tens provas que sustentem tão insólita acusação?

- Olhai para vossa filha, senhor. Não vedes a culpa estampada em seu semblante? - indagou Raul que, com uma gargalhada rouca, apontava para a esposa.

Valéria, pálida qual cadáver, os olhos perplexos, agarrou-se vacilante ao espaldar de uma poltrona.

- Acalmai-vos, pois ainda tenho mais a dizer. Sei que várias circunstâncias que antecederam meu casamento me foram ocultadas. Todavia, não vos censuro, meu sogro, pois compreendo e acho natural que um aristocrata de antiga linhagem, como sois, tenha preferido para genro um fidalgo a um judeu. Para Valéria, contudo, não há desculpa, pois desposou-me com o único propósito de me trair. Antes que ela partisse para a Itália, eu pedi a ela que me dissesse honestamente se não sentia mais falta do antigo noivo, e ela me assegurou que não; apesar disso, ela não hesitou, tendo acabado de ser retirada do lago e dos braços do amante, de pôr a mão sobre a minha e jurar em falso diante do altar, nem de fazer passar por meu o filho do banqueiro.

- Raul! - exclamou Valéria, fora de si -, eu te juro pela salvação da minha alma que sou inocente, que *nunca* pertenci a Samuel!

Uma tal inflexão de verdade vibrava naquela exclamação desesperada, que por um instante o príncipe se sentiu abalado, mas logo se refez e disse com ironia:

- Inocente, tu, que em vestes nupciais correste à casa de um homem que não era mais que um estranho para ti, sem qualquer pudor ou dignidade?

Inocente, tu, que um ano depois de nosso casamento ainda trazias contigo este medalhão que continha de um lado o retrato do marido e de outro uma mecha de cabelos e o retrato do amante?

Ele tirou do bolso a comprometedora joia, que abriu e colocou ao lado do quadro do pequeno Amadeu:

- Julgai vós mesmos o proceder de Valéria e comparai os dois retratos. Não vos restará qualquer dúvida quanto à verdadeira origem do jovem príncipe de O.

Ante aquela última e esmagadora prova da culpa, o rosto do velho conde tornou-se rubro de cólera. Com olhos injetados, o homem precipitou-se em direção à filha, agarrando-lhe o braço com tal brutalidade, que a jovem caiu de joelhos.

- Confessa a verdade de tua desonra! Filha desgraçada, que manchaste o nome de teu marido e de nossa família! - bradou o conde, fora de si, sacudindo-a rudemente.

- Nada de violência, meu pai! - disse Raul, afastando a mão do conde e ajudando Valéria a se levantar. - Somente eu teria o direito de vingar-me, e a isso renuncio. Minha adorada mãe, em sua derradeira hora, rogou-me que não expusesse publicamente nem minha esposa infiel, nem seu filho. Em consideração ao sagrado pedido materno, à honra de meu nome e do vosso, calo-me para sempre. Apenas não posso mais viver com Valéria, de quem me separo. Um abismo se abriu entre nós. Tanto a paz quanto a confiança que nos unia estão destruídas irremediavelmente. Fui esta manhã até meu comandante e lhe entreguei minha carta de demissão. Devo partir em viagem dentro de uma semana. O menino ficará com a mãe e...

- Ah, Raul se soubesses o quanto estás sendo injusto comigo - exclamou Valéria num timbre indefinível, segurando o braço de Raul após ter ouvido em silêncio tudo quanto dissera, parecendo antes morta que viva: - Minha única falta foi ter continuado a usar esse medalhão. Mas eu acreditava que o banqueiro estivesse morto quando pedi a um ourives de Nápoles que encaixasse o retrato e a mecha de cabelo no interior da joia; mais tarde, não soube como retirá-los. Há muito tempo que meu coração não pertence a Maier, e a lembrança dele não permanece em minha memória senão como um pesadelo. Quanto ao acaso fatal que deu a Amadeu essa semelhança, nada posso dizer. Sempre fui fiel, esta é a verdade. Se há uma Justiça Divina, dia virá em que minha inocência te será provada! Então lamentarás ter cometido um crime ao renegar essa criança, que é tanto tua quanto é minha. Juro ainda uma vez...

Valéria se interrompeu, levou bruscamente a mão ao coração e sua cabeça caiu para trás; ela teria caído se Raul não a amparasse em seus braços.

Auxiliado por Antonieta, Rodolfo a levou até o quarto.

- Procurai recuperar o equilíbrio, meu sogro - Raul pediu, aproximando-se do velho conde, que, aturdido, se deixara afundar numa poltrona. - Tudo farei para evitar o escândalo de minha separação. Valéria permanecerá aqui, senhora absoluta deste palácio, e gozará de todos os rendimentos de que disponho atualmente. Meu contador receberá ordens para colocar à disposição dela as quantias necessárias para que a casa seja mantida com o mesmo esmerado aspecto que apresenta hoje. Mordomos e criados permanecerão. Somente eu viajarei, para me distrair de minha dor. As más línguas não terão com o que se alimentar.

- Melhor seria que eu tivesse morrido - murmurou o conde Egon, tomando a mão do genro, enquanto uma lágrima de desalento e remorso corria-lhe pela face.

Tendo recobrado os sentidos, Valéria foi acometida de febre alta. Logo de início, o médico constatou que se tratava de uma enfermidade nervosa das mais graves. Ao longo de oito dias, a jovem permaneceu entre a vida e a morte. O vigor da juventude, todavia, acabou por triunfar sobre o mal.

Fiel à promessa de evitar tudo que pudesse despertar a curiosidade pública, o príncipe permaneceu no palácio durante quinze dias após aquele dia catastrófico. Quando o médico declarou que Valéria estava fora de perigo, ele decidiu que era hora de partir. O que Raul experimentou ao longo daqueles dias seria difícil descrever. Algo na convicção das últimas palavras da esposa havia tocado seu coração. A lembrança do delicioso rosto de Valéria desfigurado pela dor o perseguia, fazendo renascer em seu coração o mesmo apaixonado amor que ele sentira um dia.

Mas a recordação das provas incontestáveis da culpa fazia levantar-se nele uma tempestade interior e reafirmava sua decisão de separar-se para sempre dela. Ainda assim, na véspera de sua partida, um sentimento incontornável o impulsionou a ir ver a convalescente uma última vez. A ideia de deixá-la sem um olhar pareceu-lhe insuportável.

Com passos vacilantes, o príncipe dirigiu-se ao aposento da esposa.

Tendo chegado à porta, olhou para o interior e avistou Antonieta, de penhoar, sentada à cabeceira da enferma, ao lado de pequena mesa que um abajur iluminava. Exausta e triste, a condessa tinha nas mãos um livro de preces aberto e parecia orar.

- Antonieta! - ele chamou num sussurro.

A jovem ergueu a cabeça e olhou para trás; ao reconhecê-lo, caminhou para ele e, sem dizer palavra, conduziu-o até o leito de Valéria.

Na sombra projetada pelas cortinas de cetim e rendas, o rosto alvo e imóvel da jovem princesa mal se distinguia do branco tecido das fronhas. Dormia um sono pesado, de esgotamento. Em suas feições delicadas e emagrecidas podia-se detectar tal sofrimento, que Raul recuou. Após alguns instantes de silenciosa contemplação, o rapaz inclinou-se e beijou com ternura a pequena mão fria da esposa, que repousava sobre a coberta.

- Por favor, fica! - Antonieta suplicou, ao ver que o príncipe chorava. - Ouve a voz de teu coração. Se ficares, tudo há de melhorar. Apesar da aparência, tenho uma convicção inabalável de que minha amiga é inocente. Fica; a felicidade voltará.

- Tu me pedes o impossível, Antonieta. Enquanto a terrível suspeita sobre a origem de Amadeu não for esclarecida, nada poderá preencher o abismo que se abriu entre mim e Valéria. Ah, se ela pudesse justificar-se! Mas ela não pode. Jamais diga que eu estive aqui, e quando ela estiver restabelecida, entrega-lhe este medalhão. A mim pouco importa que ela o possua, agora que minha felicidade foi destruída de uma forma que não se poderá refazer.

O príncipe tocou os ombros de Antonieta e fitou-a com gratidão.

- Agora devo dizer-te adeus, irmã fiel e dedicada. Em tuas preces, lembra-te deste homem abandonado que, inteiramente só, vai seguir pelo mundo em busca de paz e esquecimento.

Lutando para sufocar os soluços, Antonieta abraçou o rapaz:

- Pode estar certo de que pedirei a Deus que ajude a esclarecer esse triste mistério e que te traga de volta a nosso convívio. Mas, Raul, poderias ficar longe por tanto tempo, talvez anos, sem dar um último beijo em Amadeu?

- Não, não - o príncipe murmurou, afastando-a, enquanto meneava a cabeça. - Não posso ver o menino; ele é a prova palpável de minha desgraça, a imagem viva do maldito!

- Apesar de tudo, ele é teu filho. Tua mãe o abençoou e abraçou antes de morrer, e essa bênção da avó santificou o pequeno inocente. Tu não podes partir sem tê-lo apertado ainda uma vez junto ao teu coração.

Comovido e persuadido por aquelas palavras, Raul deixou que a jovem o levasse até o dormitório do filho.

O príncipe e Antonieta pararam à entrada do quarto do menino. Por alguns instantes observaram Amadeu, que se preparava para deitar. Ajoelhado em seu leito de criança, o pequeno recitava com sua voz límpida e infantil a prece noturna: "Pai Nosso que estais nos céus, dai vida e saúde ao papai e à mamãe, e a mim dai força para ser um bom filho e crescer para dar alegria a eles".

- Deixa-nos, por favor, Margot - a condessa pediu à aia, enquanto entrava no aposento na frente de Raul.

Tendo avistado o pai, a quem adorava, o principezinho ergueu-se com um grito de contentamento e lhe estendeu os braços. Estava encantador em sua camisa de colarinho bordado. Seus olhos brilhavam e havia em seus lábios um sorriso de satisfação.

Raul tomou o menino nos braços e contra si. Seu peito arfava convulsivamente, e as lágrimas o sufocavam.

- Não chores, papai. Amadeu vai ser muito bom menino - murmurou o pequeno, enlaçando o pescoço do príncipe, enquanto apoiava com ternura a cabecinha de cabelos cacheados contra o rosto do pai.

Naquele instante, Raul permitiu-se esquecer tudo e cobriu a criança de beijos. Pouco depois, arrancando-se àquele amoroso abraço, praticamente o lançou nos braços de Antonieta e saiu correndo.

A convalescença de Valéria foi lenta, pois sua disposição moral prolongava seu esgotamento físico. Uma prostração apática se instalara nela, e por vezes dava lugar a um irritável nervosismo. Antonieta era a única pessoa que a princesa tolerava junto de si. Com um arroubo quase colérico, proibira a entrada do pai e do irmão.

A cunhada se perguntava ansiosamente, no silêncio de seu coração, se aquele abalo moral não teria sido demasiado forte para a natureza delicada de Valéria, a ponto de desencadear consequências funestas.

Certa manhã, quase um mês após a partida de Raul, as duas amigas encontravam-se no toucador da princesa. O médico, que acabava de deixá-las, declarara-se satisfeito com o estado de sua paciente e dera-lhe permissão para fazer um passeio de carruagem. Um pouco de distração e ar puro fariam bem à jovem, argumentara ele. Reclinada na espreguiçadeira, olhos postos no nada, Valéria parecia imersa em sombrias reflexões.

- Há muito que eu desejava ter uma conversa séria contigo, fada - Antonieta rompeu o silêncio, após observá-la longamente em silêncio. - Às vezes não te reconheço mais, e agora que vais voltar a sair, é preciso que ponhas um ponto final a essas esquisitices, que acabariam por assustar as pessoas. Diz com franqueza por que não queres ver nem papai nem Rodolfo.

- Porque ambos acreditaram na minha culpa - declarou com voz entrecortada, e suas faces pálidas e emagrecidas mostravam-se rubras agora. - Julgaram-me capaz de uma imperdoável infâmia. Meu pai, sempre tão bom, chegou mesmo a maltratar-me, a ponto de Raul ser forçado a defender-me de sua ira. No entanto, as loucuras e dissipações de meu pai e de meu irmão é que me forçaram a dispor de minha vida no passado e a enfrentar acusações de desonra no presente. Foram eles que me empurraram aos braços de Samuel, para se salvar da falência financeira e, mais tarde, aos do príncipe, para salvaguardar seu orgulho de estirpe. A alternativa que meu pai me deixou foi a de escolher entre me casar com meu antigo noivo ou assistir ao seu suicídio, sem levar em conta que a alma não é um objeto que se possa vender e manipular aos caprichos do momento.

Valéria apertou a cabeça entre as mãos, antes de prosseguir em seu desabafo:

- Oh, eu mesma mal me reconheço! Por vezes, chego a pensar que vou enlouquecer diante da incompreensível semelhança entre Amadeu e Samuel. Antonieta, só tu crês na minha inocência, *e eu sou inocente*! Mas é possível que Deus me tenha desejado punir por amar um infiel, pertencente ao povo que crucificou o salvador, dando ao meu único filho os traços dessa raça condenada. Por conta de minha criminosa afeição, fui entregue ao desprezo de todos, que apontam dedos impiedosos para mim!

- Não, não, tu exageras! - interveio Antonieta, com lágrimas nos olhos. - Ninguém te pode menosprezar, nem suspeitar do que aconteceu entre teu marido e ti.

- Não me iludo quanto a isso. Sei que o mundo é perspicaz em tudo quanto diz respeito a fatos escandalosos e, no meu caso, os fatos saltam aos olhos. Por que razão um marido abandonaria a esposa doente, senão para fugir dela? Não, minha querida amiga! Não posso, nem quero encontrar--me com essas pessoas, das quais cada olhar me pareceria uma acusação. Agora que estou restabelecida, porei em prática uma decisão tomada há tempo: deixarei Budapeste e irei viver em Felsenhort, que é propriedade minha apenas.

- Pretendes passar sozinha o inverno naquele velho ninho perdido entre montanhas? Impossível, Valéria! Aquele pequeno castelo é inabitável! - a condessa reagiu, assustada.

- Estás enganada! Mandei restaurar o castelo, que se encontra em perfeito estado e cuja localização é admirável. A solidão e a tranquilidade das belezas naturais daquele lugar hão de restituir o equilíbrio à minha alma. Lerei, trabalharei e retomarei meus estudos de pintura e música. Não me procures dissuadir, pois minha resolução é irrevogável. Tenho apenas um pedido a fazer-te, que espero não te recuses a atender: cuida de Amadeu aqui.

- Queres separar-te de teu filho? - Antonieta indagou, empalidecendo.

- Sim, eu não posso tê-lo junto de mim. Cada traço daquele rosto acusa-me de um erro que não cometi. Devo confessar-te: por vezes me é penoso tolerar a presença dele. Além disso, uma dúvida cruel ronda meu espírito e pergunto a mim mesma se Amadeu é de fato meu filho, se ele sempre me pertenceu. Ainda que eu não tenha provas, minha intuição me diz que um mistério cerca a ultrajante semelhança entre o pequeno e meu antigo noivo. Tu és bondosa, Antonieta, sei que cuidarás do menino como se fosse teu próprio filho, substituindo-me como mãe junto a ele.

Todas as tentativas da amiga de dissuadir Valéria não mudaram suas resoluções, e um dia ela desapareceu sem alarde da capital. Amadeu foi para a casa da tia, e o belo palácio do príncipe de O. fechou as portas. Quanto àqueles que costumavam frequentá-lo, restou-lhes a incógnita sobre as causas daqueles acontecimentos imprevistos.

Um dia antes da partida, Valéria tivera uma longa conversa com o padre Martinho, a quem abrira o coração sem reservas. Ao despedir-se dela, o venerável eclesiástico a abençoou, com lágrimas nos olhos.

- Curva-te, minha filha. Suporta com fé e humildade tua pesada provação. Acredito em tua inocência e não encontro explicação para a semelhança entre teu filho e Samuel Maier. Mas Deus protege os inocentes e fará jorrar luz onde não vemos senão sombras.

A VOZ DE ALÉM-TÚMULO

AO DEIXAR BUDAPESTE, a primeira intenção de Raul era viajar. Todavia, tal era sua fadiga moral, que acabou por renunciar a esse projeto. Dirigindo-se a Nápoles, alugou nos arredores da cidade uma casa de campo, onde se entregou a um recolhimento absoluto. Pouco a pouco, a admirável beleza natural que o cercava exerceu positiva influência sobre sua alma ferida. À medida que a irritação e o nervosismo diminuíam, porém, sobreveio um imenso vazio. Sendo amoroso e idealista, acostumado desde a infância à ternura da mãe e a dar vazão à sua afetividade, o príncipe tinha necessidade e o hábito de partilhar suas impressões com outras pessoas.

Casado muito jovem, com a mulher a quem adorava, e pai aos vinte e dois anos, Raul se acostumara ainda mais à vida em família. Subitamente, tudo lhe fora arrancado: uma suspeita infame pairava sobre a esposa, a quem tinha venerado como a uma santa, a presença do filho tornou-se penosa para ele, e sua mãe, o anjo bom em cujos braços sempre encontrara um refúgio de tranquilidade e amor, ela o deixara para sempre.

Apesar do vazio e da solidão que o torturavam, o príncipe fugia à vida em sociedade. As distrações mundanas agora o enchiam de repulsa, e as consequências de sua aventura com Rute o fizeram desistir de qualquer ligação amorosa. Seu único passatempo eram os longos passeios a pé ou de barco. Estendido na relva ou no fundo de uma embarcação, Raul passava horas a meditar e a relembrar o passado. Em seus devaneios, a imagem sedutora de Valéria surgia com frequência; ele repelia com amargor toda recordação daquela que tanto o fizera sofrer. Queria esquecê-la e evitava manter qualquer tipo de correspondência com Budapeste. Deste modo, ignorava de todo o que faziam a mulher e o filho. Porém, a despeito de todas essas precauções, seu coração rebelde negava-se a esquecer.

O príncipe pensava com devoção em sua falecida mãe e procurava reviver na memória os últimos tempos de sua preciosa existência. Repetia cada palavra que dela ouvira e sentia um desejo profundo de tornar a vê-la, de escutar-lhe ainda a voz amada e os bons conselhos. Com certa mágoa se perguntava por que, se o pai morto voltara para dar à esposa uma prova palpável de sua presença, a mãe que tanto o amara não aparecia para consolá-lo em sua desgraça.

Raul passou a rogar ardentemente a Deus que lhe concedesse essa graça. Mandou celebrar incontáveis missas pelo repouso da alma da mãe, suplicando-lhe que aparecesse para ele se de fato continuasse a existir além-túmulo. Mas sua espera foi em vão.

Nessas alternâncias de dor, esperança e desencorajamento, quase um ano se passou; então, certa noite, Raul viu a mãe em sonho; de pé, junto a seu leito, ela se inclinava e lhe beijava a fronte, e repetia diversas vezes, energicamente: "Parte para Paris; lá encontrarás repouso".

Tão viva fora a impressão deixada por aquele sonho, que Raul decidiu acatar o conselho recebido. "Quem sabe?", pensou. "Talvez na animação dessa grande cidade a inquietação que me devora se acalme."

No vagão do trem em que partiu de Nápoles, Raul conheceu um homem já de idade cuja aparência simpática e agradável, além da conversa interessante, acabou por influenciar positivamente o jovem isolado há tantos meses. Mal o trem cobrira a metade do trajeto e os dois homens já se haviam tornado bons amigos. Raul ficou sabendo que o companheiro de viagem, o senhor de B., era um coronel reformado que voltava de Palermo, onde fora visitar um parente enfermo. Ele também seguia rumo a Paris, onde residia. O príncipe se limitara a dizer seu nome, e contou estar indo à capital francesa por mero lazer.

O trem aproximava-se da última estação. O coronel, que se interessava cada vez mais pelo jovem companheiro, em quem detectara, não sem espanto, momentos de extrema melancolia, falou-lhe amigavelmente:

- Espero que não me considereis um velho indiscreto, príncipe, mas não pude deixar de perceber em vós uma tristeza, uma misantropia amarga que me parece inexplicável num jovem como vós, dotado de todas as vantagens físicas e materiais, e que deveria encarar a vida como uma festa. Pergunto-me que dor poderia estar oprimindo vosso jovem coração?

O olhar leal e interessado que acompanhava aquelas palavras tocou favoravelmente Raul.

- Sou grato por vosso interesse, senhor de B., e devo confessar-vos que grandes desgostos em família impedem que eu desfrute minha mocidade e as alegrias que a caracterizam de maneira geral. Além disso, perdi recentemente minha adorada mãe, fato que deixou em mim um vazio que nada neste mundo poderá preencher. O completo isolamento a que me condena a morte do anjo bom de minha vida, que me deixou para sempre, rouba-me toda alegria e esperança.

- Credes seriamente que o amor materno se extingue com a destruição do corpo? - disse o coronel balançando a cabeça, após fixar com olhar perscrutador o rosto sombrio do príncipe. - Na verdade, vossos olhos carnais é que deixaram de vê-la. A alma de sua mãe, livre todavia, está junto de vós e sofre com vosso sofrimento. Dizei-me: acreditais que a comunicação entre vivos e mortos é impossível?

- Não, pois minha própria mãe me assegurou que meu falecido pai lhe apareceu certa ocasião, para confortá-la. A mim, tal graça foi recusada.

- Não desespereis, meu jovem amigo. Começo a crer que foi Deus que me colocou em vosso caminho e que me será permitido vos restituir a paz de espírito. Não sei se sabeis que existe em Paris uma sociedade de homens sérios e cultos, cujo intuito é provar cientificamente a imortalidade da alma e a possibilidade de relações com o mundo invisível, pela intermediação de pessoas especialmente dotadas, às quais denominamos *médiuns*. Esta nova ciência, cujo futuro é imensurável, chama-se *espiritismo,* e já conta com milhares de adeptos, que se multiplicam a cada dia entre os homens de boa vontade. Se assim desejardes, terei imensa alegria em iniciar-vos nessa nova fé. Acredito que podeis entra em contato com vossa mãe, que vos dará provas irrefutáveis de sua identidade, das quais não podereis duvidar.

- Se eu desejar? - disse Raul como que eletrizado. - Tendes dúvida disso? Ah, romper as sombras tenebrosas do túmulo, que mantém minha mãe inacessível a mim! Saber o que ela faz e receber seus conselhos... Se isso fosse possível, eu voltaria a viver. Serei vosso aprendiz, coronel. Não me fareis esperar, perdendo um tempo precioso, não é mesmo? Hás de me iniciar já nestes dias?

- Calma, meu jovem amigo! - disse o coronel sorrindo. - Vosso empenho me enche de alegria, mas não há como acercar-se de tão sério assunto sem a devida preparação. Essa ciência nova engloba uma doutrina, uma filosofia consoladora e grandiosa, cujas máximas é necessário estudar e aprofundar. Antes de mais nada, devo ler convosco três livros fundamentais do espiritismo: *O Livro dos Espíritos, O Livro dos Médiuns* e *O Evangelho segundo o Espiritismo*. Quando tiverdes compreendido as leis e a sublime moral dos ensinamentos dos espíritos, aí sim tentaremos, com a ajuda de Deus, invocar a senhora vossa mãe. Venha encontrar-me em minha casa. Moro só com minha esposa e, se vos sentirdes bem em nosso pequeno círculo, poderemos estudar à vontade.

Raul agradeceu calorosamente ao senhor de B. pelo amável convite e, assim que foi possível, dirigiu-se à bonita casa de campo em que o coronel residia, no subúrbio de Paris. A dona da casa o recebeu com bondade e acolhimento maternais. Desse modo, não tardou para que o príncipe se sentisse tão bem na companhia de seus novos amigos, que passou a ser hóspede quase diário da casa. O sonho profético que o impulsionara a fazer aquela viagem parecia uma manifestação direta de sua mãe. Raul estudava com extremo interesse a filosofia espírita e sua alma entusiasta e impressionável se fazia impregnar, cada vez mais, de suas sublimes máximas.

Certo dia, ao chegar à residência do coronel, este o aguardava com alegre ar de mistério.

- Tereis hoje uma agradável surpresa, príncipe. Eu vos apresentarei minha filha, a senhora Rosália Bertin, que virá passar um ou dois meses em nossa casa, em companhia do marido. Ela é um desses seres privilegiados capazes de nos transmitir mensagens de além-túmulo, uma médium muito boa. Assim, após o chá teremos uma sessão de espiritismo, e quem sabe vossa mãe não possa vir se comunicar.

Pouco mais tarde, o jovem casal chegava à bela casa de campo. Os olhos de Raul se fixaram com ávido interesse na senhora Bertin. Era uma jovem bonita, magra, de pele alva, em cujos olhos grandes brilhava uma estranha chama. Tinha as mãos delicadas, de dedos longos e finos. Tal era a ansiedade do príncipe, que nada comeu nem bebeu durante o chá. Assim que os demais terminaram a refeição, o chefe da casa levantou-se:

- Tenhamos compaixão de nosso jovem amigo - ele disse, sorrindo. - Vem, minha querida Rosália. Façamos um apelo a nossos amigos invisíveis.

Com o coração palpitando, Raul seguiu o pequeno grupo até o gabinete do senhor de B. O coronel colocou uma mesinha redonda no centro do cômodo, sobre a qual depositou algumas folhas de papel em branco.

Em seguida, trouxe uma prancheta de madeira, sustentada sobre quatro pés, a um dos quais estava preso um lápis. A senhora de Bertin sentou-se junto à mesa, assim como as demais pessoas, e pôs a mão direita sobre a prancheta.

- Agora, meus amigos, vamos nos dar as mãos e façamos mentalmente uma prece, que dará mais força ao espírito - disse o coronel.

Após alguns minutos de silêncio, a prancheta começou a mover-se e o lápis escreveu o nome Gustavo.

- É meu falecido filho, o espírito mentor da médium - explicou o chefe da casa. - Diga-nos, querido Gustavo, o espírito da princesa de O. está presente e deseja se comunicar?

Com muito mais velocidade, as seguintes palavras foram traçadas sobre o papel: "É inútil fazer a corrente. Que o príncipe coloque a mão ao lado da mão de Rosália por cinco minutos". Raul fez como lhe era pedido. Então, assim que os cinco minutos escoaram, o lápis escreveu: "O espírito da senhora de O. está presente e pronto a responder a seu filho".

Um tremor nervoso se apoderou de Raul, ao mesmo tempo em que um fluxo de pensamentos tumultuados lhe invadia o cérebro. Em tal estado, não lhe foi possível formular uma pergunta. Imediatamente, a prancheta escreveu com uma caligrafia totalmente diferente: "Orem todos para que Raul se acalme. O caos de seus pensamentos me impede de escrever". Munindo-se de boa vontade, o príncipe entregou-se a uma prece ardente.

- Mãe querida - ele murmurou com emoção -, se és tu mesma quem fala, dá-me prova disso, contando alguma circunstância da qual somente tu e eu tenhamos conhecimento.

- Escutai - disse o coronel ao término de alguns instantes, retirando a folha de papel. - Eis o que o espírito acaba de escrever: "Raul, meu filho, sou eu mesma, tua mãe. Recorda-te do juramento que me fizeste naquela manhã em que te contei sobre a aparição de teu pai? A fim de te dar prova de minha identidade, escreverei aqui as palavras contidas no escrito de teu pai e que só tu conheces".

A seguir, o lápis traçou os termos exatos da misteriosa carta, que o príncipe sempre trazia consigo.

Raul nunca contara a quem quer que fosse o que a mãe lhe havia narrado. Uma vez ele falara ao coronel sobre uma visão de sua mãe, mas sem mencionar nenhum detalhe. Estupefato, o príncipe agarrou com mão trêmula a corrente que trazia pendurada ao pescoço e abriu o medalhão. Conhecia bem o teor da mensagem de seu pai, mas nunca prestara atenção à construção nem à sequência das frases. Todavia, ao comparar os dois escritos, verificou que eram absolutamente idênticos.

Lágrimas saltaram dos olhos de Raul, que, curvando-se sobre a prancheta, levou os lábios até o lápis amorosamente.

– Mamãe, perdoa-me por experimentar-te mais uma vez, mas meu espírito recusa-se a compreender esse milagre que aniquila a morte. Poderia responder-me a uma pergunta formulada apenas mentalmente?

Mal o rapaz concluíra o questionamento, o lápis já escrevia: "Valéria é inocente do crime que acreditas que ela cometeu, e eu te agradeço por teres mantido a promessa que fizeste em meu leito de morte. Deus me concede a graça de falar-te, orientar-te e aconselhar-te como fiz outrora, e isso me enche de felicidade".

Raul estava lívido. Jamais o nome de Valéria havia sido mencionado a qualquer dos presentes. Quanto a seu juramento, somente Deus e a falecida o presenciaram.

Com olhos arregalados, o príncipe fitava as linhas que acabara de ler e que, se verdadeiras, seriam a prova de que ele havia sacrificado sua felicidade por uma sombra enganadora.

– Oh! – ele murmurou com voz trêmula. – Se tu me amas como outrora, mãe, responde ainda uma última pergunta e ficarei feliz, pois terei reconquistado teu amor e adquirido uma convicção inquebrável. Diz-me o nome do pequeno, teu nome de solteira e minha data de nascimento.

"Amadeu, Odila, condessa de Éberstein, vinte e dois de julho de 18..." o lápis escreveu sem vacilar.

O efeito daquela resposta foi quase fulminante. Com um suspiro rouco, Raul desabou sobre a cadeira, quase sem sentidos. Os presentes levantaram-se, preocupados, e providenciaram um copo de água para o rapaz, que em pouco tempo recuperou o equilíbrio. Mas o coronel declarou que já bastava de emoção por uma noite e deu a sessão por encerrada.

A partir daquele dia, uma vida nova começou para o príncipe de O. As questões da existência terrena e de além-túmulo ganharam para ele uma nova luz. Os conselhos de sua mãe, cheios de mansuetude e sabedoria, foram um bálsamo calmante para sua alma ferida e confusa. Ele, que teria desejado conversar com a genitora por um dia inteiro, apressou-se a rogar à senhora Bertin que tomasse novamente o lápis, assim que possível. A jovem mulher, em sua amabilidade, demonstrou incansável paciência, sentindo-se feliz em tornar possíveis esses desabafos entre mãe e filho a partir de então. Um único pensamento perseguia Raul, como um remorso: era a lembrança de Valéria.

- Devo reconciliar-me com ela? - o príncipe questionou certo dia.

"Sim, mas o momento oportuno ainda não é chegado. Antes de qualquer coisa, estuda o espiritismo e fortifica-te no bem."

- Mas posso ao menos escrever para ela? A ideia de ter sido tão injusto com Valéria me faz sofrer.

"Sem dúvida alguma. Escreve. Contudo, repito, é cedo demais para te encontrar com tua esposa. Mas estou feliz que tua confiança em minhas palavras é mais forte do que tuas suspeitas, e que és o primeiro a estender uma mão amiga a Valéria."

Raul era jovem demais, impaciente demais para adiar seu projeto. Além disso, é preciso que se diga que a imagem da jovem esposa retomou seu império sobre o coração do príncipe. Logo no dia seguinte, o rapaz escreveu a Valéria nos mais reconciliatórios termos. Pedia-lhe que o perdoasse por haver desconfiado dela. Dizia-lhe que escolhia acreditar em sua palavra a despeito dos indícios que pareciam acusá-la. Rogava à esposa, por fim, que se reconciliasse com ele, por amor ao filho e em nome de um futuro de felicidade. Com inquietude sempre crescente, Raul aguardava uma resposta, que nunca chegou.

- Está morta? - ele perguntou à sua mãe.

"Não, mas mortalmente ofendida", respondeu o espírito.

Passadas cinco semanas, sem poder mais conter-se, o príncipe escreveu a Valéria uma segunda vez, quase exigindo uma resposta imediata. Outras duas semanas escoaram em espera vã. Em seu nervosismo, Raul começava a cogitar de uma viagem a Budapeste quando, numa bela manhã, encontrou em meio à sua correspondência uma carta cujo endereço e caligrafia lhe eram bem conhecidos, e que fez refluir todo o sangue para seu coração. Rasgando o envelope com a mão agitada, percorreu as seguintes linhas:

"Depois de tudo o que se passou entre nós, príncipe, vossas cartas me deixaram perplexa. Graças a vós, minha honra foi manchada de maneira indelével e não está em vosso poder apagar a acusação injusta que lançastes sobre mim, quando me abandonastes. A sociedade terá se encarregado de explorar os motivos desse abandono à sua maneira. Enquanto minha inocência não puder ser provada de forma inconteste, não vos desejo ver. Uma reconciliação seria impossível, pois um abismo se abriu entre nós, como vós mesmo dissestes. Vossa generosidade e vosso arrependimento chegam tarde demais. Além disso, nenhum acontecimento novo adveio que me pudesse absolver, desde o momento em que vos jurei inocência e vos recusastes a crer em minhas palavras. Portanto, devo continuar sendo tão culpada a vossos olhos, hoje, como fui há quinze meses.

Valéria"

A leitura daquela carta despertou em Raul sentimentos bastante diversos. A dureza amarga da resposta, tão contrária ao caráter tímido, doce e conciliador da esposa, era prova de que ela sofrera muito. Ele concluiu que seu desejo de reconciliação haveria de esbarrar em grandes dificuldades, que ele não previra. Por outro lado, por que ela não teria mencionado uma única palavra acerca de Amadeu? Queria fazê-lo compreender que não reconhecia mais seu direito de paternidade sobre o filho, que ele renegara? Tomado por um súbito desespero, o rapaz apanhou a pena e escreveu imediatamente a Antonieta, rogando-lhe notícias do pequeno.

Desta vez, a resposta não tardou. Nela, a condessa informava em poucas linhas que, um mês após Raul ter deixado o palácio, Valéria se havia transferido para sua propriedade de Felsenhort, onde vivia em absoluto recolhimento. Informava, também, que a princesa decidira separar-se do pequeno Amadeu, cuja presença lhe era penosa, tendo confiado a educação do pequeno a ela, que o criava com seus próprios filhos.

Aquela notícia repercutiu no coração do príncipe como um raio. Jamais poderia supor que Valéria fosse capaz de abandonar seu único filho, atribuindo a ele a responsabilidade da acusação que denegria a honra dela. Quanto mais indícios obtinha acerca da triste e terrível transformação que se havia operado na alma da jovem esposa, mais o príncipe acreditava em sua inocência. Só mesmo a virtude ultrajada poderia sentir tão profundamente a injustiça de um insulto. Ao mesmo tempo, um vivo sentimento de afeição e pesar em relação ao pobre filho, renegado pelo pai e pela mãe, despertou na alma de Raul. Sem hesitar, escreveu novamente a Antonieta, declarando reconhecer como seu o dever de manter o menino que a mãe enjeitara. Pedia que ela lhe enviasse Amadeu e a ama o mais breve possível.

Em resposta, o príncipe recebeu uma nova carta da prima, desta vez, longa e amistosa. Nela, a condessa exprimia seu contentamento por vê-lo retomar os melhores sentimentos em relação ao filho e informava que se encarregaria com satisfação de devolver o principezinho aos braços paternos. Dizia também que o velho conde Egon, enfermo havia tempo, desejava consultar os médicos parisienses, e pretendia aproveitar aquela oportunidade para passar algumas semanas na capital francesa.

Raul foi tomado de febril impaciência em face de tão inesperada notícia. Havia muito que desejava rever os parentes e apressou-se a tomar todas as providências para alojá-los na elegante residência em que se hospedava.

Bem antes da chegada do trem, o príncipe já aguardava na plataforma de desembarque. Com o coração batendo violentamente, avistou Antonieta em meio à multidão de viajantes, conduzindo Amadeu pela mão. Para surpresa de todos, o menino reconheceu Raul e, com um grito de "Papai, querido papai!", correu em sua direção. Deixando de lado as antigas suspeitas, o rapaz tomou o menino nos braços e o cobriu de beijos.

O reencontro com o sogro e o cunhado foi dos mais cordiais. Juntos, dirigiram-se ao hotel em perfeita harmonia. Após leve refeição, o velho conde expressou o desejo de repousar e Rodolfo informou que tinha planos de sair com as crianças para um passeio pelos bulevares parisienses. Raul respirou aliviado; conduziu Antonieta até uma sala e sentou-se ao lado dela:

– Conversemos. Tenho tanto a dizer-te e tantas perguntas a fazer... Antes de qualquer coisa, diz-me: tens visto Valéria? Como ela está?

– Eu a tenho visitado com frequência em seu retiro. Sua saúde está boa e ela está cada dia mais bela, por estranho que possa parecer. Mas sua alma está muito enferma.

Mostrando a Antonieta a carta que recebera da esposa, o príncipe contou-lhe sua tentativa de reconciliação.

– A recusa de Valéria não me surpreende de modo algum – disse com tristeza. – Não reconheço mais Valéria. Ela sempre foi tão amorosa, indulgente, disposta a tudo perdoar. Agora, porém, mostra-se áspera, irritável e cheia de ressentimento. Seu rosto encantador parece ter-se petrificado numa reserva glacial. Passa horas a fio reclinada numa espreguiçadeira, o olhar perdido no vazio, mergulhada em sombrias meditações. Minhas tentativas de persuasão não conseguiram convencê-la a rever o próprio pai e o irmão.

Valéria não consegue esquecer que ambos acreditaram que fosse culpada. Por vezes ela me pergunta se Amadeu vive, nada mais. Além disso, estou terminantemente proibida de pronunciar teu nome em sua presença.

Raul passou a mão pelo rosto entristecido.

- Reconheço que causei muitos danos com minha atitude precipitada. Mas sou homem, e as evidências contra minha esposa eram esmagadoras, e ainda perduram... Um milagre, porém, acerca do qual quero falar-te mais tarde, levou-me a mudar a maneira de ver as coisas.

A chegada de Rodolfo com as crianças impediu que Antonieta pudesse satisfazer sua curiosidade acerca da misteriosa declaração final de Raul; passaram a falar de outros assuntos.

As três semanas que a família de M. passou em Paris foram como um sonho. O príncipe promoveu o encontro de seus familiares com o coronel de B. e esposa. Além disso, revelou a Antonieta sua crença no espiritismo.

Ainda que surpresa e abalada com os milagrosos fenômenos que tinham convencido Raul, ela era uma católica convicta demais para admitir e aceitar verdades que a Igreja condenava. E apesar da simpatia que lhe inspirou a senhora Bertin, a condessa recusou-se a assistir a uma sessão espírita. Quanto a Rodolfo, influenciado pela esposa, ironizou sem maldade a convicção do cunhado.

A despeito dessas divergências de opinião, a amizade entre os membros da família ganhou renovada força, e o desejo de trazerem Valéria de volta ao convívio de todos animou os corações. Amargamente arrependido e disposto a reparar o mal que fizera à sua esposa, Raul passou a devotar imenso amor e ternura ao pequeno Amadeu, causa inocente de tantos dissabores. Na véspera de seu retorno a Budapeste, Antonieta teve uma conversa séria com o príncipe e prometeu auxiliá-lo tanto quanto fosse possível a ela:

- Não desesperes, meu amigo - ela encorajou, apertando sua mão. - Sei que Deus me ajudará a promover tua reconciliação com tua esposa, pois esse será o único meio de garantir a saúde e a sanidade mental de Valéria. A pobre criança tem sofrido muito, mas estou certa de que, sob a influência de teu amor, ela há de renascer para a felicidade. Tirarei proveito da doença de papai para obrigá-la a fazer as pazes com ele. Dado esse primeiro passo, o resto se há de arranjar.

A CONVERSÃO DO ATEU

APÓS O TERRÍVEL incêndio que lhe destruíra a bela residência da cidade, ocultando em meio à grossa fumaça a fuga da esposa, Samuel Maier se transferiu para sua casa de campo. Ali procurava, através de boas leituras e trabalho, afastar a lembrança dos últimos acontecimentos, que só lhe suscitavam pensamentos exasperados e tumultuosos.

Decidira esquecer Rute e deixar que as pessoas acreditassem que ela perecera entre as chamas, mas o mundo tem um fabuloso poder de intuição para esse tipo de mistério. Boatos vagos que a cada dia se tornavam mais consistentes circularam pela cidade, e a base quase real de tais rumores era que a bela judia havia fugido com um amante, levando suas joias. Apenas sobre quem era o raptor não havia concordândia; alguns supunham ser um empregado do banqueiro, outros alegavam tratar-se de um oficial reformado, que o vício da jogatina levara à bancarrota; a maioria, entretanto, decidira que o sujeito era um artista circense que, coincidentemente, deixara Budapeste na mesma época que a senhora Maier.

É compreensível o quanto tais boatos magoavam Samuel. Assim, ele mal quis ouvir Josué Levi quando este veio lhe contar que Rute partira em companhia dos irmãos Netosu: um judeu de suas relações assegurava tê-la visto na estação ferroviária em companhia de um rapaz da idade de Nicolau, na noite do incêndio. O fato de que a casa de encontros tinha sido vendida veio fortalecer essa versão.

O irascível orgulho do banqueiro havia sido cruelmente atingido e sua cólera silenciosa se voltava contra o príncipe de O., causador tanto do presente escândalo quanto de seus males de amor.

Retomou com requinte suas ideias de vingança, que incluíam educar o filho do detestado rival no feitio típico da raça que o arrogante aristocrata odiava. Fazer do menino um usurário, ávido por sangue cristão, um seguidor fanático da lei mosaica haveria de garantir a Samuel suprema satisfação no futuro. Porém, para atingir essa meta ele deveria dedicar-se a refazer sua própria educação.

Com a tenacidade que o caracterizava, entregou-se aos negócios, reprimindo com energia qualquer escrúpulo de consciência, qualquer repulsa por lucros obscuros e qualquer clemência para com os cristãos que tivesse a oportunidade de oprimir. A despeito de tais esforços, algo em sua natureza íntima se revoltava contra seus atos. Quando isso acontecia, o rapaz procurava sufocar o mal-estar moral dizendo a si mesmo que quando fora honesto e generoso não havia sido poupado, e a pecha de usurário lhe fora lançada no rosto assim mesmo. Dizia, ainda, de si para si, que neste mundo miserável onde um preconceito de raça é capaz de destruir o futuro de um homem e onde nenhuma importância é dada ao valor moral de um indivíduo, mas sim ao acaso de seu nascimento, o ouro acabava por ser o único elemento de poder, e multiplicar a riqueza *deveria* ser o objetivo da vida.

A repercussão do rompimento entre o príncipe de O. e Valéria, assunto que toda Budapeste comentava sem que se pudesse atribuir uma causa plausível ao fato, veio alterar radicalmente os planos do banqueiro. O sentimento inicial de Samuel tinha sido de imensa satisfação, o que acabou por ter efeito balsâmico sobre a chaga secreta que o rapaz trazia na alma. Qualquer que fosse o motivo daquela separação, o distanciamento entre o rival e a mulher que amava abrandou sensivelmente o incontrolável ciúme que o consumia. Com paixão renovada, o banqueiro passou a contemplar o retrato de Valéria que pintara outrora, dando-se conta de quanto desespero, vergonha e desprezo injustos havia acumulado em torno da loira figura que ele agora admirava.

Porém, passado aquele primeiro entusiasmo, uma fase moral inteiramente nova teve início para Samuel. Uma sensação de vazio e de terrível solidão apoderou-se dele. Sua vida parecia sem objetivo, pois faltava-lhe a luz de uma afeição sincera e profunda. Quanto a seu plano de vingança, tinha perdido a graça e o interesse. Por outro lado, um remorso que até então não havia experimentado corroía-lhe. Chegara a seus ouvidos a informação de que o infante de O. vivia na casa do avô, sendo cuidado pela tia Antonieta, e de repente lhe pareceu que os aristocráticos pais do pequeno pudessem ter bem pouca afeição por ele.

O que aconteceria se viessem a saber, um dia, que o menino era na verdade um judeuzinho que usurpara um título ao qual não tinha direito? Com que desdém não o rejeitariam e esqueceriam!...

Um doloroso sentimento de vergonha e remorso oprimia o coração do banqueiro. Como poderia encarar um dia o filho que carregava nas veias o seu sangue, se o havia sacrificado em nome de uma vingança, sem se preocupar com o que o futuro lhe reservava? Ah, o menino haveria de odiá-lo, de dar-lhe as costas, sem dúvida! E Samuel acabaria inteiramente só, pois aquela criança raptada a quem amava com um amor do qual ele próprio se admirava seria arrancado de seus braços...

No entanto, a afeição do banqueiro pelo pequeno Samuel só aumentava. O pequeno era o único ser que se alegrava com sua presença, que aguardava sua chegada com contentamento e que o cobria de carícias.

"Tu também me hás de odiar um dia", pensava Samuel em silêncio, enquanto acariciava os cabelos loiros-prateados do menino. "Não me perdoarás por te haver privado por tanto tempo da convivência com a gente da classe a que pertences. E te envergonharás por ter amado a um judeu desprezado como pai."

Incontáveis vezes o pequeno Samuel, cansado de brincar, ia deitar-se ao lado do banqueiro no divã, adormecendo sobre seus joelhos. Quando isso acontecia, o rapaz desejava ardentemente que a verdade jamais viesse a ser descoberta.

Sob o efeito de tais sentimentos e amargas reflexões, profunda infelicidade instalou-se em seu íntimo. Mais de uma vez lhe veio a tentação de pegar um revólver e estourar o cérebro, sede de tantos pensamentos infernais, e de apressar o momento em que tudo cessaria. O corpo e a inteligência se converteriam ao nada, e a perspectiva desse nada após a morte era sua esperança e consolação. No intuito de aumentar ainda mais sua convicção quanto àquela realidade, Samuel estudava todas as obras em que sábios provavam, mediante argumentos científicos, que não existia nada além da matéria.

Toda essa atividade interior de sua alma só se revelava exteriormente em uma excessiva tendência ao isolamento. O banqueiro deixou de ter qualquer contato com os aristocratas que costumava buscar outrora, limitando-se a manter relações de negócios com eles. Quanto aos homens de finanças e os antigos colegas de universidade, encontrava-os apenas em visitas e reuniões indispensáveis.

Somente o barão de Kirchberg vinha quebrar seu ostracismo. Embora evitasse festas e grandes saraus, o banqueiro comparecia de tempos em tempos à residência do amável fidalgo, que sempre lhe demonstrara grande benevolência. Também o barão de Kirchberg o visitava, contrariando-o em sua vida de ermitão e buscando dissuadi-lo de suas ideias materialistas.

Certa tarde, mais ou menos à época em que Raul estudava o espiritismo em Paris, Kirchberg surgiu inesperadamente na casa de Samuel; o velho barão, que conservava a vivacidade e o espírito aceso de um jovem, mostrava-se muito agitado.

– Meu caro Válden – disse ele, enquanto esfregava as mãos e tomava assento –, creio estar às vésperas de uma vitória, e de demolir de vez vossas detestáveis ideias materialistas e ateias. Espero conseguir persuadir-vos de que nem tudo se acaba com a morte do corpo, e de que nosso pequeno cérebro não é o principal elemento que pensa e age em nós. Será preciso, é claro, que renuncieis também a uns tantos outros absurdos que tendes como verdades absolutas.

– Posso saber que espécie de arma irresistível é essa que adquiristes e que será capaz de decapitar todas as minhas convicções, sustentadas pelos grandes sábios? – indagou o banqueiro, sorrindo, enquanto oferecia um charuto ao visitante.

– Pois não há sábio que possa refutar os fatos que, espero, testemunhareis amanhã. Eu soube que o célebre *médium* senhor H.[9] está de passagem por Budapeste. Em presença desse homem extraordinário, os espíritos manifestam-se, comunicam-se e dão provas irrefutáveis de sua existência no além-túmulo. Convidei o senhor H. a comparecer a minha casa amanhã à noite, e ele aceitou meu convite. Assim, aqui estou para pedir-vos que assistais à nossa sessão. Somente pessoas muito íntimas estarão presentes: minha mulher, eu, minha filha e o marido, vós e os dois condes de X., que

9 Provável referência a Daniel Dounglas Home (1833-1886), um médium do Reino Unido respeitado e muito famoso em seu tempo – viajava pela Europa produzindo fenômenos mediúnicos que causavam admiração em públicos os mais variados, tendo sido submetido à avaliação científica em muitas ocasiões.

são rapazes muito amáveis, bem o sabeis. Como todos estamos propensos a crer, vós representareis o elemento cético e positivista do grupo.

- É com esse homem que contais para me convencer, barão? - perguntou Samuel com expressão de irônica incredulidade. - Nesse caso, então, estou garantido, pois sei que se trata de um hábil charlatão, pronto a iludir-vos por dinheiro. Ainda que eu presencie maravilhas, não há de ser ele quem me fará acreditar. Indivíduos desse tipo são peritos em obter informações sobre famílias de destaque, fatos e pormenores pouco conhecidos, que exibem na ocasião propícia. Quando nos dão as costas, riem-se da ingenuidade de suas vítimas.

- Enganai-vos enormemente, pois o senhor H. é um perfeito cavalheiro, homem da melhor sociedade, e não temos o direito de reduzi-lo ao nível de charlatão.

- Ah! É de impressionar a maneira como esses espertalhões sempre conseguem se revestir de certo brilho. Mas eu ficarei atento aos seus movimentos, porque, para produzir coisas materialmente impossíveis, ele fatalmente terá que trapacear.

- Sois mesmo incorrigível, Válden! - o barão reagiu escandalizado. - De qualquer modo, permiti que eu vos diga que semelhante negativa sistemática me parece incabível no livre pensador que apregoais ser. As manifestações espíritas se propagam no mundo com maravilhosa rapidez. Pensadores sérios, sábios têm-se curvado ante as evidências. Ainda na semana passada estive com o irmão mais jovem de meu genro, que é adido à nossa embaixada em Paris. Ele, que testemunhou fatos extraordinários, ouviu narrar que a mesinha, através da tiptologia[10], dá não apenas respostas assombrosas, como também dita poesias. Trago comigo a cópia de uma delas, que quero ler para vós.

- Acreditais seriamente que uma simples mesinha é capaz de ditar poesias?

- Não a mesinha, mas a inteligência do espírito que a movimenta utilizando-a como instrumento. Escutai.

Desdobrando a folha de papel que retirara do bolso, o barão de Kirchberg leu:

---

10 Experiências espíritas realizadas com mesas giratórias.

A RONDA DOS ESPÍRITOS[11]

– Que fazes desse crânio partido,
sardônico espírito?
Por que partes esse jovem osso,
satânico gênio?
– Eu o quebro em pedacinhos,
faço um monte de ossinhos.
Ho! Ho!

Tal crânio guardava outrora
de um sábio o ilustre cérebro
que da morte cruzou a fronteira
desprezando as leis de Deus.
Seus ossos ora são lançados
na corrente dos ventos gelados.
Ho! Ho!

Vês, ao sol que se põe,
esses restos sobre a relva?
Foram de bela manceba,
mui cortejada e soberba.
Sob o musgo se foi o seu corpo
não sem antes ter servido aos corvos.
Ho! Ho!

Vês esse esqueleto imundo,
que aqui estala e se parte?
Foi de um duro banqueiro,
cumulado do mais rico ouro.
Nesta tumba ornada agora repousa –
a sete palmos, como qualquer um do povo.
Ho! Ho!

---

11 Esta poesia foi publicada em francês no jornal *Le Spiritisme*, de Paris, na edição de 1º de novembro de 1888, em um interessante folhetim intitulado *As memórias de um salão espírita*, pela senhorita Huet. (Nota da edição original francesa.)

E quando o vento, ruidoso riso,
fustiga e nos faz infelizes,
o que dizem os mortos no ócio?
Cadavéricas vozes, então se lamentam:
Ah, se disso eu soubesse,
Quiçá com mais senso vivesse.
Ho! Ho!

E quando a trombeta divina
bramir vigorosa e sonora
no dia final do nosso juízo
os mortos outra vez serão vistos.
Os cristãos vão ser coroados
e os pagãos estarão condenados.
Ho! Ho!

- Sou forçado a admitir que é bastante original - comentou Samuel, rindo com gosto. - Embora o futuro de além-túmulo, tal como o descreve a mesa-poeta, não seja nada atraente para os banqueiros e as mulheres bonitas, confesso que conseguistes despertar meu interesse. Já que tivestes a gentileza de me aceitar em vossa reunião, farei o possível para assegurar que meu imundo esqueleto um dia venha, de fato, a cantar: "Ah, se disso eu soubesse, quiçá com mais senso vivesse. Ho! Ho!"...

Na noite seguinte, os convidados compareceram pontualmente à casa do barão de Kirchberg, e todos já se encontravam reunidos quando o médium senhor H. chegou.

Depois de servido o chá, os presentes encaminharam-se a uma sala agradável e silenciosa. Lá, sentaram-se todos ao redor de uma mesa redonda, sobre a qual um caderno com folhas em branco, um lápis, uma campainha, um pandeiro e um violão haviam sido previamente colocados. As cortinas das janelas tinham sido fechadas, e a intensidade da lâmpada do aposento contíguo, diminuída, coberta por uma cúpula opaca. A despeito disso, a claridade na sala era suficiente para que se pudessem ver as mãos dos participantes da sessão, assim como os objetos dispostos sobre a mesa.

O barão de Kirchberg e Samuel sentaram-se um a cada lado do médium e seguraram-lhe as mãos com firmeza. A corrente foi formada e um profundo silêncio se fez. Ao fim de aproximadamente dez minutos, a mesa se moveu. A seguir, algumas pancadas, ora fracas, ora muito fortes, fizeram-se ouvir na parte central do móvel, nas paredes e em diversas peças do mobiliário. Então, a campainha e os instrumentos musicais ficaram suspensos no ar e, leves como aves, flutuavam acima da cabeça dos participantes. Havia claridade suficiente para que se pudesse acompanhar visualmente o voo caprichoso dos objetos. Em seguida, a guitarra parou cerca de um metro acima da mesa, e uma mão invisível executou, com artístico esmero, uma canção popular.

- Incrível! Fabuloso! Admirável! - exclamavam os membros do grupo.

"Um hábil prestidigitador", pensou Samuel. "É isso que possibilita tais manobras, embora tenhamos retidas suas mãos. Sim, porque é inadmissível que os objetos sejam movimentados por espíritos! Além disso, é bem possível que nossa própria imaginação, excitada pela expectativa do maravilhoso, acabe por nos pregar uma peça."

- Os espíritos se dignariam dizer-nos se, além do senhor H., há entre nós outro indivíduo dotado de faculdades mediúnicas? - indagou um dos condes de X.

O caderno começou a mover-se e ouviu-se o rangido de um lápis a deslizar no papel. Então uma folha foi arrancada, indo colocar-se na mão livre do chefe da casa. Em seguida, três pancadas fizeram-se ouvir.

- Os espíritos pedem que se faça maior claridade - informou o médium.

Uma vela foi acesa e o barão leu:

- Samuel é portador de faculdades mediúnicas muito fortes, e isso irá auxiliar na produção de notáveis manifestações. O espírito de Abraão deseja comunicar-se com ele.

"Ah, patife ousado", pensou o banqueiro. "O nome de meu pai dobraria minha incredulidade e proporcionaria um convite ao senhor mágico. Redobrarei a atenção."

- Peço aos espíritos que se poupem de tentar representar meu pai - Samuel disse alto e ironicamente. - Não creio na sobrevivência da alma e, assim, não posso admitir que aquilo que foi destruído possa se comunicar. Seria mais útil que os desencarnados se dirigissem àqueles entre nós que apreciariam mais dignamente sua mensagem.

A essas palavras, a mesa oscilou com força e, pelo número convencionado de pancadas, produzidas com violência, os espíritos pediram uma lousinha de ardósia, que logo foi trazida. A vela foi apagada.

De imediato, o banqueiro sentiu que a mão do médium se retesava, tornando-se gelada em contato com a sua. Em seguida, o inglês encostou-se na cadeira, com um longo suspiro, e não se mexeu mais.

Os presentes viram feixes de centelhas correrem pelo corpo do senhor H., indo concentrar-se sobre seu peito, onde formaram uma nuvem brilhante. Indecisa de início, estendendo-se em seguida, a nuvem elevou-se indo em direção ao centro da mesa. Então, pôde-se ver uma mão fosforescente a destacar-se, nítida, de um fundo brumoso mais escuro. Simultaneamente, a lousa de ardósia ergueu-se da mesa, indo parar diante do rosto do banqueiro. Aproximando-se, a mão traçou, com o dedo indicador estendido, sinais fosforescentes, que Samuel reconheceu imediatamente como sendo caracteres hebraicos.

– Tenho que admitir que isso é estranho – ele murmurou, involuntariamente, enquanto reconhecia o nome de Abraão.

O banqueiro tinha certeza de que nenhum dos presentes (salvo o médium, que ele não conhecia) sabia o idioma hebraico.

À medida que dava prosseguimento à leitura da estranha missiva, cujos caracteres complicados se apagavam assim que os decifrava, uma angústia mesclada de espanto o tomou, e um suor frio surgiu-lhe na fronte.

"Tolo", o dedo traçou, "crês que aquilo que pensa e sofre em ti pode ser destruído pela morte do corpo? Sei de tudo e lamento por ti! Sou realmente Abraão, teu pai, e para provar-te que o espírito liberto continua a ver e a ouvir, digo-te que estou ciente da troca das crianças."

Com um grito abafado, Samuel saltou da cadeira, largando a mão do médium. No mesmo instante, a pequena lousa de ardósia tombou sobre a mesa com estrondo, e a mão fosforescente voltou, qual flecha, ao peito do senhor H. O homem contorceu-se com um gemido.

– Que tendes, barão de Válden, que não vos podeis controlar? – resmungou um dos condes de X., aborrecido. – Como vos portais dessa maneira numa sessão de tamanha gravidade? Não sabeis que assim podeis matar o médium? Tornai a sentar-vos depressa, e tornemos a formar a corrente.

Logo que todos se aquietaram, o médium, adormecido, ordenou a um dos condes de X., num fio de voz, que lhe aplicasse alguns passes magnéticos. Pediu também a todos que permanecessem em silêncio até que ele despertasse, quando dariam encerramento à sessão.

Quando mais tarde o senhor H. voltou a si, e todos os presentes se encaminharam para o grande salão, o semblante pálido e aturdido de Samuel não passou despercebido.

- Não há dúvida de que ele recebeu alguma prova irrefutável - sussurrou a baronesa de Kirchberg no ouvido do genro.

- Tendes razão, mãezinha! Eu vi os caracteres escritos na pequena lousa, que me pareceram ser do idioma hebraico. Sem dúvida, a mensagem foi tão poderosa, que ele deve ter-se convencido.

Enganavam-se todos; Samuel só estava convencido de uma coisa: que, por um malfadado acaso, seu terrível segredo havia caído nas mãos de um charlatão. A seu ver, não tardaria para que o mistificador passasse a explorá-lo, fazendo-o pagar a peso de ouro por seu silêncio. A escrita fosforescente teria sido o primeiro passo da chantagem, possivelmente planejada por Estevão e por Marta, que, sem ter coragem de agir por si mesmos, teriam se associado a um comparsa.

Fervilhando por dentro, com um olhar seco o banqueiro se aproximou do médium e lhe disse à queima-roupa:

- Permiti que vos pergunte se já visitastes Nova York ou Washington, senhor H.?

- As duas cidades - respondeu fleumaticamente o inglês.

"Não há mais dúvida", Samuel pensou, fixando o seu interlocutor com um olhar significativo.

- Estarei sempre pronto a vos receber - ele disse ao médium. - Se tendes algo importante a me dizer, podereis encontrar-me em minha residência todos os dias das nove às onze da manhã.

Encarando o jovem israelita com indizível perplexidade e observando-lhe o aspecto grave e sombrio, o senhor H. inclinou-se, aquiescendo. A fim de furtar-se a participar da ceia, Samuel afetou súbita indisposição e despediu-se dos presentes. O barão de Kirchberg, inteiramente absorvido pelas fortes impressões da sessão, acompanhou-o até a porta.

- Então, ainda duvidas? - indagou com olhar triunfante.

- Mais do que antes - respondeu o banqueiro com um sorriso forçado -, embora me veja forçado a admitir que não fui capaz de desvendar os truques utilizados pelo hábil mistificador.

De volta à casa, Samuel dirigiu-se a seus aposentos e, tendo dispensado o camareiro, trancou a porta. Torturado por mortal inquietação, caminhava de um lado para outro no cômodo amplo. A ideia de que se encontrava entregue de corpo e alma, à mercê de um aventureiro e de que a qualquer momento poderia vir à tona o segredo que arruinaria seu plano de vingança, e sua própria vida, quase lhe roubava a lucidez. Exausto em função daquela luta íntima, ele finalmente se atirou na cama e apagou a luz. Queria dormir e repousar, mas os pensamentos torturantes não o permitiam.

Samuel não saberia dizer por quanto tempo estivera assim deitado, quando pancadas muito distintas soaram à cabeceira de sua cama. Espantado, aguçou a audição. O ruído era igual ao que se fizera ouvir na casa do barão de Kirchberg, durante a sessão espírita. Após curto intervalo, o ruído novamente se fez, desta vez nos pés da cama e, em seguida, na mesa da cabeceira. Um objeto pesado caiu sobre o assoalho, a corrente do relógio e outros berloques do banqueiro tilintaram, como se alguém os tivesse remexido. Por fim, quase que simultaneamente, passos pesados soaram no gabinete ao lado, cuja única saída encontrava-se também fechada à chave.

Sentando-se no leito, com o suor a gotejar, seu primeiro pensamento foi o de que algum ladrão, julgando-o adormecido, começava a saquear a casa. Instintivamente estendeu a mão para apanhar a caixa de fósforos e notou que ela não se encontrava mais sobre a mesa de cabeceira, embora a tivesse usado ao deitar-se para acender um charuto. Não sabia mais o que pensar, quando teve a sensação de que algo lhe pousava sobre a cabeça. Elevou a mão até ela e ali encontrou os fósforos que julgava desaparecidos.

Muito impressionado, acendeu um deles. Foi então que avistou o maciço castiçal de prata, que estivera pouco antes à sua cabeceira, agora sobre a poltrona junto à porta do dormitório. Correndo para apanhá-lo, acendeu a vela e examinou cuidadosamente o quarto e o gabinete. Tudo estava deserto e silencioso. Sacudindo a cabeça com ar de incredulidade, Samuel apanhou a pistola que se achava sobre a escrivaninha e tornou a deitar-se.

"Se o senhor ladrão reaparecer, eu lhe enviarei uma bala, e então hei de iluminar de vez essa algazarra espírita!", decidiu Samuel, deixando a arma ao alcance da mão.

Mal apagou a luz, entretanto, os ruídos recomeçaram com redobrada violência. As pancadas no assoalho faziam saltar os móveis, os frisos da parede estalavam e diversos objetos se deslocavam, fazendo estardalhaço.

A despeito de sua inegável coragem, o jovem sentiu o terror ir se apoderando de si. Quando passos pesados, que se arrastavam, caminharam em direção ao seu leito, ele segurou a pistola com mão trêmula.

"Quem vem aí?", ele quis gritar, mas sua voz ficou presa na garganta. O coração parecia prestes a saltar pela boca. Então uma corrente de ar úmido e gelado tocou seu rosto, e um ser vivo, cuja respiração forte e sibilante pôde ouvir com clareza, inclinou-se para ele. O contato de uma barba a roçar-lhe a face arrancou Samuel de seu torpor. Erguendo a pistola, ele disparou.

Para sua total perplexidade, nenhum grito se ouviu e nenhum corpo caiu no chão. O silêncio se restabelecera. Com mãos trêmulas, o rapaz puxou o cordão da campainha e apanhou os fósforos. Para seu assombro, a vela havia sido retirada do castiçal e encontrava-se agora sobre a mesinha da cabeceira.

Levantando-se, o banqueiro foi abrir a porta do quarto para o criado, que batia. No caminho, percebeu que havia roupas espalhadas por todo o aposento. Quanto ao castiçal, encontrava-se dependurado nas correntes do lustre, no teto.

- Céus, senhor barão! Cheguei a pensar que tentavam matá-lo. Ouvi ruídos estranhos e, por fim, um disparo de pistola - disse o serviçal, que examinava com espanto o rosto desfigurado do patrão e o dormitório em desordem.

- Creio que um ladrão se escondeu por aqui. Percebi quando ele se aproximou do leito. A barba do malandro chegou a roçar-me o rosto, enquanto espreitava meu sono.

Juntos, os dois examinaram minuciosamente o aposento, sem nada encontrar.

- Parece mesmo um milagre - disse o criado, erguendo a vela para espiar atrás das cortinas. - Tudo está em desordem, mas o salafrário fugiu. Vede, senhor, vossa bala acertou no retrato do senhor vosso pai, aqui, e fez um buraco redondo em sua barba; o projétil deve estar nesta parede.

Samuel permaneceu calado; sua razão se recusava a aceitar que a bala pudesse ter tomado aquela direção, diametralmente oposta à que deveria ter seguido. Ainda assim, ele tornou a deitar-se, pedindo ao criado que, ao se retirar, deixasse a lâmpada acesa para o resto da noite.

Não conseguiu fechar os olhos. Violentamente agitado, recordava os acontecimentos extraordinários daquela noite. Em sua casa, tais coisas não poderiam ter sido produzidas por truques. Seria então verdade que os mortos manifestavam sua presença? Com um arrepio, lembrou-se de que o homem improvável cuja barba roçara seu rosto exalava o mesmo aroma forte e penetrante do perfume que seu pai usava em vida.

Durante os três dias seguintes, fatos estranhos continuaram a ocorrer, perseguindo Samuel mesmo em pleno dia. Não podendo mais se conter, escreveu ao barão de Kirchberg, rogando-lhe que trouxesse à sua casa o médium H. para realizar uma sessão naquela mesma noite. Contou-lhe acerca dos fenômenos absolutamente extraordinários que se produziam em sua residência. O barão respondeu que não seria possível levar o médium naquela noite, uma vez que o homem já assumira compromisso em outro local; entretanto, compreendendo a urgência de Maier, arranjou tudo para o dia seguinte, e iriam os dois, mas um pouco mais tarde.

Aquela espera transformou-se em uma dura prova para a impaciência de Samuel. Contando as horas, ele próprio se encarregou de levar a seu gabinete uma pequena mesa redonda, uma lousinha de ardósia e folhas de papel em branco, que marcou e numerou cuidadosamente.

Já consultava o relógio pela centésima vez quando os aguardados visitantes chegaram. Dando-lhes tempo para um breve descanso, o banqueiro esquivou-se de responder às perguntas curiosas do barão.

- Mais tarde vos contarei tudo - disse o banqueiro, enquanto conduzia os convidados a seu gabinete.

Tomando assento ao redor da mesa, formaram a corrente. Assim que um movimento se produziu, foi perguntado se a reunião era suficiente e se os espíritos estavam dispostos a manifestar-se. A resposta foi afirmativa.

- Posso saber quem é que atirou sobre o retrato e contra quem o tiro tinha sido dado? - perguntou o banqueiro.

"Foste tu que atiraste, contra mim, teu pai!", respondeu a mesa[12].

- De quem era a barba que roçou meu rosto?

- Era minha a barba.

12 Como se viu anteriormente, na reunião em casa do barão de Kirchberg, as respostas eram dadas através das pancadas convencionadas.

– Podes dizer o que queres de mim, pai? Se de fato estás presente, podes produzir mais uma vez o odor que eu senti naquela noite?

Após um curto silêncio, um aroma forte e muito particular se espalhou pelo ambiente.

– Ah, o perfume indiano que vosso pai costumava usar – comentou o barão de Kirchberg. – Eu o reconheço. E vós, Samuel, ainda duvidais?

Aquelas palavras foram encobertas por um ruído duplo: as portas de uma estante de livros ampla e maciça, embutida na parede, se abriram com tal violência, que os vidros tilintaram, ao mesmo tempo em que um volumoso objeto caiu sobre a mesa. Três pancadas fortes e como que alegres contra a parede anunciaram que os seres invisíveis pediam mais luz.

Viu-se então um grosso volume, com encadernação de couro, que, com indizível espanto, Samuel reconheceu ser o evangelho que o padre Martinho de Rothey um dia lhe dera, e que talvez Estevão tivesse escondido no fundo da estante. Na folha de papel depositada sobre a mesa, uma frase estava escrita em letras grossas: "Sacode o volume".

Samuel segurou o livro pelas duas capas e o sacudiu: dois pedaços de papel, que evidentemente formavam as metades de uma folha rasgada, voaram sobre a mesa. O banqueiro os apanhou e, ao primeiro olhar lançado sobre elas, seu rosto ficou lívido: reconheceu as linhas escritas por seu pai quando estava morrendo, nas quais o ameaçava com uma maldição caso ele se tornasse cristão; era o mesmo papel que o banqueiro havia rasgado minutos antes de se dar um tiro de pistola. Quando, mais tarde, já restabelecido, voltara-lhe à mente aquele escrito e o procurara, não conseguira encontrar; tinha-se convencido, então, de que o rabino o recolhera.

– Os espíritos vos trouxeram algum temeroso grimório[13], Válden, para ficar branco desse jeito? – indagou o barão de Kirchberg, que observava curioso a expressão transtornada do banqueiro.

– Tudo isso quanto tenho visto é bastante para esmagar o incrédulo que pensava caminhar sobre terreno firme, e que agora percebe que não tem senão areia movediça sob os pés – respondeu Samuel, enquanto enxugava a fronte úmida de suor. – Mas eu teria permissão para perguntar a meu pai o que ele quer de mim, e para saber se ele está satisfeito por eu me haver conformado com suas vontades, expressas neste escrito?

---

13 Grimórios eram espécies de manuais de feitiçaria, escritos em línguas antigas para serem inacessíveis ao homem comum.

Três pancadas afirmativas soaram e, em seguida, foi pedido que a intensidade da luz se reduzisse a um mínimo.

Foi então que os presentes assistiram a um maravilhoso espetáculo: no centro da mesa formou-se um globo nebuloso, que se expandiu e depois se elevou ligeiramente, adquirindo luz fosforescente tão viva, que iluminou qual raio de luar o bloco de papel e o lápis sobre ele. Sob esse clarão, o lápis correu com extrema velocidade. A cada página preenchida o papel virava por si mesmo, para continuar a escrita. Ao fim de algum tempo, o lápis caiu, a nuvem luminosa dissipou-se e uma violenta pancada anunciou que a resposta à pergunta de Samuel estava concluída.

As mãos trêmulas do jovem aproximaram da luz aquela comunicação recebida de além-túmulo, que ele leu com emoção sempre crescente:

"Meu filho, depois de longas e ardentes preces, foi-me concedida a graça de comunicar-me contigo, para desiludir-te da crença equivocada e nefasta de que depois da morte o que resta é o nada. Esse é um erro fatal, o qual vejo te arrastar, angustiado, por um caminho que conduz a grandes pesares na Terra e a terríveis sofrimentos no mundo dos espíritos. Cego pela carne, durante a vida na Terra o homem se esquece da realidade do mundo espiritual, que é sua verdadeira e eterna pátria. Eu mesmo, ignorante ao longo de minha vida, equivocado em virtude de preconceitos mesquinhos inculcados pela educação e pelo ambiente em que vivi e intensificados pelo ódio e desprezo com que o povo judeu é encarado, acabei por me tornar um fanático, obstinadamente agarrado às práticas exteriores. Além disso, condenei-te pelo desejo que tinhas de te converter ao cristianismo... Então veio a morte, e do corpo material inerte destacou-se meu *eu* indestrutível. Foi-me então permitido compreender minha nova situação e sondar o passado, através do olhar desiludido do espírito.

"Ah, que horizonte imenso e encantador se desenrolou perante meu pensamento deslumbrado! Que recordações me assaltaram! Pude compreender o quanto é mesquinho e fútil aquilo que na Terra nos parece tão grande e grave. Nas múltiplas existências que Deus nos concede, para que possamos experimentar e trabalhar nossas faculdades, temos *amado* o que havíamos *desprezado,* e *odiado* o que tínhamos *adorado,* alternadamente.

"Foi-me dado compreender que o grande e único Senhor do Universo, em Sua justiça imutável, criou todas as almas iguais e destinadas à perfeição, a qual mais cedo ou mais tarde hão de atingir, dependendo de seu zelo e boa vontade. Não há judeu nem pagão desprezado no mundo dos espíritos, assim como não há cristão privilegiado. Neste mundo existem somente o ser virtuoso e o ser criminoso. Desconhecendo a lei do amor e da harmonia, os homens é que criaram, por seu orgulho, por sua avareza e por sua inveja recíproca, o preconceito de raça, o crime e a perseguição, que despertam no coração dos oprimidos todo tipo de mau instinto, produzindo essas individualidades odientas, animadas pelo desejo de vingança e estigmatizadas sob o nome de judeu, embora se encontrem representadas em todas as nacionalidades e religiões.

"Enquanto eu estava na Terra, Samuel, tu deploraste amargamente ter nascido judeu. Estavas, então, tão distanciado da realidade quanto estás agora. Tu te tornaste duro, implacável e ganancioso por princípio. Aproveitaste a desgraça alheia por sede de vingança, incapaz de compreender que o perdão das ofensas é o que faz o ser humano nobre e lhe confere tranquilidade ao coração.

"Não compreendeste que a caridade e a prece é que te podem aproximar da Divindade, dando repouso à alma. Por outro lado, o ódio e a vingança acabaram por lançar-te num abismo de lutas e sofrimentos. Tal situação moral pode se prolongar por séculos. Ao revestirmos um corpo perecível, esquecemos nosso passado e ignoramos que os sofrimentos do presente são uma justa consequência dos crimes de outrora. Esquecemo-nos de que Deus nos concede esse corpo para que possamos lutar e desenvolver nossos talentos e faculdades, elevando-nos no bem, e não para que nos saciemos com os prazeres materiais. De minha parte, sofro e constato, com amargo desgosto, o quanto usei mal minha última existência de provação.

"Em vida anterior, havia gozado de posição de prestígio. Fui rico, mas perdulário e orgulhoso, menosprezando o trabalho do próximo e criando intrigas. Após numerosas lutas, cuja descrição seria demasiado longa, foi-me imposto que nascesse pobre, em ambiente menosprezado, para me provar. Eu deveria criar com os frutos de meu trabalho uma modesta fortuna, a ser utilizada sem egoísmo, para o bem de meus semelhantes.

"Fui bem-sucedido. Com trabalho tenaz e paciente, adquiri riqueza. Todavia, não me dei por satisfeito. Meu espírito ativo e astuto buscou possuir sempre mais, sugerindo-me engenhosamente que esses cristãos que nos perseguiam e desprezavam bem mereciam ser pilhados. Mas não foi só isso. Explorei em meus irmãos de raça o espírito mais acanhado que o meu, convencido de que eles deveriam submeter-se, a fim de aprenderem o necessário. Acumulei essa imensa fortuna à custa de lágrimas e maldições. Essa mesma riqueza, meu filho, também para ti tem sido fonte de tentações e provações, pois te alimenta o orgulho, essa terrível chaga da alma, que sufoca e envenena toda inspiração edificante.

"Sim, Samuel, ao orgulhar-te de uma riqueza que herdaste por acaso de nascimento, desprezas aquele que tem menos que ti, seja ele um desgraçado mascate judeu ou um cristão falido. Rogo-te que penses no futuro, meu filho. Pensa que ser pobre e ter que mendigar à porta do rico é, talvez, a mais dura das provas para a alma orgulhosa daquele que se vê forçado a suplicar. Mas é através dessa mesma humilhação que o pobre *resgata seu passado*. Imagina-te no lugar do infeliz, imagina-te pobre em vez de rico. Pensa que vais com o coração oprimido pedir ajuda a um milionário judeu ou cristão, não importa, e cuja recusa te há de ferir a alma e te entregar a uma miséria que acreditarás não merecer. Repito, meu filho: pensa nisso e teu coração se há de tornar mais brando. O ódio e o desejo de vingança desaparecerão e compreenderás, finalmente, que pouco valor se deve dar ao ouro acumulado por nossas mãos perecíveis. Esse mesmo ouro pelo qual tantos se batem serve apenas para satisfazer e alimentar nosso orgulho e para incitar a inveja alheia. Devemos estar prontos a abandonar as riquezas desta terra, Samuel, uma vez que ao pó forçosamente deveremos retornar.

"Muitas coisas desejaria ainda dizer-te, meu filho, mas não me é permitido fazê-lo agora. Acabas de adquirir a convicção de que o espírito sobrevive à destruição do corpo. Compreendeste também que haverás de responder por cada um de teus atos, pelos quais serás duramente cobrado. Fortifica e aprofunda essa fé. Pelo esforço de tua própria vontade é que deves arrancar de tua alma todo mal que a fez decair.

"Em constante oração, hei de velar junto de ti, para que sejas vitorioso na penosa e árdua luta moral que te espera, porque é preciso que tua alma rebelde e orgulhosa se prostre com fé e humildade diante de teu Criador. O desejo de vingança que há em ti deve dar lugar à misericórdia e ao perdão."

Dolorosamente agitado, Samuel dobrou o papel e guardou-o no bolso.

– Eu teria permissão para dirigir a meu pai, mentalmente, uma última pergunta, a respeito de assunto da maior importância? – indagou, hesitante.

Uma resposta positiva foi dada, e em seguida a luz se apagou. A mão fosforescente tornou a aparecer e apanhou o lápis. Samuel perguntou mentalmente se a troca das crianças viria a ser descoberta caso ele renunciasse ao seu plano de vingança e educasse o pequeno príncipe, em caráter definitivo, como se fora seu próprio filho.

"Um acaso que não depende de ti evitar, ou antes a vontade de Deus, fará com que a verdade venha à tona em breve, embora eu não possa precisar uma data", o espírito respondeu. "Fazendo uso de teu livre-arbítrio e com conhecimento de causa cometeste o crime. É preciso que tenhas a coragem para aceitar de boa vontade o castigo que, de qualquer modo, dependerá grandemente do resultado de tua luta presente.

"A prática da humildade, da caridade e do perdão poderão abrandar a punição. Mas não atentes contra tua própria vida. Um cruel remorso e uma dura punição seriam o que irias ganhar. Prepara-te com fé e coragem para o momento que se aproxima.

"Eu me comunicarei contigo ainda uma vez. Tua própria mediunidade vai intermediar esse novo contato. Até breve, e coragem!

Abraão"

Um suor gelado cobriu a fronte de Samuel ao ler essas linhas. Fazendo uso de todo seu autocontrole, entretanto, o rapaz estendeu ao médium ambas as mãos.

– Não tenho palavras para agradecê-lo, meu senhor, não há como retribuir o bem que acabais de me fazer. E a vós, barão, obrigado! Confesso-me vencido. Estava cego ao crer que só a matéria existia. A convicção quanto à vida no além-túmulo atingiu-me em cheio.

– Acredito em vós, meu jovem amigo. Tal mudança de crença não acontece facilmente – respondeu o barão, fitando amigavelmente o rosto sofrido e desfigurado do banqueiro. – Bem, mas o senhor H. e eu devemos nos retirar. É tarde, e necessitais de solidão e privacidade para reler as comunicações que recebestes e colocar em ordem vossos pensamentos. Quando estiver mais calmo, vinde me ver, e conversaremos.

Depois de acompanhar os visitantes até a porta, Samuel retornou a seu gabinete. Lá, deixou-se cair pesadamente sobre a poltrona junto à mesa de trabalho.

Desdobrando as folhas da comunicação que acabara de receber, ele as releu repetidas vezes, enquanto uma convicção cada vez mais profunda invadia-lhe a alma. Aquele homem desconhecido, que viera à sua casa por acaso, não tinha como conhecer seus segredos, imitar a caligrafia de seu pai, reproduzir o aroma do perfume que ele usava e operar todos aqueles fenômenos maravilhosos. Não, não... Era o espírito de seu pai que lhe havia falado. Ansioso e exaurido por aquelas novas sensações, Samuel apoiou-se nos cotovelos, as mãos mergulhadas nos cabelos negros e anelados. Seu coração batia penosamente, seu peito estava oprimido, e aquela coisa que pensava, sofria, se contorcia e se revoltava dentro dele era então a alma, o *eu* indestrutível que sobrevive ao túmulo.

Como que saído de um estado de embriaguez, o rapaz examinou a pistola que estava sobre a mesa. A bala contida naquele cano de aço não tinha o poder de destruir senão o corpo.

Da matéria em ruínas se haveria de desprender seu *eu* imortal, para responder por cada um de seus atos. Não se poderia cometer um crime como o que ele cometera, para depois dissolver-se com tranquilidade no nada. A morte, que ele acreditara ser uma libertação que lhe permitiria furtar-se à justiça humana, acabaria por entregá-lo às mãos de outro tipo de justiça infinitamente mais apavorante e terrível. Estava escrito com todas as letras naquele papel: "Prepara-te para o momento da descoberta, que se aproxima". Um gemido surdo escapou dos lábios de Samuel, ao pensar que uma fatal casualidade haveria de conduzi-lo ao castigo e à vergonha. Ele, o orgulhoso milionário, seria levado diante dos tribunais, que o condenariam, deixando-o entregue ao desprezo e ao sarcasmo daqueles que o invejavam e odiavam. Sufocado e fora de si, o banqueiro ergueu-se.

- Não, não - exclamou -, prefiro mil vezes uma bala no peito e depois a punição a ter que enfrentar esse abismo de vergonha, desprezo e humilhação.

A partir daquele dia, uma luta infernal passou a se travar em sua alma, absorvendo-lhe os pensamentos e tornando-o cego e surdo ao mundo exterior. Já em Raul, piedoso, confiante e idealista, a nova crença exercera um efeito pacificador, sem absorver-lhe todo o ser. Na alma violenta, orgulhosa e passional de Samuel, aquela filosofia severa e grandiosa despertara uma tormenta; a ideia de se humilhar e lançar ao vento, qual cinza inútil, todas as convicções materialistas sobre as quais havia construído seu futuro impunha à sua alma enérgica um combate mortal; por vezes, maldizia-se por haver assistido àquela sessão, que lhe arrebatara o sono e a paz.

Com inquieta sofreguidão, entregou-se à leitura dos livros que tratavam da questão espírita, onde cada página trazia as máximas da humildade, do perdão e da inalterável justiça de que falara seu pai. Porém, seu orgulho e cegueira eram tais que permanecia firme na decisão de recorrer ao suicídio como forma de escapar à vergonha que a justiça dos homens lhe deveria impor.

Procurava com avidez, nas obras espíritas, tudo o que se referisse ao estado da alma após sua separação do corpo, e em tais leituras também encontrava a condenação absoluta do suicídio. Os próprios espíritos revelavam a seus irmãos encarnados que o corpo material violentamente destruído pela morte, ainda no vigor da mocidade, permanecia ligado ao corpo diáfano (envoltório da alma) por sólidos laços elétricos, pelo fluido vital de que a matéria está profundamente impregnada. A alma do suicida, presa por esse laço fluídico ao corpo em decomposição, ficava como que imobilizada em meio às sensações experimentadas naquele momento criminoso, passando a reviver incessantemente a agonia das torturas morais e dos sofrimentos físicos que precederam e acompanharam a destruição material.

Sob a esmagadora impressão dessas comunicações, tão vivas e verdadeiras, Samuel apertava a cabeça entre as mãos, indagando a si mesmo, pela centésima vez, se não seria preferível expiar alguns meses de prisão humana a sofrer as infinitas angústias de uma permanência junto a seu próprio corpo em putrefação, para em seguida renascer numa condição de miséria, coberta de vergonha.

Sob a influência dessa luta que o consumia, o rapaz emagrecia a olhos vistos. Não comia nem bebia, e se esqueceu dos negócios, que abandonara completamente aos subordinados. Os funcionários da casa bancária, incapazes de compreender semelhante negligência, comentavam que o banqueiro havia perdido o juízo após participar de duas sessões espíritas, o que confirmava o quanto era perigoso se entregar àquelas práticas diabólicas, proibidas tanto por Moisés quanto pela Igreja.

Certa noite, mais do que nunca abatido e torturado por seus

pensamentos contraditórios, Samuel estava só em seu dormitório e, cansado de andar de lá para cá, sentou-se numa espreguiçadeira e pôs-se a refletir acerca de um artigo da *Revista Espírita* que lera pela manhã. O artigo falava da força benéfica da prece, da calma e repouso que ela era capaz de derramar sobre o coração mais machucado, à semelhança de abençoado unguento.

"Como se ora?", pensou Samuel. "Nunca mais orei, desde a minha infância, porém, tenho tanta necessidade de um consolo, de um esclarecimento do Alto. Talvez esteja próximo o momento da descoberta, e eu prossigo hesitando, não conseguindo decidir se é a morte ou a vergonha que eu escolherei".

Pela primeira vez depois de anos, Samuel uniu as mãos em prece, apertando-as contra a fronte atormentada, e murmurou:

- Oh, meu pai, tu disseste que velarias por mim, em constante oração. Deves estar vendo o sofrimento em que me encontro. Inspira-me, pai, e dize-me como devo orar para encontrar a paz de espírito.

Como que exaurido em função daquela invocação, o rapaz recostou-se contra o espaldar da espreguiçadeira e permaneceu imóvel. Seus pensamentos se aquietaram e um pesado torpor invadiu-lhe os membros, tornando-o incapaz de mover-se ou falar, ao mesmo tempo em que estranho calor lhe percorria o corpo. Era hora do crepúsculo e uma semiobscuridade enchia o quarto. Nenhum dos criados ousaria vir acender a luz, pois havia já algum tempo que o patrão não admitia ser incomodado sem ter chamado.

De súbito, o olhar vago do jovem foi atraído irresistivelmente para um ponto brilhante que parecia flutuar no meio do aposento, destacando-se claramente da obscuridade ambiente.

Aquela espécie de estrela foi depressa aumentando de tamanho, até transformar-se num largo raio de luz azulada, em cuja claridade Samuel detectou a silhueta de um homem, envolvido num manto cinzento e opaco, e que se encontrava ajoelhado. Tal personagem, à certa distância do banqueiro, erguia as mãos em direção a outro ponto luminoso, situado no alto do raio de luz. Pelo perfil nítido e pela longa barba branca, o rapaz reconheceu seu pai. Então, palavras como que abafadas pela distância, embora perceptíveis a seu ouvido, chegaram até ele: "Forças do bem", dizia esse estranho som, "fazei com que meu filho compreenda que, enquanto não houver optado pelo caminho a seguir, a luta não cessará. Concedei-lhe a graça de abandonar depressa a nefasta convicção que por tanto tempo lhe turvou a alma. Ele precisa ter forças para distinguir o verdadeiro do falso, coragem para reconhecer o bem e para compreender que a vitória da paz traz o repouso. Oh, meu filho, do mesmo modo que a vingança que te parecia tão grandiosa e segura se desfez em tuas mãos, também um dia te parecerá mesquinha e ridícula a opinião dos homens, à qual agora atribues tão alto valor. É miserável o ser criminoso que conta com a impunidade e recua diante da punição e da merecida censura dos homens.

"Se queres orar, faze-o através de ações: arrepende-te, humilha-te, e a prece, essa divina consoladora, há de te encher a alma; o obstinado e o orgulhoso têm tanta necessidade desse consolo quanto o pobre deserdado."

A cabeça do espectro encarou Samuel e um olhar de indizível amor, sofrimento e pesar mergulhou nos olhos no rapaz. No mesmo instante, acima do ancião, desenhou-se um rosto vivamente iluminado por um clarão dourado, e dois grandes olhos calmos e graves fitaram o banqueiro. "Enquanto o suicídio te parecer a salvação, não encontrarás repouso", disse uma voz profunda e melodiosa.

Como que desperto e sobressaltado, Samuel levantou-se.

- O que foi isso? - ele indagou. - Terei sonhado, ou foi de fato uma visão?

Ele tirou os fósforos do bolso e acendeu a vela que estava sobre a mesinha próxima; seu olhar imediatamente recaiu numa folha branca colocada sob o candelabro. Ele apanhou o papel e leu, o coração palpitando, as palavras que acabara de ouvir.

Samuel baixou a cabeça, enquanto uma súbita resolução se firmava em sua alma. A ideia do suicídio estava descartada para sempre, e uma prece comovida elevou-se, de sua alma atormentada, para o Pai de todas as coisas.

A CONFISSÃO

A PARTIR DAQUELE dia, a paz foi pouco a pouco voltando ao espírito de Samuel.

Com a energia que lhe era própria, o rapaz encarou o futuro, decidido a suportar o que quer que este lhe reservasse e preparando-se interiormente para ele. Mais sombrio e silencioso do que nunca, passou a consagrar todo seu tempo aos negócios, trabalhando mais arduamente do que qualquer de seus empregados. Seu modo de proceder, todavia, tornara-se de tal modo diferente, que Levi, balançando a cabeça desgostoso, assim como Silberstein, pai de Rute, acreditaram que seu cérebro estivesse lesado, e que sua ruína fosse iminente.

Ao longo da crise moral que acabara de atravessar, Samuel havia se desligado do filho, cuja visão lhe era penosa. À proporção que recuperava a tranquilidade, entretanto, renascia em seu coração a forte e estranha afeição que o pequeno lhe inspirava, passando a dedicar quase todo tempo livre de que dispunha a brincar com ele e a trabalhar em prol de seu desenvolvimento e instrução.

Um fato aparentemente insignificante veio, na ocasião, dar novo curso aos seus pensamentos. Certo dia, enquanto conversava com um rabino, que viera visitá-lo por conta de negócios, foi advertido por ele quanto à necessidade de iniciar a instrução religiosa do pequeno Samuel. O menino estava prestes a completar cinco anos de idade, e o banqueiro sempre negligenciara esse aspecto, sendo mais do que hora de levar o garoto à sinagoga. Ao final da conversa, o rabino indicara a Maier um jovem levita, amigo seu, apto a incutir no menino de forma bastante lúdica os princípios da religião de Moisés.

Na ocasião, o banqueiro respondera com uma evasiva, mas a questão colocada durante aquela conversa gerara nele uma genuína preocupação. Perguntava a si mesmo se, tendo renunciado à sua vingança, teria o direito de impor à criança roubada aquela religião, que seria mais uma barreira a separá-lo de seus verdadeiros pais, a quem fora arrebatado. Afinal, o menino deveria renunciar àquela fé tão logo voltasse aos braços dos genitores. Teria ele, em outras palavras, o direito de acrescentar mais esse conflito a todos os outros que agitariam aquele coração infantil? Uma segunda questão, não menos dolorosa, surgiu-lhe também no espírito. Tão logo a verdade viesse à tona, era provável que seu verdadeiro filho, a quem renegara, voltasse para sua guarda. Que sentimentos experimentaria então aquele garoto, educado na fé católica e talvez já em condições de compreender o quanto estaria perdendo ao ver-se obrigado a viver com o pai consanguíneo, cuja religião teria aprendido a desprezar?

A realidade é que estava destinado a conviver com esse filho. Ainda que fosse condenado a um longo período de encarceramento, terminada a pena, deveriam se reencontrar.

"Não", pensou Samuel, "já que renunciei às minhas ideias de vingança, devo fazer tudo quanto estiver ao meu alcance para reparar o mal que fiz. Darei ao pequeno Samuel a religião de seus pais e buscarei fazer o melhor para preencher o abismo que me separa de meu filho renegado. Aquilo que um dia eu quis fazer por amor de uma mulher, posso bem fazer como o primeiro ato de meu sincero arrependimento. Procurarei o padre Martinho de Rothey e pedirei que ele batize a mim e ao menino."

O primeiro passo de Samuel para levar a efeito essa decisão foi conversar com a aia do pequeno e pedir-lhe que ensinasse ao menino preces católicas, assim como noções da vida do salvador.

Durante seus últimos tempos de perturbação, o banqueiro não tinha mais se encontrado com o padre de Rothey, senão a longos intervalos. Por outro lado, mantivera o pagamento regular do donativo que havia combinado destinar aos menos favorecidos, e suas relações permaneciam amistosas.

O velho padre recebeu o banqueiro com benevolência, mas, ao ouvir seu desejo de se converter, uma imensa alegria iluminou-lhe o rosto.

- Meu caro rapaz - disse ele com lágrimas nos olhos -, havia pressentido que Deus me reservava essa graça.

- Não vos rejubileis com minha conversão, reverendo, antes de ouvir minha primeira confissão - respondeu Samuel com aspecto sombrio, de profundo arrependimento. - Embora eu deva fazê-la antes do batismo, gostaria de crer que guardareis o inviolável segredo imposto ao vosso ministério. Além disso, certamente reprovareis o motivo que me reconduziu à fé em Deus e na imortalidade. Mas julgai por vós mesmo.

Dito isto, o rapaz expôs, de maneira sucinta, os estranhos fenômenos e as provas esmagadoras que haviam derrubado sua incredulidade.

- Enganai-vos, meu filho, não condeno essa doutrina que dizem ser nova, mas que é tão velha quanto o mundo - replicou gravemente o padre Martinho. - A Bíblia e o Evangelho conservaram fatos absolutamente semelhantes aos que testemunhastes, como a aparição de Samuel a Saul e a mão flamejante que traçou na parede do seu próprio palácio a condenação de Baltazar. Além disso, as visões dos profetas, a aparição dos anjos e dos santos não provam a existência de seres invisíveis, tanto bons quanto maus? Eu mesmo, meu filho, tive provas de nossas relações extraterrenas e, embora não possa expor a todo mundo minha opinião sobre o assunto, a vós eu digo o que penso, e não posso reprovar a força que vos arrancou da perdição.

Três semanas após a conversa que acabamos de narrar, o sacerdote declarou seu neófito suficientemente preparado e fixou a data do batismo para o domingo seguinte. Samuel então reforçou seu desejo de abrir-lhe o coração antes da grave cerimônia, e pediu que marcasse o dia em que ele teria algumas horas livres para essa conversa secreta.

- Estarei disponível esta noite mesmo para vos ouvir, meu filho. E repito que, o que for que me confieis, qualquer que seja a chaga de vossa alma a me revelar, esse mistério há de morrer comigo.

Quando a noite chegou, Samuel entregou-se ao quarto que outrora preparara para Valéria, e que havia milagrosamente escapado ao incêndio.

Os vestígios do desastre tinham desaparecido há muito. O palácio, reconstruído e gramado de novo, retomara o antigo aspecto. Somente a disposição sofrera uma mudança. Os escritórios e demais dependências do banco foram instalados no primeiro andar, onde os nefastos acontecimentos ocorreram, e o banqueiro se estabeleceu definitivamente no pavimento térreo. Seu gabinete de trabalho retomara a antiga localização, ao lado dos aposentos misteriosos, que permaneciam fechados; havia mais de um ano que Samuel não punha os pés lá. Embora habitualmente preferisse fugir de suas lembranças, o lugar antes destinado à mulher que frustrou seu destino pareceu-lhe o espaço ideal para sua dolorosa confissão.

No quarto de veludo azul com bordado em prata, um retrato coberto por pequena cortina estava apoiado sobre um cavalete. Samuel acendeu as velas de dois candelabros que ocupavam o beiral da lareira. Em seguida, voltou o cavalete em direção à claridade e levantou o pano. Valéria, tal qual estivesse ali, viva, apresentou-se aos seus olhos, como ele a tinha visto num momento que jamais esqueceria, naquele traje branco e vaporoso, trazendo um ramo de flores sobre os joelhos, com os raios do sol a beijar-lhe os cabelos loiros. Um sorriso radiante enfeitava-lhe o rosto encantador.

– Tu também não és mais o que foste – o banqueiro murmurou após um longo suspiro. – O que é feito de tua antiga expressão de confiança ingênua, e da calma inocência que teus olhos azuis refletiam? A vida e as paixões se encarregaram de apagá-las. Mas que erros poderias ter cometido para ser abandonada por teu marido? Terias traído Raul da mesma forma que me desiludiste e esqueceste? Que tempestade te teria atingido para fazer com que te tornasses a sombra do que um dia foste, como ontem te vi?

De fato, na véspera sua carruagem cruzara um veículo no qual ele reconheceu Valéria. Tão mudada estava, que o rapaz duvidou de seus próprios olhos. Uma sombra de tristeza marcava o semblante da jovem senhora, seu olhar lançava um fulgor sombrio e a pequena boca, outrora risonha, trazia agora uma expressão rígida e angustiada. Ela também o reconhecera, porém, com expressão meio surpresa, meio raivosa, havia virado o rosto e baixado a sombrinha.

A lembrança dessa manifestação de inimizade fez surgir um vivo rubor nas faces de Samuel. Com um movimento brusco, tornou a cobrir o retrato e, apanhando um dos candelabros, encaminhou-se para o antigo dormitório. Ali chegando, depositou o candelabro sobre a mesa, da qual aproximou duas poltronas. Em seguida, retirou da parede do quarto um crucifixo de marfim, que depositou sobre o evangelho. Mal acabara de finalizar aqueles preparativos quando duas leves pancadas à porta anunciaram a chegada do visitante. Era o padre de Rothey. Samuel fechou a porta do gabinete à chave e conduziu o recém-chegado até o dormitório.

– Que belo refúgio preparastes para vós, meu jovem amigo. Um verdadeiro ninho de jovem dama – o velho padre brincou, rindo.

- Este lugar jamais foi destinado a mim, reverendo, e sim àquela que foi um dia minha noiva e agora a princesa Valéria de O. - respondeu o rapaz, instalando seu visitante em uma poltrona. - Movido por meu louco e irremediável amor, conservei esta lembrança de minha tão breve felicidade. Aqui, onde esperava viver feliz com a mulher que, de certa forma, impeliu-me ao caminho do mal, eu quero vos desvelar minha alma, padre Martinho. Diante desta imagem simbólica do Redentor, cuja religião abraço - ele colocou a mão sobre o crucifixo -, desejo confessar minhas faltas, na esperança de misericórdia e do perdão dele.

- Falai, meu filho - disse o padre, persignando-se. - A misericórdia de Deus é infinita e não há crime que um arrependimento sincero não possa resgatar.

Por um instante, Samuel se manteve com os cotovelos apoiados sobre a mesa, tendo a fronte entre as mãos, mas em seguida, dominando essa fraqueza passageira, ergueu-se e relatou ao velho confessor, em voz baixa, a história de sua vida, sem omitir um só detalhe: seu amor por Valéria, as torturas que o ciúme lhe causara, tanto antes quanto depois de seu casamento com Rute, e essa união desastrosa; o insulto imerecido que lhe havia dirigido o príncipe de O. durante o baile em casa do barão de Kirchberg, que despertara em seu coração um ódio incontrolável e um selvagem desejo de vingança; o plano infernal que lhe fora sugerido pela gravidez simultânea das duas jovens, a troca das crianças e o propósito de educar o filho do príncipe como um verdadeiro judeu usurário, e de fazer daquele menino um ser degradado, alguém que haveria de carregar todos os defeitos que a ele haviam sido tão injustamente imputados.

Sem nunca tentar se eximir de seus próprios erros, Samuel relatou os fatos que haviam levado Rute a se tornar amante do príncipe de O. Confessou que julgou de maneira impiedosa suas faltas, sem levar em conta o estado da jovem culpada (grávida de um filho do príncipe), e que por essa dureza de coração provocou o incêndio, com o qual Rute encobrira sua fuga e o roubo das joias.

Cada vez mais agitado por essas lembranças, o rapaz descreveu sua vida miserável e vazia, abalada em seu desejo de vingança pela estranha afeição que sentia pelo menino raptado, sua intenção de escapar à justiça humana pelo suicídio e a calma relativa que encontrara na crença da aniquilação após a morte.

– Foi exatamente quando me sentia seguro por não ser mais do que simples matéria que a voz de meu pai se fez ouvir do além-túmulo, provando-me que a individualidade sobrevive e sofre o castigo de seus atos – o banqueiro terminou. – Portanto, é para reparar uma parte do mal que causei que me torno cristão, meu padre. Pretendo introduzir a criança raptada na crença de seus verdadeiros pais, e ao mesmo tempo não estarei mais separado de meu filho legítimo por outra crença. Deus aceitará meu arrependimento e conceder-me-á, no momento decisivo, a força para vencer a tentação do suicídio? O futuro há de mostrar...

Calando-se, o rapaz baixou a cabeça, exausto.

Com horror, espanto e comiseração o padre Martinho ouvira a longa narrativa de Samuel, em silêncio. Assim que o jovem encerrou a confissão, ele tornou a persignar-se com mão trêmula.

– São terríveis os abismos aos quais as paixões descontroladas arrastam a alma humana – o sacerdote disse com emoção, inclinando-se para o jovem. – Vós as experimentastes, meu filho, chegando a desprezar até mesmo os laços naturais. Em vossa cegueira, sacrificastes à vossa louca vingança a inocente criatura que vos deve a vida. Que futuro poderá ter essa pobre criança, caso a verdade venha à tona, e decidais pôr em prática o sacrílego projeto do suicídio, tornando o pequeno duplamente órfão? Não, não creio que tereis a coragem de acrescentar mais esse peso ao vosso crime, que *já* rendeu frutos tão lamentáveis e que fez com que a pobre Valéria pagasse bem caro pela deslealdade praticada contra vós. Devo dizer-vos, meu filho, que há muito tempo um ciúme silencioso vinha ardendo no coração do príncipe; um acaso fatal o fez perceber a espantosa semelhança entre vós e aquele que ele chama de filho, o qual nada tem que lembre os pais. Foi então que suspeitou de que a esposa tivesse sido capaz da mais terrível traição. Para cúmulo da desgraça, descobriu que a imprudente trazia sempre ao pescoço um medalhão com vosso retrato sob o dele. Depois dessa prova decisiva, Raul chamou o conde de M. e Rodolfo e, diante deles, acusou Valéria de tê-lo traído e usado seu nome para proteger o fruto de seu adultério. Ele abandonou a jovem esposa, e somente o último pedido de sua mãe, já moribunda, impediu um processo escandaloso. Os parentes de Valéria acreditam ainda hoje, como eu também acreditei por muito tempo, que tivesse havido uma ligação pecaminosa entre vós e vossa antiga noiva. A semelhança entre o pequeno Amadeu e vós é mesmo assombrosa, e eu não tinha como encontrar uma explicação plausível para tal enigma.

– Ah, pobre mulher! – exclamou Samuel, como se falasse à antiga noiva, levantando-se pálido e agitado. – Involuntariamente, *foi de ti* que acabei por me vingar de maneira tão cruel – ele apertou a cabeça entre as mãos. – Em consequência de meu crime, uma tal mancha sujou a honra de uma inocente! Não, *isso* eu jamais quis!...

– Pois que esse fato sirva para vos provar mais uma vez, meu filho, o quanto a vontade humana é impotente e cega. Curvai-vos diante dos misteriosos caminhos da Divina Providência, que por vezes permite que um crime ocorra para servir de provação a seus filhos, a fim de que melhorem. Vede de que modo a mão do Senhor empregou vossas próprias paixões para vos reconduzir regenerado a Ele. Pelo arrependimento, fostes trazido à religião cristã, e vossa alma foi salva da loucura do ateísmo. Quanto ao orgulho insensato de Raul, que o levava a considerar-se acima dos outros por direito de nascimento, Deus o puniu permitindo que tivesse uma ligação criminosa com a esposa do homem a quem insultara injustamente. E Valéria, que não teve a coragem de manter a palavra ao homem que escolhera, viu sua honra injustamente manchada.

– A ideia de ter causado esse mal irreparável a ela me tortura terrivelmente – murmurou Samuel.

– As más ações dão sempre maus frutos – lembrou o velho padre, meneando a cabeça. – Contudo, permiti que eu vos diga, meu filho, que é através de atos e não de estéreis lamentações que ireis resgatar vossas faltas. Começai por consagrar um amor profundo e genuinamente paternal ao menino que raptastes, e esforçai-vos por fazer dele um homem piedoso, honesto e generoso, capaz de empregar com dignidade e sempre para o bem de seus semelhantes a imensa fortuna que um dia herdará. Desse modo tereis reparado grandemente o erro que cometestes para com o pequeno, porque não são o nome ou a classe social que tornam um homem feliz e digno perante o Criador.

"Quanto a mim, hei de rogar com ardor que a misericórdia divina deixe vosso crime na sombra, que ajude Raul e Valéria a retomar com honestidade seus deveres para com o pequeno Amadeu, e que em vosso coração, meu filho, derrame a calma, a submissão e a firmeza para com vosso dever."

O banqueiro queria dar à sua conversão a menor publicidade possível. A ideia de novos boatos a seu respeito o irritava. Assim, decidiu que a cerimônia se faria sem nenhuma pompa, na pequena capela em que o padre Martinho servia, após a missa e na presença apenas das testemunhas indispensáveis. O barão de Kirchberg, único cristão de suas relações que lhe inspirava simpatia, estava fora. Por intervenção do padre, foram convidados os membros de uma honrada família de sua paróquia para servirem de padrinhos e madrinhas ao milionário e seu filho. Tratava-se de um velho oficial reformado, que vivia em companhia da esposa, mantendo a família com módica pensão, e uma de suas filhas, casada com um funcionário público de modesta categoria. Essas pessoas boas e piedosas acolheram os futuros afilhados com amável cordialidade e desenvolveram grande apreço pelo menino.

Finalmente chegara o dia do batismo. Embora concentrado e emocionado, Samuel estava calmo como há muito não ficava. Foi com um sentimento estranho e confuso que, finda a cerimônia, ergueu nos braços o pequeno *Egon*, depositando-lhe um beijo nos lábios rosados e em seus cabelos loiros. Sentia-se como se acabasse de restituir ao garoto algo que lhe roubara. Nessa intenção é que escolheu para o menino o mesmo nome de seu avô materno; para si próprio, adotou o nome de seu padrinho, *Hugo*, e é com esse nome que iremos nos referir a ele de agora em diante.

Da igreja, todos os participantes da cerimônia se dirigiram à casa do banqueiro. Um almoço leve e gostoso, servido em meio a descontração e alegria, aguardava por eles. O padre Martinho de Rothey parecia ter esquecido a confissão do chefe da casa. Seu rosto venerável mostrava-se radiante, seu júbilo e bom humor pareciam inesgotáveis.

Assim que passaram ao grande salão da casa, Hugo ofereceu às duas senhoras presentes, como lembrança daquele dia especial e tão importante para ele, as duas joias que Valéria e Antonieta outrora lhe tinham devolvido. Para aquelas pessoas modestas, tais objetos valiosos representavam uma pequena fortuna. As mulheres ficaram encantadas. A senhora mais jovem perguntou então a seu rico afilhado, num gesto de gentileza e ingenuidade, se ficaria magoado caso ela fosse à casa de um joalheiro honesto e trocasse aqueles magníficos diamantes por seu valor em dinheiro. Rindo, o banqueiro pediu a ela que se sentisse livre para fazer o que bem quisesse de seu presente:

- Quando um dia vos tornardes mãe, minha encantadora madrinha, espero que me permitais ser o padrinho de vosso filho ou filha, um padrinho de verdade, que auxiliará a criança a vencer as dificuldades da vida - acrescentou, beijando-lhe a mão.

Assim que os convivas se retiraram, o banqueiro foi até seu dormitório, levando ao colo o novo pequeno cristão, que, sempre muito alegre, chegou ao auge do contentamento ao ver uma mesa cheia de presentes esperando por ele.

Observando o divertimento ruidoso do menino e respondendo pacientemente às suas intermináveis perguntas, Hugo pensou no futuro. Foi quando tornou a jurar a si mesmo que se dedicaria de corpo e alma à educação daquele filho que, por sua própria escolha, trouxera para junto de si. A afeição que lhe devotava a criança facilitava sua tarefa. Embora caprichoso e agitado, o garoto era também muito amoroso. Bastava um único olhar severo daquele pai a quem o garoto adorava para que obedecesse às suas orientações.

Pouco depois, o pensamento do banqueiro voltou-se para Valéria, cuja imagem há dias retomara o fascínio que exercia sobre seu coração. A certeza de que a antiga noiva não o esquecera de todo, o fato de ela trazer consigo seu retrato, tendo-o talvez contemplado vez ou outra, recordando as juras de amor que ele um dia lhe fizera ao ouvido, tudo isso tanto o inebriava quanto atormentava, uma vez que a essa fidelidade silenciosa ele retribuíra fazendo recair sobre ela a desonra de uma suspeita injusta.

- Ah, Valéria, como eu seria feliz se o destino me desse a oportunidade de sacrificar minha vida pelo resgate de tua felicidade... - murmurou. - Libertar-me desta vida sem cometer um crime, o que mais eu poderia desejar?

Depois que a ama levou o pequeno Egon para dormir, Hugo entregou-se à leitura do Evangelho. Então ouviu distintamente três pancadas na parede.

- É meu pai - disse ele, estremecendo. - Estás satisfeito comigo e desejaria falar-me?

A resposta foi afirmativa. Sem demora, Hugo tratou de buscar papel e uma prancheta, à qual prendeu um lápis. Pondo em seguida a mão sobre ela, deixou-se absorver mentalmente numa prece. Ao cabo de poucos minutos, recebeu a seguinte comunicação, que o deixou muito feliz: "Os bons impulsos e o arrependimento são o verdadeiro batismo da alma. Prossegue purificando teu coração com teus atos. Sê humilde e tem fé! A calma e a paz de espírito serão tua recompensa. Oro por ti, meu filho. Quando for necessário, eu te farei outras comunicações".

A Reconciliação

Quando retornou de Paris, Antonieta pensava seriamente em fazer tudo quanto estivesse ao seu alcance para promover a reconciliação entre Valéria e Raul. Nas muitas cartas que enviava à concunhada, o príncipe rogava que se esforçasse para tornar possível sua reaproximação com a esposa. A enfermidade do velho conde de M. agravou-se subitamente, a tal ponto que o médico declarou à família não haver mais possibilidade de cura. A triste situação serviu para trazer Valéria de volta ao convívio dos seus.

Antonieta escreveu uma carta carinhosa à amiga, embora severa, mostrando-lhe como era criminoso guardar rancor de um enfermo, à cabeceira do qual a chamava o dever filial. Além disso, também ela, Antonieta, vivia condição de saúde delicada (estava próximo o momento em que daria à luz seu terceiro filho), e não poderia cuidar do conde com a atenção necessária. Ao final da carta, o pai de Valéria havia traçado algumas linhas em caligrafia trêmula: "Minha querida Valéria, sinto que o fim se aproxima para mim e desejo de toda minha alma tornar a te ver. Perdoa teu pai moribundo, minha querida, e permite que ainda uma vez eu te abrace e abençoe".

Essas linhas e a perspectiva de perder o pai arrancaram a jovem de seu torpor. Emocionada e lamentando amargamente seu longo afastamento, partiu no mesmo dia para Budapeste. Ao ver a terrível mudança operada pela doença, o gelo que lhe revestia o coração naturalmente cálido e amoroso derreteu-se. Sufocada pelos soluços, ela lançou-se nos braços do conde, que a cobriu de beijos.

– Ah, perdoa, filha querida, minha injusta suspeita! Como pude acreditar um só instante que tu, a imagem viva de tua mãe pura e angelical, fosses capaz de cair tão baixo?

- Nada tenho a te perdoar, pai - murmurou Valéria, enquanto levava aos lábios a mão esquálida do conde. - Que culpa podes ter quando as evidências estão todas contra mim? Deixa-me jurar-te, mais uma vez, pela salvação eterna de minha alma, que apenas em pensamento fui infiel a meu marido. Jamais houve uma relação culpada entre mim e o banqueiro, e sua surpreendente semelhança com Amadeu é um mistério impenetrável.

- Acredito em ti, minha filha, e te abençoo por tudo o que fizeste e sacrificaste por mim.

Após essa reconciliação, a jovem se empenhou em cuidar do pai com um devotamento quase febril; ela velava o conde noite e dia, recusando-se mesmo ao repouso indispensável. A lembrança do tempo precioso que perdera, negligenciando o dever filial por conta de um tolo ressentimento, causava-lhe terríveis remorsos, que a torturavam. Cada instante daquela vida que se extinguia lhe parecia um tesouro que, por castigo, ela merecia perder, e quando percebia que o doente dormia, dava vazão a seu desespero.

Com tal rapidez se deteriorava a saúde do conde, que ele expressou o desejo de receber os sacramentos finais. Na noite que se seguiu a essa triste cerimônia, o agonizante, extremamente fraco, parecia dormir. Valéria chorava baixinho, com o rosto afundado contra o travesseiro, quando sentiu que a mão do pai pousava sobre sua cabeça.

- Não chores, minha menina, tuas lágrimas me partem o coração. Meus sofrimentos e a morte que há de segui-los são apenas uma justa punição pelos excessos aos quais me entreguei, que minaram minha vida e minha fortuna. Foste tu que pagaste por tais desregramentos e loucuras, renunciando à tua felicidade. Por essa razão, filha querida, o remorso envenena meus últimos momentos. Se soubesses quanto tenho agradecido a Deus por ter concedido a teu irmão a força de renunciar ao caminho da perdição, que é o vício do jogo, e encontrar a felicidade no amor da esposa e dos filhos!

- Não te recrimines de nada, papai. Só quiseste minha felicidade. A ideia de perder-te me causa horror. Deus me castigou por minha fraqueza e ficarei só, inteiramente sozinha, uma vez que meu filho não é mais um conforto para mim. A presença dele oprime meu coração e faz de mim uma péssima mãe.

- Não digas isso, Valéria. Rodolfo e Antonieta te amam e tens um marido que deseja reconciliar-se contigo. Basta que abras teu coração ao perdão e ao esquecimento dos erros passados, e já não estarás sozinha.

- Jamais, papai! Não consigo esquecer que Raul manchou minha honra ao me abandonar - declarou a jovem, num brusco gesto de negação. - E uma reconciliação de nada serviria, Amadeu sempre seria um obstáculo entre nós, como um mistério ameaçador. Além disso, eu não poderia viver com um homem que suspeita que cometi adultério, tendo dito ele mesmo que um abismo se abriu entre nós.

- Estás sendo injusta, minha filha - balbuciou o enfermo, erguendo a mão num gesto grave. - Uma tal combinação de circunstâncias suspeitas deixaria exasperado qualquer homem de temperamento impulsivo e passional. Mas Raul está muito mudado. Seu amor e sua confiança em ti reviveram. Prova disso é a ternura que dedica ao menino. Não rejeites por orgulho a felicidade e a paz. Vamos, promete-me que hás de dominar-te e que não rejeitará teu marido. Vossa reconciliação me tornará feliz no além. Lembra-te de que este é meu último pedido.

- Prometo que tentarei, pai, com o tempo - Valéria respondeu, desfazendo-se em lágrimas.

Poucos dias após este doloroso diálogo o conde morreu, e ela caiu doente, extenuada pelos longos dias e noites de vigília e pelas lágrimas. Assim que se recuperou um pouco, expressou o desejo de regressar à sua isolada propriedade nas montanhas. O irmão, a cunhada e o médico opuseram-se frontalmente àquela decisão prematura. O doutor então exigiu que a jovem passasse alguns meses na Itália, para fortalecer os nervos abalados e apagar as tristes impressões daqueles últimos tempos. Uma atmosfera inteiramente nova lhe haveria de fazer bem. Embora a contragosto, Valéria acabou por ceder.

- Pois então deixo a teu encargo as providências - disse a Antonieta. - Não me moverei para nada. Não compreendo por que tu e Rodolfo se apegam tanto à minha vida. É puro egoísmo, porque minha existência não tem nem objetivo, nem deveres, nem futuro.

- Ora essa! Deverias ter vergonha de tamanho sacrilégio - disse Antonieta. - Uma jovem como tu, cheia de saúde, e sobretudo mãe, não tem objetivo na vida? Isso para não dizer de uma segunda criatura que merece o teu perdão e o teu amor, e ao lado de quem juraste, no dia de teu casamento, tudo suportar. Tenta lembrar-te de que és cristã! De resto, quer gostes ou não, cuidaremos de tudo para tua viagem sem tua ajuda.

Desde que ficou acertado que Valéria iria para a Itália, uma correspondência assídua passou a se estabelecer entre Raul e Antonieta. Ela se encarregou de comunicar ao príncipe a data da partida, aconselhando-o a aproveitar essa circunstância para se reaproximar da esposa.

Raul aderiu ao plano com grande entusiasmo e informou a Antonieta que alugara, através de um homem de sua confiança, duas belas casas de campo, muito próximas uma da outra, à beira do lago de Como. A menor delas seria destinada a Valéria. Ele próprio deveria ocupar a outra, para proteger a jovem, ainda que contra a vontade dela, e buscar a ocasião propícia para fazer as pazes com ela.

Como a gravidez em estágio avançado de Antonieta a impedisse de acompanhar Valéria na viagem, o príncipe pedia-lhe que providenciasse uma dama de companhia confiável e dedicada, a quem ele pudesse comunicar seus propósitos e que lhe servisse de aliada.

Tanto a primeira quanto a segunda parte do plano tiveram êxito: uma velha parenta, que Valéria conhecia desde a infância e a quem muito estimava, ofereceu-se de boa vontade a acompanhá-la. Tia Adélia, como a chamavam, era uma dessas solteironas de excelente humor, cuja alma doce parecia ter sido criada especialmente para atender aos demais. Prestativa, alegre e falante (sem ser indiscreta), era amada por todos, e por isso vivia ora em uma, ora em outra das inúmeras casas de sua parentela. Quando Antonieta confiou-lhe os planos do príncipe, Tia Adélia não se continha em seu entusiasmo: ela amava aproximar casais, detestava rusgas de família, e prometeu fazer todo o possível para reconciliar os jovens esposos.

Sem suspeitar da trama que se armava ao seu redor, Valéria continuava a chorar a morte do pai. Apática e desanimada, consentia nos preparativos para sua viagem, deixando-se levar ao lago de Como com a mesma indiferença de um pacote que fosse despachado para a China.

À véspera do dia marcado para a partida, Valéria e Antonieta estavam reunidas na sala de estar da condessa, que, sentindo-se pouco à vontade (era final de gravidez), há dias que só ficava no divã. Sentada junto à amiga, Valéria meditava em silêncio, enquanto contemplava o retrato que representava a si mesma de braços dados com o marido. A pintura, feita durante o primeiro ano de seu casamento, era um presente que o príncipe oferecera a Rodolfo.

Antonieta, que não observava a amiga, rompeu o silêncio:

- A propósito, fada, há algo interessante que me contou o padre de Rothey. Há muito que desejava colocar-te a par desse fato, mas a morte de nosso papai e todas as dificuldades que se seguiram me fizeram esquecê-la.

- De que se trata? Tu sabes que não me interesso muito por novidades...

- Isso depende da novidade. Duvido que consigas adivinhar do que se trata: Samuel Maier, ou melhor Hugo, pois esse é o nome dele agora, fez batizar a si próprio e ao filho.

- Impossível! - exclamou Valéria num sobressalto.

- Trata-se da mais pura verdade. Foi o próprio padre Martinho quem oficiou a cerimônia, aliás das mais simples. Apesar das precauções do banqueiro para que o evento acontecesse sem alarde, sua conversão deu o que falar, e seus antigos irmãos em Moisés fizeram um grande caso disso. Eu não estava certa, então, quando dizia que esse Samuel... (que digo, Hugo!) não era um judeu como outro qualquer?...

- Seja como for, ele está muito mudado - murmurou a princesa. - Tive a oportunidade de vê-lo no dia de minha chegada a Budapeste. Ele empalideceu ao me notar. Mas eu fiquei ainda mais convencida de que Amadeu é seu retrato vivo. Alguma coisa se revoltou dentro de mim e eu odiei Samuel naquele instante. Quem sabe Raul não tem mesmo razão para suspeitar de uma infâmia no mistério dessa terrível semelhança?

Ao perceber a irritação dela, Antonieta tratou de mudar de assunto.

No dia seguinte, como nem Rodolfo, que estava em serviço, nem a esposa, cuja indisposição se prolongava, puderam acompanhar Valéria, ela despediu-se dos parentes no palácio de M. e tomou a carruagem que a levaria ao local de embarque. Fazia-se acompanhar por tia Adélia, pela camareira e por um criado, pois os demais criados haviam seguido para a Itália uns dias antes.

Valéria, que evitava multidões desde que fora abandonada pelo marido, tinha ido para a estação mais cedo, para ocupar um vagão antes que se juntasse a massa de viajantes. Todavia, calculara mal o tempo, e quando o veículo estacionou diante da escada de acesso à estação a jovem avistou centenas de pessoas que desciam as escadas, dispersando-se em diferentes direções. Um trem acabava de chegar.

Na intenção de deixar escoar a turba, a princesa caminhava lentamente, mas tia Adélia, que levava consigo o papagaio e um velho cãozinho inválido, e que havia sobrecarregado a camareira com uma infinidade de sacolas e caixas, impacientava-se com a demora da sobrinha. Valéria então sugeriu à tia que tomasse o vagão tão rápido quanto desejasse, reservando o lugar para quando ela viesse encontrá-la.

Divertindo-se com a infatigável vivacidade da tia, a princesa atravessou sorrindo a sala de espera, que se achava deserta. Ao alcançar a porta, todavia, esbarrou num homem que entrava levando pela mão um menino.

– Perdão, senhora – disse o cavalheiro, gentilmente, afastando-se para deixá-la passar.

Reconhecendo aquela voz, Valéria ergueu bruscamente a cabeça e seus olhos encontraram o olhar ardente do banqueiro, que a contemplava com uma expressão indefinível.

Com o coração sufocado, a jovem fixou o menino que ela jamais vira antes. Um grito surdo escapou-lhe dos lábios e ela apoiou-se, vacilante, contra o batente da porta. Os olhos grandes e doces do pequeno, sua boca bem feita e os cabelos claros eram os de Raul; aquele menino que a olhava, sorridente e curioso, era um retrato vivo do príncipe.

Diante da reação da jovem, uma acentuada palidez cobriu o rosto de Hugo; ele quis se afastar, mas no mesmo instante Valéria se recompôs e, pondo a mão em seu braço, disse, com os olhos faiscantes:

– Explicai-me o mistério que deu ao vosso filho as feições de meu marido, e ao meu, as vossas. Vossa palidez me prova que sabeis a verdade.

As sobrancelhas negras do banqueiro franziram e um clarão fez seu olhar brilhar.

– Senhora princesa, tereis de pedir a Deus e às forças da natureza uma explicação para tão funesto acaso, pois eu nada posso vos dizer!

Ele a saudou ligeiramente e afastou-se, levando o menino consigo.

Valéria entrou como que embriagada em seu vagão; aquele encontro tinha sacudido seu torpor, e ao longo do dia os mais atormentados pensamentos se debateram em seu cérebro. Seu espírito recusava-se a admitir ironia tão cruel. Seria ainda possível que sua mente, preocupada com Samuel, houvesse reagido sobre o filho em gestação, imprimindo-lhe as feições do homem a quem amava; mas como o filho do banqueiro e de Rute podia ser o retrato de Raul?

Incapaz de encontrar resposta para essa pergunta, Valéria deixou que a forte emoção que a atingira fosse pouco a pouco se aplacando, e foi se convencendo de que Samuel poderia ser tão inocente quanto ela naquele acaso, que o obrigava a amar e educar o filho que em tudo lembrava seu detestado rival. Persuadiu-se, também, de que a súbita palidez que detectara no rosto do banqueiro era resultado da surpresa do inesperado reencontro, e não de um sentimento de culpa. Por fim, disse a si mesma que, se Deus impusera a ela e ao antigo noivo aquela provação, era necessário que ambos a aceitassem e a ela se submetessem, descartando suspeitas infundadas.

Com a alma apaziguada por tais reflexões, Valéria decidiu esquecer aquele encontro, afastar qualquer ideia nascida da desconfiança e buscar somente na prece o descanso e a paz. Foi nessa disposição de espírito que a jovem princesa chegou à casa de campo na Itália, cuja localização privilegiada e seu aspecto simples e formoso muito lhe agradaram.

A vista do terraço era magnífica: diante dele estendia-se o lago de Como, com suas margens pitorescas. Toda aquela paisagem transpirava profunda quietude.

- Estou certa de que aqui eu ficarei bem - disse Valéria à tia Adélia. - Neste terraço poderemos ler e conversar à vontade. Vede, esta rede e este divã parecem ter sido feitos para a meditação.

- Pois trata de te estender sobre um dos dois lugares e medita à vontade, preguiçosa - disse a senhora com um alegre sorriso. - Enquanto isso, cuidarei dos arranjos da casa.

Ficando só, Valéria apoiou os cotovelos sobre a balaustrada e contemplou os arredores da casa de campo. Diante dela estendia-se o enorme lago, ao qual se podia descer por uma escada de pedra. À esquerda, a uma boa distância, elevava-se grande propriedade, da qual apenas os telhados podiam ser vistos, para além da verdura de um vasto jardim. À frente da bela habitação, edificada sobre pequena península que avançava lago adentro, via-se um terraço de colunatas, ornado de frondosos arbustos.

O que a jovem princesa jamais poderia imaginar é que, enquanto passava os olhos despretensiosos pela bela residência, tentando imaginar se seria habitada ou não, era ela própria objeto de apaixonada contemplação, pois no grande terraço à distância estava Raul.

Ele chegara ao local alguns dias antes. Agora, escondido atrás dos ramos de laranjeiras com um par de binóculos, observava com uma curiosidade apaixonada tudo quanto se passava na outra casa, como se voltasse aos primeiros tempos de casado. A longa separação, aliada à resistência de Valéria em reconciliar-se (algo que ele não esperava), tinha avivado em Raul os antigos sentimentos. A presença da jovem, ali tão perto, era uma primeira vitória; a esposa jamais lhe parecera tão encantadora e desejável quanto naquele momento. Antonieta tinha razão: ela estava ainda mais bela. A expressão enérgica de sua boca pequena, somada ao brilho sombrio de seus olhos azuis, conferia caráter e encanto inteiramente novos à sua fisionomia.

– Tenho que fazer as pazes com ela e vencer sua teimosia a qualquer preço – disse Raul consigo mesmo, enquanto fechava os binóculos num gesto de impaciência. – Enlouquecerei se ficar muito tempo aqui inerte, contemplando Valéria de longe. Preciso falar com tia Adélia.

O desejo do príncipe haveria de realizar-se mais cedo do que ele poderia supor. Logo no dia seguinte, mal acabara de levantar-se, vieram comunicar que uma senhora desejava falar-lhe. Movido por prazeroso pressentimento, Raul ordenou que fizessem entrar imediatamente a referida dama. Assim que ela ergueu o véu, o rapaz reconheceu a tia de Valéria. A velha senhora contou-lhe com afobação que na noite anterior a sobrinha ficara encantada com o aspecto mágico da paisagem à luz do luar, e manifestara o desejo de fazer passeios de barco todas as noites, se o tempo permitisse. A solícita tia Adélia apressou-se em colocar o príncipe a par dos projetos da jovem enquanto ela dormia: Raul deveria tirar proveito de tais passeios para planejar um encontro casual com a esposa.

– É perfeito! Agradeço-lhe pelo aviso, tia Adélia – respondeu o rapaz, depois de beijar sua mão. – Esta tarde mesmo um barco e um remador serão colocados à disposição da bela sonhadora.

Quando a noite chegou, Valéria, que repousara o dia inteiro, teve uma grata surpresa quando o criado veio informá-la de que uma embarcação encomendada pela princesa a aguardava junto à escada.

– Ah, tia Adélia! Como és boa e querida! Tomaste a iniciativa de realizar uma fantasia que eu mesma já esquecera – a jovem exclamou, abraçando aquela mulher amorosa, que tantas vezes a ninara no colo quando criança. Com uma energia que fazia lembrar a Valéria de outros tempos, ela apanhou a mantilha, o leque e desceu com tamanha vivacidade os degraus da escada, que a tia teve dificuldade em acompanhá-la.

No barco preso à escada sentava-se um homem alto e magro, vestido de barqueiro, cujo grande chapéu de palha ocultava-lhe o rosto. A princesa saltou dentro da embarcação sem dirigir o olhar ao remador, e também não viu o gesto de admiração da velha senhora quando o rapaz a ajudou a se acomodar.

- Ora, ora! É preciso ter mesmo muita estima por ti para concordar em acompanhar-te nesses passeios - a tia apressou-se a dizer para Valéria. - Tais divertimentos noturnos podem ser muito poéticos para uma jovem sonhadora; na minha idade, contudo, o melhor mesmo é sonhar na cama, em vez de arriscar-me a naufragar nas ondulações escuras deste lago. Sabes que detesto navegar. Quanto a ti, deverias fazer passeios a pé. É muito mais saudável e é o único meio de conhecer em detalhe esta natureza admirável.

- Não sejas resmungona, titia! Sabes bem que eu gostava de caminhar quando era feliz. Atualmente sinto-me fatigada - Valéria suspirou. - Mas prometo que farei caminhadas todos os dias, se isso te alegra. Em compensação, terás que suportar os passeios de barco, que são absolutamente seguros, pois ninguém pode se afogar nestas águas, calmas como se fora um espelho.

Após uma volta de uma hora, com a qual a princesa se deliciou, voltaram para casa. A magia do luar e o suave deslizar da bonita embarcação sobre a superfície prateada do lago, todavia, tinham de tal modo agradado a Valéria, que ela ordenou ao remador que estivesse à sua disposição todos os dias à mesma hora.

Nos dias que se seguiram, a jovem manteve-se fiel à promessa que fizera à tia Adélia, saindo para caminhadas pela manhã ou à tarde. À noite, ela passeava de barco. Essa rotina refletiu beneficamente na saúde da princesa: suas faces já ganhavam cor, seu corpo recobrava a agilidade e a elasticidade que havia perdido em sua longa enfermidade.

No sexto dia após sua chegada, Valéria e a tia decidiram fazer o habitual passeio a pé à noitinha, após o jantar, visto que o calor tinha sido particularmente intenso ao logo do dia. Pela manhã, a jovem se dedicara a escrever cartas a seus familiares, e à tarde mantivera-se entretida na leitura de um livro. Pouco depois do crepúsculo, quando as duas mulheres saíram para caminhar, Valéria encontrava-se em excelente estado de humor e o passeio acabou por prolongar-se mais que o previsto.

A certa altura, tia Adélia percebeu que o céu se encobria e sugeriu que retomassem o caminho de casa. Mas a tempestade avançava depressa. Clarões rasgavam o céu e grossas gotas de chuva começaram a cair.

- Reúne tuas forças, tia, e corramos o mais depressa possível, caso contrário ficaremos ensopadas - advertiu, puxando a velha dama, que suava por todos os poros, devido ao seu sobrepeso, na tentativa de acompanhar o ritmo da sobrinha.

- Venha, titia! Encontraremos abrigo naquela casa. Creio que é a mesma que sempre avisto da sacada - continuou a jovem, que já tocava a campainha da porta.

Tia Adélia quis falar, porém, sem fôlego e exausta, pôs-se a fazer gestos para a sobrinha, que não conseguia entender a misteriosa mímica de seus braços; foi quando a porta se abriu e um criado uniformizado apareceu na soleira:

- Sua Alteza, o príncipe, saiu - disse, inclinando-se.

- Não pretendemos incomodar vosso patrão - disse Valéria, trazendo a tia para baixo da sacada. - Apenas pedimos abrigo até a tempestade parar, e queríamos enviar alguém, que vou remunerar, certamente, para pedir que mandem vir minha carruagem - a jovem acrescentou, depositando um ducado na mão do criado.

Este depressa notou que estava diante de uma dama da alta aristocracia, a despeito da simplicidade de seu traje de luto. Sem uma palavra, o homem inclinou-se humildemente e conduziu as duas senhoras até um salão próximo a uma galeria envidraçada, que tinha vista para o jardim. Em seguida, anotou o endereço para buscar a carruagem e se retirou.

Estranhamente aborrecida, tia Adélia permanecia junto a uma janela, tamborilando uma acelerada marcha contra a vidraça; sem compreender esse súbito mau humor, a princesa sentou-se fatigada numa poltrona. Estava feliz por ter escapado da chuva torrencial, que agora desabava ruidosa sobre a cobertura de ferro da galeria.

Naquele momento, duas pessoas que corriam pelo jardim surgiram à entrada da galeria: um menino que, rindo, sacudia o chapéu e respingava água, e uma senhora de meia-idade que se esforçava por alcançá-lo.

- Amadeu, espera! Deixa-me enxugar-te - ela pedia. - Não corras!

Às gargalhadas, o menino escapuliu e em instantes já entrava no salão. Ao deparar-se com aquelas senhoras inesperadas, ele se deteve, fitando Valéria, que se levantara com um grito de surpresa.

- Amadeu! - ela exclamou.

O rosto do menino, que de início expressara surpresa e espanto, iluminou-se de radiante alegria.

- Mamãe, mamãe querida! Finalmente vieste - ele gritou, repleto de felicidade, antes de lançar-se ao pescoço de Valéria, apertando-a de tal modo que quase a fazia sufocar.

Diante da expansão de alegria vinda do fundo da alma daquele pequeno que ela repelira, e recebendo aquelas carícias, prova de que sua ausência deixara um vácuo que ninguém fora capaz de preencher, toda força dos sentimentos maternos há tanto sufocados despertaram de uma só vez na alma da jovem. Trêmula, ela tornou a cair sobre o assento da poltrona e, com o rosto banhado de lágrimas, cobriu o filho de beijos e carinhos. Tudo na expressão dos sentimentos de Valéria era ternura e amor.

Muito emocionada, tia Adélia fez sinal à aia para que se retirassem e fossem ocupar a sala ao lado, deixando a mãe e o filho à vontade a sós.

Amadeu não tardou a se recuperar da emoção, e sua vontade de conversar com ela não se esgotava. Como se tentasse recuperar o tempo perdido, o menino falava de tudo quanto era de interesse para sua vida infantil. Contou sobre seus divertimentos com o pai, seus ensaios de equitação num jumentinho manso, descreveu seus brinquedos, seus passatempos e contou sobre a morte de um coelho de estimação, entre tantas outras coisas. Ao dar-se conta de que Valéria não parava de chorar, ele se interrompeu:

- Por que choras, mamãe? Agora que foste encontrada, tudo há de ficar bem. Tu ficarás comigo e com papai. Meu Deus!, ele vai ficar tão contente de te ver aqui! A qualquer minuto ele chega.

As palavras ingênuas de Amadeu subitamente trouxeram Valéria à realidade.

- Meu filho querido, não posso ficar aqui. Devo partir agora mesmo, mas tu virás me ver sempre, sempre. Moro pertinho, e verás como vamos nos divertir!

Um vivo rubor cobriu o rosto do menino e seus olhos negros encheram-se de um brilho intenso:

- Acreditas que eu te deixarei partir? Nem penses nisso - Amadeu segurou com força as mãos da mãe. - Eu te encontrei e tomarei conta de ti. Quando papai chegar, vai impedir que tu partas.

Naquele momento, o criado aproximou-se para comunicar que a carruagem esperava à porta da casa.

- Seja bonzinho, filho querido. Como vês, vieram me buscar. Mas prometo que voltarei - Valéria murmurou, enquanto tentava desvencilhar-se das mãos do menino.

Amadeu, contudo, permanecia irredutível e desprezava as mais criativas promessas da princesa. Surdo às palavras de persuasão da mãe, ele agarrava-lhe a saia gritando e chorando. Foi quase à força que a aia conseguiu tomar o menino ao colo e levá-lo dali, a despeito de toda sua desesperada resistência. Nervosa e trêmula, Valéria precipitou-se para dentro da carruagem. Não trocou uma única palavra com a tia ao longo do caminho, tão imersa estava em seus próprios pensamentos.

À hora habitual, um criado anunciou à princesa que o barco a aguardava.

- Manda dizer que já vou - respondeu, embora seu primeiro ímpeto tivesse sido de recusar o passeio.

Ela pensou que aquele passeio solitário talvez pudesse lhe devolver um pouco de equilíbrio e a calma de que precisava para escrever a Raul e pedir que ele, às vezes, lhe enviasse o menino, pois ela continuava decidida a não rever o príncipe.

- Sou obrigada a te deixar ir passear sozinha hoje, se não quiseres levar a camareira - disse tia Adélia quando Valéria pegou seu manto. - Estou tão cansada de nossa louca corrida que preciso me deitar. Me sinto incapaz de te acompanhar.

Valéria não fez qualquer objeção. Ela queria mesmo ficar só. A ideia de levar consigo uma criada a desagradava sobremaneira, e quanto ao remador, era como se não houvesse ninguém.

À medida que o barco avançava no lago, a febril agitação de Valéria deu lugar a uma confortável melancolia. Seus olhos contemplaram a casa de campo habitada pelo príncipe, onde era possível ver algumas janelas iluminadas. Lá dentro estava também seu filho! Teria sido por acaso ou por premeditação que Raul viera ficar tão perto dela? Estaria ele dando prosseguimento a seu plano de reconciliação? Mas, afinal, por que razão voltara a amar o filho e a confiar nela? Ela se lembrou do pranto desesperado de Amadeu e sentiu o coração apertar. Lágrimas rolaram em seu rosto. "Por que as coisas têm que ser assim?"

Perdida em reflexões, Valéria sequer notara que o barco se deslocava cada vez mais lentamente, até parar por completo. Tampouco percebeu que a ponta de sua mantilha escorregara pela borda da embarcação, indo tocar a água. Foi quando o remador inclinou-se e, apanhando o pano molhado, depositou-o sobre o banco. Fitando instintivamente a mão que segurava o tecido, Valéria teve a impressão de que seu coração iria parar: era uma mão de aristocrata, branca e adelgaçada, em cujo dedo mínimo cintilava, à luz do luar, a pedra de um anel que lhe era muito familiar. O dono do anel parecia igualmente perturbado, uma vez que esquecera de manter oculto o engaste...

Com uma exclamação de espanto, ela ergueu a cabeça e se deparou com os olhos apaixonados de Raul, que acabava de tirar o chapéu e estendia as mãos para ela. Sem dúvida aqueles trajes e a barba crescida lhe alteravam bastante a aparência, mas não a ponto de impedir que ela o identificasse. Teria estado cega?

Diante do gesto de seu marido, Valéria recuou bruscamente, e uma onda de sangue inundou seu rosto.

– Fui enganada e traída! – exclamou.

– Dessa traição nada tens a temer, senão minha súplica de perdoar e esquecer o passado – respondeu Raul. – Sim, foi apenas para te rever que vim aqui; hoje fiquei sabendo que estiveste em minha casa e decidi que era hora de acelar esse desfecho. Agradeço o acaso que te fez vir desacompanhada ao barco nesta noite, e agora te suplico que voltes para mim, me dá a chance de reparar o passado e de apagar com meu amor a injusta suspeita com que te feri.

– Acreditas mesmo que o abismo que cavaste entre nós possa desaparecer com meia dúzia de palavras meigas? Como eu poderia esquecer o terrível momento em que me intimaste diante de nosso tribunal de família, me acusaste de adultério e alegaste que apenas o pedido de uma morta me salvava de um escândalo público? Não, não, meu coração treme a essa lembrança. Não acreditaste quando te jurei inocência, e por qualquer motivo tornarias a pisar em mim.

Raul empalideceu.

– Valéria, sou um homem, cego como os outros homens, e tudo parecia estar contra ti. Mas se repeles minha súplica assim, é porque jamais me amaste. Não tiveste nenhuma vontade de me rever? Não compreendes que

Amadeu precisa de uma mãe? És insensível às lágrimas de nosso único filho?...

- Tu é que nunca me amaste! E isso ficou claro no momento em que me abandonaste, agonizante, ao escárnio da sociedade. Um amor profundo e verdadeiro é aquele que crê que o ser amado é inocente, quaisquer que sejam as evidências em contrário. E além disso, as mesmas evidências continuam a existir hoje, ou por acaso adquiriste alguma prova capaz de garantir minha absolvição?

- Sim, um milagre provou tua inocência! Mas apenas quando voltares para mim poderei abrir meu coração. Espero que isso não tarde a acontecer, que a afeição em tua alma depressa vença o orgulho e que as duras palavras que acabas de proferir não sejam as de tua decisão final.

- Não me atormentes, Raul! Talvez no futuro eu possa esquecer, mas agora minha ferida ainda sangra, não posso voltar a ser tua. Agora, por favor me leva de volta; essas emoções ultrapassam minhas forças.

O jovem nada respondeu; apanhou os remos com um gesto nervoso e conduziu a leve embarcação até a margem do lago. Chegando à escadaria, saltou sobre os degraus e ajudou Valéria a descer. Seus olhos se encontraram, e ela entreviu tanta dor e arrependimento no semblante do príncipe que parou, deixando sua mão na dele; o último pedido de seu pai voltava-lhe à memória, fazendo seu coração bater acelerado.

- Perdoe-me, Raul, mas tua presença me deixou transtornada - ela murmurou. - Prometo refletir em tuas palavras, e fazer tudo para esquecer, mas nesse instante eu não consigo.

Ela apertou ligeiramente a mão de seu marido e afastou-se.

Triste, abatido, com raiva, Raul tornou a saltar na embarcação e seguiu em direção à sua casa, mas logo parou de remar e deitou-se no fundo do barco, abandonando-se a pensamentos amargos e tumultuados.

Quanto tempo ficou ali devaneando? Não saberia dizer. Cansado, a cabeça pesada, ergueu-se e fitou desolado a residência para onde a paixão que nele renascera o atraía irresistivelmente, mas no mesmo instante recuou: uma nuvem de fumaça rodeava a casa de campo, iluminada pela luz do luar; de um dos lados da fachada já se podiam ver línguas de fogo a lamberem as paredes, até o telhado. Esquecendo de tudo, Raul atirou-se aos remos: um incêndio começara, a vida de sua mulher estava ameaçada, só este pensamento absorvia seu cérebro.

À medida que se aproximava pôde distinguir a silhueta de pessoas que corriam desvairadas; gritos chegavam aos seus ouvidos, misturados ao rumor do crepitar das chamas; em instantes estava no terraço.

- Onde está a princesa? - ele indagou a uma criada semivestida, que corria aturdida com dois vasos de flores nos braços; a mulher não respondeu nada e quis passar, mas Raul a agarrou pelo braço e sacudiu-a com violência, repetindo a pergunta. Como se despertasse, sobressaltada, a camareira olhou para ele e balbuciou:

- Lá em cima, eu acho. Mas a fumaça é tão grossa que não se consegue chegar ao quarto dela.

- Onde fica o aposento da princesa?

- No segundo andar, em cima do quarto da baronesa Adélia, que foi onde o fogo começou.

Como louco, o príncipe precipitou-se dentro da casa e subiu a escada, tão quente que era impossível tocar o corrimão; a fumaça estava tão forte e espessa que impedia a visão e a respiração.

- Valéria! - ele chamou com esforço.

Ninguém respondeu. Quase no mesmo instante, porém, seus pés esbarraram num corpo de mulher estendido no chão. Inclinando-se, Raul reconheceu a esposa, vestida em trajes de dormir. Era evidente que ela tentara fugir, mas, sufocando com a fumaça, perdera os sentidos. Erguendo-a nos braços, o príncipe recuou e olhou ao redor. Era preciso sair dali depressa, pois chamas surgiam por todos os lados. Ele mesmo sufocava e sentia a cabeça rodar. Num último esforço, correu até o terraço com seu precioso fardo.

O ar puro de fora restituiu-lhe um pouco de equilíbrio, e ele conduziu Valéria até o barco. Depois de prender a embarcação com mais força a uma estaca, Raul voltou a juntar-se à multidão de criados e curiosos, para se informar quanto à sorte de tia Adélia. Ninguém tinha nada a dizer de concreto. Alguns acreditavam ter ouvido gritos da velha senhora, enquanto outros afirmavam tê-la visto correndo no dormitório em chamas, antes de cair. Uma coisa apenas era certa: o fogo começara no quarto dela. Não era possível entrar lá naquele momento para saber se ela tinha escapado da morte ou não.

Tendo pedido a uma das criadas um grande manto de lã para proteger a esposa, o príncipe voltou depressa para o barco. Depois de envolver com cuidado o corpo delicado de Valéria, que permanecia sem sentidos, Raul deu impulso ao barco e retomou o caminho de sua casa, com o coração estranhamente agitado. Ao alcançar o meio do lago, o príncipe passou por uma grande embarcação, cheia de pessoas que também tinham avistado o incêndio e se apresentavam para oferecer ajuda. Pediu-lhes, então, que descobrissem a qualquer preço a sorte de tia Adélia, depois se apressou em retornar para cuidar de Valéria.

Quando atracou ao pé de sua residência, Raul encontrou as criadas da casa reunidas à margem comentando o sinistro.

– Margot, ajuda-me a trazer a princesa – ele gritou para a antiga aia de Amadeu, que continuava a servi-lo. Fazendo-se acompanhar pela criada, que o seguia assustada, o príncipe acomodou a princesa no divã de um amplo dormitório.

Cerca de quinze minutos mais tarde, Valéria abriu os olhos e viu o marido. Ajoelhado a seu lado, Raul dava-lhe essências para aspirar, enquanto Margot lhe friccionava os pés descalços.

– Louvado seja Deus! – exclamou a ama com satisfação, assim que a princesa recobrou os sentidos. – Prepararei uma xícara de chá, que vai ajudar sua alteza a recuperar-se completamente.

Assim que ficou a sós com o esposo, Valéria quis falar, mas Raul apressou-se a abraçá-la, apertando-a junto ao peito.

– Perdoa e esquece o passado, minha amada. Podes ignorar a mão da Divina Providência, que acaba de destruir teu teto para trazer-te ao meu?

Sem nada dizer, a princesa enlaçou o pescoço do marido, apoiou a cabeça contra seu ombro e rebentou em soluços. Raul a abraçou silenciosamente em seu peito. Não queria interromper aquela torrente de lágrimas, que, ele sentia, iria produzir uma salutar reação.

– Meu bom, Raul! Tu me salvaste a vida sem nem pensar na rispidez com que te repeli – ela murmurou enfim. – Também quero te pedir perdão. Ah, se soubesses o quanto tenho sofrido estando só, longe de ti e de nosso filho, sob o peso de uma vergonha imerecida... Se eu não fosse cristã, eu já teria me suicidado.

– Vamos riscar esse passado obscurecido pela desconfiança e por injustas suspeitas – respondeu Raul, bastante emocionado. – Não tornemos a falar disso. A partir de hoje uma vida nova de amor e confiança está começando para nós. E, agora, deixa-me contar o que me abriu os olhos para tua inocência.

Ele sentou-se ao lado da esposa e narrou em detalhes a maneira como se dera sua conversão ao espiritismo, as irrefutáveis provas de identidade dadas por sua mãe, o quanto sofrera a partir da certeza de ter sacrificado sua felicidade por conta de um fantasma, o ressurgimento de seu amor e sua firme resolução de reconquistar Valéria e reparar seus erros com um afeto redobrado.

A jovem escutara com uma emoção sempre crescente.

- Ah, Raul, quero partilhar dessa tua fé - Valéria exclamou, com os olhos cheios daquela exaltação apaixonada que lhe era característica. - Quero me instruir nessa nova ciência que preenche o abismo aberto pela morte e que permitiu tua santa mãe vir para inocentar-me do além-túmulo.

- Eu te instruirei, minha esposa querida. Auxiliados e esclarecidos pelos nossos amigos invisíveis, não mais tropeçaremos pelos caminhos da vida. E agora eu te proponho que vás abraçar Amadeu, nosso pobre inocente, a quem renegamos, mas que conservou com fidelidade nossa lembrança em seu coraçãozinho. Minha *Lorelei* [14] - continuou, acariciando com um gesto apaixonado os longos cabelos soltos de Valéria -, permite a este pecador, a quem devolves a felicidade e a vida, calçar-te os pezinhos de fada.

A jovem se pôs a rir.

- Oh, não! É verdade mesmo? Continuas com teus romanescos galanteios! E eu que, em minha apatia, sequer suspeitava ter um belo príncipe a me servir de remador... Triste Lorelei era eu!

Instantes mais tarde, os jovens esposos se inclinavam sobre o filho adormecido, cujos cabelos encaracolados da cor do ébano se espalhavam sobre o travesseiro bordado. Valéria então se lembrou do encontro com Maier e com o filho dele, cujas feições eram extremamente semelhantes às de seu marido.

- Raul - ela enlaçou o braço do esposo -, vem. Devo contar-te uma coisa incrível que se passou no dia de minha partida para a Itália.

Surpreso pela repentina agitação da esposa, o príncipe conduziu-a até o terraço, que os primeiros raios do sol nascente iluminavam em tonalidades róseas.

---

14 Na mitologia germânica, Lorelei era uma ninfa das águas, uma espécie de sereia de cabelos dourados.

Com as faces rubras, ela descreveu o encontro que tivera com Samuel, contou-lhe sua emoção ao ver que o filho *dele* era o retrato vivo de Raul, e a resposta que o banqueiro lhe dera.

Raul a escutava perturbado e espantado, mas estava tão enlevado e envolvido por aquele instante de felicidade reconquistada que não desejava novas complicações. A simples ideia de se enroscar de novo num intrincado novelo de suspeitas, falsas aparências e mistérios inexplicáveis causava-lhe verdadeira ojeriza.

– Semelhança tão estranha sem dúvida surpreende, e deve ser bem incômoda a Maier – ele comentou, sorrindo. – Mas o banqueiro tem razão quando afirma que somente Deus pode explicar tais acasos. Tratemos de amar nosso filho, seja ele loiro ou moreno. Isso pouco importa! Temos a certeza de que Amadeu é nosso e isso nos basta. Além disso, neste momento em que nossa felicidade torna a renascer, radiosa como o sol nascente, não vamos ofuscá-la com novas desconfianças. Agora, minha adorada, vem repousar. Enquanto isso, tentarei descobrir o que aconteceu a tia Adélia.

– Meu Deus! Como eu pude esquecê-la, em meu egoísmo!? – exclamou Valéria, sobressaltada. – Eu irei contigo.

Eles passaram pelo gabinete de Raul, onde, ao toque da campainha, Margot apareceu sorridente. Ela apressou-se em tranquilizar os patrões, informando-lhes que os criados enviados pelo príncipe à casa incendiada haviam retornado trazendo consigo tia Adélia sã e salva, fora algumas queimaduras dolorosas e uma crise nervosa que a obrigara a deitar-se imediatamente.

Enquanto lhe faziam curativos, ela contara sobre seu péssimo hábito de ler na cama, acabando invariavelmente por adormecer durante a leitura: e assim devia ter começado o incêndio; o jornal inflamara-se ao tocar na chama da vela e o fogo se espalhara depressa para os tapetes, cortinas e dali para o resto da casa. Os berros do papagaio e os latidos do cachorro a acordaram. Vendo-se cercada pelas chamas, ela perdeu a cabeça. Sua primeira preocupação tinha sido salvar os animais de estimação. Saltando da cama, agarrou a gaiola com uma das mãos e o cãozinho com a outra, antes de precipitar-se para fora da casa aos gritos. Com certeza, aqueles gritos de pavor é que tinham dado o alarme, despertando a todos na casa. A partir daí não se recordava de mais nada, pois perdera os sentidos. Mais tarde, foi encontrada desfalecida por um dos criados, num caramanchão distante;

o homem fora atraído pelos gritos de seu papagaio, e ali estava ela, na casa do príncipe. Tendo sido informada de que a sobrinha e os animais de estimação estavam bem, tia Adélia se sentiu reconfortada, então pediu uma xícara de chá e logo dormiu. Tranquilizados e felizes, os jovens esposos retiraram-se para também repousar.

Onze meses após essa reconciliação, um feliz acontecimento punha em festa o palácio do príncipe de O. em Budapeste: Valéria acabava de dar à luz o segundo filho do casal. Antonieta cuidava da amiga e Raul mal se podia conter de alegria.

Certa manhã, cerca de dez dias após o nascimento do bebê, o príncipe foi passar uma hora à cabeceira da esposa. Trazia nos braços o recém-nascido que acabara de tirar do berço, e não se cansava de admirá-lo e de beijar-lhe as pequeninas mãos.

- Que nome achas que devemos dar a este filho de nossa felicidade enfim reconquistada? - ele perguntou de repente.

- O filho de nossa felicidade vai se chamar Raul - respondeu Valéria, fitando com emoção e ternura o belo rosto do marido.

O rubor da alegria inundou o rosto de Raul, e um brilho de amor e reconhecimento brotou em seus olhos.

- Obrigado - ele disse, apertando contra os lábios a pequena mão da esposa. - Agora que meu nome é para ti sinônimo de bem-aventurança, nada mais tenho a pedir desta vida. Somente rogo a Deus que nos conserve o que Sua infinita misericórdia nos concedeu.

Os degraus da escada

O INESPERADO ENCONTRO com Valéria na estação ferroviária havia afetado Hugo Maier muito mais do que à princesa. Ele detectara a suspeita nos olhos dela e se indagava se não teria sido aquele o primeiro passo para a descoberta do crime, como lhe fora predito.

Movido por essa inquietude, ele deixou Budapeste com Egon por alguns dias, permanecendo em sua propriedade de Válden, onde se ocupava com a reconstrução da planta original do velho castelo feudal, decadente e em ruínas, do qual herdara o nome. Lá ele passou o resto do verão em absoluto isolamento, respondendo com polida reserva às aproximações dos vizinhos, a maioria deles nobres decadentes com filhas a casar, ansiosos por ver seus desbotados brasões de família adquir nova cor com os milhões do judeu batizado, que passava por viúvo.

Duas ou três vezes apenas o banqueiro fora a Budapeste, para liquidar certos negócios indispensáveis. E foi numa dessas viagens que ficou sabendo, pelo barão de Kirchberg, da reconciliação entre Valéria e Raul.

A tormenta que essa notícia despertou nele e o ciúme desenfreado que torturava seu coração fizeram com que Hugo se conscientizasse, horrorizado, do poder que aquela paixão fatal continuava a exercer sobre ele. Porém, dessa vez conhecia o antídoto que possibilita aos seres humanos vencer as paixões. Ele orou do fundo de sua alma, e essa prece não foi em vão; a nova convicção que lhe havia regenerado o espírito enfermo, extirpando dele mais de um defeito, garantiu-lhe o amparo e a sustentação ante aquela nova provação moral. Uma comunicação espontânea do espírito de seu pai reagiu poderosamente sobre sua alma aflita:

"Envergonha-te, meu filho, de te entregar a tão indigno sentimento, em vez de te alegrar porque as consequências de teu crime foram amenizadas e a mulher inocente reconquistou a paz e a estima que havia perdido por tua culpa. Não te esqueças de que na Terra tudo é transitório e de que todas as coisas que agora possues serão deixadas para trás quando fechares teus olhos carnais. Lembra-te de que as boas obras e a vitória sobre as paixões serão o único capital que levarás contigo ao Tribunal Supremo. Não te esqueças, filho, de que quando a ocasião se apresentar, o que acontecerá em breve, deverás exercer o perdão e a caridade, pois só eles são capazes de enobrecer a alma humana. Recorda-te de que a fé é letra morta quando não transformada em ação."

Aquelas palavras não foram ignoradas pela alma enérgica do banqueiro, o qual, embora triste e abatido interiormente, decidiu que iria dominar-se e repelir sua louca paixão. De volta a Budapeste, passou a dedicar-se exclusivamente ao trabalho e à prática cada vez mais ampla da caridade, mas em completo anonimato.

Quando novembro chegou, viu-se forçado a seguir para Berlim, em função de importante transação financeira. Lá se encontrava havia quase três semanas quando, ao descer da carruagem, em frente ao hotel onde se hospedava, teve a atenção atraída pelos soluços de uma garotinha e viu com espanto a maneira como o porteiro a repreendia, vermelho de cólera. Com um braço sangrando, ela chorava de partir o coração, e um rapazinho de seus doze anos, com um cesto de provisões sobre o ombro, procurava defender e desculpar a pequena. Os cacos de vidro diante da soleira do hotel e a poça de leite derramado eram as causas evidentes do escândalo.

Com o olhar cheio de compaixão, Hugo fitou a frágil menina, de não mais que três anos de idade, cujas mãos arroxeadas tremiam nervosamente. Suas vestes já muito deterioradas e os sapatos furados davam prova de sua situação de pobreza. Um lenço rendado que antes lhe cobria a cabeça caíra no chão, expondo fartas mechas de cabelos loiros-prateados, que agora se espalhavam sobre seus ombros.

– Que fez essa pobre criança para que se grite desse modo com ela? – indagou o banqueiro, aproximando-se com passos firmes. – Se houve prejuízo, eu me encarregarei de compensá-lo. E agora tratemos de colocar um ponto final nessa questão.

Todos os olhares se voltaram para ele.

– Enxuga tuas lágrimas, Rute – aconselhou o rapazinho, antes que o porteiro tivesse tempo de abrir a boca. – Esse bom senhor decerto te dará o suficiente para comprar uma nova garrafa de leite, e a senhoria não terá mais motivo para te bater.

A menina ergueu a cabeça e um par de grandes olhos escuros e meigos fitaram Hugo, através de um véu de lágrimas; havia neles uma expressão que misturava angústia, esperança e súplica. O banqueiro estremeceu; aquele rosto pálido e magro fazia lembrar, estranhamente, as feições de Egon.

- Sabes quem é essa criança ou quem são os responsáveis por ela? - Hugo perguntou ao porteiro.

- Não, senhor barão - respondeu o homem. - Mas acredito que ela more perto daqui, porque a vejo passar com frequência.

- Sei onde ela mora - o rapazinho apressou-se a informar. - Vivo no mesmo andar que Marta, a lavadeira, onde a Rute mora. A mãe dela é muito pobre e doente, uma judia espanhola, segundo dizem. Chama-se Carmem Netosu.

À menção daquele nome, Maier empalideceu. Porém, dominando-se com grande esforço de vontade, tirou do bolso algumas moedas, que entregou ao menino.

- Vai, pequeno, e paga à senhoria o leite perdido. Dize também à mulher doente que um benfeitor desconhecido irá visitá-la dentro de uma hora, levando consigo a pequena. Guarda o restante do dinheiro como pagamento por tua informação.

- Muitíssimo obrigado, senhor - disse o garoto com um alegre sorriso. - Quanto a levar a menina, não é preciso se apressar. A senhora Netosu é costureira e não volta para casa antes das seis e meia da tarde. Rute fica sob a guarda da senhoria, que é uma mulher má; ela maltrata a menina e a usa para serviços de rua, apesar da pouca idade. O endereço é... - e o menino indicou a rua e a casa.

- Vem comigo, pequena. Vou te dar um bombom - propôs Hugo à menina, que o acompanhou com receio, mas sem ousar protestar.

Tendo dado ordem para que lhe enviassem imediatamente uma das criadas do hotel, o banqueiro conduziu a menina até os aposentos que ocupava. Com ingênua curiosidade, ela observava o luxo ao redor. Depressa, porém, seus olhos se fixaram numa pequena mesa sobre a qual havia frutas, vinho, pães e outras delícias providenciadas para o regresso do homem de negócios. Hugo ajudou a pequena a se acomodar numa poltrona, e dispunha-se a cuidar dela quando chegou a criada. Ele entregou à mulher certa quantia em dinheiro e pediu que comprasse roupa de baixo e trajes adequados para sua pequena protegida.

- Acho tudo quanto é necessário no bazar em frente ao hotel. Dentro de meia hora as ordens do senhor barão terão sido cumpridas - disse a criada respeitosamente.

Tornando a ficar a sós com a menina, o banqueiro deu-lhe uma fatia de pão com patê, autorizou-a a se servir à vontade da cesta de frutas e, apoiando-se nos cotovelos, ficou a contemplá-la silenciosamente. Sim, não havia dúvida, era irmã de Egon, o filho de Raul. Mas como Rute, que levara uma fortuna e tinha direito ao auxílio de seu riquíssimo amante, teria chegado a tal miséria, a ponto de expor a filha à caridade dos transeuntes?

O regresso da criada veio interromper as reflexões de Hugo e a refeição da menina, que comia com apetite, porém com decência e sem avidez.

- Peço que conduzas a pequena ao meu dormitório. Dá-lhe um bom banho e coloca-lhe as roupas novas. Quanto a ti, Rute, não tenhas medo - ele acrescentou, enquanto acariciava os cabelos cacheados da garota, para transmitir-lhe segurança, uma vez que ela se agarrava às suas pernas, temerosa.

Assim que a criada levou a menina, Hugo pôs-se a caminhar pelo aposento em febril agitação. Repentinamente, todo o passado revivia nele. Como seria seu encontro com a mulher que o traíra? Que decisão tomaria sobre o futuro dela e o da filha de seu rival, homem quase perfeitamente feliz, a quem a sorte havia novamente devolvido tanta ventura? "Ah, se meu pai me quisesse aconselhar mais uma vez, mostrando-me o caminho reto através do caos de meus sentimentos!", ele pensou, indo sentar-se à escrivaninha e tomando um lápis. Mal acabara de fazer sua prece mental e uma misteriosa força o levou a escrever involuntariamente sobre o papel:

"Precisas mesmo de meu conselho para ouvir o que te diz a voz de tua consciência? Que ressentimento podes ter contra uma quase agonizante, tão duramente punida pela sorte? Recolhe em tua casa aquela que tua crueldade dali expulsou, pois, além dela, a criança tem direito à tua caridade. Somente a generosidade que vieres a praticar te dará direito à benevolência alheia."

Quando a pequena Rute retornou, encantadora em sua roupa limpa e elegante, Hugo já havia recuperado a calma. Sentando-a sobre seus joelhos, ele começou questioná-la sobre sua vida e a de sua mãe.

A despeito da timidez da garotinha em suas respostas, um quadro tão aflitivo de miséria, provações e tortura moral se desenrolou diante do banqueiro, que uma compaixão sincera e ardente lhe invadiu a alma. "Pobre criaturinha! Prometo-te que a partir de hoje não sofrerás nem fome, nem frio, e que jamais tornarão a erguer um dedo contra ti", pensou, mergulhado em suas reflexões, mas quando quis retomar a conversa, percebeu que a menina, fatigada pelas emoções do dia, dormia profundamente, com a cabeça recostada em seu peito.

Às seis horas da tarde, Hugo saiu com Rute e se dirigiu à casa indicada. O percurso não era longo, e a menina, descansada e alegre, caminhava orgulhosa por servir de guia a seu novo amigo. A pequena parou diante de uma dessas imensas mansões às quais a especulação moderna dá o aspecto de uma caserna. Atravessaram um primeiro pátio, depois um segundo e por fim subiram por uma escada longa, escura e tortuosa, parcamente iluminada por um fumarento candeeiro. "Bom Deus, como uma mulher doente pode subir escada tão alta?", pensou Hugo, cansado, ao parar diante de uma porta semiaberta, de onde emanavam odores nauseantes de roupa suja e gordura.

Seguindo a menina, o banqueiro entrou num aposento pouco iluminado, onde muitas mulheres costuravam ao lado de trouxas de roupas.

– Carmem Netosu já voltou para casa? – Hugo perguntou, tirando do bolso o lenço perfumado, que colocou discretamente sobre o nariz. Tinha dificuldade em respirar numa atmosfera à qual não estava habituado.

Uma mulher alta e magra, cuja fisionomia denotava rudeza e rispidez, levantou-se ao ouvir a pergunta. Todavia, vendo a pequena Rute em seus trajes novos, ao lado de um cavalheiro elegantemente vestido, um ar de espanto e desconfiança se pintou em suas feições angulosas.

– A viúva Netosu ainda não regressou, mas deve chegar logo. Se o cavalheiro quiser esperar por ela, eu vos conduzo ao quarto.

A um movimento positivo de cabeça de Hugo, a mulher pegou um lampião e levou-o até modestíssima habitação contígua, situada diretamente sob o telhado e à qual se subia por numerosos degraus. Depois de haver depositado o lampião sobre uma mesa velha e carunchada, a senhoria retirou-se.

Com o coração dolorosamente oprimido, Hugo passou os olhos pelo miserável reduto, onde tudo denotava a mais completa miséria. Duas cadeiras de palha, uma velha cômoda e um leito com uma coberta gasta e dois travesseiros forrados de pano grosseiro compunham a mobília daquela que um dia fora sua esposa.

Automaticamente lhe veio à mente os antigos e luxuosos aposentos de Rute, o dormitório tão elegante e confortável, com suas tapeçarias de cetim cor de cereja, e o leito cujo cortinado e fronhas eram confeccionados em renda. Como poderia a pobre mulher viver agora naquele pardieiro? Como pudera chegar a situação tão miserável? Uma tosse seca, vinda do aposento da senhoria, arrancou Hugo de suas reflexões, fazendo-o recuar.

- Dizeis que um senhor me aguarda e deseja falar-me, dona Marta - ele ouviu uma voz fatigada dizer. - Trata-se na certa de um engano. Não conheço ninguém.

Instintivamente, o banqueiro deu um passo atrás e recolheu-se a um canto escuro, de maneira a não ser reconhecido de imediato. No mesmo instante, Rute entrou trajando um vestido negro muito simples, com um manto sobre o braço.

- Mamãe, mamãe, olha!... - a menina gritou, correndo na direção da mãe enquanto esta fechava a porta.

Subitamente Rute parou, buscando com os olhos o desconhecido de quem a senhoria falara, e seu olhar espantado se fixou no marido, de pé junto ao leito. Ela não viu o olhar de compaixão e arrependimento que ele punha sobre ela; estendendo ambos os braços como a repelir um espectro, Rute recuou cambaleando, e teria caído se o banqueiro não se houvesse apressado em ampará-la e colocá-la sentada numa cadeira. A pequena, espantada, havia se acocorado no canto mais escuro.

- Samuel, tu me encontraste, homem cruel - murmurou a enferma. - Ah, por que não aceitei a bebida envenenada que um dia me quiseste forçar a beber? Terias sido vingado e não me encontrarias assim tão miserável.

Um soluço rouco, acompanhado por novo acesso de tosse, impediu que continuasse. Ela levou um lenço à boca e o banqueiro constatou com horror que o pano se tingia de sangue.

- Não me faças recordar essa hora que tantas vezes tenho lamentado, pobre mulher! É para reparar minha crueldade que vim, e para reconduzir-te ao lar que nunca deverias ter abandonado, se eu te houvesse julgado com humanidade.

- É mesmo a ti que ouço falar, Samuel? - perguntou Rute, fixando nele um olhar de assombro e incredulidade. - Não estaria eu sonhando com essas palavras generosas? Mas não. Posso ver em teu olhar que estás muito mudado e que teu coração está aberto à misericórdia. Então não te recuses a atender meu último pedido: toma conta da menina, esquece-lhe a origem e salva a inocente criatura da miséria e da vergonha.

- Pois eu tomo as duas. Tu te hás de restabelecer, Rute, e Deus nos concederá a paz, se não a felicidade.

A enferma balançou a cabeça com um triste sorriso.

- Para mim tudo acabou, meus dias estão contados, bem sei; deixa-me à minha sorte. Que faria eu, miserável, desonrada e quase morta em tua magnífica residência? Garante o futuro da menina, e morrerei feliz.

- Não fales assim, Rute. Deus é nosso único juiz! Além disso, não tenho que dar conta de meus atos a quem quer que seja. Tu seguirás comigo para Budapeste e ninguém saberá onde ou como a encontrei. Se tiver que morrer, que seja na casa de teu marido. Mas agora, até mais. Eu tomarei as providências necessárias, te enviarei roupas adequadas, e em uma hora e meia voltarei buscá-la, tu e a menina.

Tornando a passar pelo cômodo da lavanderia, ele chamou a senhoria, entregou-lhe um cheque e declarou que sua locatária, que partiria naquela mesma noite, a pagava com aquela soma. Em seguida, fez as compras necessárias e mandou preparar no hotel um aposento ao lado do seu.

Duas horas mais tarde, Rute, elegantemente vestida, como lhe permitia sua condição, instalava-se com a filha no confortável quarto do hotel. Era como se vivesse um sonho; aquele luxo, aquelas comodidades, das quais por tanto tempo estivera privada, lhe traziam extremo bem-estar.

Depois de tomarem o chá e colocarem a criança para dormir, os esposos há tanto tempo separados finalmente ficaram a sós. Com os cotovelos apoiados sobre a mesa, Hugo estava pensativo, e Rute, que o observava em ansioso silêncio, desfez-se subitamente em lágrimas. Em seguida, apanhando a mão do marido, beijou-a com gratidão.

- Como és bom, Samuel, e quão ingrata eu fui para contigo! Quando souberes tudo por que passei desde que deixei teu palácio, tu me hás de desprezar... E como me receberão meus parentes? Tremo só de pensar em tornar a vê-los!

– Acalma-te, Rute. Enquanto não estiveres restabelecida, nada vou querer saber de teu passado, do qual sou em parte responsável. Se eu tivesse sido menos cruel, não terias caído tão baixo – disse com melancolia. – Perdoemo-nos nossos erros recíprocos, como espero que Deus nos perdoe um dia. Não precisas temer um encontro com teus parentes. Teu pai está morto e tua mãe mudou-se com os filhos para Lemberg, para tomar posse da herança de tio Eleazar, e por lá ficou. Aarão casou-se e mudou-se com a esposa para Viena. Ah, tu encontrarás grandes mudanças em Budapeste, assim como em minha casa. Devo dizer-te que meu filho e eu nos convertemos ao cristianismo, e eu gostaria de ver-te partilhar da mesma fé.

– Sim, eu me tornarei cristã – ela concordou com olhos brilhando. – Não deve haver nenhum obstáculo entre mim, meu filho e meu benfeitor.

Os médicos consultados deram poucas esperanças; cuidados poderiam prolongar a vida da jovem, mas não poderiam extirpar um mal que já produzira tão terríveis danos.

Três semanas após os acontecimentos que acabamos de narrar, Rute tornou a entrar na residência da qual fugira como um cervo encurralado, deixando atrás de si roubo e incêndio. Agora, porém, o homem que a condenara à morte era quem a amparava com indulgência, dedicando-lhe a bondade e os cuidados de um irmão. Mas a emoção de Rute ao rever Egon foi tamanha, que ela desmaiou.

O inesperado retorno da baronesa de Válden, tão misteriosamente desaparecida, deixou Budapeste em polvorosa. Os comentários e conjecturas a respeito do acontecimento foram muitos. Entretanto, o fato de Rute não aparecer em público e a fria reserva do banqueiro impossibilitavam qualquer pergunta direta, e novos acontecimentos acabaram por absorver a atenção dos curiosos.

A saúde de Rute pareceu melhorar no início, como resultado de um tratamento sério e da tranquila felicidade que desfrutava naquela atmosfera de bem-estar, que ela julgara haver perdido para sempre. Deitada no divã de sua saleta particular, a jovem sentia-se feliz na contemplação das brincadeiras de seus dois filhos, que depressa se tornaram amigos. Essa disposição interior restituía a seus olhos o antigo brilho e iluminava-lhe o rosto emagrecido com um lampejo da beleza que lhe caracterizara outrora.

O médico sentiu-se no dever de dizer a Hugo que a melhora da esposa era aparente, o que fez com que seu remorso aumentasse ainda mais. Ele dedicou-se a cuidar de Rute com a mesma intensidade com que a evitara no passado. Lia para distraí-la, conversava com ela e foi iniciando-a gradativamente nos ensinamentos do espiritismo, essa filosofia grandiosa e consoladora que desvendava o futuro da alma, destruindo o temor da morte.

O padre Martinho de Rothey também a visitava assiduamente, cuidando de prepará-la para abraçar a fé cristã, conforme desejava a jovem. Dois meses depois de seu regresso, Rute e sua filha receberam o batismo e a pequena passou a chamar-se Violeta.

Desse modo o tempo foi passando em serena harmonia. Hugo não tornou a falar com a esposa do relato que ela quisera lhe fazer, ainda que ele desejasse saber que acontecimentos tinham se dado para, em apenas três anos, destruir sua saúde e lançá-la naquela terrível miséria. Numa noite em que estavam a sós e a esposa se mostrava mais bem disposta que de costume, ele lhe disse, tocando amistosamente em sua mão:

– Minha amiga, não gostarias de me contar os acontecimentos que se seguiram à nossa separação? Quando tudo aconteceu, Levi me disse que tu partiras em companhia de Gilberto Netosu, um dos homens de confiança do príncipe. O fato de que você usava o nome desse homem provou que ele não se enganara. Mas eu gostaria de saber dos fatos que se seguiram à tua partida. Caso te seja penoso fazer-me tal narração, fica tranquila que eu renuncio à minha curiosidade – ele acrescentou, afetuosamente.

– Há muito tempo, meu querido Hugo, eu te haveria confiado esse passado. Teu silêncio levou-me a pensar que preferia ignorá-lo – disse Rute em voz baixa. – Tens razão de te surpreender por encontrar mendigando aquela que te roubara uma fortuna.

O banqueiro fez um brusco gesto de negação.

– Nada de acusações, Rute. Tu levaste apenas o que te pertencia.

– Não, não, deixa-me falar-te com franqueza. Apenas peço que não me condeneis com muita severidade, após ter ouvido minha história. Pequei terrivelmente contra ti, mas também fui terrivelmente punida. Sozinha, sem nome, entregue de corpo e alma à exploração de um miserável, tive que suportar momentos em que a morte teria sido uma libertação.

Um profundo suspiro escapou do peito opresso do banqueiro, pois a incorruptível voz da consciência lhe apontava que boa parte dos erros que a esposa cometera e das provações que enfrentara tinha sido obra sua. A fria indiferença que lhe demonstrara havia despertado nela o ciúme, que, somado ao vazio da alma, acabara por lançá-la nos braços do amante. Por fim, a ameaçadora crueldade com que ele reagira aos erros da jovem esposa acabara por atirá-la nas mãos de um hábil vigarista. Que resposta daria no além-túmulo, quando lhe pedissem conta daquela vida arruinada?

Rute começou por descrever o que se passara quando o banqueiro deixou seus aposentos e os gritos de "Fogo! Fogo!" chamaram sua atenção: o surgimento de Gilberto Netosu, o que aconteceu depois, e a partida com Nicolau para Paris.

- Descemos num hotel de quinta categoria - continuou a jovem. - No dia seguinte, Gilberto chegou. Disse que eu estava sendo procurada por toda parte e pediu-me que lhe entregasse as joias, para vendê-las, pois era imprescindível deixar Paris o mais breve possível. Ao mesmo tempo, deu-me a entender que tinha por mim uma respeitosa afeição, que o fazia feliz em poder me ajudar e proteger.

"Em tal abatimento de espírito eu me encontrava, que foi difícil absorver o que ele me dizia. Eu só desejava fugir, ocultar minha vergonha e furtar-me à exposição pública. Entreguei a Gilberto as joias, que nunca mais tornei a ver.

"Três dias mais tarde, ele anunciou que partiríamos para Madri:

"- Tenho uma parenta lá, e relações que vos poderão ser úteis. Lamento ser forçado a perturbar o repouso de que necessitais para discutir algumas formalidades, mas eu preciso expor a situação, madame. Para viver livre de suspeitas, é preciso que adoteis um novo estado civil. Vós não possuís mais nome nem documentos que possam legitimar vossa situação, e não conseguiríeis vos estabelecer em um novo lugar. Mas eu tenho todos os documentos de minha esposa, falecida há alguns meses. Carmem era espanhola, e por vossa aparência facilmente vos fareis passar por ela, o que garantirá que viva tranquila.

"Aquelas complicações me assustavam, e acabei concordando com tudo. Na minha inexperiência, não compreendia que me havia entregado de pés e mãos atados àquele homem."

- Canalha! - Hugo murmurou.

- Sim, um miserável sem dó nem piedade, como reconheci mais tarde. Nos primeiros tempos, porém, ele se mostrou bom e prestativo.

"Assim que chegamos a Madri, nos instalamos numa casinha modesta do subúrbio, e Gilberto trouxe uma mulher que ele dizia ser parente da falecida Carmem. Estela, esse era seu nome, me serviria de dama de companhia, disse ele. Não era jovem, mas era namoradeira, gulosa e tão gananciosa que venderia Deus pelo ouro. Astuciosa e intrigueira, ela dominou os planos de Gilberto, a quem explorava e de quem extorquiu grande soma, como eu vim a saber mais tarde. Quanto a mim, vivia em total isolamento, em contato apenas com esses meus três vigias. Tinha a alma tão abatida que sequer conseguia chorar. O nascimento de Violeta, uma criaturinha sem nome e sem futuro, aumentou ainda mais meu desfalecimento moral. Minha juventude e força me ajudaram a resistir a essas nefastas emoções, e acabei por me restabelecer lentamente. Estela era minha única companhia e me ajudava a velar pela pequena, uma vez que Gilberto estava sempre fora. Foi quando as dificuldades começaram a surgir, Estela a ficar mais nervosa e o dinheiro a escassear, a ponto de, às vezes, não termos sequer o essencial.

"Certo dia, em que não tivemos o que comer no almoço, Gilberto declarou que o dinheiro obtido com a venda das minhas joias tinha se esgotado, com minha recuperação após o parto, com nossa vida naqueles meses, que ele alegava ser muito cara.

"- Agora é preciso viver de nosso próprio trabalho - ele acrescentou -; eu não perdi tempo e já consegui um lugar de caixa em um teatro. E vós, minha cara Carmem, podeis ganhar ainda mais; tendes uma bela voz, tendes ritmo, e já aprendestes suficientemente bem o espanhol com Estela para desempenhar papéis menos complicados. Eu falei de vós para o diretor, e ele virá vos ver e marcar a estreia, caso fique satisfeito.

"Eu me senti fulminada por um raio. Cantar num palco por dinheiro excedia todas as minhas forças, e eu disse que não seria capaz de fazê-lo.

"- Não, não, eu não sou capaz de cantar em público, mas posso dar lições de canto, de música, de língua, ou mesmo trabalhar como costureira. Encontrai qualquer outra ocupação, Gilberto, e trabalharei com alegria.

"Ele riu.

"- Formigam preceptoras e costureiras, e certamente a pequena morreria de fome se esperais alimentá-la assim. Eu não quero vos forçar, mas se persistir em vossa recusa, teremos que nos separar. Meus ganhos não podem manter as duas; procurai vós mesma uma profissão que vos agrade.

"Minha cabeça virou com a ideia de ficar abandonada e sem recursos naquela cidade desconhecida. Seria preciso que eu trabalhasse, pois não poderia exigir que um estranho, que me havia salvado por piedade, alimentasse a mim e à pequena. Desfazendo-me em lágrimas, eu concordei.

"No dia seguinte, Gilberto trouxe à nossa casa um homem que me desagradou sobremaneira. Muito afável, ele pediu que eu cantasse alguns trechos de óperas e fez com que declamasse um monólogo, e em seguida disse, esfregando as mãos:

"– Meu caro Netosu, eu garanto o sucesso de vossa mulher. Ela vai estrear na próxima semana.

"Eu seria incapaz de descrever o que senti ao subir no palco daquele teatro de má fama... A verdade é que acabei tendo grande êxito. A casa ficava lotada sempre que o nome de Carmem figurava do cartaz, e os jovens boêmios que enchiam a plateia cobriam-me de flores tão logo eu surgisse no palco. Entre tais admiradores, um rapaz espanhol de nome Dom César de Royas se distinguia por suas homenagens apaixonadas, aplausos frenéticos e pelos olhares incandescentes com que me perseguia.

"Como se sentisse a morte no peito, eu fugia de tais humilhantes êxitos. Mal minha participação terminava, eu deixava o teatro às escondidas, na companhia de Nicolau Netosu, que me acompanhava.

"Certo dia, dois meses após minha estreia, Gilberto entrou em casa aflito e encolerizado. Ele me contou que, por uma intriga de bastidores, o diretor ficara furioso e nos despedira, os dois. De início, aquela notícia me trouxe alívio, pois não teria que me apresentar diante dos olhares ávidos da multidão. Porém, logo a miséria e as privações bateram à nossa porta. Para dificultar ainda mais as coisas, Violeta ficou doente. No começo, Gilberto me recusava um médico, mas Estela me aconselhou a levar a menina a um hospital onde davam consultas gratuitas. O tratamento prescrito pelo médico era caro, assim como os medicamentos, e Gilberto declarou não ter um tostão para tais despesas. Sem saber o que fazer, pensei em vender minhas últimas roupas, mas ele proibiu-me de fazê-lo. Disse-me que esperava obter uma colocação para mim numa casa de família onde eu poderia dar aulas de francês.

"Com o coração animado por essa nova esperança, parti com Gilberto, que me conduziu a uma casa isolada, cercada por vasto jardim, fora da cidade.

"Para meu espanto, entramos por uma pequena porta oculta e, caminhando por sombrias alamedas de um parque cuidadosamente conservado, dirigimo-nos a uma casa de campo. Subindo os degraus que levavam à grande varanda ornada de flores, Gilberto voltou-se para mim com um sorriso que não compreendi naquele momento.

"- Olhai ao redor, Carmem; se essa casa for de vosso agrado, e se desejar, talvez possamos viver aqui.

"Fitei-o sem compreender. Gilberto tomou-me pela mão e arrastou-me por uma série de aposentos luxuosos e desertos, até que chegamos a um pequeno salão, ao centro do qual se encontrava Estela, de pé, com Violeta nos braços. A menina estava enfeitada, e um bonito berço, com cortinado de seda rosada, fora colocado junto à parede.

"Mal podia crer no que meus olhos viam.

"- Gilberto - exclamei, estendendo-lhe as mãos em agradecimento -, fostes vós que providenciastes tudo isso? Como vos sou grata!

"Ele nada respondeu, mas eu me sentia de tal modo feliz, que não suspeitei de nada. Eu me instalei em um belo aposento, onde havia um guarda-roupa completo, com trajes do meu talhe. Então pude me dedicar à minha filha, que se restabelecia a olhos vistos com o tratamento prescrito. Às vezes me perguntava que feliz acaso teria possibilitado aquela mudança em nossa sorte, mas tinha sofrido demais para não saborear aquela possibilidade de repouso.

"Duas semanas transcorreram nessa feliz quietude, até que certa tarde Gilberto veio juntar-se a mim no terraço e convidou-me a conhecer uma parte da propriedade que eu ainda não vira.

"Eu aceitei e, após atravessar o jardim em toda sua extensão, avistei um pequeno pavilhão gótico, coberto de trepadeiras e cercado por um roseiral. Subindo uma escada, ornada de arbustos, chegamos a uma antecâmara iluminada por delicada lâmpada rósea que pendia do teto. Vi ao fundo uma estreita porta toda trabalhada em rebuscados entalhes. Abrindo-a, Gilberto fez sinal para que eu passasse à frente dele e disse: 'Agora, agradecei dignamente àquele que vos ofereceu todas essas riquezas'. Mal eu cruzara o umbral quando a porta fechou-se atrás de mim e ouvi o ranger da chave na fechadura. No mesmo instante, dois braços ávidos me enlaçaram e lábios ardentes comprimiram-se contra minha boca e meu pescoço. Gritei desesperada e tentei desembaraçar-me, pois acabava de reconhecer dom César de Royas e de compreender, tarde demais, que Netosu me vendera àquele homem.

"O que sofri presa naquela casa, entregue a um homem que me causava repulsa, só Deus sabe! Talvez minha aversão ostensiva irritasse a dom César, mas passado algum tempo ele desapareceu, e Gilberto comunicou-me brutalmente que ele fora morto em um duelo. Supliquei que me permitisse deixar aquela casa detestável. Mas ele sequer cogitou atender-me e, pouco depois, apareceu o sucessor de César, dom Rodrigo.

"Deixa-me omitir esse horrível período em que, vendida e revendida pelos miseráveis que abusavam de meu desamparo e de minha beleza fatídica, quase perdi a razão. Teria recorrido ao suicídio se a ideia do terrível destino que minha filha poderia ter não me detivesse. Tentei fugir com Violeta, mas era constantemente vigiada. De resto, sem dinheiro e em situação ilegal, para onde poderia ir com a pequena? Já tinha decidido que sufocaria Violeta e me mataria depois, quando um acontecimento imprevisto veio mudar o rumo das coisas. Sem explicar o porquê, Gilberto comunicou-me que estava tudo preparado para deixarmos Madri nas vinte e quatro horas seguintes. Estela, furiosa por conta de uma discussão que tivera com ele, me contou que a polícia descobrira diversas transações tenebrosas de Gilberto, inclusive os preços exorbitantes pelos quais me vendia, arruinando rapazes de família, e lhe ordenaram que se retirasse sem demora. Estela contou-me ainda que os dois irmãos eram jogadores e Gilberto despendia altas somas, que recebiam de pessoa desconhecida, em seus prazeres mundanos.

"Depois daquele período de exílio na Espanha, seguimos para Paris, onde Gilberto depressa se incumbiu de achar trabalho para mim em um teatro de subúrbio. Ele próprio e o irmão nada faziam, levando vida cada vez mais dissipada. Gilberto não tinha reserva em me tratar como sua propriedade.

"Ele tirava tudo quanto eu ganhava, recusando-me até o indispensável. Furtava e vendia as poucas coisas que eu possuía, voltando para casa frequentemente embriagado e maltratando-me à menor observação que eu fizesse. Fiquei sabendo que ele realmente recebia largas somas, mas de onde vinha e o que ele fazia com o dinheiro eu ignorava. Quis fugir daquele monstro que eu odiava, mas estava impotente, pois passava por sua mulher e ele não queria separar-se de mim.

"Pouco mais de um ano se passou sem que as coisas mudassem. Então, certa noite, Gilberto foi trazido para casa com um ferimento mortal na cabeça. Havia blefado à mesa de jogo numa espelunca qualquer e fora ferido numa briga violenta. No dia seguinte ele expirou, e eu pude respirar mais livremente; perante a lei eu era sua viúva, e poderia me guiar por meu próprio nariz.

"Nicolau, que era homem de melhor coração e menos depravado, pareceu-me muito impressionado com essa morte. Ele próprio encontrava-se já enfermo e escarrava sangue. Todas essas razões acabaram por inspirar nele a resolução de mudar de vida. Nicolau declarou-me que pretendia encontrar um trabalho honesto e ajudar-me da melhor forma possível. Escreveu então diversas cartas e, ao término de três semanas, comunicou-me que estava tudo decidido e que iríamos nos transferir para Berlim, onde um parente distante conseguira uma colocação para ele em um escritório; além disso, um benfeitor lhe concedera auxílio que cobriria nossas despesas de viagem e instalação.

"Partimos para Berlim, e de início tudo caminhou bem. Mas a moléstia de Nicolau se agravou subitamente, de tal modo que ele não pôde mais deixar o quarto. Uma tuberculose galopante o conduziu ao túmulo no prazo de seis semanas. Tratando dele, acabei por contrair também a doença, que agora me mata. Certo dia, remexendo nos papéis de Nicolau, descobri finalmente o nome do misterioso benfeitor: era o príncipe de O., que ao longo de todo aquele tempo se preocupara comigo e com a menina, sem jamais nos haver recusado amparo.

"Ficando completamente só, de início não soube o que fazer. Minhas roupas estavam estragadas demais para que eu pudesse dar aulas, e foi depois de muitas tentativas que obtive trabalho numa oficina de costura. Porém, ganhava tão pouco que várias noites me deitava em jejum, dando graças a Deus por ter tido o suficiente para alimentar minha filha. As muitas privações e o trabalho acabaram por agravar meu estado de saúde. Sentia que estava muito doente, que meu fim se aproximava e, caso morresse, deixara preparada uma carta para Raul, pedindo que tomasse conta de sua filha.

Enquanto respirasse e tivesse forças, não queria recorrer a ninguém. Fazia quatro meses que eu vivia naquele sótão onde tu me encontraste, e onde eu esperava morrer, mas Deus tinha mudado teu coração; tu me acolheste de volta, e também à menina, e não me resta agora senão bendizer a misericórdia de Deus e a tua."

Exausta após a longa narrativa, a jovem enferma deixou-se cair sobre as almofadas e fechou os olhos por um instante. Extrema palidez fora tomando pouco a pouco o rosto de Hugo Maier, que ouvira com aflição sempre crescente a história do martírio físico e moral com que Rute pagara pelos erros que cometera. Sua consciência lhe gritava: tu és o responsável por essa vida perdida; na raiva de teu coração, tu te ligaste a esta jovem, desprezando e repelindo o amor genuíno que tu lhe inspiravas; e quando mais tarde ela pecou, por tua culpa, tu a condenaste sem misericórdia, lançando nas mãos de um miserável a mulher que livremente escolheste e que juraste amar.

- Tua história é minha condenação, Rute - ele disse, por fim, com voz entrecortada. - Sou o culpado pelo mal que te atingiu, e Deus me pedirá severas contas de tua vida arruinada. Tinhas o direito de exigir de mim, senão um amor apaixonado, ao menos amizade e indulgência; e eu fui cruel, na cegueira de meu louco amor por uma mulher que me desprezou e esqueceu!

- Não te recrimines, Hugo; a ofensa que te fiz atingiu-te em cheio, e qualquer homem orgulhoso e passional teria agido como agiste. Mas reparaste o mal que fizeste, ao acolher a mim e à Violeta, a quem dedicas uma afeição paternal mesmo sendo ela filha do homem que te roubou a mulher amada. O destino mostra-se misericordioso com a grande culpada que fui. Morro reconciliada contigo, cercada de cuidados e de tua bondade inesgotável, consolada na medida do possível e segura quanto ao futuro de Violeta. Minha morte há de trazer libertação tanto para mim quanto para ti: afinal, poderia eu tornar a ser tua esposa, apesar de teu perdão? E tu poderias aceitar-me sem repugnância depois do passado vergonhoso e detestável que me maculou e degradou? Não, não, Deus sabe o que faz e perdoa teu arrependimento; Ele te restitui a liberdade. És moço, Hugo, tu me esquecerás, farás uma nova escolha que te proporcionará uma felicidade tranquila e uma mãe dedicada para as crianças.

O banqueiro sacudiu a cabeça:

- Não, Rute, não assumirei a responsabilidade pelo futuro de mais uma alma. O trabalho e os filhos me devem bastar na vida.

Desde essa grave conversa, Hugo passou a desdobrar-se ainda mais em cuidados com a esposa enferma, buscando adivinhar-lhe e realizar seus menores desejos. Velando junto a seu leito, buscava entretê-la em todos os momentos de que dispunha.

O tempo passou, trazendo a primavera. Todavia, esse despertar da natureza, que parece derramar seiva e vida novas sobre todos os seres, não exerceu qualquer influência favorável sobre a saúde de Rute, que se tornava cada dia mais fraca e esquálida. Em seus olhos grandes já brilhava aquele fogo estranho que parece irradiar da alma prestes a partir, reflexo da pátria à qual deverá regressar em breve.

Certa manhã, entrando no quarto da esposa, o banqueiro notou que ela se encontrava imersa em sonhos, preocupada e inquieta. Suas pequenas mãos descarnadas revolviam maquinalmente um maço de cartas rotas e amareladas.

- O que te inquieta dessa forma, minha pobre amiga? - Hugo indagou, sentando-se junto dela. - Diz-me de que se trata e eu te prometo fazer tudo quanto estiver ao meu alcance para acalmar-te e satisfazer-te.

- Tu pareces ler meus pensamentos - Rute balbuciou, corando. - Sim, eu tenho um desejo, talvez o último nesta vida, mas... Tenho medo de te ofender se contá-lo.

- Fica tranquila. Nada vindo de ti pode me ofender, e eu concederei seu desejo com alegria, mesmo que tenha de me impor um sacrifício; fala sem medo.

- Eu gostaria... - começou Rute com voz incerta. - Eu gostaria de ver ainda uma vez o príncipe de O. Só não imagines, Hugo, que é um sentimento reprovável que me guia. Eu voltei para junto do meu primeiro amor, e tu serás meu último pensamento... - ela puxou a mão do marido até seus lábios. - Mas, escuta, ontem eu o encontrei durante meu passeio. Esta manhã tornei a ler parte das cartas que ele dirigiu aos irmãos Netosu. Há nelas uma bondade constante para comigo, e receio e inquietude quanto à sorte da menina. Ele sempre enviou muito dinheiro e não é responsável pelos crimes de Gilberto. Pois bem: eu gostaria de agradecer-lhe a generosidade, tranquilizá-lo quanto ao futuro de Violeta e dizer-lhe que fomos ambas batizadas.

Ao ver que o rosto do banqueiro ficara vermelho, ela se interrompeu, temerosa, com lágrimas nos olhos.

- Eu bem desejaria realizar-te o desejo, minha pobre Rute, se isso dependesse de mim - argumentou o banqueiro com certo tremor na voz.

- Mas não posso garantir que *o príncipe* concorde em ver-te. Pouco depois de tua partida, ele se afastou da esposa e permaneceram separados por mais de um ano. Agora, contudo, reconciliaram-se, e é possível que no ardor da felicidade reconquistada ele tenha escrúpulos em...

- ... em rever a antiga amante? - Rute murmurou. - Então será melhor que eu renuncie ao meu desejo; deixemo-lo em paz com sua ventura.

- Não te ressintas sem razão! Teu desejo é legítimo, e esteja certa de que, se for possível, eu arranjarei tudo.

Deixando o quarto de Rute, Maier dirigiu-se a seu gabinete, onde pôs-se a caminhar de lá para cá, agitado. A ideia de ver o príncipe de O. atravessar a soleira de sua porta revoltava-lhe o íntimo de maneira insuportável. Por outro lado, compreendia que o orgulhoso fidalgo merecia ser lembrado de sua má conduta, lançando um último olhar à vítima de sua frívola fantasia, não importando quão penosa fosse aquela visita para si próprio.

Repentinamente decidido, Hugo tomou da pena e escreveu:

"Príncipe, a mulher que outrora seduzistes está prestes a morrer, vítima de tuberculose; suas horas estão contadas. Reconhecendo que a socorrestes e à filha nas necessidades de ambas, ela desejaria ver-vos uma derradeira vez e deixar que vejais a menina. Assim, senhor príncipe, se concordar em atender ao último pedido de uma mulher agonizante, podereis encontrá-la em minha residência. Conhecendo vossos escrúpulos em relação a certas questões, devo informar-vos que mãe e filha estão batizadas.

Hugo Maier"

A chegada da carta às mãos de Raul provocou-lhe profunda consternação, misturada ao espanto e à compaixão. Pois então Rute se encontrava prestes a morrer em casa do marido, o mesmo implacável juiz que a condenara à morte no passado? Não podia compreender aquela mudança, mas de bom grado tornaria a ver a infeliz mulher, que talvez tivesse motivos para desejar aquele derradeiro encontro. Contudo, como poderia ocultar de Valéria aquela visita? Inquieto e absorto, o príncipe apoiara a cabeça entre as mãos.

Um beijo depositado em sua face veio arrancá-lo de suas conjecturas.

- És tu, Valéria? - ele indagou, estremecendo.

- Em que pensas, Raul? Deus! Pareces transtornado... O que te aflige?

- Sim, minha querida, o remorso e o passado me afligem.

- E há nesse passado algum segredo que não possas confiar-me? - interpelou Valéria, empalidecendo.

- Não há segredos nem mistérios entre nós! - o príncipe exclamou com energia. - Devo dizer-te toda verdade, por mais penosa que seja minha confissão. Depois que eu a tiver feito, minha amada esposa me deverá julgar, punir ou aconselhar.

Tendo pedido à princesa que viesse sentar-se ao seu lado no divã, Raul contou-lhe como, enciumado e furioso com sua frieza no passado, buscara no mundo distrações fáceis. Narrou sua ligação com Rute e a maneira como tudo havia sido descoberto. Falou de seu ódio ao tomar conhecimento de que a mulher que seduzira era a esposa de Samuel Maier, e da maneira impiedosa com que o banqueiro a tratara. Contou a fuga da jovem judia e, por fim, a surpresa que acabava de lhe trazer a carta de Hugo, que estendeu a Valéria:

- Lê e me diz o que devo fazer - concluiu.

Valéria corara e empalidecera alternadamente ao ouvir a confissão do marido, emoções e sentimentos diversos agitando-lhe o espírito. Todavia, a generosidade entusiasta que era a essência de seu caráter acabou por vencer.

- Deve visitar essa pobre mulher hoje mesmo, Raul - exclamou. - Trata de considerar quantas injustiças praticaste para com ela. É possível que Rute Maier tenha algum pedido a fazer-te com relação à filha. É teu dever educar a menina e assegurar seu futuro. Mas devo confessar-te que, como tu, também não compreendo a súbita generosidade do banqueiro depois de tantas crueldades. Mas se Maier perdoou sua esposa, isso não significa que tenha a responsabilidade de criar a filha ilegítima. Vai, meu querido, cumpre teu dever de cristão e de espírita. Eu nada tenho a te perdoar, e essa infeliz já foi duramente punida.

- Obrigado, minha querida - disse o príncipe, beijando com ternura as mãos de Valéria. - Irei à residência de Maier e deixarei claro que, depois da morte da pobre Rute, assumirei a guarda da menina. Se entrar naquela casa me causar algum mal-estar, hei de tomá-lo por expiação de meus muitos erros. Só julgo necessário escrever ao banqueiro, pedindo-lhe o dia e a hora em que posso me apresentar.

- Para que a pobre enferma morra durante essas tolas formalidades? - indagou Valéria com impaciência. - Com doentes do pulmão, nunca se sabe a que momento acontecerá. Se chegares tarde demais, hás de sentir remorso! Não, vai sem mandar nada; já que o próprio Maier se empenha nisso, o resto não importa.

Persuadido pelas palavras da esposa, Raul pediu que lhe preparassem a carruagem. Por trás das vidraças, Valéria observou o marido partir. Em tão profundas reflexões mergulhou que não percebeu o coche de sua fiel amiga Antonieta estacionar diante da porta do palácio, nem notou sua entrada até que ela tocasse seu ombro.

- Diz-me o que se passa, fada. Há algum desentendimento entre ti e Raul? Ele parecia tão preocupado quando a carruagem passou pela minha, que me fitou sem me reconhecer. E agora te encontro qual sonâmbula! É excesso de felicidade, ou foi alguma desavença que acabou por virar vossas cabeças do avesso?

Valéria sorriu.

- Permanecemos felizes e em perfeito acordo. Foi o passado, o fatal passado, que nos voltou a assombrar. Vamos aos meus aposentos, querida, e te colocarei a par de tudo. Não tenho segredos contigo, minha irmã e confidente...

- Essa é mesmo uma história surpreendente - comentou Antonieta, que havia escutado com assombro sempre crescente o relato de Valéria. - Foi com certeza mais do que simples coincidência o fato de Raul ter seduzido, entre centenas de mulheres, justamente a esposa de Maier. Bem posso imaginar a irritação do orgulhoso banqueiro ao descobrir a trama, que mais parece uma brincadeira do destino. E não posso imaginar o que fez com que aquele cabeça-dura aceitasse de volta e acolhesse a mulher e a filha, escrevesse a Raul e lhe pedisse para ir ver a amante de outrora. Parece mesmo um milagre!

- Talvez ele deseje se ver livre da criança!

- Duvido. Naturezas como a de Maier nunca fazem nada pela metade. Se ele perdoou a mulher, acolhendo-a, bem como à filha, fruto do adultério, é porque não pensa em se desfazer da menina. E de tua parte, aceitarias criá-la com Amadeu?

- Não estás pensando no que diz, Antonieta. Isso lá seria possível? Não, nós a colocaremos na casa de uma família honrada e lhe garantiremos o futuro.

- Bem, isso o banqueiro pode fazer. É rico demais para deixar que questões de herança interfiram, e jamais aceitará uma oferta de Raul, se bem o conheço. Tu deverias saber disso melhor do que eu.

Valéria nada respondeu e, de cabeça baixa, deixou-se mergulhar em seus devaneios. Em sua mente desenrolavam-se episódios já distantes de seu amor por Samuel. O rosto pálido e viril do antigo noivo surgiu-lhe na memória como se ele ali estivesse diante dela, com seus olhos ardentes mergulhados nos seus, e era como se as palavras de amor por ele proferidas ainda lhe soassem aos ouvidos.

Com certeza tudo aquilo era passado e fora relegado ao esquecimento, pois ela não o amava mais. No entanto, bastara a menção do nome daquele homem para despertar no seu coração uma vaga angústia e um sentimento pungente, que ela mesma não saberia como classificar. Involuntariamente, suspirou.

Antonieta, que a observava, inclinou-se e apertou sua mão:

– Abandona essas ilusões doentias, Valéria. Não tragas de volta à memória aquele olhar que quase pôs fim à tua felicidade conjugal, pois não tens força de lutar contra o fascínio que esse homem exerce sobre ti. Para que possas cumprir teu dever e amar Raul sem restrições, de modo a ser feliz, deves banir a memória e a imagem de Maier.

– Estás certa – concordou Valéria, influenciada pelo tom enérgico e persuasivo das palavras da amiga, cujo olhar límpido e calmo havia surtido o efeito desejado sobre ela. Endireitando-se, passou a mão pela fronte. – Devo expulsar para bem longe de mim esses pensamentos ilusórios. Raul é meu futuro claro e radiante, enquanto Samuel é uma visão das trevas, que surgiu para se colocar entre mim e meu marido como um abismo ameaçador.

– Não era sem tempo – disse Antonieta, rindo. – É assim que eu gosto de te ver. Agora me deixa dizer-te por que estou aqui. Vim convidá-los todos a passar o resto do dia em nossa casa. Meu pequeno Jorge caiu e machucou o pé. O médico insiste para que ele permaneça deitado e eu prometi que levaria seu amigo Amadeu para ajudá-lo a enfrentar essa dura prova de paciência. Esperarei que Raul retorne e partiremos juntos.

Àquela altura, o príncipe já chegara à residência do banqueiro. A despeito de suas boas resoluções e de sua comiseração por Rute, a ideia de transpor a porta de Maier o deixava num péssimo estado de espírito.

– Anunciai minha chegada à senhora baronesa – disse, entregando seu cartão ao criado que o recebera à porta e que agora o ajudava a tirar sua capa.

- Madame não recebe ninguém, alteza - respondeu o criado, com embaraço. - Mas o senhor barão está aqui. Tende a bondade de vos dirigir a ele.

De fato, uma porta se abria à direita do vestíbulo, dando passagem ao banqueiro, que se preparava para sair. Ao ver o visitante, Hugo o cumprimentou com polida reserva.

- Queira entrar, senhor príncipe. Minha esposa não esperava que viésseis visitá-la hoje, mas vou avisá-la imediatamente, e em seguida eu mesmo vos conduzirei até a enferma.

O inesperado encontro com Hugo foi de tal modo desagradável para Raul, que ele lamentou ter seguido o conselho de Valéria, indo sem anunciar. A presença dos criados, porém, serviu para ajudá-lo a não deixar transparecer seus sentimentos.

- Fico satisfeito em encontrá-lo, senhor Maier, pois isso me dá a oportunidade de discutir e deliberar convosco uma questão urgente que gostaria de ver resolvida antes de apresentar meus respeitos à baronesa.

- Nesse caso, senhor príncipe, peço-vos que me acompanheis a meu gabinete - respondeu o banqueiro com certo espanto, convidando educamente o recém-chegado a seguir à sua frente.

Oferecendo uma cadeira a Raul, Hugo sentou-se.

- Estou às vossas ordens, alteza, embora me seja impossível imaginar o que possamos ter a tratar. É com Rute que talvez tenhais um assunto de ordem moral a regularizar.

Raul torceu o bigode num gesto nervoso.

- Esquecestes que há um ser sobre cujo futuro nos devemos entender. Rute tem uma filha em relação à qual, barão, não tendes qualquer obrigação. É a mim que compete o dever de educar a criança e garantir seu futuro. Assim, eu gostaria de vos dizer que, se a mãe vier a falecer, eu virei pegar a menina para confiá-la a mãos seguras.

Hugo encarou o príncipe com um olhar profundo e perscrutador.

- Quereis retomar vossa filha... A senhora princesa sabe da existência dessa menina e consente em admiti-la em sua casa e servir-lhe de mãe?

Um forte rubor subiu às faces de Raul.

- Não, não posso esperar que minha esposa eduque minha filha ilegítima, apesar de ela saber do meu passado, pois não temos segredos um para o outro. Estou decidido a colocar a menina em casa de uma família honrada, e a zelar por seu futuro.

Um sorriso amargo e desdenhoso surgiu nos lábios do banqueiro.

- Reconheço vossas boas intenções, príncipe, mas todos esses cuidados são inúteis. Ficarei com a filha que reconheci como minha e batizei com meu nome. Esse ato assegura a Violeta fortuna e posição social inequívocas. Perdoei minha esposa sem restrições e não desonrarei sua memória, renegando a criança que eu trouxe com ela para minha casa. E agora, alteza, permiti que eu vá prevenir Rute de vossa chegada - acrescentou Hugo, levantando-se.

Ficando só, Raul, percorreu o gabinete de Maier com agitação. Um forte descontentamento consigo mesmo e um ódio silencioso contra o banqueiro ferviam-lhe na alma. Acabava de ser descartado com uma desdenhosa indiferença, e era forçado a reconhecer a generosidade daquele judeu batizado que envenenara tantos anos de sua vida.

Agitado por tais reflexões, o príncipe se detivera diante de uma grande mesa carregada de papéis, livros e jornais, acima da qual uma prateleira ricamente esculpida sustentava um busto de bronze. Raul estremeceu, pois era o busto de Allan Kardec, idêntico àquele que encimava sua própria mesa de trabalho, e aqueles livros e jornais eram publicações espíritas.

Inesperadamente, o príncipe descobrira a chave do enigma que explicava a radical mudança no caráter do banqueiro. A compreensão do futuro da alma e de seu objetivo na encarnação terrena tinham dominado e vencido nele o ódio e o desejo de vingança, tornando misericordioso e fraterno aquele homem duro e passional.

A voz de Hugo, que o convidava a acompanhá-lo ao aposento da enferma, arrancou-o bruscamente de suas reflexões. Como que metamorfoseado em seu aspecto e maneiras, Raul voltou-se e disse ao banqueiro com cordialidade:

- Senhor Maier, confesso que estava muitíssimo admirado com a mudança que observo em vosso modo de proceder; acabo de descobrir a causa disso: sois espírita e é como espírita que agis em relação à vossa esposa e a mim. Pois bem, gostaria de dizer-vos que também eu o sou e que diante do busto do grande filósofo a quem ambos reverenciamos admito vos haver julgado mal. Sois um homem bom e eu cometi um grande erro...

- o príncipe calou-se de repente.

- ... ao haver dito que eu era um usurário? - indagou Hugo com um sorriso melancólico.

- Isso também, com certeza, mas não só. Lamento sinceramente todas as afrontas que voluntária e involuntariamente possa ter cometido contra vós - acrescentou Raul, estendendo a mão ao banqueiro.

Com visível hesitação, Maier apertou a mão do príncipe.

- Se também sois espírita, compreendeis que não faço senão meu dever e que a estranha maneira como estão enlaçados nossos destinos tem, sem dúvida, raízes num passado longínquo. Portanto vos peço - o olhar de Hugo brilhava, e uma indefinível expressão passou em seus lábios -, se uma situação como a de agora voltar a se repetir, que também coloqueis em prática em relação a mim a divisa de nossa doutrina: "Fora da caridade não há salvação!".

À porta do quarto de Rute, o banqueiro retirou-se e deixou que o príncipe entrasse sozinho no amplo aposento, ornado de flores, onde diversas fontes portáteis espalhavam a umidade necessária para facilitar a respiração da enferma. A jovem estava deitada num divã, apoiada sobre macias almofadas de renda. Um roupão de veludo vermelho disfarçava ligeiramente sua palidez cadavérica. Sentada num tamborete a seus pés estava a pequena Violeta, que brincava com uma enorme boneca, tão grande quanto ela própria.

Surpreso e comovido, Raul se deteve por um instante. Aquela mulher lívida, débil e semimorta era de fato Rute, a magnífica e inebriante beleza que um dia subjugara seus sentidos?

A pequena Violeta dava prova de que a resposta era afirmativa. Aquela criaturinha encantadora cujos cachos loiros chegavam até a cintura era, a bem dizer, sua imagem viva!

- Ah, senhora, eu tinha que vos encontrar assim? - ele disse, aproximando-se com veemência e levando aos lábios a mão que ela lhe estendia.

Invadida por um sentimento estranho e confuso, Rute ergueu para ele os olhos febris. Indicando a pequena, murmurou:

- Eis Violeta.

Raul inclinou-se para a menina, que trouxe para junto de si e abraçou. A pequena, que de início se mostrara intimidada com a presença do belo oficial, ficou mais à vontade depois dessa carícia. Quando o príncipe tomou assento, ela apoiou-se sobre seus joelhos e mostrou-lhe, com orgulho, sua boneca.

- Ela não é mesmo muito bonita? Papai me deu ontem de presente, e eu a chamei de Huguinha.

- Tu és uma garotinha abençoada - comentou Raul, acariciando sua cabeça encaracolada; em seguida, dirigiu-se a Rute: - Vosso marido nada mais me deixou para dar a esta menina senão meu afeto. Convosco, então, sou impotente para reparar minhas faltas.

- Não digais isso. Tenho que agradecer-vos pela generosidade constante comigo e pelo abraço que destes em Violeta, que decerto lhe trará ventura - declarou a enferma, com olhos brilhando. - Também vos agradeço por vir me ver. Desejei muito poder vos encontrar ainda uma vez antes de morrer, Raul, para vos agradecer, mostrar a pequena e tranquilizar-vos quanto ao futuro dela. Devo dizer que Netosu abusou muito de vossa generosidade. Mas eu só vim a saber de suas extorsões após a morte dos dois irmãos.

Raul ia responder, mas foi interrompido pela voz da menina, que se havia aproximado da janela:

- Papai está no jardim! - exclamou Violeta. - Posso ir com ele?

Em seguida, sem esperar resposta, a pequena saiu correndo do aposento. Pouco depois, sua voz clara e alegre fez-se ouvir lá de fora. Movido por vaga curiosidade, o príncipe aproximou-se da janela e, à distância, reconheceu o banqueiro, que falava com um jardineiro, próximo a um chafariz e ao lago. Então avistou a menina que corria em direção aos dois homens, para ir agarrar-se ao casaco de Hugo. Ele a tomou no colo e pôs-se a balançá-la, brincando, ora em direção ao chafariz, ora em direção ao lago, onde fingia estar prestes a lançá-la. O riso descontraído de Violeta chegava aos ouvidos de Raul, que, silencioso e pensativo, observava aquela feliz harmonia. Tornando a voltar junto da enferma, o príncipe ocupou uma cadeira ao lado dela.

- Vosso marido é muito bom para a menina - ele comentou, apertando a mão de Rute. - Mas falai-me mais de vós e das tristes circunstâncias que consumiram vossa saúde. Dizei-me se tendes algum desejo que eu possa satisfazer, e se agora estais feliz.

- Sou mais feliz do que seria capaz de dizer, e vos agradeço ainda uma vez, Raul, pela boa vontade. Tenho tudo quanto poderia desejar: morro junto de meu marido, reconciliada com ele, coberta de atenções, amizade e bondade, tranquila quanto ao futuro de meus filhos e esclarecida quanto ao destino da alma pela consoladora fé no espiritismo. Aproximo-me depressa de um fim ao qual aspiro, porque estou muito cansada. Eu sofri tanto!

Narrou então a Raul alguns episódios do passado que bem caracterizavam Netosu, sem mencionar as afrontas a que tinha sido forçada a se submeter; porém, tomada por uma súbita fraqueza, os olhos de Rute se fecharam e ela caiu sobre os travesseiros.

Assustado, o príncipe apanhou um frasco de sais e fez com que ela os aspirasse. Logo a enferma se reergueu, com um sorriso:

- Não é nada, não se assuste. A emoção e a conversa me deixaram exausta, só isso. Adeus, então, Raul, por esta encarnação, e até à vista no mundo dos espíritos. Mais uma vez eu vos agradeço por tudo que fizestes por mim e pela menina. Guardai uma recordação benevolente de mim e orai pelo alívio de minha alma, do mesmo modo que irei orar por vossa felicidade e pela de vossa esposa.

Rute estendeu ambas as mãos na direção do príncipe. Com lágrimas nos olhos, Raul tomou-as e apertou-as muitas vezes contra os lábios.

- Perdoai-me, Rute, pela leviandade frívola com que sacrifiquei vossa felicidade e vosso futuro, num momento de paixão insensata, provocada pelo despeito. Perdoai-me por vos haver abandonado nas mãos de um canalha. Hei de orar por vós todos os dias de minha vida, eu juro.

Incapaz de dizer mais uma só palavra, o príncipe ergueu-se bruscamente e retirou-se sem olhar para trás e, sem se despedir do banqueiro, precipitou-se em sua carruagem. De volta a seu palácio, Raul foi informado de que Antonieta estava com Valéria. Transtornado demais para conversar com a concunhada, o príncipe se fechou em seu gabinete. Vergonha, pesar e remorso oprimiam-lhe o peito. Não conseguia tirar da lembrança a imagem da enferma agonizante, tão diferente da mulher bela e cheia de vida que um dia ele conhecera no baile da Ópera.

A voz da esposa pedindo que abrisse a porta arrancou-o de suas reflexões. Ainda sob forte impressão do recente encontro, Raul narrou à princesa a conversa que tivera tanto com o banqueiro quanto com Rute. Valéria ouvia o marido com o coração palpitando. Antonieta acertara: Hugo rejeitou qualquer intromissão do príncipe e manteve a guarda da menina. A imagem esmaecida do antigo noivo voltou a se revelar em seu coração, agora iluminada por um encanto estranho e sedutor. Mas ela tratou de repelir com coragem aquela visão tentadora, que mais de uma vez lançava sombras sobre sua felicidade com o marido. Enlaçando o pescoço de Raul, ela calou-o com um beijo.

- Basta desse triste incidente. Não falemos mais desse passado que devemos esquecer. Nós dois nos amamos e pertencemos um ao outro, e isso basta. E agora vem, que Antonieta nos espera.

A saúde de Rute declinou rapidamente desde o dia da visita do príncipe. Sua debilidade era extrema, e em pouco tempo não pôde mais deixar o leito. Todavia, uma profunda calma e uma ardente fé em Deus não a abandonavam um só instante. Sentindo que o fim estava próximo, a jovem expressou o desejo de comungar e receber os derradeiros sacramentos. Conversou demoradamente com o padre Martinho de Rothey, que se sentia emocionado e edificado com a piedade e o arrependimento sinceros da enferma.

Ao fim da triste cerimônia, após a partida do velho padre, Rute estendeu a mão ao marido, que se mantinha sombrio e abatido junto ao leito.

- Senta-te aqui, Hugo, e dá-me tua mão. Sinto-me feliz quando estás junto a mim. Minhas pálpebras estão tão pesadas que mal posso mantê-las abertas.

Sem uma palavra, o banqueiro aproximou uma poltrona do leito da esposa. Então, tomou nas suas a mão fria e úmida de Rute. Tinha o coração torturado, pois o médico lhe informara que a enferma não sobreviveria àquela noite.

Após um instante de silêncio, a jovem tornou a abrir os olhos.

- Todo o passado parece hoje reviver em mim - ela murmurou com um sorriso. - Agora compreendo como avaliei mal a felicidade que Deus me concedeu. Lembrei-me do dia seguinte ao nascimento de nosso Egon. Como que despertando de um sonho, eu te vi inclinado para mim, afetuoso e aflito. Uma felicidade imensa inebriou meu coração. Creio que se eu tivesse procurado conquistar teu coração com paciência e humildade, teria saído vitoriosa.

O banqueiro estremeceu e seu rosto tornou-se muito pálido. Lembrava-se bem do momento em que se havia inclinado sobre aquela pobre mãe, acalentando-a com pretensa afeição, a fim de calcular o momento propício para derramar em seu chá o narcótico que a faria adormecer para então arrebatar o seu filho.

- O que há contigo, Hugo? Não quis te censurar ao evocar essa lembrança - Rute murmurou, enquanto suas mãos febris se agitavam incessantemente sobre a coberta.

- Pobre mulher que sacrifiquei ao meu egoísmo, perdoa-me e roga por mim no espaço. Lá, com a vista do espírito, livre de ilusões, poderás sondar meus atos e compreenderás o quão culpado sou para contigo.

- Sempre rogarei a Deus por ti. E agora, Hugo, satisfaz meu último rogo, que há muito tempo hesito em fazer. Beija-me ainda uma vez, antes do fim. Tenho a impressão de que teu beijo será capaz de lavar todas as mágoas que suportei, selando para sempre nossa reconciliação.

Com lágrimas nos olhos, o banqueiro inclinou-se e tocou ternamente os lábios da enferma com os seus. Rute, com repentina força, ergueu-se e enlaçou o pescoço do marido. Seus grandes olhos negros cintilaram radiantes de alegria, e as faces agora coloridas restituíram-lhe, por um instante, todo o esplendor de sua beleza.

Entretanto, como se o impulso daquela repentina felicidade, que lhe transbordava na alma, houvesse quebrado o frágil laço que a ligava à Terra, um abalo súbito agitou-lhe o corpo. Seus braços afrouxaram e um longo suspiro lhe escapou do peito, antes que sua cabeça tombasse, por fim, inerte. Rute estava morta.

Sacudido por um fundo calafrio, Hugo repousou o cadáver sobre os travesseiros. Em seguida, depositou-lhe um crucifixo sobre o peito, beijou sua fronte e saiu; depois de dar as ordens necessárias, ele se retirou a seus aposentos.

Estava alquebrado. Uma sensação de vazio e de terrível solidão oprimia-lhe o peito. Ao longo de todos aqueles meses de cuidados constantes, ele se acostumara a Rute, apegara-se àquela mulher agonizante, para quem não tivera um único olhar quando, apaixonada e cheia de saúde, ela vivera com ele.

- Ah, por que desprezei a situação em que me colocou meu nascimento, aspirando pelo amor daquela mulher orgulhosa da qual um abismo de preconceitos me separava? - murmurou, enquanto apertava com as mãos a fronte em brasa. - A paz, a felicidade possível, o meu filho, tudo isso afastei para acabar só e abandonado, ninguém mais tendo para amar senão essas duas crianças estranhas, uma das quais irá me amaldiçoar um dia!

Na manhã do sepultamento de Rute, que se fez com total discrição, um mensageiro trouxe valiosa grinalda de rosas e camélias da parte de um amigo anônimo. Hugo suspeitou da identidade daquele que enviava um adeus silencioso à sua pobre esposa, vítima prematura de circunstâncias infelizes e das violências do próprio marido. Com um sentimento de dolorosa mágoa, o banqueiro depositou as flores sobre seu esquife.

NÃO SE APROVEITA UM BEM CONSEGUIDO PELO MAL

ANTES DE PROSSEGUIR em nossa narrativa, pedimos ao leitor que nos permita fazer uma retrospectiva, a fim de que possamos conhecer a sorte que tiveram duas personagens secundárias de nossa história; quero falar sobre Estevão, o antigo criado do banqueiro, e Marta, a camareira infiel da princesa de O.

Providos de alta soma em dinheiro de sua má ação, os dois culpados partiram para Viena, para lá se casar, e de lá até um porto de onde seguiram rumo ao Novo Mundo. Sentiam-se felizes; a posse inesperada de uma fortuna abafava neles qualquer sentimento de remorso. Viam diante de si tão somente o futuro radiante que, certamente, haveria de tornar-se ainda mais brilhante, pois a ganância despertada em Estevão não se contentava mais com o que possuía. Planejava tornar-se tão milionário quanto Maier e, ao longo da travessia da Europa para a América do Norte, entretinha-se em especular com a mulher projetos que centuplicariam sua fortuna.

Completamente absorvidos por essas ideias, os jovens desembarcaram em Nova York e trataram de localizar Cristóvão Wachtel, tio materno de Marta que emigrara para os Estados Unidos havia mais de quinze anos. Desejavam ouvir os conselhos daquele homem acerca da melhor maneira de se estabelecer e investir no Novo Mundo.

Para o desapontamento de ambos, foram informados por um cervejeiro, amigo e camarada de Cristóvão, que há seis anos ele deixara a cidade, indo para uma das províncias do Sul, onde foram descobertos terrenos ricos em ouro. Fascinado pela perspectiva de fortuna fácil, o tio de Marta liquidara seus negócios em Nova York e partira para o território de Montana. Uma carta recebida pelo cervejeiro informava que ele comprara um terreno e estava cheio de esperança de que iria conseguir encontrar ouro. Apesar de quatro anos terem se passado sem novas notícias, a ideia de também adquirir uma boa mina de ouro empolgou o espírito ambicioso de Estevão. Seria necessário apenas certificar-se de que o tio de Marta ainda vivia e de que consentiria em auxiliá-los, com seus conselhos e experiência, na aquisição de um terreno propício.

Estevão logo escreveu uma carta a Wachtel, na qual expunha sem reservas o fato de ter pequena fortuna, falando também de sua intenção de procurar ouro e estabelecer-se com a esposa perto do tio, caso este aprovasse.

A resposta não se fez esperar, e os planos do novo sobrinho foram acolhidos com entusiasmo por tio Cristóvão. Este informava possuir ele mesmo uma vasta área que continha, segundo inumeráveis indícios, uma boa mina de ouro. Os recursos para as escavações, entretanto, escasseavam. Além disso, não possuindo filhos e abalado pela morte recente da mulher, ele decidira abandonar provisoriamente os trabalhos de busca pelo valioso minério e abrir um albergue, onde vivia com André Smith, sobrinho da falecida esposa que o auxiliava em seus afazeres.

Feliz com a ideia de rever um de seus parentes, Cristóvão Wachtel fazia a Marta e a seu marido a seguinte proposta: concordaria em lhes vender o terreno aurífero que possuía a preço razoável, passando a caber-lhe apenas a décima parte do que fosse encontrado naquelas terras. "Não é muito", escreveu, "e penso que não ireis regatear a vosso velho parente essa parte dos milhões que possuireis. Em troca, André e eu trabalharemos com Estevão, e assim não empregamos trabalhadores estranhos, o que sempre é perigoso".

Aquela carta pôs um ponto final às últimas dúvidas de Estevão. Diante de seus olhos já brilhavam os milhões que haveria de faturar em seus novos projetos. Via-se retornando a Budapeste tão rico quanto o antigo patrão. Sua impaciência para pôr mãos à obra era indescritível. Tendo providenciado tudo quanto lhes seria necessário para a viagem, eles partiram e foram recebidos de braços abertos por tio Cristóvão. O homem, que àquela altura já tinha vendido o albergue, foi instalar-se com o jovem casal e seu sobrinho André na casa que ele próprio construíra. Apregoava que nas profundezas daquele terreno encontrava-se o cobiçado metal cuja posse garantiria acesso a todas as alegrias terrenas.

O velho Cristóvão Wachtel era ambicioso, mas trabalhador e bonachão, e se havia deixado dominar completamente por André, rapaz de vinte e cinco anos, jovial, astuto, dissimulado, ganancioso e enérgico, dotado de agradável aparência e porte atlético, cuja docilidade e boas maneiras faziam dele um companheiro aparentemente amável e inofensivo.

Marta, muito bonita, elegante e que conservava os refinados modos da alta sociedade com quem convivera, acabou por causar forte impressão no jovem Hércules, que há tempos se achava distante do convívio feminino. Com a astúcia que lhe era própria, todavia, o rapaz dissimulou seus sentimentos, comportando-se sempre como parente dedicado, adquirindo pouco a pouco os privilégios e a afeição de um irmão.

A viagem, as primeiras providências e a instalação na casinha, agora adequadamente reformada e ampliada, estenderam-se por um ano. Marta já balançava sobre os joelhos o primeiro filho, a quem chamava, rindo, de "futuro milionário", quando os homens puderam finalmente dar início aos trabalhos de escavação. A jovem era inteiramente feliz, e tudo lhe sorria na bonita casa, bem organizada e rodeada de jardins. Uma negra robusta a ajudava nas tarefas domésticas, e o restante do dinheiro, mesmo após a compra do terreno, era mais do que o suficiente para mantê-los a todos com tranquilidade, enquanto esperavam pelo resultado compensador e pelo futuro dourado, que acreditavam garantido.

Mais de um ano de trabalhos infrutíferos se passou. Os três homens cavaram um longo túnel com traves de sustentação por diversos lados. O tão almejado ouro, contudo, não aparecia. Estevão começava a impacientar-se e já ruminva o projeto de escrever a Samuel Maier e extorquir-lhe nova quantia. Com esse dinheiro, pretendia adquirir o terreno vizinho, o que lhe possibilitaria cavar em grande escala. Contudo, abstinha-se de falar acerca de seus planos a Marta, a quem desagradava recordar a origem de sua fortuna. Desde que se tornara mãe, um acentuado remorso oprimia por vezes seu coração. Não contribuíra, afinal, para privar outra mãe de seu primeiro filho? E ela ainda ignorava as consequências que seu crime teria acarretado a Valéria...

Não tardou para que Marta trouxesse ao mundo uma filha. Salvo as furtivas censuras de sua consciência, sentia-se feliz e não partilhava da impaciência do marido. Não sabia que a Nêmesis se aproximava.

Certa tarde, Marta esperava impacientemente na pequena varanda pelo retorno dos três homens; a refeição fora preparada havia bastante tempo, já esfriava e ia perder o sabor na panela por conta dessa demora, que ela não compreendia. Já se dispunha a ir até a mina quando avistou André correndo em sua direção. A fisionomia transtornada do rapaz parecia ser prenúncio de desgraça. Hesitante e com esforço, comunicou à jovem aterrorizada que ele e o tio se preparavam para deixar a mina quando ouviram um grito de Estevão, seguido de um ruído seco, que os deixara assustados; eles correram até o local do acidente, onde constataram ter ocorrido um desmoronamento, que o sepultara.

Após um grande trabalho, de esforços sobre-humanos, conseguiram retirar o corpo soterrado do infeliz. Era impossível saber se ele estava morto ou apenas desfalecido.

Como louca, Marta correu até a mina, mas na metade do caminho encontrou tio Cristóvão trazendo o corpo no carrinho de que se serviam para carregar terra. Um exame mais atento não deixou dúvida sobre a morte de Estevão. O tom violáceo de seu rosto provava que ele fora sufocado. Médico era coisa rara por aquelas paragens, não se fez nenhum inquérito para confirmar a causa do falecimento, e o enterro foi feito prontamente, sem qualquer cerimônia.

Marta estava desesperada. O que seria dela sozinha, com dois filhos pequenos, naquele país longínquo? O mais racional seria retornar à Europa, mas a ideia só lhe inspirava repugnância. Passada a dor inicial, ela decidiu que deixaria aquele local fatídico para estabelecer-se numa cidade vizinha; o tio aprovou essa decisão e lhe comprou generosamente, *pela metade do preço recebido*, as terras e a casa.

A jovem deu-se por satisfeita com a negociação. Disposta a viver somente para os dois filhos, seguiu depressa rumo à nova casa, onde levava uma vida retirada, sem receber visitas nem manter contato com os vizinhos. André era o único que a visitava de tempos em tempos, demonstrando-lhe uma amizade constante. E Marta precisava mesmo de um amigo, porque a desgraça continuava a persegui-la: seu menino, que ela adorava, foi atingido pela escarlatina, epidemia que aterrorizava a cidade, e morreu. André, que tinha ido visitá-la poucos dias após esta última catástrofe, partilhou o sofrimento da jovem viúva. Ele contou a Marta que também andava triste, pois tio Cristóvão tinha também sofrido um terrível acidente: tentando consertar o telhado, o velho perdeu o equilíbrio e caiu tão desajeitadamente que, com o choque na cabeça, ficou mudo e idiota.

Desde então, André passou a visitar a jovem mais amiúde e, finalmente, propôs a Marta desposá-la. Confessando ter-se apaixonado por ela à primeira vista, contou que dominara honestamente esse sentimento em respeito a Estevão e, mais tarde, ao sofrimento legítimo de Marta. Agora, após a perda do marido e do filhinho, André acreditava que não seria rejeitado e que, uma vez casada com ele, a jovem o ajudaria a cuidar do velho tio, que tinha sido parente dedicado tanto para ela quanto para seu falecido esposo.

A jovem não hesitou em aceitar a proposta, visto que se sentia isolada e infeliz. Há muito tempo que André lhe era simpático, e ela tinha esperança de que os novos deveres lhe restituíssem o equilíbrio da alma.

Assim, casou-se com André, que desejava reunir suas economias às da esposa e transferir-se a Nova Orléans, onde pretendia abrir um elegante hotel. Pouco depois do casamento, contudo, ele subitamente mudou de ideia e declarou a Marta querer voltar à antiga residência, onde retomaria as escavações. Não encontrara comprador para as terras, a despeito de seus esforços e da considerável baixa no preço da terra.

Marta se opôs com toda sua força a essa ideia, que lhe era insuportável; odiava esse lugar, que lhe custara seu primeiro marido, mas André permaneceu irredutível e ela teve de ceder. Cristóvão Wachtel faleceu pouco depois de eles se instalarem na antiga casa. André já labutava sozinho na mina, cheio de esperança e coragem. Três semanas após a morte do velho, o rapaz chegou radiante e anunciou à esposa que sua perseverança havia finalmente sido coroada com sucesso, pois acabava de achar ouro. E convidou a jovem a acompanhá-lo para verificar o achado no próprio local.

Admirada e surpresa, a jovem seguiu o marido até a mina. Lá chegando, André mostrou-lhe os pedaços de terra salpicados do precioso metal dourado, que se encontrava bem no fundo da sombria cavidade, debilmente iluminada por uma lanterna, e com o qual pretendia encher um saco, levado com aquela finalidade.

A atmosfera densa e sufocante daquele lugar sinistro acabou por agir negativamente sobre a sensibilidade de Marta, que, tomada por súbito mal-estar, apoiou-se, vacilante, contra uma parede. Um calafrio glacial espalhou-se por seu corpo e sua cabeça rodou; ela teve a impressão de ouvir André gritar, apavorado. Em seguida, tudo se tornou escuro diante de seus olhos e a jovem desfaleceu.

Quando voltou a si, reconheceu, pela parca claridade da lanterna sobre um montículo de terra, que estava só. O saco permanecia apenas parcialmente cheio sobre o chão, e seu marido havia desaparecido. Desapontada e descontente, Marta voltou para casa, sem compreender o porquê da falta de atenção de André para com ela. Sua raiva transformou-se em preocupação quando não o encontrou em parte alguma. A noite chegou sem que ele retornasse. Já era bem mais de meia-noite quando André finalmente apareceu. Estava pálido e tinha os olhos arregalados; engoliu um pouco de comida e, sem responder uma só palavra à esposa lacrimosa, foi deitar-se e pareceu adormecer depressa.

O mesmo estranho comportamento tornou a se repetir nos dias seguintes. André desaparecia ainda de madrugada, para reaparecer em casa tarde da noite. Parecia transtornado, inquieto e cheio de desconfianças, mesmo em relação à mulher. Ao fim de quinze dias, porém, tranquilizou-se e retornou ao trabalho. Marta não ousava perguntar-lhe coisa alguma, pois percebera que qualquer alusão à mina e ao ouro que ali se encontrava despertava em André uma indescritível irritação.

Foi com alegre surpresa que ela recebeu, certo dia, um convite do marido para ir com ele à mina.

- Vem comigo - ele pediu. - Preciso encher o saco. E tu, tu segurarás a lanterna. Por que essa carinha de admiração, minha querida? Tenho razões para fazer o que faço, embora possa parecer estranho para ti - acrescentou o moço, taciturno.

Marta obedeceu em silêncio. Tendo chegado ao fundo do túnel, apoiou a lanterna sobre o monte de terra e preparou-se para ajudar o marido. Nesse momento, a mesma estranha fraqueza tomou conta de seu corpo e, subitamente, tudo escureceu diante de seus olhos, e sua cabeça girou. Um grito lúgubre e terrível arrancou-a daquele torpor, e seu olhar espantado recaiu sobre André, que, estirado no chão, convulsionava e espumava pela boca. Fora de si, Marta deixou a mina e correu buscar ajuda, voltando pouco mais tarde ao local em companhia da criada.

Ao entrarem na mina encontraram André inconsciente. Com muito esforço, as duas mulheres conseguiram levantá-lo e levá-lo para casa, onde o acomodaram no leito. Após esforços demorados, ele reabriu os olhos, mas não reconhecia ninguém. Num delírio furioso, rolava na cama, batendo-se contra um adversário invisível, gritava e blasfemava.

Convencida de que o marido fora atingido por grave enfermidade, Marta tratou de chamar um médico. Um jovem negro, irmão de sua criada, tomou um cavalo prometendo trazer ajuda o mais rápido possível; contudo, oito ou dez horas transcorreriam até que ele retornasse com o doutor.

O dia passou penosamente. À noite, o doente mostrou-se mais tranquilo, chegando mesmo a adormecer, com Marta à sua cabeceira. Extenuada pelas fortes emoções e pelos esforços físicos despendidos para conter o enfermo, que a todo o momento ameaçava atirar-se do leito, a jovem acabou por também adormecer. Forte aperto no peito e uma viva claridade acabaram por despertá-la num sobressalto. Petrificada, ela avistou o marido, que, de olhos vidrados e sem camisa, erguia a lamparina para atear fogo às cortinas, como já fizera às roupas de cama. As chamas já lambiam o teto com um crepitar sinistro e uma fumaça cada vez mais grossa e sufocante enchia o quarto. Reunindo todas as forças de que dispunha, Marta arrancou a lamparina das mãos de André e tentou levá-lo para fora.

- Deixa-me, criatura tola! - o rapaz gritou com voz rouca, em meio a um gargalhar insano. - Não compreendes que é a obscuridade desta maldita mina que dá poder àquele miserável? Agora que está claro ele não ousará disputar comigo o ouro, nem me impedirá de carregar o saco!

Marta ainda lutava para arrastar o marido, mas foi em vão; a febre parecia multiplicar as forças de André e roubar-lhe a percepção do perigo. Subitamente, a jovem lembrou-se de que a pequena Estefânia, seu único tesouro na vida, encontrava-se no quarto de cima. Sem pensar em si mesma, Marta afrontou o perigo e resgatou a menina já meio asfixiada. André, vivo, mas coberto por graves queimaduras, foi finalmente arrancado do quarto à força pela robusta criada negra. Da casa, entretanto, nada ficou em pé. Quando finalmente o médico chegou, no alvorecer, tudo que encontrou foram as ruínas fumegantes da habitação.

O enfermo foi depressa acomodado sob um alpendre na extremidade da horta. Seu delírio tinha dado lugar a uma completa prostração, e o doutor declarou que seu estado era desesperador. A falta de remédios, as complicações acarretadas pelas queimaduras e o resfriamento com a prolongada permanência sobre a relva úmida tornavam a cura impossível.

Muda e profundamente abatida, Marta não abandonou o marido, aplicando-lhe compressas e procurando de todas as maneiras possíveis aliviar seu sofrimento. Muitas horas se haviam passado quando, ao cair da noite, André pareceu sair do torpor em que se encontrava. Abrindo os olhos, dirigiu-se à mulher, já com a lucidez de espírito retomada.

– Marta – ele a chamou, apertando-lhe de leve a mão. – A morte se aproxima. Sinto que não tornarei a ver o sol nascer. Antes de partir, contudo, permite que eu alivie minha consciência culpada. Ah, não há dúvida de que existe uma justiça divina, terrível e implacável, que mais cedo ou mais tarde atinge o criminoso, impedindo-o de desfrutar de um bem adquirido por meio do mal.

Um gemido rouco escapou dos lábios de Marta:

– Sim, sim, eu sei. Deus vê e pune o crime que escapa à justiça dos homens – com ambas as mãos, Marta comprimiu a própria fronte, que um frio suor umedecia.

– Ouve – prosseguiu o enfermo com voz entrecortada. – Apaixonei-me desde que pus os olhos em ti. Percebendo, entretanto, que amavas teu marido, procurei dissimular meus sentimentos, embora fizesse planos para possuir-te a qualquer preço. Tio Cristóvão e eu vendemos o terreno para nos desfazermos por um bom preço de um projeto que considerávamos falido, trabalhando quatro anos sem encontrar nada. Mas o velho se encheu de cobiça, imaginando que teu marido e tu poderíeis ter mais sorte que nós. Planejamos que, se isso viesse a acontecer, nós vos mataríamos e tomaríamos o tesouro. Porém, desde que te vi decidi que serias poupada. À medida que minha paixão e minha inveja cresciam, mais eu odiava Estevão... Mas foi ele o primeiro a achar o ouro! Mal ele descobriu o valioso metal, chamou-nos; assim que constatamos estar diante de uma verdadeira fonte de riqueza, lancei-me sobre ele e apliquei-lhe forte pancada na cabeça, deixando-o atordoado. Em seguida, encarreguei-me de asfixiá-lo sob um monte de terra, e corri para casa contar-te a farsa que já conheces.

Diante de tão inesperada e terrível confissão, Marta cobriu o rosto com as mãos, abafando um grito surdo.

– Perdoa-me, Marta, e deixa-me terminar minha história. Vês como fui punido por Deus? – disse o moribundo, contorcendo-se sobre o estrado; e sem esperar a resposta continuou: – Nós nos calamos sobre a descoberta do ouro para não despertar suspeitas. Eu tinha um plano, ia me livrar de tio Cristóvão e ser o único dono do metal e do segredo. Um dia em que ele trabalhava no telhado, eu me esgueirei até lá, apliquei-lhe um golpe na cabeça e o joguei de lá de cima. Ele caiu, qual massa inerte, e acreditei que tivesse morrido. Mas não foi isso que aconteceu. Com o choque e o pânico da queda ele ficou mudo e idiota, como sabes. Eu o deixei viver e me casei contigo, mas a mão de Deus me esperava! Acreditando ter chegado o momento de noticiar que o ouro tinha sido encontrado, e de finalmente deixar aquele maldito lugar, decidi levar-te até a mina, mas ao tentar carregar o saco, vi com horror Estevão, pálido e de olhos vidrados, erguer-se ao meu lado. Suas mãos crispadas agarravam-se ao saco, disputando-o comigo raivosamente.

"Fugi como louco. Com o passar do tempo, porém, convenci-me de que aquilo fora uma alucinação de meus sentidos superexcitados. Foi assim que resolvi convidar-te mais uma vez para ir comigo à mina.

"Mais uma vez o fantasma surgiu perto de mim e tornou a agarrar o saco. Caí por terra e te vi fugir, mas não pude acompanhar-te. Os terríveis olhos de Estevão tinham o poder de colar-me ao solo. Cada vez mais próximo, ele se inclinou sobre mim e um hálito glacial, detestável, um odor de podridão, quase me fez sufocar. Uma chama de tonalidade azul escura parecia cercar-lhe a face lívida e sair de seus lábios contraídos: 'Amanhã tu estarás comigo e juntos vigiaremos e repartiremos o ouro', ele disse com ar de chacota. Em seguida, perdi os sentidos."

Cheia de horror e de temores supersticiosos, Marta quis erguer-se e fugir. Contudo, faltaram-lhe forças e ela desfaleceu. Quando ela tornou a si, graças aos cuidados da negra, André estava morto.

Logo depois do sepultamento, Marta abandonou apressadamente aquele lugar de desgraça e foi com a filha para a cidade onde residira antes de seu segundo casamento. Seus pensamentos a torturavam e ela passou a ter medo do dinheiro recebido do banqueiro, sobre o qual parecia pesar uma maldição. Ter se tornado mulher do assassino de Estevão causava-lhe horror de si mesma. Ela era devorada pelo remorso, e acreditava ver a vingança de Deus nas desgraças que a atingiam pelo roubo da alma cristã que entregara nas mãos de um judeu, privando-a do batismo e dos demais sacramentos da Igreja.

Como se estivesse sendo perseguida pelas Fúrias, mas sem ter um destino determinado, ela vendeu tudo e partiu para Nova York, onde planejava viver em paz com a filha, longe daquele lugar amaldiçoado.

Parte da viagem deveria ser feita num barco a vapor. Na segunda noite em que se encontrava a bordo, novo imprevisto a atingiu, quando um navio que vinha em sentido oposto abalroou com tal violência a embarcação em que Marta se encontrava, que este veio a soçobrar em minutos, em consequência dos danos. Apenas parte dos passageiros pôde ser transferida para o navio que ocasionara o acidente, o qual, embora avariado, tinha resistido ao choque. Entre eles se achava Marta, mas sua filhinha se afogara.

Nada lhe restou senão um saco de couro que instintivamente ela pendurara ao pescoço no momento do naufrágio. Ali se encontravam seus documentos de identificação, o dinheiro destinado à viagem e algumas joias que recebera de Valéria durante o tempo em que a servira e como presente de despedida.

Moralmente arrasada e doente, ela se resfriou gravemente na noite do horrível naufrágio. Ao chegar a Nova York, internou-se num hospital, onde constataram uma inflamação nos pulmões e nos intestinos. Ela não morrera, mas sua saúde estava arruinada. Uma profunda debilidade, acompanhada de entorpecimento dos sentidos, a conduzia rapidamente à morte. Torturada pelo remorso, Marta pediu um padre, a quem confessou o crime do passado. O clérigo, homem fanático e ríspido, foi tomado de horror diante do fato de uma criança cristã ter sido entregue à perdição da própria alma, nas mãos sacrílegas de um judeu. Ele ameaçou Marta com as chamas do inferno e com uma punição eterna caso não resgatasse seu crime com uma confissão aos pais da criança. O religioso só lhe concedeu a absolvição depois que ela jurou sobre a cruz que partiria imediatamente a Budapeste.

O próprio padre se encarregou de providenciar o dinheiro necessário, instalou-a num navio e, sem que ela soubesse, endereçou uma carta ao padre Martinho de Rothey, que Marta dissera conhecer. Na carta, fazia alusão ao segredo e o instruía a inquirir a criminosa e arrancar-lhe a confissão de um crime odioso e inaudito.

Com o corpo e a alma alquebrados, a enferma desembarcou em Bremen, de onde seguiu para Budapeste sem perder um só instante. Desejava mesmo suportar todo o castigo que lhe impusessem os homens, para livrar-se da danação eterna.

A Nêmesis

ERAM OS PRIMEIROS dias de maio e a manhã raiara magnífica. O sol lançava seus raios tépidos sobre as roseiras floridas que enfeitavam os degraus do terraço contíguo aos aposentos da princesa de O., lançando seus reflexos caprichosos sobre as duas jovens mulheres que conversavam com animação, sentadas num divã, que um toldo de seda listrado protegia.

Antonieta, que apreciava os passeios matinais, vinha sempre visitar a amiga, que ela sabia estar só àquela hora do dia. Desde a reconciliação com a esposa, Raul retornara ao regimento militar e encontrava-se em serviço naquela manhã, não devendo retornar antes da uma hora da tarde.

– Tu não tens receio de deixar teus filhos por dois dias no campo? – Valéria disse. – Rodolfo não esperava que voltasses. Ele me disse ontem mesmo que contava receber licença hoje e que iria encontrar-te na casa de campo.

– Pois eu decidi que viria buscar meu marido e senhor, para evitar que algum de seus amigos se arriscasse a retê-lo – disse Antonieta, rindo. – Quanto às crianças, estou tranquila; a senhora Ribot é excelente e cuida deles como eu mesma faria. Foi com tranquilidade que vim até aqui passar o dia contigo. Rodolfo virá nos encontrar, faremos uma refeição em família e à tarde regressaremos ao campo, só nós dois, como recém-casados.

A chegada da aia, que trazia o pequeno Raul para cumprimentar a mãe antes de ir com ela ao jardim, interrompeu a conversa. O garoto era encantador. Tinha a tez alva e rosada, grandes olhos negros e ternos e fartos cabelos loiros-prateados. Antonieta tomou-o dos braços da criada e colocou-o sobre os próprios joelhos, fazendo-o saltar.

– Sabes se Amadeu já está estudando a lição, Margot?

– Sim, senhora princesa. O principezinho e o preceptor estão no pavilhão gótico. João levou os livros e os cadernos de sua alteza.

Valéria apanhou da mesa uma cesta de cerejas.

- Leva isto ao pavilhão, Margot. Diz de minha parte ao senhor Landri e a meu filho que lhes envio essas frutas frescas para que as saboreiem durante o intervalo das aulas.

Valéria e a cunhada abraçaram mais uma vez o bebê, e ele voltou para os braços da aia, que se afastou levando as cerejas. Antonieta ficou observando a ama e o menino, até que desaparecessem na curva de uma alameda arborizada. Então, dirigiu-se à amiga com um sorriso:

- Esse menino alvo e rosado é a imagem viva do pai. Bem se pode ver, Valéria, que agora amas exclusivamente a teu marido e que teus pensamentos não estavam em outra parte quando o pequeno foi concebido.

- Louvado seja Deus! - a princesa exclamou, fortemente ruborizada. - Eu não saberia dizer por que crime todos os representantes do brasão dos príncipes de O. estariam respondendo se fossem condenados a ter, todos eles, o tipo judeu. Já basta que Amadeu tenha se desfigurado.

- Desfigurado? Ora, ora, não te importunes assim, fada, e não sejas injusta. Amadeu é magnífico e há de se tornar um rapaz tão belo e sedutor quanto o original de quem é cópia. Ah, mas deixa-me dizer-te que anteontem encontrei Maier, que sem dúvida seguia para sua propriedade de Rudenhof. Nós nos cumprimentamos, ou melhor, eu o cumprimentei primeiro, para assegurar-lhe que eu o estimo. O banqueiro está muito mudado, abatido, triste, cansado e muito pálido.

- Pobre Samuel! Sem querer envenenei sua vida - disse com tristeza.

Involuntariamente, a conversa voltou-se para o passado e as duas recordaram incidentes meio esquecidos nos quais Samuel era o herói.

Um passo forte e ligeiro, seguido de um tinir de esporas, veio interromper aquele diálogo descontraído.

- Bom dia, senhoras! Um feliz acaso acabou por liberar-me do regimento mais cedo do que o previsto - disse Raul se aproximando, animado; ele beijou cavalheirescamente a mão da cunhada, em seguida sentou-se ao lado da esposa e a beijou.

- Ainda em traje de serviço! Nem ao menos te livraste de teu arsenal, sabre, pistola e outros artefatos destruidores?- disse Valéria, rindo.

A princesa tirou o quepe do marido e passou-lhe a mão pelos cabelos úmidos, que se lhe colavam à testa.

- Tinha pressa em ver-te e anunciar a ambas que Rodolfo virá logo mais almoçar conosco. Ele me disse que sua comandante doméstica chegou ontem à tarde para uma inspeção inesperada, da qual ele se saiu muito bem, com mérito; os belos olhos negros da comandante encontraram tudo na mais perfeita ordem.

- A prudência é a mãe da segurança - Antonieta disse, rindo alegremente. - Recomendo seriamente a Valéria que compartilhe de meu método de comando.

Essa réplica provocou divertimento geral.

- Com nossa conversa, acabei por esquecer de mencionar um incidente que gostaria de vos contar - disse, enfim, Raul, se acalmando. - Imaginai que enquanto descia da carruagem, avistei uma mulher vestida de luto conversando com o porteiro. Ao me ver, ela correu até mim e suplicou-me, com palavras entrecortadas, que lhe concedesse uma conversa em particular. De início não compreendi bem o que ela dizia, e até me preparava para dar-lhe uma esmola; então ela se identificou como Marta, a antiga camareira de Valéria. Disse-me não estar precisando de ajuda, mas de uma entrevista privada para fazer uma grave declaração. Ordenei que a conduzissem ao meu gabinete, onde a moça agora espera por mim. Vinde também, senhoras, ouvir esse grande segredo.

- O que aquela boa e fiel criatura, Marta, que nos deixou para se casar, teria a nos dizer de tão importante? - indagou a princesa, intrigada.

- Bem, vamos ouvi-la. A pobre mulher parece ter passado por momentos difíceis. Parece doente e sobressaltada - disse Raul, levantando-se.

Assim que Valéria e Antonieta, seguidas do príncipe, entraram no gabinete, Marta, que estivera prostrada sobre um tamborete junto à porta, ergueu-se, indo respeitosamente saudar seus antigos patrões.

- O que aconteceu contigo, minha pobre mulher? - perguntou a princesa, que lhe estendeu a mão, olhando com piedade e pesar a aparência debilitada e o rosto lívido da antiga criada.

- Sou um ser a um passo da morte e não sou digna de vossa bondade, senhora princesa - murmurou Marta, beijando com os lábios ardendo a mão de Valéria. - Deus teve compaixão de mim e permitiu que eu vivesse o bastante para confessar-vos minha falta e aliviar minha consciência.

"Sem dúvida ela roubou alguma coisa", pensou Raul, que desprendera o sabre e se sentara perto da mesa de trabalho.

- Falai sem medo, minha boa senhora, e dizei-nos o que tanto oprime vossa consciência - acrescentou em voz alta, tirando a pistola presa a sua cintura e colocando-a perto de si.

Marta preparou-se para falar, mas seus lábios trêmulos se recusavam a obedecer, enquanto as pernas fraquejaram, fazendo-a cambalear.

- Antes de falar, sentai-vos e procurai vos acalmar - disse o príncipe com bondade. - Seja o que for que nos tiverdes a confiar, prometemos julgar com indulgência e manter sigilo absoluto. Falai com franqueza. Talvez vossa falta não tenha sido tão grave quanto supondes.

Fez-se um instante de silêncio, enquanto Antonieta e Valéria fitavam ansiosas a ex-camareira, cuja terrível agitação parecia prenunciar uma grave revelação. Aborrecido com tanta demora, Raul tomou a pistola que colocara sobre a mesa e, tirando-a do coldre, entreteve-se em examiná-la. Enfim, Marta enxugou seus olhos e falou com esforço:

- Meu finado marido Estevão era criado de confiança na residência do banqueiro Samuel Maier. Na época, faltavam-nos os meios necessários para nos casarmos e nos estabelecermos decentemente. Foi então que uma proposta imprevista do senhor Maier nos acenou com a possibilidade de fortuna, que nos poderia garantir um futuro independente.

Os três ouvintes entreolharam-se surpresos. O que teria o banqueiro a ver com a tal confissão?

- A ação que o senhor Maier exigia de nós era terrível e seria paga a peso de ouro - continuou Marta, que tinha se interrompido um instante, extenuada. - Nós sucumbimos à tentação, e a traição se cumpriu. Mas Deus é justo, e Sua mão me arrancou tudo. É uma mendiga agonizante que vem aqui confessar seu crime... - sua voz se perdeu num soluço.

- Continuai, infeliz, o que foi que tramastes com o desgraçado do judeu? - interpelou Raul, impetuosamente. Uma inquietação febril tinha se apoderado dele e das mulheres; eles não duvidavam mais da gravidade da revelação, mas afinal o que iriam ouvir?

Marta se endireitou com resolução:

- Na véspera do dia em que a senhora princesa deu à luz seu primogênito, a baronesa Maier também dava à luz seu primeiro filho. Não sei por que razão o banqueiro quis trocar as crianças... Aproveitando-se de um momento em que eu velava sozinha pela princesa, o próprio banqueiro trouxe seu filho até o terraço, eu lhe passei em troca o principezinho, de quem o pequeno judeu tomou o lugar.

Um silêncio sinistro seguiu-se àquela declaração. Raul pensou que iria sufocar: como um relâmpago passou diante de seu espírito a lembrança das torturas morais que aquela traição havia desencadeado, suas injustas acusações contra Valéria, que somente o poder da intercessão de sua mãe agonizante salvara de um escândalo. Então seu filho e herdeiro legítimo havia sido roubado por aquele judeu miserável, enquanto ele criava e acariciava o... judeu! Um jorro de sangue lhe subiu ao cérebro e escureceu sua visão; toda sua lucidez se extinguiu num acesso de raiva insana.

- Mulher infame! Ladra! Morra como um cão! - as palavras escaparam como um gemido semiabafado dos lábios de Raul; erguendo a pistola que trazia na mão crispada, ele apontou para Marta e atirou.

Um triplo grito de horror quase encobriu a detonação. Na superexcitação do momento, ninguém ouvira o rumor de passos de uma criança que vinha do aposento contíguo, nem notaram que Amadeu abria a porta, gritando alegremente.

- Acabei minha tarefa, papai.

Vendo a arma apontada para ela, Marta instintivamente se atirara para o lado, e a bala acabou acertando em cheio o peito do menino. Ao ver que o pequeno tombava sem nem mesmo dar um grito, Valéria desmaiou. O príncipe se erguia atordoado e, lívido, fitava Amadeu, que se agitava ligeiramente sobre um mar de sangue. Esqueceu completamente a revelação que acabara de ouvir. Tudo o que Raul via diante de si era o pequeno ser que se habituara a amar e acariciar com paternal orgulho. Atirando ao chão a arma ainda soltando fumaça, o príncipe se lançou em direção ao ferido, levantou-o e o apertou convulsivamente ao peito.

- Acorda, Amadeu, meu querido! - repetia, fora de si. - Deus Misericordioso, eu não posso tê-lo matado! - disse com louca angústia.

Num supremo esforço de vontade, Antonieta sacudiu a prostração moral que a mantivera inerte e muda junto à amiga desmaiada. O som do disparo tinha alarmado a todos no palácio, e o gabinete se enchia de criados boquiabertos. O receio de que uma palavra imprudente do príncipe ou de Marta pudessem trazer a verdade acerca do terrível incidente restituiu o equilíbrio à condessa; num piscar de olhos, com autoridade ela dispersou a criadagem; fez Valéria ser conduzida a seus aposentos; confiou Marta, que ficara acocorada a um canto e trêmula, com a cabeça voltada para a porta, à vigilância de Elisa, serva fiel da princesa de O.; em seguida, aproximou-se de Raul e o persuadiu com brandura a levar o menino para o dormitório, onde poderiam examinar o ferimento, limpá-lo e protegê-lo com uma primeira atadura.

Depois, a condessa explicou sucintamente ao camareiro do príncipe que a arma havia disparado acidentalmente, enquanto Raul examinava o cilindro. Ordenou ao criado que se dirigisse o mais rápido possível ao Hotel de France, onde estava hospedado o doutor Válter, e que solicitasse ao velho amigo da família o socorro ao ferido. Por fim, instruiu-o para que também avisasse o padre Martinho de Rothey do acidente no palácio, rogando-lhe que viesse depressa.

Tomadas as providências, Antonieta voltou ao leito do menino, à cabeceira do qual estava Raul, triste, desesperado. Com as mãos trêmulas, a jovem despiu Amadeu e lavou a ferida, de onde o sangue continuava a jorrar, para em seguida cobri-la com um pedaço de pano úmido. Mal ela acabava de fazê-lo, Rodolfo surgiu à porta do quarto, pálido e assustado.

- Deus do Céu! O que aconteceu? Não entendi nada em meio ao falatório dos criados - disse o conde, aproximando-se da esposa.

- Silêncio! - ela respondeu num sussurro, lançando um olhar em direção ao príncipe, que, com o rosto desfigurado e os olhos fechados, parecia insensível ao que se passava ao redor. - Vem comigo ao cômodo ao lado e eu te contarei.

- Pobre Raul! - murmurou o conde, enquanto seguia Antonieta.

Mas ao saber da confissão de Marta, Rodolfo cerrou os punhos.

- Continuarás a insistir em dizer, depois do que aconteceu, que um judeu não é sempre um canalha? Aquele traidor, ladrão de criança! Tu pagarás caro por tua infame vingança! Pobre Raul... Certamente eu teria feito o mesmo. Mas é terrível que o menino tenha se ferido por suas mãos. Amadeu não é sangue de seu sangue, mas, raios!, a gente se acostuma até com um cão... E ele acreditou por sete anos que esse menino fosse seu filho. Ah, é terrível!

A chegada do doutor Válter veio interromper a conversa do casal. Com algumas palavras, o antigo e fiel amigo foi informado da verdade e, profundamente emocionado, aproximou-se da vítima inocente.

Enquanto o velho médico examinava o ferimento, Rodolfo inclinou-se para Raul, sempre calado e insensível, e apertou-lhe fortemente a mão.

- Meu pobre amigo, meu irmão, tem coragem. Nem tudo está perdido.

O menino vive e poderá salvar-se, quem sabe? Mas tu não deves assistir ao curativo. Vamos comigo ver como está Valéria. Não podes abandoná-la num momento como este.

O príncipe deixou-se guiar maquinalmente pelo cunhado até os aposentos da esposa, mas ela permanecia desacordada; Raul atirou-se sobre um divã e, num súbito acesso de desespero, desfez-se em soluços convulsivos.

Rodolfo cuidava da irmã quando a camareira Elisa aproximou-se, o semblante desfigurado. Enquanto ajudava o conde, contou-lhe sobre Marta. A jovem tinha sido levada para um quarto, onde tivera uma crise nervosa, acompanhada de desmaio. Tendo voltado a si, solicitara a presença de um padre, pois sentia que estava morrendo. O criado Francisco tinha trazido o padre Martinho, que se encontrava naquele momento à cabeceira da enferma e lhe ouvia a confissão.

No aposento ao lado, a fisionomia do doutor Válter tornava-se mais sombria à medida que examinava o pequeno Amadeu; uma ruga profunda fincava-lhe o espaço entre as sobrancelhas.

- E então, doutor? - indagou Antonieta, que, ansiosa, o coração opresso, acompanhara cada movimento do médico. Ele balançou a cabeça.

- Na minha opinião, condessa, o ferimento é mortal, não posso lhe dar esperanças. Porém, não quero me pronunciar em definitivo sem antes ouvir o parecer de um cirurgião. Peço-lhe que mande alguém ao hotel o mais rápido possível buscar meu genro, o doutor Stócker, especialista em cirurgia.

Desfazendo-se em lágrimas, Antonieta tomou as providências necessárias. Depois, voltou junto ao leito onde o pequeno Amadeu estava deitado em total prostração; não fosse a respiração sibilante que a intervalos escapava de seus lábios empalidecidos, acreditar-se-ia que já estava morto.

- Pobre Amadeu! - murmurou a condessa, beijando a fronte úmida e a mãozinha inerte do menino. - Por que és *tu* que deves sofrer, tu, vítima inocente de erros alheios? - as lágrimas impediram-na de continuar.

- É o curso habitual das coisas, senhora - o médico disse, franzindo as grossas sobrancelhas. - Mas esperemos que desta vez o verdadeiro culpado não escape à merecida condenação, e que esse pai desnaturado tenha numa prisão tempo suficiente para refletir sobre sua ação hedionda.

- Ele bem o merece, e ainda assim lamento por ele - Antonieta disse. - Reconheço que Maier é um homem impulsivo, mas nunca foi mau. Só não consigo compreender o objetivo desse ato antinatural.

Instantes mais tarde o doutor Stócker chegava. Tendo examinado o menino, conferenciou com o sogro e vaticinou que o ferimento era de fato mortal, mas era indispensável extrair a bala da ferida aberta, para aliviar o sofrimento do desafortunado.

Com a energia que lhe era própria, Antonieta ofereceu-se para servir de assistente aos dois médicos durante a intervenção. Sem hesitar ela susteve o menino e ofereceu as ataduras; entretanto, Amadeu saiu de seu torpor; contorcendo-se e gemendo, fixou com o olhar assustado o rosto da tia, como que a perguntar-lhe, em muda aflição, o porquê de seus sofrimentos, e a coragem da jovem arrefeceu.

- Ele está morto! - ela gritou, lançando-se sobre Amadeu, que com os olhos fechados e os lábios entreabertos tombara sobre o travesseiro.

- Não, condessa, ele desmaiou, e provavelmente viverá até a noite. - disse o doutor Válter, conduzindo-a para longe do leito. - Por hora, o melhor que temos a fazer é deixá-lo repousar. O menino irá adormecer e isso aliviará os sofrimentos, abrandando seu fim. Ide descansar um pouco, senhora. Meu genro velará pelo ferido. Quanto a mim, irei ter com o príncipe e a princesa. Pobres criaturas, atingidas por tão terrível fatalidade!

Abatida de corpo e alma, Antonieta compreendeu que o melhor a fazer seria, de fato, repousar e recuperar as forças. Precisava estar forte para amparar seus familiares nas horas penosas que se aproximavam. Retornou ao gabinete de Raul, para descansar um pouco. Lá chegando, seu primeiro olhar recaiu imediatamente sobre a pistola, ainda jogada no chão. Apanhando-a com um arrepio de horror, escondeu-a numa cômoda.

- Não é preciso que Raul torne a ver essa maldita arma - ela murmurou consigo mesma, e se acomodou no divã, segurando com as duas mãos a cabeça pesada, ardendo.

A entrada de Rodolfo arrancou-a de seu cochilo. Pálido e desfigurado, o marido sentou-se ao lado dela, desabotoou o casaco do uniforme e livrou-se da gravata.

- O que tens? Aconteceu alguma coisa a Valéria? - quis saber, ansiosa.

- Não. Valéria voltou a si e a primeira palavra que pronunciou foi "Raul". Depois perguntou ansiosa por Amadeu. Deixei-a nos braços de seu marido, e ambos estão sob os cuidados do doutor Válter. Mas essa maldita história me revira a cabeça. A morte de Amadeu é uma verdadeira fatalidade. Ela privará Raul de seu equilíbrio e energia, no entanto temos que apresentar uma acusação formal contra Maier o quanto antes, e prendê-lo. É preciso reunir as testemunhas desse crime inominável. Ah, eis o padre Martinho de Rothey! Bom dia, reverendo. Vinde participar de nossa conversa; segundo me disseram, acabais de ouvir a confissão da miserável ladra, então serei poupado de vos informar sobre o terrível, o inconcebível atentado de que o príncipe e a esposa foram vítimas.

O velho padre deixou-se cair pesadamente sobre uma poltrona e enxugou, trêmulo, a fronte úmida. Jamais poderia ter previsto tão desastroso desfecho, e sentia o coração oprimido ao pensar no que aguardava Hugo, a quem muito se afeiçoara. Era evidente que a família, ultrajada e com raiva, iria persegui-lo ferozmente. Contudo, o padre queria tentar acalmar aquela tempestade e convencer todos os que nela estavam envolvidos a silenciar acerca do escândalo.

– Acabo de deixar uma morta. Marta expirou e prestará contas de seu crime – disse lentamente o clérigo. – Tendes razão, conde, estou ciente de tudo o que se passou e vim ouvir vossas resoluções. O príncipe e a esposa estão evidentemente impossibilitados de pensar em outra coisa que não na criança em seu leito de morte. Mas vós, parentes mais próximos e chefes da casa de M., o que pretendeis fazer? Pensais em reclamar a criança raptada?

– É claro que vou reclamá-la. Pensais que se possa deixar sem punição crime tão monstruoso? Esta tarde mesmo cuidarei de apresentar queixa e mandar prender Maier. Mal posso esperar pelo momento em que esse judeu insolente seja trancado numa casa de correção, depenado e degradado! Seus cúmplices acabaram por se libertar pela morte. Ele, entretanto, há de pagar por todos. Além disso, há testemunhas do crime. Vós sois a primeira, padre, pois ouvistes a confissão de Marta.

O padre Martinho meneou a cabeça.

– Vosso ódio e vosso violento desejo de vingança mal permitem que se reconheça em vós um cristão, meu filho, e devo dizer-vos que contais indevidamente com meu testemunho. Em primeiro lugar, Marta quase nada pôde dizer. Estava tão fraca que expirou nem bem recebera os sacramentos. Além disso, não foi por ela que eu tomei conhecimento da troca das crianças. O próprio culpado, Maier, tudo me confessou antes de receber o batismo. No entanto, sabeis que semelhante confissão me impõe absoluto sigilo e que não há lei que me possa obrigar a declarar em justiça o que me foi confiado sob o sagrado selo da confissão.

O conde pôs-se em pé; seus olhos chamejavam.

- Estais dizendo que soubestes de tudo há tempos e que vos calastes sobre tamanho sacrilégio? O miserável teve a ousadia de vos confessar seu crime hediondo e vós suportastes tamanha iniquidade? Admira-me que vós, um padre cristão, recusei-vos a depor contra um judeu! Bem, isso pouco importa, pois nada me impedirá de acusar o infame. Minha esposa também é testemunha e outras se acharão!

- Controlai-vos, meu filho, e não esqueçais de que sou um ministro de Deus, Que disse: "A vingança a mim pertence" - lembrou o ancião, endireitando-se majestosamente. - Não cabe a vós me ensinar meus deveres clericais; pregando a vingança é que eu estaria falindo em minha tarefa. Estais furioso, conde, e incapaz de vos conformar com os preceitos do Cristo, mas escutai o conselho de um amigo imparcial: recuperai vosso equilíbrio antes de tomar uma decisão dessa magnitude, pesai bem as consequências. Ao perseguir o banqueiro, desembainhais uma espada de dois gumes; não esqueçais que é também vosso próprio passado que estará sendo desvendado nesse processo escandaloso. Vossos assuntos íntimos, vossas dificuldades financeiras, o humilhante compromisso com Maier, tudo se haverá de desenrolar diante do povo curioso e ávido da Europa. Vosso nome e o de Raul, a memória de vosso pai, assim como a honra de Valéria não poderão sair incólumes. Haveis de lamentar vossa precipitação rancorosa quando, diante do tribunal, fordes forçado a remexer toda essa lama e reavivar antigos embaraços esquecidos, tendo que admitir diante da face do mundo: "Consenti, de fato, em vender minha irmã a um judeu, para escapar às consequências de minhas loucuras e de meu pai, e para poder desposar a mulher que eu amava!". Sim, meu filho, pois foi com vosso consentimento e de vosso finado pai que Valéria se tornou noiva de Maier.

Diante de tais palavras, ditas com calma e sinceridade, Rodolfo empalideceu e tornou a sentar-se, a fronte salpicada de suor. Seu bom-senso lhe dizia que o padre tinha razão, e que sua iminente ruína no passado, o amor de Valéria pelo judeu e muitas outras circunstâncias não deveriam ser trazidas a público. Além disso, Maier haveria de lançar muito lodo sobre o brasão dos M., ao desvendar as motivações do crime. O padre Martinho, atento às transformações na fisionomia do conde, suspirou aliviado.

- Percebo com alegria, meu filho, que recuperastes a calma - disse, apertando a mão do jovem conde. - Permiti, pois, que eu desenvolva ainda outro aspecto da questão. Não sois apenas vítimas. A morte do menino agravará muito a situação do príncipe. O que agora não passa de fatalidade e desperta a compaixão de todos com relação ao pobre pai, passará a ser considerado homicídio no momento em que a verdade vier à tona. Por pior que tenha sido o crime de Maier, ele poderá restituir o filho legítimo de Raul são e salvo. A *ele*, vós só podereis devolver um cadáver, vós...

A chegada do doutor Válter fez com que o padre se calasse.

- Prossegui, reverendo - pediu Rodolfo, impaciente. - Quanto a vós, meu caro Válter, dizei-me se é possível calar ante um crime como o que Maier cometeu.

Padre Martinho recapitulou sucintamente tudo quanto acabara de dizer, terminando por acentuar que, em sua opinião, um processo seria um escândalo indelével para aquelas duas nobres famílias.

Depois de ouvi-lo com prudência, o médico deixou-se mergulhar um instante em seus próprios pensamentos. Em seguida, voltando-se para Rodolfo, disse com gravidade:

- Senhor conde, por mais revoltante que seja a ideia de ver o criminoso escapar à justiça humana, vejo-me forçado a concordar com o que diz o reverendo - admitiu o doutor Válter com voz pausada. - Os fatos dessa história estão de tal modo emaranhados, que a honra das duas grandes casas e a memória de vosso falecido pai só poderão sofrer com a divulgação desse acontecimento. Será que vale a pena correr o risco? Além disso, o príncipe tem um segundo filho. Ele e a esposa são jovens e poderão ter numerosa prole. O caso da falta de um sucessor está fora de questão. Quanto ao menino raptado, é barão de Válden, milionário e nada estará perdendo senão o título de príncipe. Além disso, o menino não representa nenhum papel no coração de seus pais, que jamais sequer o viram.

Pálida e trêmula, Antonieta tinha ouvido essa conversa sem se intrometer. Ela acompanhava com olhar ansioso os movimentos do marido, que caminhava de lá para cá no gabinete, com os olhos a lançar chispas. De repente, parou.

- Há ainda um detalhe que penso haverdes ignorado, senhores - observou Rodolfo. - Admitindo que eu ceda às razões apontadas por vós, podeis acreditar que Raul consinta em sacrificar seu filho, seu primogênito, abandonando-o nas mãos desse homem perverso, que só o roubou para vingar nele as ofensas praticadas por outrem?

– Não, não! – Antonieta e o padre Martinho gritaram em uníssono, e este último acrescentou, energicamente:

– Dou-vos minha palavra de honra de que Egon é feliz e vive cercado de amor e cuidados. Ele ama Hugo Maier tão ardentemente quanto um filho pode amar um pai sempre bom e indulgente. Peço-vos que me permitais também protestar quanto à alegação de que o banqueiro é um homem perverso. Ele se deixou levar por suas próprias paixões a um crime que deplora amargamente e busca reparar. Não sei se sabeis que Raul seduziu a mulher de Maier e teve com ela uma filha, fruto dessa ligação. Pois bem: o banqueiro acolheu de volta essa mulher, a quem havia de início repudiado. Ele a perdoou e adotou sua filha, a quem cria como se fosse sua. Somente uma natureza generosa pode agir assim!

Enquanto tão grave debate se desenrolava no gabinete do príncipe, Valéria e Raul velavam à cabeceira de Amadeu. Reanimada de seu longo período de desfalecimento, a princesa havia chamado pelo marido, em cujos braços se lançara. A visão do tenebroso desespero de Raul a deixara mais transtornada. Jamais os corações dos jovens esposos estiveram tão unidos, tão próximos quanto naquele momento de provação e luto.

– Como poderei viver com o remorso de haver ceifado a vida de um inocente, em consequência de minha cólera insana? – indagava o príncipe.

– Meu amor, Deus vê e ouve tua dor e teus lamentos. Ele sabe que não pretendias fazer o que fizeste – respondeu Valéria, apertando-o contra si. – Agora fiquemos ao lado de Amadeu, pois cada instante que passamos longe dele me parece um crime.

Com o coração oprimido, ambos colocaram-se à cabeceira do menino, que, com os olhos semicerrados e a respiração difícil, jazia sobre os travesseiros, numa espécie de letargia. Inclinados sobre ele, Raul e Valéria acompanhavam ansiosamente cada suspiro, cada movimento da criança, cujo rosto contraído pelo sofrimento já refletia os sinais da morte.

Nenhum dos dois sequer lembrava da descoberta de que Amadeu era um estranho para eles, o filho do homem que havia causado todo esse mal. Tampouco se ocupavam do fato de que seu descendente legítimo estava são e salvo. Todo o amor de que eram capazes e todos os seus pensamentos se concentravam nesse pequeno estranho que, há seis anos e meio, eles criavam como a um filho de verdade, que acabava de ser ferido pela mão daquele que só tivera carinhos para ele. Aquelas longas horas de desesperada vigília lhes provaram que os cuidados e a afeição recíproca é que forjam laços tão fortes, senão maiores do que os de sangue.

Cerca de sete horas mais tarde, Amadeu pareceu despertar.

- Papai! - ele balbuciou, fitando o príncipe com o olhar cheio de sofrimento e inquietude.

Aquele olhar e aquele apelo feriram o coração de Raul como um punhal afiado.

- Estou aqui, meu filho querido - o príncipe murmurou, inclinando-se para Amadeu, e duas pesadas lágrimas caíram sobre o rosto do pequeno.

- Choras, papai? - indagou o menino, ansioso. - Não chores! Tu não fizeste de propósito - ele acrescentou, acariciando com a mãozinha o rosto de Raul. - Tu não sabias que eu ia entrar sem bater, apesar de tua proibição. Mas eu queria ver-te, porque José me havia dito que tinhas chegado e que mamãe e titia estavam contigo.

Incapaz de pronunciar palavra, o príncipe beijou o rosto do menino.

- Tu também, mamãe, não chores - prosseguiu Amadeu, estendendo a outra mão para Valéria. - Isto não me fez tão mal assim, e quando eu sarar, não tornarei a desobedecer.

Abafando os soluços, a jovem mãe abraçou o garoto.

- Sim, meu filho querido, tu hás de sarar e seremos ainda muito felizes. Mas como tu estás quente! Não tens sede?

- Sim, dá-me algo bem gelado para beber.

Depois de tomar alguns goles de água, o menino tornou a cair em seu torpor, mas esse repouso foi curto.

- Papai, papai! Estou sufocando - ele gemeu, agitando-se.

Raul abriu depressa as pesadas cortinas e descerrou as janelas. O ar puro entrou numa lufada, e os raios do sol poente inundaram o recinto.

- Leva-me para perto da janela - pediu Amadeu, estendendo os braços ao pai. - Quero respirar mais esse ar e olhar o jardim.

Com a ajuda de Valéria, Raul ergueu o pequeno ferido, que apoiava a cabeça cacheada contra seu ombro, e levou-o para junto da janela. Por um instante, Amadeu contemplou a paisagem com olhar fatigado. Subitamente, porém, retesou o corpo e, com olhos arregalados de pavor, agarrou-se às vestes do pai.

- Mamãe! Papai! Ajudai-me, estou com medo! Ah, tudo está ficando escuro - disse com voz que se extinguia.

Uma convulsão repentina agitou seu corpo, sua cabeça tornou a cair, os olhos se fecharam e a pequena mão se afrouxou. Tudo estava acabado.

Cambaleando, como que embriagado, Raul depôs o corpo num divã, junto ao qual Valéria caiu de joelhos, aos prantos.

- O médico! - chamou o príncipe com voz rouca; mal ele dera alguns passos em direção à campainha, tudo escureceu diante de seus olhos e ele caiu sem sentidos sobre o tapete.

Duas horas mais tarde, vamos encontrar todos os membros da família (exceto Valéria, a quem o doutor Válter reconduzira a seus aposentos), reunidos no cômodo onde o corpo era velado. Sentado numa poltrona, Raul tinha o rosto pálido qual máscara de cera e sua expressão revelava triste abatimento.

- Então estás definitivamente decidido a não abrir um processo contra Maier, e não reclamar teu filho!? - indagou Rodolfo, que fitava com expressão de pesar e compaixão as feições alteradas do cunhado.

- Minha decisão é irrevogável por muitas razões. O primeiro deles é que jamais arrastarei o nome de minha inocente esposa até os tribunais. Em segundo lugar, jamais tolerarei que a sociedade escave com brutal curiosidade cada recôndito de seu coração. Além disso, tua honra e a de teu finado pai devem ser preservadas. Mas acima de todas essas causas, repugna-me a ideia de fazer desse pequeno cadáver, ainda morno, objeto de um processo escandaloso. Pobre Amadeu! Pagou com a vida o pouco tempo em que usurpou, sem saber, nossa afeição e nosso nome... Não teria coragem de renegar agora a criança que no momento de sua agonia me chamou de pai, e que em seu amor infantil teve comigo esta sublime palavra de perdão: "Papai, tu não fizeste de propósito!". Apenas com aquele indigno pai que repeliu sua própria carne eu terei uma explicação, para perguntar a finalidade de sua odiosa ação e lhe mostrar os resultados. Padre Martinho, escrevei-lhe agora mesmo, eu vos peço, e chamai-o para vir aqui imediatamente, sem mencionar os motivos desse apelo.

- Muito bem, meu filho, escreverei ao banqueiro. Mas permiti que eu vos lembre que sua vinda num dia como este excitará um justo espanto. Eu o instruirei para que entre pela pequena porta do jardim, onde aguardarei sua chegada.

O lacônico bilhete assinado pelo padre de Rothey despertou um mau pressentimento e uma silenciosa apreensão no coração de Hugo. Qual seria a razão de tão estranho convite para que comparecesse ao palácio de O. àquela hora do dia, e pela porta escondida? Apenas há meia hora regressara de sua propriedade de Rudenhof e nada ouvira acerca dos acontecimentos na residência do príncipe.

Apanhando seu chapéu e sua capa, ele seguiu a pé para o palácio de O. Assim que chegou à pequena porta que dava acesso aos jardins do palácio, recostou-se contra a parede e enxugou sua fronte molhada de suor. Dolorosas recordações o assaltavam, pois fora por ali que ele passara no dia nefasto da troca das crianças, e cada detalhe de sua ação criminosa voltava-lhe agora à mente com angustiante clareza.

A porta não estava trancada e, cedendo a um impulso, Hugo girou a maçaneta e a abriu. Pôs-se a caminhar a passos hesitantes pela alameda sombria, que parecia estar deserta. Um homem surgiu de repente, vindo de um dos caramanchões, e com espanto Hugo reconheceu Rodolfo.

- Acompanhai-me, senhor - disse o conde em tom lacônico, e sem esperar resposta caminhou em direção à casa. Hugo acompanhou-o em silêncio. Não tinha mais dúvida de que uma terrível expiação se aproximava.

Nenhuma palavra foi dita enquanto os dois homens contornavam o palácio, subiam a escadaria e atravessavam uma sucessão de aposentos desertos e parcamente iluminados. Finalmente Rodolfo parou diante de uma porta, que abriu, fazendo ao visitante um sinal com a mão para que entrasse.

O banqueiro avançou, pálido e agitado, observando o cômodo com olhar inquieto: era um aposento vasto, ao fundo do qual se erguia um leito com dossel. Dois candelabros em ramos, carregados de velas, estavam colocados numa mesa ao lado da cama, iluminando um grande crucifixo de prata e uma forma alongada estendida sobre o leito e coberta por um lençol. À cabeceira estava Raul, de pé, tendo atrás de si o padre de Rothey e também Rodolfo, que acabava de se aproximar.

O banqueiro deu alguns passos em direção ao príncipe e parou. Os dois se olharam com indefinível expressão, ambos respirando com dificuldade. Então Raul se inclinou, ergueu o lençol e disse, apontando o cadáver de Amadeu:

- Vede vosso filho e dizei-me se estais satisfeito com o resultado de vossa vingança insana?

Com olhos saltando fora da órbita, Hugo se inclinou e, apavorado, contemplou o menino, cuja camisa entreaberta descobria-lhe o peito ferido.

Indescritível sentimento de horror apoderou-se dele, e um arrepio glacial percorreu-lhe o corpo: o pequeno rosto lívido de seu filho renegado era o reflexo do seu. Aquelas pálpebras cerradas, de cílios longos e escuros, não tornariam a abrir-se para contemplá-lo com recriminação? Aquela mão inerte não se ergueria contra ele, para repeli-lo ou maldizê-lo? Sentiu a cabeça turvar, e o sangue lhe zumbiu nos ouvidos, obscurecendo-lhe a visão. Com um gemido surdo, caiu de joelhos junto ao leito e sua cabeça recaiu pesadamente sobre a mão gelada do menino.

Com um estranho sentimento de horror e piedade, Raul contemplou o criminoso abatido junto de sua vítima inocente: acabava de reconhecer em sua fisionomia um inferno de remorso, e mais uma vez se convenceu de que a mão implacável da Justiça Divina sabe atingir o mais orgulhoso pecador e, no momento certo, abatê-lo como um carvalho sobre o pó.

"Não faças aos outros o que não desejas que os outros te façam", dizia o grande missionário que conhecia tão bem o coração humano, encerrando nessas palavras simples todo o programa da Justiça Celeste. Nesse momento, Raul lembrou-se de sua entrevista com Maier diante do busto de Allan Kardec. Ele compreendeu então as palavras que o banqueiro lhe dissera na ocasião. Não seria aquele o momento de provar que o trabalho do grande filósofo não tinha sido em vão e que ao menos dois de seus discípulos eram capazes de dominar suas paixões e proceder de acordo com a doutrina?

- "Fora da caridade não há salvação" - essa máxima escapou-lhe quase involuntariamente dos lábios.

Talvez as palavras tivessem chegado aos ouvidos do banqueiro, ou quem sabe a energia de ferro que era a essência de seu caráter já o tivesse feito superar a tempestade moral que o apanhara tão inesperadamente? O fato é que Hugo colocou-se em pé e, passando as mãos pela espessa cabeleira, com os olhos faiscando, deu dois passos na direção de Raul, a quem se dirigiu com voz emocionada, porém, firme:

- Não sou merecedor de vossa caridade, nem a desejo, príncipe. Prefiro a prisão e a desonra à vossa generosidade mesclada de desprezo. Além disso, não me iludo com essa generosidade para com o judeu odiado; não é ela que agora sela vossa boca, mas o temor à exposição pública, a vergonha de revelar a uma sociedade inclemente as misérias e loucuras de uma família aristocrática.

"Entregai-me à justiça dos homens ou eu mesmo o farei, e irei me submeter humildemente à punição pelo meu crime, pois a convicção de que existe uma vida além do túmulo me impede de pôr fim, com um tiro de pistola, à minha existência faltosa e destruída. Chamastes meu ato de vingança insana e incompreensível; eu devo a *vós*, o instigador do meu crime, uma explicação.

"Todo ser humano sofre ao ser ofendido sem merecer. Pois bem: naquela fatídica hora em que, após me haver insultado, recusastes uma satisfação por obedecer a um preconceito de raça, dando a entender que um judeu é um ser que sequer tem honra a defender, eu jurei que me vingaria.

"Até então, eu nada havia reclamado de vós, muito embora me tivésseis tirado tudo: a felicidade, a mulher adorada, a quem comprastes, assim como eu, aceitando saldar as dívidas dos condes de M. A única diferença é que, para ganhar a irmã e a filha desses dois perdulários, vós possuíeis sob o ouro um título de príncipe para lançar à balança. Ao orgulho de raça e ao desprezo que me lançastes em face eu quis responder com uma realidade que dilacerasse vosso coração e zombasse de vosso orgulho. Roubei vosso filho para fazer dele um verdadeiro judeu usurário, sórdido, ganancioso e sem fé. Eu iria devolvê-lo a vós com o tempo e dizer: 'Como podeis ver, tudo quanto desprezastes no judeu de nascença, eis aqui inculcado e desenvolvido *em vosso próprio filho*, o príncipe corrompido cujo sangue ilustre não o livrou das consequências da educação e das circunstâncias'. Depois disso, eu queria... – ele riu ironicamente – mas o que são os desejos de um homem diante da sentença do destino? Passo a passo, esse sonho de vingança se desfez em minhas mãos, nada me deixando senão remorsos. Fui abatido pela sorte, estou resignado e pronto a pagar minha dívida com a punição humana.

"Mas, posta a minha parte, sou eu que agora pergunto: o que significa esse cadáver, essa ferida sangrando? Que fizestes de meu filho? Do vosso, eu tenho amado e cuidado. Ele é belo, floresce e podeis tê-lo de volta. *A mim*, podíeis acusar e castigar, mas contra esta jovem vida não tínheis o direito de atentar. Quem sabe decidistes conceder a ele a satisfação que recusastes a seu pai, pois seria uma grande honra para uma criança judia morrer por uma mão principesca, que não mata senão seus iguais!"

Hugo calou-se, sufocado pela emoção. Raul tinha escutado a tudo com uma mistura de horror e espanto. Àquelas últimas palavras, um forte rubor lhe subira ao rosto pálido e seus lábios já se abriam para dar uma violenta resposta quando seu olhar recaiu por acaso sobre Amadeu. Sua ira baixou imediatamente; passando a mão pela fronte, ele respondeu com calma:

- Deploro com todo meu ser as consequências nefastas da cólera, para me deixar arrastar outra vez por elas. E vós também, senhor Maier, peço que pareis! Nem vós mesmo acreditais no que dissestes; sabeis que jamais eu teria levantado a mão para uma criança que eu amava como minha. A bala que disparei era destinada a Marta, vossa miserável cúmplice, que acabava de revelar a verdade. Um trágico acaso fez com que o pequeno surgisse à porta no exato momento do disparo. Amadeu morreu em meus braços, sua última palavra foi "pai", e saber que ele morreu por minha mão dilacera meu coração como mil flagelos!

"O orgulho e o preconceito de raça de que me acusais, eu os domei e os esqueço junto deste leito de morte. O que restou foi minha afeição por esse menino, a quem desde o nascimento considerei meu filho. A repugnância de lhe retirar o nome e os direitos que nosso coração a ele concederam, seu corpo ainda morno, pesou tanto em minha decisão quanto as razões mundanas.

"Quanto a vós, não ireis denunciar a vós mesmo, porque não tendes o direito de sujar a memória do pai da mulher a quem um dia amastes. Vossa vingança quase lhe destruiu a honra e a vida, pois, percebendo o quanto Amadeu se parecia convosco, acreditei que Valéria me houvesse traído. Não fosse pelas súplicas de minha mãe agonizante, a inocente teria sido exposta a um divórcio escandaloso. Se for vosso propósito expiar a culpa que pesa sobre vós, podereis fazê-lo muito melhor no mundo do que numa prisão. Dedicai vossa vida ao menino, dai a ele todo o amor de que lhe privastes tirando-o de seus pais; fazei do príncipe de O., como barão de Válden, um homem de bem, um homem de honra, um homem de coração; fazei dele um ser caridoso e útil, e tereis pagado vossa dívida conosco e com a Justiça Celeste."

- Deus vos inspirou essas palavras de paz e conciliação, meu filho - disse o padre Martinho com emoção. - Ambos acabais de experimentar a que terríveis excessos as paixões não dominadas são capazes de arrastar. Sabeis o imenso sofrimento que infligistes, ambos, à mulher amada. Meus filhos, aproveitai este momento solene para colocar um ponto final a vossas contendas. Sobre essa vítima inocente de vossos arrebatamentos culposos, dai-vos as mãos e perdoai-vos um ao outro com sinceridade de coração.

Sem esperar uma resposta, tomou as mãos dos dois homens e as uniu por um instante sobre o peito gelado do morto; nem um nem outro resistiu; ambos estavam fatigados de tanto ódio e aspiravam à paz. Raul inclinou-se sobre Amadeu e beijou sua fronte, e em seguida deu lugar a Hugo, que com o coração apertado colou os lábios àquela pequena boca empalidecida; era a primeira e a última carícia que dava ao seu filho. Outrora ele o trocara sem qualquer pesar, sem a bênção paterna, e agora tornava a vê-lo morto.

Passados alguns instantes, o banqueiro ergueu-se e caminhou até Raul, que conversava em voz baixa com Rodolfo e a esposa.

- Príncipe, reconheço vossa generosidade e vos agradeço - ele declarou com emoção. - Quanto a vós, conde, perdoai-me se em algum momento de irritação disse algo que vos pudesse ofender.

Rodolfo inclinou-se em silêncio, mas Antonieta estendeu-lhe as duas mãos:

- E agora, peço-vos que permitam me retirar, pelo jardim. Estou bastante transtornado e não gostaria de cruzar com algum de vossos criados.

- Vinde comigo, filho - propôs padre Martinho, solícito. - Eu vos levarei.

O padre conduziu seu companheiro por um labirinto de aposentos e escadas escondidas até o escritório de Raul, que se situava, como se sabe, no pavimento térreo, com saída para o jardim. Silencioso e imerso em pensamentos, o banqueiro contornou o palácio, chegando ao conhecido terraço, para o qual se podia descer do quarto de Valéria através de uma escada em espiral; ao pé daquela escada trocara seu filho pelo principezinho, que Marta levara até ele.

- Sou-lhe muito grato, padre Martinho. Daqui por diante, já conheço o caminho - disse Hugo, despedindo-se do religioso.

- Não há o que errar, meu filho. Depois que passar pela estátua, tomai a alameda à direita, que vos levará diretamente à porta privativa.

Lentamente, com o coração oprimido, Hugo se aproximou do terraço cheio de lembranças. Subitamente ele recuou: à luz do luar, acabara de perceber um vulto de mulher apoiado sobre a balaustrada, a cabeça entre as mãos; seus longos cabelos loiros espalhavam-se sobre um roupão branco, e uma compressa cobria-lhe a fronte.

- Valéria! - exclamou quase involuntariamente.

A jovem ergueu-se num sobressalto, ao deparar-se com o antigo noivo, e deixou escapar um grito:

- Vós, aqui? Que imprudência! Se Raul vos vir...

- Tranquilizai-vos, senhora. Acabo de deixar o príncipe e não somos mais inimigos. Apertamos a mão um do outro diante do cadáver da pobre criança. Vosso marido vos contará tudo. Porém, já que o acaso me pôs diante de vós... - ele se aproximou, e seu olhar intenso mergulhou ansiosamente nos olhos da princesa: - Valéria, dizei-me se sereis capaz de perdoar todo mal que vos causei com meu ódio cego, se não me evitareis com desprezo e horror.

Valéria levantou seus belos olhos azuis para o rosto abatido e perturbado do banqueiro; o pesar e a compaixão comprimiam seu coração.

- Que Deus vos perdoe, como eu o faço do fundo do coração - Valéria disse, estendendo-lhe a mão. - Se Raul foi capaz de encontrar a sublime força do perdão e fazer as pazes convosco, que poderia dizer eu, a culpada, cuja fraqueza e falta de fé acabaram por vos impelir ao erro? Tenha a certeza de que pedirei a Deus todos os dias que vos conceda, enfim, a paz e a felicidade, e que me livre do remorso de vos ter feito infeliz e solitário na vida.

- Obrigado, Valéria - Hugo murmurou, apertando contra os lábios a mão da jovem. - Se um dia me for permitido pagar com a vida para que sejais feliz, criatura generosa, não hesitarei um instante em fazê-lo.

Hugo se virou de modo brusco e, febrilmente agitado, lançou-se na alameda que conduzia à pequena porta. Ele não sabia que o destino lhe reservaria a oportunidade de cumprir sua promessa.

Não menos agitada, Valéria tornou a debruçar-se contra a balaustrada: a lembrança de Hugo a perseguia. Parecia ter ainda diante dos olhos seu rosto pálido, seus olhos sombrios e ardentes e ouvir-lhe a voz, que parecia falar-lhe sempre em segredo e que tinha o dom de fazer vibrar cada fibra de seu coração. Tinha certeza de seu amor por Raul e, no entanto, a simples menção do nome do banqueiro lhe causava uma indescritível angústia.

- Deus de misericórdia, quando terei paz em minha alma? - Valéria indagou num murmúrio. - Quando poderei gozar de um amor liberto desses dolorosos sentimentos?

Fechando os olhos, ela recostou a cabeça contra um lindo vaso de mármore que adornava a balaustrada. Tão absorta estava em seus pensamentos que sequer ouviu o rumor dos passos do marido, que descia a escada em espiral, nem o tinir das esporas contra o piso do terraço. Somente se deu conta da presença de Raul quando este a abraçou; ela ergueu a cabeça, sobressaltada:

- És tu, Raul? Como estás pálido, meu querido! Precisas tranquilizar-te, eu te suplico; deves ficar bem, por mim e por nosso filho. És inocente da desgraça que nos atinge. Quem poderia condenar-te a cólera legítima naquele momento?...

- Minha consciência me grita que, involuntariamente ou não, sujei minhas mãos com um assassinato - respondeu o príncipe.

- Não, Deus julga a intenção, Ele vê que sempre foste o mais amoroso dos pais para Amadeu, a despeito daquela estranha semelhança, e dessa terrível desgraça a Providência fez resultar algum bem: estou plenamente absolvida, nenhuma sombra poderá obscurecer tua fé em minha fidelidade, e um futuro nos aguarda, um futuro de paz e de amor!

- Minha Valéria! O remorso de minha injusta acusação contra ti me inspirou a indulgência com Maier: ele foi terrivelmente punido, e nos reconciliamos. Tu também deves procurar perdoá-lo.

- Eu já o perdoei, Raul. Eu acabo de ver o banqueiro, que passou por aqui: ele se aproximou e me pediu perdão, e eu o concedi: podia-se ler o remorso em seu semblante. Ele me disse que tu e ele fizeram as pazes, mas que tu me darias os detalhes desse encontro.

O príncipe contou brevemente o que se havia passado e suas decisões.

- O que dizes Raul? - ela exclamou. - Renuncias ao nosso filho legítimo? Ele permanecerá na casa de Maier e jamais saberá o que somos dele?

- Somos obrigados a agir assim, minha querida, se pretendemos proteger a honra de teu pai e de Rodolfo. Para que pudéssemos reivindicar Egon e reconhecê-lo oficialmente como filho, seria preciso abrir um processo que traria um escândalo sobre nós e destruiria Maier. Queres mesmo isso? Por mais criminoso que seja o banqueiro, ele já não foi cruelmente punido, não tendo mais ninguém para amar e educar senão os filhos de seu rival? Todos dizem que Egon ama com todo o coração o homem que acredita ser seu pai; ele nunca nos viu, não somos ninguém para ele. Vamos levar a perturbação a esse coração infantil? Ele é jovem demais para compreender os motivos de todos esses acontecimentos, por outro lado é muito bem-educado para sofrer as consequências sem refletir nelas. Ele ficaria feliz com esta súbita mudança? Ele não adoeceria longe daquele homem a quem chama de pai? Questões muito sérias e difíceis de resolver. Acredita em mim, curvemo-nos ante a decisão do destino e busquemos a felicidade junto ao nosso Raul, filho do nosso amor.

Valéria permaneceu calada e, com a cabeça apertada contra o peito do marido, chorou a dor desse último sacrifício imposto a seu coração pela honra de seu nome.

O trágico acontecimento que atingira a família de O. repercutiu em toda Budapeste. Ninguém suspeitava da terrível verdade, e se lamentava sinceramente a sorte do infeliz pai, transformado por uma fatalidade em assassino de seu próprio filho. Todos aqueles que na cidade tinham direito a alguma notoriedade compareceram ao palácio apresentar suas condolências e se juntar ao cortejo fúnebre, que conduziria os despojos do príncipe Amadeu de O. ao mausoléu da família.

Uma multidão compacta enchia as ruas, e todos os olhares se voltavam com compaixão para o jovem pai, que caminhava atrás do esquife do filho, pálido qual cadáver, e para sua bela esposa, que se apoiava em seu braço, abatida e exausta de tanto chorar...

Numa sala do hotel do barão de Válden, um homem desfigurado e inquieto conservava-se junto a uma janela com as cortinas baixadas. Seu olhar febril vagava pela rua, cheia de curiosos. Um tremor nervoso sacudiu o corpo de Hugo Maier ao ouvir o samodiar dos clérigos, indicando a aproximação do cortejo. Ele se segurou às cortinas de veludo e fitou o pequeno esquife de seu filho renegado, como que afogado sob as flores. Não notara que a aia dos pequenos, ansiosa por ver o funeral daquela gente nobre e o desfile da aristocracia de Budapeste, levara Egon e Violeta consigo para uma das sacadas. De pé sobre duas cadeiras, as crianças observavam a multidão com curiosidade, tagarelando com a aia e lhe fazendo mil perguntas.

Teria sido mero acaso ou uma lembrança do passado que fizeram Valéria erguer a cabeça ao passar pela residência do banqueiro? Mas seu olhar, que vagava pelas muitas janelas, logo parou nas duas cabeças loiras reunidas numa sacada.

- Raul - murmurou ela, apertando o braço do marido -, olha naquela sacada o nosso filho, tua imagem viva!

Erguendo os olhos, ele fitou tristemente aquele menino encantador, seu tesouro perdido, depois se virou, com um profundo suspiro.

Dívida paga

Dois meses haviam se passado desde a morte do pequeno Amadeu. Logo após o sepultamento do menino, Raul solicitara afastamento de seis meses da vida militar e fora estabelecer-se com a família na casa de campo do cunhado. Rodolfo e Antonieta o haviam praticamente intimado a transferir-se para lá, convencidos de que a presença e a amizade de ambos era indispensável aos seus infelizes familiares naqueles momentos cruéis.

O fato é que o abalo sofrido por Raul causara danos mais profundos do que se imaginara de início. Depois do fatídico acontecimento, uma inquietação silenciosa, um nervosismo febril se haviam apoderado dele. Nenhuma ocupação o cativava, ele permanecia imerso em devaneios e buscava a solidão.

Bastante preocupados, Valéria e Rodolfo faziam mil esforços para distraí-lo e arrancá-lo daquele estado doentio. Sabendo do interesse do príncipe por cavalos, Rodolfo estimulou-o a diversas compras e o incentivava a ele próprio amansar e treinar os animais, o que acabou por reconduzi-lo um pouco ao seu estado normal.

O banqueiro também se estabelecera em Rudenhof com as crianças, mas levava uma vida de tal modo retirada que não foi visto senão uma ou duas vezes; um cumprimento reservado de ambos os lados fora o único sinal de boa vizinhança.

Em uma bela manhã de julho, Raul fez atrelar dois dos cavalos adquiridos recentemente a uma carruagem e partiu para um passeio solitário, que apreciava muito. Queria testar ainda uma vez a vistosa parelha antes de dá-la de presente a Valéria.

O príncipe já se achava a uma boa distância de casa e se preparava para retornar quando um mendigo andrajoso saiu do fosso que margeava a estrada. O pobre infeliz era sem dúvida surdo-mudo, pois caminhou em direção ao veículo emitindo gritos desarticulados e balançando o chapéu. Os cavalos se assustaram com esse gesto e com sua camisa branca, que se agitava ao vento, e desviaram para o lado, lançando-se no campo numa velocidade espantosa.

Distraído como estava ultimamente e pego de surpresa, o príncipe deixou escapar uma das rédeas e não foi capaz de retomá-la. Ficou numa situação desesperadora: era sacudido por todos os lados e estava a ponto de ser arremessado fora do veículo, que seguia em desabalada carreira, ameaçando quebrar a qualquer instante. Os animais, não sentindo mais a mão de seu condutor (a segunda rédea também arrebentara), devoravam o caminho em direção do grande lago próximo de Rudenhof; o vasto lençol prateado já podia ser visto por entre as árvores; naquela direção, as margens eram muito escarpadas, e uma queda de tal altura era morte quase certa. Raul já estava decidido a saltar da carruagem se nada parasse os animais, não importando o risco de quebrar algum osso contra as pedras do caminho.

Aproveitando também do frescor da manhã, o banqueiro saíra para uma caminhada. Mergulhado em seus pensamentos, seguia por um atalho sombrio à margem do lago; tinha apreço por esses lugares e visitava com frequência a pequena ilha onde passara as melhores horas de sua vida.

Um forte ruído à distância, entremeado por gritos de terror, atraiu-lhe subitamente a atenção; ele se voltou e viu uma carruagem já semidestruída que dois cavalos espumantes arrastavam em direção ao lago; sobre o veículo, um homem de uniforme militar, em pé, evidentemente calculava o melhor momento para tentar um salto desesperado.

Hugo logo reconheceu o príncipe e lembrou-se de imediato da última conversa que tivera com Valéria. Não prometera garantir a felicidade dela ainda que à custa da sua vida? Agora seu marido corria um perigo mortal; o dever de Hugo não era tentar salvá-lo com o sacrifício de sua própria existência, que, afinal, vazia e sem objetivo, ele via como um fardo que carregava?

Sem pensar em mais nada, o banqueiro saltou sobre o caminho e atirou-se de encontro aos cavalos, usando o chapéu para tapar os olhos de um e agarrando-se às crinas do outro. Espantados com o inesperado obstáculo, os cavalos pararam, empinando o corpo para trás; um deles caiu, derrubando a carruagem, e o príncipe foi arremessado violentamente para fora do veículo, ficando estendido sobre o solo, desfalecido. Hugo foi atingido por uma das ferraduras do cavalo, e também caiu; ele ainda tentou levantar-se, mas se desequilibrou e rolou no fosso à margem do caminho.

Alguns camponeses que haviam acompanhado o acidente a certa distância correram para o local. Após desatrelar os cavalos, trataram de socorrer os feridos. Raul, o primeiro a recobrar a consciência, estava se sentindo mal e punha sangue pela boca; uma estranha emoção tomou conta dele ao reconhecer no homem que tentara salvá-lo seu antigo rival. Ordenou então aos camponeses levarem o banqueiro, que não dava sinal de vida, para casa, e pedirem em Rudenhof um veículo para ele próprio.

Pode-se imaginar o espanto de Valéria e Antonieta ao verem Raul ser retirado da carruagem, todo manchado de sangue e novamente sem sentidos. Criados foram enviados imediatamente a Budapeste para chamar Rodolfo e trazer médicos.

Após um exame criterioso, os profissionais da ciência declararam a Rodolfo que, se a suspeita de lesão interna se confirmasse, a vida do príncipe estaria seriamente comprometida. Arrasada e torturada por inúmeras aflições, Valéria velava noite e dia à cabeceira do marido; seu amor, seu devotamento pareciam ter atingido seu apogeu; às vezes, porém, seu pensamento se voltava para Hugo, que arriscara a vida para salvar sua felicidade e agora sofria só e abandonado. Ela sabia (pois Rodolfo cuidava de enviar diariamente um criado a Rudenhof para ter notícias do enfermo) que o banqueiro fora gravemente ferido, no ombro e na cabeça, e que, após passar quatorze horas desfalecido, apresentava febre alta e se encontrava entre a vida e a morte.

Raul aparentemente se restabelecia: ele pôde deixar o leito e andar, mas sentia que alguma parte interna tinha sido atingida; as dores nas costas e no peito aumentavam e ele voltara a pôr sangue pela boca, de tempos em tempos, e uma insônia persistente o deixava extenuado. Ele também se preocupava muito com o estado do banqueiro: "Sem seu socorro abnegado, eu não teria a felicidade de vos rever, meus amigos", repetia sempre.

Rodolfo foi diversas vezes a Rudenhof, mas o banqueiro, em seu delírio, não o reconhecera. Finalmente souberam pelo médico que ele recobrara a lucidez e que a sensível melhora em seu estado levava a crer que ficaria completamente curado. Na primeira visita que Rodolfo faria ao banqueiro,

Antonieta manifestou o desejo de acompanhá-lo para apresentar pessoalmente ao enfermo toda a gratidão da família.

Maier cochilava quando Rodolfo e a esposa entraram em seu dormitório, mas mesmo o leve ruído que Antonieta fizera ao se aproximar de seu leito bastou para ele abrir os olhos e fitar seus visitantes entre espantado e constrangido. Já se preparava para dar-lhes a entender friamente que não desejava a condescendência de orgulhosos aristocratas quando Antonieta segurou sua mão:

- Louvado seja Deus por vos ver fora de perigo! Estamos felizes em constatar que vosso generoso devotamento não trouxe consequências nefastas. Assim que soube de vossa melhora eu quis acompanhar Rodolfo para vos agradecer o imenso serviço que nos prestastes.

Havia tão genuína franqueza e real interesse no olhar e no tom da condessa, que Hugo se sentiu desarmado.

- Obrigado - respondeu ele, levando a mão de Antonieta aos lábios -, e vós também, conde, aceitai a minha gratidão; porém, atribuís muito mérito a uma muito pequena ação. Que tem a perder um inútil como eu, que em seu foro íntimo sabe ser um criminoso? Se eu não fosse espírita, há muito tempo teria posto fim a esta vida arruinada, vazia, sem objetivo. Perecer salvando outro ser humano, um homem útil, amado e cuja morte poria de luto toda uma família: este seria um suicídio agradável a Deus. Ele não o permitiu, mas mesmo assim fico feliz por ter preservado o príncipe para o amor de sua esposa e dos seus.

- Ah! Vossa ação generosa não nos poderá poupar de uma grande desgraça - anunciou Antonieta, com lágrimas nos olhos. - Segundo os médicos, ao cair, Raul sofreu uma lesão interna tão grave que mais dia menos dia deverá ter um desenlace fatal.

Um tênue rubor coloriu o rosto emagrecido do banqueiro.

- Mas isso é terrível! E como a pobre princesa está enfrentando essa fatalidade? - indagou, hesitante.

- Ela ainda não sabe nada - respondeu Rodolfo com um suspiro. - O próprio Raul ignora seu verdadeiro estado, mas creio que ele suspeita, pois vive pensativo e abatido. Pobre rapaz, tão jovem, tão feliz... e ter que morrer! É duro...

Hugo não tardou a entrar em convalescença. Sua natureza jovem e vigorosa vencera o mal e ele se recuperava a olhos vistos. Rodolfo continuava a visitar o banqueiro, e era comum passarem horas conversando. O conde observava com um estranho interesse, mesclado de curiosidade, a ternura sincera e profunda que unia Maier aos filhos do rival. As duas formosas crianças, retratos vivos de Raul, adoravam o pai, e depois que o convalescente passou a permanecer a maior parte do dia repousando no terraço, os pequenos não o deixavam, e o conde ficava admirado com a inesgotável paciência com que ele respondia às suas infindáveis perguntas, acompanhava suas brincadeiras e se prestava a cuidados e atenções por vezes bastante incômodos que os pequenos tiranos demandavam dele.

O próprio Rodolfo estava muito mudado. Nada restava nele do rapazinho perdulário e inconsequente de outros tempos. O jovem conde de M., agora um coronel, era um homem de trinta e três anos assentado na vida, bem colocado e pai de quatro filhos. A influência da vida em família, com uma esposa honesta, boa e liberal havia agido beneficamente sobre ele, levando-o a superar diversos defeitos e a descartar preconceitos que o jovem aristocrata de outrora considerava da maior importância.

Essa profunda mudança interior tornava Rodolfo apto a analisar o banqueiro com imparcialidade. Era tanto capaz de reconhecer seus defeitos como de admitir suas boas qualidades, a ponto de dizer-lhe com franqueza, certo dia:

- Devo reconhecer que cometi muitas injustiças para convosco, Válden, pois nunca é tarde para reconhecer nossos erros. Sois um ótimo rapaz, desde que vosso sangue oriental não vos pregue uma peça. E não há elogio o bastante para falar de vosso sacrifício em relação a Raul, assim como de vossa conduta para com essas crianças.

Hugo limitou-se a sorrir e meneou a cabeça.

O estado de saúde de Raul, ao contrário, piorava a cada dia. Os médicos reunidos decidiram que ele deveria ir a Nice passar o inverno.

- Escutai, senhores, dizei-me a verdade sobre minha condição - pediu o príncipe com firmeza. - Sou um homem, um soldado, e não tenho medo da morte. Por outro lado, tenho assuntos a resolver e providências a tomar. Dizei-me sem restrição, se considerais possível ou não minha cura.

- Alteza - começou, não sem hesitação, um velho médico -, já que exigis, devo dizer-vos que vosso estado é muito grave, e não podemos garantir que ficareis curado. Todavia, a natureza e os maravilhosos recursos da vossa idade, somados a um clima ameno e a cuidados adequados, já fizeram mais de um milagre.

A essa resposta, Raul sorrira com tristeza. Ficando a sós com Rodolfo, após a partida dos médicos ele dissera:

– É tempo de eu me preparar para uma viagem bem mais longa do que esta para Nice, meu irmão. Espero que me ajudes a tomar providências sem despertar a atenção de Valéria. Pobre mulher! Será inútil deixar que ela perca desde já a esperança. Diga também a Maier que eu lhe peço que venha visitar-me com as crianças. Gostaria de agradecê-lo e de abraçar Egon ao menos uma vez.

Com lágrimas nos olhos, Rodolfo lhe prometeu, mas se recusando a acreditar no sinistro pressentimento de Raul.

O dia da partida para Nice finalmente chegou. Triste e pensativo, o príncipe estava sentado no terraço. Aguardava a visita de Hugo e das crianças, que deveriam vir pela manhã. Raul estava emagrecido e bastante mudado. Uma palidez doentia cobria seu rosto, e seus grandes olhos negros tinham um fulgor febril.

Valéria ocupava-se ainda dos últimos preparativos para a viagem quando um veículo parou na entrada; o banqueiro descia com as crianças e era calorosamente recebido por Antonieta, que lhe pediu que passasse pelo terraço e reteve os pequenos, querendo propiciar aos dois homens uma conversa sem testemunhas.

Assim que avistou o banqueiro, que caminhava em sua direção, o príncipe levantou-se e estendeu-lhe a mão:

– Obrigado por seu abnegado sacrifício. Vejo com alegria que estais recuperado e que vossa nobre ação não teve consequências desastrosas.

– Não sou merecedor de agradecimentos, príncipe – disse Hugo com emoção. – Apenas paguei uma parcela da gratidão que devo ao homem que generosamente me livrou da desonra. Mas vejo com pesar que não fui capaz de poupá-lo de uma desagradável enfermidade.

– Da morte, seria mais acertado dizer – respondeu Raul com gravidade. – Mas isso não diminui o valor de vossa ação desinteressada. O homem só tem a vontade, mas é Deus quem dispõe de nossos destinos!

– Qual a razão de tão sinistros pensamentos, príncipe? Vós haveis de vos restabelecer, tenho certeza disso.

– Não, estou condenado. Basta olhar para mim para reconhecer. Mas eu poderia me dizer espírita se temesse a inevitável passagem que me reunirá a meus amigos do espaço? Agradeço a Deus e a vós também a oportunidade de me aproximar lentamente desse grave momento e de poder preparar-me para ele. E eu vos garanto, senhor, que quando encaramos a vida do ponto de vista daquele que a deixa, nós a compreendemos de uma maneira bem diversa: todos os interesses empalidecem e se amesquinham. Passa a causar admiração a imperdoável leviandade dos homens, que se julgam eternos e fecham os olhos quando um parente ou amigo desaparece de seu convívio, em vez de refletir acerca dessa advertência do destino, que lhes mostra a própria fragilidade. Mas tenho receio de abalar um convalescente. Dizei-me, barão, trouxestes Egon convosco?

- Sim, e também Violeta. Vou procurá-los agora mesmo.

- Obrigado! Mas não será uma obrigação demasiado pesada para vós amar e criar essas duas crianças estranhas, servindo-lhes de pai por toda a vida?

- Nunca - declarou o banqueiro com energia. - Essas crianças são a estrada libertadora que a Providência me abriu para eu reparar e resgatar meus erros. Escapei da morte e isso fortaleceu esta minha convicção. Se vossos tristes pressentimentos se vierem a cumprir, que Deus não permita, vosso espírito liberto poderá observar e julgar meus atos, pedindo-me conta deles diante de nosso Juiz Supremo, caso eu venha a faltar com minha promessa. Todo meu afeto e tudo o que possuo pertence a essas crianças.

Raul apertou a mão de Hugo em silêncio. Em seguida, o banqueiro saiu para buscar Egon e Violeta, que encontrou brincando com os filhos de Antonieta e Rodolfo, e os conduziu ao terraço.

- Vês este senhor, Egon? - ele perguntou ao menino, indicando o antigo rival. - É meu amigo e lhe deves afeição e respeito. Vai beijar-lhe a mão. Vai, não seja acanhado.

O menino aproximou-se do príncipe com ligeira timidez e seus olhos grandes e meigos fitaram-no com curiosidade e espanto; lembrando-se da recomendação do pai, Egon segurou a mão do príncipe e a beijou.

Trazendo o pequeno para junto de si, Raul beijou-lhe a fronte e a boca rosada. Sim, era seu filho, sua imagem viva, traço por traço. Profundamente emocionado e agitado, Raul passou a mão pelos cachos loiros do garoto e fitou-o com olhos lacrimosos. O menino, cujo olhar não deixava o rosto do príncipe, viu seus olhos úmidos e, tomado de uma súbita compaixão, enlaçou seu pescoço e perguntou:

- Por que estais tão triste e por que chorais?

Naquele instante, Valéria apareceu no terraço. Vestida em seu traje de viagem, que todavia era um vestido simples, em seda azul-escuro, e com um chapéu à Rubens forrado de veludo, que realçava sua tez translúcida, ela estava tão bela que corromperia até um santo. Ao vê-la o banqueiro se retraiu visivelmente: o olhar de amor preocupado que a jovem lançava para o marido causava-lhe como uma opressão.

- Olha, aqui está Egon - o príncipe disse, aproximando-o dela.

Valéria esqueceu tudo, lançou-se para o menino e o cobriu de carícias; depois, ajoelhando-se diante dele, ela o afastou um passo e o fitou avidamente.

Egon se sentiu desconfortável; aquela brusca ternura, seguida do olhar perscrutador, o perturbaram; arrancando-se das mãos da princesa, ele correu para o banqueiro e apertou-se contra ele, enlaçando-o com seus pequenos braços.

Àquela demonstração de intimidade e ternura infantil, a amargura e o ciúme materno comprimiram o coração de Valéria, mas ela reprimiu esses sentimentos, levantou-se e caminhou para Hugo, estendeu-lhe as duas mãos:

- Como eu poderia vos agradecer por me ter salvado Raul?

Não pôde prosseguir, e corou. Era difícil e estranho para ela, sob os olhos do marido, falar com o homem a quem amara outrora.

Parecendo não ter visto suas mãos estendidas, o banqueiro deu um passo atrás e inclinou-se, reverente. A presença daquela linda mulher e o pensamento de que em breve ela se tornaria viúva despertaram nele um sentimento quase que de raiva; havia algo de inflexível e hostil em sua voz quando respondeu:

- Princesa, apenas cumpri meu dever ao tentar preservar para vós uma felicidade tão arduamente conquistada, e vosso esposo já me manifestou uma gratidão muito acima de meus méritos.

Valéria ergueu a cabeça com espanto e, encontrando um olhar frio e hostil, virou-se bruscamente e deixou o terraço sem mais uma palavra.

Raul, que estivera observando a cena com atenção, levantou-se e interrompeu o embaraçoso silêncio:

- Adeus então nesta vida, senhor Maier - disse, apertando a mão do banqueiro. - Adeus, e esqueçamos nossos erros recíprocos.

- Não, não, príncipe, nada de adeus à vida. Esperarei que volteis para nós recuperado - Hugo respondeu, com uma agitação febril.

- Por que fostes tão duro com Valéria? Ela não sabe de nada ainda, e não pôde compreender que foi à futura viúva do príncipe de O. que mostrastes esse amargo ressentimento do passado! E eu que pensei que ela acharia em vós um amigo...

Um fraco sorriso se desenhou nos lábios de Raul quando ele pronunciou essas últimas palavras, e seu olhar profundo mergulhou nos olhos de Hugo.

- Príncipe - respondeu o banqueiro perdendo completamente o domínio de si -, restabelecei-vos, voltai e sede feliz. Serei vosso amigo e de vossa esposa, se me concederdes a honra de aceitar-me como tal. Mas diante da viúva do príncipe de O. não posso me lembrar senão de uma coisa: que arrisquei minha vida para lhe conservar a de seu marido adorado, sua felicidade, como ela acaba de me fazer entender, e que uma felicidade completa, por mais breve que seja, torna qualquer amigo dispensável.

Sem esperar resposta, Hugo retirou-se repentinamente.

- Cabeça-dura! - murmurou Raul. - Este sentimento certamente não é de indiferença.

Alegando negócios urgentes a resolver, o banqueiro despediu-se sem demora e, de volta a Rudenhof, trancou-se em seu gabinete. Uma perturbação indefinível, mil sentimentos tumultuosos agitavam-lhe a alma.

Ver Raul lhe dera a certeza de que a morte já havia colocado seu selo indelével naquela jovem vida que, uma vez extinta, deixaria Valéria viúva, isto é, livre. Aquele pensamento acendeu em seu coração uma chama que fez seu rosto enrubescer. Recostado à mesa de trabalho, ele fechou os olhos: diante de sua visão espiritual surgia a imagem sedutora da princesa, tal como ele a vira naquele mesmo dia, aquela fada loura que enfeitiçara sua alma, mas que, também ela, o tinha amado. Agora, contudo, o coração de Valéria pertencia ao marido; ele lera seu amor nesse olhar que, depois de passar rapidamente sobre ele, fixara-se em Raul. A essa lembrança, Maier sentiu seu coração se apertar como num torno.

- Sou mesmo um louco - murmurou, de repente. - Invejar a derradeira alegria de um moribundo! E após oito anos de tortura meu coração continua a palpitar por essa mulher que me traiu e esqueceu. Cometi muitos erros para com ela, mas ela encontrou a paz e a felicidade, ela ama, ela é amada, enquanto minha vida está destruída. Arrasto sozinho uma existência sem objetivo. Não, não! Afasta-te, fantasma do passado! A viúva do príncipe de O. deve estar morta para mim, da mesma forma que estará seu esposo.

E puxando para si os papéis espalhados sobre a mesa, pôs-se a trabalhar com um ardor febril.

Após sua chegada a Nice, a saúde de Raul pareceu melhorar um pouco, mas essa falsa melhora não durou. Se ele ainda tivesse dúvidas do amor que inspirava em sua jovem mulher, pôde então se convencer de que havia conquistado o seu coração por inteiro; todos os pensamentos, todos os sentimentos de Valéria se concentravam no marido. Ela cuidava dele e por ele velava em suas noites de insônia com uma abnegação, uma apaixonada ternura que só o amor é capaz de inspirar.

Certa tarde, enquanto fazia um passeio, Raul teve uma grande alegria; encontrou o coronel B., seu iniciador no espiritismo. O velho militar, encantado em reencontrar seu antigo aprendiz, lhe contou que viera a Nice para um tratamento de saúde da esposa e que sua filha os acompanhava. Convidou o príncipe e a esposa a irem sem cerimônia tomar uma xícara de chá com eles.

A partir daquele dia, relações de amizade se estabeleceram entre as duas famílias. O coronel e seus familiares ficaram chocados com a terrível mudança que se operara na aparência física de Raul, e o médico lhes confirmaria que o príncipe estava morrendo. Entretanto, todos procuravam agir como se aquilo não estivesse para acontecer, e procuravam entreter o enfermo de todas as formas.

Raul retomara as discussões sobre espiritismo com redobrado ardor e, a seu pedido, a senhora Bertin tornou a colocá-lo em contato com o espírito de sua mãe. A amável senhora dedicava-se com infatigável bondade a realizar os desejos do jovem enfermo, constatando com alegria o quanto aquelas conversas o confortavam moral e fisicamente.

Certa noite, em que mais uma vez o espírito da princesa Odila foi evocado, enquanto Valéria, substituindo a senhora Bertin, jogava uma partida de xadrez com o coronel, Raul perguntou mentalmente à mãe se seus pressentimentos estavam corretos e se deveria preparar-se para o grave momento de sua desencarnação. Depois de um momento de espera, o espírito escreveu:

"Sim, querido filho, o momento de tua libertação está próximo. Uma vez desligado dos laços carnais, tu te reunirás a mim, a fim de repousares e seres feliz, na certeza de que tua provação não terá sido inútil".

O rapaz permaneceu silencioso e pensativo por alguns instantes. Então, inclinando-se em direção ao lápis, disse à meia voz:

- Obrigado, mãe querida, por tua resposta sincera. Poderias falar-me acerca dos estranhos acontecimentos de minha vida, que me parecem ser tanto expiação quanto prova, em que meu destino e o de Valéria aparecem tão bizarramente interligados ao de uma personalidade muito diversa da nossa, tanto em aparência quanto em origem e posição? Tu vês em meu coração, mãe, que não é uma curiosidade vã que me inspira, mas o desejo de me esclarecer, de melhor compreender os desígnios da Providência, e desse modo ter mais calma e resignação.

"Tenho permissão para responder tua pergunta, meu filho, e tu compreenderás que tudo que te parece tão estranho nada mais é do que a consequência de atos de tuas existências anteriores. Em cada uma de nossas vidas, ajustamos uma dívida antiga, e os homens que nos inspiram ódio ou amor não são transeuntes que o acaso nos faz encontrar, mas amigos ou adversários, aos quais estamos ligados por mil laços do passado. Só a harmonia, meu filho, garante a paz e a felicidade. Da harmonia nasce a perfeição e desta a compreensão de Deus. Quando chegamos a esse degrau, tudo em nós se esclarece, e todas as forças do bem que existem em nós trabalham sem obstáculos sob a inspiração do Criador. Mas é preciso lutar muito para atingir esse sublime objetivo, é necessário que aprendamos a governar a nós mesmos, a compreender o coração do próximo e a perdoar as suas faltas.

"Tu, meu amado Raul, Hugo Maier e Valéria, sois velhos conhecidos e estais ligados um ao outro por um passado que se perde na noite dos tempos. Tu e ele se odeiam muito, vós vos fizestes muito mal mutuamente. Muitos crimes e muito sangue forjaram os laços que vos ligam. Em quase todos os vossos crimes, Valéria teve seu papel. Espírito vacilante e volúvel, ela jamais soube pronunciar-se com sinceridade entre os dois, envenenando vossas contendas com sua fraqueza e com suas paixões exaltadas, não amenizadas no passado pela moral e pela virtude, e que só pouco a pouco ela vem adquirindo.

"Muitas vidas em particular vos serviram de arena para vossas selvagens vinganças. Numa delas, vivíeis ambos em Roma, no tempo do imperador Diocleciano, e a terrível perseguição que então sofriam os cristãos deram oportunidade ao homem que hoje é Maier, naquele tempo um pretor e um pagão fanático, de destruir-te, assim como à mulher que o havia abandonado por ti, a quem ele amava com a mesma paixão selvagem e tenaz que ainda hoje o domina. Mas a existência que mais influenciou a atual encarnação de Maier deu-se há quatro séculos, nos confins da Suábia. Era a época em que a intolerância e a perseguição a tudo quanto era judeu atingia seu auge. Ninguém teve nesse processo parte mais ativa do que o conde Sigfried de Charfeustein e seu primo Válter. Tu, meu filho, fostes Válter, e Maier foi Sigfried. Mas se em teu coração por vezes despertava a compaixão, tal sentimento era desconhecido para o impetuoso Sigfried. Matar um israelita, desonrar uma mulher judia e depois afogá-la, esmagar sob as patas do cavalo uma criança ou um velho da raça que ele tanto odiava eram os passatempos prediletos do orgulhoso e fanático fidalgo.

"Um dia em que, sob algum fútil pretexto, o gueto havia sido invadido e saqueado, Sigfried encontrou naquele local uma jovem judia de nome Judite cuja beleza o cegou. Sua velha paixão despertou e o sujeitou a tal ponto, que ele levou a donzela para seu castelo com a ideia de batizá-la e desposá-la. Todos esses projetos foram destruídos por ti. Tu viste Judite, a fizeste te amar e a levaste. Depois de uma longa e obstinada luta, na qual o rapto de uma criança também teve seu papel, Sigfried conseguiu matar-te e recuperou Judite, embora já fosse casado. Ao encontrá-la aos prantos, apunhalou-a por ciúme, acreditando que ela chorasse por lembrar de ti.

"Compreendes agora que tua encarnação atual é tanto uma expiação quanto uma prova. Sigfried precisou renascer judeu para experimentar em si mesmo a injustiça de pertencer a uma raça desprezada, a injustiça de um ódio cego para o qual o mérito pessoal nada significa.

"Mais uma vez vos encontrastes na posição de rivais. Mas, graças sejam dadas ao Criador, tanto tu quanto Maier foram capazes de sofrer com coragem a provação, a despeito dos arrebatamentos e erros de ambas as partes. Ambos lutastes com honestidade e superastes vossas paixões. Tu encontraste forças para perdoar o mal que a ti fizeram; ele quis sacrificar a própria vida para salvar a tua. Ele perdoou Rute e é um pai devotado para duas crianças que lhe são estranhas. Ambos podeis, portanto, comparecer perante vossos juízes com a convicção de ter progredido e de não ter vivido em vão."

Essa comunicação exerceu forte impressão sobre Raul: ele meditou longamente sobre ela, uma suave serenidade, uma calma submissão à vontade do destino iluminou sua alma. Ao mesmo tempo, seu estado piorou subitamente de uma maneira inquietante. Os vômitos de sangue voltaram a acontecer e uma invencível fraqueza obrigou-o a permanecer prostrado no divã. Estava claro para todos que o desfecho fatal se aproximava. Somente Valéria parecia recusar as evidências, agarrando-se teimosamente a ilusórias esperanças.

Certa noite, em que sentada junto ao enfermo ela buscava distraí-lo, fazendo planos para o futuro, sempre com base em sua cura, Raul, que a escutava com um sorriso melancólico, trouxe-a para junto de si e tocou sua fronte com seus lábios.

- Minha querida - ele murmurou com doçura -, por que falar de esperanças que tua palidez desmente, e a angústia que mal consegues disfarçar? Não seria melhor nos prepararmos como cristãos e espíritas para uma separação que nós dois já percebemos se aproximar?

Com um grito abafado, Valéria se lançou em seu pescoço:

- Raul, não pronuncies essas palavras, eu não quero acreditar nisso. Tu és jovem, forte, tu viverás. Não é possível que o destino te roube de mim quando acabamos de conquistar a felicidade!

Sua voz foi sufocada pelas lágrimas.

- O que Deus faz é bem feito, e a nós cabe nos submetermos ao que Ele nos impõe - murmurou o príncipe. - Além disso, minha Valéria, a morte do corpo não é uma separação eterna. Bem sabes que os invisíveis não estão ausentes.

Valéria não respondeu nada. Com a cabeça encostada ao peito de seu marido, desfez-se em soluços convulsivos. Raul deixou que a esposa desabafasse sua dor sem interrompê-la. Algumas lágrimas silenciosas pendiam de seu longos cílios, mas ele dominou essa fraqueza e inclinou-se para ela, tentando acalmá-la com palavras de amor e consolação.

Tendo de certa forma esgotado suas lágrimas, Valéria se recompôs, num morno desalento.

- Não me aflijas com esse dilacerante desespero, minha esposa querida - disse Raul. - Nenhum de nós escapará a essa passagem inevitável, e não te esqueças que te deixo um filho para criar. A ele deves tua vida, e por ele deves preservar tua saúde.

- Se uma desgraça tão terrível me vier a atingir, Raul, eu te juro seguir o exemplo de tua mãe e consagrar o resto de meus dias ao nosso filho.

O príncipe balançou a cabeça:

- Deus me livre de aceitar uma promessa parecida e de exigir de ti que te mantenhas em um luto eterno. Sempre considerei um sacrilégio e algo contra a natureza um juramento que liga um ser vivo a um túmulo. Deixo-te livre, Valéria, para viveres tua vida, obedecendo à voz de teu coração. Já que abordamos esse triste assunto, quero agora mesmo te fazer um pedido: na gaveta esquerda de minha escrivaninha, encontrarás uma carta selada com meu selo e dirigida a ti. Vai agora buscá-la e guarda-a sem abri-la. Mas se Deus me chamar para Ele, ao passar dois anos, contados dia a dia, tu romperás o selo dessa carta, e se os desejos e conselhos que ela contém não te repugnarem, tu a acatarás, eu espero. Essas linhas te provarão que meu amor ainda vela por ti tanto quanto hoje.

Trêmula de emoção e de dor, Valéria foi pegar a carta, que beijou, para em seguida guardá-la em uma caixinha que sempre levava consigo.

- Juro agir de acordo com teus desejos, tudo que vem de ti me é sagrado. Mas ainda espero, Raul, que tu te cures e que me seja permitido devolver-te a carta sem jamais a ler.

Algumas semanas se passaram. Sentindo-se cada vez mais fraco, Raul expressou o desejo de ver Rodolfo e Antonieta perto dele. Valéria enviou-lhes imediatamente um telegrama e recebeu a resposta de que eles estariam a caminho já no dia seguinte.

Na manhã em que aguardavam a chegada do conde e de sua mulher, Raul se fez levar ao terraço envidraçado.

- Como te sentes hoje, meu querido - Valéria indagou, ajeitando as almofadas que o acomodavam e cobrindo seus pés com uma colcha de seda.

- Me sinto bem como há muito não me sentia, apenas um pouco sonolento. Se baixares a cortina e vieres te sentar junto de mim, creio que dormirei um pouco até que cheguem nossos convidados.

A jovem esposa apressou-se em atender os desejos do marido, aproximou uma poltrona, tomou sua mão e recostou a cabeça em seus travesseiros. Um sorriso de felicidade e gratidão se desenhou nos lábios de Raul, que em seguida fechou os olhos. Um profundo silêncio fez-se então.

Exausta pela inquietação e pelas longas vigílias, Valéria acabou por cochilar. Não percebeu o suspiro rouco que ergueu o peito do príncipe, nem sentiu o convulsivo tremor que contraiu seu corpo. O ruído da carruagem que estacionava diante da escada não chegou aos seus ouvidos, e somente o rumor de passos que ressoavam no terraço a tiraram de seu adormecimento.

Ela se levantou, o indicador sobre os lábios, repousou docemente a fria mão de Raul e abraçou o irmão e a cunhada.

- Raul está dormindo - ela murmurou. - Cada minuto de sono é precioso, mas ele ficará feliz de vê-los ao despertar. Ele contava as horas para vossa chegada.

Na ponta dos pés, Rodolfo aproximou-se do divã, mas assim que pôs os olhos no príncipe ele empalideceu. Fazendo um discreto sinal a Antonieta, pediu que ela levasse sua irmã.

Assim que as duas jovens deixaram o terraço para ir ver o pequeno Raul, Rodolfo chamou um criado e ordenou-lhe que fosse buscar o médico imediatamente. Este não se fez esperar e um olhar foi suficiente para reconhecer que tinha chegado o fim: Raul de O. estava morto.

Antonieta esforçara-se para manter a princesa junto de si o maior tempo possível, embora a inquietação da amiga não lhe permitisse repousar.

- É possível que meu marido já tenha despertado - ela dizia, preparando-se para retornar ao terraço.

Ao ver o médico, um sinistro pressentimento apertou seu coração.

- Raul! - ela gritou, esquecendo qualquer prudência e se precipitando em direção ao divã.

- Tem coragem, minha pobre irmã, Raul parou de sofrer.

Com um surdo gemido, Valéria caiu desmaiada nos braços do irmão.

A VIUVEZ

A PERDA DO marido mergulhou Valéria num desespero profundo. Essa desolação somada ao período de tensão a que seus nervos haviam sido expostos e à exaustão das vigílias prolongadas lhe fizeram contrair uma doença que a forçou a permanecer em Nice por várias semanas. Antonieta cuidou dela com a dedicação habitual, auxiliada pela senhora Bertin, que tinha a mais sincera simpatia pela jovem viúva.

Um dia, já em sua convalescença, Valéria pediu à amiga e médium que evocasse o espírito da princesa Odila. A médium a atendeu, mas para grande surpresa de ambas foi o espírito do próprio Raul que se manifestou, e de maneira tão convincente, que dissipou toda dúvida do espírito de Valéria, e essa certeza da presença e da afeição constante do ser amado, por quem ela ainda chorava, derramou um bálsamo salutar em seu coração enfermo.

Raul morrera em meados de setembro e foi somente um mês mais tarde que a princesa retornou a Budapeste, levando o corpo embalsamado de seu marido. Após o sepultamento, ela se instalou em seu palácio deserto, onde se entregou a um retiro absoluto, não saindo nem recebendo visitas.

O violento desespero inicial se havia transformado pouco a pouco em uma calma, mas profunda tristeza, que a tornara indiferente a tudo que excluísse o culto de suas lembranças: passava horas a contemplar o retrato em miniatura de Raul, convencendo-se de que sua alma não a abandonara, evocando o som de sua voz e a doçura de seus olhos meigos, na esperança de preencher com tais devaneios o vazio que a oprimia.

Pensava com frequência na carta que o príncipe lhe deixara, e mais de uma vez teve a tentação de abri-la, mas ela queria executar a vontade expressa por Raul. Era possível que seu conteúdo lhe designasse alguma ocupação ou dever a cumprir, mas ele dissera "Não antes de dois anos!". Ela poderia desobedecer o desejo do esposo falecido? Ela beijava a carta, com um suspiro, e tornava a guardá-la em sua caixinha.

Assim ia passando o inverno. A jovem viúva expressou, então, o desejo de passar o verão em seu castelo da Estíria. Antonieta e Rodolfo, todavia, temendo que a solidão daquele lugar pudesse repercutir negativamente sobre o estado de Valéria, conseguiram convencê-la a desistir da ideia, indo passar a estação quente em companhia deles e dos filhos no palácio de M. A jovem aceitou o convite, alegando que aproveitaria para ali repassar na memória os derradeiros dias de felicidade que vivera com Raul na casa de campo da família.

Durante todo esse tempo, Valéria não tornara a ver o banqueiro e se recusava até a pronunciar seu nome. Um sentimento amargo, quase de ódio, havia penetrado em seu coração após seu último encontro. Ela não esquecia a maneira fria como ele se negara a receber a expressão de seus agradecimentos. Ela temia encontrá-lo agora que estava viúva e livre, e quando, às vezes, contemplava o retrato de Amadeu e seus pensamentos voltavam-se para seu verdadeiro pai, um forte rubor subia-lhe às faces. Descontente consigo mesma, Valéria buscava afastar as lembranças do passado, dedicando-se ao pequeno Raul com redobrada ternura. Cercava-o com adoração tão apaixonada, que Rodolfo se revoltava e não poupava a irmã de sinistras predições sobre os resultados dessa educação.

A ideia de viver tão perto de Rudenhof desgostava a jovem viúva, e para ela foi um verdadeiro alívio saber que ele partira com as crianças para sua propriedade de Válden, para lá passar o verão.

Para Rodolfo, esse distanciamento do antigo adorador de sua irmã causava profundo espanto. Ainda mais que, após sua reconciliação e a partida de Raul e Valéria a Nice, Hugo Maier passara a frequentar assiduamente a sua casa de campo, trazendo as crianças, que se tornaram amigos de seus filhos. Antonieta encorajava essas relações, desejosa de uma aproximação efetiva entre todo esse pequeno mundo já tão próximo pelo nascimento.

Desde a volta da princesa a Budapeste, Hugo se fizera invisível, embora continuasse a enviar as crianças à casa de Antonieta.

Certa manhã, já de volta à cidade, Rodolfo encontrou-se com o banqueiro quando se dirigia a seu posto. Eles trocaram algumas frases banais, e Hugo já se preparava para se despedir quando o conde o reteve e lhe perguntou sem rodeios:

- Por que capricho fostes infiel a Rudenhof este ano? Meus filhos ficaram desolados por se separar de seus camaradinhas. E vós mesmo, por que não viestes mais nos visitar?

Um rubor fugaz coloriu o rosto pálido do banqueiro.

- Acreditei que eu deveria agir assim - disse Hugo, evitando o olhar perscrutador de Rodolfo. - Não queria importunar a princesa com minha presença, que traria desagradáveis recordações. Mas enviarei Egon e Violeta de amanhã em diante, se assim desejais.

Na noite daquele mesmo dia, quando o conde e Antonieta se encontravam sós em seu dormitório, Rodolfo acompanhou sua mulher até um divã e disse, sentando-se perto dela:

- Escuta, minha querida, não pensas como eu que Valéria voltará a se casar? Tão jovem, tão bela, ela não pode ficar eternamente viúva chorando por Raul!

- Isso é possível, provável até. Mas no momento eu te asseguro que ela não pensa em nada do tipo.

- Tolice! Ela há de se tranquilizar, a vida retomará seus caminhos e, então... - Rodolfo calou-se, visivelmente preocupado, e torceu o bigode. - Diz-me com sinceridade, Antonieta, o que imaginas que deverá acontecer? Tens por vezes um golpe de vista profético.

A jovem teve um acesso de riso.

- É verdade, eu te apanhei no ar... Queres saber se eu presumo que, uma vez acalmada sua dor, Valéria se casará com Maier? Para ser franca, meu querido, penso que nada parecido vai acontecer: em primeiro lugar, porque Valéria iria considerar tal união como ofensa à memória de Raul. Em segundo, porque Maier tem raiva dela. Ouvi da boca do próprio príncipe que, na última conversa que teve com o banqueiro, antes da viagem para Nice, quando a questão de sua morte foi colocada, e Maier demonstrou tal animosidade com a futura viúva, que o próprio Raul ficou boquiaberto. A reserva hostil que Maier está tendo conosco é uma prova a mais de que seu ressentimento subsiste e de que ele não tentaria reatar o passado.

- Ele é ciumento como dez diabos - disse filosoficamente Rodolfo. - Bastará um encontro, uma única palavra para ruir seu rancor.

- Então voltaríamos ao ponto em que estávamos nove anos atrás, o que não desejas que aconteça, não é? – Antonieta murmurou, pensativa.

– Certamente! Eu não desejo, mas pergunto a mim mesmo se teríamos o direito de tornar a lançar nossos preconceitos pessoais na balança dos destinos desses dois seres, ou se, ao contrário, deveríamos considerar uma manifestação da vontade divina nessa união, que restituiria a legítima mãe à pobre criança raptada. Eu me faço tais questionamentos seriamente, porque a negligência da mocidade já está distante de nós e porque um amor como o de Maier é digno de despertar estima.

Antonieta enlaçou o pescoço do marido, num abraço efusivo.

– Se fosse possível te amar mais ainda, Rodolfo, eu o faria neste momento por tuas palavras justas e generosas. Sim, façamos a promessa de não colocar obstáculos aos desígnios do destino, e de aceitar sem lamentar o que Deus decidir.

Como a primavera se anunciasse magnífica, Rodolfo apressou-se em instalar na casa de campo dos M. sua esposa e sua irmã, indo passar junto delas cada instante de liberdade que o serviço lhe permitia.

Era o começo de junho. Há vários dias o calor era sufocante e todos na casa sentiam-se irritados, esperando impacientemente pelo cair da tarde para se refrescarem. Numa daquelas tardes, Valéria, que apreciava as caminhadas solitárias, decidiu que sairia, prometendo à cunhada que voltaria para o chá.

– Deus do céu! Tens coragem de sair com esse calor? O ar está pesado como chumbo e uma tempestade pode acontecer a qualquer momento.

– Já faz quinze dias que a temperatura está assim sem que tenhamos uma tempestade. De qualquer modo, deixa-me te avisar que vou para os lados do pavilhão de caça. Existe ali um atalho que conduz a uma fonte. É um local delicioso, cheio de frescor, e agrada-me ler à sombra dos carvalhos.

Depois de apanhar um livro, despediu-se da amiga com um sorriso e desceu para o jardim. Valéria havia conquistado finalmente a calma, e a doce melancolia de seus olhos azuis refletia-se em seu rosto encantador. Ainda vestia luto, mas, devido ao calor, havia trocado o pesado traje de lã por um vestido em tecido leve, e pusera sobre a cabeça um chapéu de palha de abas largas.

Caminhando vigorosa e ligeiramente, a jovem atravessou o parque, chegando ao grande bosque, aspirando a plenos pulmões o ar aromático sob as grandes árvores. Sem perceber, empolgada que estava pela delícia do passeio, acabou por desviar-se do caminho que pretendia tomar. Seguindo por uma vereda que não conhecia, chegou a uma pequena clareira, ao fundo da qual um banco coberto de musgo, à sombra de grande carvalho e cercado por moitas de roseiras silvestres, convidava ao descanso. "Como eu nunca tinha visto este recanto encantador? Sem dúvida foi criado pela cortesia de algum guarda florestal", Valéria pensou, enquanto se sentava, cansada. Depois de acomodar, a jovem abriu o livro que trouxera consigo e deixou-se envolver pela leitura.

Não saberia dizer quanto tempo passara esquecida assim, quando um súbito crepúsculo atraiu sua atenção. Ela ergueu a cabeça e viu, com inquietação, que o céu estava encoberto por grossas nuvens negras.

Valéria levantou-se rapidamente para retomar o caminho da casa de campo. Mal dera os primeiros passos, porém, os primeiros pingos de chuva começaram a cair. A jovem suspendeu o longo vestido que trajava e pôs-se a correr, na esperança de alcançar o pavilhão de caça antes que a tempestade desabasse. Na pressa, todavia, acabara por perder o rumo. Seus pés afundavam no musgo, seu traje prendia-se aos espinhos e ela mantinha os olhos fixos no chão, na tentativa de evitar as raízes nas quais já tropeçara algumas vezes. Valéria avançava lentamente, inquieta e tomada pelo receio de perder-se ainda mais.

Num determinado instante, acreditando haver encontrado o caminho certo, Valéria pôs-se a correr, mas esbarrou tão violentamente contra alguém que não tivera tempo de se desviar e teria caído por terra se dois braços não a tivessem segurado.

Assustada, a jovem ergueu a cabeça, deparou com um olhar ardente que a encarava e recuou, deixando escapar involuntariamente um grito:

- Samuel! Vós?

Em seguida, recompondo-se, acrescentou, enquanto um jorro de sangue lhe subia ao rosto:

- Perdão, senhor barão, bati violentamente no senhor.

O banqueiro inclinou-se.

- Eu que tenho que me desculpar, princesa, por vos assustar colocando-me de maneira desastrada em vosso caminho, provocando esse choque que vos é tão embaraçoso.

A despeito da aparente polidez das palavras de Hugo, vibrava nelas algo que acabou por ferir Valéria. Inclinando ligeiramente a cabeça, ela fez um movimento brusco na tentativa de passar, mas Hugo lhe barrou o caminho.

– Permiti que eu vos alerte, senhora, que estais muito longe de vossa residência. A chuva aumenta, e ireis vos perder, sobretudo se tentardes atravessar o campo. Peço-vos que me permitais a precaução de conduzir--vos a alguns passos daqui, até uma casinha de madeira onde poderá vos abrigar até que passe o temporal.

– Agradeço-vos, senhor, mas não tenho medo de me molhar e quero voltar para casa – respondeu friamente Valéria, em cujo coração batia ainda uma surda irritação.

– Arriscai-vos a adoecer por simples capricho, senhora. Uma mãe deve ter mais prudência. Ou será – e uma indefinível expressão de ironia amarga vibrou na voz de Hugo – que minha presença vos desagrada a esse ponto? Não me lembro de ter provocado ou merecido tal reprimenda.

A jovem ergueu orgulhosamente seu belo rosto e um brilho de despeito brotou em seus olhos azuis.

– Vossa forma de persuasão é irresistível, senhor Maier. Eu me rendo, então, e aceito vossa a ajuda. Quanto à ideia de que vossa presença possa ter algum peso em minhas decisões, é absolutamente equivocada. Apenas não gostaria de preocupar meus familiares.

O banqueiro nada respondeu. Com um gesto cavalheiresco, convidou-a a acompanhá-lo, pondo-se a abrir uma passagem para ela entre os grossos arbustos e árvores daquele local. Após uma caminhada de cerca de cinco minutos, eles atingiram uma ampla clareira que descia em suave declive até um pequeno vale, ao fundo do qual um regato borbulhante corria sobre leito pedregoso.

No centro da clareira elevava-se pequeno pavilhão de madeira, completamente envidraçado em uma das fachadas. A pouca distância da entrada havia um chalé em miniatura, que parecia ter sido tirado de uma caixa de brinquedos de Nuremberg. Através da porta aberta, era possível entrever mesas, cadeiras e uma roca de fiar em madeira, em tamanho adequado aos pequenos locatários daquela moradia. Entre duas árvores, junto a um banco, estava suspenso um balanço.

O banqueiro retirou do bolso uma chave, abriu a porta do pavilhão e convidou a princesa a entrar, enquanto ele próprio se manteve do lado de fora, exposto à chuva que agora se tornara torrencial. Valéria observou, curiosa, tudo que a cercava ali. Evidentemente, o pavilhão servia como um ateliê: junto à fachada envidraçada estava colocado um cavalete, com a tela coberta por um pano; sobre um tamborete ao lado, uma caixa de tintas, uma palheta e diversos pincéis; na outra extremidade, sobre uma mesa baixa, blocos de papel, arcos e um jogo de bolinhas, entre outros brinquedos.

Sentando-se sobre a única cadeira, colocada em frente ao cavalete, a princesa percebeu que seu anfitrião não a seguira ali dentro.

– Que fazeis, senhor? – ela disse, depois de um instante de hesitação. – Agora sou eu quem devo lembrá-lo de que arriscais vossa saúde, e de que um pai deve ser mais prudente, sobretudo vós cujos filhos não têm outros parentes. Não estou disposta a arcar com a responsabilidade por vossa morte, e se não entrardes, não poderei aceitar por mais tempo vossa hospitalidade. Deixarei este abrigo do qual minha presença vos mantém afastado.

– Creio que sou bem mais robusto que vós, senhora – declarou o banqueiro, com um leve sorriso nos lábios. – Ademais, escapei tantas vezes da morte que já me vejo como invulnerável. Mas podeis tranquilizar-vos, princesa, que o remorso de me haver feito morrer não vos envelhecerá antes da hora. Eu vos obedeço e me ponho ao abrigo da chuva.

Ele entrou e se encostou ao batente da porta. Valéria tinha voltado a cabeça, contemplando os vidros batidos pela chuva. Um silêncio se estabeleceu. Quase involuntariamente, o olhar de Hugo recaiu e se fixou sobre a princesa. Uma admiração apaixonada e mil recordações faziam seu coração bater, e num instante ele esqueceu o passado trágico que os separara. Aquela ilusão era compreensível, pois o passar dos anos em nada diminuíra sua beleza frágil e ideal. Entre a mulher de vinte e seis anos e a donzela de dezessete só o que havia era a diferença de idade.

Naquele momento, assim virada, a expressão preocupada, distante e descontente no rosto jovial de Valéria trazia ao banqueiro a lembrança dos primeiros tempos quando tinham sido noivos, e um fundo suspiro escapou de seu peito oprimido. Rodolfo não se enganara, Hugo tinha ciúmes, e esse sentimento às vezes o torturava às raias da loucura. Seu amor, que jamais se extinguira, ressurgia agora com renovada violência, mas Maier não era mais o jovem louco que acreditara poder subir aos céus. Ele não esperava mais nada para si próprio, embora estivesse convencido de que Valéria, tão jovem, tão admiravelmente bela e tão rodeada de atenções, acabaria por fazer uma nova escolha. A simples possibilidade de que ela viesse a pertencer a outro lhe tirava a razão, e lhe inspirava um sentimento de ódio contra a jovem, um amargo desejo de feri-la e de lhe provar que a esquecera.

Percebendo instintivamente o olhar que pesava sobre ela, Valéria sentia-se pouco à vontade, e o silêncio que reinava entre os dois se tornava insuportável.

- Por que nunca mais vos vimos, barão? - ela perguntou, voltando-se. Um brusco rubor cobriu suas faces: acabava de encontrar no olhar de Hugo um lampejo de ternura que ele depressa procurou reprimir. - Rodolfo com frequência se queixa que o evitais sem razão, tendo recusado muitos de seus convites.

- Sou um homem muito ocupado e pouco frequento a sociedade. Além disso... - sua voz se tornou velada - ... sei por experiência que não se deve abusar da benevolência de um fidalgo, que jamais esquece estar tratando com um judeu batizado, sobretudo agora que vossa presença, alteza, exige do conde uma atenção ainda maior.

- Ah! Se é minha presença que procurais evitar, devo informá-lo de que muito em breve vos vereis livre desse obstáculo. Não demoro a partir para a Estíria - disse Valéria, puxando a mantilha de renda, num gesto nervoso.

- Desvirtuais o sentido de minhas palavras, senhora. O que quis dizer é que receio, com minha presença, vos fazer lembrar uma desgraça cruel.

Novo silêncio se fez. Valéria, porém, cada vez mais nervosa, cortou o silêncio com uma nova questão, desta vez bem trivial.

- Pode-se perguntar o que pintais?

- Sem dúvida, princesa. Mas não acredito que meu trabalho vos interesse muito. É um tema bíblico e devo entregar o quadro a um bazar beneficente, onde será exposto em breve.

Enquanto falava, ele removera o pano verde que cobria seu trabalho. Assim que olhou para o quadro, a jovem recuou, petrificada de espanto.

Era uma tela bastante grande, quase concluída, que dava a entender claramente que tipo de pensamentos e sentimentos haviam agitado o artista ao longo do trabalho: Dalila estava representada cortando os cabelos de Sansão adormecido.

O herói israelita era retratado em seu leito: seu belo rosto pálido expressava calma, e ele trazia nos lábios entreabertos um sorriso de felicidade. Boa parte de seus cabelos negros já estava jogada sobre a coberta e o piso. Vestindo uma túnica branca, Dalila estava inclinada sobre o homem adormecido, e seus fartos cabelos loiros inundavam suas costas e peito. Trazia em uma das pequenas mãos a tesoura, e na outra, uma mecha de cabelos negros. Seu rosto estava virado para o espectador, e nos grandes olhos azuis da sedutora se pintava a mais despreocupada e cruel das satisfações. A cólera e a indignação pintaram, por sua vez, de intenso escarlate o rosto de Valéria.

- E ousareis expor essa odiosa pintura? - disse ela com uma voz quase inaudível.

- Mas, por Deus, por que não, princesa? - respondeu Hugo cobrindo cuidadosamente a tela. - Concordo que o tema não é novo, mas sua atualidade é eterna. Mais de um Sansão moderno deveria se lembrar dessa lição antes de se entregar de pés e mãos atados a uma Dalila que o trairia em nome de um preconceito de raça, como fez a encantadora filha dos filisteus, acreditando fazer algo meritório ao vender o imprudente hebreu.

Com o rosto inflamado, Valéria deu um passo na direção do banqueiro.

- Que significam essas insinuações, senhor Maier? Por que vos irrita contra mim *agora*? O que vos fiz para que pareças querer me punir por acontecimentos do passado?

- Eu, irritado? - repetiu Maier, mergulhando um olhar tranquilo nos olhos cintilantes de Valéria. - Eu, querer vos punir pelo passado? Com que direito? Estais estranhamente enganada, senhora. Estou certo de que tanto um quanto o outro já esquecemos nossas loucuras da juventude. A cada um de nós o destino deu deveres a cumprir: a mim, o de pagar minha dívida amando e educando os filhos do príncipe; a vós, o de velar por vosso filho e chorar fielmente o homem generoso que tanto vos amou.

Gritos e chamados reiterados que se aproximavam interromperam o banqueiro.

- Procuram por vós, senhora - ele disse, após ter prestado ouvidos por um momento. - Aqui!

Em instantes, um criado carregado de mantas surgiu quase sem fôlego:

- Deus seja louvado, alteza! Finalmente vos encontro, sã e salva. Há uma hora que eu e Batista vos procuramos. A senhora condessa está fora de si.

- Trouxeste a carruagem, Pedro? - Valéria indagou, aceitando friamente a manta que Hugo pegara do criado para colocar sobre seus ombros.

- Sim, alteza. O veículo está a cem metros daqui. Impossível chegar mais perto.

- Então é preciso que carregueis a princesa - disse o banqueiro. - A chuva continua e o solo está encharcado.

Valéria se deixou erguer sem discutir, respondendo com imperceptível inclinação de cabeça ao cumprimento de Hugo.

Ela chegou extremamente agitada. Sem responder às questões ansiosas de Antonieta, alegou violenta dor de cabeça e correu se trancar em seu quarto. Lágrimas a sufocavam.

- Aquele infame! Aquele insolente! Como ousa me comparar a Dalila? - murmurou, lançando-se sobre um divã e dando livre vazão a suas lágrimas e a sua cólera.

Naquele momento, odiava tanto o banqueiro, que o pisotearia de bom grado com os próprios pés.

Aflita e espantada, Antonieta questionou os criados, mas ao tomar conhecimento de que a amiga fora recolhida pelo banqueiro, suspeitou das causas de sua violenta dor de cabeça. Curiosa para obter detalhes do encontro, a condessa foi bater à porta de Valéria.

- Meu Deus, fada! O que aconteceu para que ficasses assim desolada? Pedro me disse que estiveste com Maier. Ele ousou ofender-te? Bem, acalma-te, Rodolfo lhe pedirá uma explicação.

- Ele me disse uma porção de maldades e ousou zombar de mim - murmurou Valéria, com as faces em brasa. E com voz entrecortada relatou o que se passara.

- Aquele Sansão é seu retrato, e Dalila, o meu! E é essa abominação que aquele homem cheio de ódio e rancor quer expor - ela finalizou, trêmula de irritação.

- Trata de tranquilizar-te, Valéria. Esse quadro não é senão uma traquinagem, e Maier não vai expô-lo em parte alguma. Amanhã mesmo Rodolfo irá à casa dele e vai lavar sua boca por esse despropósito. Mas eu não vejo nada de ofensivo naquilo que ele disse. É bem verdade que tendes, ambos, deveres a cumprir. Vês em tudo o pior, porque és nervosa! Esta tua longa solidão é que te é prejudicial, e eu te forçarei a reaparecer em sociedade neste inverno.

– Não, não. Detesto a sociedade, e também não quero ficar aqui. Partirei para a Estíria. Não tentes me deter, Antonieta, sinto que essa mudança me fará bem.

– Ao contrário, começo a crer que tens razão. Eu mesma irei contigo e passarei quinze dias em tua companhia. Em setembro, Rodolfo irá buscar-me.

Um pouco mais calma com essa condescendência, Valéria aceitou algumas gotas de calmante e foi deitar-se. Depois de prestar à amiga todos os cuidados possíveis, Antonieta baixou as cortinas do dossel e retirou-se.

Enquanto as amigas conversavam, Rodolfo havia regressado da cidade (ia até lá duas vezes por semana se apresentar ao serviço). Ocupava-se em organizar alguns documentos que lhe haviam sido entregues quando a esposa entrou um tanto alterada.

– O que se passa contigo, minha querida? – indagou, abraçando Antonieta. – Nosso criado Batista me disse que Valéria está indisposta após uma caminhada. É coisa grave?

– Não, meu amor. Não temo pela saúde de tua irmã. Mas imaginas que durante esse infeliz passeio ela encontrou Hugo!

– Cristo do céu! Espero que não tenham se reconciliado – disse Rodolfo fazendo uma careta.

– Que pensas! Ao contrário, ele a ofendeu sistematicamente!...

E a esposa narrou com animação o que se passara. Para seu profundo assombro, Rodolfo deu uma gostosa gargalhada ao final do relato.

– Diabo de homem! Ele sabe como agir para subjugar e sacudir a indiferença de uma mulher – disse Rodolfo, quando conseguiu se aquietar. – Pobre Valéria, hahahá, uma Dalila! E Sansão morde-se de ciúme desde que ela ficou viúva. É por isso que ele é tão mordaz e lança sua raiva sobre a tela. Mas diz à minha irmã que ela se acalme. Amanhã mesmo irei a Rudenhof e arranjarei esse assunto.

No dia seguinte, por volta das onze da manhã, o cabriolé de Rodolfo estacionou diante do portão do parque de Rudenhof. Rodolfo desceu, entregou as rédeas ao criado e pôs-se a caminhar pelas alamedas arborizadas em direção à casa.

Logo alcançava o gramado que se estendia até o terraço e avistou Egon e Violeta, que brincavam sob os cuidados do preceptor e da aia. As duas crianças correram ao seu encontro.

- Não trouxeste Jorge? - perguntou Egon, decepcionado.

- Não, meu garoto, mas trago um convite dele para que tu e tua irmã vão lá em casa amanhã à tarde - disse Rodolfo, acariciando os cabelos loiros do pequeno. - Mas, diz-me, teu pai está em casa?

- Sim. Se tivésseis chegado um pouco mais cedo o encontraríeis aqui: papai estava jogando bolinhas conosco. Podereis encontrá-lo agora no gabinete turco, perto do ateliê.

- Obrigado, vou procurá-lo. Até logo, crianças.

Hugo estava estendido sobre um dos divãs de seda do salão turco e tinha um livro nas mãos, mas em vez de ler ele divagava, os olhos perdidos no vazio. Diante de seu espírito surgia, qual visão tentadora, a imagem de Valéria, exatamente como a vira no dia anterior.

O reencontro havia lançado por terra aquela resignação, aquela calma fictícia que o mantivera firme até então. Tendo ficado só no pavilhão da floresta, após a partida da princesa, ele se abandonara sobre o assento que ela acabava de ocupar, e uma tormenta silenciosa ribombava em sua alma. Como Valéria era bela! Mais do que nunca ele se sentia escravo dela, seu coração e seus sentidos estavam subjugados e... ela estava livre! O pensamento infernal o perseguia como um demônio zombeteiro. Quando, enfim, retomou a calma exterior, levantou-se fatigado e retomou o caminho de Rudenhof, levando consigo o quadro cuja visão exasperara a princesa.

- Pobre e estúpido Sansão! Quando deixará de palpitar sob a tesoura de tua Dalila? - Hugo murmurara com amargor, ao instalar o quadro no ateliê de sua residência.

À noite, recobrara seu sangue-frio e sua energia. No dia seguinte, desde a manhã ele trabalhara e brincara com as crianças. Mas, a sós, deixara-se subjugar, a despeito de sua vontade, pelo devaneio. A chegada de Rodolfo o chamou bruscamente à realidade.

Os dois homens trocaram um cumprimento cordial, e quando Rodolfo se sentou, disse, acendendo seu charuto:

- Vim vos repreender, barão. Parece que estamos fadados a trocar explicações extraordinárias. Em uma palavra: por que tratastes minha irmã com tão sutil maldade ontem?

- Não vos compreendo, conde - respondeu Hugo, corando. - Não me recordo de haver faltado com a devida consideração à senhora princesa.

- Bem, interpreto de outro modo as considerações que fizestes. Enfim... Não discutirei as afabilidades que lançastes a meu respeito, a maneira como instruíste Valéria sobre meu exclusivismo aristocrático e sobre a prudência que é preciso observar em nossas relações; passemos sobre isso. Mas pintastes um quadro que pretendeis expor e cujo tema ofendeu terrivelmente minha irmã. Podeis mostrar-me essa pintura?

- Com prazer - respondeu Hugo, conduzindo-o ao ateliê contíguo.

O conde examinou longamente a obra polêmica.

- É mesmo uma brincadeira de péssimo gosto - ele disse, entre zangado e risonho. - Além disso, devo dizer que a comparação é injusta: Valéria não vos traiu por escolha própria. Meu pai a obrigou, deixando-lhe a escolha entre renunciar a vós ou vê-lo estourar os próprios miolos. Não podeis expor esse quadro. Mas se a intenção é levantar fundos para beneficência, vendei-o para mim.

O banqueiro balançou a cabeça.

- Se vosso objetivo ao pintar esse retrato era vingar-se de minha irmã, este alvo já foi atingido. A ideia de ser uma pérfida Dalila aos vossos olhos custou a ela, desde ontem, torrentes de lágrimas! Dai-vos por satisfeito, Válden, e coloquemos um amigável ponto final nessa história.

Um forte rubor passou, qual chama fugidia, pelo rosto de Hugo.

- A Deus não agrada que a princesa chore por culpa minha! Assegurai à senhora vossa irmã que esta tela jamais será vista por nenhum olhar indiscreto. Lamento minha brincadeira de mau gosto e rogo que ela me perdoe, assim como vós, conde, por minhas palavras injustas.

Ele estendeu a mão a Rodolfo, que a reteve e o fitou longamente, com olhar perscrutador.

- Por que sois tão vingativo, Hugo, em vez de tentar reparar o passado? - ele indagou, com amigável gravidade. - Esse quadro vos trai e prova que não esquecestes nada. Pois bem: sois jovem, e a sorte vos oferece uma chance inesperada. Quanto a mim, deixei de ser o tolo de outrora, que vivia cego por um preconceito. Desta vez, eu não oporia qualquer obstáculo à vossa felicidade e à de Valéria.

Hugo estremeceu e recuou: palidez e rubor alternavam-se em seu semblante transtornado.

- Não, isso é impossível. Obrigado, conde. Agradeço-vos do fundo da alma por vossas palavras generosas. Não me poderíeis conceder maior reparação, nem dar-me prova melhor de vossa amizade - ele apertou com ambas as mãos a de Rodolfo. - Mas o passado é irreparável. Qualquer coisa de insuperável se ergueu entre vossa irmã e mim: talvez o túmulo do príncipe Raul, talvez minha ação inominável? Mas creio que Valéria, por sua vez, não poderia ser feliz ao meu lado. Além disso, sofri atrozmente para tentar uma segunda vez esse voo de Ícaro. Entre a princesa de O. e mim o abismo é grande demais.

- Estranho rapaz - murmurou o conde, tornando a apertar sua mão. - Até logo, então, Válden. E que tudo aconteça segundo a vontade de Deus!

A CARTA DE RAUL

MAIS DE DOIS meses se passaram. De acordo com seu desejo, Valéria havia viajado para a Estíria, embora as desculpas transmitidas por Rodolfo houvessem consideravelmente acalmado seu coração. De lá, ela voltara diretamente a Budapeste. A família de seu irmão deixara também a casa de campo, a despeito do outono magnífico. Diversos assuntos exigiam a presença do conde e de Antonieta na cidade.

No dia do segundo aniversário da morte de Raul, Valéria fechou-se em seu escritório ao voltar do cemitério. Queria executar a última vontade de seu falecido esposo e abrir a carta que ele lhe endereçara para ser lida dois anos após seu falecimento. Abatida, com o coração pesaroso, a princesa abriu a janela, pois fazia um calor como o de julho. Em seguida, sentou-se diante da escrivaninha e tirou da caixinha a carta lacrada que tantas vezes ela contemplara. O que estaria prestes a descobrir? Com mão trêmula, rasgou o envelope e retirou as folhas.

Diante das linhas traçadas por aquele que não estava mais lá, a vista de Valéria tornou-se turva, e uma torrente de lágrimas inundou seu rosto. Chorou longamente contemplando o grande retrato de Raul suspenso na parede acima da escrivaninha. Da moldura, ele lhe sorria como se estivesse vivo. Tendo dado vazão à sua dor, ela beijou a carta, desdobrou-a e leu com emoção o que segue:

"Minha querida Valéria, é uma voz de além-túmulo que estarás ouvindo ao leres estas linhas, a voz de um amigo que continuará a te amar tanto quanto agora, embora não mais com aquela afeição material obscurecida pelo ciúme e pelo egoísmo. Ao sentir a aproximação do momento solene em que a alma se dispõe a tornar à sua pátria espiritual, passa-se a julgar a vida de uma forma totalmente diferente, e o meu amor por ti, minha doce e fiel companheira, tem como único objetivo assegurar tua felicidade quando eu não mais estiver contigo materialmente para velar por ti e por nosso filho.

"Espero que ao leres esta carta, minha querida, a dor da perda já se tenha amenizado em teu coração, e que o tempo, esse grande consolador, haja derramado seu bálsamo calmante sobre a ferida de teu coração. Foi nessa esperança que exigi um prazo de dois anos antes de dizer-te coisas que, no primeiro momento da dor, poderiam parecer-te odiosas, e terias recusado como uma ofensa à minha memória. Tendo decorrido esse prazo, já estarás mais calma, a vida começará a exigir seus direitos naturais e compreenderás meu pensamento e o amor profundo que me inspira. Deixo-te no desabrochar de tua mocidade e beleza, Valéria. Nessa longa caminhada da vida que te espera, segundo as probabilidades, eu não te lego como propósito e como consolo senão nosso pequeno Raul, frágil tesouro exposto a mil acasos. Que te restaria caso viesses a perder teu único filho? Sinto o coração apertado ao pensar na existência vazia e aflita que terias pela frente, tu, que estás tão habituada aos cuidados incessantes e ao amor de um homem para quem és um ídolo.

"Não te desejo condenada à solidão em consequência de um sentimento exagerado de ternura e fidelidade à minha memória. Muito embora não seja minha intenção constranger-te a uma nova escolha, creio que seja meu dever lembrar-te de que há um homem em relação ao qual tens erros a reparar e a quem julgo digno e capaz de dar-te felicidade.

"Já compreendeste que falo de Hugo Maier. Tenho a íntima convicção de que ele te ama ainda, e uma paixão como a dele é digna de estima. Se, por um lado, essa paixão acabou por impeli-lo ao crime, por outro, ela o tem enobrecido e inspirado nele a força de conseguir as maiores vitórias a que o coração pode almejar. O destino o tem duramente provado e humilhado. O preconceito de raça acabou por roubar-lhe a felicidade, o crime que cometeu o colocou à mercê de seu rival, a esposa o traiu e, suprema zombaria, tudo que lhe restou foram os filhos daquele a quem teria tudo para odiar. A esses dois seres, cuja visão já lhe desperta o passado doloroso, ele deve dar tudo: amor paterno, nome e fortuna. E ele merece estima pela maneira como tem carregado essa pesada carga.

"Por último, ele aceitou o sacrifício mais difícil que um coração violento e ultrajado pode depositar no altar do arrependimento: arriscou a própria vida para salvar a minha, para garantir a nós dois a felicidade. Se o seu ato de desprendimento não obteve o resultado desejado, isso não dependeu dele. Mas esse último acontecimento me convenceu de que as estranhas peripécias de nossos destinos e a luta travada por ti, minha querida, foram um duelo celeste. Quando eu vi que, depois do risco de vida que ambos corremos, foi ele, que mais se havia exposto, quem saiu são e salvo, enquanto eu morro, compreendi que o céu se havia pronunciado contra mim, e é justo que aquele que se vai ceda o prêmio ao sobrevivente, sem o rancor ou o ciúme mesquinho. Eu deveria ser menos generoso do que foi meu rival, sobretudo tendo a convicção de que seu amor profundo e tantas vezes experimentado é uma garantia para teu futuro?

"Assim, minha amada Valéria, se o acaso te fizer reencontrar esse homem, e se perceberes que os sentimentos dele não mudaram, não o rejeites, ele é infeliz em seu isolamento, e nosso Egon precisa de uma mãe. Se acreditares poder encontrar a felicidade na união com Hugo Maier, então sê feliz, minha querida. Do espaço eu te abençoarei e orarei por vós dois. Não temas que meu espírito venha a sentir-se enciumado; não, eu sei que a parte de amor que tenho em teu coração tu conservarás para sempe. Nunca hei de morrer em tua lembrança, até o momento em que todos nos reencontrarmos lá no alto. Quanto ao preconceito de raça e à posição social, sei que não há de pesar na balança de tuas decisões, pois a verdadeira nobreza é a do coração, que só se prova pelos atos, não pelo acaso do nascimento, o qual muitas vezes reveste de títulos nobiliárquicos seres de instintos brutais e vulgares."

Seguiam ainda palavras de amor a Valéria, ao pequeno Raul e a Egon, uma última saudação e lembranças a Rodolfo e sua mulher, e a assinatura.

Uma emoção sempre crescente invadira Valéria durante a leitura: um caos de sentimentos diversos se chocavam em seu cérebro; a generosidade de Raul lhe inspirava uma adoração apaixonada, e o pensamento em Hugo fazia seu coração bater. À lembrança do olhar de amor que ela havia flagrado no ateliê da floresta, depressa disfarçado, o sangue inundou suas faces.

Pancadas insistentes à porta do quarto vieram pôr um termo àquele estranho estado de espírito da jovem. Muito contrariada, ela dobrou a carta que lia pela décima vez, beijou-a e guardou-a junto ao peito.

- Abre, Valéria! Sou eu! - gritava a voz de Antonieta.

Espantada, a princesa abriu a porta, e assim que pôs os olhos no rosto pálido e alterado da cunhada, ela exclamou, com pavor:

- O que tens? Aconteceu alguma mal a Rodolfo ou às crianças?

- Minha pobre Valéria, tu não estás enganada, trago-te a notícia de uma desgraça - respondeu Antonieta, procurando acalmar-se. - Mas não é dos meus filhos, e sim de Egon e de Violeta.

- Eles estão doentes?

- Deus os chamou para Si!

Valéria deu um grito e, trêmula como uma folha, tombou sobre uma poltrona.

- Mas não é possível! É um falso boato... Quem te disse?

- Rodolfo, ele esteve na casa de Válden e voltou transtornado.

A princesa se contorceu, apertando a cabeça com as duas mãos.

- Egon, Egon... Meu pobre filho está morto! Meu espírito se recusa a acreditar. Quando penso que no último domingo ele veio despedir-se tão cheio de vida e saúde... E Violeta também? É devastador!... Mas o que aconteceu?

Antonieta sentou-se e passou um lenço pelas faces úmidas.

- Reúne tuas forças, Valéria, e curva-te diante da vontade de Deus. Vou relatar-te o que sei. Esta manhã, Rodolfo ia para o quartel quando avistou uma aglomeração inusitada diante do portão do banqueiro. As pessoas se comprimiam, agitadas pela sinistra curiosidade. Preocupado, ele fez parar a carruagem e desceu para se informar.

"No vestíbulo, igualmente cheio de gente, o porteiro da residência comunicou-lhe a desgraça: as duas crianças, a aia e o preceptor haviam saído para um passeio no lago. Na volta, já se aproximavam da margem quando uma violenta ventania começou, fazendo voar o chapéu de Egon. Impulsivo e peralta como era, ele inclinou-se às gargalhadas tentando alcançar o chapéu. A senhorita Matilde, que estava no leme, e Trenberg, que remava, ambos soltaram um grito de pavor e lançaram-se na direção do menino, para detê-lo. A embarcação, já violentamente sacudida pela ondulação, acabou por virar e todos caíram na água. Trenberg, que sabia nadar um pouco, tentou em vão salvar os demais. Atraídos pelos gritos do homem, pescadores se aproximaram e o conduziram à margem. Em seguida, retiraram da água os corpos das crianças e da aia. Era tarde demais. Nenhum esforço pôde trazê-los de volta à vida. O pobre Trenberg, aflito pela desgraça, enviou um despacho ao banqueiro, depois transportou os cadáveres para a estação ferroviária e os trouxe a Budapeste. A chegada do triste cortejo havia aglomerado aquela multidão, que com a insistência estúpida dos bisbilhoteiros havia horas que não arredava pé, espiando o que se passava.

– E *ele*, o que *ele* fez? – murmurou Valéria, que a tudo ouvira com os olhos fechados, como que petrificada.

– Seu estado, parece, desafia qualquer descrição. Rodolfo foi depressa ficar ao lado dele, embora ele também se encontre abalado pelo golpe dessa profunda emoção. Mas ao ver Hugo, começou a temer por sua sanidade mental. Ele está louco de desespero! "Deus não quer meu arrependimento, Ele me arranca a razão de viver e a provação de minha vida", ele disse a Rodolfo, que tentava consolá-lo. Mas Rodolfo se manteve firme e não o deixou só, exceto quando conseguiu arrancá-lo de seu perigoso torpor fazendo com que fosse tomar as providências indispensáveis.

– Irás ver os mortos? – a princesa indagou, cuja palidez aumentara ainda mais.

– Acabo de chegar – disse Antonieta, com um soluço afogado. – Assim que soube da terrível desgraça, julguei ser meu dever informar-te. Rodolfo me substituiu junto ao berço de Odila (sua febre persistente nos tem deixado desassossegados). E eu, vindo para cá, fui à casa de Hugo, mas não o vi. Trenberg me disse que ele se retirou a seu quarto, completamente esgotado, após mais uma cena deplorável: a velha mãe da aia acabava de ver o corpo da filha, e o desespero da pobre senhora, que perdera seu último amparo, foi aflitivo. Hugo tentou consolá-la, encarregou-se das despesas do sepultamento e lhe garantiu uma pensão vitalícia. Mas quando, finalmente, o triste cortejo partiu, ele estava sem forças. Eu mesma dei ordem para que ninguém o incomodasse e fui para junto dos dois anjinhos, que estavam sendo vestidos. Eles pareciam dormir...

As lágrimas a impediram de continuar.

Valéria levantou-se lívida como uma morta, mas com os olhos secos: a perda de seu filho e da outra criança de Raul, a ideia da desgraça que atingia o banqueiro, tudo isso caíra sobre ela como um raio. Um peso enorme oprimia seu peito, mas nenhuma lágrima viera aliviá-la.

- Obrigada por ter vindo, minha boa amiga, e por não me deixares saber dessa desgraça por algum estranho - ela disse, apertando a mão de Antonieta. - Agora, contudo, peço-te que voltes para Odila, que pode precisar de ti. Não receies me deixar só. Preciso de solidão neste momento: minha cabeça dá voltas com tudo o que acabo de saber.

A condessa fitou preocupada o semblante alterado e o olhar febril de Valéria, mas não quis contrariá-la.

- Até logo, então, querida, e que Deus te dê calma e resignação - disse, abraçando-a. - Amanhã cedo eu volto e então veremos se será possível que vás dar teu último adeus a Egon.

Ficando só, Valéria ia e voltava pelo aposento, em febril agitação. Sem dúvida ela queria ver Egon uma última vez, depositar sobre seus lábios os beijos maternos que o pobre filho raptado jamais recebera. Queria chorar e orar junto dele sem testemunhas. Mas como fazê-lo?

Aqueles pensamentos atormentados foram interrompidos pela entrada do pequeno Raul, que corria alegre chamar a mãe para o jantar. Num gesto apaixonado, Valéria atraiu para si o único tesouro que lhe restava e o cobriu de beijos. Algumas lágrimas vieram, enfim, socorrê-la. Assustado com essa aflição, ele se calou e recostou a cabeça contra seu peito.

Pouco a pouco, a calma foi voltando a Valéria. Abraçou uma última vez o filho, tocou a campainha chamando a camareira, a quem ordenou que o levasse para o quarto, e dispensou o jantar. Ela estendeu-se no divã e devaneou longamente. Só quando a camareira veio acender as lâmpadas do quarto ela saiu de suas profundas meditações. Lançando um olhar para o relógio de pêndulo, constatou que eram quase nove da noite. A jovem levantou-se calma e resoluta.

- Elisa, posso contar com tua lealdade e discrição? - ela disse, fazendo sinal para que a criada se aproximasse.

- Oh, senhora princesa! Há onze anos que vos sirvo. Podeis duvidar de mim?

- Não, confio em ti. Escuta: os dois filhos do banqueiro, senhor de Válden, morreram afogados. Eu queria orar junto dessas duas pequenas vítimas e dizer-lhes adeus, mas sozinha, sem alarde. Pois bem, tu vais me acompanhar até a casa do banqueiro, e me esperarás junto ao pequeno portão do jardim. Se, como supõe minha cunhada, os corpos das crianças estiverem sendo velados no grande salão, próximo ao terraço, poderei entrar e sair sem ser notada.

- Oh, Alteza! Sei bem como vosso coração sangra! - exclamou Elisa, beijando a mão de Valéria, num impulso. - Lembro-me de muitas coisas, porque Marta me confessou seu crime. Eu ficarei calada como um túmulo.

- Já que me compreendes, Elisa, posso falar-te com mais franqueza. Cuida para que ninguém possa notar minha entrada nem saída. Agora, dá-me uma manta e um chapéu de véu espesso, e corre chamar um coche. Eu te seguirei.

Vinte minutos mais tarde, Valéria empurrava, tremendo, a pequena porta lateral do jardim do banqueiro; o portão fora deixado aberto pelos jardineiros e tapeceiros, que dela se serviram ao longo daquele dia e, pela perturbação das circunstâncias, se esqueceram de fechá-lo.

Com o coração palpitando, a jovem caminhou pela alameda sombria que percorrera dez anos antes. Naquela época, viera reivindicar sua liberdade; agora vinha despedir-se de seu filho raptado, que jamais a chamara de mãe. Também desta vez o jardim estava silencioso e deserto. Sem qualquer dificuldade ela alcançou o amplo terraço onde no passado avistara Samuel apoiado em sua escrivaninha; agora o terraço estava vazio, mas pelas janelas bem abertas passava uma tênue claridade.

Com passos cada vez mais vacilantes, Valéria subiu os degraus, atravessou um aposento que se encontrava a meia-luz e chegou, por fim, à entrada de um vasto salão, metamorfoseado em uma candente capela. Negros tecidos cobriam as paredes, e no centro do grande aposento, rodeado por tochas e sombreado por arbustos exóticos, erguia-se o catafalco onde jaziam as duas crianças. Via-se que se derrubara um monte para ornar e alegrar a última passagem dos filhos do milionário sob aquele teto: o salão inteiro fora transformado num bosque em miniatura, grandes buquês das mais raras flores enfeitavam as colunas e escadas e cobriam os dois pequenos cadáveres, à guisa de perfumada mortalha.

Cambaleando de emoção, Valéria recostou-se contra o batente da porta. Não podia tirar os olhos do catafalco, onde se via um homem ajoelhado sobre o degrau mais alto, com a cabeça recostada à almofada sobre a qual repousavam as duas crianças. Tudo no banqueiro denotava um desalentado desespero: ele devia ter amado profundamente aqueles dois pequenos seres para sua perda lhe afetar a tal ponto.

Trêmula, o coração transbordando de dor e compaixão, Valéria avançou naquela direção, mas ele pareceu nada ver nem ouvir. Somente quando Valéria lhe tocou de leve o ombro foi que ele se ergueu, estremecendo.

- Vós aqui, Valéria? - Maier balbuciou, passando a mão pelo rosto pálido e aturdido. - Oh, cobre-me de censuras, pois que as mereço! Guardei bem mal vosso filho, pois que ele pereceu. Mas Deus é minha testemunha de que o amei como se fosse meu.

- Não vim até aqui para censurar-vos por uma desgraça da qual sois inocente, mas para chorar e orar convosco - ela murmurou, ajoelhando-se ao lado dele e inclinando a fronte ardente contra as mãozinhas geladas de Egon.

Por alguns minutos, ela esqueceu tudo, entregando-se a uma prece ardorosa pela alma daquele pobre menino que passara por sua vida como uma visão, e que parecia ter vindo ao mundo somente para testar e provar aquele homem que agora o pranteava com tanta sinceridade. Agora o pequeno estava junto de seu verdadeiro pai, cuja alma pura e generosa sem dúvida o acolhia. Com os olhos marejados, Valéria inclinou-se sobre Egon e beijou-lhe a boca lívida. Mas naquele instante um tremor de angústia a sacudiu: aquele rosto imóvel não era apenas o de Raul, era também o do pequeno ser radiante e cheio de vida que ela deixara adormecido no palácio de O. Por um instante ela pensou ver seu filhinho Raul deitado ali, inerte, e com um gemido abafado voltou-se para o lugar que Hugo ocupava minutos antes. Ele tinha desaparecido.

Um estranho sentimento de inquietude, solidão e amargura apertou o coração de Valéria: mesmo num momento como aquele ele não esquecia seu ressentimento. Ela tinha que deixar aquela casa depressa. Uma última vez elevou a alma ao Criador numa prece fervorosa, em seguida tocou com os lábios as frontes frias das duas vítimas e tornou a cobri-los com o véu.

Apressava-se a deixar o grande salão quando seus olhos fixaram a porta aberta de um gabinete contíguo: junto de uma mesa iluminada pelas velas de um candelabro, Hugo estava sentado, o queixo apoiado na mão e os olhos fixos sobre uma grande fotografia das duas crianças, posta sobre a mesa. Seu semblante refletia tal fadiga moral, tal triste desânimo, que Valéria sentiu o coração apertar.

Esquecendo tudo que acabava de agitá-la, aproximou-se e disse com emoção:

- Não posso ver sem sofrer o amargo desespero a que vos entregais. Coragem! Suportastes valorosamente a provação, fostes um verdadeiro pai para essas duas crianças. Deus levará isso em conta e vos recompensará no futuro.

- Obrigado por suas palavras bondosas - respondeu Hugo, levantando-se -, embora o futuro seja sem esperança para mim. Que me resta da vida depois desse golpe cruel e de meu passado pesado, do qual só me devo envergonhar? Em vosso filho, amei uma parte de vós mesma; na filha da desventurada Rute estava minha consciência encarnada. Dedicar-me de corpo e alma a Egon e Violeta era o objetivo de minha vida. Como poderei eu viver sozinho de agora em diante nesta enorme casa deserta, sem a alegria das brincadeiras e o riso franco dos dois únicos seres que me amavam?...

A voz do banqueiro vacilou naquelas últimas palavras, e ele baixou a cabeça. Valéria tinha corado.

- O tempo acalmará vossa dor, e na vossa idade não é bom fugir ao convívio social. Sois jovem e dotado de excelentes qualidades. Depende apenas de vós encontrar uma afeição, que vos fará esquecer o passado e vos permitirá amar filhos vossos, e não de outrem.

Hugo ergueu-se com energia, e suas faces antes pálidas mostravam agora uma leve cor. Seus olhos cintilantes mergulharam como chama no azul profundo dos olhos da jovem:

- Compreendo bem o que quereis dizer, senhora. "Apagai do coração qualquer lembrança de mim, procurai outra mulher que preencha vossa vida, porque eu vos esqueci. Nenhum sopro do passado aquece mais meu coração e não pode vos ser uma compensação à amargura do presente." Ficai tranquila, Valéria, nada espero nem peço. Mas deixai que eu vos diga que jamais deixei de vos amar. Nem vossa traição, nem o terrível momento em que fostes arrancada de meus braços para ser levada ao altar, nem o tempo puderam destruir este louco amor. Portanto, nenhuma mulher pode preencher minha vida. Sei que o vosso esquecimento e que o túmulo do príncipe nos separam para sempre, mas houve tempo em que me amastes mais do que a Raul. Dizei-me que ainda pensais, às vezes, nos momentos que passamos juntos sob os carvalhos da pequena ilha, durante a tempestade, e eu me curvarei, eu continuarei a arrastar esta existência vazia e miserável.

Palidez e rubor alternavam-se no rosto de Valéria:

- Tais momentos não podem ser esquecidos. Mas, Hugo, podeis ainda me amar depois de todo o mal que vos fiz, depois de eu ter sido esposa de outro?

O banqueiro passou as duas mãos pelos cabelos negros, num gesto nervoso.

- Oh! Deus é minha testemunha de quão desesperadamente eu lutei contra esse sentimento. Eu quis vos esquecer, vos odiar, mas fui enfeitiçado, preso por uma força contra a qual sou impotente. Cada fibra de meu ser me liga a vós, Valéria, subjuga minha razão e minha vontade. Virai-me as costas com raiva, sei que não tenho o direito de vos falar assim, mas nesta hora de luto e solidão, junto dos destroços do meu futuro, a verdade me escapa.

- Não lamenteis vossa confissão, ela funda um novo porvir para nós - disse Valéria, com olhos cintilantes, aproximando-se decidida. - Não, Hugo, não ficareis só e abandonado. O túmulo de Raul não é um obstáculo, mas um altar sobre o qual nossos corações por tanto tempo separados voltarão a se unir.

A jovem tirou a carta do príncipe de dentro de seu corselete e a estendeu para Hugo.

- Antes de morrer, Raul me entregou essa carta selada, exigindo que só a abrisse no segundo aniversário de sua morte. É hoje. Lede!

Como num sonho, Hugo segurou o papel e, voltando-o para a luz, devorou cada palavra. Uma ardência coloria seus traços.

- Ah, coração generoso e incomparável! - murmurou ele, enquanto a carta lhe escapava da mão trêmula.

No mesmo instante seu olhar recaiu sobre a jovem, que tinha os olhos enevoados pelas lágrimas. Atraindo-a para junto de si, ele apertou-a de encontro ao peito.

- Finalmente eu te conquisto, mulher adorada... Mas a que preço? - murmurou com paixão.

Por um momento, suas almas reconciliadas se confundiram num abraço mudo. Valéria foi a primeira a romper o silêncio.

- Devo ir agora, Hugo. É tarde e algum de teus criados poderia entrar. Que pensariam eles se me encontrassem aqui?

- Tens razão, meu amor, mas como é difícil nos separarmos já! Tenho medo de que minha felicidade seja apenas um sonho. Poderia eu esperar um tal desenlace para esse dia de luto?

- Eu não queria te deixar, pareces tão exausto, tão desfeito - disse Valéria, aflita. - Vem tu à minha casa, Hugo. Longe deste lugar lúgubre, repousarás uma hora, e conversaremos livremente.

O banqueiro fitou a princesa com ternura:

- Certamente, minha Valéria. Aceito teu convite com prazer. Mas também eu receio que teus criados estranhem minha presença em hora tão imprópria.

- Ninguém te verá, exceto minha fiel Elisa, a quem direi logo a verdade. Além disso, não importa. Amanhã todos saberão que és meu noivo!

Hugo apanhou o chapéu, dobrou a carta de Raul e ofereceu o braço à princesa. Eles atravessaram em silêncio o grande salão, pois a mistura de dor e felicidade os calava. Ao atingirem o terraço, porém, Hugo parou e, segurando o braço da jovem, apontou para a fonte e os caramanchões que a contornavam.

- Lembras-te, Valéria, da primeira vez que vieste até aqui?

- Malvado! - disse a jovem, enrubescendo. - Naquela primeira visita, eu estava cega, e exigi minha liberdade com grosseria... Mas não reparei meus erros hoje, atando a minha liberdade a ti?

Sem serem vistos por ninguém, eles alcançaram o dormitório de Valéria, onde a boa Elisa, feliz por ser a primeira a partilhar do feliz segredo da ama, serviu-lhes uma refeição leve.

Quando se acharam sós, sentados lado a lado no divã, as mãos entrelaçadas, uma conversa terna e íntima lhes restituiu a calma e a paz de espírito.

- Por que a felicidade na Terra nunca pode ser completa? - indagou finalmente Hugo, com um leve suspiro. - Por que devemos pagar a reconquista de nosso amor com a morte de duas inocentes criaturinhas? Queria ter podido cumprir a promessa que fiz ao príncipe e fazer de seus dois filhos seres exemplares! Suas mortes lançam uma sombra mesmo sobre a radiante felicidade que enche minha alma!

Ele baixou a cabeça, abatido. Valéria limitou-se a apertar-lhe a mão para, em seguida, levantar-se e deixar o aposento.

Só, Hugo levantou-se e, aproximando-se da escrivaninha, contemplou com os olhos úmidos o retrato de Raul, cujo belo rosto parecia sorrir para ele.

Do coração do banqueiro se ergueu uma prece fervorosa, num impulso de reconhecimento ao espírito daquele cuja vida material se extinguira, mas que, de além-túmulo, tão generosamente havia contribuído para sua felicidade. Um leve ruído chamou sua atenção, fazendo-o voltar-se. Avistou, então, Valéria, que trazia nos braços o pequeno Raul, adormecido, imagem viva de Egon.

- Vê, Hugo - ela disse com emoção -, eu te trago um segundo Egon e te peço que o ames tanto quanto amaste o primeiro. Ele não tem pai e precisa muito de uma mão firme e afetuosa, que faça dele um homem honesto e útil à sociedade.

Hugo se inclinou com emoção para o encantador menino, beijou-lhe os lábios de carmim e os fartos cachos loiros que se espalhavam sobre o ombro da mãe. Em seguida, seu olhar buscou o retrato de Raul, prometendo-lhe do fundo de seu coração ser um pai dedicado para seu filho e amá-lo como se fosse sua própria criança.

Seis semanas depois dos acontecimentos que acabamos de narrar, um pequeno grupo se reunia no salão do conde de M. Ali se festejava, na mais estrita intimidade, o casamento de Hugo e Valéria.

Obedecendo ao desejo dos noivos, o padre Martinho de Rothey abençoara aquela união na pequena igreja que dirigia, com a presença somente das testemunhas indispensáveis. Em seguida se reuniram na casa de Rodolfo para um jantar em família, animado pela mais sincera cordialidade.

Naquele momento, todos estavam no salão, prontos a reconduzir os recém-casados a sua residência, para onde o pequeno Raul já fora levado com Margot.

O conde se oferecera para ficar com o menino por seis semanas, para que o novo casal pudesse desfrutar de uma viagem de núpcias a sós, mas Hugo agradecera e recusara, declarando que tudo que ele e a esposa desejavam era um repouso íntimo, e que não se separariam do filho de Raul por um dia sequer.

Enquanto Antonieta abraçava a jovem esposa e se despedia dela, Rodolfo aproximou-se do banqueiro e lhe disse, rindo:

- Até amanhã, então, Hugo. Estava escrito nas estrelas que tu haverias de ser meu cunhado! Se houvéssemos compreendido isso, teríamos nos poupado de uma porção de embrulhadas!

- E eu me satisfaço com a ideia de que tu me recebes, hoje, com menos desgosto do que há dez anos - respondeu, sorrindo.

- Não tenho dúvidas! Agora eu te conheço e te estimo muito. Estou verdadeiramente convencido de que foste criado para fazer a felicidade de Valéria. Além disso, devo dizer-te que já é tempo de uma mão masculina assumir a direção do garoto, a quem minha irmã tem educado como a um pequeno saltimbanco.

Valéria decidiu que nada deveria ser mudado nos aposentos que Hugo preparara para ela dez anos antes, e que conservara com tanta fidelidade. Obedecendo ao desejo da esposa, ele não tocara na arrumação, limitando--se a renovar, exatamente, apenas aquilo que o tempo havia desgastado ou desbotado.

Com emoção compreensível, o banqueiro introduziu sua jovem esposa àqueles aposentos onde ele passara tão tristes momentos, onde chorara uma felicidade que acreditava perdida para sempre.

- Há tanto tempo és esperada neste lugar, minha adorada! Que possas viver feliz aqui - disse Hugo com ternura.

Valéria contemplou, comovida, o encantador aposento, que com suas tapeçarias azuis, bordadas em prata, como que iluminado pela luz do luar, parecia mesmo o retiro de uma fada.

De repente, ela avistou dois quadros dourados, apoiados sobre cavaletes. Aproximando-se vivamente ela reconheceu seu próprio retrato de moça solteira e a pintura que representava Sansão e Dalila.

- Ah! Conservaste essa detestável pintura! - ela disse, com uma careta caprichosa.

- Sem dúvida - Hugo replicou, rindo -, e te ofereço como primeiro presente de casada. Deves admitir que, mais do que Dalila venceu Sansão, tu me desarmaste completamente, pois fez do meu coração o teu escravo.

Valéria voltou-se, ruborizada, e, aproximando-se da janela, ergueu a cortina de rendas e fitou o céu, sob cuja abóboda escura cintilavam milhares de estrelas.

- Vê, Hugo, que noite magnífica! A vista dessa imensidão eleva a alma e a enche de adoração pelo Criador!

O rapaz se aproximou e, enlaçando a cintura de Valéria, disse com emoção:

- Sim, sobretudo quando se pensa que sobre todos esses inumeráveis globos vivem seres inteligentes e palpitam corações que amam e se revoltam. Graças sejam dadas ao Pai Celeste, por me haver permitido compreender que nada mais sou do que um átomo, o qual, a despeito de suas lamentações, faltas e negações, Ele amorosamente conduziu a um porto de felicidade e de paz.

Fim

CONHEÇA TAMBÉM

Confia e segue
César Crispiniano | Blandina (espírito)
Mensagens mediúnicas • 10x14 cm • 144 pp.

Confia e segue é um livro composto de mensagens simples e diretas com a finalidade de impactar nossa vida e nossas atitudes.

São textos que certamente irão tocar seu coração, ideais para leitura diária: você escolhe um texto e ele certamente servirá para boas reflexões ao longo do seu dia.

O cristianismo nos romances de Emmanuel
Donizete Pinheiro
Estudo • 15,5x22,5 cm • 320 pp.

Donizete Pinheiro reúne as informações de Emmanuel colhidas na espiritualidade e acrescidas de suas próprias experiências narradas em seus romances históricos, permitindo uma ampla compreensão das origens do cristianismo, bem como as lutas dos cristãos primitivos que garantiram a subsistência da Boa Nova até a chegada do espiritismo.

O ódio e o tempo
Ricardo Orestes Forni
Romance espírita • 15,5x22,5 cm • 256 pp.

Quando ferimos, esquecemos. Aqueles a quem prejudicamos, se não nos perdoarem, voltam para nos cobrar. Foi assim com Álvaro: um seu desafeto do passado retorna. Devido a sua invigilância, Álvaro permite que o desequilíbrio emocional se instale em seu ser. E uma sucessão de erros de sua parte o coloca em perigo... Mas o plano espiritual voltado para o bem também estava presente!

CONHEÇA TAMBÉM

Seja você mesmo – O desafio do autodomínio

José Lázaro Boberg

Autoajuda • 14x21 cm • 200 pp.

O advogado José Lázaro Boberg afirma de que Deus existe dentro de cada uma das Suas criaturas.

Quando o ser humano se conscientizar de sua força interna e buscar dentro de seu mais profundo eu os elementos para sua ascensão espiritual, conseguirá dar um salto em sua caminhada evolutiva.

Getúlio Vargas em dois mundos

Wanda A. Canutti • Eça de Queirós (espírito)

Romance mediúnico • 16x22,5 cm • 344 pp.

Getúlio Vargas realmente suicidou-se? Como foi sua recepção no mundo espiritual? Qual o conteúdo da nova carta à nação, escrita após sua desencarnação? Saiba as respostas para estas e outras perguntas, agora em uma nova edição, com nova capa, novo formato e novo projeto gráfico.

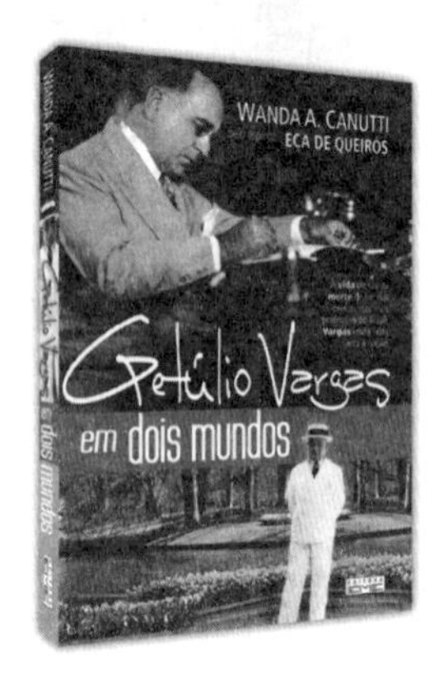

O perispírito e suas modelações

Luiz Gonzaga Pinheiro

Doutrinário • 16x22,5 cm • 352 pp.

Com este trabalho o autor vai mergulhar mais fundo no fascinante oceano espiritual. Obra imperdível para conhecer sobre o perispírito, suas modelações e os reflexos das atitudes no corpo espiritual. "Uma notável contribuição para o espiritismo brasileiro", no dizer do escritor Ariovaldo Cavarzan